SURRENDER

还雾蒙蒙俯身、搂着谈屿臣的脖颈、吻起他的唇角："谈屿臣，这里写了多少句讨厌、就是多少句喜欢。"

风声夹着细雨拍打无阻的落地窗上、沙发上的人身体有片刻僵硬、眺越过她的肩头、落向茶几上的那本日记。

那本被他偷看过很多次的日记、随随便便翻开一页、都是密密麻麻的"讨厌谈屿臣"。

也是"喜欢谈屿臣"。

2019.7.28 十七中

酷威文化
图书·影视

肆燚

上

树延
Shu
Yan 著

江苏凤凰文艺出版社
JIANGSU PHOENIX LITERATURE AND
ART PUBLISHING

图书在版编目（CIP）数据

肆火：全 2 册 / 树延著 . — 南京：江苏凤凰文艺
出版社，2024.6
ISBN 978-7-5594-8440-6

Ⅰ . ①肆… Ⅱ . ①树… Ⅲ . ① 长篇小说 – 中国 – 当代
Ⅳ . ① I247.5

中国国家版本馆 CIP 数据核字 (2024) 第 008751 号

肆火：全 2 册

树延 著

责任编辑	项雷达
特约编辑	孙昭月　张开远
责任印制	杨　丹
装帧设计	@Recns
出版发行	江苏凤凰文艺出版社
	南京市中央路 165 号，邮编：210009
网　　址	http://www.jswenyi.com
印　　刷	天津鑫旭阳印刷有限公司
开　　本	880 毫米 × 1230 毫米　1/32
印　　张	18.25
字　　数	455 千字
版　　次	2024 年 6 月第 1 版
印　　次	2024 年 6 月第 1 次印刷
书　　号	ISBN 978-7-5594-8440-6
定　　价	69.80 元（全 2 册）

江苏凤凰文艺版图书凡印刷、装订错误，可向出版社调换，联系电话025-83280257

"你是谁？"

"南城的梧桐，音乐台的白鸽，紫金山的日出。"

CONTENTS

目录

第 1 章

再遇

一

南城，五月初，昏沉的傍晚。

空气中充斥着燥热和沉闷，飘浮在道路旁的梧桐绿叶上，天气预报中的雷阵雨迟迟未来。

从南到北贯穿的马路上人影憧憧，汽车尾气混杂着灰尘起起伏伏，一旁的人流中间传来各式各样的交谈声。这条路邻近十七中，在路边好几家店都能遇见刚放假的学生。

马路边有几家饭馆，饭馆的右上方中间搭着一条铁质楼梯。楼梯不算长，架在那儿有种踏上去就会摇晃的错觉。

顺着楼梯走上去，就能看到一扇门，门前悬挂着一条颇具设计个性的黑色广告布。

一辆重型机车呼啸而过，割裂闷热的暮色。

门帘被人挑开，走出来一名面容姣好的少女。

少女身高大概一米七，有一双棕褐色的眼睛，脸很漂亮。她皮肤很白，神色冷淡，站在那里时，燥热的空气宛如碰撞上了雾蒙蒙的冰山。

天色渐暗，迟雾顺势靠在门口的栏杆上，用手撑着脸。她的手腕很细，腕关节处有两处细小的白色弯曲痕迹，那是很久以前留下的浅淡疤痕。

她顺手将墨绿色的校服搭在有些锈渍的架子上，垂头用手机发着消息。

"几点？"

对面回复："晚八点。"

南城五月初的天气就已经异常闷热，迟雾扯过校服，将手机揣到兜里，踩上楼梯"吱吱呀呀"地往下走。

"问完了？"李溪藤坐在相邻的咖啡店门口，迟雾一走下来她就看见了。

"嗯。"迟雾点头。

楼上这家店迟雾很喜欢，可惜老板和李溪藤有些纠纷，她嫌晦气，就没陪着上去。

"真不上去？"迟雾淡淡地打量她一眼。

"不去。"李溪藤起身走出来，"败坏好心情。"

"哦，那随你吧。"迟雾懒得管她。

李溪藤是上一届的，是迟雾的学姐。她跟楼上老板的事迟雾不感兴趣，只知道大概的经过。

"大半年没回来了，刚坐在店里，瞧见好几个挺好看的男生。"李溪藤抬手捋了下黑色的波浪卷，复古牛仔裤下的身材火辣。

"很快你就可以下手了。"迟雾回了一句，把她那点儿想法摸个透。

"拉倒吧，没这闲工夫。"李溪藤把喝完的咖啡抛进垃圾桶里，搂过她，手掌搭上她的胳膊，"走吧，咱们先过去等着。"

"嗯。"

正值五一假期，今晚是几个朋友组的饭局。这些人里有迟雾同届的也有李溪藤这种上一届的，年龄相仿的几个人放假前就期待着今晚怎么玩。

BOOM 早就被订满了，他们就将吃饭的地方改到了别处，据说那家烤肉挺香。

街道上熙熙攘攘，两人一道往前走，随口聊着天。

"南城有钱的二代是真不少。"李溪藤煞有介事地瞟向路边的一辆重机车。

机车被改装过，随意地停靠在水泥墙根下。它是红白色的，杜卡迪的标，买它打底六位数，还不算上后续的改造费用。

玩这个，改装费比买车的钱多了去了。

"就不能是白手起家的人买的？"迟雾轻飘飘地收回视线。

李溪藤笑道："哪个白手起家的没事出来遛这东西，也就是富二代没事干，跑出来玩玩。"

"懂的真多。"迟雾对车没兴趣。

"见的人多了，就懂了啊。"李溪藤调侃了一句。

两人一直往西走，街角一家网吧门口斜斜地放着一排自行车和小电驴。

"哎，往前看。"迟雾正出神，李溪藤冷不丁地抬手，碰了她两下。

迟雾抬眼，将视线移到正前方，前面也没什么不同，依旧是人来人往。只不过网吧门口站着一个少年，身材偏瘦，个高显眼，看上去有点儿眼熟。

迟雾没想多看，但有些人天生就引人注目，往人群里一站自带鹤立鸡群的特性。

少年的脸她们看不清，他穿着一件黑色T恤，左手拿着红色的头盔，右手戴着黑色的护指半掌手套，脖颈低垂，正单手在手机屏幕上打字。

手套前端露出来的半截手指，骨骼分明，莫名好看。

"帅啊。"李溪藤眯了眯眼。

那扇阻隔冷气的玻璃门被拉开，从室内走出一个穿米色吊带裙的女孩，她身上那件收腰设计的裙子，从视觉上很好地拉长了身材比例。

"屹臣，上次模拟考考得怎么样？"吊带裙少女站到少年面前，没话找话地问道。

"还行。"谈屹臣不咸不淡地回着，视线并未没从手机上挪开。

"哦，那我……我前天下午给你发的短信，你看见了吗？"吊带裙少女左顾右盼，见没其他熟人，又瞧他心情不错，大着胆子继续问。

"嗯。"少年微不可察地点了点头。

"那你怎么没回呀？"

"回什么？"他偏过头皱一下眉头，姿势保持不变，朝她看过去。

"我的提议，你真的不打算好好考虑考虑吗？"吊带裙少女打破砂锅问到底。

"不考虑。"后者半点儿都不迟疑。

对话很简单，少年回答得很干脆，二人之间可能不止一次进行过诸如此类的对话。

迟雾收回视线。

等她侧过头再次"顺势"瞟过去的时候，她和少年之间的距离已经缩近了。

旁边音像店门口正放着音乐，是佐伊·韦斯的 Control（《控制》）的副歌部分。

"I don't wanna lose control / Nothing I can do anymore / Trying every day when I hold my breath / Spinning out in space pressing on my chest..."（我不愿失控沦陷。无力以抗争世界。屏住呼吸，每一天都竭尽全力。

承受着挤压胸膛的重负，我在夹缝中生存……）

说不准是那张脸还是那个身材，又或者是那个场景那首歌曲，几种因素在这一时刻恰好撞在一起，将纷杂的气氛烘托得有些微妙。

总之这第二眼，迟雾没再收回来。

LED 灯牌下，谈屹臣倚在墙边，灰棕色的短发被风吹得稍显凌乱。他姿态闲散，浑身带着一股漫不经心的调调，显然对这个场面驾轻就熟。

一辆吉普车从旁边开过，掀起一阵灰尘，谈屹臣下巴扬起。两人或许都是无意，但此刻视线就这么对到一块儿去了。

谁都没先移开。

人声喧杂，迟雾挽着李溪藤，眼神毫无波澜。

她身上穿着米白色的高领无袖贴身背心，手臂上搭着晃眼的校服，黑长发披在肩头，不见情绪的脸处处透着冷淡之意。

夜空炸出一声闷雷，雨滴砸在脚边。

人群四散。

"说下就下，点儿够背的。"李溪藤抬手虚虚遮挡，迟雾恍若未闻。

冰凉的雨滴落在她裸露的肩头上，又顺势贴着肌肤滑落。

"我哥经常跟我提起你，毕业后给我个机会吧。"吊带裙少女不依不饶。她眼眸闪亮，语调里带着一股恰到好处的甜美。

她身边的少年漫不经心地收回抵着墙的腿，这一收，他和迟雾的距离又回到原点。

迟雾依旧没收回视线，丝毫没有避嫌的自觉。

雨雾中的 LED 灯牌发着光，谈屹臣没什么反应，礼尚往来地大刺刺打量着她。

仅仅几秒钟的时间，湿漉漉的空气似乎已为这两个路过的人营造出了旁人不易觉察的氛围。

很多年后，李溪藤对他们俩给出评价——一丘之貉，同类相吸，聚到一起是早晚的事。

"给你机会？"

两人擦肩而过，谈屹臣的目光还落在她身上，话却是对吊带裙少女讲的。他的嗓音带着天生的性感，漫不经心地撞进迟雾的耳朵里。他说："放弃吧，我得给未来的女朋友守身如玉。"

雷阵雨来得急也去得快。

闷热的天气有所改善，马路上湿漉漉的，一阵阵的清风带起梧桐叶上吊着的雨滴。

这会儿还不到七点半，距离聚餐的时间还有很久，迟雾和李溪藤在周边随便找了家店。

"干什么呢你，魂儿被刚才那帅哥勾走了？"李溪藤瞧她心不在焉的样子问道。

"不是。"迟雾平静地看向她。

"不是？"李溪藤的眼神带着揶揄之意，"那你魂不守舍的是为什么？"

"……"

迟雾睫毛动了下，干脆转移话题："你觉不觉得，那女孩挺眼熟的？"

"女孩？"

"嗯。"她提醒李溪藤，"刚才跟帅哥说话的那个。"

"那帅哥是挺好看的，估计在学校里也是个风云人物，不过那女孩没见过，没印象。"

迟雾记性比她好："你去年拿着杂志，跟我说那款少女香，不记得了？"

"少女香？"李溪藤也想起这事了，"那女的，是杂志上那小模特？"

"嗯。"迟雾点头。

外头风大，一阵阵地刮着，暴雨猝不及防又开始下起来。

落地窗前，迟雾安静地坐在那儿。她的背很薄，体态也好，看上去有些温柔，又处处带着这个年龄段女孩子的坚韧感。

只可惜这个人从背后看和从正面看的感觉完全不一样。

迟雾的长相没的挑，但对人态度一般，很难对谁真心实意地笑那么一下。一张脸总是面无表情，显得她这个人特别难搞。

难搞到她俩玩到一起去之前，李溪藤就听说过她这人的事迹。

李溪藤记得很清楚，迟雾不是从一中初中部升上来的，而是高一下半学期转学进的一中。她不爱和学校里的人打交道，看上去又不好说话，所以走到哪儿都是一个人，偶尔和别人走在一起都是身旁的人主动接近她。

因为她够漂亮，人又有点儿特立独行的意思，刚转学就抓住了一部分人的眼球。但她不惹事，成绩很好，第一次考试就是年级前十名。

学校新转学过来的漂亮女同学原本就是男生宿舍火热谈论的对象，她冷淡的性格又很容易和神秘挂钩，很长一段时间她的名字都飘在校园论坛里。

在最初几条因为好奇打探迟雾消息无果的帖子后，论坛里关于迟雾的讨论就没几条是友好的。

一中的论坛可以匿名发言，宣泄情绪的言论居多。

论坛里关于迟雾的帖子要么明里暗里指出她转学是因为在之前的

学校犯了事，要么就说她手腕上的手镯是偷来的，全是这种事。

最夸张的一条是她进小区的一张背影照。她住在离校不远的高档小区，被人拍了下来，偷拍者站得很远，手机焦距被拉到最大，人像都显得模糊，但能看出是迟雾。

主帖名称是："好像从没看过她的父母？自己一个人住在这里？"

就是从这条帖子开始，学校里传出了越来越夸张的流言。

迟雾被烦够了，就揪出了最先传谣言的人，挑人流量最大的时候，将那个学姐拦在了教室门口。

这事就发生在李溪藤隔壁教室，他全程算是旁观者。

迟雾一个人站在那儿，没因对面人数上占优势就有怯意，喊出那个人的名字然后说："聊聊？"

短短几秒钟，周围的人就感受到了迟雾要找人算账的气势。

旋转门被推开，进来两个躲雨的人，风夹杂着一部分雨丝刮进来，打在迟雾身上。

"总看我做什么？"迟雾抬起手肘，将没喝完的咖啡往旁边移去。她转动高脚椅，正面对着坐在懒人沙发上的李溪藤，抱着臂，下巴微抬地看向李溪藤。

"看你好看。"李溪藤偏过头冲她眨眼。

"谢谢。"迟雾仍旧面无表情。

"不谢。"

除了迟雾，李溪藤就没见过哪个美女能一直保持这样的神态，她暗自思忖，这也算是迟雾的本事了。

雨势渐小，两人看了眼时间，起身沿着商铺屋檐往学校旁的体育场走去，吃饭地点是一家带烤肉的饭馆，就在体育场旁边。

体育场挨着几所普通中学和一所职业高中，生意不错。因为里头设施好，羽毛球场、排球场、篮球场基本上都有，所以无论是学生还是附近的居民都爱去那边打球。

今天他们几个人不是约打球，而是想着恰好趁五一假期聚在一块吃个饭，尤其是已经在外地上大学的那几个朋友，平时见不着面，假期赶上一块回来，聚一下是理所当然的事情。

体育场灯光明亮，男生们闲来无事临时过来打了场球，迟雾和李溪藤两人到附近的时候他们刚结束。

赵炎一身热气地从球场上走过来，一边撩起衬衫下摆擦了下汗，一边跟两人打招呼："来多久了？"

赵炎是李溪藤的好友，跟迟雾算不上特别熟。

"刚到。"李溪藤笑笑，抱臂看他一眼，"能把名牌穿得跟地摊货似的，还得是你。"

"身外之物，稀罕它做什么？"赵炎抓了把湿透的短发，看向两人，"人都差不多来了，吃饭去啊？"

"嗯，走吧。"迟雾点头，望向后面收拾好了正走过来的几人，"陈檀和其他两个人已经坐那儿等半天了。"

几人一块过去，出了体育场左拐一百米就是那家饭馆。这家饭馆在这一片挺受欢迎，来这里打球的人经常结伴来这里吃一顿。

这个时间是就餐高峰期，他们进去的时候店里几乎坐满了人。几人找到订好的位置，他们的位置被几扇矮屏风隔成一块半包围的独立区域，不那么局促又能保留隐私。

"这儿呢。"陈檀从屏风后侧探出脑袋来，朝几人挥手。

"来了来了。"赵炎率先抬步过去。

服务员搬来一桶冰饮料，散发出丝丝凉气。迟雾垂眼靠在角落里，长发落在肩前，单手拿着手机敲打屏幕。

"你们这一届高考也不剩几天了，想好往哪里考没？"赵炎夹着肉放炭火上烤，挽起来的袖口露出半截小麦色的健硕手臂。

陈檀叹了口气，夹过一块烤好的肉："不知道，看分数吧，大差不差能过个一本线，看到时能不能来个超常发挥。"

"嗯，那迟雾呢？"赵炎抬眼看向她。他听李溪藤提过两次迟雾的成绩，挺拔尖的。

"先考完再说吧。"迟雾淡淡地回了他一句。

"你这成绩也不愁没有好大学，考完再说就行。不过你到底要不要跟我去沪市啊？"李溪藤挺希望她过去的，开始威逼利诱，"跟我做个伴，到时候给你介绍帅哥。"

"你那学校能有几个？"赵炎回呛她一句，煞有介事地摆出个灿烂笑容，"来京北，哥体育学院的，到时候喜欢什么类型的，随便挑。"

"不了，不打算出去。"迟雾抿了一口青梅绿茶，"就在南城。"

"怎么？"赵炎没琢磨透她的意思。

"打算学新闻传播，这个是南城大学的金牌专业。"迟雾掀起眼看向两人，"而且确实没有出去的想法。"

"那也成，反正沪市跟南城的距离也没多远。"

头顶的排风口正高速吸着炭火味，迟雾笑笑，把这个话题草草敷衍过去。

迟雾没动几筷子。她晚上吃不习惯油腻的食物，男生们边谈天阔地边大快朵颐，身旁喧闹声不绝，烟火气沸腾。

身旁的人突然间朝前看去："哎，他们怎么也来了？"

"怎么？"赵炎今晚全程就守着炉子负责烤肉，听见陈檀那句也跟着偏头朝身后瞄过去："哟，谈屹臣？"

"你也认识？"陈檀对此挺稀奇，"我跟他一个学校的，十七中。"

"嗯，认识，初中那会儿，经常一起打球。"赵炎提到以前的事时还挺高兴。

杯里的饮料已经下去大半,迟雾托着腮,朝门口的方向望过去。

半个小时前刚打过照面的人,猝不及防又撞进她的视线。

走道宽敞,屋顶的白色灯光明亮晃眼,身后的人群仿佛幻化成虚影。谈屹臣正偏过头和身边的好友谈笑风生,迈着步子朝前走,一张俊脸招摇无比。

天蓝色的校服被他攥在手里,黑色护指手套露出手指前端,纯色的 T 恤下摆处绣着价值不菲的标志。

来人还真是他。

迟雾还是没收回视线,左手转着杯子,直白地朝他望去,说不清是有意还是无意。

人与人之间存在着磁场,一直注视着一个人,被发现只是早晚的事。

迟雾说不上来自己为什么非得这么看,说不清自己是否想被对方发现。

没给她思考几秒钟,谈屹臣便照预想那样,目光穿过人群看了过来。

角落里还在打歌,灯光闪烁,饮料似乎也醉人。

两人第二次视线交汇。

视线交汇的一瞬间,迟雾发现他的眼神里也有惊讶的成分,只不过紧接着他便像无事发生一样移开视线,继续和身边的人说话。

迟雾没移开目光,一直看着,直到谈屹臣跟随好友自然地走到这一块区域来。

她抬手把剩下的梅子汽水一口气全部灌进口中,淡淡的甘甜充斥整个口腔。

"来来来,正好凑一块儿。"陈檀热络地给两人挪地方,"这家生意特别好，不预订压根没座位。"

"嗯。"邀约来得突然，谈屹臣没什么想法，反倒是身旁的男生笑了："准备进来看一圈没座位就走人，没想到这么巧。"

"你们好，我叫邹风，起风了的风。"男生拉下冲锋衣拉链率先开口。

"你好，李溪藤。"李溪藤大大咧咧地回了一句，看着新加入的两人。

其余人也跟着简单做了自我介绍，谈屹臣恰好坐在迟雾对面沙发的另一个角落里。

几分钟后，谈屹臣才从屏幕上抬起头，将手机摞在桌面上。他抬起手，沿着边缘将指套拉下："谈屹臣，言炎谈，山乞屹，臣服的臣。"

他的一双手很干净，指甲边缘整齐，手背皮肤下露出淡色的青筋，指骨分明。这双手应该经常打球、骑车、敲架子鼓等等。

"迟雾，延迟的迟，大雾的雾。"这里的人就剩她没介绍，她再不开口，显得刻意。

邹风是真觉得饿了，打开一罐可乐仰起头喝了半罐，抬手拿起另一个烤肉夹翻烤，自己动手丰衣足食。

"你不吃？"邹风见谈屹臣动都没动，问。

"嗯。"谈屹臣看上去没什么胃口，靠在旁边玩手机。他的盘子上只摆放着两块别人递过去的牛肋条，筷子都没动一下。

有几个男生吃得差不多后，一同到旁边的活动室去了。

满满当当的座位没一会儿就空了下来，迟雾只静静地坐在位置上，守着跟前的半杯梅子汽水，除了喝饮料，她也不知道干些什么。

邹风出去透气后，这一块区域就只剩他们三个人。

头顶冷气往外吹着，有些年头的音响一轮轮播放着音乐，时不时发出细微的电流杂音。

谈屹臣靠坐在沙发上，手上一局游戏结束后，他抬起头，右手从一旁摞成堆的汽水中抽出一听七喜，从桌面滑到自己面前。

迟雾盯着他用食指轻松地钩住拉环一拉，随后气泡水"嗞"地冒出气。注意到对面的视线，谈屹臣顿住，语气平常地问："想喝？"

"嗯。"迟雾盯住他的那只手，点了下头。

大概是预料到他接下来会把那罐给她，迟雾将自己的杯子推到他面前。

"喝吗？"她问。

谈屹臣没说话，很自然地将刚打开的汽水往她的方向推过去。他往后靠着，身上那股散漫的劲儿越发明显。他默不作声地打量着迟雾递过来的杯子，瞧着杯沿残留的唇印，看了半天也没有喝的意思。

迟雾见状没多说什么，把杯子拉回面前，一口气全部喝完。她抬手擦下唇边，抬眼对上谈屹臣的视线，随后又装作若无其事地垂下眼。

"啧。"谈屹臣周围的温度似乎瞬间降低，他伸手将她面前的七喜移到自己面前，一口气喝下后，随手将空瓶捏瘪扔到一旁的垃圾桶内，砸出"咚"的一声闷响。

一连串的动作都带着点儿脾气。

"挺能耐。"谈屹臣眼神淡漠，一动不动地盯着她，没头没尾地说了这么一句。

迟雾恍若未闻，维持着原来的姿势，在她还想点饮料的时候，谈屹臣放在桌面的手机振动起来。

面前的人起身，拿起手机瞄了一眼，接着回过身朝不远处靠在窗前的邹风示意，指了下手边的手机，出去接了个电话。

等人走了，李溪藤才从沙发上坐起来，望着身后朝门口走的谈屹臣说："他怎么接个电话还给哥们报备？"

迟雾看着他的背影，直到人不见了才收回视线。

"话说——"李溪藤突然间靠近，凑到迟雾脖颈旁吹了口气，"咱们和他还挺有缘分，一晚上遇见两次。"

迟雾没吱声。

李溪藤没打算放过她："没看出来，你们认识？"

"嗯。"迟雾嘴角似笑非笑地勾起个弧度。

"认识多久了？"李溪藤那双狐狸眼里光芒闪烁。

李溪藤刚想继续问下去，余光便瞧见一个高瘦的身影从屏风侧面走进来。

刚出去打电话的人不知道什么时候回来了，谈屹臣进来后没落座，拿起搭在沙发上的外套和手套，转过身看向迟雾，唇边挑起弧度，带着几分玩味之意说："过来拿下东西。"

意思大概就是，听见什么、听见多少，他都不是故意的。

迟雾没接话，还是保持撑腮的姿势，视线淡淡地跟着他移动，看他走到邹风的身边，拍拍邹风的肩膀，两人一道离开。

等人走了，李溪藤这才继续问。

迟雾却从沙发上站起来，意兴阑珊地道："我也回去了，有事电话找我。"

她出了饭馆，热气扑面而来，迟雾将校服搭在臂弯，低下头用手机软件打车。

夜风习习，柏油马路石缝间残留着水渍，夹带雷阵雨过后的潮气和泥土气息，迟雾摇下车窗让风吹进来，吹散身上的热气。

出租车一路将她送到楼下，迟雾回到自己单独在外租住的房子，将校服搭在门前衣架上，在沙发上放空好一会儿才起身去淋浴室。

洗完澡，她光脚踩在地毯上，任由湿漉漉的黑发搭在肩头，就这样靠坐在床边翻出手机。

她手机上联系人不多，很少收到消息。今天破天荒地收到一条消息，联系人"TT"几个小时前发来一条消息，是很简洁的一个问号，时间显示在傍晚19：17。

迟雾装作没看见，把信息随手删除。

假期结束，晨光照耀下的街道上人群熙攘，除去早起为生计奔波的工作者，余下的就是赶着上早读的学生。

南城一中是老牌市重点，跟附中和另外两所学校合称四大名校，迟雾到教室的时候，上课铃正好响起。

"迟雾！"成羽看她朝自己走过来，捋了下后脑勺的高马尾。两人是同桌，成羽桌前已经摆满一摞数学试卷。她是数学课代表，负责收作业。她起身给迟雾让地方："我以为你要迟到了，怎么今天来这么晚？"

"起晚了。"迟雾放下背包，将它塞进靠窗的储物柜里，拿出几张笔迹工整的试卷分类好，将其中两张放到成羽的桌面上。

高考只剩最后一个月，黑板上的日期彻底进入倒计时，学习内容也已经进行到第三轮复习末尾。课间学生们常常睡倒一大片，都在争分夺秒地学习和休息。

一上午的课结束后，迟雾放下手中的笔，甩着发酸的手腕，同时望向窗外。

成羽问她去不去食堂解决午饭，食堂吃饭快，回来能多睡一会儿。迟雾正好也打算去食堂，于是两人收拾好桌面一块过去。

一中食堂只有固定的几个窗口，两人到的时候窗口前早就排起了长队，迟雾随便找了个队伍跟在后头，前头交谈的声音戛然而止，几个眼神虚虚地往后瞄。

迟雾在这个学校里算是众人皆知，她的长相和气质都比较独特，像三月清晨江面的薄雾，疏离又冷淡。

打到餐后，成羽占到一张空桌，又去窗口开了两瓶北冰洋才回到原位坐好。等迟雾不慌不忙地端着餐盘走过来，成羽看一眼她的餐盘："就吃这么点儿？"

迟雾打的饭菜还没她的一半多。

"嗯。"迟雾点头，"早上吃多了，不饿。"

成羽"哦"了声，递过去一瓶插上吸管的北冰洋："我要是只吃这么点儿，估计挨到'光头强'的课就得饿死了。"

"光头强"是他们班物理老师的外号，本名张强，恰好又留着光头，一届届的学生心照不宣地给他起了这么个外号。

今天下午第二节就是他的课。

"谢谢。"迟雾接过汽水，咬住吸管缓慢地吸了一口。

两人的座位在监控死角，草草解决一顿饭后，成羽掏出手机打了个电话。

迟雾的汽水喝完大半瓶后，校服里的手机传来振动声。

TT："厉害。"

她昨晚没回他，这两个字明显带上了谈屹臣独有的阴阳怪气。

迟雾轻眨下眼，抿了下唇，坦然地望着聊天界面几秒钟，还是没打算回。

十七中门口，窄巷阴影处。

这儿不在大路附近，不怎么有人注意到这边。

刚吃完饭的几人聚在这里，趁着中午吃饭的空隙，难得出来透气。这些人身上穿着天蓝色的校服，正倚着墙聊天。

"臣啊，看你盯手机盯半天了，盯什么呢？"谭奇蹲在一块大石头上吃着冰棍，调侃谈屹臣再盯都能盯出个花来。

谈屹臣不耐烦地将手机揣回兜里，眼神冷冷地扫过去："你很闲？"

"不闲。"谭奇笑嘻嘻地把手机递过去给他看，"跟你说那个事你考虑一下啊，墨绿森林音乐节找咱们呢。时间在高考后，去吗？"

"你定。"谈屹臣随口撂下一句回应。

他们的乐队是几人在社团里随便组起来玩的，没想到今天能玩出点儿名堂来。

乐队里杨浩宁是主唱，谭奇和陈黎是吉他手，谈屹臣负责架子鼓，邹风是贝斯手，但他不是十七中的学生，只是偶尔参加活动。几人如今玩出些名气来，周边城市举办音乐节都会朝他们抛来橄榄枝，出场费给得也不低。只不过碍于学业，几人鲜少接下邀请。

"那我跟负责人定了？"谭奇继续问其他人，屏幕在光线下反着光，看得出他挺高兴。

"定吧。"谈屹臣点头，乐队里其余人也没意见。

这事就那么定了。

几个人里谈屹臣家境最好，其余人也不缺钱。但谭奇父亲去年出了车祸，之后家里就一直过得紧巴巴的，谭奇想在能力之内多赚点儿钱。

春末的阳光称不上灼热，但晒久了脑袋还是会发蒙。

谭奇起身从石头上蹦下来，一不小心没站稳，差点儿摔破相："吓死我了，差点儿在这毁容。"

"毁吧，也不剩多少发挥空间了。"陈黎慢悠悠地调侃他。

"行行行，你帅你帅你最帅。"谭奇连珠炮似的顶了回去，"你能比谈屹臣还帅？"

"吵架还得带上我。"谈屹臣拧眉，稍侧肩膀回过头看，望着小学生一样的两人，勾了下嘴角，"有毛病？"

谭奇："不是，陈黎有毛病，别说我，说他去。"

谈屹臣："你俩没什么分别。"

十七中的午休时间允许学生自由安排，学生可以自主选择回宿舍、回家或者直接留在教室。临近高考这段时间，不少学生选择睡十分钟保证精力，然后起来刷三十分钟题。

这条巷子原本是一些校外不良人员的聚集地，几人有一回碰巧遇见那些人欺负学生，于是自那之后没事就来这里，算是间接地"维护治安"。

这会儿做好事不留名的少年谈屹臣正低头盯着屏幕，左手捏着校服拉链，在胸前来回拉了几下。睫毛轻颤，在他的眼下投出淡淡的阴影，没一会儿，他轻敲键盘，又发出去一条消息："装看不见？"

十分钟后，对面依旧没回复。

他拉动聊天界面反复刷新，还是没有消息。

她可真行。

谭奇一张脸被日头晒得通红，他扬起手随便拍了两下身上的浮灰，声音蔫蔫的："咱回去吧，这太阳晒得我发晕。我还有张卷子没写，下午数学课就讲了，再不写该赶不上了。"

几人虽然兴趣很杂，但学习上都不马虎。怎么活以后不会悔青肠子，几人心里门清。

陈黎也想起来这茬，人一瞬间又蔫下去大半，没什么精神地说："你这么一说，我好像也没写。"

"臣哥，你写了吗？"陈黎抬头求救般地问谈屹臣，随后看向前头站在巷口的人。

谈屹臣懒懒地"嗯"了声，还是在看手机："回去自己拿。"

"好嘞，谢谢臣臣。"陈黎瞬间回血一半，抛过去个媚眼外加个飞吻，"还是臣臣懂我。"

"喊我什么？"谈屹臣忽然扭过头，左肩抵着墙壁，皮笑肉不笑，"有种再喊一句。"

午休要开始，几人打道回府，临走前谈屹臣低头看了一眼聊天界面，对方依旧没回。

"怎么了你？脸冷半天了。"杨浩宁跟上他的步子，拉下头顶遮阳的帽子，看他脸色不对劲，没忍住问问。

"没什么。"谈屹臣收起手机，抬步朝校园走去，敷衍地说，"一点儿私事。"

下午一晃而过，晚自习到十点才结束。

迟雾是走读生，住的房子就在一中隔壁，走路五分钟就到。

这个小区是一中搬过来后建起来的楼盘，房价在那之后也跟着水涨船高。

月朗星稀，空气里还带有黏糊的湿气，墙头的蔷薇被昨晚的雷阵雨打得凌乱不堪，只剩下细微的一缕清香。过不了几天，树丫间就该响起一声声此起彼伏的蝉鸣，聒噪不已，又缺它不可。

这个小区绿化度高，打着高档学区房的名头，在迟雾转学到一中前，这个楼盘就已经售空。恰好有家住户的孩子还没到年龄，不急着住，就打算租出去，迟晴知道后就联系户主把它租了下来。

住在迟雾隔壁的是对夫妻，迟雾遇到过一回，两人都是退休老教师，慈眉善目，为人很和蔼。

当初迟雾的母亲迟晴女士仔仔细细考察完附近住户背景和基本环境，才放心让迟雾一个人住这儿。

迟雾走出电梯后，拿下肩上的挎包，拉开最外侧的拉链，习惯性地将手伸进去拿钥匙。

在夹层里摸了一个来回后她发现，钥匙不在。

回想了下，迟雾拉好挎包，转头返回学校。

一中十点下晚自习，十点半关校门。今晚下课她做试卷拖延了一会儿，等到再次走回校门口，大门已经被关上了。

值班的保卫处阿姨拉开窗口，朝她招手问："有事啊，姑娘？"

迟雾望着校园思考几秒钟："谢谢阿姨，没事。"

等到窗口被重新合起，迟雾才烦躁地踢飞脚边的石子。

她怕黑，这么晚一个人去黑灯瞎火的教学楼拿钥匙，她不敢。

五分钟后，迟雾打算先回家将就一晚。

迟晴女士学历虽然不高，但靠着不算大的家底加上自己年轻时在社会上摸爬滚打攒下的资源人脉开了家公司，生意越做越大。她公司的本部设在开发区，这两年连人带家也都安置在那边，离这儿不算远，打车要行驶二十分钟。

到地方后，迟雾付完钱下车，往东边的独栋欧式小洋楼走去。

迟雾熟练地输入密码，随后响起开锁的提示音。

屋内，一楼的灯开着，复古的装饰物蒙上一层陈旧感。迟雾趿拉着拖鞋拉开冰箱，取出瓶鲜奶，往二楼走去。

楼梯间是感应灯，拐过楼梯转角的那个弯后，她就停住了。

楼梯上落了件年轻男士的衬衫。

迟雾没什么反应地转身下楼，将鲜奶随手放在桌面上，拿上挂在衣帽架上的挎包，重新出了门。

长江大桥边，空旷的马路上没几辆车，机车的声浪呼啸而过。

开发区这两年建设很快，商场新楼盘一个接一个地冒出来，新住户这两年来了很多，大多是来挑选好地段的小老板。

整个城市沉浸在雾蒙蒙的夜色里，红灯路口，谈屹臣跟邹风停下车，红绿灯旁边是显示屏，正轮流播放着各类广告。

他们两个人成年后就找时间考了驾驶证。邹风放学后没事就过去找他，拉他出来一块骑一圈。邹风研究过，人处在这种状态下脑细胞也活跃，回去后学习事半功倍。

这是邹风自己琢磨出来的学习方法，他说这是"磨刀不误砍柴工"。

这天的夜风非常舒服，邹风摘下头盔架在身前，无聊地顺着显示屏往右看，眨眼的工夫，在前方路灯边缘，望见一个眼熟的身影。

"那是不是迟雾？"邹风拍了下谈屹臣，下巴微抬朝右边示意，提醒，"就昨晚的那个姑娘。"

谈屹臣掀起眼皮，稍微侧过脑袋，视线跟着往那个方向看去。

树影下，迟雾坐在路口的石墩上，穿着墨绿色的校服裙和白色的背心，露着细细的腰。白色耳机和黑发在她的脖颈间交错，她正垂头在手机上打字，脚边放着很有标志性的红色小包。

第 2 章

青梅竹马

一

"怎么了？"邹风看到他神色不对劲，提起了点儿兴趣。

"没什么。"谈屹臣还看着那个方向，思考了一会儿才开口，"你先走。"

邹风笑着打听："我先走？你跟这姑娘什么关系？"

"烦。"谈屹臣回看了他一眼，"跟你没关系，瞎操什么心？"

"成，我也算个证人。"邹风抬手将头盔重新戴好，"这姑娘要是有个好歹，我回头第一个去公安局举报你。"

"不愧是好兄弟。"谈屹臣目光淡淡地打量他，"大义灭亲。"

不远处的路上响起一阵机车声，迟雾没放心上，专心地吹着风，直到视野里出现一辆重机车，轰鸣声戛然而止，而后一双球鞋落地。

视线里伸过来一只骨节分明的手，扯过她的耳机线，迟雾皱着眉抬起了头。

"好巧。"看清了人后，迟雾挺淡定地打招呼。

机车上的人也正看着她，来人的短发随意地戳在眉骨上，一张招蜂引蝶的脸正俯视着她。

"是很巧。"谈屹臣面上挂起淡淡的笑意。

夜色里的两个人，一个倚在机车前，一个坐在石墩上，对视半响，相顾无言。

"要帮忙吗？"他瞧着她出声问道，耳机线还在手里晃着，懒洋洋的态度看不出有多少诚意。

昨天傍晚是跨年后两人第一次见面。他回去后主动给她发消息也没个回音。

"我没地方去。"过了一会儿，迟雾长翘的眼睫毛微动，她坦然开口，"身份证不在身上，住不了酒店。"

"好。"不用多解释什么谈屹臣也能知道大概情况，"走吧，去我那儿。"

迟雾低头，看着眼前的头盔，没动。

"怎么？"谈屹臣打量着她，"准备今晚睡大街？"

"不是。"迟雾起身接过头盔，抚平臀后的短裙，"走吧。"

晚风将江面吹得波光粼粼，抵达那栋公寓后，两人一道走到电梯处。

等电梯的间隙，谈屹臣打量了一下身旁神色如常的少女，她露出的一双腿笔直又纤细，很是好看。

电梯还没到，谈屹臣扯下右手手套，自然地朝迟雾靠过去，在距离还剩两厘米的时候又停住，抬手朝她的手背上轻轻碰了下。

迟雾刚低下头去看，他已经把手收回去了。

"冷怎么不说？"谈屹臣刚刚碰她的那一下，发现她的手被夜风吹得像冰块似的。

电梯正好到了，迟雾走进去，按下八楼键："不冷。"

谈屹臣看着她的动作，也不说什么了，靠在电梯上，等着电梯到八楼。

进屋后谈屹臣就没管她。因为上一辈和上上一辈的关系，两人打小就在一块玩。这里是谈父几年前买的，谈屹臣从初中不乐意住校开始就住在这边，小时候有阿姨照顾他，大了后他就一个人住。

屋里和迟雾之前来时相比几乎没怎么变，还是摆着一堆动漫手办，窗台前架着个望远镜。迟雾弯下腰，从鞋柜里拿出那双米白色拖鞋换上。

这不是她第一次来，初中那会儿她来得最频繁，差不多把这里当成自己家了，后来两人关系越来越僵，她来的次数也就越来越少。

小时候他们并没有这么生疏，长大后，两人之间的关系开始变得越来越奇怪。

迟雾记得清楚，两人关系的转折点是在中考过后的夏天。那个时候他们刚中考完，趁着难得的假期，她特地过去找他，打算去看谈屹臣收藏的那堆绝版碟片。

南城夏季天气炎热，两人家当时住得不算远，迟雾走在繁茂的树荫下，就算这样脸还是被热得微红。

到谈家之后，迟雾礼貌地和谈母打了声招呼便熟门熟路地往二楼走，悄声推开谈屹臣卧室的门。

卧室里冷气开得很足，窗帘被拉上了，房间昏暗，谈屹臣躺在床上。他的睫毛很长，五官比女孩子还招人。

可迟雾也知道这人是个浑球，从幼儿园一路浑到初中毕业。

浑球睡得正熟，迟雾没打算叫醒他。她走过来时身上出了汗，发丝正黏在脖颈上。她也有点儿累了，直接挑了个离他还有段距离的角落躺下休息。

他们小时候在一起玩不舍得回家时也一起睡过，也因为从小就和他在一块，迟雾在性别方面开窍得比较晚。

那会儿她根本没多想，只记得因为在睡觉的半途中被谈屹臣的胳膊压醒过一次，往他怀里蹭了蹭。后来，她是直接被他拎起来叫醒的。

太阳往西滑落，房间里比午睡前还要昏暗。迟雾困倦地睁着眼睛，看到谈屹臣脸颊泛红，额头的碎发被汗水打得微湿。

"热？"迟雾跪坐在床上，皱了下眉，伸手往他额头探去。

"啪"的一声响起，谈屹臣下意识推开了她的手，不让她碰到自己。

两人同时一愣，迟雾低头默默看着自己的手腕快速泛起的一片微红，又抬头直直看向他。

"抱歉。"半晌后他说。

相顾无言几分钟后，谈屹臣才开口："谁让你进来的？"

"什么？"迟雾不解，他的房间她一直可以随便进。

"出去。"谈屹臣坐在床头，稍微冷静下来，开始赶她。

迟雾看他盖着被子，问："谈屹臣，你是不是尿裤子了？"

不知道这句话戳中了他哪个痛点，谈屹臣咬牙切齿地从床上爬起来，把她拎出了门外，然后大力关上房门。

十五六岁的谈屹臣已经比她高出大半个头，力气也大，拎她毫不费劲。

关门动静大到直接惊动了正在楼下悠闲喝茶的谈母，周韵踩着阶梯赶上来骂了半天又哄了半天，好话坏话都说完了里面的人也没把房门打开。

迟雾那天光脚在他的卧室门口站了很久，她那会儿真的在想，再也不要理谈屹臣了。

迟雾回过神，谈屹臣已经越过她走到存放冷饮的冰箱前，偏过头问她："喝什么？"

"七喜。"迟雾回答，随后将校服搭在沙发边缘。

"哦。"他伸手从冰箱里拿出两罐七喜，转身将其中一罐打开，朝迟雾的方向递过去。

迟雾看了他一眼，伸手接过，手指触碰到冰凉的易拉罐和男孩子温热的指尖，她泰然自若地将七喜送到唇边小抿一口。

"我今晚还是睡之前的房间？"她问。

"不然呢？"谈屹臣侧过头笑了下，轻飘飘地问，"还想睡哪儿？"

休息一会儿后，迟雾没理他，走到隔壁房间关上门，拿出晚自习没做完的数学卷继续做。做完后她又拿出错题集复习，一个小时后才重新抬起头来。

时间不早了，门外传来脚步声，谈屹臣在客厅溜达了一圈后又回到自己卧室，仿佛迟雾不存在。

完成学习任务后，迟雾重新拉开门走出去，刚踏出一步，对面卧室的门也被"砰"的一声拉开。

"什么事？"谈屹臣手还搭在门把手上，看她脸色不好，于是戳在那儿等她开口。

迟雾和他对视，淡淡地说："你把我的东西扔了。"

她只下单了一次性内衣，没准备其他衣物。

"你半年没来了。"谈屹臣望向她，摆出一副我最有理的样子，没皮没脸地往门框上靠，"我留着干什么？"

"不是。"她拿他没办法，也不想跟他扯几件衣服的事，只好问，"那我今晚穿什么？"

总不能还穿着这身脏衣服上床，她受不了。

"等等。"沉默几秒钟，谈屹臣转过身折回卧室，没一会儿拿了一套干净衣服和毛巾递过去，"你等会儿就穿我的？"

他边说边拎着一件白色T恤和五分裤问她。

迟雾看了眼他手里的衣服，没吱声，不知道在想些什么。

"干什么？"谈屹臣垂头看了一眼自己手中的衣服，又掀起眼看她，觉得这人有点儿没看清形势，"嫌弃？"

迟雾老实地点下头，没否认。

谈屹臣懒得和她计较，早习惯了，把衣服放到沙发上，懒洋洋地转过身先进了浴室。

见人进去了，迟雾慢慢收回视线，回到沙发上小口地喝着刚才没喝完的汽水，听见浴室里传来"咔嗒"的反锁声。

她抬起眼平静地朝浴室方向看过去。他锁什么门，她还能闯进去不成？

她没等太久，浴室的门就从里面被拉开，向外涌出薄薄的热气。谈屹臣走出来，穿着一身宽松休闲家居服。他身形颀长，肩背挺阔，人虽然总是很懒散，但又莫名其妙地带着股劲儿，就是这股劲儿很招人。

他单手抓着干毛巾在湿发上蹭着，浑身上下散发出一股薄荷海盐的味道。他走到迟雾身边坐下，舒服地往后靠在沙发背上。迟雾立马觉得身旁陷下去一块，她没稳住，往旁边靠过去几分。

"还不去洗？"谈屹臣侧过脸问，两人靠得很近，那点儿水汽和薄荷味似乎都要扑到她身上去了。

"去了。"迟雾站起身，放下汽水往浴室走。

迟雾拿好换洗衣物，走进浴室，将身上的校服一件件脱下来搭在衣架上，水调到舒服的温度。

打开淋浴头，迟雾拿过一旁的沐浴露看了一眼，依旧是谈屹臣爱用的那个牌子，这款沐浴露，自己挑的，很小众的一个产品。

薄荷海盐的味道特殊，但很好闻，叫人想到奔跑在夏日草场踢足球的少年，青涩又极具吸引力。

洗完后，迟雾把他的衣服穿在身上，还成，不算丑，把头发吹得半干后，她拉开了门。

门前，谈屹臣抱臂倚在屏风旁，一条腿靠在另一条腿上，姿态散漫地瞟了她一眼："洗好了？"

"嗯。"

"哦。"

话音落下，谈屹臣抬脚往前迈了一步，一瞬间拉近了两人之间的距离。迟雾屏住呼吸，身体稍往后仰，眼看着那张脸压下来。

"干什么？"迟雾眉头轻蹙，不明所以地抬起下巴看向他。

"不干什么。"谈屹臣淡淡地回她一句，凑到她的脑袋旁瞥了她一眼，"闻一闻。"

"嗯？"迟雾没听懂。

"闻一闻。"谈屹臣垂下眼，迟雾觉得那睫毛快要戳到她了。他声音冷淡："看你偷偷用我的沐浴露没有。"

"……"

"用了。"他肯定地得出结论。

迟雾懒得搭理他，骂了句"幼稚"，拿上手机进了自己的房间。

这一夜迟雾睡得安心，第二天起得很早，静悄悄地洗漱吃饭后，便直接打车返回学校。

等到闹钟六点半把谈屹臣吵醒，他睡眼惺忪地走到客厅，已经人走茶凉。

他没什么反应地看了会儿桌上迟雾给他留的早饭。盘中是梅花糕，他不喜欢这些甜腻的食物，但迟雾爱吃，尤其爱吃老城东的那家梅花糕。

"没良心，走了连声招呼都不打。"谈屹臣烦躁地抓了下短发，折回卧室。

迟雾到学校的时候路上还没几个人。她进了教室后先是检查了桌洞，见钥匙原封不动地躺在里面。迟雾把它放进挎包，以防再发生昨晚那样的意外。

迟雾打开旁边的窗户，让清早新鲜的空气涌进来，接了杯温水小口喝着。

目前距离高考只剩一个月。上周的月测成绩昨天刚出，还张贴在黑板旁边，迟雾这次排年级第六名，班级第一名，在她成绩正常的浮动范围内。

她没待一会儿，教室里陆续有同学进来。

上午大课间时教室里的同学趴下一大片，下午有一节体育课，这是他们高考前的最后一节体育课。

到了体育课时，这会儿中午太阳最热的时候已过，热气消退，操场的阳光很舒服。同学们换上各自的运动装赶到操场，跑完两圈，体育老师宣布解散，让学生们自由活动。

"打球吗？"成羽从器材室抱着排球一路过来，"就这一节体育课了，再不活动活动，估计高考完就得歇菜。"

"不了。"迟雾伸手拽了下白色运动短裤，坐到台阶上，"你去吧，我给你加油。"

成羽叹气，把排球抛起，伸直双臂颠着玩："咱们班就咱俩是排球队的，其他人哪儿有会打的啊？"

社团、兴趣选修课、体育选修课，这三项一直到高三下半年才停止，两人之前一直参加排球选修课，迟雾先天条件好，高二时还参加过区里比赛。

理科班女生原本就没几个，会打排球的更少。迟雾没什么心思，成羽也勉强不了。

下课两人一道去小卖部买了瓶冰水才回教学楼。除了三两个上厕所和趴在走廊上透气的学生，教学楼并不嘈杂，两人握着冰水往教室走着。

"迟雾，等等我。"身后传来一道声音。迟雾停住脚，往左挪动半分，回过头看是谁。

走廊的另一端，楚勋抱着篮球朝她大步走来，白色的篮球衫湿得贴在后背上，透过球衫能清晰地看到肌肉线条。

楚勋是体委，某天开始，以交作业、打扫卫生、值日周等理由和迟雾有交集。

"怎么了？"迟雾问他。

"帮我把球带回教室，我得去办公室一趟。"楚勋说着就把球抛过去给她，同时擦了把头上的汗，"待会儿放学买奶茶谢你。"

"不用了，谢谢。"迟雾稳稳当当地接过球，递给身边的成羽："你拿吧，我不爱喝。"

这两天六班的班主任抓得严，不到晚自习下课铃响绝不许学生走，班里几个爱玩的学生都得挨到下课铃响起。

谈屹臣走到校门的时候，邹风已经到了。

"今天怎么晚了？"邹风扬下眉，笑着问。

"写物理试卷。"谈屹臣把书包扔给他，自己到街边的另一侧饭店门口取车。

回到住处，谈屹臣发现早上那份梅花糕还放在胡桃木餐桌上。

他洗了手，走回去拿起那块梅花糕放到嘴边咬了一口，嚼了几下。

这东西果然甜得要命。

慢慢吞吞地把这玩意吃完后，谈屹臣懒洋洋地靠在椅背上，捏住手机边缘无意识地转了两圈，望着桌上剩下的包装纸盒出神。

不一会儿，他看了一眼时间，放下手机站起来，拿上干毛巾迈着步子往浴室走。

关好门时，谈屹臣停住了动作。

昏暗的浴室里，挂着一件女孩子的衣物。

那是他的小青梅落下的。

高中后，同学都不知道他和迟雾的关系，一是因为两人都默契地避而不谈，二是因为两人不在一个学校，交集少了，加上别扭劲在那儿，身边人也没有知道的机会，昨天晚上更是意外。

跨年夜之后，他们这半年几乎没联系过。学校距离不近，他们也知道对方经常去的几个地方，想避开很容易。原本就熟悉的人不遇见还好，遇见了再不发出一点儿信号，就太过刻意。

所以谈屹臣选择做那个主动发出信号的人，打破僵局。

迟雾不理他，但就这么巧，无家可归还能叫他碰上。

白色的衣物挂在那儿异常醒目，谈屹臣思考了三分钟，然后把它拿下来，放到迟雾住的那间卧室的衣柜里。

迟雾回到出租房后，吃了片面包，走到书房继续温习功课。

手机上响起一声消息提示声，迟雾没理，没几分钟后响起第二声，她还是没理。

直到复习完，迟雾才打开手机，左手撑着脖颈，任发尾柔柔地搭在胸前，伸手解开锁屏。

TT："对方撤回了一条消息。"

隔了十几分钟后的第二条消息来自同一个人："睡了？"

迟雾点击键盘，回他："正要睡。"

三个字刚被发出去，对面发过来一个视频请求。

迟雾点了拒绝，并回复了一个问号。

对面紧接着第二次发过来视频请求。

不知道是不是有什么重要的事，迟雾接通了，轻声问："怎么了？"

高中后两人没事从不联系，更别提视频通话。

镜头里，谈屹臣正倒在沙发里，短发半湿地支在眉骨上方，淡淡地看着屏幕，怀里抱着抱枕。迟雾认出那是个海贼王抱枕，基本上谈屹臣心情不好的时候都抱着它不撒手。

"不舒服。"谈屹臣声音偏低，带着点儿鼻音。

沉默了一会儿，迟雾问："吃药了吗？"

"没。"谈屹臣不冷不热地从嗓子眼里说出几个字，"家里没有。"

"空调开低了？"迟雾继续问，说着随时都能终止的无聊对话。

"不是，洗了个凉水澡。"谈屹臣抬手抓了下湿发，嗓音带着股慵懒之意。

迟雾皱眉："洗凉水澡？"

"嗯。"谈屹臣随口编了个理由，"热水器坏了，就用冷水洗了一个小时。"

"这样啊。"

"嗯，所以感冒了。"谈屹臣望着她身上的白色校服衬衫，抛出橄榄枝，"过来吗？我叫辆车去接你，帮我带盒感冒药，我教你数学。"

相较于其他几门学科，她的数学一直不好，偏偏谈屹臣在她的短板上一骑绝尘，高中后她的数学分数就再也没超过他。

她属于天赋与努力对半分的类型，谈屹臣是绝对的天赋型学生。迟雾小时候看过一种说法，混血的孩子更聪明，她一直认为谈屹臣是占了混血的便宜。

谈屹臣的曾祖父是那个年代来中国做生意的英国人，后因为和谈屹臣曾祖母结为夫妻，才选择留在这片土地上。

他发色里的那点儿灰棕色和他独特的五官，都源于他的曾祖父。

迟雾还记得初二时，新来的教务主任逮着他的头发把人拉到教务处。谈屹臣只好跟主任好好解释了一下自己的头发为什么是这个颜色，这毕竟是天生的，他也没辙。

听他说完，迟雾抬头看了一眼手机右上角显示的时间，十一点二十三分，这么晚，再过去又要住在他那儿。

"不了。"迟雾平静地透过镜头直视他，"明天要早起，你点个外卖送药，很快的。"

谈屹臣扬眉："怎么，怕我占你便宜？"

她没看他，自顾自地说着："你不是占过吗？"

视频还在继续，两人各自沉默。

"迟雾。"过了会儿，谈屹臣喊她。

"嗯。"

对面的人突然笑了："好好准备高考。有不会的，记得问我。"

"嗯，知道。"

说完，迟雾看着那个红色浮标，点击挂断。

夜色安静，窗户被打开一条细缝，吹进来的晚风带着初夏的温热。迟雾抬手握住窗边，将缝隙拉得更大。

思忖片刻，迟雾还是帮他点了感冒药。

两人都选择对那天发生的事情略过，好像只要不深究，假装没发生过，两人还能继续维持原状。

迟雾不喜欢这种感觉，想在高考过后找个机会跟他说清楚。

随便关系会发展到什么乱七八糟的地步，总比现在这样不尴不尬的好，有些东西说开了，就用不着藏着掖着。

六月初的气温已经开始变热，行走在阳光之下像把人放在铁板上炙烤。

经过压抑沉闷的考前两周，高考的前两天，学校给学生放假了。

迟雾大致重温一遍后就放下了笔记。成羽约她吃火锅，在微信上游说了迟雾整整两天，迟雾才松口。

吃就吃，这也不是什么大事，以后她们或许就没什么机会再碰着了。

成羽选的是一家正宗地道的重庆火锅店，坐着公交路过的时候，远远就能看见那块写着"新开业"的广告牌。

店离她的住处不远，迟雾换了身一字肩黑色短款上衣和牛仔裤，拿上包出门。

下午空气燥热，柏油地面上掀起轻微的热浪，这个时间火锅店里的人寥寥无几。迟雾跨进店门就望见了前方左边的一桌，成羽已经到了，除此之外还多出一个人，楚勋回过头朝她招手。

迟雾走过去，放下迟晴女士给她买的包，坐到成羽身边，对突然多的一人没什么反应。

"吃什么？"楚勋将菜单推到迟雾面前。

"谢了，我不挑，你们看着点就行。"迟雾端起水杯喝了口温水，将菜单递给成羽，"你看看吧。"

"噢，那成。"再把菜单传下去就没意思了，成羽拿起圆珠笔勾选了一些经典火锅涮菜，最后又把菜单递给迟雾和楚勋过了一眼，随后交给身后的服务生。

楚勋是他们班体委，私下和成羽走得更近，迟雾默默翻开手机上的单词记忆本看了两眼。

"那个，迟雾。"楚勋开口，"你有没有喜欢喝的饮料？成羽你也是，我去买。"

"她喜欢七喜。"成羽帮她抢答，又补充，"我要一瓶酸奶，谢谢体委。"

"好，你们等会儿。"楚勋说完抬脚离开。

等人走了，成羽抱歉地靠过去："是不是体委来，你不太高兴啊？"

"怎么了？"迟雾抬眼，情绪毫无波动。

成羽面上有些为难："看你好像不怎么说话。"

半晌，迟雾平静地问了一句："你希望我高兴吗？"

她没准备让成羽真的回答，问完便垂下眼，继续看单词本。就像是随手在湖中投下一粒石子，最多只会轻飘飘荡起一圈涟漪。

成羽稍显尴尬："我不是这个意思……"。

"我平时也不怎么说话。"迟雾打断她，没打算直接戳破她的少女心事，只单纯地维护表面上的友好，"没事，你想跟他聊什么，不用管我，正常去说就好。"

"哦，好……好的。"成羽再也不敢多说一句，在沙发的另一侧安静地等楚勋回来。

火锅店不远处就有一家二十四小时便利店，楚勋在货架上扫了几眼，没找到七喜，走到一旁拿出手机给迟雾打电话。

迟雾看向手机上的来电显示，接通后开了免提。

"怎么了？"她问。

"抱歉啊，迟雾，这里没七喜，你看你要不要换其他的？"楚勋略带歉意地跟她说。

"麻烦你了，换雪碧吧。"迟雾回道，语气客气又疏离。

"行，我买好马上回去。"

楚勋转过身，正对上一个身高腿长、目光冷淡的男生，他左手肘靠在收银台上，手里握着一听罐身结满水珠的七喜，嘴里咬着吸管，身旁还有个跟他差不多高的朋友，正兴致盎然地看着两人。

他对这个男生有点儿印象，似乎见过。

"你好,有什么事吗?"注意到对方视线一直在自己身上,楚勋礼貌地问。

"没什么事。"谈屹臣搲下手里的汽水,眼神冷淡,态度不算友好,"就想问问,这家没七喜,不能换一家?"

楚勋皱了下眉。

"等着。"搲下这句话,谈屹臣转身走出便利店,朝马路对面走去。

人走了,楚勋朝一旁留下的男生看去。

"他叫你等着,就等着吧。"邹风笑笑。

"好。"没管太多,等一会儿也不是什么大事,趁这个空隙,楚勋去货架上拿好酸奶和果汁结账。

出去的男生很快返回,额前碎发沾上些薄汗。

谈屹臣走到他身前,把手里的七喜递过去:"喏,拿给她。"

回去的路上,楚勋心神不宁。

迟雾拿到汽水后,见跟说好的雪碧不一样,也没问什么,楚勋也选择闭口不谈。

明天就高考了,那晚的视频通话过后,谈屹臣真的再也没有找过她,好好高考是两人最后说的话。

好在迟雾也习惯不和这人多互动了,毕竟高中基本上都这么过来的,每天照旧上学放学做高考最后的冲刺。

临考前,迟雾收到谈屹臣的信息,只有简短的两个字:"加油。"

她回:"嗯,你也是。"

日升,日落。

考场安静,只有窸窸窣窣的笔尖摩擦答题纸的声响,一中的学生考场就在本校。室外气温高，考场内也有一股闷意，做完半张试卷后不少人就已经沁出薄汗。

两天时间过去，直到交上最后一门学科的试卷，迟雾才恍如从云端降回地面，有了一种双脚着地的踏实感。

迟雾走在回教室的走廊上，到处都是乱窜的毕业生。

她抬头看着人群，拿着书包走到走廊边，将包里的书本文具一股脑地全部抛了出去。

学校里随处可见在呐喊、欢呼的学生们。

漫天飞舞的纸屑像是在和高中三年彻底说再见。迟雾抱臂看着这一切，心想：她也要说再见了。

她特意在教室里坐了一会儿，错开出校的高峰期。李溪藤一早就在路边等她。

直到她出校门找人的时候，才发现自己的加油牌被李溪藤随手搁在路牙子上，这位姐姐正拿着手机跟一个男生互加微信。

"结束了？"李溪藤和刚才的男孩挥手再见，转过身看向迟雾。

"嗯。"她点头。

"那走吧，庆祝一下。"

"好。"

走在路上，迟雾随手把身上的薄衬衫脱掉，系在包带上。她出来得利落，同窗间都在告别，只有她走得潇洒，丝毫不拖泥带水。

出教学楼时她路过卫生间，顺便对着卫生间镜子涂上了薄薄的一层口红，色感清透，像熟透了的水蜜桃。

"雾啊。"李溪藤目露欣赏地看着她，"美啊。"

"你也美。"迟雾笑起来，黑发和超短裙被夏季的风吹得轻轻扬起，整个人在阳光下熠熠生辉。

李溪藤低头看着消息，抬手拍了拍她："哎，陈檀和上次那几个十七中的准备晚上一块吃烧烤，喊我们去，去吗？"

迟雾斜睨她一眼，目光落在李溪藤握住手机的指关节上，"嗯"了一声："去吧。"

"好。"

球场上，大家都高考完了，彻底没有了心理负担。陈檀打球打得痛快，气喘吁吁地拧开一瓶矿泉水喝了半瓶，又往头顶兜头浇了半瓶，然后才看向身旁的人："那个，你非得叫我喊李溪藤和迟雾干什么？"

"管那么多干什么？"邹风倚在铁丝网上，漫不经心地朝着前方球场看去，"到底来不来？"

"来。"陈檀点头。

"那不就行了。"邹风笑笑，把手里的球用力往场内一抛，"谢了。"

陈檀摇摇头，也懒得想了。

半场休息时，谈屹臣走到球场边缘坐下，摘下脑门上黑色的束发带，擦了一把脖颈间的汗，拧开冷饮喝了几口。

他的短发不像干爽时颜色偏浅，被汗水打湿后，尤其是在夜间，会显出一种深色。

"看什么？"谈屹臣朝邹风瞧去，示意他有话就说。

"也没什么。"邹风朝他挑眉，招手叫他靠近，"猜猜今晚烧烤，我把谁喊来了？"

谈屹臣无动于衷："谁？"

"迟雾。"

"哦。"谈屹臣看了他两秒钟，迅速擦了下嘴角，把手里的空瓶投进前方垃圾箱内，发出一声闷响声，而后回过头笑了，"知道我跟她是什么关系吗？"

"什么关系？"邹风确实好奇。

"算是我妹妹，因为一些事情，从小被分开了。"

邹风沉默半晌。

"你怎么看出来我们关系不同寻常的？"谈屹臣斜睨着他。

邹风不想继续这个话题了，但还是斟酌着说："其实还好，不是特别明显。"

"嗯，不明显就好，我挺害怕被别人知道的。"谈屹臣顺着他的意思胡诌，边说边敞开腿，双手枕在后脑勺上叹息。

"噢，还有个秘密。"谈屹臣仰起上半身朝邹风招手，换他让邹风靠近。

"嗯，你说，我听着。"邹风低下头把手里的冰水拧紧，心里提前做好了接下来发现哥们做出更加天打雷劈的事的准备。

见人靠近，谈屹臣凑到他耳边，装模作样地伸出一只手遮挡，憋着坏，开口道："你、是、傻、子。"

邹风扬了下眉，笑着揉拳："谈屹臣，你闲着没事干了是吧？"

"臣哥！快来！"

"拜拜了风儿！"听陈黎在球场边喊他，谈屹臣单手撑着地面站起身，回过头挑眉，朝邹风潇洒地敬了个礼。

打完球后，几个男生拿上球走到预订的大排档，在门口的一张塑料桌边坐下来。

夜里八点多，不算热，一阵阵的清风吹来，几个身穿各色球服的男生姿态不一，或是和身边人谈笑风生，或是跷着二郎腿吃串，颇有夏夜特色。

迟雾和李溪藤就是这个时候到的，两人玩得好，都是各自类型金字塔尖上的一顶一美女，但风格相差很大。

迟雾不好追，性格冷，表情也冷冰冰的。李溪藤就像只狐狸，擅长交际，什么人都能聊两句。

"来了？"陈檀率先看到两人，起来招呼，把一旁的椅子拉过来。

邹风先前暗地里跟几人打过招呼，让他们能说的说，不该开的腔别开。

"嗯。"李溪藤点头，打量了一下面前坐着的几个男生，除了陈檀、谈屹臣和邹风，其余都是新面孔。

李溪藤自然地坐到陈檀旁边，余下的位置夹在李溪藤和谈屹臣的中间，迟雾走过去坐下。

谈屹臣随手接过她的包挂到自己身后的椅背上，迟雾也递得十分自然。

等烧烤的间隙，男生们继续刚才的话题。迟雾低头，刚准备把碗筷拆开，旁边伸过来一只骨节分明的手，把餐具拿过去，娴熟地打开，拿起热水壶简单冲洗一遍。

这种街边大排档卫生基本不达标，全靠口味留人，只要仔细看餐具，多少都能找出点儿油渍来。以前两人出去吃饭，迟雾总要拿热水冲洗餐具，但她一会儿嫌热水烫，一会儿找不到垃圾桶倒水，最后还是得统统交给谈屹臣。

坐在旁边的张乐看傻眼了："贤惠啊，臣臣。"

谈屹臣一脚踹过去，踹得张乐屁股底下不稳，半站起身拖着板凳往后一趔趄。

"臣臣？"迟雾抬头，重复这个称呼。

"啊对，这是我们班给臣哥起的昵称。"陈黎笑笑，边回忆边说，"去年跑长跑，我们班加油口号就是'臣臣第一'！"

谈屹臣："……"

在座的除了李溪藤都是应届高考生，话题基本围绕高考和志愿。

"一本线左右，看运气了。"谭奇拿过汽水给自己倒上，白色泡沫快速溢出，洒向桌面。

"你就不能慢一点儿？都滴我身上了。"陈黎往后避开。

"没悠住，不好意思。"谭奇笑嘻嘻地抽出纸巾把桌面的饮料擦干净。

"对了，学姐是学什么的呀？"陈黎边擦裤子边问李溪藤。

"我读的是师范类学校。"李溪藤笑笑。

"以后想做人民教师？"

"对。"李溪藤乐了，"差不多是这个意思。"

陈黎感慨，早就听陈檀说了，李溪藤上的学校分高得他再复读一年都考不上。

一桌人随便闲聊，吃了会儿，李溪藤打算去趟卫生间，迟雾陪她一起去。

等人走了，张乐才意有所指地摇头："看不出来，这个姐姐还挺会自己打算。"

"什么意思？"陈黎没听明白。

"没什么，我之前就听说过，我一哥们说认识她。"张乐下巴抬起笑了下，"以前没见过，今天这么一看，有点儿资本，加个好学历和体面职业，以后嫁个有钱人，倒也还算拿得出手。"

谈屹臣懒洋洋地靠在椅背上，一晚上都没怎么说话，这会儿冷不丁地开口问了句："她亲口跟你说了，是想嫁个有钱人？"

"没啊。"张乐还没意识到自己话里的不妥，耸耸肩，"不然呢？不都这么看？"

邹风扬眉："别，我可不这么看。"

"巧了风风，我也不这么看。"谈屹臣带了点儿讥讽之意，掀起眼皮不待见地看向张乐，"她既然没说，那你在这儿造什么谣？"

第3章

意外留宿

一

今晚是个好天气，星星遍布夜空。迟雾拿过找一旁服务员要的皮筋咬在嘴里，双手朝上抓住长发，扎成一个松散的高马尾。

李溪藤倚在墙根处，嘴里含着一支烟，将打火机点燃，听见迟雾走过来，看了她一眼。

迟雾想起小时候看过一部电影，女主角总是留着一头风情万种的大波浪，涂着红唇，手里夹一支香烟。

她第一次遇见李溪藤时，是在学校的后操场。迟雾天生不像善茬，两人对上眼神，似乎要擦出些火花。然而李溪藤还没开口招呼，教导主任突然出现在后面。

之后她们就成了好朋友。

"干什么？"李溪藤一双狐狸眼朝她眨了眨，"你别说，你看上的那个帅哥，还挺招人喜欢，眼光不错。"

"想多了。"迟雾说。

"嗯？"

"他是我失散多年的哥哥。"

"瞎扯。"

两人重新落座，装作没感觉到那点儿尴尬的气氛。

换别人，张乐早翻脸了，但摞他面子的是谈屹臣和邹风，他不敢。

李溪藤神经大条，但也觉察出她家阿雾和这个谈屹臣之间有点儿不简单，反正绝对不像只见过两回面的样子。

"那个，我是不是能直接叫你迟雾啊？"陈黎问。

迟雾笑着回答："可以。"

陈黎皱眉："我觉得你有点儿眼熟。"

陈檀打趣："哟，这就眼熟上了？"

"别瞎扯，我是真眼熟。"陈黎还在思索。

迟雾笑笑，突然想起来："我去你们学校打过一次排球赛。"

"对！"陈黎猛拍了下桌子，"我就说我没记错，一中那靠发球连续拿分的副攻手。"

他记得那天区排球赛结束后，他们班一伙人站在走廊上，正好瞧见一中排球队离场。远处是即将落山的夕阳，一帮姑娘要么短发要么高马尾，穿着墨绿色运动队服，别提有多帅了。

他们几个接连吹了好几声口哨，一队人愣是没一个人回头。

"嗯，是拿过分。"迟雾点头。

谭奇乐了："我说呢，臣哥怎么跑去看女子排球。"

迟雾转过头问他："你也看了？"

谈屹臣没否认："嗯，打得还成。"

"你去了我怎么不知道？"

"要你知道做什么？"

这个话题就算在这里终结了。众人吃完，各自散场。

见邹风一个人孤零零地坐在公交站台上，李溪藤问："他怎么了？"

"听说是家里安排出国，这阵子心情差着呢。"陈檀摇头，"以前没见他这样。"

"出国多好。"李溪藤笑笑，面上带着点儿自嘲之意，"我想出都没机会。"

"不一样，夏思树跟他闹着呢。"陈檀给两人解释。

"夏思树？"

"嗯，邹风一个关系挺好的朋友。"说完，陈檀又补充，"还不是男女朋友，不过大家之前都觉得是早晚的事，但这会儿他要是出国，就不一定了。"

迟雾对别人的八卦消息不感兴趣，在一旁听完大概，便和李溪藤走了。

第二天迟雾睁开眼的时候，已经中午了。

手机上有迟晴发来的消息，定位是一家餐厅，时间是五点半。

迟晴平时忙，印象里，大概是幼儿园的时候，迟雾几年没见过迟晴一面，外婆徐芳华说迟晴去了南方，去挣钱。后来再回来的时候，迟晴是开宝马车回来的，没多久，又换成了卡宴。

起床简单洗漱后，迟雾给自己温了杯牛奶。

喝完她把杯子清洗干净，简单收拾一下自己就出了门。走到小区门口，她随手拦下一辆出租车，报出餐厅地点。

等到迟雾下车的时候，迟晴已经坐在那里等着了，见人到了，她侧过身隔着落地窗朝迟雾招招手。

迟晴今年还不到四十岁，她怀迟雾的时候很年轻，徐芳华教书育人一辈子，生出个叛逆不着调的闺女，操了不少心。

"阿雾。"迟晴化着精致的妆容，举手投足间干练又带点儿性感。她张开双臂给了迟雾一个拥抱："好久不见了，亲爱的。"

迟雾抿唇微笑："嗯，是好久不见。"

两人坐下，开头先是简单聊了下今年高考形势，后面话题就逐渐跑偏。点完菜，迟晴不厌其烦地细细打量迟雾，嘴角忍不住上扬：

"谈恋爱了吗？"

"没。"迟雾从菜单上抬起眼，"怎么了？"

"没什么，就问问，有男朋友了一定要记得让妈妈见一见。"

"嗯。"迟雾喝口柠檬水，"等有了再说吧。"

迟晴见过的人和事情多了去了，也比其他父母看得更开。她很爱问迟雾这些感情问题，每次得不到满意答案，还得感叹一句："那群小子太差劲了，没让我的宝贝女儿看上。"

徐芳华看不过去迟晴这个当妈的样子，没少唠叨。

迟晴开口："今晚有时间可以和你外婆打视频电话，徐教授昨晚打电话说想你了，正好高考完了，要不要过去玩一段时间？"

徐芳华住在离南城市区很远的一个镇上，叫源江，迟雾上小学之前都在那边生活。

"好。"迟雾点头，"等成绩下来，填完志愿再回去。"

"嗯。"

外面日头渐落，迟晴注意保养，晚上几乎很少吃高热量食物，只吃了半碗蔬果沙拉。她靠着这份自律，表面上完全看不出她要奔四了，跟迟雾站在一起，更像是她的姐姐。

迟晴优雅地放下手中刀叉，看迟雾一块块挖着酸奶蛋糕，掂量着说："考虑暑假有时间到妈妈这儿看看吗？"

"不清楚。"迟雾对迟晴的生意没太多兴趣，"看时间安排吧，我想找一份实习的工作。"

迟晴皱眉："找实习工作？你缺钱用了？"

"不是。"迟雾摇头，迟晴给钱一向大方，她卡里的钱已经非常可观，"大学准备报新闻专业，所以想找一份有关的工作提前学习实践。"

"这样啊。"迟晴点头，"要妈妈帮你安排吗？电视台倒是有个认识的老朋友，大小算台里的领导，安排个实习应该没什么问题。"

"不用。"迟雾轻缓地吐出一口气，放下手中的勺子，"我自己可以。"

"那也行。"迟晴心里头空落落的，"那有需要帮忙的地方，再告诉妈妈。"

迟雾笑了："会的。"

母女对话就这么结束，迟雾小时候跟徐芳华生活，其他人很难明白迟晴对迟雾是抱着什么想法和感情。

在户口簿上，迟雾父亲这一栏空缺，迟晴没和那个男人领证，怀孕时那人就一声不吭地走了。迟雾偶然有一次在迟晴书房里翻到过他的照片，虽然有些年头了，但依稀能辨认出她亲爹英俊潇洒，不然也不能叫迟晴心甘情愿生下她，又拉扯大。

而这些信息，是迟雾小时候从大人间的闲言碎语里拼凑起来的。

迟晴对迟雾童年时期的亏欠，导致她想尽力弥补。发家后的迟晴几乎是变着法地对迟雾好。

迟雾能感觉到，但她不认为迟晴亏欠她什么，迟晴做得够好了，都是渣男的错。

就算迟雾刚刚说了不缺钱，迟晴还是拿出手机又给她转了一笔。

看着数额，迟雾又开始吃起蛋糕。

她的衣服、包和首饰基本都是迟晴买的，迟晴这次给她的钱都足够一名大学生四年的开销了。

吃完饭，迟雾跟在迟晴身后走出餐厅。

太阳还未完全下山，迟晴耳垂上的吊坠在余晖下折射出细微的光芒。她穿着高跟鞋，站在车身前气势逼人，对外她总是把自己武装成另一副模样。

车上助理下来接过迟晴手里的包，把后座车门拉开。

"妈妈把你送回去吧，也不远。"迟晴看着迟雾说道。

"不用了。"迟雾看了一眼拿包的年轻助理，想起了上个月洋楼里的那件衣服。

迟雾难得感到放松惬意，站在街边挎着包，朝两人回笑一下："不用了，想自己逛一会儿。"

"好，那你注意安全。"思考几秒钟后，迟晴点头。

"嗯。"

夜幕缓缓降临，玄武街，靠大剧院旁的二楼排练室里。

窗外街道车水马龙，远近的霓虹灯毫无规律地亮起，构成一片繁华的街景。

墨绿森林音乐节定在半个月后，邹风右手稳稳握住琴颈，将贝斯取下来，望向谈屹臣："曲子定了吗？"

"还没，大概看了几首，都还行。"这次参加音乐节，有一首歌是谈屹臣负责的。本来邹风也被安排了一首歌，但不知道他使了什么招给推了。

"成，定好跟我说。"

"好。"

休息期间，杨浩宁走到两人跟前，在下一级的台阶上坐下，拿过手边保温杯，打开喝了两口润喉。

见放在膝盖上的手机消息音响个不停，杨浩宁无奈，回过头看谈屹臣："我妹想来找你，怎么回？"

"这不简单？"谈屹臣懒懒地扬下眉，语调敷衍，"就说人不在了，有事烧纸。"

杨浩宁妹妹就是杨西语，算是个业余杂志模特，社交平台上有点儿粉丝，但不多。这会儿她暂时在安心准备高考，偶尔才会去接个平面广告，家里和她自己的意愿都是报考艺术学院。

因为是杨浩宁的妹妹，起初几个人都跟着喊"妹妹"，谈屹臣也不例外。后来不知道怎么回事，杨西语因为谈屹臣闹出过不少不愉快的事，弄得杨浩宁一个头两个大。

"我拦不住她，哥们尽力了。"杨浩宁往后仰着，望着顶上的白炽灯叹息。

"把咱们雾妹喊来吧。"邹风在一旁煽风点火，"人多，热闹。"

谈屹臣冷嗤一声，放下鼓槌，眼神挺认真地瞧着他："要不是认识你几年足够了解，我真以为你是为了我好。"

邹风笑笑，浑不在意，随便他怎么说。

谈屹臣拿过放在一旁的手机，淡淡地看了邹风一眼，翻开微信，点开迟雾的聊天界面。

TT："忙不忙？"

WU 发来一个问号。

TT："不忙的话过来一趟。"

发完这条消息，谈屹臣顺手发了一条定位。

WU："什么意思？"

TT："有个东西，我妈叫我给你，正在这儿排练，走不开。"

一般他搬出周韵，迟雾都不会拒绝，果然没过一会儿，她发来一个字："好。"

"干什么呢？"邹风从他身后绕过，没什么道德心地看了一眼，"口嫌体正直啊，臣臣。"

"不是，你偷窥人隐私。"谈屹臣把手机屏幕朝下倒扣在鼓面上，抬手往后抓了一下碎发，"你是真没道德感是吧？"

"还成，因人而异。"邹风凑到他耳边，"就比如对上你这种人道德感就没什么用，因为你这人就没什么道德感。"

男人之间的口舌之争，到这里就可以告一段落了。他们再争下去，不动手动脚打到对方认爹就解决不了这个问题。

"准女友要来？"谭奇回过头问了句。

"对。"邹风替谈屹臣回了一句。

"准女友是谁？"杨浩宁昨晚没去，没弄明白这几个人在说什么。

"迟雾，臣哥准女朋友，等会儿就过来。"谭奇笑笑，"你昨晚不在可惜了，跟臣哥挨得很近。"

"乱喊个什么劲儿。"谈屹臣抬头瞧他一眼，"挨得近就'准女友'了？"

迟雾恰好没回去，打车十分钟到了练习室楼下，给谈屹臣发了消息。

这边工作室很多，迟雾顺着铁质楼梯往上看，有七八层楼，电梯在最右边，光是抬头扫一眼就有十多个广告牌，是个标新立异的地儿。

没两分钟，谈屹臣从二楼楼梯上走下来，他的侧脸线条利落优越，衬上身后灯牌下发灰的街道背景，迟雾脑子里蹦出四个字——蓬荜生辉。

"来了？"谈屹臣踏下最后一个台阶，整个人懒洋洋地走到她跟前，撩起眼皮看她，"先上去吧。"

"东西呢？"迟雾问。

"不在这儿，等我排练完拿给你。"谈屹臣回了她一句，有理有据。

排练室不算大，差不多一百平方米，装修时就做好了防噪措施，几个人半时都来这儿排练。

两人一道推门进去。

"打扰了。"迟雾点下头，礼貌地说道。

"没事没事，欢迎常来。"谭奇站正了拍手鼓掌欢迎。

"欢迎欢迎。"陈黎也加入其中。

谈屹臣偏头看了一眼迟雾，她笑笑，没说话。迟雾自觉地走到一旁软皮沙发上坐下来，安安静静地不打扰。

乐队要定曲目，谈屹臣朝陈黎打手势，示意关掉音响。

"先试哪一首？"邹风问。

谈屹臣拿起鼓槌随意在指尖绕了两圈："*Umbrella*（《雨伞》）？"

"还照以前那样来？"

"嗯，先试试。"

听到这首歌，迟雾合上随手拿过来的杂志，抬头朝他的方向看过去。

排练室光线明亮，谈屹臣坐在那儿随手敲击两下音镲，两条长腿敞开，他出来打个鼓也得穿得有气质。

试好音后，两人互相给了个眼神，谈屹臣重重敲下一记强音，开嗓。标准的美式坏男孩的嗓音，慵懒又迷人。配上灰棕短发和优越的长相，就算是在纽约街头，也会有人冲他回头吹口哨。

手上敲打动作流畅自然，谈屹臣嘴角轻勾，从容地用单脚打着节拍："No clouds in my storms / Let it rain, I hydroplane into fame / Coming, down like the Dow Jones / When the clouds come, we gone..."（我的暴风雨中没有彩虹 / 让雨下吧，我乘着水上飞机名声大噪 / 同道琼斯指数一起下落 / 当云来时，我们已走……）

邹风唱女声部分。他音色偏低，唱出了个人风格。迟雾第一次听到这样的版本，但得承认，这俩人的确不错。

听过大半，迟雾手机响起，是李溪藤打来的。担心有什么急事，她起身走出排练室接听。

这边一首唱完，围观的几人"啪啪"鼓掌："这嗓音，绝了。"

谈屹臣看向一旁迟雾原本的座位，还没开口，陈黎就抢答："出去接电话了。"

"哦。"

月朗星稀，迟雾靠在栏杆上，肩头两侧的发丝垂落，她用指尖在屏幕轻点，接通电话。

"怎么了？"

"没什么。我正跟赵炎在这儿吃小龙虾，来不来？挺好吃的。"

手机外还有个念念叨叨的声音："可真行，下次遇着好吃的也记得这么惦记着我。"

迟雾差点儿笑出来："没事，你俩吃吧，我这儿有点儿事。"

"行，也没别的事，那下次。我先挂了，正吃着呢。"

"嗯。"

挂断电话，迟雾顺手切换到微信界面，看了一眼迟晴发来的消息。

她刚把迟晴平安到家的消息回完，那条锈迹斑斑的楼梯就传来脚步声，迟雾顺着声音望去。

杨西语穿着小黑裙，留着微卷的深棕色披肩发，正一步步踩着小皮鞋往上面走。

见是在网吧门口的那个小模特，迟雾收起手机，内心感慨一句这地儿够热闹的。

察觉到前方有人，杨西语抬起头，目光和前方的人对上，随后愣住。

对方就算放在她的模特公司也是数一数二的大美女。那双眼睛很冷，有种谁都不放在眼里的冷淡感。

那人眼神也正落在自己身上，算不上友好但也没什么恶意，杨西语微微一笑，和她擦肩而过，推开排练室的门。身后的人不紧不慢地跟上，排练室陷入一阵安静，杨西语皱眉回头，正好对上迟雾的眼神。

迟雾原本没想着看杨西语，只想回到原位，杨西语突然停在前头，她的视线自然而然地被吸引过去。

迟雾比杨西语个子高，这会儿两人离得近，杨西语望向她，才注意到她的鼻梁侧面有一颗淡小的痣，难得的是这颗痣在那张脸上丝毫不突兀。

她在海报上见过一个外籍模特也有一颗类似的痣，是个好看的标志点。

"你……有事吗？"杨西语问，不知道她跟在后头进来是有什么事。

迟雾冷淡地开口："没事。"说完，她越过杨西语，朝自己刚才休息的位置走过去。

杨浩宁见状开口："啊，你还真来了啊？我这儿都要结束了。"

"结束了正好。"杨西语原本也不是为了自己亲哥来的，跟杨浩宁讲了等会儿去吃饭后，就走到谈屹臣身边轻声问："等下去吃夜宵吗？"

说完，她又补充一句："大家一起。"

谈屹臣压根不可能跟她一起单独出去。

"不了，有事。"谈屹臣放下鼓槌，看向一旁的邹风："今天就到这儿吧。"

邹风点头："行。"

"明天还是老时间？"

"老时间。"

说完，谈屹臣从座位上站起来，从杨西语面前走过，一直走到迟雾面前："走吧。"

听见声音，迟雾合上杂志，抬起头问："结束了？"

"结束了。"

迟雾点下头，拿起腿上的杂志晃了晃："方便我带回去看吗？挺好看的，还差一点儿看完。"

谈屹臣看了一眼杂志："这是从我家拿的，放这儿没人看，想看就拿去。"

"你家里？"迟雾问。

"嗯，我妈买的。"

"哦。"迟雾告诉他，"这个系列的杂志市面上已经卖空了。"

"要不你等我十分钟？"迟雾突然又改变主意了，瞧上去兴趣浓厚。她手指捻着杂志页："我看完再走，这样就不用拿手里了。"

她出门不喜欢手里拿东西，嫌麻烦。

"随你，看吧。"谈屹臣没说什么，在她身边沙发的空位上坐下来，等她慢慢看完。

软皮沙发是单人的，想同时坐两个成年人就得紧挨着。

坐下后，谈屹臣拿过脚边纸箱里的矿泉水，右手握住瓶盖，不费什么力气地拧开，然后递给迟雾。

"谢谢。"迟雾接过，视线还停留在杂志上。

"嗯。"谈屹臣轻飘飘应一声，重新拿了一瓶水，拧开后送到嘴边。他喝完小半瓶后，拧好瓶盖放回脚边，从口袋里掏出手机，无聊地随便刷手机玩。

"他俩……真不是在谈恋爱吗？"谭奇小声地回头问了一句。

"不知道。"陈黎摇头，"行了，别看了，不是要一起吃夜宵去吗？走吧。"

"行。"

"不吃了。"杨西语脸色有些不高兴，又看了眼角落里的两人，转身摔门而出。

"我去找她，你们去吧。"杨浩宁叹气，"头疼。"

摔门声比较突兀，迟雾抬头看了眼，只看到杨西语甩着发梢生气离开的背影，往谈屹臣那张脸瞧过去："不去看看？"

谈屹臣侧脸望向迟雾："她是杨浩宁——也就是乐队那个主唱的妹妹，跟我没什么关系。"

"嗯，我知道，她好像对你不一般。"迟雾话说得含蓄，看着堵在门口的三人，"真不用去看看？"

"有杨浩宁在，出不了事。"谈屹臣扯扯嘴角，"记性挺好啊，也就那一次被你遇上了，对我的事这么上心？"

迟雾摇头："我看过她上的杂志，所以有些印象。"

"臣哥，我们先走了！"陈黎朝两人方向摆手，"下次见！"

谈屹臣波澜不惊地看着几人，看谭奇和陈黎的眼神和看两条摇着尾巴的哈士奇无异。

"下次见。"迟雾笑着礼貌抬手，跟三人告别。

人都走了之后，迟雾恰巧翻到杂志最后一页，把杂志重新合上后放回原位。

"看完了？"谈屹臣问。

"嗯。"迟雾站起身，"走吧。"

九点，正是一座城市夜生活最丰富的时候。外头风很大，被遗弃的塑料袋在路边盘旋，看着像是要降雨。

两人一道走下楼梯，迎面不远处摇摇晃晃走来两个醉酒的男人，谈屹臣看了一眼，淡淡地收回视线。

醉酒的男人在离两人还有几米远的时候看见了迟雾，吹了声口号，眼神下流地打量她。

迟雾还在看影子，压根没发觉，谈屹臣稍往前走了一步，抬起胳膊搂住她。

"干什么？"迟雾皱眉，偏过头看着自己肩头的那只手，男生手掌的温热透过薄薄的布料传到肌肤上。

"没什么。"谈屹臣装模作样地弯下腰，揉了揉自己的小腿，"突然腿抽筋，扶我一下。"

谈屹臣身高一米八七，加上喜欢运动，身材很好。这么一个人压在自己身上，迟雾感觉自己肩头沉得很。

两个醉汉的目光在谈屹臣身上停留了一会儿，后者大方地任他们打量，毫不畏惧地和两人对视，带着一种"只要你敢过来，一脚给你踹翻"的气势。

醉汉悻悻然收回目光，直到两个男人走远，谈屹臣才松开手。

迟雾抬了下肩活动活动，肩头被压得有点儿酸。

这边就是闹市区，过一个十字路口后，一整条街上全是店面。

两人一道往前走，路过一家热气腾腾的店铺门口的时候，谈屹臣停住了脚。

"要不要买个梅花糕？"他问。

迟雾偏头往正在忙碌的店主看了眼，皱下眉。

谈屹臣一眼就知道她在担心什么，好笑地跟她说："这家店我听谭奇提过，他来买过两回，说挺好吃的。"

"哦。"迟雾点下头，"那买一个吧。"她挺怕吃到难吃的东西，所以这方面很谨慎。

糕点正好刚出锅，热乎得很。

"老板，来一个梅花糕。"谈屹臣走到摊前开口。

老板拿起铲子，娴熟地沿锅边铲了一圈："紫薯还是豆沙？"

"豆沙。"谈屹臣看了眼旁边的价格表，拿出手机扫码付了六元。

梅花糕被放在纸杯里，又被装好放在塑料袋中，谈屹臣拿好，转过身递给迟雾："等会儿再吃，这会儿还烫。"

"嗯。"她点头。

继续沿街边走着，两人路过一家拉面馆，走了进去。迟雾看了眼菜单，只要了一份汤，谈屹臣要了一碗面。

店里除他们只有两人，还算清静。

汤和面上得很快，迟雾拿起勺子喝了口热汤才打开袋子，拿出已经凉了一会儿的梅花糕。

两人不习惯在吃饭时说话，谈屹臣坐在对面，不紧不慢地吃着碗里的拉面，无意间抬头看了眼，突然停住。

迟雾一脸冷淡地手握梅花糕，吃了几口糯米，然后咬开一个小口，随后玩游戏一样把豆沙从豁口处挤出来，再伸出舌尖把豆沙轻轻舔掉。

察觉到对面的视线，迟雾抬起头来问："怎么了？"

"也没什么，就问问。"谈屹臣左肩靠在墙壁上，睫毛轻扇，看着她问，"你什么时候开始这么吃梅花糕的？"

"哪样？"迟雾皱眉。

"挤着馅，一点点——"谈屹臣停了下，才口吻平淡地说出那个字，"舔。"

时间仿佛静止。

"就这会儿。"迟雾语气平平，"刚发现的，有点儿好玩。"

"哦。"谈屹臣正琢磨着怎么继续开口，迟雾看着他，表情平静地喊了他一声。

"嗯？"他拿过旁边的水杯，喝了一口。

迟雾神色平淡，似乎在询问一件再正常不过的事情："你是不是想了些奇怪的事？"

"喀！喀喀！"谈屹臣差点儿把嘴里的水喷出来，扶着桌沿差点儿把肺咳出来。

迟雾非常淡定，贴心地给他递过去一张餐巾纸。谈屹臣接过，咳得连一个谢字都说不出来。

"我没有，你别乱说。"谈屹臣声音沙哑地解释，试图留住自己那点儿清白。

迟雾从头到尾神色不变，轻描淡写地说："没有就没有，反应这么大干什么？"

死鸭子嘴硬。

看碗里的拉面慢慢变坨，谈屹臣毫无食欲地拿筷子挑了两下，干脆拿出手机玩消消乐，准备等迟雾吃完再走。

突然间，外面的街道变得嘈杂，即便他们的座位不靠门口，也能感觉到外面忽然刮进来一阵风。

"下雨了下雨了。"老板匆匆忙忙地跑过去，冒着风和雨把外头的东西往屋内拖拽，刚拉进来他就慌忙地把玻璃门关上。

这会儿差不多到了梅雨季节，南城正是多雨的时候。

雨势来得突然，狂风裹挟着豆大的雨滴噼里啪啦地砸在玻璃上，道路两旁的树被吹得疯狂乱舞，路灯和广告牌在雨势下黯然，陷入了黑蒙蒙的雨雾之中。

"下得真大。"老板抖抖身上的雨水，就刚刚一会儿的工夫，他的身上已经被淋得半湿。

"不是说没雨吗？憋到这会儿又下起来了。"老板年纪不大，靠在收银台前抽出两张纸随意地在脸色抹两把，转过头看到齐刷刷看着他的两人："哟，你俩还在这呢？外头雨大着呢，估计一时半会儿走不了了。"

迟雾还在吃梅花糕，动作不紧不慢，仿佛天塌下来也不着急。

谈屹臣笑着转过头问："不好意思了，老板，你们家什么时候打烊，能坐会儿吗？"

老板："你俩在这坐着吧，雨小点儿好走。我等会儿就收拾卫生，你们两随意。"

"好，谢了。"

"小事。"

听完这场简单的对话，迟雾吃得更安心了，捏着汤匙不紧不慢地喝了口热汤。

老板看这两个小年轻，觉得很是有趣，问了句两人多大了。

"高中毕业。"谈屹臣也没事做，老板问，他就回。

老板瞟了一眼迟雾，问两人是不是在谈恋爱，谈屹臣说不是。

"你看人家小姑娘那眼神黏糊得跟什么似的。"老板说，"都毕业了有什么好藏着掖着的？"

闲聊完，老板也不耽误时间，拿着拖把、水桶上二楼打扫卫生。

沉默中，谈屹臣抬眼对上迟雾充满审视的视线，似乎在仔细观察他看她的眼神是不是真的很黏糊，他开口："我说我看马桶也这眼神你信吗？"

细嚼慢咽地吃下最后一口梅花糕后，迟雾把塑料袋捏在一起扔进垃圾桶内，这才抬起眼睛再次看向他，语气平平："你的意思是我是马桶？"

"不是。"谈屹臣也不知道她脑回路怎么拐到类比上去了，"没说你像马桶。"

"那马桶像我？"

"也不是。"

天底下可没这么好看的马桶。

谈屹臣懒得再解释，也不知道自己看迟雾时到底是什么眼神，还好迟雾问完两句觉得无聊就没继续往下问，中止了这个话题。

两个人一直在店里坐了将近半个小时才等到雨势小些，想起两人来的时候路过一家便利店，距离不远，谈屹臣起身，跟迟雾说了声，便推门直接冒雨走了出去。

不到十分钟，谈屹臣回来时身上已被雨水打湿，好在他的手里握着一把透明的新伞："趁雨小走吧，一时半会儿停不了。我打了车，不然等再下大了就不好走了。"

迟雾点头，跟着谈屹臣走出去。

雨势没刚才大，但是雨丝夹着风斜斜打在身上，一把伞撑在头顶简直不知道该往那个方向遮。

这场雨下得突然，便利店的伞也只剩这一把，伞柄在他手里，大半个伞偏向迟雾那边，风是从左面吹来，斜刮过来的雨丝基本全被他挡了下来。

"你衣服湿了。"迟雾出声提醒。

"谢谢，我知道。"

好在两人没在路边停留几分钟，车就到了。

车内开了空调，迟雾身上没湿多少，但坐进车内的一瞬间还是被激起一层鸡皮疙瘩。

雨刷在车头扫动，迟雾侧过脸看了谈屹臣一眼。

他的左肩几乎全湿了，裤子也是，深色的潮湿痕迹很明显，膝盖以下被分割出明显的色差。

谈屹臣个子高，正常打伞就遮不住迟雾，所以他是依着迟雾的高度来的，自己就被淋着了。

"你冷不冷？"迟雾难得问了他一句。

"还成。"谈屹臣面不改色地回她。

车内昏暗，谈屹臣大半个身体隐在暗处，低声开口："回去洗个热水澡就好。"

迟雾点头，也不说话了，静静地看着落在车窗上的雨幕。

虽然路程不远，但小区管控严格，车没法进去。下车时雨势又变大了，狂风也一同作乱。

地面积水成片，那把伞即便被风吹得颤颤巍巍的，照旧偏向迟雾，两人在雨中挨在一起，就这么一路走到公寓楼下。

两人湿漉漉地回到住处，风雨被隔绝在外，室内暖烘烘的。

风太大了，就算那把伞几乎全遮在迟雾头上，她也没逃过被淋湿的命运。白色T恤被打湿的地方成了半透明的，湿漉漉地黏在肌肤上，露出少女柔软曼妙的身体曲线和内衣颜色。

谈屹臣瞟见，极其不自然地移开视线，迟雾对此毫无感觉。

两人都湿着，谈屹臣回房间拿了一套干净衣服还有干毛巾递给她："你先去洗，别感冒了。"

迟雾望着衣服，神色有些迟疑："那个……"她内衣也湿透了。

没等她说出来，谈屹臣看向手里的衣服："里面还有件背心，你可以多穿一件。"

说完他怕她还多想，补充了一句："我不看。"

迟雾也不多说什么了："谢了。"

温热的洗澡水淌过肌肤，冲了一会儿后迟雾才渐觉体温回升，仔细清洗完，她拿过衣服。背心也是谈屹臣的，厚实的棉质面料穿在T恤里面，可以遮一下胸部。

其实她不怎么介意这个，没背心就那么出去也成，反正外头也就谈屹臣一个人。

她对性有关方面的观念淡薄，小时候是因为和谈屹臣总是混在一起，所以不懂。后来她被李溪藤带着懂了挺多，但在相关的意识方面没什么改变。

等迟雾洗完，谈屹臣才穿着早就黏在身上的衣服进去。

没多久，他顶着干毛巾从浴室走出来。迟雾坐在沙发上，看他悠闲地打开冰箱拿出汽水，边走边打开易拉罐坐到沙发的另一端，之后跷起腿，拿起遥控器调到体育频道看球赛。

迟雾见他失忆似的记不住正事，提醒："阿姨要你给我什么东西？"

"哦，那个，你等一下。"谈屹臣回过神，抬手抓下后脑勺，说了句他去拿。

他站起来回到自己卧室，迟雾听他在卧室里翻箱倒柜找了半天，才看到谈屹臣捧着个透明盒子出来。迟雾看着他手里的东西问："阿姨让你给我一个钢铁侠？"

"不行？"谈屹臣还蛮舍不得地看了它一眼，强调，"这是限量版的。"

"也不是不行。"迟雾打量了下那个钢铁侠，"应该挺贵吧。"

"嗯。"

"能卖钱吗？"

谈屹臣没正面回答这个问题，沉默了一会儿，面无表情地重复："这是限量版的，而且现在正常的购买渠道已经买不到了。"

"我知道。"迟雾点头，冰冷地叙述，"所以更贵，我回去找找买家，最近正好缺钱。"

十分钟后，迟雾看着自己卡上新到的一笔转账，满意地把东西重新交回他手中："好了，现在这个钢铁侠是你的了，记得好好对它。"

因为雨大，迟雾只好在谈屹臣那里又将就了一晚。

清早，还没醒，她接到了李溪藤的电话，对方说："雾啊。"

"怎么了？"迟雾眯着眼，伸手拉开一点儿窗帘，和煦的阳光照射进来。

经过一夜风雨，天已经晴了。

"我好像，有点儿发烧。"李溪藤在那头吸吸鼻子，"昨晚那雨下得跟有病是的，这边有点儿偏，没打到车，就跟赵炎搁这儿将就了一宿。"

迟雾撑着手肘坐起来："嗯，好，等下我陪你去医院。"

"嗯。"李溪藤吐槽，"这白痴，前半夜拉我打游戏，后半夜睡觉还抢被子，服了。"

迟雾听笑了："你俩就开了一间？"

"是啊，就剩一间了。"李溪藤继续说，"我以为这种令人无语的事只有电视剧里才有，换其他人，估计怎么着都得发生点儿什么。"

迟雾还没开口，那头就传来含混的男声："什么叫换其他人，你瞧不起哥们是不是？"

李溪藤回击："刷你的牙吧。"

"有种今晚再来一晚。"

"做梦吧，你抢被子我发烧还没跟你算账。"

挂断电话，迟雾没磨蹭，趿拉着鞋从房间出去。

昨晚换下来的湿衣服还在衣篮里，迟雾懒洋洋地打量一眼自己身上，风格独特，好在某人的审美和衣品在线，于是她打算就这么穿着他的衣服出去。

等她洗漱完，不知道是不是动静大了，谈屹臣也开门从自己卧室走出来。他神情萎靡，没什么精神，嗓音也有点儿哑："起这么早？"

"待会儿有事。"迟雾告诉他。

"什么事？"

迟雾答："李溪藤发烧了，我去医院陪她。"

"哦。"谈屹臣咳了一声，嘱咐了一句，"那你注意安全。"

她点头："嗯。"

原本李溪藤是不想折腾迟雾的，但女孩子有些事男生陪着不太方便，最终变成了三人行。

由于帆布鞋也被泡了水，迟雾直接穿着那双米白色拖鞋出了门。

迟雾晃悠到医院的时候，李溪藤正无精打采地坐在那儿。她今天没化妆，脸色有点儿苍白，见迟雾来了，她开始上下打量："雾啊，你这一身，看着就很有富婆范。"

"怎么了？"迟雾到她身边坐下。

"像出来收租的，保底两栋楼那种。"

"不干这个生意，两栋楼，收租也收得累死了。"

"确实。"李溪藤没忍住笑，"赵炎家就是，有一回去他老家玩，他奶奶光发微信消息都发得犯晕。"

迟雾也笑。

等赵炎挂号回来，三人一道上了二楼，按着步骤做检查，弄完已经是一个小时后了。

等到护士配好药，李溪藤挂上水，几人这才坐下歇一会儿。

"雾妹，吃饭了吗？"赵炎问，"我俩起来就过来了，还没吃呢。你吃什么，我去买。"

"没。"迟雾微笑着回答，"我都可以，有梅花糕的话就帮我买一个，没有就随意。"

"好。"

随后赵炎就拿上衬衫出去了。

李溪藤明显没有健康的时候有精神，蔫蔫的，连话也不想多说。

她靠在椅子上，抬头看了两眼往下滴着的药水，偏头问："你衣服是谁的？"

迟雾低头看了看："不像我的？"

"不像。"

李溪藤不信，可也没劲掰扯。没多久，赵炎就拎着几份早餐上来了，递给迟雾一份。

迟雾点头："谢谢。"

迟雾小口咬着热气腾腾的梅花糕，想把红豆馅挤出来玩，可一想起昨天的事，又老老实实地吃完了。

"你们过两天要不要出去转悠转悠？"赵炎突然问。

李溪藤："怎么了？"

"也没什么，马上七月份我得回京北集训，后面没时间出来了。"

"行啊。"李溪藤偏头朝迟雾的方向看，"正好，你这就算是毕业旅行了。"

迟雾没什么想法，点头："好。"

"几个人？"李溪藤喝了一口粥。

"有几个算几个吧。不远，就在周边玩两天，想着最好是能露营。"

"哦。"李溪藤点头。

迟雾也没多问，在一旁静静听着。

等到药水挂完已经到中午了，李溪藤站起来活动活动，这两个小时她坐得后背都酸了。

"哎，中午去我家吃吧，就当谢谢你俩了。"挂完水，李溪藤精神明显好不少。

"行。"赵炎点头，迟雾自然也没意见。

外面日光毒辣，三人站在树荫里拦了一辆出租车。

这边是城市最繁华的区域，有意思的是高楼大厦交错中有连片的老居民楼。这些居民楼在市中心矗立了几十年，放眼望过去有些破旧，可在这个地段拆迁又不好拆，于是就一直搁置着，李溪藤家就在其中。

三人一起爬到四楼，李溪滕刚拉开门，昏暗的屋内就飞出一个东西砸到几人跟前，随之传来的还有咒骂声："野丫头成天不着家，怎么不死在外头？"

李溪藤心平气和地把抱枕捡起来，抽手掸两下灰："唉，可惜了，没如您的愿。"

她说完，里头也没声音了。

家里头只有李溪藤和她奶奶两人住。她爸妈外出打工，在外地生了个妹妹，这几年基本没回来过，倒是按时给钱，仅仅够养活她们。

老房子采光不好，大中午也不够亮堂，但家里收拾得利索，能看出老太太是个干净人。

"不好意思啊，让你俩看笑话了。"李溪藤指了沙发让他俩坐。

赵炎坐到沙发上惬意地往后靠着："没事儿，老年人脾气大正常。"

"成，那你俩坐着吧，我去厨房看看。"

说完，李溪藤走进厨房。

冰箱上下三层全部空空荡荡的，就剩块蔫得不行的生姜。她一看就知道是老太太忙着打麻将，也不知道多久没开过火了。

"家里什么都没有。"李溪藤走出去，干脆跟两人说，"出去吃吧，楼下有家烤鱼，挺好吃的。"

"嗯。"迟雾点头。

临走前，李溪藤转过身往里头的房间走，问："想吃什么？我回来时给你带。"

见屋里半晌没人说话，李溪藤也不管了，说了声"回来给你带那家小馄饨"就扭头出门了。

一个是病号，一个口味比较清淡，烤鱼基本都进了赵炎肚子里，吃完他还捧场地夸两句："味道真不错，下回还来。"

李溪藤撑腮看着他笑笑。悠闲地吃完午饭，迟雾跟两人告了别。

高考结束后，生活变得散漫起来，一个小时掰成两个小时用的日子恍如隔世，一时间迟雾还不怎么适应。她准备一个人在老城区逛一会儿，逛累了再找个公交站慢悠悠地坐公交晃回去。

路边有一间便利店，迟雾推门走进去。

店内冷气开得很足，她在冷饮柜里拿了瓶乌龙茶，又点了几串关东煮，随后坐到一旁的空位上。

烤鱼太辣，不合她的胃口，所以她的肚子还饿着，现在她已经没有力气散步。

外面是一排老梧桐树，正好遮挡了直射过来的阳光，光是看着地上的光斑都能想象出太阳的灼热。

突然手机收到一条消息，迟雾点开，是谈屹臣发来的："你在哪儿？"

她没回。

店里除了正收拾货架的收银员没其他人，迟雾拿出耳机戴到耳朵上，调出一首歌听着，拿起一串有些烫嘴的鱼丸送到嘴边轻轻吹气。

迟雾享受着宁静的时光，舒坦地吃完东西，抬起头望向窗外。

便利店外的白墙边，正站着三个穿实验高中校服的女生，其中一个是杨西语。

杨西语也在看迟雾，跟那天的名媛风装扮不一样，她今天扎着马尾，穿着马丁靴，不知道看了迟雾多久。

迟雾吃东西的时候很认真，没发现杨西语，不过就是早发现了也影响不了她吃东西。

简单地把面前的竹签收拾好，她起身走出便利店。

外面空气裹挟着热浪，蝉鸣噪耳。

迟雾和杨西语不熟，就没管她，从三人面前走了过去。

"等等。"杨西语在后面叫住她。

迟雾停住脚，转过身，迟疑地看向她："怎么了？"

面前的人还像昨晚那样冷淡，打扮随意休闲，普通到走在大街上都不会有人回头多看她一眼，但杨西语知道，这身衣服是谈屹臣的。

"你身上的衣服是谁的？"她想确定一下。

迟雾低头看了一眼，没什么表情地抬起头："你不是知道吗？"不然她没必要喊住自己。

杨西语："你昨晚……昨晚，在他那儿睡的？"

"嗯。"迟雾淡淡地回答。

杨西语不说话了，直勾勾地看着她。

迟雾觉得没劲，不知道这人到底在折腾个什么劲。

之前李溪藤说过她这人太冷，不管是面上还是心里，很多时候容易让人觉得有疏离感。迟雾没否认，觉得李溪藤的说法还是委婉了点儿。

她确实无趣，就比如明知故问这种事，她理解不了为什么会有人乐此不疲。

知道还问，这不就是傻嘛。

见对方没什么话要说了，迟雾转身就走。她一路散步，直到傍晚才坐上一辆公交车，下车时天色将暗，夕阳即将落入地平线以下，散发着这一天中最后的余晖。

迟雾按了电梯键，往高层走去。

她尽量放轻脚步，没触亮声控灯。

因为昏暗的关系，迟雾直到走近才发现门口坐着个人，那人个子高，后背靠墙，脑袋埋在膝盖里，只露出一头灰棕短发。

"谈屹臣？"迟雾试着喊他。

地上的人脑袋稍微动了下，像在挣扎，间隔几秒钟后抬起头，漆黑的眼望着她，鼻音明显："嗯。"

"怎么了？"迟雾再迟钝也觉察出他不对劲。

两人靠得近，迟雾的手垂在腿侧，谈屹臣抬手轻握住她的手，再缓慢放到自己额前，声音无力："我好像发烧了。"

迟雾从他手心里抽出自己的手："嗯，试出来了。"

他的额头很烫。

她刚想问发烧了不去医院往她这儿跑干什么，谈屹臣开口："我好难受。"

第 4 章

迟来的歉意

一

迟雾没说什么，开了门，让他先进去。

谈屹臣只来过一回她这里，进去后谈屹臣坐到沙发上，无精打采地靠上靠枕。

迟雾去厨房给他倒了一杯热水，递过去："怎么不去医院？"

"不想去。"谈屹臣接过。

"那你来我这儿做什么？"

谈屹臣睨了她一眼："我为什么发烧？"

"淋雨。"

"因为谁淋的？"

迟雾不说话了，谈屹臣吹着热水，更不急，慢悠悠等她的下文。

"我这儿没药。"她不想让他留在这儿。

"可以买。"谈屹臣态度明确。

"非得在这儿，不能回家？"迟雾直接问道。

"他们去了加拿大，过两天才回。"谈屹臣喝了口水，放下玻璃杯，声音也有气无力的，假模假样地回答，"我说我生病了，周女士说，你在她放心。"

迟雾转身往书房走，脱下拖鞋踩上板凳，从书架最上方取下来一个小药箱。

她拎着药箱返回客厅，拿出里面的温度计，看了眼，递给谈屹臣。

"敢骗我你就死定了。"迟雾威胁他，声音冷淡。

"啧。"谈屹臣毫不心虚，厚着脸皮说，"对病人温柔点儿，难受着呢。"

十分钟过后，谈屹臣取出温度计，递给她："喏，看看，哥烧到多少度了。"

"快四十摄氏度了。"迟雾淡定地放好温度计，"挺牛的。"

她收起药箱，看着他："去医院，或者烧成白痴，二选一。"

谈屹臣沉默。

迟雾第一回一天内来医院两趟。

早上刚伺候过李溪藤，迟雾熟门熟路，高效率地完成挂号就诊一系列准备工作。等挂上水，谈屹臣略带疲倦地靠在座椅上闭目休息，迟雾安静地坐在他身边，偶尔看一眼他的点滴。

见药水还剩大半瓶，迟雾收起手机，离开了一会儿。

只不过是去买水的工夫，她再回来时，已经有两个女生站在谈屹臣座位前，正在要联系方式。

不知道是自然醒还是被喊醒的，那张帅脸很疲倦，脸色不怎么好看。

自然醒正常，被喊醒看情况，一般没什么要紧事喊他，他多半会有脾气。

听到身旁有人走动，谈屹臣把手肘搭在扶手上，视线正好穿过人群看向迟雾，说了句什么，两个女生也跟着往后看。

看见迟雾，女生转过头又说了两句之后就走了。

"去哪儿了？"见人走到跟前，谈屹臣问。因为发着烧，他的嗓音也比平常哑些。

"买水。"迟雾把药片和水递给他。

谈屹臣犹豫了会儿，不怎么情愿地捏住那两枚白色药片放进嘴里，再拿起一次性杯子，一口吞下。

他挺烦吃药这事的，小时候周韵想让他吃药得哄半天。

迟雾望向快空了的药水瓶，问："好点儿没？"

"嗯。"谈屹臣把杯子放下，语气不怎么正经，"还成，烧不成傻子。"

时间缓慢地过去，等到结束后，已经是晚上九点了。

护士拔完针，谈屹臣没着急走，开口问："今晚去你那儿还是去我那儿？"

迟雾条件反射一般地抬头："什么？"

谈屹臣挺有底气地把手机屏幕翻过来，冲向她，念着搜索出来的答案："发烧四十摄氏度属于严重高烧，十分钟到一百分钟左右都会有危害。根据个人体质来决定，出现这样的情况一定要非常重视，不要惊慌，保持冷静……"

念完，他把手机收回，总结道："如果半夜高烧，加上可能出现的意识模糊、晕厥，很危险。我惜命，身边得有个人。"

"你惜命？"迟雾语速不疾不徐地回击，"惜命往我那儿跑？"

"嗯哼。"谈屹臣懒洋洋地勾唇，"我是听妈妈话的好孩子，她说来找你就得来找你。"

迟雾挺想把这话录下来发给周韵的，让她听听这人平时都在鬼扯什么玩意。

不过最后鉴于烧到四十摄氏度也的确不是开玩笑的事，迟雾还是和他回去了。

迟雾先回自己那儿拿了换洗衣服。她跟做梦似的，八百年就不打交道的两人，这一个月来相处的次数比前面三年加起来还多。

乐队需要排练，谈屹臣第二天缺席，回到家后就和乐队里的几人视频通话，讨论流程。

"你这一病，我觉得心里空落落的。"邹风坐在地毯上，身后投影仪在播放一部科幻片，他靠在沙发上，手边摸着一条戴银色嘴套的杜宾，一副刚睡醒的模样。

谈屹臣眼神冷淡地看着他："赶紧对流程，对完睡觉。"

"谭奇呢？"邹风喊。

"成成成，来了来了。"谭奇在那边一条条汇报。

音乐节的举办时间在下周，他们乐队一共需要演奏五首歌，谈屹臣那首放在最后压轴。

"我打算换歌。"谈屹臣最后说道。

"换歌？"谭奇觉得意外，"怎么了？"

谈屹臣扯下嘴角："也没什么，想唱就换了。"

"行，你觉得合适就没问题。"

临挂断视频前，谈屹臣想起件事："谭奇，你那儿还有票吗？"

"有啊。"

"明天给我几张，有用。"

"没问题。"

对完流程，没什么问题了，几人约好第二天的排练时间。

挂断电话，谈屹臣放下手机，敲了下迟雾房间的门。

门从里面被拉开，迟雾站在他面前，朦胧的灯光显得她很温柔。

"喀。"谈屹臣咳嗽一声，不太自然地说，"有点儿不舒服。"

迟雾皱眉，抬起手放在他的额头上，谈屹臣乖乖地站在那儿。

"好像不是很热了。"迟雾收回手。

"是吗？"谈屹臣也装模作样地把手放在脑门上，"感觉还是热。"

退烧后存在反复发烧的可能性，迟雾也不放心他，提醒道："要是不放心的话，可以再量……"

话没说完，谈屹臣突然抬起手捧住她的脸，弯腰凑近后把人往自己跟前拉，贴上迟雾的额头。两人四目相视，一瞬间呼吸缠绕在一起。

迟雾的后半句话折在半路上，没说出来。

"热吗？"谈屹臣的视线牢牢锁在那双近在咫尺的眼睛上，他的声音很低，在这寂静的房间内催生出一种叫人耳热的蛊惑感。

这种感觉太过强烈，迟雾垂眼避开他的视线："有一点儿。"

"是吗？"

少年的气息荡在她身边，迟雾心跳微快，下意识地避开这个人。

她抬手推他，被推的一瞬间，谈屹臣松了手，他的唇边挂着不明显的笑意。

窗外传来微弱的蝉鸣声，窗帘被夜风卷拂，迟雾下巴微抬，一双眼死死盯住他的脸，和他对峙。

她就知道。

她就知道谈屹臣又要玩这套！

见她情绪正要发作，谈屹臣唇边笑意增加，抬起右手轻轻放在她头顶，冲她挑了下眉："晚安，小青梅。"

长久的沉默后，迟雾望向他："你刚才喊我什么？"

"小青梅。"谈屹臣双手环臂，慢悠悠地往她那儿看，"怎么了？"

迟雾神色如常地开口："谁教你这么喊的？"

"这么喊不对？"谈屹臣漫不经心地噙着几分笑意，语调随意，"不喊小青梅那喊什么？"

见她不说话，谈屹臣扬眉，挺正经地给她补了一句："晚安，小青梅。"

迟雾置若罔闻，让他爱怎么喊怎么喊。

"嗯。"谈屹臣站在原地，倚着墙坦坦荡荡地看她，"好的，小宝贝。"

迟雾："……"

第二天，迟雾睡到自然醒。她摸起床头的手机，眯眼看了一眼。见才九点，她穿上衣服下床往外走。

阳光透过落地窗延伸至地板，除了外面传来的轻微噪声，公寓内静悄悄的。

迟雾看到餐桌上摆着一张便笺纸："出去有点儿事，早饭记得吃。"

洗漱完，她坐下不急不慢地把早饭吃完，之后回卧室收拾好全部东西，离开了这里。

七月，南城气温升高，令人出门的欲望都大大减少，在家里待了四天后，迟雾收到李溪藤的消息，李溪藤课少的时候就会回了南城，今天约她一起去逛街。

南城的商圈在整个亚洲都排得上号，各类专柜商场一应俱全。迟雾在地铁通道里等着李溪藤，看着人来人往，感受着不时从前方灌进来的阵阵疾风。

在第四趟地铁过去的时候，李溪藤才从另一个方向走过来。

"等着急没？"她问。

"还成。"迟雾递给她一杯咖啡。

李溪藤在南城有个时间比较自由的家教工作，两人约好四点见面，但她那边补课的学生频频出现问题，拖了半个小时才结束。

从地铁出口出去，这边有个地下商场，卖的都是些小玩意。这里的顾客年轻人和学生居多，所以价格也比周边几个商场亲民。

"这耳环怎么样？"李溪藤拿起一个挂在橱窗上的墨绿色耳环放在自己耳垂边比画。

迟雾回过头看了一眼："挺好。"

"行，听你的。"李溪藤拿上这对耳环，到收银台结账。

出了首饰店，两人一起在几家服装店里逛了会儿，挑了挑衣服。

看见一件印花牛仔挂脖吊带时，李溪藤停下，把衣服拿下来放到迟雾胸前比了下："试一试？出去玩穿着不错。"

"好。"迟雾没说什么，把衣服接过来，往试衣间走去，李溪藤也拿着刚挑的两件衣服进了隔壁的试衣间。

没过多久，迟雾换好衣服出来，李溪藤紧随其后，刚拉开帘子目光就被迟雾吸引了，打量起迟雾腰间隐约的马甲线。

衣服设计感偏重，迟雾身材好，基本能驾驭得住。搭配她那张有一点儿冷的气质，穿这种衣服正合适。

迟雾的一头黑发随意地披散在肩膀处，她往那儿一站就很撩人。

"是挺好看的吧。"李溪藤坐在休息座椅上，侧过脑袋满意地看着试衣镜里的迟雾。

"嗯。"决定好买这件衣服后，迟雾换回衣服，刷卡买单。

傍晚六点过后就到了下班、放学的时间，商场也迎来一天中人流的高峰期。

李溪藤在手机上搜索着周边推荐，选定一家以做轻食为主的网红店吃晚饭。

夜间的南城没有白日那么嘈杂，两人一起在路边漫步，四周只有车辆急速来往的声响。

饭店内的顾客多是年轻女孩，两人在二楼露台上找了个位置。迟雾和李溪藤坐在阳台圆桌两侧，两个人点了一份意面、一盘白灼和两份黑椒牛肉蔬菜沙拉。

"赵炎上次说的那个周边游,准备去明市,那边有个岛看上去还行,这段时间我和赵炎都没什么课,时间上没问题。"李溪藤搁下刀叉,"你觉得呢?"

"海岛?"迟雾回问。

"嗯。"李溪藤掏出随身带的镜子,"本来是定在沪市炮台公园那边,但我一个一年四季都在沪市上学的人,懒得故地重游,就改在明市了,你看呢?"

"都行。"迟雾没什么想法,去哪座城市玩对她来说区别不大。

她这两天也在联系实习,不出意外的话,八月份大概她在沪市会有个短期实习。

两个人正吃着,身后突然有人过来拍了一下迟雾。她回过头,成羽不知什么时候出现在她身后。

"好巧。"成羽微笑着道。她今天把马尾辫放下来散开,挺有兴致地和迟雾打招呼:"我和楚勋刚上二楼就看见你了。"

迟雾没太大反应,只是顺着她的话往她的身后看了眼。

楚勋穿着运动装,正站在楼梯口,手里拿着两个从娃娃机里抓的玩偶。他发现迟雾视线朝自己看来,只好腾出一只手,僵硬地向她挥手,表情不怎么自然。

"你朋友?"李溪藤瞄了一眼成羽和她身后的楚勋问道。

"嗯。"迟雾身体稍稍坐正了,懒意洋洋地往身后的椅背上靠去,"同学。"

李溪藤明白迟雾的意思,他们处得还成,不温不火,但关系上升不到"朋友"。的确,她也没听迟雾说起过在班里有感情好的人。

"来吃饭?"迟雾随口问。

"嗯,刚来。"成羽转头往身后看了眼,"你们也是刚来?那拼个桌？"

"吃完了。"迟雾瞥了她一眼，"二楼总共就几桌人，那么多的位置没必要非得到这儿来。吃饭是两个人的事情，非得拉上其他人，不嫌挤得慌？"

不等成羽回她，迟雾收回视线又补了一句，压低了音量，尽量不让这桌之外的人听见："这么乐意帮暗恋对象跟别人创造机会？"

对面人脸色白一阵红一阵，精彩纷呈，似乎有情绪可又无从发作。

李溪藤饶有兴趣地上下打量这个姑娘，没错过她一丁点儿的小动作和微表情，直到成羽一言不发地转身往楼下走。

"你去哪儿？"楚勋拉住成羽问。

随后成羽甩开他的手，头也不回地大步离开。

楚勋回过头犹豫地看向迟雾。

她就坐在那儿，手肘搭在桌面上撑着腮，脸色微红。直到成羽背影消失在楼下的马路转角，迟雾从眼神到表情再到动作，都没动一下。就像是置身事外在看一场小闹剧。

"这男的对你有意思。"等人走后，李溪藤看热闹地说了句。

迟雾没理她，十分钟后手机上收到一条短信："我和成羽只是出来吃个饭，你别误会。"

她被这句弄出点儿脾气来，暗暗在心里骂了句成羽的不争气。

"行了。"李溪藤朝楼梯口看了一眼，发现刚才的身影也不在了，"人都走了，就当没看见。"

"嗯。"迟雾专心地吃起菜。

趁着聊天的空隙，李溪藤翻看了一眼手机，有三个未接电话。

"怎么了？"迟雾问。

"补课家长那边打过来的。"李溪藤笑笑，"没事，我先回个消息。"

过了一会儿李溪藤回来问："后面有什么安排？"

迟雾："也没什么安排。赵炎不是要周边游，什么时候？"

李溪藤想了想："下周过后吧，他还要去看什么音乐节，正想办法找人弄前排票呢你有去看看的想法吗？"

南城墨绿森林音乐节知名度挺高，迟雾知道这个："我不确定，后面有个谢师宴，不过不一定去，等出分，填完志愿回我外婆家待几天。"

"填完志愿，你这儿就彻底没什么事了，等录取通知书吧。"

"嗯。"

李溪藤抬起双臂，伸起懒腰："这风怎么这么舒服：都不想回去了。"

"舒服就多吹一会儿。"迟雾看向广阔的夜空，夜风丝丝缕缕地吹拂着。

李溪藤思忖一会儿，掏出口香糖递给迟雾一片："之前就纳闷，但一直没问，你跟那帅哥，到底什么关系啊？"

"帅哥？"

"谈屹臣。"

两个人怎么看都不像刚认识的，若说是远房兄妹她更不信。

"也没什么。"迟雾倚栏而立，转过脸看向自己右侧的李溪藤，"和他一块长大的。"

"青梅竹马？"李溪藤之前没想过这个答案。

迟雾弯唇浅笑："的确是这么个说法。"

"那天穿的衣服也是他的？"

迟雾"嗯"了一声，没否认。

李溪藤感慨："两小无猜啊。"

"算吧。"迟雾吹起一个泡泡，泡泡在朦胧的夜色中突然炸开。

"什么叫算吧？"

"没什么。"迟雾语调平平，看不出什么情绪，"长大了和小时候是有区别的，不一样。"

"这倒是。"李溪藤没多想，"我小时候玩得好的那个人，这会儿见面就想揍他。"

"嗯。"迟雾垂眼笑着。

她半说半掩，不太想用"青梅竹马"这个词去形容她和谈屹臣的关系，不合适。这个词太正经了，跟他俩不沾边。

从餐厅出来后，两人沿着街走了会儿。

由于补习的两家学生是高中生，迟雾家里有些笔记正好可以给李溪藤用。于是她们打车到了迟雾家小区的门口。

保安从窗口看两人一眼，眼神巡视几秒钟，又漠不关心地把视线收回。

李溪藤边走边打量小区环境："你这租期到什么时候？"

"九月份。"迟雾低头看手机，"时间差不多，到时候大概搬去大学城那边住。"

"嗯。"她知道迟雾不喜欢住宿舍。

时间已经将近十一点，迟雾住的那栋楼靠里，她们还要走好一会儿。一路上她们只遇到两个晚归的人，直到走近了，迟雾才发现楼下有个人影。

楼下的人不知道等了多久，正倚在墙上微垂着头，右手捧着手机，看上去挺无聊。路灯的光从斜前方淡淡地笼罩过去，烟雾从他唇边吹散，缓慢地从下颌线往外蔓延。

机车停在树下，鼻端周围的空气中融入了些烟草味。

人影虚虚地隐匿在暗处，昏暗的光线里，她想起了一些事。

中考后那会儿，谈屹臣的身高就已经接近一米八，走在路上常有人搭讪。

那天迟雾偶然撞见他和张雁栖两个人在那边说说笑笑。他们怎么熟起来的她不知道，但那个暑假就是她和谈屹臣关系的转折点，很多件小事堆积起来，看似无足轻重又叫人莫名难受。

李溪藤也认出对面的人："这不是谈屹臣吗？"

迟雾点头。她刚才看见手机上的几个陌生来电，全是谈屹臣打来的。

这时谈屹臣也听见了声音，抬起头视线朝两人的方向扫过去。

"回来了？"谈屹臣朝迟雾身旁的李溪藤点下头，算是打过招呼。

"嗯。"迟雾看向他，"什么事？"

"后天的音乐节。"他说，"我也去。"

谈屹臣把口袋里的几张票递过去，是前排位置绝佳的好票。

李溪藤挑眉："墨绿森林？"

"嗯。"谈屹臣点了下手上的票，单手插兜，对迟雾说，"你记得来。"

迟雾瞥了一眼，接过来看了看："我没找你要过票。"言下之意就是她从没说过要去。

谈屹臣垂眼看着迟雾，脸上带着几分疲倦之色。李溪藤觉得他有话想说，但因为有别人在不方便说，于是李溪藤忍住想打探八卦消息的欲望，给他留出空间。

谈屹臣道："总之票给你了。"

李溪藤觉得自己过来得不是时候，有些碍着别人事了。

谈屹臣没再说什么，又简单交代几句后就离开了。

好像这一趟他就专门为了送张票。

"等这么久，送了几张票就走？"等人骑车走了，李溪藤边捋着卷发边朝迟雾那边瞧。

她瞄起票上的信息："谈屹臣也去音乐节？他喜欢哪个……"

话说一半，李溪藤看到了票上的那几行小字，准确地锁定住"白焰乐队谈屹臣"几个字："他是白焰乐队的啊？"

迟雾"嗯"了一声。

"深藏不露啊。"李溪藤把门票翻个面，瞧着背面的信息，"这乐队有点儿名气，我那大学里还有人追。听说这乐队有两个门面，其中一个就是那天一块吃饭的邹风，另一个应该就是谈屹臣了。"

迟雾只是听她在说，不感兴趣，也没了解过多少。

"你要去？"迟雾睨了一眼李溪藤。

"这就是赵炎说的那个，在找人搞前排票的。"李溪藤把票甩了两下，挑眉笑笑，"去啊雾，挺好玩的，这票给了几张？咱们一起。"

"不去。"迟雾懒得折腾。

"去啊。"李溪藤突然靠近她，"怎么了，你在躲他？"

"没有。"迟雾转回头，不愿意在这个事情上纠缠，往楼里走，李溪藤在她身后跟上。

"没躲那就去。"李溪藤靠在电梯口，故意说，"好歹专程送来的，你不去我也不好意思拿这票。"

迟雾这才皮笑肉不笑地睨她一眼："你以前怎么没不好意思？"

她装模作样地感慨："人嘛，活着就得进步，思想品德也不能落下。"

音乐节是南城一年一度过夏天的传统，举办地点在一处植被茂盛的森林公园，坡上入眼皆是墨绿色。

举办当天天气晴朗，淡蓝色的天空中飘浮几朵白云。

音乐节现场涌动着青春气息。当天，赵炎一早就开车去接两个人。他对这种场合有经验，等绿灯的时间他开始闲聊："得早去，晚了没停车位。"

这边已经开始进入公园区域，临时招聘的保安站在一旁疏导交通，但起到的作用几乎为零。

这次音乐节除去几支乐队，还有几个歌手和说唱圈的音乐人。

白焰乐队没娱乐公司，也没什么官方后援，只有一个乐队微博在谭奇手里经营着。这么一个说散伙就散伙的团体，网络人气还算不错。乐队的热度一半来自那两个门面，一半是靠还算拿得出手的专业度。

他们刚挤进一个停车位，车身就猛地震荡一下。

"怎么了？"李溪藤问。

"蹭着杆了吧。"赵炎边说边解开安全带，推开车门走下去。

"还成，蹭掉点儿漆。"赵炎弯腰伸手在掉漆的后车身侧面摸了下，随后看着从后座出来的迟雾和李溪藤。

"美女们，咱们直接过去？"

李溪藤"嗯"了一声："走吧。"

音乐节下午一点才正式开始，现在场内的人不算多。

赵炎把彩色沙发充完气放好，李溪藤惬意地坐下，然后往后倒去。她戴上墨镜，朝迟雾招手。

"站那儿干什么呢？"李溪藤笑着问。

"有点儿事。"迟雾站在草地中央低头，敲击键盘回着消息。

草坪四周都有人走动，迟雾戴着一顶纯黑色棒球帽，穿着白色运动背心和工装裤。阳光从东边打过来，她垂着头，光线掠过棒球帽，一半的肩膀和锁骨都沐浴在金橘色的阳光下。

她不知道谈屹臣是怎么知道她已经到了，最上头是他发来的信息，只有简短的几个字，言简意赅又充斥一股霸道之意："来休息室。"

迟雾不想回他，右手懒懒地插在兜里，包挂在手腕上，左手在滑动消息列表。

他又发来消息："或者我去找你。"

反正就是无论如何他得现在见她一面的意思。

迟雾微抿唇，不怎么乐意地回他："等我。"

TT："门口的志愿者那儿有工作证，给你的。"

"好。"

迟雾把手机揣回兜里，侧过身，语气平常地朝沙发里的李溪藤说："我有事，得去休息室一趟。"

"帅哥找你？"李溪藤一下子就猜到点子上去了。

"嗯。"她点头。

"休息室是不是准备的地儿？"李溪藤问。

"差不多吧。"

"成，你去吧，有事情打电话。"

迟雾睨了她一眼："谢了，朋友。"

公园离市中心偏远，迟雾是第一回来，不熟悉地理位置。

场地里已经稀稀拉拉进来不少人，DJ（音乐节主持人）挑了首英文歌，音乐通过舞台上方的音响传出，震得人心里发紧。

迟雾拦下一个正路过的保安，问他休息室怎么走。保安打量她几眼，以为是粉丝，看是个年轻姑娘没把话说重，只说休息室不能随便进。

舞台后面不远处有搭起的房间，迟雾等保安走了，抬脚往那边走，猜想那里可能是休息室。

等走近了，她才发现没猜错，这边的确是休息室。门口站着几个志愿者，她过去问了下，女生把谈屹臣留给她的工作证递了过去。

有工作证就容易进出了，迟雾刚过去就见着个有些眼熟的乐队主唱，正好坐在门外。

迟雾对他印象不多，印象最深的是这乐队里的一个短发的女贝斯手。

迟雾站在安排表前，仔细看上面标注的乐队对应的房间，在安排表上找到谈屹臣所在的房间。

走到谈屹臣那间休息室的门外，她才听见里面有争执声。

她抬手挑开门帘，休息室内的人都转过头朝她看，见到有人进来，声音戛然而止。

谈屹臣靠在桌沿边，戴了黑色露指手套的手正扣上黑色衬衫的第三颗纽扣，脸色阴沉得吓人。

杨西语正转过头朝她看进来。

"打扰了？"见他们正在对峙中，迟雾略微挑眉，说了这么一句。

"出去。"谈屹臣开口。

迟雾挺识相地转身就走。

谈屹臣上前一步伸胳膊拦住她，被这一出整得脑袋疼，开口道："没让你出去。"

杨西语站在那儿，看着两人一来一回的小动作。

见她还不动，谈屹臣转过头，面上有些刻意压制的烦躁之意。他眉头微蹙，看向她："别叫我说第二次。"

他声音特别冷，明显能感觉到是压着火的。

杨西语喜欢他，但也怵他，以前就因为做得过分被她哥警告过。她最后深深看了迟雾一眼才走，高跟鞋在地上踩出很大动静，门帘"啪嗒"一声被甩下。

"我在换衣服，她自己闯了进来。"谈屹臣松开迟雾的手，用最简洁的话把这个场面解释清楚。

"嗯。"迟雾四处打量一眼，随口问道，"没朝你扑上去？"

谈屹臣觉得好笑："怎么，当我白混的？"

"差不多吧。"

等谈屹臣把纽扣扣好，迟雾才问："其他人呢？"

"去排练了。"

"你怎么不去？"

"等你。"

迟雾看他："那找我有什么事？"什么事非得这会儿她来见他一面，不来不行？

"也没什么大事，但是想当面跟你说。"谈屹臣后腰靠在桌沿边，"我让你来，是因为我最后的那首歌是唱给你听的。"

"什么？"

"就当是我的道歉。"

迟雾缓慢地转头看他，心里预感到谈屹臣要说什么事。

果然，他继续开口："跨年那天，是我有些唐突。"

室内只有他们两人，隔音效果并不好，隐约能够听见音响里外放的歌。

谈屹臣维持着原姿势，黑衬衫面料垂感很好，隐约能看出他的腰线，他挺认真地凝望着迟雾那双眼，嗓音低沉："别躲我，你要是不喜欢，我不会再有第二次。行吗？"

她看着谈屹臣，视线扫过他的喉结，就算过去半年，关于跨年那天的细节迟雾也记得。

跨年之前，她和谈屹臣还算是能正常联系的。

迟雾的外婆和谈屹臣的外婆在源江是邻居，从大学退休后就相伴住在一起。迟晴和周韵也是从小一起长大的姐妹，不一样的就是周韵家庭美满，迟晴前半生过得乌烟瘴气，但这不影响两人的感情。

周韵比迟晴大两岁，大学毕业就结了婚，结婚那年的过年前怀了孕。

第二年春，迟晴发现自己也怀了孕，但她是意外怀孕。

她那段恋爱谈得入迷，怀孕后和男朋友讨论好了先生下孩子，后面再补证。

但就在这之后，那个男人突然玩起了失踪，听说是个搞音乐的，徐芳华不让她留孩子，要她多为自己的以后考虑。

迟晴不信邪，死活要生下来，徐芳华没办法就随她去了。后来迟雾都两岁了，那个男人也没回来。

小地方流言蜚语多，最后迟晴也休学了，不乐意再回去，只身南下。好在她最后混出头了，风风光光地回了源江，又安排迟雾读了南城最好的学校，跟谈屹臣在同一个小学。

孩子同龄又同级，加上上代人的渊源，两家一直来往密切，每一年的跨年凑在一起已经是两家传统。

迟雾记得很清楚，那天南城下雪，她在半山腰往下看，四处都是雪茫茫的一片。

迟雾一早就被迟晴带出门，因为是雪天，车速比平时慢。司机在前面开车，她和迟晴一人占据一边后座，靠在车窗上往外看，街道两旁的梧桐枝丫、四季常青的灌木丛都被覆盖上一层雪白。

"冷吗？"迟晴忽然转过头问道。

迟雾摇头，目光再次看向窗外。

车窗起了一层薄雾，迟雾伸出手擦掉一块，往外看。

车子驶入地库，恰巧遇到了谈家的车。

地库里从南往北灌进来一阵风，迟雾被风吹得眯起眼，朦胧中她看见谈屹臣从对面那辆宾利 SUV 上走了下来。他的风衣下摆轻微地扬起，眉前的碎发微乱，神色有点儿困倦，他也朝她的方向看过来。

两家人碰面后，谈屹臣走在迟雾身边，看向她问："冷不冷？"

迟雾怕冷不是秘密，稍微熟悉点儿的人都清楚。

迟雾没说话，沉默地摇下头。

谈屹臣收回视线，把手从风衣兜里拿出来，碰了一下迟雾的手。迟雾还没反应过来，谈屹臣就收回去了。

她的手冰凉。

谈屹臣把兜里一早就准备好的暖手宝递给她："拿着，暖暖手。"

"好。"迟雾没客气，把那个还带有他体温的暖手宝收下。

今天是家庭聚餐的日子，两家已经抵达餐厅门外了，但不巧，谈承临时接了个电话，有个从北方过来谈生意的合作方过来了，时间很紧。

这桩生意很重要，迟晴也入了股，于是原本在商圈中心订的会餐临时换了地方。好在和对方见面的高尔夫球场旁有个不错的法式餐厅，两家人打算一起在那里解决午饭。

车开到山脚下，停到露天停车场，雪下得大，只能靠指示牌辨认方向。

南城的冬天室外很冷，湿冷的风都渗到骨头缝里。迟雾躲在羽绒服里，把下巴藏进竖起的高领毛衣内，谈屹臣穿着大衣走在她身边，像感知不到冷一样。

雪在脚底被踩得"嘎吱"作响，谈屹臣偏头，看了一眼迟雾那冷得腿都迈不开的样子，就抬手把自己围巾摘下来，把还带着自己体温的围巾给她一圈圈裹上去，有一点儿毒舌地说："别冻死了。"

迟雾难得没有和他顶嘴。她最讨厌的就是冬天，也因此一直羡慕谈屹臣，再冷的天他都像棵小白杨一样，身板挺拔端正。

走了十分钟后，几个人进入餐厅，迟雾脱掉厚重的羽绒服，陡然间有种万物复苏的感觉。

雪天，周围环境格外静谧，这种带有生意目的的饭局迟雾还是第一次参加，但也算从容。谈屹臣明显比她游刃有余许多，偶尔还能参与他们的话题。

"屹臣毕业了吧，打算未来学什么专业？"客户对谈屹臣蛮有兴趣。

谈屹臣笑笑，没有犹豫地答道："计算机，想辅修天文。"

学天文是他的兴趣，学计算机是家里需要，毕竟谈家是做这方面生意的，在好几个城市有分公司。

他没打算舍弃一个去成全另一个，两个他都要。

客户欣赏地点下头，和谈承一唱一和地夸了谈屹臣十多分钟，话音刚落，又大方地夸了迟雾两句，才把话题引到重点上。

饭局结束后，球童要带着几人到球场去换装备，谈屹臣借口学校课后作业太多，礼貌地和他们告别，带着迟雾往一旁的休息室走。

室内有一整面的落地窗，从室内可以看见山坳处的树木和皑皑白雪。迟雾记得这边秋天的颜色很好看，漫山遍野都是错落有致的橘黄色与枫红色。

谈屹臣见迟雾出神地看着窗外，就出门找了一圈，回来后递给她一杯蜂蜜水和一瓶酸奶。两样都是解酒的东西。刚才吃饭的时候，他们喝完才发现饮料里含酒精。

迟雾坐在桌前，双手捧着水杯，小口地喝着蜂蜜水，边喝边朝外面看着。

雪下得很大，像停不了似的，迟雾看着雪景，感觉心里一片宁静。

没等她看几分钟，谈屹臣就走到落地窗前，解开窗帘绑带，将窗帘放下来拉好，遮住这一整面的窗户。

"怎么了？"迟雾问。

"刺眼，对眼睛不好。"他靠在桌沿边，淡淡地回了她一句。

迟雾有一点儿晕晕的，脑子没他反应那么快："哦。"

谈屹臣眉梢稍扬，看她趴在那儿闷不吭声的样儿，忽然想起小时候。在源江，一群小孩子聚在一起就容易闹别扭，迟雾经常打不过对方。其余孩子会抱团，她就一直一个人，特别是谈屹臣不在她身边的时候。

但迟雾被欺负得再狠也不会哭，不肯回家找徐芳华告状，也不告诉谈屹臣，骨头硬得很。直到有一次谈屹臣撞见她偷偷哭，问她是不是傻。

总之迟晴没回来的那几年，迟雾就像只没人要的小猫，好像谁都能上去逗两下、踢一脚。

回过神，谈屹臣看着她，又觉得长大真是件挺奇妙的事情。小时候连他也不知道她长大后能是这个脾气，成天冷冰冰地拉着张脸。

闲着无事，谈屹臣漫不经心地问她："打算考什么大学？"

"南城。"迟雾把脸靠上杯子，"南城大学。"

"这么确定？"

"嗯。"

谈屹臣垂眼看她两秒钟后笑了："巧了，我也去南城大学。"

迟雾没什么反应地点头，表示知道了："哦。"

稍过片刻，她开始目不转睛地盯着谈屹臣，脑子里不知道在想些什么。

谈屹臣扬下眉："看什么呢？"

迟雾面不改色地道："不给看？"

"那倒不是。"

两人在静默中四目对视，休息室又陷入安静。

休息室暖烘烘的，外头大雪纷飞，万物银装素裹，刺眼的雪光被厚重的窗帘隔绝在外。

高尔夫球场仅有寥寥几人，盖文·德格罗的 *Fire*（《火》）通过广播回响在室外球场，隐约地传进来。

"迟雾。"谈屹臣突然喊她，可能是因为歌声撩人心扉，总之这一刻他突然生出一种想法，并且付诸行动，"可能我这样不太道德，但还是想问。"

她皱眉："什么？"

话音戛然而止，没机会再说别的，迟雾脚下失去重心，胳膊下意识钩住他后颈，下巴撞上他坚硬的肩头。他似是怕她摔倒，一只手伸过来揽住她的腰把她扶住。

"你是谁？"

"迟雾。"

"我是谁？"

"谈屹臣。"

"嗯，分得清就行。"

谈屹臣看她的脸色染上红意。

那一瞬间不知道是什么原因，谈屹臣垂眼细细地看着她，她也因为醉了脑子慢了半拍，维持着刚才的姿势就那样挨着他。

他们好久没那么亲近了，可他们明明是彼此在这个世界上无可以替代的知己好友……

迟雾那个时候是醉了，但是是有意识的，知道他是谁。

在她的认知里，他们是一种用不着宣之于口的亲密联盟。

迟雾一直是这么想的，以为谈屹臣也是这么想的，这会儿他为冒犯了她来跟她道歉，她突然不知道该说什么。

气氛凝滞，谈屹臣又开口，这回带了笑，腿往外伸，膝盖稍斜抵了她一下："到底行不行啊？"

这句话的最后一个字音有被拉长，像是小朋友间普普通通的闹别扭撒娇想和好。

迟雾垂下眼，眼睫轻微扇动，也没什么要说的，只回了个："嗯。"

谈屹臣看着她挑了下眉，语气有点儿吊儿郎当的："委屈了？"

"没有。"迟雾否认。

"和好的感觉真好。"半晌，谈屹臣手臂假模假样地搭在迟雾腰侧，笑了下，面上看上去心情不错。

这事就算告一段落，确定对方都没什么要说的后，迟雾从休息室出来，戴着工作牌回去。

李溪藤还在沙发上躺着，手里拿着一杯饮品，见人全须全尾地回来了，递给了她一杯。

"怎么样，聊什么了？"李溪藤撩了下卷发，放到肩后，"刚还看见那个小模特了，看着气性挺大。"

迟雾到她身旁的空位坐下，略往后靠，摘下棒球帽放在手边，左手食指摩挲饮料杯标签："没聊什么，一点儿小事，都解决了。"

"嗯，解决了就行。"李溪藤又忍不住瞧她，"总觉得你俩怪怪的。"

迟雾不说话，视线放到舞台上。

音乐节准点开始，鼓点震颤人心，周边喷出大量干冰造出的烟雾。烟雾缭绕，伴随酥酥麻麻的性感电音，人群开始沸腾。

最初登场的是逆柏乐队，主唱是迟雾之前在休息室门口看见的那人，浑身上下都是叛逆的摇滚感，不用张嘴别人都能从他身上感觉到颓废。

音乐节也讲究出场顺序，最先开场的就得会造势。这支乐队不只是主场抓眼，整支乐队都很有感染力，尤其是全队唯一的女贝斯手更是引人注目。

台下观众都在跟着音乐摇摆，只有迟雾一个人站在那儿没动，特显眼。

那女贝斯手注意到她后，在台上朝她挑了下眉。

唱到高潮，主唱走到台前，将麦朝向观众。

就在这时，女贝斯手也走到台前，弯下腰，身体前倾，向着迟雾的方向招招手，问："你叫什么？"

"迟雾，延迟的迟，大雾的雾。"迟雾如实告诉她。

"记着了。"问完，女贝斯手回到原位。

几首歌结束，逆柏退场，台下人在喊，女贝斯手晃腰扭了两圈，台下一阵尖叫声，随后又在尖叫声中朝迟雾的方向食指中指并拢做了个手势。

摄像人员坐在机位前，把镜头切向迟雾方向，拍下了那个模样特漂亮的姑娘，她样子冷淡，站在那儿格格不入。人群中此起彼伏的口哨声，将这个开场掀到高潮。

迟雾站在那儿，下巴微抬，表情几乎没变化。

"嚯！这开场挺独特啊。"陈黎看着热闹，挺兴奋。

杨浩宁看了一眼谈屹臣："舞台效果。"

谈屹臣缓缓吐出一口烟，表情很淡，没搭理他。

场下依旧躁动，白焰乐队是在后半段上场的，彼时天空剩余的紫色混杂着黑色，宣告着夜晚将至，整个会场被笼罩在一片昏暗之中。

衣兜里的手机传来振动声，迟雾取出来，微信上收到消息。

TT："好好听着。"

"到谈屹臣他们了。"赵炎朝台上指着。

迟雾视线从手机上移开，抬起头。

乐队成员各有风格，但迟雾就是能一眼瞧见谈屹臣。

第五首是谈屹臣的歌曲。

双面摇头灯打光下，立麦被架到他面前，谈屹臣一手握住话筒一手调高度，一边调一边跟迟雾对视一眼。

准备好后，他打出"好了"的手势。

旋律响起，谈屹臣在节奏感强烈的伴奏中敲下第一个重音，这人音色偏低，不可避免地带了些性感。

他坐在架子鼓后，衬衫袖口稍往上挽起，腕骨清晰，黑衬衫上面的两颗纽扣没扣，露出大半清瘦性感的锁骨。

他看上去心情不错，台下人群尖叫，他边唱边直白地看着迟雾，一手懒散地搭在立麦上，一手重重敲音镲，嘴角勾起几分漫不经心的弧度。

迟雾面无表情地看着荧幕上用闲云体打出的大字：*One More Time*（《再来一次》）。

他拿这首歌当道歉唱给她听，还叫她好好听。

他真行。

第 5 章

海岛之行

一

演出结束好一会儿，草地上还有逗留的人群，互相拍照留念。

三人在这儿等乐队收拾好，趁着有空，李溪藤看手里的拍立得照片缓慢地浮现出人影。那是一张抓拍，是迟雾侧颜的特写。

"喏，大美女。"李溪藤笑着把那张拍立得递给迟雾。

迟雾扭过头，拿住照片一角接过，放到面前看了下。

"谢了。"她说。

她很少拍照，对镜头里的自己不太习惯，上一次用拍立得还是高一那会儿。她过年和迟晴去谈家做客的时候，周韵正好刚买了个拍立得，就给她拍了张照片。

不过迟雾记得那张照片拍得很丑，因为高一刚入学时生了场病，那一整年迟雾的状态都不好。她围着羊驼色围巾，围巾大得把她小半张脸都遮住了。她脸上一点儿笑容都没有，加上周韵拍证件照的拍摄技巧，照片出来后特别丑。

那种照片放在迟雾跟前肯定是要被销毁的，但照片当天就丢了，不知道掉哪儿去了。

十分钟后，谈屹臣一行人走了过来。

这儿离大学城近，几人直接找了家离公园距离不远的酒吧，刚走进去迟雾视野里就出现好几个音乐节着装的青年。

邹风和杨浩宁有事先回去了，几人随意入座，点了两桶酒。

"之前怎么没听你们说起在玩乐队啊？"赵炎从酒桶里拿出一瓶，倒出深色的酒液，问起几人玩乐队的事情。

陈黎往嘴里扔了颗花生米，笑嘻嘻地说："业余的，瞎玩玩。"

今天就两个女生，迟雾习惯性地坐在沙发角落里，身旁是李溪藤，左边是谈屹臣。

这明明是一场挺无聊的临时聚会，由于人来得多，氛围到了，也能生出些感怀。

"真的，刚毕业，我在家舒坦得都不适应了，感觉空虚。"陈黎叹气，以瘫倒的姿势占据半张沙发，带点儿颓废地拿起桌上的啤酒灌了半瓶。

"你也有这种感觉？我也有点儿，我还以为就我自己这样呢。"谭奇往赵炎那儿看着："哎，炎哥，你那会儿什么感觉？我这会儿在家闲得都有负罪感了。"

赵炎："什么负罪感？"

陈黎接过话茬儿："说说，怎么在家享受还不用有负罪感？"

赵炎抬手摸下鼻子，有点儿不好意思，往后舒服地靠到沙发上："实话实说，我高中没认真学过几天，就高三才开始努力。"说完他补一句，"直接回到舒适状态，解放了。"

"算了，要不咱俩一起备考四六级吧。"谭奇边说边往陈黎的方向蹭。

"刚考完你还考？边上去。"陈黎被这一出整得起一身鸡皮疙瘩，伸胳膊把他推开。

两人一人一句地拌嘴，谈屹臣在旁边无聊地看着。

他右手撑脸，眼皮耷拉着，一张脸冷峻倨傲。闲着无聊，他低头扫了一眼桌底，然后发现迟雾离他只有二十厘米。

四周该聊天的聊天，该喝酒的喝酒。他抬眼看着迟雾，从耳垂扫到她精致的下颌线，看她安静地坐在那儿，与这里的喧嚣有些格格不入。

像找到个新的好玩的东西，谈屹臣晃了下腿，轻碰了她两下。

这个动作他做得隐蔽，其余人看不见。迟雾不怎么想理他，暗暗把腿往旁边挪离他远点儿。谈屹臣仗着自己腿长，跟着靠过去，眼神摆出一种"我就靠着"的幼稚意思。

迟雾咽下口中的酒，视线朝桌底扫了一眼，抬起脚，神色如常地往他的运动鞋上重重踩下去。

这一脚她用了力气，谈屹臣也没个准备，忍不住轻轻"咝"了声，随后终于老实了。

"那暑假都干什么啊？"陈黎把谭奇推到一边去，继续问赵炎，"感觉挺无聊的，后面也没什么演出，感觉没什么好玩的。"

"看你自己想法，就算是图书馆，暑假也有大把的人。"赵炎抻了个懒腰，说起之前约好的周边游的事情，"我们下周末去明市，那边有个海岛还不错，藤子和雾妹也去。"

"露营这主意不错，我怎么没想到？"陈黎来了精神。

他双目炯炯有神："还缺人吗？"

"这有什么缺不缺人的？"赵炎笑着露出一口白牙，"想去就一起呗，跟雾妹似的，当毕业旅行。"

陈黎："那我去。"

谭奇举手："我也去。"

"你去吗？"陈黎突然回过头看向谈屹臣。

谈屹臣还维持着撑脸的坐姿，在桌底悄悄碰了一下迟雾才开口："去啊。"

他悄悄碰迟雾那一下传递出的意思很明显，叫人心领神会——一起去啊。

迟雾默不作声，没搭理他，连个眼神都没给他，十分沉得住气。

聊完天，陈黎去酒保那儿要来几副骰子，玩游戏。

李溪藤是玩骰子的好手。迟雾原本没多大兴致，但架不住李溪藤想玩，被她拉着加入进去。

但事实证明玩这个也要讲究天赋，她玩这个不行，开局就输了两次。

"开。"谈屹臣靠在她身边，小声提醒。

迟雾将信将疑地睨了他一眼，眉头轻蹙，谈屹臣似笑非笑地倚在那儿，摆出一种等着看她出洋相的架势。

"信我。"他说。

"好。"思考两秒钟，迟雾回过头，视线回到酒桌上，"开。"

其余人悻悻拿开，这局迟雾胜。

"厉害厉害。"陈黎给他俩鼓掌。

谭奇叹气："我说你怎么不玩，就等着当外援了是吧。"

"来对手了。"李溪藤倒是乐了。

"继续。"谈屹臣勾着唇，压着声音只让两人之间听见："带你赢。"

闻言，迟雾睨了他一眼，迷离的光线下，这人身上的那股子坏劲又出来了，仿佛和这灯红酒绿的场子融为一体。他稍往前坐着，两只手肘搭在腿上，把骰子往前一推，彻底进入反客为主的状态。

桶里的酒逐渐被拿空，一群人醉得七七八八，多亏谈屹臣帮忙，迟雾还清醒着。

尤其是赵炎，开不开他都一个劲地喝，喝多了就缠着李溪藤送他回家。这里也就她知道赵炎家在哪儿，除了她也没人能送。

到了散场的时候，赵炎坐在酒吧门口的马路牙子上，脸枕在腿上，右手拽着李溪藤的裙摆，攥得紧紧的，怕人跑了。

李溪藤正站垃圾桶旁边抽烟，伸手磕了下烟灰，瞄着赵炎时只觉得一个头两个大。

赵炎的车还停在地下停车场，只能等他明天酒醒了自己来取。打的车刚到，李溪藤就把人扔进车后座，站在路边回过头跟迟雾摆摆手告别。

见都走得差不多了，谈屹臣偏头看了迟雾一眼："回去？"

"嗯。"迟雾点头。

这边属于夜市，街边依旧车流不息，谈屹臣叫了辆车，打算先送迟雾回去。

车到得很快，最近查得严，司机提醒两人在后座也得系安全带，不然被逮到要罚款。

两人点头，乖乖系好。

此时的南城没有白天节奏那么快，迟雾把车窗降下，手肘搭在窗沿，让夏季夜晚的风吹进来，嗅着风中各种细微的味道。

而另一个方向，谈屹臣几乎是和她一样的姿势，但神情比她懒散，耷拉的眉眼时时刻刻带着种懒洋洋的劲，手肘靠着窗沿，他看着迟雾吹风。

二十分钟后，车到迟雾住的小区门口。

车停好，谈屹臣解下安全带，余光瞄见迟雾正在那儿按红色按钮。她按了十多下，不知道是卡住了还是车子部件老旧，安全带半天没解开。

他下意识靠过去帮忙，迟雾皱眉往后避，两人之间的距离在狭小的空间内一瞬间拉到最小。

他看着她没说话，视线漫不经心地落在迟雾脸上，右手握住她的左手，手心覆在她的手背儿，用了点劲儿带着她往下按。

"啪嗒"一声，安全带应声解开。

迟雾放下安全带，抬手捋了下肩头的长发，刚要说声谢谢，谈屹臣就抱臂坐正轻轻嗤了一声，带了点儿阴阳怪气："妹妹若是这样，倒不如一开始就不和好的好。"

回去后，洗完澡，迟雾只开了一盏床头灯，发懒地半靠半躺在沙发里，无聊地翻着手机，接连一晚上，她收到的全是这种"黛玉文学"。

TT："妹妹大抵是倦了。"

TT："现在连解释都没有了吗？"

她面无表情地翻看这二十多条"林黛玉语录"，没管。大半个小时后，谈屹臣开始发"宝玉语录"。

TT："消息也不回，这是被哪个哥哥绊住脚了？"

TT："从今往后我自是不敢亲近你，你只当我去了罢了。"

迟雾："……"

没办法，迟雾连夜给他从网络上复制了段小作文发过去，他这才停止阴阳怪气。

明市就在省内，几人的出行方式最终选定为高铁。

出发的前一晚，谈屹臣回了趟家收拾东西，跟周韵说了声出去毕业旅行这事。周韵正悠闲地倚在沙发上敷面膜，知道后只点了下头，什么也没问。

等到敷完面膜，周韵抬头瞟见自己帅气的儿子正弯腰不知道捣鼓什么东西，这才有闲心地随口问了句："毕业旅行啊，那小雾去不去？"

谈屹臣头也没回地"嗯"了声。

谈屹臣刚"嗯"完，周韵就打趣地"哟"了声。

她和谈承对谈屹臣一直是放养，只要孩子没长歪，下雨知道躲，就没太大问题。只是从他升入高中后，他基本就待在自己的公寓那头，回来了也不如小时候好哄。

于是周韵故意诈他："你开始追小雾了吗？"

谈屹臣从电视柜前直起身，转过身一言不发，跟周韵大眼瞪小眼，一个站着一个坐着干看半天。他知道他妈又在诈他，转过身，拎上缺胳膊断腿的机器人上楼了。

周韵："……"

在家睡了一晚，第二天一早谈屹臣直接打车去了南城南站。高铁站门口恰好在施工，树叶碧绿，在热风中摇曳晃荡，搅拌水泥的声音混合着汽车笛，施工处外面漏出来的泥沙撒到了路上，踩上去"咯吱咯吱"响。

下车后，谈屹臣没着急进去，在门口等着迟雾。这地儿大，进去后不好碰头，谈屹臣打算先在这里接到她。

迟雾是迟晴的男助理送来的，车刚停稳，迟雾就在进站口看见了谈屹臣。他正坐在行李箱上，双脚撑着地面，边嚼口香糖边看手机。

瞥见迟雾到了，谈屹臣拿下耳机，正好见助理也从车上下来。

那人从后备厢帮迟雾取下行李箱，拿下来还没完，执意要送到安检口。

路边都是来往的车辆，谈屹臣把下巴搁在拉起固定好的手拉杆上，视线冷淡地盯着他们。见差不多了，他过去一言不发地从男助理手里拿过行李箱，开口道："谢谢叔叔，送到这儿就可以了。"

助理听完，挺莫名其妙地看了这人一眼："叔叔？"

"嗯。"谈屹臣点头，耷拉着眼皮不想多讲，说完对向迟雾说："走吧。"

"谢谢，这是我朋友，我和他一起进去就行。"迟雾跟助理道了声谢，两人一道进站。

等到行李都过完安检后，谈屹臣单手插兜里，不经意地问："刚才那个是谁？以前好像没见过。"

"我妈助理。"迟雾的视线扫视一圈，她回完又严谨地补充，"也可能是男朋友。"

"噢，这样啊，那喊'叔叔'也没什么问题。"谈屹臣给自己补了句，心情不错地看着指示牌往谭奇说的地方会合。

虽然商量周边游的那天邹风和杨浩宁不在场，但事后谭奇也和两人说了一声。杨浩宁要陪他妹去海南，赵炎和李溪藤一起来的。邹风最后才来，还带了个女生过来，那个女生皮肤白净，身材高挑，穿了件波希米亚风的吊带裙。

"这是夏思树，我女朋友。"邹风搂着旁边女生的肩膀，简单跟大家介绍了下。

夏思树是邹风的同学，其余人只听过，没见过。

迟雾看了她一眼，脑子里只想到一句"肤白貌美大长腿"，女孩乌黑的长发散在肩头，气质很好，是一个标准的美人。

夏思树站在那儿落落大方地任人打量，给人的第一印象就是个挺傲的姑娘。

"夏思树真好看。"等待检票时，谭奇趴在陈黎脑袋旁咬耳朵。

陈黎提醒他："你给我小声点儿，别被听见了。"

话刚说完，正好站两人前头的夏思树回过头，朝两人弯弯嘴角。

这眼神怎么跟谈屹臣看他的眼神差不多，像看二哈。

检票完成，几人按照车票找到自己的车厢和座位，位置基本都是两个人坐在一起的，一路上有个伴。

上车后，迟雾按着票找到自己座位，坐到离窗户边较近的座位，谈屹臣跟在她后面，随后坐到她身边。

为了打发两个小时的时间，迟雾早早就下载了一部电影。

把书包放下后，谈屹臣从里头拿出两瓶水，拧开一半递给迟雾一瓶，又把自己那瓶拧开，脑袋微仰喝了几口，转头朝迟雾的手机看去，上面播放的是《速度与激情》。

瞥见谈屹臣投过来的视线，迟雾转过头，把自己的耳机拿下一只递过去："看吗？"

"嗯。"谈屹臣拧紧瓶盖，从迟雾手里接过耳机塞进耳朵里。

这部电影他一早就看过，这会儿再看就是打发时间。刚看没多大一会儿，谈屹臣手机振动两声，收到了周韵发来的微信："上车了吗？"

谈屹臣回："嗯。"

周韵："小雾和你坐一起吗？"

瞥一眼正专心看电影的迟雾，谈屹臣后脑勺靠到椅背上，默默叹口气，右手举起手机，打着字："嗯。"

周韵回了一个龇着牙竖起大拇指的表情。

谈屹臣熄灭屏幕，不打算继续聊下去。

两个小时很快过去，几人在不同车厢下了车，在站台上互相招手。

陈黎和谭奇坐一起，两人互相靠着睡了一路，要不是陈黎留了个心眼定了个闹钟，两人就该过站了。

"累死我了。"谭奇抬起一只胳膊转动两下，"这人靠了我一路，脑袋重得要死。"

"你当你没靠我？"陈黎给他个白眼，"口水都差点儿流到我身上了。"

"你胡说，我睡觉什么时候流口水了？"

"别不认，我拍下来了。"

　　其余人笑着看这两个人，一行人随着下高铁出站的人流，走到高铁站外。

　　明市是个很小众的旅游城市，游客不多，几人照原定路线从车站打车到渡口，坐轮船上岛。上轮船前要爬一段楼梯，赵炎回过头看了一眼李溪藤："重不重啊，藤子？要不要帮你拎一会儿？"

　　"我这行李箱就二十寸。"李溪藤有些一言难尽地看着他，"能重哪儿去？"

　　"你重不重？"谈屹臣跟在后头朝上看，漫不经心地问迟雾。

　　迟雾回过头，语气平淡地反问："我行李箱不是在你手里？"

　　谈屹臣："……"

　　轮船是开放式的座位，头顶有专门的防风防雨的遮阳棚。海滨城市风大，没有高楼大厦阻拦，连风都变得自由狂野。

　　"这儿海还挺蓝。"邹风说。

　　"嗯。"谈屹臣微眯着眼，看向远处波光粼粼的海平面。

　　轮船开动，海风拍起海浪，一群人站在船尾，看轮船在海面上破出一道浪痕，拍起白色的泡沫。海鸥跟在后面追逐，少女的黑发被风扬起，少男少女们的 T 恤里灌满了风。

　　"哇——"几人随意地勾肩搭背，对着海面碰瓶欢呼。

　　风中混合着轮船上播放的老歌，悠扬的旋律飘扬在海面上空。

　　谈屹臣靠在铁皮靠板上，手里拿瓶北冰洋，看迟雾和另外两个姑娘拿着手机拍大海。

　　"喜欢迟雾吧？别嘴硬。"周围没其他人，邹风靠在边上抱着手臂，望向几个姑娘那边问道。

　　谈屹臣就是不直接告诉他："猜。"

　　邹风："承认一下能怎么着？"

　　"不怎么着，怕你太舒坦。"

半个小时后，轮船靠岸，几人拿上行李上岸。

近些年因为旅游业的发展，海岛上增添了很多基础设施，包括娱乐场所。

"咱们订的那家民宿在哪儿？"陈黎回头问赵炎。

"前头吧。"他停下，看了一眼导航，"不远，走过去十分钟。"

怕天气有变，几人准备只挑一晚去露营，其余时间都住在一栋改成民宿的小别墅里，那里有个能烧烤的小院子。

"爽啊！"谭奇丢下行李箱，跑上楼，推开一间房看了眼后，站在二楼朝几人喊，"窗户外就是海！"

"那当然。"赵炎手搭在腰间，仰起头看了一圈，得意地说，"也不看看是谁挑的地儿。"

将行李寄存在一楼，几人在庭院的竹藤椅上休息了一会儿。

趁着这会儿，赵炎联系了下屋主，回来后手上拿着一串钥匙，问："一共五间卧室，咱们来看看怎么分。"

房间之前是订好的，有人愿意一起住，有人只想单独住，所以最后订了五间。这会儿多了夏思树，得重新分配。

"我和谭奇可以住一间。"陈黎开口说。

谭奇还没表达兄弟之间情比金坚，陈黎又添一句："他个子小，不占地儿。"

"你看我会不会放过你。"谭奇磨着牙，捋起袖子，作势要揍他。

"你打得过谁啊？"陈黎往后闪着，双臂挑衅地张开，龇牙笑着往后退。

还是跟之前一样，赵炎拍板："那就谭奇和陈黎一间。"

分出一间房后，赵炎看向几人："姑娘们先挑吧，你们仨想怎么住？"

李溪藤轻微皱下眉，之前她和迟雾住一间，但现在多了夏思树，只留她不好，但三个人好像又太挤。

沉默中，邹风笑着把手搭上夏思树的肩膀，语气自然："不用重新分配，我女朋友，当然是跟我住一间。"

谭奇和陈黎扭过头，疑惑地看向两个人。

邹风挑下眉，看向身旁的夏思树："有意见吗，班长？"

"没。"夏思树也笑着说，"谢谢副班长收留。"

分到房间，两人旁若无人地拿上钥匙上了楼。

"哎，臣哥。"谭奇看向谈屹臣，"邹风什么时候当副班长了？他不是挺烦管那些事吗？"

圆桌前，阳光从庭院边上的竹子和灌木丛的缝隙里漏进来，打在地上零乱破碎。

谈屹臣正坐在那儿无聊地看着，冷不丁被点到名，就瞎猜："看上夏思树的时候？"

各自分好卧室，收拾差不多后，几人在一家海鲜饭馆吃了午饭。下午没什么统一的行程，有人去逛岛上的集市，有人去爬岛西边的山坡。山坡下就是一片绝美的海滩。

房间内，李溪藤跟迟雾两人都准备换上吊带裙，方便下水。

"我好像忘记带胸贴了。"李溪藤单手捋起长发，半蹲在地上，另一只手在行李箱里翻来翻去。

"我多带了些。"迟雾从包里拿出两片递过去。

"谢了。"李溪藤接过来把吊带裙换上。

她们准备去海滩，李溪藤带了相机，打算拍点儿照片。

午后的阳光从窗帘缝隙中透进来，洒在迟雾的后背上，衬得她的肌肤白到发光。

李溪藤动作快，三两下换好后就坐在床边，嚼着口香糖慢慢等她。

外面阳光正盛，迟雾在吊带裙外头套了件薄衫防晒。收拾好后两人下楼，正巧碰到从另一端下来的赵炎。

没多久，要去海滩的人除了谈屹臣都下来了。

"谈屹臣人呢？"赵炎坐在藤椅上问了一句。

谭奇猜测："在睡觉？"

"没准。"陈黎附和，"他挺爱睡的。"

"那你去喊一下？"

"我才不喊。"说完，陈黎往周围看了一眼，准备找个人去喊。

谈屹臣有起床气，被吵醒后脸都冷得吓人。

"那个，迟雾。"谭奇挠挠头，觉得她去最合适，"要不请你去喊臣哥起床？"

迟雾侧过身，看向他："怎么了？"

"那个，就是……"谭奇有点儿不好意思，"臣哥有点儿起床气，我不敢，你能不能帮我们去喊一下？"

"知道了。"迟雾淡淡出声，让他们先等一会儿，上去喊他起床。

从小到大谈屹臣这方面几乎就没怎么变过。他不亏待自己，对生活质量要求挺高，会享受，别管在哪儿，只要有条件一定先美美睡个午觉。

迟雾踏上二楼，走到谈屹臣那间房门口，抬手轻叩了两下。

第一次叩门后，里面没有动静，迟雾抬手叩了第二次。

一分钟后，依旧没有动静，迟雾甩了两下发疼的指关节，改用脚踹门。

她抬腿"砰砰砰"踢了半分钟，里面终于传来了动静。

谈屹臣顶着睡得有些凌乱的碎发，眉间隐约带着不耐烦，看到门口站着迟雾，愣了下神。

"你怎么来了？"谈屹臣表情还是有些困倦，但没了脾气，像一只瞬间被顺了毛的大型犬。

"不是去海滩？"迟雾视线错过他看向屋内，窗帘还拉着，一看他就是刚从床上爬起来，"就差你一个了。"

"几点了现在？"

"三点多。"

沉默几秒钟后，谈屹臣和她解释："闹钟没响。"

"嗯，想到了。"

"那等会儿，我换件衣服。"说完谈屹臣转身进入屋内，迟雾没见外地跟在他身后进去，顺手把门带上。

谈屹臣侧过脑袋看了她一眼，没管，从衣柜里拿出一件黑色的宽松 T 恤。

屋内光线昏暗，迟雾靠在门后站着，抱着臂看着谈屹臣的一系列动作。

T 恤被他随手放在床上，他背过身，两手握住下摆脱下，露出线条好看的后背。从后面看过去他肩宽腰窄，肌肉线条不是特别明显，带着一种少年独有的蓬勃的线条感。

迟雾视线朝下打量着他小腿靠脚踝那块不规则的淡色疤痕。疤痕有手掌心那么大，不仔细看看不出来，但他太白净了，身上有一点儿疤痕都扎眼。

她听迟晴提起过，这块疤是他高二那年留下的，原因不清楚，但谈屹臣那次似乎住了两个星期的院。

"看够了没？"谈屹臣慢条斯理地穿好衣服回过头，看着眼都不带眨的迟雾问。

"嗯。"迟雾点头，眼神还是直白地放在他身上，"还成。"

"还成？"谈屹臣懒洋洋地轻嗤一声，去卫生间洗漱。

一行人出别墅时阳光已不算太强烈，这个海岛不算大，楼下有按小时收费的电动车，路线也不复杂，只要沿着海边一直往西骑二十分钟，就能找到要去的山坡。

"会不会骑？"谈屹臣抬手拿起头盔戴上，淡淡地看了一眼迟雾。

一行人在沿海公路上慢慢地骑着，这条路没什么车。迟雾骑得慢，经常落在后面，谈屹臣就稍稍放慢速度等她。

抵达地点后，几人把电动车停在山坡背面，防止车被海风吹倒。

这个坡不高，上面长满了绿色的柔软的青黄色野草，最上面有一排长长的石凳。

"快来！"其他人在坡顶朝两人招手。

迟雾和谈屹臣一起往东边走，山坡的另一侧有石梯，上去更容易。

坡有二十米高，到达坡顶后，迟雾抬起手放在额前稍微遮挡光线，前方海滩和海景一览无余。

"你俩怎么这会儿才到？差点儿以为你俩掉海里了。"谭奇挑了下眉，笑嘻嘻地看着他俩。

"不好意思，第一回骑，骑得有点儿慢。"迟雾笑了笑，捋下被风吹乱的长发，把手插进衬衫兜里。

"没事儿，我们刚才在商量要不要把露营地点定在这儿。"赵炎往山坡下的一片海滩指了指，"就卵石那片，可以生篝火。"

"可以。"迟雾点头，"我没意见。"

"你呢？"迟雾回过头，一双棕褐色的眼睛看着谈屹臣，"有什么意见吗？"

"没。"谈屹臣勾了下唇，也朝前面看着，T恤被风吹得鼓了起来。

"行，那就这么定吧。"赵炎点头，"就不等那两人了，反正咱们全票通过，他们反对也得少数服从多数。"

商量完后几人一块从坡上下来，迟雾在海滩边缘脱下鞋，稍微往前试了下水温，还没怎么感觉出来，身后传来一道有点儿欠的声音："夏天，三十摄氏度以上的气温，这海水能冷到哪儿去？"

"迟雾！"李溪藤在另一边朝她喊，"来我这儿！"

"好。"她点头。

海滩很干净，斜斜的金色阳光打在这片，照得人闪闪发光。迟雾脱下外面的衬衫扔到鹅卵石上，往海水里走。

"呦呵！"陈黎在岸边还没下去，目光看向前方，笑着抬手把额前刘海往后捋，调侃了句，"迟雾这身材，够可以的啊。"

他刚打算吹一声口哨，突然注意到身侧有人，于是到嘴边的口哨及时刹住，后脊一阵发凉。

"什么叫够可以？解释听听？"谈屹臣漫不经心地开口，左手肘撑在左腿上，往前微躬着身子，看向右边的陈黎。

陈黎见状讪讪一笑："不是那意思，不该随便朝人家这么看，不礼貌。"

阳光在海面随波晃荡，迟雾看着海面下自己清瘦的脚踝，有些犹豫。

她学过游泳，但不算特别熟练，只试探着往深水里走。不过她对自己的人身安全并不担心，这儿还有其他人，就算不了解其他人，她知道谈屹臣会游泳，真不行了也能把她救上来。

正往前试着，迟雾身后有一只手拍了下她，偏过头看见个逆光的人影。她还没看仔细身后的人，整个人一瞬间栽入海水中。

海水一瞬间没入口鼻，迟雾皱眉闭气，腰间有一双大手托着她不至于让她沉下去，用胳膊下意识紧紧钩住对方的脖颈，整个人靠上去，几秒钟后脑袋重新浮出海面。

"怕什么？"谈屹臣看着她，"我在这儿呢。"

"我知道。"刚才踏空得太突然，迟雾稍微有些被吓到，不停喘着气。

她把被浸湿的黑发捋到耳后，紧紧地抱住谈屹臣。

"你俩刚才干什么呢？"李溪藤好奇地往迟雾身后的谈屹臣看过去。

"没什么。"迟雾笑了笑。

太阳渐渐西移，把海水染成橘红色，傍晚的风吹在身上有些冷，几人回去换了衣服。

回去的时候众人路过一家酒馆，从外面看挺有格调，离民宿又很近。几人恰好不知道要去哪儿，换完衣服就一块到这家酒馆坐下。

酒馆虽然场地不大，但有驻唱乐队，主唱的嗓音缓慢沙哑，安安静静沉浸在自己的世界里，氛围感很足。

"邹风他们两个呢？"谭奇刷手机，想看看群里有什么错过的消息，"还没回呢？"

"你管那么多干什么？"陈黎回了一句。

"也对。"谭奇叹气，实话实说，"咱们之所以能聚在一起，是因为都是单身狗啊。"

"咱们可不一样。"李溪藤回了一句，"有些人是不想谈，有些人是压根没人谈，你别搞错了。"

谭奇："姐，你说话有点儿狠。"

"还成。"李溪藤抱臂侧过头，笑眯眯地看他一眼，"适应适应就好。"

闲聊的工夫，调酒师将酒调好，端了上来。

迟雾之前听说过，明市有一种很有地方特色的酒，之前她网购过一瓶，尝了味道后觉得也就那样。见这个小酒馆里也有，迟雾又点了一杯。

"这酒我见过博主推荐。"李溪藤浅浅闻了下，抿了一小点儿，"别说，跟在南城喝到的酒还真不太一样。"

迟雾犹豫地低头喝了一小口，味道跟之前网购的确实不一样。

"好不好喝？"李溪藤问迟雾。

"嗯。"她点头，暗中打算离开前最少再来喝一次。

酒馆人不多，谭奇和陈黎两人不知道去哪儿玩去了，李溪藤和赵炎跟着驻场乐队旁的队伍一起慢慢摇着，这边就剩下迟雾和谈屹臣。

"一个人喝不无聊？"谈屹臣坐在高脚椅上，垂眼看迟雾面前放着两杯酒。

"还好。"迟雾回他。

话刚说完，迟雾面前就伸过来一只手，把她的酒拿过去一杯，谈屹臣转过头朝调酒师开口："你好，要两副骰子。"

骰子到手，谈屹臣推了一副到她面前："玩点儿简单的，就比大小怎么样？比你一个人喝有意思点儿，正好我也没事干。"

灯红酒绿的氛围灯打过去，从身前一划而过，两人身影又再次隐在暗处。

"你不去那边玩？"迟雾问他，指了下赵炎的方向。

"嗯。"谈屹臣垂眼，语气认真，"陪你一会儿再去。"

"好。"

他们定好游戏规则，谈屹臣修长的手指握住骰子筒，他看着迟雾摇了两下后稳稳扣在桌面上，打开后扬了下眉："六。"

这叫他怎么让？

看到这个结果，迟雾压根不开自己的了，拿起酒杯一饮而尽。

"就不试试？"谈屹臣闲闲地撑腮看着她，"还没开呢，怎么就知道自己一定输？"

"你是数字六。"迟雾反应平平，"还要开吗？"

"没准呢。"谈屹臣边说边懒洋洋地换了一只手，帮她打开，"不试怎么知道？"

而随着打开的一瞬间，迟雾清清楚楚地看见自己的骰子上的数字也是六。

这真是见了鬼了。

不仅迟雾惊讶，看见这个结果，谈屹臣也笑了。

其实他就是想看看迟雾到底摇的是几，没想到也是六。

事情太过巧合，迟雾稍做思量，忍不住问："谈屹臣，你是不是作弊？"

"嗯？"谈屹臣对她的想法很意外，直白地说，"先不说我会不会玩骰子作弊，就跟你喝个酒，还至于作弊坑你？"

闻言迟雾点头"嗯"了声，说没有什么是他干不出来的。

"那我坑你能干什么？"谈屹臣不怎么正经地反问，"喝醉了把你扛走？"

迟雾挑了下眉，没吱声，谈屹臣懒得扯下去，慢条斯理地转过身把要的两杯酒喝了。

直到半夜，一群人才醉醺醺地回去。

他们回到民宿，夏思树正坐在椅子上，邹风在一旁拿冰袋给她冰敷。她脚踝上绑着绷带，看上去鼓鼓囊囊的，见人都回来了，抬起头略带歉意地笑了下。

她跟邹风下午出去玩的时候，在礁石上崴了脚，只能在岛上卫生所简单包扎，挂了两瓶消炎药。邹风明早得带她出岛去市区医院，这样一来两人算是提前结束了旅程。

其余人表示理解，让她先去医院，后面有机会再一起玩。

小院里静悄悄的，能隐约听见涨潮的海浪声。迟雾是上午九点醒的，李溪藤还在旁边睡着。李溪藤喝多了睡了一觉，醒了处理两个补课学生的作业花了一个多小时，之后才继续休息。

迟雾动作极轻地完成洗漱换好衣服出去。

外面阳光好，迟雾一个人在外面逛了一圈，吹了会儿风，回来的时候大家已经起来了，正在院子里吃早饭。

"阿雾啊，你怎么起那么早？"李溪藤问。她起床时正好赶上房主送早饭，妆还没来得及化。

"醒了就起了。"迟雾接过她递来的粥。

她坐下来往左侧看，谈屹臣正靠在椅背上，无精打采地耷拉着双眼，脸上还带着困意，正叼着袋豆浆在那缓神。

谈屹臣抬眼看她，伸手拿下手里的豆浆，问她为什么盯着他。

"没什么。"迟雾收回视线。

吃完早饭，陈黎和谭奇还有些头晕，想再睡一会儿，等到下午，大家才一块儿出发去了海滩。

昨天刚来过这儿，几人都熟悉，三两下就把遮阳棚搭好，座椅、餐桌、自助烧烤架全是在岛上租的。

这边组装完，赵炎带李溪藤去超市买东西，其余人该干什么干什么。

迟雾坐到遮阳棚下，躺到尼龙布的折叠椅上看着海面。

"迟雾。"谈屹臣突然偏过头喊她。

迟雾看过去："怎么了？"

谈屹臣看一眼她的后肩，下颌微抬，提醒她："后肩带子没系好。"

"嗯?"闻言迟雾低下脖颈,单手够到后肩处,摸到打结的地方,结已经松得差不多了,随时都能掉下来。

"谢谢。"她说,说完抬手往后摸,但后肩的地方不好使劲。早上是李溪藤帮她系的,迟雾手里抓住带子,大概摸索了半分钟也没系好。

海边刮来一阵微风,谈屹臣靠在那儿一言不发地看她系了大半天,这才站起来,走到她身后,从她手里拿过带子。

他低头看着她后背裸露出来的大片白皙肌肤,认真帮她系好,最后贴心地给她打个蝴蝶结。

"好了,自己试试行不行?"谈屹臣站在她身后低声问。

迟雾轻轻扯了两下,挺牢固,回过头笑了下:"谢了。"

没等太久,赵炎跟李溪藤抱了不少食材回来,谭奇蹲在那儿翻了两下,发出"啧啧"的感慨声。

肉是整块的,需要切开,再一个个穿在铁扦上。

李溪藤会做饭,把切肉这活揽了。

大家各自分工,一帮人整得像流水线似的,边聊天边洗着肉和蔬菜,谈屹臣守在烧烤架前打算先试着烤几串。

"你能行吗?"迟雾做好自己的事后,洗完手站在那儿擦手上的水,看谈屹臣拿着柄扇子在那儿扇,站在旁边问了句。

烧烤架里的炭火在冒烟,烟挺大,就是不见火。谈屹臣淡淡地瞧她一眼,没吭声,迟雾就在那儿看他最后能折腾出个什么玩意。

等了会儿,迟雾刚打算说第二句,炭火外面那层变得通红,冒出火来。

谈屹臣收了扇子,偏过头朝她望过去,眼神中流露出一股得意之色:"哥什么不行?"

李溪藤没切一会儿就差点儿切到手,切肉的活就换到了赵炎身上。

"你慢点儿，按住了再切。"李溪藤在一旁监督，右手抓住头发不叫它垂到桌面上，低头看赵炎在那儿研究手里的哪个角度锋利点儿。

"成成成，按着呢。"他说。

东西全准备好后，几人才坐下来休息，傍晚的海边舒适宜人。

李溪藤脱了鞋到海里游泳。她很喜欢游泳，在大学就经常去学校游泳馆，但沪市那边的海不如这边干净，很少下去。

海滩上有细沙和小块圆润的鹅卵石，还有些轻微锋利硌脚的贝壳碎片，迟雾不打算下去，回过头往坡上走。

坡上有排大块鹅卵石搭成的石凳，赵炎也在上面，正拿着相机架，迟雾走到他旁边坐下。

"怎么了？"赵炎见她过来，放下相机问。

"没什么，过来随便坐坐。"

赵炎伸手掸了下烟灰，下巴往坡下谈屹臣那边扬了下："打你来，往这儿瞄三眼了。"

"没事。"迟雾轻声说，侧过头看他手里的相机，"拍什么呢？"

他也说："随便拍拍。"

"李溪藤？"迟雾问。

赵炎挑了下眉，没藏着掖着："眼力挺好。"

海里的李溪藤看见他俩，在海里湿漉漉地朝两人挥着手臂，迟雾也笑笑，朝她挥手。

天边霞光逐渐消失，夜幕降临，几人在炭火边坐下，地上摆了两箱啤酒。

"哎，大后天出成绩，紧张吗？"陈黎碰了两下谭奇的胳膊，问。

"你倒是别提啊。你这一讲，我从今晚就得开始紧张。"

"至于吗？"

"至于。"谭奇夹了块羊肉嚼着,"你根本不懂少男那颗脆弱的心。"

"你俩打住吧。"赵炎笑着说,"你看看迟雾跟谈屹臣,他俩就不慌。"

陈黎开口:"紧张也没用,早板上钉钉了,回头分数下来好好填志愿选专业还靠谱点儿。"

"嗯。"谭奇又咬了口烤牛肉,嘴里含糊不清地问:"对了藤姐,炎哥是体育生,上的体育学院,那你当初怎么选专业的啊?挑比较高尚的选?"

"没怎么选。"李溪藤抹了下嘴边沾的啤酒,"但你不觉得搞教育这事,挺酷的吗?"

谭奇老实地摇头:"不觉得。"

李溪藤耸耸肩。

"我就是比较纳闷,你当时为什么选这个专业啊?"他怎么看李溪藤也不像是会搞教育的人。

"这么想知道?"她问。

"嗯。"谭奇点头。

"那行吧。"李溪藤抬起手,舒适地伸个懒腰,"其实你看我这样,也知道不是老师待见的那种学生。"

火还在远处噼里啪啦地燃烧,窜出些火星子随风飘着。李溪藤笑着回忆起来:"我初中时在一个不太好的中学上的。升初三的时候,临开学前我奶奶去打麻将,被人骗了,把我爸妈那年寄过来的钱都输没了。"

李溪藤笑笑:"那会儿我成天跟老太太吵架,老太太说没钱就不上学,我那个时候学习也不好,就真打算不上了。后来这事被我当时的班主任知道,她拿自己工资把我那学期乱七八糟的费用全付了,叫我以后工作了再还,之后我高中毕业赚的第一笔钱拿去还她,她也没要。要不是她，我挺难想我现在是什么样的，这也算是我想做这行的最初的原因，我是真觉得挺酷的。"

谭奇："你也想当这样的人？"

"不是，我没这么伟大。"李溪藤笑着伸懒腰，语气随意，"但我想跟我以后的学生说，无论如何都别轻易放弃学习的机会，这个世界上没那么多要被拿到大庭广众面前批评的事。"

李溪藤说完，没人开口，就剩下风的声音。木头噼里啪啦地燃烧着，谭奇举起杯里的酒，敬她："姐，你是真有点儿帅。"

"还成吧。"李溪藤挑了下眉。

过了会儿，李溪藤到一旁去烤肉串，赵炎过去帮忙。

谈屹臣撑着腮看偷开啤酒瓶的迟雾，她喝两瓶了还没够。

谈屹臣记得初中那会儿，大家刚进入青春期，那个年纪的男生还不像上高中后，知道注重自己形象，有什么想法也不知道憋着。

当时他们班在上体育课，一个操场除去他们几个打球的，其余男生都在四处溜达。这个时候有个男生发现班上有个女生来例假，裤子脏了。这个女生平时人沉默寡言，沉默寡言在部分人眼里等同于好欺负，几个男生凑在一块哄笑。

迟雾刚好在那儿练习垫排球，听见笑声，瞄了一眼还不知道情况的女生，直接把手里的球朝那几个男生打过去，赶走了那些男生。

球打出去了，迟雾转身朝那女生那走去，还没走到近前，另外一个女生也过去了，没说什么，大冷天直接把外套脱下来递给那个女生。

因为这件事情，迟雾和脱外套的那个女生就认识了，有段时间还走得挺近。

后来脱外套那女生和谈屹臣还遇到过两回，她大他们一届，叫于澄。

烤串熟了后，赵炎端了过来。

谭奇："我记得臣哥要学计算机对吧？"

谈屹臣"嗯"了声。

"你呢？"他问陈黎。

"医学。"

"那咱们来敬一杯。"谭奇高举酒杯，"来吧，敬咱们的高三。"

陈黎："来，敬未来。"

赵炎笑道："敬咱们自己。"

风吹着，夜间的风比白天时还大，迟雾往后撩了下长发，酒精有点儿上脸，面色微红。

其他人喝得也不少，谭奇抱着酒瓶子："真不敢信，我真毕业了。"

之前还没什么感觉，现在坐在这儿和大家一起谈论几天后的高考分数、怎么报专业，他才后知后觉地缓过劲来，要跟这群人说再见了。

他问："臣哥，你去南城大学对吧？"

谈屹臣瞄了他一眼，"嗯"了声，点头。

"那迟雾呢？"

"也是南城。"她开口。

桌底下，谈屹臣轻晃两下腿，碰了下迟雾。

她侧过脑袋微向上看，视线落到他脸上："干什么？"

"咱俩一个大学。"

"所以呢？"

他笑笑，声音在海风里显得有些发飘："不会分开。"

风吹过脸颊旁的碎发，迟雾跟他对视着，谈屹臣眉梢稍扬，冲她挑了下眉，她轻飘飘"哦"了声，就把视线从他脸上收回。

卡其色帐篷顶挂着串灯泡，被风吹得摇摇晃晃。

谭奇抱着酒瓶子不撒手。他喝高了就开始哭哭唧唧的，要赵炎拿相机给他们拍一张合照，说这张合照就是他大学四年电脑和手机的屏保，陈黎说他不拿来当屏保他就是小狗。

几人坐在那儿，迟雾不喜欢拍照，不想入镜，准备先离开给他们几人腾位置，谈屹臣看她起身，腿一伸，把她给拦下来。

迟雾只能又坐下。

两人的座椅相邻，方向朝向前方相机。

身后是暗蓝色的广阔大海，隐匿在夜色里的礁石，迟雾黑发随意搭在后肩，薄衫半搭半落斜露出一半肩头，双手插在衣兜，面色冷淡地看着镜头。

谈屹臣就坐在她身边，似有若无地轻轻勾起嘴角，比迟雾稍往后两厘米的位置，左手看上去像半搂在迟雾的椅背上。

照片出来后，谭奇看了半天感慨道："这俩怎么这么配。"

因为是在海岛上的最后一天，几人没什么安排。海岛地方也不大，几个人想去哪儿自己安排，有事在群里说一声就行。

这天直到中午大家才陆续起床，迟雾和李溪藤约好晚上去那家酒吧喝酒，临走前再喝一次那个特色酒。

"明天大概什么时候的高铁？"李溪藤边扫散粉边问。

"中午的。"她懒得化妆，坐在那儿挺悠闲地回答。

"还行，今晚随便喝，明天能睡个懒觉。"

迟雾笑出声来："对。"

收拾好后，迟雾和李溪藤出门，刚把房门拉开，正巧碰上从对面出来的谈屹臣和赵炎。

"去哪儿？"李溪藤问。

赵炎笑："去喝酒。"

"巧了。"李溪藤环臂，打量两人，"我跟阿雾也是。"

"这多好。"赵炎下巴轻抬，朝楼下示意，"走吧，一起。"

"嗯。"

酒吧离民宿大概有一千米的距离，天色渐暗，两旁的路灯已亮，防风灌木丛投下一片阴影。

谈屹臣和迟雾走在赵炎和李溪藤的身后。

"明天出成绩。"谈屹臣瞟她一眼，开口道。

"嗯。"迟雾淡淡地点下头，"我知道。"

"填完志愿什么打算？"

迟雾："三十号有个谢师宴，但不一定去，之后回源江。"

"三十号？"谈屹臣看向前方。他个头比迟雾高，步子大，想跟迟雾同步就只能刻意放缓速度，他垂下眼回想了下："我们班也在三十号。"

"嗯。"迟雾对这个话题提不起兴趣，班级群她都屏蔽两年了，对这些完全不闻不问，日期还是高考前班主任在班里统一提了一句她才有印象。

他们闲聊没多久，那家酒吧就到了。

酒吧里的大部分是上岛的游客，年轻人多，四人随便找了个地儿坐下。

"喝什么？"赵炎回过头问。

"上回的特色酒。"李溪藤回答。

那天的驻唱歌手还在，迟雾喝着酒，视线落在台上，男歌手的嗓音低沉，叫人听了很舒服。

"打算喝几杯？"谈屹臣随口问道。

"能喝几杯就喝几杯。"迟雾说，"明天就回去了。"

"喝吧。"谈屹臣不拦着她,"我下午出来买了些,快递回南城,明天就能到你那儿。"

"到我那儿?"迟雾向他确认。

"嗯,你不是喜欢喝?"

她点头:"是挺喜欢。"

他买就买吧,反正他也不缺这点儿钱。

过了一会儿,赵炎去还车,李溪藤拎了两瓶酒回来,坐到迟雾另一侧,跟迟雾玩猜拳。

别管是骰子还是猜拳,这种游戏迟雾都不擅长,跟李溪藤玩只有输的份。

谈屹臣坐在那儿单手撑腮,表情淡然,安安静静地看迟雾玩一局输一局。

李溪藤笑傻了:"你别是想喝酒故意输的吧?"

迟雾:"不是。"

"行吧。"

李溪藤觉得老是赢没什么意思,就离开位置去找赵炎,没出二十分钟,迟雾已经被灌得有点儿发蒙。

谈屹臣没忍住笑出来,垂眼假装看桌面,借机靠这个动作隐藏脸上的笑意。

"笑什么?"迟雾看着他,"我没醉。"

"嗯。"谈屹臣憋着笑连点好几下头,敷衍地说,"看出来了。"

"我酒量很好。"

"我知道。"

迟雾:"你不知道。"

谈屹臣耐心重复:"真的知道。"

"真的?"

"嗯。"

迟雾头晕，索性胳膊搭在桌面上，侧脸枕上去，趴着看谈屹臣。

男驻唱一首唱完，换了首歌，是她格外喜欢的一首歌，英文发音标准，驻唱的声音也符合歌曲意境，不急不缓地在耳边唱着。

她听过很多翻唱版，但还是最喜欢原版，原版是一种怎么都没法替代的味道。

"玩游戏吗？"迟雾突然轻声问道，声音轻得几乎要淹没在背景音里。

谈屹臣垂眼看她，嗓音很低："想玩什么？"

"玩——"迟雾手指轻敲玻璃杯壁，"真心话。"

她缓慢地补充，又无理取闹地说："只能我问你。"

谈屹臣点头："好。"

迟雾大脑昏沉，趴在桌面上，过了好久才开口，问出第一个问题："你是谁？"

谈屹臣挑了下眉，静静看着她雾蒙蒙的双眼，两人就这么直视了半分钟，直到身后那首歌唱完，他抬手将调酒师拿来记单的便笺纸和笔拿到面前，撕下一张，写上："南城的梧桐，音乐台的白鸽，紫金山的日出。"

第
6
章

宴会风波

一

几人昨晚回来得都很晚，听李溪藤说，迟雾昨晚是被谈屹臣背回来的。迟雾对这事没什么印象，估计那会儿已经醉得不省人事。

　　几人起床后收拾好便匆匆出发，迟晴打电话告诉迟雾，外婆徐芳华从源江来南城了，住在迟晴那儿。迟雾说知道了，回南城后就过去。高考成绩今晚八点就出，徐芳华应该是惦记着这回事。

　　返程路上迟雾依旧和谈屹臣坐在一起，即将到站时，耳机被人摘下来。她顺着耳机线侧过头去看，谈屹臣手里正捏着她的耳机，轻声问她："等会儿谁来接你，还是你自己回去？"

　　"有人接。"迟雾随口回答，"助理吧。"

　　谈屹臣"哦"了一声，不说话了。

　　"怎么了？"迟雾拿回耳机，看着他。

　　"没什么。"

　　见他不说，迟雾转回头也不问了。

　　几分钟后高铁到站，一行人下车，其余几人的路各不相同，出站后就各自分开。

　　这会儿才下午三点多，阳光不算毒，谈屹臣的小臂撑在行李箱拉杆上，对天边的阳光微眯着眼。

　　"你回哪儿？"两人站在路边，迟雾问。

　　"我回公寓。"

迟雾点头："我到开发区。"

"嗯。"谈屹臣问，"你什么时候回源江？"

"过几天。"

他点了下头："好。"

迟雾觉得他话里有话，瞄了他一眼："你也回去？"

"不一定。"谈屹臣看着前方十字路口来来往往的车辆，"看情况。"

"噢。"

两人就站在柏油马路边，热浪一阵阵裹着微风袭来，没待多久身上就出了层薄汗。

好在几分钟后，迟雾就在前面见着了眼熟的那辆私家车。

车被红灯堵在马路对面，迟雾瞥向身边的人，看着他额前灰棕色的短发微微被汗水打湿，问："要不要送你回去？"

"怎么了？"谈屹臣问她。

迟雾："自己打车，不麻烦吗？"现成的车，现成的人，他干什么不用？

"麻烦啊。"谈屹臣面上挂着淡淡的笑意，语气充满戏谑，"心疼我？"

迟雾毫无情绪地别过脸："你自己打车回去吧。"

谈屹臣轻轻哼笑一声，不跟她计较，直到告别时，才说了句"成绩出来告诉我，快递下午到，喝酒的时候记得念着哥的好"。

迟雾拉开车门上车，说知道了。

来接迟雾的是迟晴的助理，迟雾坐在后排，往窗外看着，看南城的盛夏，看繁茂绿油油的梧桐。

从高铁站到迟晴那里，从一个区跨到另一个区，她半个小时后才到。

徐芳华已经到了。这会儿迟晴还在公司，齐阳帮迟雾把行李箱放进屋后就开车离开了。

"外婆好。"迟雾站在门口，笑着冲在那儿看电视的老太太问好。

"小雾啊。"徐芳华听见声回过头，穿着老年款的棕色丝绸裙，人轻微发福，身上书墨气很浓。她笑着眯眼："回来啦。"

"嗯。"迟雾点头，手扶住门框，低头换拖鞋。

"哎？"徐芳华往她身后看了一圈，问，"屹臣呢？你妈不是说你俩一块出去玩吗？"

换好拖鞋，迟雾拉开冰箱门取出瓶饮料："回他自己那儿了。"

"哦。"徐芳华把老花镜拿下来，语气带着可惜，"我以为他跟你过来呢，好久没见这孩子了。"

"没事，明天就把您送去他们家。"迟雾随口敷衍。

徐芳华摇摇头，拿她没办法。

迟晴回来前，迟雾就在楼下陪老太太看电视。五点多的时候有快递上门，迟雾到门外签收了一大箱酒，将泡沫箱拽回客厅，一瓶瓶放进冰箱冷饮层，把里面塞得满满当当。

直到七点多迟晴才回来，这时正好是新闻时间，徐芳华每天会雷打不动地回卧室看国家社会大事。

洗完澡后迟晴从卧室出来，很悠闲地坐到沙发上，望了一眼穿着睡裙半靠在旁边刷手机的迟雾。

客厅灯不算太亮，光线柔和，迟雾面前放着瓶酒，迟晴瞄了一眼，问："在哪儿买的？以前没见过。"

"嗯？"迟雾放下手机，顺着她的目光看过去，"海岛上的，算特产。"

说完她拿来个空杯子，倒了半杯给迟晴："挺好喝，你尝尝。"

"好。"迟晴接过，端到面前细闻了下，"是蛮香的。"

酒在冰箱里冰过，更爽口，迟晴喝了两口放下，拿起一瓶精油撩起睡裙往腿上涂抹，问道："冰箱里全是这个？刚看了眼，买这么多瓶也不担心喝腻了。"

"不是我买的。"迟雾如实说道。

"那谁买的？"

"谈屹臣买的。"

迟晴点头。

闲聊的工夫，离出成绩只剩二十多分钟，迟雾看了一眼时间，端过酒杯边刷手机上的新闻边抿几口。

"你俩这几天玩得开心吗？"迟晴过了会儿问她。

"还行。"

"关系发展到哪步了？"

"……"知道她妈在她身上找乐子，迟雾也懒得回应。

闲着无聊，迟晴涂完精油后，又把迟雾拽过来，给她涂了一遍，边涂边下手捏捏迟雾大腿上的软肉，感慨："到底是十八岁花一样的年纪，这皮肤摸着手感真好。"

迟雾被她捏得发痒，忍不住往后躲，瞄一眼手机上的时间，八点零一分，刚好到查成绩的时间。

准考证和电脑还在她的卧室，她和迟晴说了声，便上楼回到自己的房间，翻出挎包里的准考证，打开电脑。

苏省统一在晚八点出成绩，迟雾刚输入网址，就看到网页跳转之后显示网络拥堵的提示。

一瞬间涌入的用户太多，系统瘫痪了。她不着急，准备过会儿再说。

可惜一直挨到九点，迟雾还是没登录进去。想了一会儿，她决定下床，从衣柜里拽出件薄薄的卡其色长衫，罩在吊带睡裙外面。

她下了楼，迟晴还坐在楼下，见她下来了，问："成绩出来了？"

迟雾回:"登录的人太多,进不去,我出去买点儿东西。"

"嗯,那注意安全。"

"好。"

说完迟雾到了门口,没穿袜子直接踩着帆布鞋的后跟当拖鞋,懒散地出了门。

迟雾想吃冰激凌,迟晴注重身材管理,家里冰箱从来都没有这个玩意,想吃得去门口的便利店买。

从这儿到大门口,她绕着湖要走十几分钟。

路灯很亮,只要有风,夜里就不算闷热,迟雾手指尖绕着门禁卡,她不急不缓地往外头走。

便利店开在生活区,规模不算小,店内摆着两排书桌,卖些常规的生活用品,包子、豆浆、关东煮,快餐和咖啡也有,卖得很杂,一应俱全。

迟雾走到门前,感应门自动拉开,她走进去,正巧朝向门口的书桌前坐着个女生,面前桌子上摊着笔记本电脑,抬头也在看迟雾。

迟雾记得她,叫赵栗,是他们班副班长,以前回这边的时候也碰见过一回,应该也住在这块。可惜两人并没什么交集,最大的交集可能就是她也曾是传播流言的一员。

迟雾收回视线,在亮眼的白炽灯光线中直奔倒数后两排。

走到货架下方,迟雾抬头,瞄准货架上她爱吃的一种进口饼干,抬起手臂拿两包下来,准备当明早早饭。

拿好饼干后,迟雾把它单手抱在怀里,又往东南角的冰柜走去,拿冰激凌。把想要的全部拿齐,迟雾走到收银台结账,顺手又拿了包薄荷味的口香糖。

付完钱,迟雾一手拎袋子,一手拿着小盒装冰激凌,转过身朝门口走。

感应门拉开，赶在迟雾走出去之前，赵栗喊住了她。

迟雾停住脚，头顶冷气在呼呼地吹，回过头视线看向她，问了句："有事？"

赵栗点头，麻烦迟雾等她一会儿，火速把面前的笔记本电脑收好放进包里，拿起来跟上迟雾。

迟雾不知道她要讲什么，但看情况她没打算在便利店里讲。

两人在班里就不熟，更别说现在考完各奔东西了。迟雾把袋子挂在手腕上，手里捧着冰激凌，把勺子含在嘴里，不紧不慢地往旁边的小公园走。

周围也就小公园没什么人，还有地方坐，适合讲事情。

走到长椅跟前，迟雾率先坐下，把袋子放在一旁，挖了一口冰激凌送进嘴里，耐心地等着赵栗开口。

这个点已经不早了，公园里没什么人，看她吃得差不多了，赵栗才轻声问："你高考成绩怎么样？"

迟雾回她："还没查。"

"噢。"赵栗点头，"应该没什么问题，你成绩一直很好。"

迟雾点下头，"嗯"了声，抬起手，把空杯子准确地投到两米远的垃圾箱里。

"那个……"赵栗看着她，轻轻叹出口气，"你有看到群消息吗？"

"没。"

"哦。"赵栗似乎松了口气，以为她太忙，"群里这两天在讨论谢师宴的事情，就差你还没消息。"

迟雾点点头，意思是知道了。

"这件事是班长负责的。"赵栗轻声细语地和她解释，"今天刚跟我说，本来是打算私聊你问问情况，没想到这会儿碰上了，挺巧的。"

"嗯。"

"那你等下给班长回个消息吧。"

"不了。"迟雾拒绝，"没打算去。"

"为什么？"赵栗皱眉。

"嗯？"迟雾微侧过脑袋看着她，长发松松散散地垂在胸前，疑惑赵栗为什么会问。

就算全班真缺她一人，应该也没什么好奇怪的。

"这个是谢师宴，吃完大家就散了，老师们也都过去，缺人的话不太好。"赵栗斟酌着问，"是……因为以前那些事吗？"

迟雾笑道："我以为你不知道呢。"

赵栗面上带着尴尬之色，但没打算放弃："这些事已经过去了，大家都到这个时候了，也没必要计较什么了，不能把以前的事情过去吗？"

"为什么过去？"迟雾挺平和地看着她，有点儿好笑，"因为我不是被压死的骆驼？"

赵栗愣住。

"因为我现在过得很好，没受什么影响，没成什么社会新闻上的主人公，也没一蹶不振活在阴影里。"迟雾收回视线，无聊地看向前方，"所以我就要不计前嫌把这事情揭过去了？"

三人成虎，众口铄金。

她不是被压死的骆驼，但从不缺被压死的骆驼。

见赵栗不说话，迟雾手撑椅面，靠过去，微微侧了下脑袋，挺好奇地问："那个论坛里，有没有你的账号？"

呼吸陡然加重，压迫感逼得赵栗不得不稍往后退，她紧张地吞咽口水。

"歇着吧，别来我面前折腾了。"看她这个反应，迟雾直起身体坐回原位，撂下一句，拎上东西，走了。

莫名其妙被涂抹的笔记，丢失的私人物品，跑操时伸过来推搡的手……所有的稻草和雪花都觉得自己无辜，但不管结果是什么，他们没有一个无辜。

沿着小道进入别墅区，迟雾走到家门前，输入密码，开门。

迟晴刚弄完一整套的护肤流程，回过头看她：“买好了？”

“嗯。”迟雾点头。她放下买的东西，换上拖鞋回自己房间。

卧室里电脑还开着，迟雾过去坐下来，打算再试一次。

这时放在桌面上的手机传来振动声，迟雾拿起来，看了眼来电显示，按下接通键。

“怎么了？”迟雾问。

谈屹臣坐在电脑桌前，看着网页上的一栏成绩，单手惬意地搭在桌面上，问：“查成绩了吗？”

“还没。”

“嗯？”

迟雾：“太卡了，进不去。”

对面“嗯”了一声：“把你准考证号发给我，我帮你查。”

“嗯？”

对面笑着催促：“快点儿。”

犹豫几秒钟，迟雾还是从语音电话的界面切换到信息栏，把登录信息发过去。

她其实不怎么着急知道分数，反正成绩改变不了，早知道晚知道都一样，但身边的每个人都表现得比她这个当事人要急切。

“在查了？”迟雾看着还未挂断的通话页面。

“嗯。”网页在加载，谈屹臣看着网页两秒钟后跳转过去，握住鼠标点开。

迟雾内心平静，但摸不准对面静悄悄的是什么结果，皱眉问道：

"怎么样？"

对面懒洋洋地叹了一口气，不怎么正经。

后来迟雾回想起来的时候，才后知后觉他此时的叹气意味着一种尘埃落定的轻松感："恭喜啊，迟雾，又能跟哥做校友了。"

"多少分？"迟雾问。

谈屹臣笑了，卖关子："反正没我高。"

"也还行。"谈屹臣假模假样地补充，"就比我低几分吧。"

迟雾也不问他了，既然都说了上南城大学没问题，那也不用非得知道具体分数，主要是她不想让对面这人太得意。

"好。"迟雾开口，"知道了，没别的事就挂了吧。"

"这就挂了？"

"不然呢？"

谈屹臣懒懒地从座椅上站起来，往窗外看了眼："出来庆祝庆祝啊。"

"庆祝什么？"

"庆祝咱们都有光明的未来。"

现在已经十点半了，但谈屹臣说大家都在外头疯，迟雾知道他没骗自己，海岛小分队的小群里消息一直响个不停，大家都在外头。

谈屹臣问她想去哪儿，迟雾让他定。想了会儿，他问去不去骑车，迟雾说不会，谈屹臣说他带她，于是他们约好了二十分钟后到她家小区外会合。

"嗯，那先挂了，等会儿见。"

"好。"

挂断电话后，迟雾没犹豫，放下手机就转身到衣柜里挑了身衣服，换上休闲T恤和牛仔长裤，戴上一顶黑色棒球帽走出卧室。

迟晴正在处理邮件，看她从楼上下来，有些疑惑："这么晚了还出去？"

"嗯。"她点头，"成绩查到了，还不错。"

迟晴微笑："等你外婆醒了我告诉她。"

"好。"

"要去哪儿？"迟晴看迟雾拿过腰包斜挎在身上。

"去骑车。"

"和谁啊？"

"和……"她刚要说出谈屹臣的名字，又改口说，"和朋友。"

"嗯，那记得早点儿回来。"

"好。"

夜色浓郁，月朗星稀，乌云淡淡，微风从树梢间吹过，沙沙作响。

刚走到小区外面，她就见谈屹臣把车停在路边。见人下来了，谈屹臣收起手机，朝她笑着："速度挺快。"

"嗯。"迟雾点头，心想自己妆都没化，速度当然快。

他把头盔递给她。迟雾问："去哪儿？"

她边问边戴上头盔，谈屹臣抬手把人往自己跟前拉了一步，慢条斯理地帮她把头盔扣好，才说："去栖山大道。"

栖山大道离这儿有段距离，那边环山，人少道宽，有专业赛道，挺多玩车的都会去那边。

戴好头盔后，迟雾上了车。谈屹臣拉下镜片往后瞥了一眼："坐好了？"

她点头："嗯。"

夜已深，街道上车辆比白天少很多，这会儿他们还在市区，不方便骑太快。谈屹臣垂头往后瞄了一眼，等到停在路口等绿灯的时候，他手往后伸，让迟雾扶好。

迟雾正在出神，没注意，冷不丁被他这么一拽，带了脾气问："干什么？"

谈屹臣抬起头朝前看，漫不经心地笑笑："摔了不负责。"

二十分钟后两人抵达栖山大道时，这里已经来了不少人。

"谈屹臣！"那头有人喊他。

谈屹臣停下车，迟雾从他身后下来，拿下头盔。

"这是谁？"那人指了一下迟雾。

"朋友。"他回答。

迟雾看了下四周，这边有十几辆车，邹风也在。另外还有两个女生。其中一个女生迟雾认识，是之前的那个女贝斯手莫斯意。

见他们来了，邹风带着那个男生朝两人走过来。

邹风笑着问他："大半夜的，怎么还把迟雾也拉来了？"

"行了，赶紧的。"谈屹臣懒得跟他废话，"不是说有比赛？"

"是有比赛。"邹风回过头朝莫斯意那边扬下头，"他们张罗的，还能加人，打算带着迟雾参加？"

"嗯。"

这种比赛就是玩个开心，没什么观众，也没起点和终点。因此迟雾待会儿不可能待在这儿，谈屹臣得把她带在身边。

"玩不玩？"谈屹臣低头咬住手套一端，"刺啦"一声撕开手套的粘扣，偏过头望着迟雾，"想玩的话我去报名，不玩就带你随便跑两圈。"

"比赛还把我拉过来，不想拿名次了？"看他专心低头绑手套的动作，迟雾问。

"没事，友谊第一比赛第二，要不是想带你出来玩，我没打算来，在家睡觉多好。"谈屹臣看着她又问一遍，"玩不玩？"

这回迟雾点了头："玩。"

几人靠在一块商量比赛事项，终点定在这条大道的另一端，相当于绕过这座山到山背面，路上都是正常机动车道，没太大危险。

在一旁无聊旁听的莫斯意侧过脸，注意到迟雾，靠在机车上朝她挥了挥手。想起音乐节上的事，迟雾也礼貌地微微颔首，算是回应。

见迟雾回应她了，莫斯意笑笑，朝迟雾跟前走来。

"你是南城本地人？"莫斯意出声问她，手里拎着瓶矿泉水，嗓音很好听，不是唱歌时的烟嗓，但那个性感的劲儿依旧很足，又带点儿温柔。

"嗯。"迟雾淡淡点头。

"噢。"莫斯意若有所思地想了一会儿，不知道是不是故意找话题，想跟她套近乎，又问，"你知道我为什么能在音乐节注意到你吗？"

"嗯？"迟雾真没想过，"为什么？"

莫斯意笑道："因为你这个朋友长得有点儿像我前男友。"

"……"

看迟雾面无表情，冷冷地戳在那儿不知道该说点儿什么的样子，莫斯意挑唇："逗你玩的。"

她把手搭上迟雾的肩膀，靠上机车，聊了两句这才步入正题，指尖朝左面指了指，问她："那边那个男生认识吗？穿白T恤的那个，好像也是南城人。"

左边三个男生正凑在一起谈笑风生，迟雾顺着她指的方向瞄了一眼，摇头："不认识，旁边的那个倒是认识。"

那是邹风。

"噢。"莫斯意把矿泉水瓶子在手里转了两圈，话里话外有点儿失落，但不多，"那哥们儿挺帅。"

"嗯。"迟雾赞成。

临比赛前，等莫斯意走了，谈屹臣才从那头过来问她："聊什么呢？"

迟雾敷衍："没聊什么。"

"噢。"谈屹臣抬手摸下后脖颈，问，"紧张吗？"

"不紧张。"

"那就行。"

五分钟后，十几辆机车一同在同一水平线上，各自做好准备，雾蒙蒙的光线缠绕着树叶，山脊黑压压连在一起。

迟雾戴上头盔，坐到谈屹臣身后。除了他们其余都是一人一辆机车，包括莫斯意在内。

"轰隆隆——"

机车轰鸣声依次响起，车灯射向前方，有对情侣不参加，做裁判。迟雾第一回参加，说不紧张但心速还是微微加快。

当第二声哨声吹起时，一排机车同时冲了出去，冲在最前头的是莫斯意，而后邹风和他身边的男生赶上。

机车的轰鸣声声和呼啸的风声碰撞，机车跑了几分钟，迟雾适应后心跳逐渐平稳。

谈屹臣垂下眼，看着腰间，拧动油门，陡然提速。

迟雾毫不知情，没有准备心里一慌，下意识抱过去，撞上他后背。

"你疯了？"迟雾惊魂未定，抬头看着他的后脑勺，心"怦怦"直跳，后劲未消。

就算谈屹臣没回头，迟雾也知道他在笑，笑意从胸腔带动后背小幅度地颤动："怕什么，摔不了。"

说完，谈屹臣还在加速，迟雾看出他是故意的了，在跑完三分之二的时候，谈屹臣在交叉路口压弯左转，离开机车队伍。

车速减慢，迟雾脾气还没消，让他停车，她要下来。

"怎么了？"谈屹臣问。

怕她真有急事，谈屹臣稳稳当当地把车停下。他回过头，就见迟雾拿下头盔换上棒球帽要走。

"别啊。"他伸手按住她的后肩，把人扳过来正对自己，看她一脸要杀人的表情，挺好笑地问，"真生气了？"

这边是条小道，属于栖山风景区，人烟稀少，大半夜的更是没人，周围树木繁茂，老树盘根错节，连个路灯都没有，只有机车前头的车灯是光源。

迟雾环臂，面无表情，冷冷地看着他，两人就这么无声对峙。

"我错了。"谈屹臣能屈能伸。

迟雾不说话，就这么盯着他。

"真错了。"他继续认错。

迟雾："所以呢？"

"撞哪儿了？"谈屹臣看了她一眼，表情还算诚恳，要不是说第二句话的时候嘴角上扬露出点儿马脚，迟雾就真信了，"哪儿疼？"

"……"

林子里虫鸣不止，沉默中，不等迟雾开口，谈屹臣兜里的手机振动起来，他拿出来看，露出的半截手指抵在手机背面，脖颈微弯，稍长的灰棕色短发戳着眼皮上方。

迟雾就站在他前方，看见了他手机上的来电显示：张雁栖。

四周无人，两盏车头灯孤零零地亮着，照射到前头数米的距离。

谈屹臣倚在机车上，正要挂断，迟雾下颌微抬看着他，目光冷淡。

她握住他的手腕，把戴着黑色半指手套的手放到自己的头上，带着点劲儿往下压："这儿撞得疼，揉？"

"……"

谈屹臣嘴角笑意逐渐收敛，任手机振动半天，然后回归平静，默默看着她。

迟雾："不敢了？"

周围夜色深浓，见他不动，迟雾松开他的手，抱着臂打量他："之前也靠这招占别人便宜？"

"什么？"谈屹臣慢了半拍，也逐渐反应过来迟雾在说什么，面无表情地看着她。

"装什么，这车就我坐过？"迟雾还没完，语速平缓，"怎么不动了？"

她还没说完，突然被一股大力往后拽。

"你放手！"迟雾咬牙，从看见张雁栖三个字开始她的脾气就上来了。

谈屹臣脸色也冷下来，觉得没什么意思就松开了她，往后退了两步，站到路旁老杉树的树影边缘。

"嗯，这车就你一个人坐过。"谈屹臣说。

夜间起的雾在车灯照射的范围内朦朦胧胧，迟雾低头不说话，因为情绪还未完全消散，胸膛依旧小幅度地起伏着。

这个地方被少年薄荷海盐的气息缠绕，他们保持这样的姿势，沉默地对峙。

两人太了解彼此，都知道怎么能两三句就把对方惹毛。

他们都还没从刚才爆发的火药劲中缓过来，迟雾转过来，冷淡地看了他一眼，谈屹臣单手插兜垂眼看她，脸色也差，只在这一瞬间短短对视一秒钟，便各自移开视线。

从栖山上下来，车到出租屋楼下的时候已经很晚了，她跟迟晴说了一声直接回这边了。

到最后迟雾也是冷着脸，谈屹臣也挺不爽。

迟雾后知后觉地有点儿过意不去，撂下一句"等我一会儿"转身上楼，几分钟后拿下来一瓶汽水递给他："给你。"

谈屹臣伸手接过，嗓音很淡地"嗯"了一声。

那天的比赛谁赢了迟雾不知道，但听说了另一件事，莫斯意和祁原不知道遇上了什么事，两伙人后半夜是在派出所里过的，包括邹风。

二人关系缓和点儿后，迟雾问祁原是谁，谈屹臣说是那晚邹风身边的人。

她点头，想起来这人为什么看着眼熟，他们以前在同一所初中上学。

碍于那晚坐在谈屹臣后面被耍的经验，吃一堑长一智，迟雾第二天就找李溪藤和赵炎弄了辆玩玩。

她有玩滑板的经验，也喜欢极限运动。学完车，迟雾又在家里无聊地过了两天，每天穿着睡裙窝在沙发上看电视，没躺多久，就收到了班主任特意打过来的电话，问她考得怎么样。

"还是报南城大学。"

"嗯，记住了。"

"谢谢老师。"

直到跟迟雾细细分析了她分数内几所好学校各自的优势，叮嘱了好几分钟各种填志愿的注意事项，才挂了班主任电话。

班级谢师宴的时间定在三十号下午，地点在嘉华饭庄，迟雾原本没打算去，但几个老师就就业业，加上这通电话，迟雾又临时改变了主意。

她打开被屏蔽的班级群，爬楼看了几分钟消息，抓住几条重点信息，第二天准时出门。

睡醒后，迟雾洗漱完，从衣柜里翻出校服，简单化了个妆，收拾好后打车过去。嘉华饭庄算是个聚餐的热门饭店，距离她的住处有点儿远。

穿校服是这次谢师宴的要求，意思是抓住青春的尾巴，穿最后一次。

一直到饭店门口，迟雾都没想到，能在这个地儿再遇到谈屹臣，离两人上次不欢而散刚过两天，再见面多少有点别扭。

饭庄大厅里除去墨绿色的制服校服，还有蓝白色的运动款校服，两种风格撞在一起形成鲜明对比。

迟雾看见谈屹臣的时候，他正靠在墙边偏过头跟同学说话，他们班在二号厅举行谢师宴，从她站的角度看过去，她能看见影影绰绰的其他蓝白色人影。

大厅里冷气开得足，不少人穿着外套。谈屹臣只穿了一件黑色T恤配校服裤子站在那儿，身姿挺拔又带点儿慵懒。他正跟人说着话，旁边有人拍了下他的肩头，他偏过头，抬起眼，正好对上迟雾的视线。

世界就是这么小，他俩就是这么巧。

两人的视线隔空碰撞，谁都没移开，直到不远处有人喊了迟雾一声，她才神色如常地挪开眼，目光往左打量，找到三号厅。

厅门口站着楚勖和其他几个人，没管谈屹臣，迟雾抬脚朝自己班级走过去。

"那是不是迟雾？"谭奇踮着脚看。

谈屹臣不咸不淡地"嗯"了一声，低下头，想起来迟雾之前说的，他们班谢师宴也在三十号。

南城总共就这几个热门地点，他们撞上也不稀奇。

"吵架了？"谭奇看着他的脸色问。

"猜。"谈屹臣蹙眉，脾气还没消，说完直接转身进了大厅。

"我以为你不来了。"楚勖看见迟雾，面上是不加掩饰的欣喜之意，带着她往里走。进入大厅后，他环视一圈，指着靠窗的一桌："咱们组坐这桌，随便找个地儿坐就行，我出去接别的同学，有问题再来找我。"

迟雾客气地说了句"谢谢"，往窗边走。

棕色的圆桌前，成羽也已经到了，一个人无聊地坐在那儿追剧。

自从上次偶遇之后，两人后来就没有联系过，但毕竟做了这么久的同桌，更何况迟雾说得也没错，成羽尴尬地朝她微笑，迟雾点了下头，就算是打过招呼。

人刚来一半，迟雾身边位置依然空着，成羽低头犹豫了一会儿，最终决定站起来，把位置换到迟雾身边。

迟雾神色自若地看了她一眼。

"你那天说得没错，楚勖不算是什么好人，我喜欢他也是因为自己的那层滤镜。"成羽面上不怎么自然，轻轻吐出一口气，"不过我已经放弃了。"

她耸下肩膀开口，语气如释重负："到了大学，早晚能忘个精光。"

听她说完，迟雾重新垂下眼，没什么感想，只"嗯"了一声。

手机上显示距离谢师宴开始还有十几分钟，迟雾起身去卫生间。

大厅里都被铺上厚厚的地毯，一直往里延伸，卫生间在走廊的最里侧，位置很隐蔽，迟雾绕了好一会儿才顺着指示标找到，没一会儿，隔间外头传来一阵脚步声伴随着打闹的叽叽喳喳声。

"我刚才见着迟雾了，就谭奇说过的那个。"女生声音有些兴奋，"真的好漂亮。"

"漂亮怎么了？我在一中的朋友跟我说了，这女的名声差着呢。"

另一女生唏嘘地感慨："不是吧，不是说谈屹臣在追她？谈屹臣能喜欢这样的？"

"不知道，谭奇说话夸张死了，不能信。"

"我不管，反正我喜欢谈屹臣，说好的，待会儿帮我表白。"

"是是是，来来来，咱们再对个流程……"

几人聊得兴致最高的时候，身后传来"砰"的一声。

隔间门被迟雾一脚踹开，力道太大，门打在隔壁的挡板上又往回弹了两下，迟雾迈步往洗手池边走。

几个女生认出她身上的制服，立马噤声，窃窃私语地讨论着，认出她的女生拉拉身边人的袖口，示意别再说了。

迟雾把手伸到水龙头下方，感应系统自动出水。

洗完手后，迟雾说："好奇我跟谈屹臣什么关系？"

另外几名女生错愕地抬头，两方视线就这么在那面镜子中碰上。

迟雾从包里抽出张纸仔细擦掉手上的水珠，目光轻飘飘地看向几人，唇角勾起："首先，这件事和你们有什么关系？"

说完她转身走出卫生间，顺手将湿纸巾投到垃圾桶中。

她走回三号厅，人已经基本到齐，迟雾扫视一圈，大厅已经坐满，楚勋正好坐在她左侧的位置上，成羽在她右侧。

迟雾自顾自地抿了下唇，神情恹恹的，这位置挺绝的。

谢师宴正好开始，班主任走上台致辞，迟雾走回原位坐好。

谢师宴就几个环节，老师致辞、简单互动、吃散伙饭，分数也已经出来了，最多还有个大家互相敬酒祝愿前程似锦的流程。

迟雾察觉到有些醉意，就站起身，准备假装上卫生间从后门先走。

"她怎么走了？"同桌另一个一直在关注她的男生伸头看，"去卫生间了？"

"是不是不舒服？"楚勋抬起头眼神跟随迟雾的背影，思考两秒钟后，边站起来边开口，"迟雾今天喝得有点儿多，我过去看看。"

"哦，那你快点儿啊，咱们还没给老师敬酒呢。"

"行行行，知道了。"

后门在卫生间后面，迟雾照着上次的路线过去，刚拐过弯，身后便传来不轻不重的脚步声，她回过头。

楚勋停住脚步，对上她的打量有些尴尬，但很快又调整好表情，看着她笑道："你怎么出来了？"

"没什么。"迟雾本想静悄悄走，但被发现了也没什么，"我先回去了，有人问起麻烦帮我说一声，谢谢。"

说完她转身，刚迈出去一步，肩头被人从身后拉住，迟雾脑袋昏沉，猝不及防被拉得差点儿脚下不稳。

她甩掉肩头的那只手，看向楚勋，皱眉："还有什么事？"

"你……不舒服？"楚勋斟酌着问。

"嗯。"迟雾不想跟他在这儿浪费时间，只想回去休息，"没事我先走了。"

"有事。"楚勋出声，"你等等。"

"什么事？"迟雾耐着性子等他的下文。

"那个。"楚勋喉结微微滚动，有点不好意思地垂眼，犹豫半天又抬起头来和她四目相对，"其实我暗恋你挺久，本来想谢师宴结束后跟你认认真真表白，但没想到你要先走，就只能这样跟。听说你报南城大学，我打算在你周围挑一所大学，所以你，给个机会？"

"抱歉。"迟雾嘴唇微抿。

她觉得她平时表现得挺明显了，多看这人一眼都嫌烦。

说完迟雾转身，转身的一瞬间，楚勋伸手拦住她。她停脚抬眸，仅两个动作便把脑袋晃得又晕又胀。

"我是真的很喜欢你。"楚勋按住她的肩膀，看着她清冷精致的面容，想吻她。

随着那张脸逐渐凑近，迟雾烦躁地把人狠狠推开。

这一瞬间她几乎使出了最大的力气，楚勋没防备，被她推得往后踉跄好几步，后背撞上墙壁。

"滚。"迟雾冷冰冰地吐出一个字，眼神里充满厌恶。

楚勋回过神，咬牙揉揉被撞麻的后肩，有些恼羞成怒，他回过头看一眼空荡荡的走廊两端，又转过身面向迟雾。

"你装什么？"楚勋面色不善地看着她，"亲一下至于反应那么大？"

她眉头微蹙："你是不是有病？"

"这里就咱俩，装个什么劲儿？"

看到楚勋沉着脸再次向她靠近，迟雾瞄了眼身旁的灭火器，正要拎起来砸他，一道黑色影子从身后的男厕所里走出，身前的人皱眉痛呼一声。

"谈屹臣！"迟雾出声制止，攥住来人的手臂。

走廊上只有他们三人，安静下来后就只剩下隔壁卫生间里淅淅沥沥的水流声。

谈屹臣攥着楚勋的衣领，下巴微抬，面无表情地打量了他两秒钟，才松开手。

楚勋闷哼一声后摔在地上，那一拳正中腹部，疼痛感传遍全身。

谈屹臣气势骇人，垂头看着楚勋，又抬腿冲他肚子狠狠踢了一脚，声音压得很低："再让我知道一次，废了你。"

楚勋痛得轻哼出声，额头冒出冷汗，眉头紧锁地朝上看。

他在模糊的视线中辨认出谈屹臣那张脸的时候，脑子里闪过好几幕画面，终于想起为什么大半个月前，在便利店见到谈屹臣时觉得眼熟。

他以前见过谈屹臣，不止一次，就在一中旁的巷口。

缓过浑身要散架的那股劲，楚勋咬着牙从地上爬起来，扶着墙，掏出手机报警："给我等着，动手打人，等着坐牢吧！"

谈屹臣挑了下眉，站在那儿不为所动，一双眼冷冷地看着他。

迟雾平静地开口："只要你报警，我会告你性骚扰。"

谈屹臣侧过头，看向她。

"你说什么？"楚勋简直不敢相信自己的耳朵，"我只是想亲你，亲你！谁要骚扰你？！"

迟雾："我说是就是，你怎么证明，刚才的行为不是想干点儿别的？"

"就你那个烂名声，你别不是想出名想疯了吧？"楚勋恶狠狠地看着她，"你就这么想跟这种烂新闻扯一块是吧？我呸！"

迟雾笑笑："我不想，所以这种话谁会乱说？"

楚勋一瞬间沉默了下来，这个走廊的摄像头不朝这里，他身上的伤是能证明被打了，其余的都证明不了。

正常人都不愿意和这种恶性事件沾边，所以只要迟雾开了口，就会有人信。

迟雾没管楚勋怎么想，只是轻描淡写地补充："你意图骚扰我，我求救，所以他路过出手帮我。他打人的确不对，但跟你比算不了什么，并且有正当理由，我报警了就要立案，就要调查。你喜欢我是事实，我手机里还有你的骚扰短信，动机成立。今天见我醉酒蓄意尾随，大厅内的摄像头也能做证。"

迟雾知道点儿楚勋的家底，他不敢把事情闹大："只要我一口咬死，你别想好过。"

"你威胁我？"楚勋看着她。

"你可以试试。"迟雾站到谈屹臣前方，把人挡在身后和他对峙，"看看我是不是威胁你。"

谈屹臣双手插兜靠在走廊边，懒洋洋地站在那里，不知道在想什么。

楚勋眼神恨恨地打量两人，掂量了一会儿后放下手机。

他的眼神在两人身上来回移动，他挣扎一会儿，想着迟雾的话，只能不甘心地作罢。

见他转身欲走，迟雾把话说完："别让第四个人知道这件事，回去后可以解释在厕所摔了一跤，对你、对我都好。"

见人走了，迟雾这才往后靠住墙，难受得皱眉。

"喝醉了头脑还这么清晰？"谈屹臣好笑地问她。

"嗯。"迟雾点头，"这酒不好，喝得人头疼。"

谈屹臣伸出手稳稳扶住她："关酒什么事？"

"头疼。"

"那是你喝多了。"

一口气说那么多话，强打精神应付完楚勋，直到现在完全结束，迟雾才觉得后背冒虚汗，浑身发软地靠在墙壁上喘气。

"难受？"谈屹臣抬手拨过她耳边的碎发，轻声问。

"嗯，热，头晕。"这是典型的醉酒征兆。

两米外就是后门，谈屹臣走过去，握住门把手将玻璃门拉开，让外面的晚风吹进来。

迟雾抬起眼看向门外，天已经完全黑了，新鲜的空气叫人舒服不少。

走廊最前端的拐角处有饮水机，谈屹臣接了杯温水递给她。

他偏过头，看迟雾捧着一次性水杯，缓慢地小口饮着，黑发柔软地垂在肩头，睫毛随着动作轻微眨动。

"怕我摆平不了？"谈屹臣出声问刚才的事情。

"不是。"迟雾摇头，"多一事不如少一事，他是我同学，我了解他，吓吓他就够了。"

他点头："下回不管遇上什么事，记得先把自己择出去，别傻子似的一头往上撞。"

"知道了。"

水温正好，迟雾正喝水放空思绪，右前方忽地传来轻微的脚步声，伴随一阵女生欢快的嬉闹声。

她抬眼看过去，走廊那头正有三个穿着十七中校服的女生朝这边走来，迟雾有印象，是下午在卫生间商量着要和谈屹臣表白的那几个人。

迟雾若无其事地收回视线，说不清是因为酒精作祟还是莫名其妙的占有欲，垂下眼，咽下那口温水，轻声喊他："谈屹臣。"

"嗯。"他回应。

"我喝醉了。"她面无表情地垂眼看着脚尖。

她站在靠近后门的位置，谈屹臣在她右侧，面朝她。他背对大厅的方向，看不见那三个女生。

踌躇几秒钟，迟雾忽然抬起眼，视线紧紧地盯着他，谈屹臣也在看她，正要问她什么事，迟雾忽然踮起脚，轻轻贴上他的唇。

迟雾搂住他的脖子，手上的一次性水杯落在地上，溅起的水珠落在她光裸着的一双腿和谈屹臣深色的校服裤上。

她刚喝完水，柔软的嘴唇上还沾着水渍，很湿润，一双满含水雾的眼睛望着他。

与此同时，谈屹臣喉结略微滚动，右手比大脑先做出反应，一瞬间揽住她的腰给她一个支撑点，把人抱起往墙壁上压着，开始回吻。

迟雾眉头微蹙。她接吻不闭眼，谈屹臣也不闭，她紧紧抱着谈屹臣的腰，在对方的眼睛里看自己逐渐吻到呼吸变得急促，直到余光里的几道蓝白色身影消失。

大厅内，接吻的事情开始随着窃窃私语在小范围内传播。

两人在角落里接了很久的吻，中途因为大厅中有人过来休息过一次，谈屹臣直接把她带到了饭庄外，彻底无人打扰。

休息途中，谈屹臣看着她，突然笑了："迟雾，先提前问问，你明早理不理我？"

他在说她每回这样之后，就不理人的事。

迟雾不吭声，脑袋还昏昏的，没精力去想明天的事。

谈屹臣默认迟雾还是老样子，于是把人拉过来，继续吻。迟雾问他干吗，他说亲两分钟是亲，亲二十分钟是亲，亲一个小时也是亲，反正她明天不理他，为什么不过分一点儿？

她听完没吭声，觉得他说得有道理。

两人一直在饭庄外逗留到十点，看着一批批同学从正门打车离开，谈屹臣问她怎么样了，迟雾说还是头疼，不知道是不是因为接吻缺氧还是酒劲儿上来了，比刚才还难受。

"你先走吧。"迟雾看着他，"我没准一上车就被晃得吐出来，在隔壁酒店开个房休息一晚再回去。"

"嗯。"谈屹臣听完没说什么，醉酒本来就难受，吐车上不是没这个可能，真等她醒酒都得后半夜了，于是他说他也不回去，留下来陪她。

不然他把她一个人留这儿，不放心。

休息片刻，两人一块走到酒店，到前台办理入住手续，只开了一间房。

"为什么？"迟雾问，他们又不是没钱住两间。

谈屹臣垂眸睨她一眼："没看过醉酒不小心在浴缸溺死和摔跤失血过多导致死亡的案例吗？一间房方便照顾你。"

"不信可以自己搜，别多想，又不干什么。"

迟雾迟疑两秒钟后，"嗯"了一声，他要是真想干什么，两人相处过这么多次，早发生了。

"那个。"前台查询了下剩余空房，略有歉意，"不好意思，没有标间了，只剩大床房。"

"大床房行不行？"谈屹臣偏过头垂眼看着她。

迟雾点头。

前台帮忙调出电子身份证时浪费了点儿时间，两人这身校服，让前台不敢随便放进去。

走进电梯，迟雾尚在眩晕之中，随口说："你快十九岁了。"

他是九月底出生的，迟雾是十二月出生的。

"你也快了。"谈屹臣闲着无聊跟她贫了两句。

"我还差半年。"迟雾纠正，就算才十八岁，她也对自己年龄持着不能多算一天的严谨态度。

谈屹臣故意逗她："按虚岁算，你二十岁了。"

进入房间，迟雾想缓一缓，谈屹臣先去洗了个澡。

迟雾无聊地拿出手机刷了会儿，谈屹臣洗好，她换上拖鞋进了浴室。

第 7 章

源江对峙

一

她抬手打开开关，花洒喷出温热的水流，浴室里热气蒸腾，她洗得很快，没在里面待多久。

　　她怕自己晕在里面，丢脸。

　　等她收拾好出来后，谈屹臣已经安逸地靠在床头，手上握着遥控器调着频道看球赛。

　　见她出来了，他拿过旁边的温水和一粒药，朝她递过去："来之前让人送的药，解酒的，不然明早还会头疼。"

　　"嗯。"迟雾接过，听话地把药吃下，说了句谢谢。

　　两人虽然经常共处，但除去小时候，之后从来没像这样睡在一张床上。

　　房间内只剩下一盏昏黄的床头灯，电视屏幕上球赛正进行得激烈，谈屹臣看得蛮有兴趣。迟雾瞥了一眼，默默从床的另一侧爬上去，钻进被子里，中间和他空出点儿距离。

　　她很晕，只想睡觉，临闭眼前她侧着枕在枕头上，看着谈屹臣，随口说起："谈屹臣。"

　　他微侧过头："怎么了？"

　　她问："今天是不是有人和你表白？"

　　"没有。"

　　"装什么？"迟雾看着他，"我在卫生间听见了。"

"是吗？"谈屹臣仔细想了想，语气随意地说，"好像是吧，听谭奇说起，我就提前到厕所躲着了。"

"哦。"迟雾点下头，怪不得谈屹臣恰好从卫生间里出来，她想了想，又发现不太对，眉头轻蹙，"那你一开始就在看着了？"

"嗯。"谈屹臣没否认，勾起嘴角笑笑，"一开始就看着了。"

迟雾挺佩服自己的，困到一闭眼就能睡过去，还能强撑着一股劲跟他掰扯："看爽了？"

他晚出来两秒钟，那灭火器就砸楚勋身上了。

"你先别生气，我没出来是想确定一件事。"谈屹臣安慰她，偏过头视线落在她脸上，显得柔和许多。

她自然地问："什么事？"

"我想确认一下。"谈屹臣唇边带上一丝笑意，模样有点儿得逞，"就算是你同样处在喝醉酒的状态下，其他人和你有身体接触，你会不会推开？"

"迟雾。"谈屹臣面上笑意更浓，眼睛在这黑夜里亮堂堂的，"好像只有我可以啊。"

窗户被风吹得微微震动，两人之间呼吸可闻。

迟雾不说话了，稍微用勉强能继续转动的大脑思考后，冷淡地抬眼："就算是一时兴起，也得挑不是吗？"

她的言下之意让他不要多想，他不过是长相或者其他方面比别人占了优势，她才会接受这些行为。

"是这样？"谈屹臣不怎么正经地反问。

"就这样。"迟雾点头。

"哦。"他偏过头，笑了下，"既然不排斥，那就再来一次？"

房间里再次陷入安静，迟雾还没想好怎么回，便突然被他搂过去，整个人陷在被子里，忍不住轻轻闷哼一声。

迟雾睫毛微颤，大脑还没转过来。谈屹臣垂眼看着她，喉结轻微滚动："之前说好了的，你不喜欢就没有下一次，但今晚是你主动，这就不能怪我。"

他把话说完，然后捏住她的下颌，俯下身，吻住她柔软的嘴唇。

他的本意是浅尝辄止的一个晚安吻，但两具青涩火热的身体紧靠在一起，导致这个吻开始不受控制地加深，逐渐有天雷勾地火的趋势。

跟上次比，谈屹臣显得格外克制，一开始只是按住她的腰不轻不重地在她唇上啄。

仗着酒精上头，迟雾双手搂着他的腰，微仰着头回吻，试探着轻舔了下他的唇瓣，就像是热恋中的情侣，两人自然无比地一起把这个吻加深。

"挺会啊，迟雾。"谈屹臣低声说了句。

她不甘示弱地回道："你也还行。"

昏暗中两人静静对视，谈屹臣垂眼看着她脸颊微红，脸颊旁的碎发凌乱地落在耳垂上，一张脸表情冷淡，嘴硬的时候，特带劲。

她也就喝醉了才听话，谈屹臣用拇指指腹轻轻摩挲着她的耳后，低下头再次吻上去。

迟雾皱眉，被亲得浑身发烫，手指攥着他的领口，身体难受地挪动了下，腿蹭上他的膝盖，而后的一瞬间，两人同时僵住。

谈屹臣靠在床头缓了半天，只好走下床，从校服外套里翻出烟盒，点了一根，分散开注意力。

迟雾还是维持原样躺在被窝里。

"别躲了。"谈屹臣半坐半靠地陷在沙发里，缓缓吐出口烟雾。

"……"

思索三秒钟后，迟雾垂眼，慢腾腾地从被窝里出来。

谈屹臣看着她，继续说："跟异性相处时，睡觉，洗澡，都记得把门反锁好。"

"好。"

"知人知面不知心，学会保护自己。"

"嗯。"

迟雾没能一觉睡到天亮，醒来的时候是凌晨两点。

她偏过头看了一眼身边的谈屹臣，动作很轻地下床，拿过衣物，背过去把浴袍脱下，换好衣服，静悄悄地离开。

等她走了之后，谈屹臣这才下床，进了浴室。

外头偶有几辆晚归的车路过，迟雾捋着长发走出酒店大厅，恰好碰上几个同班男同学，穿着跟她手里一模一样的墨绿色制服，刚从旁边 K 歌包间里出来，正顺着前方横道从左往右朝她这边走。

那几人也在第一时间发现了她，往她身后的酒店看了看，又往她口红消失得一干二净的嘴唇上看，目光中充斥着调侃和轻蔑之意。

迟雾冷淡地收回视线，抓着外套打车走人。

回到出租屋，迟雾脱下脏衣服进了浴室，仔仔细细冲了个澡才上床。临睡前，她拿过手机把谈屹臣所有的联系方式拉黑，而后倒头继续睡。

第二天，邹风约谈屹臣出去喝酒。

对于迟雾把他拉黑这事，谈屹臣早料到了。他折腾一晚上没睡好，打不起精神，到了点往酒吧里一坐，在迷离的光线下颓废又消沉。

"你干什么去了？"邹风坐到他身边，笑他，"怎么困成这样？"

"没事，没睡好。"他提不起劲儿地半躺在沙发里，半合着眼，"休息两天就好了。"

邹风边喝酒边瞅着他，想起之前有一回在大街上遇到采访填表，最喜欢的事情是什么。

他写的是赛车，谈屹臣写的是睡觉。

他这哥们也就这点儿爱好。

这人正仰面躺在沙发里，锁骨下方有道被指甲划伤的痕迹，邹风突然就笑了，抬脚碰碰他："几次啊？累成这样。"

"什么？"谈屹臣微睁着眼，疑惑地看着他。

"那儿呢。"邹风下巴往他指甲划痕那地儿指了指，"迟雾抓的。"

他没问，直接肯定地说这是迟雾抓的。

"你怎么知道？"谈屹臣低头看自己一眼，抬手把扣子扣好。

"猜的啊。除了迟雾，谁还能碰到你？谭奇昨天刚跟我说，你俩躲在谢师宴大厅后面接吻，可真行。"

谈屹臣默默无言，跟他干瞪眼互相看了一会儿，又躺回去装死。

过了会，谈屹臣稍微休息过来，问邹风："你女朋友脚怎么样了？"

"比在岛上那会儿好点儿了。"邹风想了下，"但还不能着地，今天去她家把她推出来逛了会儿，闷坏了都。"

谈屹臣点头，离夏思树脚扭伤也才过去没几天，伤筋动骨好得没那么快。

"考得怎么样？"邹风抬起头。

谈屹臣："还行。"

"哦，听说你跟迟雾一样，打算报南城大学？"

谈屹臣点头。

"挺好的。"邹风评价一句。

"你呢？"谈屹臣问。

"我啊。"邹风低头，修长的手指覆盖在杯口，"成绩还行，但不一定能留在国内，还在跟家里说这个事情。"

"嗯。"谈屹臣看他一眼，看他聊这事不怎么高兴，这个话题就没再继续。

几杯酒下肚，邹风问他："迟雾现在是你女朋友了？"

"不是。"谈屹臣揉下脸，强打起点儿精神，"怎么了？"

"问问。"他说，"感觉你俩挺迷的，你们表白过吗？"

"没。"

"真成。"邹风就是随口一问，没想到自己哥们这么能忍，憋到这会儿还没表白，说，"那你喜欢迟雾，这没错吧？"

谈屹臣点头，从口袋里磕出根烟，承认道："嗯。"

邹风纳闷："那你怎么不说？"

谈屹臣把烟递过去找邹风借火："还不到时候。"

香烟被点燃，谈屹臣思绪缓缓，想起高一那年他去迟雾家，在她书房无意中翻到个笔记本，有半厘米那么厚，翻开后全是五个大字，一半的纸都写得满满当当：讨厌谈屹臣。

后头高二再去，他寻思着再找找，看这个笔记本还在不在，没准她已经不讨厌了，被她扔了。没想到他找到后一翻开，已经写满一整本了，那个本子现在还在她书架上摆着。

他在烟雾中轻轻呼出一口气，慢慢来吧，只要她还在他身边，他有的是时间。

谢师宴结束后，迟雾无事一身轻地待在出租房里，白天看点儿以前没看过的剧或者杂志，晚上去健身房跑跑步，一个人在家过得清静舒坦，楼下梧桐叶已经有了遮天蔽日的趋势，天气越热，枝丫越是繁茂。

到了填志愿的时候，徐芳华给她打了好几遍电话，问迟雾怎么填志愿、报什么大学，迟雾还是坚持当初的想法，报南城大学新闻传播，一直等到填完后徐芳华才放下心。

快到报志愿截止的时间，迟雾意外收到邹风的短信，让她把志愿信息发给他一份看看。

他俩是在去海岛时加的好友，加完后也没聊过天，一直躺在列表里。

那会儿距离截止时间还剩一个小时，迟雾坐在飘窗边，看着手机上的信息，望向窗外零星聚散的霓虹灯，稍稍纠结片刻，还是切换界面，手指翻着页面往下滑，给他截图发了一份过去。

Z："谢了，谈屹臣说别告诉你是他要的。"

迟雾嘴里叼着袋鲜奶，看着简短的聊天记录，第一回意识到，这两人能玩到一起去，不是偶然。

放下手机，她换了身衣服，下楼去买晚饭。

小区门口有一家便利店，之前上学赶时间的时候迟雾经常在这儿解决。便利店冷气很足，收银台前排了四五个人，关东煮的香气四溢，这会儿是饭点，一排就餐的座位已经被坐满，迟雾在冷藏柜中挑了个三明治和一瓶乌龙茶，付钱走人。

外头天已经暗下来，路灯在头顶亮起。

傍晚的温度要比白天降下来不少，迟雾边散步边细嚼慢咽地吃那份三明治，但味道一般，迟雾只吃一半就没了胃口，突然口袋里的手机传来振动声。

"哎，迟雾，你在哪儿啊？"陈檀声音着急，迟雾听着像是在外头。

"在散步。"迟雾喝了口乌龙茶，问，"怎么了？"

"姐，你赶紧过来，李溪藤那边出了点儿事，我正往派出所赶呢。"

迟雾动作一顿，皱眉："怎么了？"

"就藤子之前做的家教，两边闹得不愉快，藤子把人打了，现在那边讹钱，要她赔六万块，这会儿人还在她家那边的派出所里呢。"

"好，我现在过去。"迟雾挂断电话后伸手拦下一辆恰好路过的出租车，动作很快地上了车。

对方要李溪藤赔六万块，她一下子拿不出那么多钱。

车很快到达陈檀说的地址，迟雾下车，见陈檀坐在派出所旁边的石阶上，叼着根棒棒糖正抱着手机在那儿玩游戏。

她走过去，站到他身前开口："李溪藤呢？"

"啊，你到了啊。"陈檀收起手机，模样悠闲，最起码没有刚才在电话里那么急，从台阶上慢腾腾站起来拍拍屁股上的灰，抻个懒腰："走了。"

迟雾眉头微蹙："嗯？"

"事情解决了，被炎哥带走了。"陈檀语气轻松地跟迟雾说，"去了炎哥家新开的饭店，让你来了去找她就行。"

"地址呢？"迟雾问。

"就靠附中老本部那边。"陈檀从台阶上一个大步跳下来，甩了两下玩得发酸的肩膀，"走吧，我也去，带你过去。"

"好。"

出租车上，陈檀简单跟迟雾说了下事情经过，大概就是那个男生这次月考不进反退，家长在他手机里翻出偷拍李溪藤的照片，家长说了些难听的话。

"藤子那脾气，怎么可能忍？两边就打起来了。"陈檀说，"炎哥过来，赔了点儿钱，把人先领走了。"

听完，迟雾稍稍放下心，点了下头。

之前在海岛的时候，迟雾听赵炎提过新店快开业的事，让他们到那天去捧捧场凑人头，能显得热闹些，还说酒菜随便点，他买单。

谭奇当时高兴地拍手鼓掌，插科打诨地说了句电影台词："全场消费由赵公子买单。"

到了饭店门口，两人从出租车两侧分别推门下车，站在门前望了一眼。

饭店占面积很大，两层，中式古典的设计，因为还没营业，所以总共就只开了几盏灯，刚够照明用。

迟雾和陈檀一块进去，饭店刚装修好，还没到正式营业阶段，现下里头只有几个员工在培训和整理。

员工给两人指路，说赵炎和李溪藤上了那边二楼包间。

两人道谢。

迈上楼梯，迟雾走到二楼，而后隐约听见从最里面那间包间传来争吵声。

"他……他俩怎么了？"陈檀结结巴巴地问，转过头有点儿尴尬地看迟雾，"咱俩……还过去吗？"

"不知道。"迟雾嗓音淡淡地回一句，但没停，迈着步子往最里头的包间走。

他们走到尽头，那间包间门没关，两人争吵得很厉害。

"李溪藤你有没有心？"赵炎转过身猛地一脚踹上茶几，发出刺耳的碰撞声，"你当初报志愿就骗我去京北，结果你去了沪市。你在大学读书、谈恋爱，我在京北跟个狗一样看你过得很滋润，你是不是心里没有我？一点儿都没有！"

"你不是早就知道吗？"李溪藤胸膛起伏，红着眼，"我求着你喜欢了吗？"

"所以呢？"赵炎看着她，"是我自作多情是不是？"

"对，你就是自作多情！"李溪藤眼泪憋在眼眶里，"喝醉酒说的话也能记三年，赵炎你没事吧？你是找不着其他人还是怎么着非得吊在我这儿？"

"我找不到其他人？"赵炎冷笑了下，眼圈也红了，"李溪藤，你有种就以后别后悔。"

两人对峙，迟雾的手搭在门口的木质扶手上，没有出声。

吵到这个地步，已经没什么理智可言，两人都在说最狠的话。

二人僵持不下，李溪藤站在那儿，转过身，两人谁都不愿意多看谁一眼，见迟雾找来了，勉强地扯下嘴角。

"没什么事我先走了。"过了半晌，李溪藤不想继续待在这儿了，垂下眼，说了一句。

两人还是互相背对着，赵炎尽可能地让语气显得平静："刚说的是气话。你别往心里去。"

李溪藤脚步稍顿，"嗯"了声："钱我以后给你，今天谢谢了。"

赵炎没吱声。

她走到门口，迟雾静静地看着她。

"咱们走吧。"李溪藤说。

"好。"

包间就剩下赵炎和陈檀。见人已经走了，陈檀走进去，看着满地被踹坏的用具，第一回觉得两个火药桶凑到一块挺考验家底的。

他叹口气，问赵炎："还好吗？"

赵炎"嗯"了声，从地上拖起一个板凳坐下，对他开口："你也回吧，我自己待会儿。"

"好。"陈檀欲言又止，踌躇片刻，"那有事再找我。"

"好，今天谢了。"

"小事。"

周边彻底安静下来，赵炎默默掏出支烟，叼在嘴里，打火。

他打了好几次都没打着，手在抖。

天空像被浸了墨汁一样，街上，迟雾和李溪藤沿小路慢慢走，一言不发。

李溪藤要是想说，迟雾会听；她不想说迟雾也不会多问。

临到江边，李溪藤坐到长椅上，面向江面，迟雾在她身边坐下。

"我是不是特浑蛋？"李溪藤眼眶微红，愣愣地朝江面看了会儿，从口袋里掏出烟盒，拿出一根想抽，才发现身上没带打火机，"回来跟赵炎待久了，打火机都不知道带了。"

李溪藤声音很轻，波浪卷搭在肩头，这会儿没了平时的气焰，眼眶红红的，拿着那根烟愣神。

"我没想骗他。"李溪藤看着江面，跟迟雾说起刚才的事情，哽咽得话都说不连贯，但还是尽量让自己看上去平静，"他去年成绩出来后，我就给他看了，京北那个学校，是他分数内能上的最好的学校，华东，是我分数内能上的最好的学校。"

李溪藤咬着唇，尽力克制住情绪，泪眼婆娑地朝着前方看："我接受不了他为了我去沪市读什么野鸡大学，我也不可能不顾前途，跟着他走。"

她稍稍喘口气："迟雾，你知道的，我家里没什么能靠得住的人，我也一直在申请奖学金，和国外的几所学校联系，只要有机会，我会一直往前走，不会停。"

迟雾点了下头，轻声问："他呢？"

海岛上李溪藤喝醉的那次，往床上一躺，喊的就是赵炎。

"他哪里管这些？"李溪藤笑了下，摇摇头。

"家业在这儿，就算他这会儿回家，也能比很多人过得好。但我做不到让他因为我放弃什么，就算那个东西他自己不看重。"李溪藤把脸埋进膝盖里，鼻音很重地叹了一口气，"我都不知道自己以后在哪儿，不想耽误他。"

这晚几乎都是李溪藤在说，迟雾安静地听着。临分别前，李溪藤找迟雾借了十万块钱，给赵炎转了过去。时节已经进入七月，赵炎要回京北集训，两人短期内也不会再见面。

这会儿各自冷静一下，也算是一种处理方式。

在所有事情办妥之后，迟雾给徐芳华打了个电话，说正在收拾东西，第二天回源江。

这是之前就说好的事，以前是因为学业繁忙，迟雾只能短暂地回去待两天，现在毕业了，徐教授自从前几天回了源江后，三天两头给迟晴打次电话，催迟雾回去住段时间。

迟雾打量一眼行李箱，里面有几件衣服和一些生活用品，缺什么到那边再买也来得及。

从南城市区去往源江的车一天只有两班，迟雾驾照还没考到手，也不想麻烦那位助理再送她，于是自己在手机上买了车票。

第二天下午三点，热气在柏油马路上蒸腾出虚虚的影子，大巴抵达源江车站，迟雾在一片灰尘和大巴车尾气中下了车。

这几年源江新建了许多楼房，不过也有不少地方还有老街。

徐芳华就住在其中一片老街，家家户户有单独的院子，沿途有一条水泥路，迟雾拖着行李箱往那儿走。

知道她今天过来，徐芳华上午就去集市上买了两个西瓜，担心冰箱过凉，就放在院子里打出的水里冰着。

从小长大的地方，就算太久没回，她也不会觉得陌生。晚饭过后，徐芳华让她抱一个西瓜送去隔壁陈奶奶那儿，陈奶奶这段时间犯老毛病，膝盖疼，没事就坐在轮椅上看看电视、看看报纸，没什么事绝不出门，外孙子高考也不例外。

送完西瓜回来，迟雾切了半个西瓜，拖着藤椅坐到大门口。

迟雾脱掉拖鞋，脚踝轻轻地搭在藤椅的末端，任由发梢随意地落在身上或是椅背上。

这边远离市区，放眼望去几乎没有超过三层的建筑，晚风从前面那片林子里吹过来，吹得人很舒服。

迎着惬意的风，迟雾低头，拿起铁勺对着没西瓜籽的地方挖下去。左边路口拐进来一辆通体漆黑的迈凯伦超跑，道路宽度有限，车也没有降速，引擎声一阵阵地往外扩散，撕裂源江街头的陈旧感。

迟雾还没开始想是不是导航神经错乱，把车往这里拐，那辆迈凯伦就稳稳当当地停在了隔壁门口。

暮色四起，天色将暗未暗、朦朦胧胧，车门自动上升，有人从车上下来，脚上是联名款的黑红色篮球鞋，身上穿着黑色运动裤和宽松的白色 T 恤。

谈屹臣站在车身前，远处天边霞光还未完全消逝。他随手抓了下灰棕色的短发，转过身，朝她望过去："哟，挺巧啊。"

迟雾神色自若地点了下头："嗯，挺巧。"

谈屹臣胸前挎了一个黑色的大版型斜挎包，单手插兜站在那儿，面上冷淡，薄唇微抿，视线淡淡地落在人身上，有种风雨欲来的紧张感。

"听我们班同学说，咱俩的关系挺好？"他轻轻嗤了一句。

迟雾面无情绪地端着西瓜，刚从里面挖出最脆的一块。

她平静地望着谈屹臣，脑子里就一个想法——这人算账来了。

她假装没听见，穿好拖鞋从藤椅上起身，往院子里走。

见她这个反应，谈屹臣兴致缺缺地挑了下眉，也没指望她回什么，见人走了，也转身迈进大门。

两个老太太感情好，两家院子相邻并且不是完全隔开，中间原本有道两米高的水泥墙，但为了方便两家串门，于是直接从中间凿了个门。

所以跟命中注定似的，在隔墙中间被凿通的那块，两人又碰面了，默契地对视一眼，再各自不动声色地移开视线。

迟雾进屋。

"谈屹臣回来了？"徐芳华在屋里绣着十字绣，听见门口的动静，放下东西从窗户探出半个身子问。

她点头，把还没吃完的西瓜放在餐桌上，"嗯"了一声。

"他也回源江啊？没听你陈奶奶提过，不过你俩怎么不一起回来？"

迟雾擦手："我不知道他回来。"

要是知道，她会把时间错开。

"哦。"徐芳华没什么疑问了，又坐回去继续做自己的事。

隔壁因为周渡这段时间临时被一家医院聘请过去坐诊，所以家里就只剩陈琴。

"外婆？陈大美女？"谈屹臣迈进院子里，试探地喊了一声。

"看电视呢。"陈琴放下手里的猫，朝已经灰暗的外头看。

她刚才就听见停车的动静了，一听这声就知道是谈屹臣，不怎么正经，但听得人心里挺高兴。小时候他就靠那张嘴哄得家里长辈团团转，长大了那张嘴欠起来了，情商也倒着长。

陈琴恋恋不舍地从电视上挪开眼，看谈屹臣站在那儿笑着看她，挺稀奇地问："你怎么突然回来了？"

谈屹臣进屋放下身上的挎包，随口扯了个理由："我妈让我回来待两天。"

"是吗？没听你妈跟我说。"

他拿起桌上的苹果啃了口："临时决定的。"

"哦，吃过晚饭了吗？"陈琴问，"没吃自己去买一点儿，我懒得做，晚上还是在你徐奶奶那儿吃的。"

"吃了。"他点头。

谈屹臣上次回源江还是三年前中考完那会儿，之后都是逢年过节谈承把两家老人接到南城去。谈屹臣看了眼舍不得挪眼神的老太太，把车钥匙放到桌面上，默不作声地上了二楼。

二楼有一间是他的卧室，老街这边大多数还留存着自盖的楼房，特别有情调的会在顶上建一个阁楼。

外头天已经完全黑了，偶有几辆跑运输的卡车经过，小镇的夜晚静谧安详。楼梯间没开灯，就着一楼客厅的光线，谈屹臣不紧不慢地踩着台阶上楼。

他到了楼梯口，凭记忆打开二楼灯的开关，还没来得及怀念感怀，推门的瞬间灰尘就把他呛得半天缓不过神。

楼下陈琴放声朝上面喊："你来也没跟我打招呼，楼上好久没人住了，我膝盖不好，跟你外公这几年都住在楼下，你自己看着收拾收拾，有什么收拾不过来的喊我。"

谈屹臣右手插兜，打量一眼灰蒙蒙的木地板："噢。"

他抬脚往之前的卧室走去，卧室门窗紧闭，因为空气太久不流通，室内散发出充斥着灰尘和木头混合在一起的味道。

谈屹臣咳了声，眉头微蹙，抬手挥了挥在空中飘浮的灰尘，往床边走。

床只剩下一个木头架子，床垫被立在一旁，谈屹臣瞄了眼，把手从兜里拿出来，试探地用食指在上面轻抹一下，积了很厚的一层灰。

看完一圈，谈屹臣没犹豫地转身下楼，拿起桌面上的车钥匙。

陈琴抱着怀里的狸花猫，看了他一眼："外面天都黑了，你去哪儿？"

"二楼落了太久的灰，得叫家政过来消杀处理。"谈屹臣把手里的钥匙绕在手里转了一圈，跟老太太开口，"我先去外面找家酒店，白天再过来。"

"是吗？"陈琴放下猫，从轮椅上下来，慢腾腾往楼上走，两分钟后又下来，"是不太能住人，不过好点儿的酒店要跑挺远，附近只有小宾馆，八十块一晚，你睡吗？"

谈屹臣站在那儿，抬头望了眼楼上，又收回视线，脑子里过了遍八十块一晚的小宾馆该是什么样，一瞬间心如死灰。

"我先去你徐奶奶家看看有没有空房间吧。"陈琴临走前又回头看了他一眼，"你住吗？要是不住我就不去问了，别打扰人家，实在不行你在客厅打个地铺，这天也不冷。"

"徐奶奶？"谈屹臣假模假样地开口，"哪个徐奶奶？"

陈琴望着他："你还能有几个徐奶奶？"

"哦。"他脖颈微低，看着地上翻肚皮的狸花猫，面上看不出什么表情，"住啊。"

他边说边跟着朝外走，嗓音如常地给自己找补："地铺太硬，睡不着。"

从外头回来后，迟雾就去了二楼洗澡，出来后只拿毛巾敷衍地擦了两下湿漉漉的头发。她打开电风扇坐在飘窗前呼呼地吹，从窗户往底下看，正好看见从隔壁院子里过来两个人。

没几分钟，传来上楼的脚步声。

"小雾住在二楼，前几天说回来我就收拾了下，连着隔壁也一起收拾了，这样住起来舒服些。"徐芳华跟陈琴边说边看，谈屹臣一言不发地跟在她们身后。

听见动静，迟雾从飘窗上下来光脚往外走。

客厅中间，两个老太太在隔壁屋门前打量，谈屹臣单手插兜，右手握着个从楼下顺的球。球是徐芳华买来逗猫的，这会儿被他上上下下地甩着玩，不知道脑子里在想些什么，整个人有些出神。

迟雾站在门前，穿着白色的吊带睡裙，抱臂看着面前的三个人。看到这种场面，她在几秒钟内就摸清楚了情况。

见人出来了，徐芳华回过头看着她，边看边操心地叹气："怎么没吹头发？拖鞋也不穿，说了多少次了寒从脚底入，不然到时候又肚子疼。"

"知道了，拖鞋在屋里。"迟雾抬手摸了一把搭在肩头湿漉漉的发梢，嗓音平淡地说，"等它慢慢自然干。"

这样对发质好，迟雾一直这么干。

"嗯，那你要是冷了就把空调调高一点儿，知道吗？吹风机就在浴室，睡前还没干就记得吹一吹。"徐芳华朝淋浴间指了下，才继续说事，"你陈奶奶家房间没收拾，没地方，屹臣这段时间住我们家，你俩好好相处，别老是闹别扭。"

迟雾眼神在谈屹臣身上来回移动，不知道是两个老太太思想走在前沿，还是她和谈屹臣是真的从小一起长大关系太熟，她穿成这样站在门口，临睡前把谈屹臣给她送过来，两位老人竟然没觉得有什么不合适的地方。

迟雾没什么反应地点下头，嗓音很淡："知道了。"

住宿这事就这么定了，陈琴临走前特意说过几天请他们吃饭，两个孩子正好都回来了，该聚一聚。

迟雾站在那儿没动，看着谈屹臣跟着陈琴回去，没过太久，又拿着行李箱回来，两人一个站在楼梯口，一个站门前默默对视。

"没地方住？"

谈屹臣："嗯。"

"街上不是有宾馆？"

"八十块一晚。"谈屹臣冷冷地看着她，"你去吗？"

徐芳华的房间也在楼下，二楼两室一厅，跟隔壁差不多，淡绿色的窗帘，浅灰色家具，沙发紧贴着一块针织地毯，墙上悬挂几幅迟晴买来的油画。

看迟雾没什么要问的了，谈屹臣放下行李箱，往外一件件地收拾自己的东西。

隔壁间床铺还没整理，但衣柜里有刚洗好的床单，谈屹臣拉开柜子找出一套换上，不慌不忙地把几个角铺平。迟雾就在旁边瞧着，觉得他的自理能力比她好。

"看什么？"谈屹臣整理好床直起腰回头看她，"想睡这间了？"

"不是。"她摇下头。

迟雾现在不能从谈屹臣嘴里听到"睡"这个字，一听到这个字脑子就能想到那晚的事。

她想问，要是继续，他俩是不是真能睡到一起？

见她没什么说的，谈屹臣拿着洗漱用品到淋浴间，淋浴间的门正对着迟雾的房间，里面是淋浴，外面是洗漱台。

他抬手打开水龙头，水哗哗地流下来，他弯腰接了把清水洗脸，额前灰棕色碎发被水打湿，几滴清水顺着下颌线流到喉结和锁骨。

他转过身，见迟雾还在那边看着，挺纳闷地调侃一句："洗澡你也看？"

"你不是还没洗吗？"迟雾坦然地继续看着。

她的视线粘在谈屹臣的下颌线那儿，刚被水打湿的皮肤格外白皙，灯光下透着性感。

"这么看我干什么？"谈屹臣眼神冷淡地打量她，喉结微动，"孤男寡女挺吓人的。"

迟雾冷嗤一句："怕你倒是别来啊。"

谈屹臣面无表情地看她一眼，又收回视线，目不斜视地从她身边走过，到卧室里拿上刚从行李箱里拿出的睡衣。

手中拿着衣服、毛巾，谈屹臣迈着步子转身返回淋浴间，外面夜很黑，窗帘没拉，他能看到前头路上偶尔开过去的轿车。

"还看？"谈屹臣提醒她，"我要洗澡了。"

"嗯。"迟雾淡淡地回道。

"那你戳在这儿是想干什么？"谈屹臣的手随意地搭在门把手上，"想进来一起洗？"

说完，不等她表态，他便要关门。

浴室里传来"哗哗"的水流声，搅得人思绪乱糟糟的。

半晌，水流声停止，过一会儿后，谈屹臣头发湿漉漉地顶着毛巾出来，见迟雾还站在那儿，淡淡地问她还有什么事。

"没什么事。"迟雾冷静地看着他，"告诉你一声，反锁没什么用，建议下一回用板凳堵，这是我家，每一间房的钥匙我都有。"

沉默地对视几秒钟，两人各自转身回房关上门，谈屹臣靠坐到床头。

他的头发还没完全干，左手擦着碎发，右手拿起手机翻看信息。

手机屏幕上是和邹风的聊天记录，谈屹臣给他的备注言简意赅，只有一个单词：dog（狗）。

最简单的就是伤害力最大的，邹风知道后，想半天没想到用什么词能击败这个简简单单的 dog，于是给他备注成"dog dog"。

dog："你真回源江了？"

dog dog 发了个问号。

dog："发个地址过来，送你样东西。"

dog dog："？"

邹风发来了一张图片。

谈屹臣点开图片放大，是某购物软件的截图上面是把镰刀，价格二十七元。

dog："挖野菜的时候用得着。"

这人简直无聊透顶，谈屹臣站起身，把毛巾挂到一边，拉开门走出去。

客厅的灯依旧亮着，谈屹臣到浴室拿下吹风机，从底下门缝望了眼已经熄灯的迟雾卧室，将功率调到最小。

洗手台上的手机传来振动声，谈屹臣一手拿着吹风机慢悠悠地吹，一边偏过头看了眼来电显示：陈棋。

"喂。"谈屹臣接通电话，问，"什么事？"

"谈哥。"陈棋很兴奋，声音透着高兴，"听说你回源江了？"

"嗯。"

"那你明天过来玩吗？我们这两天都在台球厅这边。"

"看看吧。"谈屹臣放下吹风机，语气随意，"不知道明天有没有别的事。"

"行，那我跟封赫他们讲一声。"

"嗯。"

简单说完，谈屹臣垂下脖颈，手指点上屏幕，挂断电话。

大街小巷的灯光逐渐熄灭，迟雾躺在床上翻了个身，回来的第一晚不怎么习惯，有些失眠，听着外面窸窸窣窣的动静，不知道挨了多久才勉强睡过去。

等她第二天起床的时候，谈屹臣已经不在了，迟雾懒得管他。洗漱好后迟雾下楼，吃完早饭到院子里坐了会儿。

院子里有两棵葡萄藤，清早的阳光温煦地铺下来，已经结满青绿色的涩果，藤蔓缠上旁边的一棵老树，顺着树爬到隔壁院子里。

徐芳华闲暇的时间很多，一日三餐自己动手解决，每日照料庭院中的花花草草，偶尔和陈琴一起出门看看电影，或者一块儿坐车到大剧院看戏，是个挺有想法的老太太。

迟雾正在那观察葡萄架，掐着指头算能不能赶在月底去实习前吃上，门口传来动静。

"你怎么来了？"迟雾转过身，见站在门口的人，出声问道。

封馨把手里的牛奶放下，累得直捶腰："早上我妈在超市遇见你外婆，她跟我妈说的，说你回来了，我就来找你了，你怎么没找我？"

"昨天刚到。"迟雾稀奇地看着地上的两箱奶，"你拎奶来干什么？"

"我妈让的。"封馨抱怨起自己亲妈，"非得说不能空手去别人家，我真服了，走一路是个熟人都问我上哪儿走亲戚。我去发小家，走什么亲戚？嘴皮子都说干了。"

看着地上那两箱牛奶，迟雾稍稍挑了下眉，没忍住地抿了下唇："谢谢阿姨。"

"谢她干什么？"封馨一脸要死不活的表情，把两只手伸开给她看，"是我拎来的，手都红了，火辣辣的，她只出了一百块钱的赞助费。"

"好。"迟雾点头，"谢谢你，中午请你吃饭。"

"嗯。"封馨委屈巴巴地点头，这才稍微舒坦点儿。

这会儿正值盛夏，九点过后阳光就开始热起来，两人进了屋，在一楼坐下开了电视。徐芳华把早上刚买的水果洗干净，给两人端过去。

退休后徐芳华就给自己找了件事，闲暇之余会帮杂志社翻译一些文章，见她进屋，封馨拿起个桃子递给迟雾，问："怎么不吃？"

"刚吃过饭。"迟雾嗓音很淡，望了沾着水红彤彤的桃子一眼，"不怎么吃得下。"

封馨把桃子收回放嘴边啃了一口，自暴自弃："行，活该我一百一十斤。"

她比迟雾大两岁，中考后上了卫校，现在在镇上的中心医院实习，人看起来不胖，只是脸上有些婴儿肥。

"中午想吃什么？"迟雾懒懒地躺在懒人沙发的一隅，刷着附近的饭店问道。

"中午啊，我想想。"封馨视线落在她那张高冷漂亮的脸上，试探着问，"源江大酒楼？"

迟雾手指继续在屏幕上慢慢下滑到底，点头："可以。"

这个名字已经差不多能证明这家饭店的地位了，她三年都没怎么回来，对现在的源江不大了解。

两人靠在沙发上看电影，临近中午，天气突然转阴，淅淅沥沥地下起了小雨，不久又变成了大雨，打在庭院中的葡萄藤和老树上。天光暗淡，雨帘中朦胧的树影被风吹得乱舞。

封馨望着外头暗沉沉的天，人蔫了大半，这个天气中午出去吃肯定是不靠谱的了。

"没事，我月末才走。"迟雾安慰她。

"好。"封馨摸了两颗葡萄放到嘴里，"那我把这集电视剧看完，去找林医生去。"

林医生是她正在交往的男朋友，他们刚在一起没多久，这会还蜜里调油打得火热，迟雾点头。

趁着中途雨停了会儿的工夫，封馨回去了，跟迟雾约了她下次休息的时间，拉上她的林医生，一块出来吃饭，迟雾表示没问题。

中午这阵过后，雨就几乎停了，之后天继续阴着。因为雨天闲着无聊，谈屹臣帮陈琴理了一上午的毛线，收拾出了两大卷，看天气转好，跟陈琴说了一声，拿上车钥匙出门，去了台球厅。

雨刚停，路上水洼多，车轧过去溅起一圈泥渍。

镇上的台球厅总共开了三家，张雁栖工作的这一家是最先开起来的，去年刚重新装修过，把隔壁倒闭的中介所也租了下来，场地扩大一倍。三家里头它的规模最大，新装修后增加了游戏厅，还有一排眼花缭乱的娃娃机。

"谈哥！"谈屹臣刚把车停好，里头就有人喊他。他顺着车前玻璃望过去，陈棋在室内支起球杆跟他打招呼。

三年没见，谈屹臣还是以前那样，在这烟雾缭绕的台球厅里人有点儿格格不入。

这种意识一开始来源于他小时候就是一头浅色短发，很特别，后来朋友们发现从他家里的玩具到身上穿的，全是电视上没见过的牌子。当时陈棋觉得有钱人家的小孩偶尔也穿穿杂牌，后头长大了见识多了，才知道那不是杂牌，是更贵的一些、就算投放在电视上，一般人也不会买的牌子。

他们好久没见，陈棋挺兴奋的："来了怎么不说一声啊？还是栖姐跟我说我才知道。"

谈屹臣笑了下："昨晚刚到，临时回来的。"

"这样啊。"陈棋点头。

两人也算是从小就认识，小时候经常抱着足球去草地踢，之后谈屹臣回源江过年过节也都会聚一聚。

二人简单寒暄几句，谈屹臣拿起球杆，俯身挑了两个球试了下手感。

台球厅一共八个人，张雁栖正靠在另一张球桌边看着他。她穿着包臀裙，这家台球厅生意好，她得有一半功劳，所以老板给她开的工资也高。

谈屹臣的确跟这儿格格不入，或者说是显眼，所以打他从门口那辆迈凯轮上下来起，台球厅里女生的目光就只落在他身上。

但不管是格格不入还是显眼，他本人好像从没意识到这些。

"你一个人回的？"张雁栖靠在球桌旁，意有所指地问他。

进了个球后，谈屹臣抬眼问："什么意思？"

"迟雾呢？"张雁栖似笑非笑地问。

"怎么了？"

张雁栖笑着说："想她了。"

一旁人笑得直不起腰，大家伙老早就认识了，勉强算一块长大的，张雁栖跟迟雾气场不合这件事他们几个一块玩的都知道。她这话和节目效果差不多。

谈屹臣跟没听到似的，俯身锁定一个球后，娴熟地把球杆抵住虎口，视线瞄准，以一个刁钻的角度"咚"的一声打出去，球被击出，应声落网。

直到四周几人的笑声渐渐下去，谈屹臣才不冷不热地开口："那就想着吧，她估计不想你，没怎么跟我提过。"

见讨不着好，张雁栖有点儿尴尬，耸了下肩。

其他人这才悻悻然地反应起来，谈屹臣跟迟雾两人是什么关系，他俩的关系小时候就比其他人要好。

打了两把后，陈棋跟谈屹臣说："过两天这家台球厅老板举行比赛，来不来？随便参加，到栖姐那儿报个名就行。"

谈屹臣边握住巧粉摩擦球杆头边找好打的角度，"嗯"了声："报一个吧，随便玩玩。"

不然他也没什么其他事情干。

"成。"张雁栖拿过表格，帮他把名报了，跟他说下下周五比赛，让他别忘了。

"没事，我也参加，回头提醒他。"陈棋开口。

张雁栖笑了下，拍拍他的肩："行了，我在这儿呢，到那天，前一晚我挨个提醒行了吧？"

陈棋："行行，谢谢姐。"

谈屹臣看了他俩一眼，没说什么，专注地打球。

他在台球厅待了一下午，除了打球就是在一旁休息。陈棋问他晚上要不要一块去吃烧烤，谈屹臣拒绝了。

陈老太太发了语音消息，说晚上等他吃饭。

白天阴了一天，夜晚难得出了点儿星星，晚饭过后，谈屹臣照旧到迟雾这边住。

似乎是已经预料到迟雾要问什么了，他自觉开口："家政上门要预约，天不好，不好约。"

东西没法晒，屋子就收拾不出来。

迟雾只好点头。

两人靠得近，迟雾闻见谈屹臣身上有很重的烟味。他虽然抽烟，但没什么瘾，这味道浓成这样，她一闻就是在别的地方沾的。

洗完澡后，谈屹臣悠闲地坐在沙发上，在手机调出歌，连在这边的投影设备上听。

迟雾瞥了他一眼，坐到沙发的另一侧，闲适地靠在靠枕上，随口问："你今天在家？"

"不在，打球去了。"

"篮球？"

"下雨呢，打什么篮球？"镇子上没有室内篮球场，谈屹臣伸手开了罐可乐，告诉她，"台球。"

迟雾垂眼，语气很淡："张雁栖在的那家？"

"嗯。"

"哦。"

没过一会儿，迟雾又问："那你打算明天干什么？"

"明天？"谈屹臣低下头，把剩下的可乐喝完，将空罐子随手放在桌面上，"有个台球比赛，我报名了，明天没事还是过去，不然也没什么地方去。"

六月末七月初是南城雨水最多的时候，天气预报显示明天还有雨，源江镇上的娱乐场所也就只有台球厅、网吧、KTV 外加一家二十世纪七十年代风格的酒吧。

迟雾轻轻"嗯"了一声，没话说了。

在沙发上靠了一会儿，迟雾洗完澡回屋。第二晚她也睡得不踏实，越躺越觉得清醒。躺了半天，她打算喝点儿酒再睡。

她从床上下来，开门走出卧室，打开客厅的灯。

迟雾站在卧室门前，视线打量了一圈，才反应过来这不是自己家，没有酒。

身后传来开门的轻微响声，迟雾转回头，见谈屹臣站在那儿问她怎么了。

"睡不着。"迟雾问他，"你怎么还没睡？"

谈屹臣抬手抓了下有些凌乱的头发，嗓音微哑："也睡不着。"

谈屹臣也认床，甚至比她还严重些。迟雾稍微思考了下，试探地问："你能不能帮我看看你家有没有酒？帮我拿一瓶。我外婆不喝，家里没有，外面超市这个点估计也关门了。"

他问："这个点喝什么酒？"

"有点儿失眠。"

谈屹臣看她一眼，点头："好。"

这大概就是两家院子互通的好处，不管大门锁没锁，十分钟后，谈屹臣拎了瓶茅台回来。

迟雾："白的？"

"嗯。"谈屹臣点头，把酒放在茶几上，也有点儿想笑，"我外公爱喝，家里就这个。"

"也行。"

两人坐在沙发上，迟雾打开投影设备随机播放了一部老片，窗外树影随风摇摆，氛围很好。

不过迟雾好像就是缺个酒搭子，除了几次碰杯的时候迟雾喊他，其余时间都是自己在喝。

拿着酒杯，谈屹臣侧过头看她。

"怎么了？"迟雾眼神瞥向他。

"没什么。"谈屹臣看着她，"你是不是今晚不打算睡了？"

"困了再说吧。"

"也行。"

屏幕上画面滑动，谈屹臣看着她，调整到一个很舒适随意的姿势，问她："在想什么？"

迟雾脑袋微微往后仰着，看向他："你怎么知道我在想事情？"

"看出来了。"谈屹臣对上她的视线，"没在想吗？"

"嗯，是在想。"迟雾抱着酒瓶子，看着他，声音轻轻，"我在想，除了比赛，你之后能不能不去台球厅？"

谈屹臣："为什么？"

"也没什么，就是有时候……"迟雾坐在地毯上偏过头看他，冷淡的脸上添了几分攻击性，"会想把你关起来。"

第8章

约法三章

一

她对谈屹臣的占有欲过分强烈，哪怕是高中不常联系的三年。

　　迟雾还记得在上幼儿园的时候，自己有一盒很喜欢的水果味硬糖。那天正好后面有户人家的长辈带着孙子来串门，看上了她的糖。那个小男孩闹得很厉害，她把水果糖攥在手里不想给，大人们都在劝。

　　她干了什么呢？她当着大人的面，把那盒糖打翻。

　　心爱的糖撒了一地，她当然难受，但小男孩哇哇大哭，她又觉得挺爽。徐教授每天给她读《三字经》，读《孔融让梨》，读各种名家故事，她没学到一点儿。

　　而这件事后续是，谈屹臣知道后，用自己的零花钱又去给她买了两盒糖。

　　远方的街道飘过来一两声鸣笛声，谈屹臣似乎还沉浸在她的发言里，睨着她的眼神很淡。

　　迟雾也在看着他，在这样落针可闻的环境中仔细地回想两人从小到大的那些事情。不管她想要什么，谈屹臣都会给，哪怕前一秒钟两人刚打了一架。

　　她浅浅地呼出一口气，想着她要是要他，他能不能给。尽管她没有任何的立场，也没什么站得住脚的理由。

　　电影进入尾声，两人沉默地对视着。

半晌，谈屹臣挑眉笑了，眼神充满揶揄之意："把我关起来？"

"嗯。"她点头，视线淡然地移向投影仪，挺正经地补充，"也用不着怕，只是想想。"

"有这个想法，就挺危险的了。"谈屹臣装模作样地叹了一声，觉得这酒容易上头，就把迟雾的酒杯往外挪了下位置，边说边低头掏出手机。

迟雾看着他，问："干什么？"

过了十几秒钟，谈屹臣在屏幕上下滑动，连续点击几下才从屏幕上抬起头来，笑里透着坏："给你买了本《刑法》，没事多翻翻。"

"……"

南城阴连续下了差不多一个星期的雨，阴雨连绵，好不容易放晴。正赶上封馨周末休息，她前一晚就打电话给迟雾，说明天是个晴天，中午下班后让迟雾出来吃饭。

镇上的中心医院离迟雾外婆家不算太远，手机上的天气即时动态显示下午依旧会有小雨，封馨说不用担心，她男朋友开车，到时候天不好就送迟雾回来，迟雾回了一个好。

一个星期的雨水把这座小镇浸泡得处处都显得湿漉漉的，源江这十年靠着南城的繁华也在飞速发展，农村老居民楼很多拆迁重建了，沿路过去两边都是新盖的小区，还有正在施工的新楼盘。

迟雾到镇医院的时候还不到十二点，封馨还没下班，收到信息后回给迟雾，让她先随便找地方休息一会儿，结束后去找她。

封馨："还有十分钟下班。"

WU："嗯，不急。"

回完信息，她收起手机在大厅环视一圈，找了个在角落里没人坐的座椅，走过去坐下来，等着。

今天刮风，树叶上的水珠不经意落在肌肤上会很冷，迟雾在外头套了件米色的薄衫，抵御就诊大厅里的冷气，她虽然还是面无表情，但在浅色外套的衬托下，显得比平时柔软。

她正出神，大厅右前方突然传来一道清朗的声音："小雾？"

迟雾闻声回过神，望过去，陆喻穿着白大褂站在那儿，一双眼睛在镜片后显得十分内敛。

"你怎么在这儿？"迟雾自然地问道。

她高一肠胃炎住院的时候，陆喻恰好跟导师实习，导师是她隔壁病房患者的主治医师，陆喻也跟着一天三遍地往病房跑，两人是在那会儿认识的。

"到这边实习。"陆喻朝她走过去，自然地抬手在她额头轻碰了下，"生病了？"

"不是。"迟雾往后避开，摇了摇头，"等朋友。"

"嗯。"他不动声色地收回手，揣回白大褂的口袋里，说了句没生病就好。

医院里最常见的味道就是消毒水味，陆喻身上也不例外，除去消毒水味还有凛冽的松柏香。

迟雾跟他不算熟，两年多不见，刚才差点儿没认出来，她左耳戴着个耳机，听着歌单里的音乐，右耳的耳机顺着线缠在胸前纽扣上两圈固定住，确保不只耳朵能听见别人说的话。

"你今年是不是高考？"陆喻突然问道。

"刚考完。"

"可真快。"陆喻恰好事情忙完，打算也在这儿坐一会儿，刚到她身边坐下，迟雾兜里的手机传来振动声。

封馨："下班啦下班啦。"

迟雾："恭喜。"

等她回复完，陆喻看她："你们是不是已经填过志愿了？"

"嗯。"

"报的什么大学？"

"南城大学。"迟雾告诉他，手插在衣兜里看着前面，模样不是很想说话，好在没几分钟，封馨就过来了。

"迟雾！"封馨朝她挥手，卷发放了下来，踩着高跟鞋，穿一件酒红色长裙。

迟雾抬头，站起来，转过身对陆喻说："我朋友来了。"

封馨一路奔到她跟前，视线看向陆喻："哎，陆医生，你怎么在这儿？"

"陪小雾等朋友。"陆喻视线在两人身上打量一圈，淡淡地弯起唇，"你就是她朋友？"

"啊，是我。"封馨看着他说，"你跟迟雾认识？"

"嗯，之前认识。"陆喻点头，看了两人一眼，"是要一起去逛街？"

"不是，去吃午饭，还有林医生。"

陆喻点头。

"对了陆医生，你去吗？"封馨对这个被护士天天挂在嘴边的高岭之花很热情，"大家都认识，正好一起。"

"方便吗？"他问。

封馨挽上迟雾的胳膊："吃顿饭而已，有什么方不方便的？"

迟雾在一旁没说话，这三人在一家医院工作，关系比她熟，轮不到她插话。

陆喻看了一眼迟雾，点头："好，不过你们得等我两分钟，我回去换件衣服。"

"没问题没问题。"封馨忙不迭地点头。

见陆喻转身离开，封馨拉住迟雾坐下来："别站着等，多累啊。"

"嗯。"

封馨那点儿爱打探八卦消息的小癖好又起来了，拽着迟雾的手臂凑到她耳朵边，兴奋地问："陆医生是不是很帅？"

"还行。"迟雾实话实说。

估计是看谈屹臣看多了，她对这方面有些免疫。

"这叫还行？"封馨回想了下，"陆医生这样的年轻博士，可遇不可求，就是人有点儿难约。"

时间有限，封馨只讲了下陆喻是怎么过来的。

他原本不会源江这样县镇级的医院实习的，但这边有一个疑难杂症的病例，相当于是活教材，可惜病人不愿意离开源江到市医院，陆喻和他的老师就只能暂时先过来。

于是他就成了这个医院的香饽饽。

她们闲聊的工夫，陆喻换好衣服回来，拿着车钥匙，问怎么走。

封馨男朋友已经把车停在外头等着了，大概是看出迟雾和陆喻的关系也就一般，甚至称不上熟，封馨主动拉着迟雾坐在一起，说女孩子凑一块要聊天。

陆喻笑着说："嗯，你们先去，源江大酒楼对吗？我马上到。"

"好。"封馨摆手，"那陆医生我们先走一步啊。"

"嗯。"

源江不算太大，但该有的都有，迟雾老早在手机上看了半天也没看出哪家饭店靠谱点儿，对这家源江大酒楼也不免有点儿担忧。

上了车，封馨突然问她："谈恋爱了吗？"

迟雾摇头："没。"

"哦。"封馨又追问，"真没？"

迟雾"嗯"了一声，安静地看着前面，对这个话题丝毫不感兴趣，只要封馨不再开口，这个话题就能直接停住。

"成吧，不过你要是真谈了，也要记得找个好的。"

"什么样算好？"她望着窗外，随口一问。

封馨稍微在脑子里过了遍她认识的人："谈屹臣？"

"差点儿忘了，陆喻也是啊。"封馨不好意思地瞅了一眼正在前头兢兢业业做司机的男友，才继续点评，"长得帅、家世好、有前途，身高……具体不知道，但最起码一米八五，个高、腿长，性格比谈屹臣好太多。"

谈屹臣那张脸没的挑，这就导致别人一提起他，免不了放大那点儿缺点。

林丛在前头笑着从后视镜看了两人一眼："别说了，再说我以后看陆医生就要不顺眼了。"

"别呀，我最爱你。"封馨说着情话。

林丛："那我勉强信一信。"

迟雾看两人一来一回，笑了下，微眯眼，黑发和薄衫被风吹得扬起。

她们正好路过一家街边的台球厅，视线一扫而过，除了店面看上去熟悉，她什么都看不清。

封馨看着迟雾，自然也看见了台球厅，又接着前面的话题说起来："不过谈屹臣傲归傲，但喜欢他的人蛮多的，张雁栖你还记得吗？"

迟雾垂眼，嘴角微抿，"嗯"了一声。

"张雁栖前几天跟她男朋友分手了。"封馨凑到迟雾旁边小声讨论，"感觉是因为谈屹臣回来才分手的。"

迟雾侧过脑袋看她："你知道他回来？"

"这哥们可是开迈凯伦回来的啊，何止张雁栖，估计整个源江都知道了，那车朝你们这边来的时候，大家就猜到是你们两家了，但你那天下午从车站自己往回走好多人瞧见了，那不就只能是谈屹臣了吗？"

封馨有点儿幸灾乐祸："他是六点半回来的，晚上八点开始闹分手，还能更凑巧点儿吗？她是在做什么美梦，打算钓谈屹臣？要不是跟陈棋一伙人处得还行，我都没见谈屹臣跟她说过几句话，最多就拿她当个普通朋友，也不知道什么时候就惦记上了。"

迟雾不说话。

封馨和张雁栖是初中同学，都算是大姐大的性格，以前就不怎么对付，有点儿过节，这会儿说起对方的八卦消息来毫不嘴软。

"那晚大排档可热闹了，我跟林丛也在，他俩差点儿打起来，张雁栖也是够狠的，说踹就踹。"封馨佯装感慨，"爱情无解啊。"

从医院到饭店，不堵车大概也就十分钟的路程，话说完也到了地点，迟雾和封馨下车，林丛找停车位。

封馨边拉着她的手边往里走："说好了的啊，这顿是我和林丛请，你别付，给林医生一个表现的机会知道吗？"

迟雾垂眼看着脚踏上石阶，点了下头说"好"。

源江大酒楼作为源江的招牌，店内人流量不少，一般家庭聚餐、公司聚餐，也都在这里办。

一楼是大厅，前后隔开，可容纳十几桌的客人，楼上也有包间，但得预订，这会儿没座位。

四人挑了个靠窗的位置坐下，林丛和陆喻算同事，两人坐在一侧，封馨和迟雾坐在一侧，陆喻坐在迟雾的对面。

店内还没实行扫码点菜，林丛和封馨去前台点菜，只剩下两人沉默地坐在这边。

"心情不好？"陆喻看她冷着脸，看上去不怎么想说话。

"不是。"迟雾摇头，小口地喝水看着窗外，道路另一端正在建造房屋，马路上有很多沙子，车轮碾压过去溅起细小的沙石。

陆喻看着她，稍微思索了下，问："你之前出院前给我留的电话，是注销了？"

"不是，号码是乱写的。"迟雾说话直白，看不出丝毫的心虚和不好意思。

陆喻笑着往后靠："猜到了，不过既然还能再见面，那就是还有缘分。"

迟雾没吭声，甚至没仔细听他在讲什么，随意地侧过脑袋朝另一边看过去后，视线就定住了。

她眼神冷淡地看着左侧从二楼楼梯上走下来的少年，身旁是陈棋、张裕、封赫和张雁栖。

他好像确实不怎么去台球厅了，但那些人没变，还是那几个。

察觉到迟雾的不对劲，陆喻顺着她的视线看过去。

她的视线还盯着他们，正看着谈屹臣往大门处走，封赫不知道说了些什么，他勾唇笑了，偏过头也说了两句，看上去心情不错。

封赫看到正好在点菜的封馨，喊了声"姐"。封馨侧头，朝这边指了指。

像往常一样，迟雾没收回视线，一直到谈屹臣有所感似的抬眼朝她这边看过来。

谈屹臣脚步没停，视线在陆喻身上停顿五秒钟，或者说这五秒钟是他俩对视的五秒钟，之后他便出了门。

外面天空阴沉沉的，风很大，天空不见一丝白光，像在酝酿一场暴雨。

"怎么了？"陈棋好奇地看着他，"怎么突然不高兴了。"

"没什么。"谈屹臣垂着眼，稍长的发梢戳到了眼皮上方。

几人在街边打车，谈屹臣靠着公交站台，抓了下被吹起的短发，拇指下滑解锁开屏，界面是他和 dog 的聊天记录。

上一条是邹风半个小时前发来的。dog："怎么样了？"

谈屹臣垂着眼，指尖在屏幕上敲击二十六键盘，回："……"

见人出去了，陆喻也收回视线，不动声色地喝了口温水，问："男朋友？"

迟雾："不是。"

他点头："那有男朋友吗？"

这次迟雾没开口，她不想跟他多说这些私事。

见她不理自己，陆喻笑了，就算不说也能看出来，道："那就好。"

话刚说完，林丛和封馨回到座位坐好。

"聊什么呢？"封馨好奇地问。

陆喻看她："没什么。"

说完，他看向迟雾，把话说完："就像以前讲的，等你毕业再说。现在毕业了，我还是坚持当初的想法，既然没有男朋友，那我就是还有机会。"

他这话说得一点儿也没藏着掖着，封馨立刻明白了。

怪不得陆喻过来吃这顿饭，原来是醉翁之意不在酒。

迟雾没什么反应，一顿饭照常吃，中间陆喻偶尔问她几句，她也坦然地回话。

她早就跟他说明白了，其他的也懒得管。

一顿饭吃完，林丛今天不休息，得回去继续上班，封馨打算牺牲自己下午的休息时间，陪着他一起回去。

外面乌云密布，看样子要有一场大雨，迟雾看了眼时间，打算自己打车回去。

"你一个人回去行吗？"封馨不放心。

"嗯。"迟雾点头，这个点了再送她，他们回医院就迟到了。

"那行，到家了给我打电话。"封馨在副驾驶座上降下车窗朝她挥手，"你也抓紧回去，这雨看着马上就要下下来了。"

"好。"迟雾抬手挥了两下，目送两人离开。

等人走了，陆喻偏过头看她："你是直接回家？"

"嗯。"迟雾点头，天气不好，她没有在外头闲逛的兴致，随时都能被雨淋成落汤鸡。

"我送你吧。"陆喻抬头看着随时都能下雨的天空，语气平常，"我下午没什么事，不用急着赶回去。"

"不用了。"迟雾视线落在手机软件上，"我自己打车。"

"怎么？"陆喻偏头看她："因为我追过你？"

"不是。"

"认识这么久了，送一下也没什么。"陆喻把手里的伞撑开，"已经下雨了，不一定能打到车，再不走，都不好回去。"

闻言，迟雾望了眼前方空荡荡的道路，又看了下毫无应答的软件界面，点了头："那好，麻烦了。"

陆喻的车就停在一旁，他先是撑着伞把她送进后座，才上了车，输入目的地后，按着导航开始走。

"打算在源江待多久？"陆喻边开车边问。

"月末去沪市。"她望着窗外，轻声回答。

外头已经开始下起大雨，雨幕中沿街的店铺都在视线中模糊。

"去沪市？"

"嗯，实习。"她说。

她大概也就还能在这边再待两周。

从酒楼回老街的路况不好，车行驶得慢。

陆喻把副驾驶座上的伞递给她："就不送你进去了，注意别感冒。"

"嗯，谢谢。"迟雾再次道谢，客气又疏离。

雨下得格外大，在地面上溅起细细密密的水洼。迟雾推开车门下车，撑起伞在雨中走进院子里，几十秒钟后整个人就染上一层潮湿的水汽。

门口的车离开，徐芳华恰好从书房出来，看着迟雾被打湿的裤脚开口："刚要打电话给你，这雨下得太大了。"

"没事。"迟雾收好伞，将它挂在窗户边，"我先去上楼洗个澡。"

徐芳华点头，皱着眉头伸手给她掸着身上的衣服："饿了没？饿的话给你煮个粥，洗完澡下来吃一点儿。"

"不用了外婆，刚吃过。"她这会儿有点儿烦，只想自己待着，"我想睡觉，饿了会自己下来的。"

"好。"徐芳华不勉强，"随你。"

"嗯。"迟雾点头，抬脚朝楼上走，刚打开门，就听见浴室传来的水流声。

谈屹臣也回来了。

她脚步没停，沉默地回房拿上毛巾和睡衣，准备等他出来。

没过多久，浴室门被拉开，谈屹臣顶着毛巾看见她愣了下，两人像互相不认识般，迟雾一言不发，拿上衣服进去了。

前面一个人刚洗完，浴室里还飘着淡淡的薄雾，鼻尖萦绕着一股薄荷海盐的味道。迟雾打开莲蓬头，站在水流下缓缓吐出一口气。

冲了足足半个小时后，她才关上淋浴，换好衣服后才出去。

谈屹臣依旧神色如常地坐在那里看电影，没给她眼神，从在饭店开始的那种对立感一直延续到现在。

迟雾走回自己卧室，因为是阴天，头发已经用吹风机吹得半干。她找了根皮筋扎起头发，脸颊两侧有碎发往下落，人显得比平常柔和许多。

想着下午的事情，她走到卧室门边，看着他放松舒适的背影，还是思忖着开口："你今天和张雁栖在一起？"

"嗯。"见她说话，谈屹臣回过头看她，"不是在饭店遇着了吗？怎么了？"

"没什么。"迟雾穿着米色的吊带睡裙靠在墙上，"你知道她男朋友的事吗？"

"男朋友？"谈屹臣喝了口汽水，语气很淡，对这个话题没什么兴趣，"没听谁提过。"

"嗯。"迟雾点头，知道谈屹臣不知道，于是开了口，"封馨今天告诉我，说张雁栖和她男朋友在你来的那天晚上分手了。"

"然后？"谈屹臣侧过头看她，察觉迟雾话还没说完。

果然，迟雾看着他，冷冰冰地继续道："说是因为你回来了。"

"是吗？"过了片刻，谈屹臣抬起眼，用一种事不关己的语气说，"不信谣、不传谣。"

"嗯。"迟雾态度依旧淡然。

"还有什么要说的？"

"没了。"

"就告诉我这个？"

"嗯。"

屏幕上画面转换不停，谈屹臣指节握在易拉罐罐身，灰棕色短发遮住眉骨，垂着眼情绪不明。

半晌，他开口说："我跟她没什么关系。"

谈屹臣拿过一旁的烟盒，用拇指挑开盖，想抽一根，不管迟雾怎么想，在不在乎，还是说了句："也没和谁有过关系。"

迟雾没应他。

想着下午的事，谈屹臣有点儿烦，或者说有点儿酸，他知道喜欢迟雾的人不少，这也不是他能管得着的事情。但今天看见她和别人一起吃饭，让他突然意识到一件事——就算她明天真想跟谁在一起，也没他说话的份。

除了接过吻，说白了他跟迟雾没什么关系。

见迟雾不说话，谈屹臣站起身，绕过沙发，站在她面前，想着上次她不让他去台球厅的事，大概有些反应过来了："你是不是不想我见张雁栖？"

迟雾没否认。

"为什么？"他故意问，"暗恋我？吃醋了？"

迟雾神色自若："你疯了？"

"没疯。"他笑笑，"合理推测，你成天一副馋我馋得不行的样儿，我多想也很正常。"

"我什么时候馋过你？"

"很多时候。"

迟雾面无表情地把手边的抽纸朝他砸过去。

他侧过身险险避开，往前一步捏住迟雾下颌，使她被迫抬起头正对着他。

四下安静，迟雾胸膛起伏，在火药味渐浓的对视中，迟雾握住他的手腕往外推，想把他推开。

空调往外呼呼吹着冷气，温度开得很低。

谈屹臣面上还是那副淡淡的神情，任凭迟雾怎么闹腾，都摆出一副岿然不动的架势。

直到见迟雾差不多冷静下来，谈屹臣这才眼神沉沉地松开手。他松手的一瞬间，迟雾攥住他的衣领把人往下拉，踮着脚发狠地朝他嘴角咬去。

"属狗的？"谈屹臣抬手抹了下嘴上的伤口，她是一点儿都没收着劲，直接咬破见血了。

迟雾冷冷地看了他一眼，转身就要进屋："活该。"

她两个字刚一说出口，谈屹臣伸手拽住她的胳膊把人拉回来，抓住她的下巴把人转过来，低头亲了上去。

迟雾手扶着门框，身后没有支撑点，撑不住谈屹臣压下来的力量，一边抓着他一边被迫往后退。谈屹臣顺势把人撂在床上，迟雾闷哼一声，皱着眉，裙摆随着摔下去的动作撩起，露出一截大腿。

他瞥了一眼，抓住迟雾的小腿往自己跟前拽，俯身继续吻她。

感受着口腔里渐渐出现淡淡的血腥味，迟雾皱眉，死死揪住他后背的衣服。

痛，谈屹臣咬她！

屋内的温度急剧上升，两人气息都热得灼人，很久之后，谈屹臣才放开她，看着她被自己咬破一小块皮的下唇，嗓音微哑："咬人往嘴上咬？"

迟雾没说话，默默地看着他。两人的身体距离极近，裙摆早就被撩了起来，他们以一种极其暧昧的姿势对视。

半分钟后。

"谈屹臣。"迟雾放弃挣扎，有点儿可怜地看他，轻声问，"你想要我吗？"

似乎是意料之中，谈屹臣对她问出这样的问题没觉得惊讶。

两人的关系类似于某根被损坏的电路，虽然无人注意，但总有一天会爆出火花。

谈屹臣没回答，抬手拨过她耳边的碎发，问了另一个问题："谈恋爱吗？"

迟雾没吭声。

这反应在他的意料之中，谈屹臣看透了她："你想睡我，但不想对我负责。"

迟雾躺在那儿，胸前轻微起伏，静静地看着他，好半晌才开口："负什么责？"

"你觉得呢？"谈屹臣看着她。

迟雾抬起头，彻底不装了，凑到他的唇角吻了下："但你不想试试吗？"

"你想？"

"嗯。"

琢磨过来她什么意思，谈屹臣冷笑一声。

她主动吻着他的下巴，谈屹臣认栽，只问道："想过和其他人没？"

"没。"她不假思索地说。

大概看出来迟雾脑子里还没理清，谈屹臣静静看着她，从眉眼看到红唇，行了，还指望什么呢？

他没打算逼她，就像他说的，只要她还在他身边，他有的是时间。但他会怕，怕这没良心的人找别人去了。

屋外暴雨如注，雨顺着窗玻璃往下淌，豆大的雨滴噼里啪啦地打着这个城市的每一个角落。

"那总归我是有些特殊的，这没错吧？"他吻了她一下，按住她的手不让她乱来，慢慢开导着，"想要我，总得说点儿好话。"

"嗯。"迟雾没否认。

"那我要是不同意呢，会不会打算换个人？"谈屹臣捏住她的脸，没忍住，还是问了这么一句。

感情和做题不一样，她真要试验她也只能拿他一个人试。

迟雾皱眉："换什么？"

"比如，下午一起吃饭的那个？"

"没打算。"

这好歹也算是个满意的答案，谈屹臣不冷不热地嗤笑一声，左手按着她的后颈，然后他凑上去吻住她的唇，右手顺着腿根缓缓往上走。

意识到这人打算干什么，迟雾往后躲，想拦住他，但压根没他劲大。

迟雾难受地皱眉，人有些蒙，趁着这会儿，谈屹臣又问："下午那个是谁？"

"说不说啊？"谈屹臣拖着尾音又问了一遍，看着迟雾仰着脖颈，发丝散落在颈间，下颌线绷紧。

"一个认识的人。"

谈屹臣听她这个形容有点儿想笑："就一个认识的人？"

"嗯。"迟雾半合着眼看他，强调道，"真的。"

"那行吧，勉强相信一下。"谈屹臣笑了，安抚地吻了下她的眼角。

外面雨势转小，身体有了更亲密的接触之后，两人间的关系也连带着一瞬间缓和很多，互相默默看了一会儿，到最后还是没忍住，笑了出来。

雨小后乌云也跟着散了，两人一顿胡作非为后，这会儿也才下午四点多，迟雾下颌微抬看向窗外，细雨丝丝，窗户上结了一层水汽，室内的光线比刚才好很多，最起码不是暗沉沉的。

看了会儿，迟雾才把脸再次转向谈屹臣："要吗？"

谈屹臣侧过头看了她一眼，迟雾忽然间牵起他的手，他的视线就落在两人的手上，看着她无聊地和他十指交扣。

"你猜。"谈屹臣笑了，"继续缓着吧。"

他从她的指缝中抽出自己的手，把人抱到怀里低头亲了一口，温柔的嗓音听得迟雾有些耳热："用不着你，我自己去洗个澡。"

"真不要？"

"嗯。"

他把迟雾放在床上，转身往外走，迟雾挑下眉，两手撑在身后就这么坐在床上看着他出去。

谈屹臣出去后顺手把卧室的门关上，迟雾下床，换了身衣服，有点儿恍如在梦里的感觉。

她还是第一回这么大胆，这会儿还觉得心跳得很快，两条腿软得不行，缓和下来后觉得很疲惫。浑身细胞紧了又松，彻底释放后，她有些犯困，想睡觉。但肚子突然饿了。

迟雾把手机拿过来刷了会儿，迷迷糊糊地睡了过去，后面被谈屹臣出浴室的窸窸窣窣声吵醒。

"睡着了？"谈屹臣坐到她身边。

迟雾微睁眼，看着他："嗯。"

"困了就继续睡，不吵你。"

"不想睡了。"她撑着床坐起来，"肚子饿，想下楼吃点儿东西。"

"好。"

迟雾穿上拖鞋下床，翻开衣柜找外套。她抬手翻了两下，才想起来一件穿过还扔在脏衣篓里没拿下去，另一件今天穿出去淋了雨。正值夏天，平均气温不会低于三十摄氏度，她只带了这两件外套。

"没衣服？"谈屹臣站在她身后问。

"嗯。"迟雾点头。

"穿我的吧。"他说着回到隔壁房间，找出件黑衬衫递给她，"这件行不行？"

迟雾"嗯"了一声，把他的衬衫接过来套上，上面沾着很好闻的男孩子气息。衬衫很大，能盖住屁股，她没扣纽扣，就简单地套在身上。

"丑吗？"她突然抬头问了一句。

"不丑。"谈屹臣声音很淡，每次迟雾穿他的衣服，都踩在他的审美点上，他很喜欢。

雨下了一下午之后，终于停了。两人一道下楼，室内昏暗，迟雾走到厨房打开冰箱，拿出两瓶鲜奶，转过身递给谈屹臣一瓶。

"你打算吃什么？"谈屹臣问。

"不知道。"迟雾站在冰箱前好一会儿。她不会做饭，只会煮泡面打个鸡蛋，但她不想吃泡面。

"那你想吃什么？"谈屹臣脑袋稍偏，仰着头喝了两口奶，看着她在冰箱二层和三层来来回回找了三遍，有点儿茫然。

"想吃梅花糕。"她说完有点儿可惜地叹气，源江只有一家卖梅花糕的，很难吃。

"那我们回去？"谈屹臣垂下眼把瓶盖拧紧，"一个小时多点儿就能到，临睡前能赶回来，要不要去？"

迟雾转过头看他："真的？"

"嗯。"

他们说走就走，迟雾关上冰箱，临走前谈屹臣把迟雾的那瓶奶给她捎上，回隔壁取车，上车后才把奶递给她，让她先垫垫肚子，别饿着。

迟雾一饿就胃疼，算是高一肠胃炎加上后面经常刷题时饭点不固定留下的毛病。

雨停后，离天暗下来还有一个小时的时间。他们过桥的时候，天空出现了落日，整座城市还留存着暴雨冲刷过后的潮湿。车内开着冷气，迟雾惬意地坐在副驾驶座上，身上还是睡裙和黑衬衫，她扭头看着江面的轮船和天端的红霞。

"冷不冷？"谈屹臣单手握方向盘，伸手调着歌单，偏过头看了迟雾一眼，问她要不要把温度调高些，迟雾摇头。

这会儿恰好是傍晚六点的晚高峰，路况很糟，车在桥上行驶到三分之二的路段时，这条道上彻底堵住不动了，两侧车辆艰难地一点点缓缓往前挪。

见路堵了，谈屹臣往后靠在座椅上，保持左手握着方向盘的姿势，右手在屏幕上切了首歌，随后进入短暂的单曲循环模式。

也是这个时候，迟雾才突然发现，谈屹臣其实属于情绪很稳定的那一类人。对比她考驾照时莫名其妙地来火，他对自己的情绪掌控能力很强，在很多事情上不会有任何焦躁的情绪。那一点儿的起床气或者是平时摆的一些架子，完全是对自己的纵容。

他这个人，有些东西，藏得很深。

导航显示前方有意外，迟雾看着屏幕上那一条红红的堵塞路段，偏过头看谈屹臣悠闲地在那边刷手机。

在这首歌前奏第二次响起的时候，她把手里没喝完的鲜奶拧紧放到身侧，解开身上的安全带，跪在座椅上过去搂住他的脖颈，开始凑上去吻他。

被她搂住的一瞬间，谈屹臣就放下了手机，右手自然地揽过她的腰，左手把自己的安全带也解开，把人抱过来回吻。

两人吻了两首歌的时间，迟雾从一开始被压在方向盘上，到后面逐渐变得主动。她跪在他的腿侧，手放在他的下颌处，或者搂着他后颈，或以一种比他稍微高一些的姿势和他热吻。

吻到第四首的时候，谈屹臣突然松开了她，迟雾有些茫然，他下巴朝前方扬了下，迟雾转过头。

天边夕阳余晖，路已经开始通了。

她只好悻悻地松开他，回到副驾驶位上系好安全带坐好。

他们过了大桥，后面的路就没那么堵了。

赶在天彻底暗下来前，迟雾吃到了刚出锅的梅花糕。

买到东西后，谈屹臣把车开到江边，车内充斥一股淡淡的糕点甜香味，细微的晚风吹拂。他偏头看迟雾不紧不慢地吃着，落日在江的尽头一片树影后逐渐下坠，最后一丝余光染红江面，随后天色变暗，江景融入朦朦胧胧的夜色中。

这儿就他们一辆车，四处无人，有些无聊，谈屹臣伸手打开副驾驶座前的储物箱，里头放着烟盒和打火机。拿之前他看了迟雾一眼，迟雾没什么反应，只说："抽吧。"

"嗯。"他从烟盒里拿出一支咬在嘴里，拿出打火机点燃，车厢内的那点儿香甜开始被烟草味盖过。

迟雾其实并不喜欢烟味，但喜欢谈屹臣身上的烟草味，烟草味和他身上原本就有的味道恰好融合，不算浓烈，但让人安心。

直到迟雾吃完，谈屹臣才嗓音微低地开口问她："吃好了？"

"嗯。"

"那来说点儿事。"

迟雾边喝着剩下的半瓶鲜奶边看他："什么事？"

谈屹臣："我今天问你谈不谈恋爱，听没听明白是什么意思？"

她垂眼："喜欢我？"

他没否认："嗯。"

"之前有感觉到过吗？"谈屹臣手肘撑在腿上，在烟雾缭绕中侧过头瞥她一眼。

她摇了下头，靠在副驾驶座的另一侧看着他："就今天。"

几米外的路灯亮起，谈屹臣声音很低："没什么好藏着掖着的，现在你也知道了。"

迟雾静静听他讲。

"咱们约法三章。"他罕见地收起身上的散漫劲，手伸出车身外磕掉烟灰，眼神看着迟雾，"你不想谈恋爱我不勉强，想把咱们俩的关系想成什么样，定成什么样，随便你。但有一条，不能脚踏两只船，找了我就不能找别人。"

他缓缓呼出一口气，算不上威胁，单单是实话实说："不然就最好别让我知道。"

"好。"

车缓缓行驶在回去的路上，霓虹灯光一路上逐渐变为田野和一片片的房屋，天阴了这么久，月亮终于露了脸，能看出明天会有个好天气。

谈屹臣把冷气调小，迟雾下午没睡，这会儿脑袋靠在车窗上，已经睡熟了。

车开到源江，谈屹臣没急着回去，把车停在离家不远的树林边，从车上下来，轻轻关上车门，靠在车身上吹风。

这会儿已经九点，外头还有些人，店铺进入打烊阶段。

谈屹臣不急，打算等迟雾醒了再回去。他闲着无聊抽了两支烟，散漫地靠在椅背上。迟雾睡得正熟，脑袋还保持之前的姿势，朝右靠在车窗上，黑发落在侧颈上。

他抬起胳膊，伸手把她的姿势稍微正了正，省得待会儿睡醒说脖子疼。

蝉鸣声在树林里不绝于耳，一连多日的阴天，蝉仿佛终于翻身做主了一样，叫声一声比一声嘹亮。

　　就在这夏日夜晚的声音里，迟雾闭着眼浅浅地呼吸着，在他身边熟睡，谈屹臣的手还放在她的后脑勺上，看了她两秒钟后，他喉结微动，俯身凑上去在她的侧脸上轻吻了一下。

　　刚吻完，谈屹臣抬起头，迟雾突然醒了，眼睫微颤了一下，棕褐色的眼睛看着他，轻声问："怎么了？"

　　"没。"他坐好，像是掩饰尴尬似的抓了下头发，看她，"还睡吗？到了。"

　　迟雾往车外看了眼："我睡了多久？"

　　"一个小时吧。"

　　她点头。

　　已经离家这么近了，迟雾说回去再接着睡，在车里睡有点儿累。

　　停好车，跟陈琴说了声，两人一道从中间的通道过去。

　　徐芳华正好在客厅里看晚间黄金档的电视剧，见两人一块从外头回来，打量一眼，皱眉："你俩嘴巴是怎么回事？"

　　谈屹臣："……"

　　迟雾："……"

　　他们大意了。

　　那是下午两人憋着火互相咬出来的。

　　气氛凝滞，徐芳华操心地看看两人："你俩又打架了？都这么大了还打？"

　　"不是。"迟雾神色如常，嗓音很清地跟她解释，"空调太干了，上火。"

　　"这样啊。"她放下心点头，"那今晚睡前记得开加湿器。"

　　"嗯。"

　　临睡前，谈屹臣问她要不要一起睡。迟雾看着他，从短发看到眉眼，又看到他弧度利落的下颌线和藏在衣服下面的腹肌，想了几秒钟，点头。

门关上后，谈屹臣走到她身边躺好，然后熄灭灯，拉上窗帘。

床够宽，两个人睡在上面也绰绰有余，迟雾侧躺着，盖着薄毯。撑到现在，她沾上床就睡了过去，谈屹臣从她身后抱住她的腰，把人往自己怀里揽着，迟雾没什么反应，顺着他。

清早，迟雾生物钟醒得早，谈屹臣还在搂着她，她从一边拿过手机，手指在屏幕下滑了两下。有一条信息是封馨的，问她下午要不要一块去看台球赛，林丛和封赫报名了，封馨想去凑个热闹，打算拉着迟雾一起。

今天是第一场台球赛，参加的人不少，也有不是源江的过来凑热闹切磋球技的人。迟雾记得谈屹臣也报名了，于是半合着眼，在尚有些昏暗的房间里回复了一个"好"。

谈屹臣是被电话吵醒的，陈棋怕他忘了比赛时间。

封馨约迟雾吃午饭，迟雾换好衣服后就倚在门边看一脸困倦的谈屹臣，坐在床边抓了两下略微凌乱的短发强打精神，一通电话只用了三个敷衍的"嗯"就应付完了。

接完，他挂断电话，看向门口的迟雾，问："要出去？"

"嗯。"迟雾点头，"封馨约我吃午饭。"

"下午有台球比赛，去吗？"问完他挑眉勾着唇，右手捏着手机，在拇指和食指间转了两圈，换上肯定句，"记得来。"

迟雾："为什么？"

"没有为什么。"他语气如常，"你不在场，我怕你瞎想。"

外面是晴天，十点往后太阳就已经开始炙热烤人，昨天还潮湿的柏油马路已经被晒干了。

谈屹臣把迟雾送到和封馨约好的火锅店，迟雾下车后很快进了店里，用室内冷气抗衡外头的热浪。

二楼的避光临窗处，封馨已经到了，正在点菜。她见人来了，抬头看了眼，随后视线就定在迟雾的下唇上："谁啃的？"

"自己。"迟雾面色很淡地坐下，拿下头顶的棒球帽放在一旁。

封馨打趣地耸下肩："你猜我信不信。"

迟雾才懒得管她信不信。

今天封馨休息，两人不紧不慢地吃了两个小时，才拿上东西往台球厅那边走去。

参加初赛的人不少，开场前要抽签决定对手，一半的胜者能晋级后天的第二场比赛。封馨主要就是来看男朋友，给他加加油的。就算林丛一早就说了自己水平不行，也没影响她情人眼里出西施。

林丛长得不属于大帅哥，胜在封馨看得顺眼。

台球厅一共有四间台球室，每间台球室四张桌，今天打比赛，四间全部开放。

封馨揽着迟雾，一边低头往前走边和林丛发消息，问他在哪间，她现在过去。

对面信息回过来后，她默念着号码，朝三号室走过去，抬起头，正巧对上从里面朝外走的谈屹臣。他嚼着口香糖，见到她俩过来，视线朝她们投过去。

封馨目光定在谈屹臣的下唇上，顿住了。

那人怎么会是谈屹臣？

她偏过头朝迟雾看过去，迟雾神情很冷，两人很隐晦地在纷杂的人群里对视了一眼，又很快收回视线。

单从表面看上去，没伤口在，两人无辜又清白。

林丛见人来了，在窗户边朝她招手。封馨笑笑，应付完后缓缓呼出一口气，试着问："你别告诉我，你这嘴是谈屹臣咬的？"

迟雾没什么反应。他俩不凑在一起还好，凑在一起就太明显了，也不是谁都像老太太那样看不懂。

她从身前的台球桌上拿起个球抛了下，很淡地"嗯"一声。

"你俩真行。"封馨把手腕上的皮筋取下来将卷发绾上去，"闷声干大事。"

见迟雾不肯多说一句话，问："谁追的谁？在一起多久了？"

迟雾无聊地抛了两下，又把球放回去，才回应："没在一起。"

"没在一起？"

"嗯。"

封馨抱臂，靠着球桌，瞄了一眼迟雾那种"就啃一下怎么还需要在一起"的理所当然的样子，突然放宽心了。

在她的观念里，谁跟谈屹臣这样的人谈恋爱，都免不了受委屈。但她还是头一回发现迟雾这姑娘居然有点儿渣，两人凑在一起，吃亏受委屈的不见得就是迟雾。

没过多久，谈屹臣又从外面回来，陈棋已经打完了，再过一个人就轮到谈屹臣了。

场上正比得火热，能看得出来球手的水平在这个屋子里排在前头，一双眼睛鹰似的盯着球，他正在寻找突破口。

张雁栖靠在墙边，从迟雾进来后，脸色就肉眼可见地有些差，一直盯着迟雾唇上细小的伤口。其实不光是张雁栖，这个房间里大部分人嗅到了点儿暧昧的苗头。

迟雾知道张雁栖在看自己，但懒得搭理，封馨站在一旁，不怕搞事地朝张雁栖竖了个中指。

封馨的初恋男友就是张雁栖挖墙脚撬走的，这个仇她能记一辈子，巴不得这个女人不顺心。

十五分钟后，场上换谈屹臣上场，封馨用手碰了碰迟雾的后背，提醒了她一下。

迟雾反应不大。她不怎么懂球，只大概知道点儿规则。谈屹臣上场后，四周的嘈杂声都少了，原本倚在窗边抽烟的陈棋几人也扭过头，观看战况。

决定开球权的比球结束后，谈屹臣垂眼看向台球桌面，左手拿起冲球杆，右手擦了两下。

这一局由他开球。他把球紧凑地摆放好，站到球桌的一侧正中间，选择好击球点，弯腰向下，虎口贴紧球杆，击球的一瞬间手臂带动球杆向前，"嘭"的一声，台球应声弹开。

开好球，一局就差不多就胜了一半。

有人吹了声口哨，表达了一下捧场的意思，迟雾知道，谈屹臣这局打得不错。

时间一点点过去，一局打完，谈屹臣下来跟陈棋几人说了声，然后走到迟雾身边，看她把球握在手里掂了掂，问了句："会打吗？"

迟雾摇头。

四张桌，只有两张在比赛，像她这样的闲杂人等就靠在这边观望，所以另外两张桌也能让其余人随便玩玩，过把瘾。

谈屹臣望了她一眼，垂眼笑着说："教你？"

她点头。

把球摆放好，谈屹臣拿过一旁刚用过的球杆，把迟雾拉到身前，两人距离极近。

"握杆和架杆会吧？"他以前教过她一点儿，就是过去很久了，不确定她还记不记得。

迟雾点头。

"那行，自己先来。"

"嗯。"

迟雾接过球杆，左手架好后弯腰，一杆还没打出去，谈屹臣便从身后以一种近乎搂住她的姿势靠近她，手把手地纠正道："膝盖稍微蹲一点儿，腰弯下去，嗯，但别弯这么低，不好发力。"

两人旁若无人地在这儿一来一回，陈棋看得手里的烟都忘了抽。

刚比完赛，谈屹臣后背出了些薄汗，混合着烟草味和薄荷味，身上的气息在这点儿空间内全然朝迟雾压过去。

迟雾尽量去忽视，依着他的教法，这才试着打出第一杆。

球应声被击散，打出去后迟雾没去看成绩，不受控制地低头看了眼两人的距离。

她几乎是贴着谈屹臣，暧昧到不行。

察觉她的注意力不在球桌上，谈屹臣漫不经心地低头看了一眼，勾起唇角。

他抬手，趁她不注意，握住她的手臂拎到正前方的桌面上，把二人间的距离缩得更小。

"你干什么？"迟雾扭过头看他，眉头轻皱。

"没干什么。"谈屹臣笑了声，靠在她旁边，声音压低只让两人听见，缓缓说了句，"迟雾，你的心跳得好快啊。"

他这句话的语气有点儿坏，还有点儿势在必得的意思。

第 9 章

心照不宣

一

两人呈一上一下的姿势暗暗对视，谈屹臣冲她挑了下眉，嗓音带着点儿笑意："干什么摆出这个表情，说得不对？"

　　"对。"迟雾收起杆，说完这个字，转身走到封馨那边，只给他留个毫无感情的背影。

　　谈屹臣两手撑在球桌边缘，眉扬了下，看迟雾就这么走了，一副丝毫不留恋的模样。

　　台球比赛一直进行到下午六点半才结束，刷下一半的人，一半打后天的第二场。

　　这种私下组织的非专业比赛鱼龙混杂，有球杆都没摸过几天的初学者，也能炸出个大杀四方的高手来。

　　林丛走运，抽到个比他球技还差的人，进了后天的第二场，谈屹臣水平还行，算不上多么专业，但在普通人里面算是玩得比较好的那一类，也没有悬念地晋级了。

　　结束后封馨和迟雾站在室外，等着里面的人。

　　别管关系怎么样，大家也算认识，沾亲带故，封赫和陈棋起头，撺掇着一块去吃饭唱歌，这会儿就等他们出来。

　　"你等会儿坐谈屹臣的车走？"封馨突然问。

　　"不了，打算先回去洗澡换衣服。"迟雾扯了下身上的 V 领 T 恤，眉头稍皱，"烟味太大了，不舒服。"

"哦。"封馨点头。

"等会儿问问，他要是不回去我就自己打个车。"

外头天色暗下来，夏季日长，这会儿近七点了外头还有点儿光亮，路灯已经亮起，飞蛾和小虫聚集在光源处。

封馨朝里头的林丛挥挥手，视线又看向一旁正和人说话的谈屹臣，随口和迟雾说了句："我待会儿去给谈屹臣提个醒，说说张雁栖分手那件事，别回头不小心被坑了。"

只要他对张雁栖没意思，那后面肯定会避着。

谈屹臣这人边界感强，朋友里也有不少异性，但他不会和人暧昧不清。若是对他有想法，要么别让他知道，要么就做好他跟你分得一清二楚的准备。

所以封馨回回提他，也就只能拿他那点儿架子说说事，人品方面没什么可挑的。

"不用，他知道。"

"嗯？"封馨问她，"他知道？"

"嗯，我说的。"

"厉害。"封馨给她比个大拇指。

没两分钟，里面的人三三两两地走出来，封馨带着封赫坐着林丛的车先过去，谈屹臣在里头帮陈棋收拾东西，直到最后才出来。到门口他看了她一眼道："出汗了，我先回去洗个澡，先送你过去还是跟我回去？"

迟雾点头，谈屹臣身上沾的味道比她还重："回去。"

两人十分钟后就到了家，两位老太太听戏还没回来，谈屹臣拿上衣服出了卧室，下楼在客厅遇上见迟雾，看了她一眼："你也洗？"

她点头："嗯。"

他们赶时间，不好让其他人等太久，他说道："那你在这儿洗，我到隔壁去，你收拾好下来就行，我在车里等你。"

"好。"

没花太长时间，迟雾洗好后用吹风机把头发吹得半干，换上衬衫和灰色短裙，到楼下的时候谈屹臣已经在车里等着了，打量她一眼："好了？"

迟雾点头："走吧。"

陈棋已经把定位发过来了，迟雾到副驾驶位上坐好，谈屹臣踩下油门，跑车的发动机发出低吼声。

迟雾摇下车窗，借着晚间的风把湿发吹干，大腿上的裙摆被风掀起来。天热的时候她不爱穿长裤，基本都是短裙和热裤，风一吹很凉爽。

吃饭的地方是一家大排档，谈屹臣把车停在旁边的地下车库，两人最后过来的，封馨在自己身旁给两人留了位置，迟雾挨着封馨坐下，左边是谈屹臣。

封馨凑到迟雾耳边，跟她说这就是之前张雁栖和前男友闹分手的那一家，说完用下巴点了下坐在斜对面的张雁栖，把这件事从头到尾一个细节不漏地分享给了迟雾。

斜对面的人注意到封馨的动作，撂下筷子，发出清脆的响声，抱臂看着二人。

旁边的人也隐隐觉察不对，这两人那点儿过节也不是什么秘密，很多次差点儿干起来。封赫左右看看，夹了块烤鸭放进封馨碗里，劝道："姐，你吃。"

封馨拿着筷子在碗里扒拉两下，意有所指地开口："不吃就滚。"

张雁栖恼羞成怒地拍了下桌子，站起来："你有完没完？！"

"哎哎哎，大家好不容易聚在一起，别吵别吵。"陈棋赶紧拉着张雁栖坐下，"姐、姐、姐，别伤和气。"

封馨笑笑，脸上是一副搞事样儿："哪儿来的和气？"

两边水火不容，陈棋几人心照不宣地把她俩能隔多远隔多远。

全桌只有两人没什么反应，同步地摆出一副事不关己高高挂起的冷淡样。谈屹臣在桌底悄悄用膝盖碰了下迟雾的腿，她抬头看他："怎么了？"

他点了下她面前的菜："不好吃？"

他看她都没怎么动儿下筷子。

"还行。"迟雾点头，"不饿。"

"嗯。"问完，谈屹臣站起来，到前台冰柜前拿了两罐七喜和吸管回来，这时桌面上的手机消息栏显示有消息进来，他坐下，左手点进页面敲击键盘回复，右手食指扣住拉环"啪"的一声打开饮料推到迟雾面前，一套动作行云流水。

封馨闲得无聊嚼着口香糖朝左瞄了一眼，看着咬住吸管不紧不慢喝饮料的迟雾，若有所思。

陈棋已经提早订下一间 K 歌包间，就在隔壁，吃完就能直接过去。

包间是十二人间，有两套软沙发，一间单独练歌房，角落里还摆了张落灰的台球桌。

林丛吃完就回去值夜班了，封馨无聊，也不想和张雁栖凑一起打扑克牌，就挨着迟雾坐下。果盘被端上来后，她叉起一块猕猴桃放进嘴里，问迟雾："唱歌吗？"

迟雾摇头；"不唱。"

她不喜欢唱歌，但这里有人喜欢，还挺专业的。

谈屹臣玩乐队不是秘密，这会儿上网络社交平台输入关键词搜索也能搜出几段视频，封赫把话筒递给谈屹臣一个："挑一首？"

"嗯。"

话音落下，谈屹臣把平板电脑拿到面前，手指在屏幕上缓缓滑动。洗完澡他换了件黑色运动衫，灰色运动裤，前胸有一处印花，袖口处是一串英文刺绣，衬得人有些矜贵，在这种七八十年代迪厅的死亡打光下，也没损一丝气质。

两分钟后，他挑了一首《暧昧三十三天》。

前奏缓缓响起，迟雾俯身捏了颗鲜艳欲滴的樱桃放进嘴里，抬起眼，视线放在屏幕上出现的几行歌词。

> 我试着忍住忍住
> 在动感情前停住
> 但一点儿感动将我化作矛盾的纸老虎
> 看起来一切都是误会
> 是我太牵强附会
> 不应该知难不退
> 不该失态于众目睽睽

两人各自坐在两张沙发上，谈屹臣散漫地靠在沙发上，右手握着话筒抵在下颌下方，指节清晰，视线很淡地朝迟雾看过来，是不加掩饰的直白。

> 感情不主张浪费
> 但情非得已无罪
> 因为该死的暧昧
> 我只是有点儿认真
> 用情有点儿深

　　莫须有的暧昧总是让人昏昏沉沉

　　…………

　　他唱完两段歌，封馨若有所思地看向迟雾："你怎么着他了？"

　　"没怎么着。"

　　"他看着有点儿可怜。"

　　迟雾轻飘飘地"嗯"了一声，捏起第二颗樱桃放进嘴里。

　　最后一句歌词唱完，伴奏也逐渐停下来，谈屹臣放下话筒，过了一会儿后，兜里的手机传来一声振动声，他拿出来看。

　　WU："要不要出去吹吹风？"

　　谈屹臣抬眼，迟雾也在看他，两人在房间的两端对视两秒钟，不动声色地各自收回视线。

　　TT："好。"

　　两分钟后，迟雾站起来往外走，仅间隔一分钟，谈屹臣也走了。

　　KTV 在三楼，等电梯的过程中两人一左一右，距离有些远，这个时候两人看着还是正经的。

　　他们进入电梯后，门关上的一瞬间，谈屹臣伸手把人拉到自己跟前，俯身吻上去。迟雾主动钩住他的脖颈，没亲几秒钟，电梯就下到地下一层，两人分开，走了出去。

　　车停在车库的最右边，上车后，谈屹臣一言不发地揽住她的腰，跟她接吻。车内没开灯，只有车库里那昏暗的光亮。耳旁只有衣服窸窸窣窣的摩擦声和呼吸声。

　　两人在昏暗的光线中对视，迟雾一张高冷漂亮的脸蛋性感得要命……

　　两人回到包间推门进去，见人回来了，封馨好奇："你俩去哪儿了？都要散了。"

迟雾神色如常地坐下，拿起桌上的矿泉水拧开喝了一口，敷衍着说："没去哪儿，逛了一圈。"

陈棋那边恰好一把牌结束，打算玩最后一把，喊谈屹臣过去。

"嗯。"他从沙发上站起，路过迟雾的时候偏过头垂眼看她。

迟雾膝盖往上五厘米，靠近裙摆边缘的位置有几个手指印。

他干的。

一局牌也就二三十分钟的时间，结束后封赫盯在谈屹臣胸前暧昧不清的唇彩渍上，拿腔捏调地问："哟，谁的啊？"

谈屹臣低头瞥了眼，神色坦然地把手里最后一张牌出完："迟雾的。"

"……"

语气太过自然、太过坦荡，其他人反而不好意思起什么幺蛾子。

这俩本来就天天待在一块，谁知道是有点儿什么情况还是不小心蹭上去的，他们说多了反而讨嫌。

众人散场后，各自三三两两地离开，两人一块回到地下车库，等电梯的时候，迟雾戴着蓝牙耳机听歌，垂头看着脚尖，谈屹臣偏头看了会儿，抬手握住她的手。

"怎么了？"迟雾歪过头看他。

"没什么。"谈屹臣视线还在看着前方，等电梯抵达，带着迟雾一起走进去按下 B1 键时才开口："喜欢牵手。"

电梯内只有两人，迟雾目光落在他的脸上，挑眉问了句："比接吻还喜欢？"

"不是。"谈屹臣嗓音如常，单手插兜，另一只手牵着她，看着电梯显示屏上的数字跳跃，说话简单直白，"一样喜欢。"

他又补充："是你就喜欢。"

　　谈屹臣声音低，说情话的时候多少有点儿蛊人的成分，让人分不清他是真情实意还是逢场作戏。

　　迟雾淡淡地呼出一口气，从他脸上收回视线，不怎么自然地"嗯"了一声。

　　开车到家的时候已经接近十一点，两人静悄悄地上了楼，洗完澡后谈屹臣悠闲地坐在沙发上调出一部电影。这部电影上映时正值高考前，他没看成，现在在网络上线，闲着没事还没睡意，他就把它调了出来。

　　片刻后，迟雾拿着毛巾，头发湿漉漉地从浴室出来，盘腿坐到他身边，伸手把他面前的汽水拿到面前来喝了一口："好看吗？"

　　"嗯。"谈屹臣伸手把她揽过来，拿过被她随手放在一旁的干毛巾，"还行。"

　　客厅没开灯，只有投影仪散发出来的光。

　　迟雾安安静静地坐在地毯上看面前的画面，任他帮自己擦干头发。电影已经放了一部分，她跟不上节奏，就无所事事地张望。视线落在他的小腿和脚踝时，她伸出手指碰上那块淡色的疤痕，问了句："疼不疼？"

　　那会儿两人还在闹别扭，他受伤在医院待的两个星期，她没过去。

　　"嗯？"谈屹臣垂眼，目光跟着落上去，嗓音很淡，"不疼，都过去好久了。"

　　迟雾眼神还是落在上面，看了好一会儿。谈屹臣瞧了她一眼，试探地问了句："嫌丑？"

　　迟雾诚恳地点头："有一点儿。"

　　"那就别看。"谈屹臣把稍微撸上去的裤脚放下，抬手捏住她的下颌，把她的脸转过来，有点儿咬牙切齿地说："等回了南城文个图案，盖一下。"

"可以，找个好看点儿的图案。"

"好看点儿？"谈屹臣挑眉，"把你文上去？"

"不了，那样我有心理压力。"

头发干了后迟雾就回卧室睡了，谈屹臣打算把电影看完。

一夜过去，迟雾清早就醒了，下床拉开窗帘，发现外面是阴天。乌黑的云压在天空中，看样子又要下雨。迟雾抬手揉了下小腹，肚子隐隐作痛，是"姨妈"来之前的征兆。

室内昏暗，谈屹臣还在隔壁卧室睡着。

迟雾洗漱完下楼，打算跟徐芳华说一声出去买卫生巾，刚踏下最后一个台阶，就见徐芳华蹲在沙发边，老花镜落在一旁，神色难受地扶着头。

迟雾扔下手里的东西，走过去扶住她，问："怎么了？哪儿不舒服？"

"没事。"徐芳华手背抵住额头，身上还有刚刚和面落的一点儿面粉。她接过迟雾递过来的老花镜，缓缓叹出口闷气："头疼，我歇一会儿。"

"昨晚睡晚了？"迟雾轻声问道。徐芳华有时候看书会熬夜，晚睡后，第二天都不舒服。

徐芳华摇头，拍拍她的肩，从地上慢慢站起来，到一旁的沙发上坐下。她笑了笑，说话调子不急不缓："看完戏回来就睡了，应该是刚才着急做事，弯腰起来太快了。"

迟雾还是不太放心，思考片刻后说："我带你去医院检查一下。"

徐芳华虽然有定期体检，但年纪大了，有时候说病就病。白发、皱纹，岁月的痕迹一样都躲不过。

"没事，你是要出去？"徐芳华看了她一眼问。

"嗯，出门买点儿东西。"

徐芳华把身上的围裙解下来，望了眼厨房，有点儿可惜："你去吧，原本想早起给你和臣臣做小笼包的，你待会儿从外面带点儿早饭回来吧。盆都打翻了，今天就不做了。"

"那好。"迟雾点头，"那我去买早饭，有什么不舒服的，及时跟我说。"

"嗯，外婆知道，放心吧。"

把徐芳华安顿好，迟雾很快买好东西，又顺道拎了一大袋早点回来。

她回来时，徐芳华正躺在床上看经典版的电视剧《红楼梦》，迟雾把早饭放到她床边。徐芳华突然说："对了，刚刚臣臣下来了，回隔壁去了。"

"嗯。"迟雾点头，拖过来一个板凳，坐到徐芳华床边，不紧不慢地陪她吃早饭。

迟雾今天没什么事，在家里待着，徐芳华被迟雾监督着休息一上午，好点儿后才下床。

天空短暂地放晴，趁着没下雨的空当，徐芳华把院子里的花花草草简单修剪了一遍。

晚上，两家凑在一起吃饭，总共才四个人，陈琴就打电话叫饭店送了菜过来。

吃饭时，迟雾和谈屹臣互相看了眼，不安分地在桌底动了两下腿，手机上互相发个消息，两个人便一前一后找了个借口出去了。

对于保密这事，两人心照不宣，但想法不一样。

迟雾是心虚，谈屹臣是不知道被发现后怎么解释。他们没谈恋爱是真的，处得跟谈恋爱差不多也是真的。

这种关系，陈琴知道了只会觉得是他不负责，然后再把这事添油加醋地告诉周韵，周韵指不定得怎么教育他。

"想我了？"谈屹臣低头看她。

"没。"迟雾搂住他的腰，手不安分地伸进衣服里摸他的腰和腹肌，"来'姨妈'心情不好，占你两下便宜。"

谈屹臣捏住她的下颌，视线缓缓落她的脸上："你也知道是占我便宜？"

她点头："看看占完能不能心情好点儿？"

"占吧。"他很大方。

"嗯。"迟雾没客气，摸完不过瘾，一直到把人撩出火了才回去，毫不留情地把谈屹臣一个人扔在外头。

"臣臣呢？"徐芳华往她身后看了一眼，问。

"不知道。"迟雾神色如常，右手拿起筷子夹了颗丸子，左手指尖理了下肩头微乱的发丝，"玩去了吧。"

第二天天空还是阴沉沉的，潮湿的角落里逐渐生出绿苔的气息。下午有第二场台球赛，谈屹臣问迟雾要不要一起去，迟雾摇头。

封馨今天下午调休，约她去逛街。

源江有好几个服装商场，但规模不大，街边多是拿红纸写着九十九元甩卖的清仓特价店和一些常见的品牌店。封馨下班后直接过来找她，两人吃完饭才开始不紧不慢地逛。

下周末封馨要跟着林丛去他家吃饭，算是见父母，她打算买两件衣服，顺便挑个礼物，让迟雾给出主意。

迟雾在这方面经验为零，只能在封馨指一样东西的时候简单地点头或摇头。

封馨挑好了衣服穿上就是女神，挑不好就是灾难。

傍晚时天空下起了淅淅沥沥的小雨，两人在店内逛了一会儿，挑出件连衣裙，随后就坐到隔壁的奶茶店避雨。

迟雾低下脖颈，有些精神不济，手里握一杯热奶茶，无所事事地看着窗外。细雨霏霏，街上的行人撑起五颜六色的伞。

她痛经，止疼药药劲儿过去后就开始肚子疼，所以她打算雨停后就回去冲个热水澡休息。

店内光线明亮，封馨正玩着身侧摆放着的维尼熊玩偶。包里传来手机铃声，她掏出来看是陌生来电，随手挂断。

没过几秒钟，铃声再次响起，封馨不耐烦地接通，很熟练地开口招呼："谁啊？不买房不买车，也不借款，没事就挂了。"

"陆医生？"封馨诧异地看了迟雾一眼，迟雾的视线也从外面收回，自然地落到她脸上。

"迟雾啊……迟雾号码？"封馨知道迟雾和谈屹臣的那点儿暧昧不清的关系，对着迟雾露出一副"放心吧姐懂你"的表情，对着手机那边隐晦地拒绝，"陆医生有什么事吗？迟雾就在我这儿，我帮你转告就行。"

"嗯……对。"不知道对面说了些什么，封馨缓缓收起脸上的笑意，看着迟雾"嗯"了两声，说了句好。

迟雾皱眉，心里隐隐约约有些不安的预感，手指握紧温热的杯壁，询问："怎么了？"

封馨一秒钟都不耽误，站起来把东西收拾好："你外婆在路上晕倒，被送去医院了，在陆喻他们科，有人认出来是你外婆，电话就打到我这儿了。"

迟雾心跳一瞬间陡然加快："说了是什么情况吗？"

"嗯，说了。"封馨停住动作，回过头看她，一字一字沉得像是敲在人心头，"脑出血，要做开颅手术。"

天色已经几乎完全暗下来，迟雾拿起手机就往外边走。

路灯在细雨中幻化出光晕，现在正是小镇一天中最繁忙的时候，路面车辆往来穿梭，发出一阵阵刺耳的鸣笛声。

医院离这儿大概只有一千米的距离，迟雾抬手虚虚地遮在额头，心口不受控制地剧烈起伏。她攥着手机看了眼前面的道路，正要过去，被人从身后一拽。

"你干什么？！"封馨火急火燎地拉住她，追上来大口喘着气，"红灯没看见啊！闭着眼闯，命不想要了是不是？！"

迟雾顾不得封馨说什么，捡起刚刚甩到地上的手机握在手中按了两下，没什么反应。她抬起头，眼眶微红，声音颤抖："封馨，我外婆是脑出血！"

脑出血急性期内死亡率高达百分之五十，她听迟晴提过，外公就是脑出血走的。治疗过程也避免不了各种各样的风险，更何况陆喻说的是开颅手术。

"我知道。"封馨扶住她的肩膀，尽量让自己镇定下来，语气认真，"陆喻和他的老师在，他老师是市一院神经外科最资深的专家，就算是在南城也找不到更好的医生了。你冷静一点儿，现在咱们赶过去就行，陆喻在那边，手术已经开始安排了，会没事的。"

"好。"迟雾听完，深呼吸了几次。看着已经转绿的信号灯，两人一起过去。

她们赶到医院的时候，徐芳华正插着氧气面罩躺在病房里，已经做了初步治疗处理，准备手术。

源江医院设施虽然不如南城精良，但现在情况紧急，转院过去的过程中免不了要被耽误治疗，后面的情况不可而知，所以才决定就在这里手术，后续看情况再决定需不需要转院。

陆喻过来的时候，迟雾正坐在床边，消沉地看着徐芳华，屏幕碎裂的手机被放在一旁。

陆喻走到她身后，轻拍她的肩膀，温声问道："家里还有其他人吗？需要签术前协议。"

迟雾摇头，抬头看着他，嗓音微哑："我妈在南城，给我就行，我成年了。"

陆喻犹豫几秒钟，点了头："好，那交给你。"

迟雾拿过笔签下几张手术协议，问陆喻："能不能借一下你的手机，我手机坏了，我给我妈打个电话。"

陆喻点头，拿出口袋里的手机递给她。

迟雾回头看了徐芳华一眼，拿上手机走到病房外，后背靠上墙壁短暂放松，低头输入号码。输完她拿起来贴到耳边，手机铃声急促地响了一阵之后，显示无人接通。

迟雾皱眉，把手机从耳边拿下来，固执地打第二遍，第三遍……

陆喻皱眉，看迟雾情绪不对劲，拦下迟雾："你妈妈可能在忙，你发条短信过去，等她回电话我再通知你。"

之前迟雾住院的时候，陆喻和迟晴也认识，大概知道迟雾家的一些情况。

电话依旧无人接通，迟雾缓缓放下手机，片刻后，眼眶微红，小声说了句"好"。

迟雾找封馨和陆喻借了钱把费用交上，手术被安排在晚上八点，徐芳华被推进手术室后，迟雾就坐在走廊的长椅上，看着亮起的手术灯等待。

深夜的手术室外寂静无人，时间慢慢过去，封馨过来找她，坐到她身边陪着她。迟雾弯下腰，手肘撑在膝盖上，小腹绞痛，脸色很差。

封馨担心地看着她："要不要先到我那儿的休息室休息一会儿？我在这儿守着。"

迟雾摇头："没事。"

缓过最痛的那一阵，迟雾抬起头，看了一眼大厅里的钟，已经凌晨一点了。

她想起件事，再次试着打开手机，捣了半天还是没反应，只好看向封馨，问："你手机呢？借我用一下。"

徐芳华住院的事谈屹臣和陈琴那边还不知道，她得说一声。

"哦，你等等啊。"封馨回过头在包里东翻西找，找了半天才找到，把手机递给她。

迟雾接过，有气无力地说了句"谢谢"。

她滑开屏保，手机消息通知栏显示有几十个未接电话，迟雾愣了下。

她对这串号码很熟，因为从来不给它备注，所以记得格外牢。

那是谈屹臣的号码。

因为在医院，手机一直开着静音免打扰模式，封馨没接到他的电话。看着一串未接听记录，迟雾点击号码直接拨回去，电子音女声提示对方已关机。

"怎么了？"封馨看着她。

"没人接。"迟雾放下手机，有些不安。

"没事。"封馨安慰她，"这个时间估计睡了。"

迟雾摇头想了会儿，给他编辑信息，简单说了一下自己这边的情况。

一个小时后手术室的灯终于灭了，陆喻从里头走出来。他摘掉口罩后看着迟雾，脸上露出疲惫的笑容："抢救及时，手术成功。但还没度过危险期，要继续观察，看后续恢复情况。"

迟雾终于松了一口气，心里的石头着了地："谢谢。"

陆喻："没事。"

前方的手术门被拉开，沉寂了大半夜的走廊终于有了声响，徐芳华被从手术室里推出。迟雾没看几眼，徐芳华就又被推进重症监护室，陆喻说要先观察四十八个小时，看看清醒情况。

迟雾站在走廊里，看着被各样机器包围的徐芳华，没忍住，睫毛湿了。看了一会儿，她调整好情绪回头，带着鼻音对封馨开口："你先回去休息吧，回你休息室休息半夜也行，别跟我在这儿熬了，明天还要上班。"

"没事。"封馨看着她。

"行了，你回吧，医院那么多人，没事的。"迟雾没让封馨再在这儿待着，有一个人在这儿就够了。她一点儿睡意都没有，徐芳华跟前就她一个人，出了这样的事，她没法合眼。

等封馨走了，迟雾又缓缓坐下，沉默许久。她低下眼看碎裂的屏幕，要明天早上才能拿去修，或是干脆直接换一个。

空气中飘浮着略微刺鼻的消毒水味，迟雾后脑勺靠着墙壁，手插在衣兜里，长久地保持一个姿势，目光放在对面的重症病房。

片刻后，陆喻从诊室走出来，端了杯温水，问："还在担心外婆？"

迟雾"嗯"了一声，最焦灼的时候已经过去了，她已经镇定下来。

"对了。"陆喻坐到迟雾身边，把那杯水放到两人中间的位置，恰到好处地保持点儿距离，"你妈妈刚刚打电话了，之前在应酬，我跟她说过了，应该早上就能到，正在赶过来。"

迟雾点了下头。

"喝点儿水吧。"陆喻把水递到她面前。

"嗯。"迟雾接过道了声谢，小口地喝着，疼痛短暂的稍有缓解。

看迟雾捧着水杯，指尖微红，大约是为了缓和气氛，陆喻随口提起："上次在饭店看到的男孩，是你喜欢的类型？"

迟雾没回答，自顾自开口："陆喻，你今年二十六岁了，别把精力放在我一个小姑娘身上。"

年龄在大多数情况下意味着风险，年龄越小，风险越大。未来的变故、关系的不稳定、感情的变质、无法确定的未来，都不可估计。

陆喻不该不懂。

"嗯，的确二十六岁了，以前没觉得自己年纪大，现在从你嘴里说出来，好像是显得我大了点儿。"陆喻语调轻缓，张弛有度，"坦言说，你刚才说的那些，我不是没想过，但人活着原本就是充满挑战。我父亲当年念的工业，结果开了家公司，母亲有一家心理咨询诊所，在我的家乡，路边广告牌上就能看见她的广告，而我选择读医，人生原本就没有什么既定路线，即便最后没有个好结果，那也算是一段不错的经历。"

迟雾又抿了一口温水："我不喜欢没有必要的感情拉扯。"

"我是没有必要的？"陆喻忍不住笑了，"说话有点儿伤人。"

"嗯。"她目光缓缓地朝前面看，人也放松下来，"我没有恋爱的打算，就目前而言，这个想法没准能延续一辈子。"

"是吗？"陆喻侧过脸，不免好奇，"你们这个年纪，不是最热衷这些的吗？"

"没有，你谈过？"

"当然，毕竟二十六岁了，在你这个年纪，谈过一段。"

迟雾没什么反应，语气淡然地揭穿他："陆喻，你承认吧，你也没多喜欢我，最多是当成课业外的一个小挑战。"

没几秒钟，陆喻笑了。他没否认，而是换了个话题："那天的男孩呢？"

迟雾垂眼，不想多讲，回："朋友。"

"朋友？"陆喻挑眉，像看戏似的舒了口气，"那他比我惨多了。"

墙上挂钟的嘀嗒声传过来，迟雾心里那点儿不自然和不安又冒了出来。

他们聊到谈屹臣，她已经不想继续聊了。

"你脸色看着不太好。"陆喻有些担心她，"我在这儿，你先找个地方休息一会儿吧，趴一会儿也行。"

迟雾摇头，把水杯放回原位："睡不着。"

陆喻对她的心情也理解，见她不离开，也再不劝。他说自己就待在旁边的诊室整理病例，嘱咐她有什么情况叫他。

迟雾说了声"好"。

清晨五点，天空隐隐泛白。迟晴风风火火地到了，身上穿的还是灰色的绸面职业套裙。

迟晴走到迟雾面前，红着眼睛问她："外婆呢，怎么样了？"

"手术已经做完了，很成功。"迟雾朝病房指了下，"要在重症病房观察四十八个小时，看一下情况。"

迟晴点头，呼出一口气，一路七上八下的心终于放下来些。

她转身走到病房前，隔着玻璃看了一会儿，才回过头抱了下迟雾："辛苦了。"

迟雾低着头，没说话。

"一晚上没睡？"迟晴打量着她，眉间带着担忧之色，轻抚上她清瘦的下颌，"脸色怎么差成这样？是不是也没吃饭，我让人去买，你赶紧回去休息，别扛了。"

迟雾摇头："再坐一会儿吧。"

她现在一点都不想睡，一想到刚才和陆喻的聊天，她的脑子就很乱。

迟晴没有勉强她，只是伸手帮她把碎发往耳后捋了下："那就再在这儿待一会儿，妈妈让人去买点早饭。"

迟雾轻声"嗯"了一下。

住院部有早起的人到卫生间洗漱，迟雾静静地靠在墙边，直到耳边由远而近传来脚步声。

她似有感应地抬起头，看见楼梯口拐上来的人时，呼吸停了一下。

窗户外的天空逐渐明亮，谈屹臣站在楼梯口，一双眼睛也正在盯着她。

走廊漂浮着消毒水味儿，两人隔着一段距离无声地对视。

谈屹臣一秒都没耽搁，抬脚朝她走过去。迟雾看着他，语气放轻松："你来了？"

三个字还没完全说完，她就被人拉过去，紧紧抱在了怀里。他的脸埋在她肩头，呼吸因为胸腔起伏而加重，两人的气息就那么突然地再次撞在了一起。

过了好一会儿，迟雾嗅着他身上的味道，抬手虚虚地抱住他的腰，额头贴着他的肩："手机坏了。"

她知道他要说什么、想问什么，先把这个事跟他讲一声。

脑袋上方传来淡淡的一声"嗯"，谈屹臣保持这样的姿势，抱了好一会儿才松开她。看着她有些血丝的眼睛，他问："外婆现在怎么样？"

"还在观察期。"迟雾抬起下巴点了下他身后的病房，这一下正好对上迟晴打量两人的目光。

谈屹臣回过头，没料到能见到迟晴，刚才太急，只顾着迟雾。

他打了声招呼，迟晴微笑点头，抱着手臂靠在病房门口，眼神落在两人握在一起的手上。迟雾避开她的视线，把手不自然地从他手里抽出来。

迟晴的助理买了早饭，迟晴拿过后把其中的两份递过去："你们找个地方吃，休息一会儿，我在这儿就行了。"

这次迟雾没拒绝，伸手接过。

医院内除去走廊长椅和病房，没什么能待的地方，但两人都不喜欢医院内的那个味道，就拿上早饭拐到走廊尽头的楼梯口，推开安全门，在台阶上坐了下来。

楼道里没开灯，头顶有个窗户，光线比刚才暗很多。

两人坐在一排，谈屹臣解开早饭的袋子，把热粥打开递给她。

"谢谢。"迟雾接过，拿起勺子慢慢地吃了几口。

她吃了几口热粥，缓慢地放松下来。迟雾侧过脑袋靠着墙壁，看谈屹臣坐在楼梯的另一边，嘴里叼着豆奶，正拿着手机，一条一条地发着信息。

过了一会儿，他转过头见她没吃几口，问："肚子疼？"

迟雾摇头，没有说话。腹痛、胃痛、担心和焦虑一同涌上，一晚上没合眼，脑袋里的神经也开始隐隐作疼，整个人都很疲惫。

她看着他眼下的一点儿乌青，轻声问："昨晚没休息？"

手机上传来信息接收的提示音，谈屹臣"嗯"了一声，又回过头，继续发信息。直到把消息发完，他才看向她："昨晚一个人待在这儿？"

她摇了摇头："有封馨，后面陆喻也陪了一会儿。"

她想起谈屹臣还不知道陆喻是谁，就补充说："上次在饭店，你见过，他是神经外科的医生。"

谈屹臣轻点下头。

沉默了一会儿，迟雾站起来，把吃完的粥盒盖好扔到一旁的垃圾桶内。看她做完这一系列动作，谈屹臣看向她说："下次，能不能也通知我？"

迟雾停住动作，转过头和他对视。

谈屹臣从地上站起来："和通知最可靠的人一样，把我记在前面。"

迟雾声音干涩地问："为什么？"

"以前没特地跟你说过，那就现在说。希望你以后不管遇到什么事，我在不在你身边，都可以知道。我知道了会第一时间赶过来陪你、帮你。一件事，别人知道了，最多为你做到八十分，没准六十分都难，我可以往一百分上试试。"他看着她，拉近两人之间的距离，"你那么聪明，应该能明白，就算是找帮手也得找可靠的，这才有效率。"

听清他话里的意思，迟雾看着他，态度有些冷："谈屹臣，我们说好的，约法三章。"

"嗯，我知道。"想着一晚上找不着人的担心着急，谈屹臣也很坦然，不打算只保持现在的关系，要更进一步，"但我当你是我女朋友。"

见她不说话，他缓缓地试着问："没考虑过吗？我和你，可以换一种方式、换一种关系。"

沉默片刻，迟雾抿唇："你不想的话，可以停。"她尽量让自己声音显得平静，"如果我一开始就知道你这样，根本不会和你提这些。"

她和谈屹臣一开始图的东西就不一样，有矛盾是必然的，保持现状不过是粉饰太平，她强调："在车上，我们说好的。"

谈屹臣笑道："那你觉得呢，我为什么答应你这些？"

他答应是因为他喜欢她。

楼道里只有几道光线，灰尘在光影里飘浮。两人就这样沉默对峙了好半天，迟雾因为胃痛而靠在墙壁上。想了好久，她才开口，嗓音疲惫："咱们现在也没发生过什么，就这样，先停了吧。"说完她转身要走。

他这么直白地把自己的感情剖给她看，她没法忽视，没法这么没心没肺地继续跟他处下去。

她低估他了，做不到在这种关系里心安理得地接受他的好，不然就是真浑蛋。

谈屹臣没给她机会，把人拉了回来："你有本事就再给我说一遍。"他看着她，嗓音淡漠，"我找你找了一整晚，手机打电话打到没电，充上电看见你的消息就赶了过来。现在你跟我说我们就这样停了？"

"放手！"迟雾抬手打开他的手，眼圈泛红，"谈屹臣，我们俩的关系需要我在这儿跟你多说吗？就算没这件事，你也比他们都重要。但我们不能继续了，回到以前吧。"

"回到以前。"谈屹臣挑下眉，重复她的话，有点儿想笑，"你觉得咱们俩到现在，还能像以前一样？"

楼下传来脚步声，从底下上来一对夫妻，路过的时候看了眼拐角处争执不下的两人。

迟雾还在沉默，好半晌，张口说了声"抱歉"。

"就这个？"谈屹臣静静地看着她，"玩我？"

楼道空旷无声，两人都保持之前的站姿，在微弱的晨光中互相看着。

"不是，没玩你。"迟雾不想再继续和他在这儿对峙了，精力不够，只想现下好好解决这件事。

谈屹臣睫毛动了下，看她一副讲道理实则狼心狗肺的样子，没打算罢手；"那你当我是什么？想要我就要我，不想要就不要了？"

"不是。"

"那是什么意思？"

迟雾被他一句接一句的问题激出了脾气，好声好气讲了那么多都像是对牛弹琴："难道一开始是我逼着你答应的吗？没说好吗？"

"是说好了，但现在我后悔了，出了这么大的事我是你身边最后一个知道的。"谈屹臣把所有的话挑明，语速不急不缓，"要是我自作多情，你先说说，想把我关起来是什么意思，只能是你一个人的是吗？只想过找我没想过找别人又是什么意思？"

谈屹臣被气笑了："我是不是配不上你？不配好好谈恋爱？"

迟雾看着他，嗓子很干，拇指指甲抠着食指的指腹。

她没想过，不知道该怎么解释。

见她不吭声，谈屹臣迈步向她逼近，捏住她的脸撂下最后一句："你没说错，所以以后给我悠着点儿，少来我眼前晃。"

到这种地步，他们已经没了坐下来妥善解决的可能。

等人走后，迟雾顺着墙壁缓缓蹲下来，皱着眉，手掌放在小腹上，把脸埋进膝盖缓了好一会儿才抬起头，伸手把一旁还剩下的早点拿过来。

早餐已经凉了，迟雾随手挑了袋已经冷掉的豆奶拧开喝了两口，但还是没忍住。一整晚加上一早上压抑的情绪一瞬间倾泻而出，眼泪开始往膝盖上掉。

她打架打不过靠他让就算了，连吵架也吵不过。

楼道安静，医院有电梯，这边几乎没人过来。

迟雾一个人自我消化了会儿，沉默地把豆奶喝完，才从地上爬起来，缓缓呼出口气，到厕所洗了把脸，等到眼圈的红意消了些，才回去找迟晴。

病房门口，迟晴坐在长椅上，腿上放着平板电脑，正在处理邮件，见女儿自己回来，朝她身后看："臣臣呢？"

"回去了。"她开口，垂着头，"妈，我也想回去，想睡一觉。"

迟晴站起来，摸摸她的头："回去吧，没事的，放心，已经找好陪护了。"

迟雾点头，和迟晴说了手机坏了借钱付费用的事，迟晴从包里抽出一张卡递给她。

此时正是上班的早高峰，街道上非常热闹，迟雾默默走在大街上，只觉得喧嚣与她无关。

路过一家手机维修店，迟雾走进去，把手机放到玻璃柜面上，问还能不能修，要手机里的东西。

"不一定，等会儿得看看数据恢复程度。"老板抬头问她，"是要什么？"

迟雾："照片。"

老板点头："手机里的东西都给你尽量恢复，但不能保证。"

"好。"

付完定金，迟雾把电话卡拿出来，约了取手机的时间，出店后到隔了几家的手机卖场买了新手机。

她把电话卡塞进去重新启动，下载社交软件，登录。

刚登录进去，迟雾就看见了被最上面的联系人昨晚发来的几十条未读信息。

迟雾犹豫了几秒钟还是没点进去，把小气泡消掉，按熄手机屏幕重新揣回兜里。

她没急着回去，像有预感一般，在外面待到中午，吃了碗馄饨才回到家中。

两家院子中间互通，在隔壁停了小半个月，通体漆黑的那辆跑车已经不在了。她上楼，安安静静地洗完澡，躺床上休息。

隔壁卧室空了，自己卧室里还满是谈屹臣身上的气息，甚至连枕被上都有。一个晚上到现在没合眼，她想睡觉但睡不着，就这样睁着眼一直熬到快傍晚，还是丝毫没有睡意。

无可奈何，迟雾只好从床上爬起来，到客厅翻出牛奶，坐到地毯上，倒了一大杯捧着喝。

日影西斜，照进卧室的光带上了橘红色，迟雾起身从沙发上坐起来回到卧室，裹进被子里沉沉地睡了过去。

一夜好眠，直到第二天中午她才醒过来，人精神了点儿，拉开窗帘让光线照进来。

迟晴也回来了，见女儿下来，就跟女儿说了下打算给徐芳华转院的事情，不管怎么说，南城的医疗条件都更好一些，况且公司一堆事等着她处理，她也没法一直在源江待着。

"你周渡爷爷从京北回来了，他以前是一院的院长。有他在你外婆后面的康复和治疗也能更安心，那边已经安排好了，从京北请了这方面的专家团队，明天咱们就回去。"

迟雾点头，知道周渡在医学上造诣颇深，即便退休后也有不少医院想把他聘请过去。

客厅里飘浮着淡淡的香水味，迟晴换上衣服，扣上领口前的最后一个纽扣，问她："臣臣回南城了？"

"嗯。"迟雾声音很轻，神色如常，"应该吧。"

迟晴点头，正在戴腕表："那后面见着了帮妈妈跟他说声谢谢，你周爷爷说臣臣昨天早上给他连打了好几个电话，电话没接，后来又连着发信息，跟他说了这事让他帮忙，这才安排得这么快。"

"嗯。"迟雾垂眼，想起他昨天坐在台阶上叼着豆奶一条接一条地发信息，有点儿喘不过气，跟迟晴说了有事便自己出了门。

地面被太阳照得发干，车辆过去扬起一片灰尘。日头正盛，迟雾撑了把遮阳伞，先是去手机维修店取手机，然后把借的钱还给封馨和陆喻，等到封馨下班后，跟她吃了顿饭。

"你明天就回去了？"封馨咬着果汁吸管问。

"嗯。"

封馨有些好奇："谈屹臣是不是也回去了？我听我弟说，今天最后一场比赛没见着人。"

迟雾点头。

"那你什么时候去沪市？"封馨问。

迟雾："还没定，得看我外婆的恢复情况。"

"嗯，也对。"封馨点头，随口提起，"陆医生这边的事情也都结束了，他好像是沪市人，正好有假期，明天就走了。"

迟雾摇头，他俩又不熟："不清楚。"

简单吃完一顿饭后，两人告别，说好下次回源江再聚。

事情密密麻麻地安排在一起，徐芳华度过前两天的危险期后，就被安排转到一院，两天后有了意识。

人虽然逐渐转醒，但口齿不清。这算是手术后遗症的一种，后续还需要慢慢恢复，不过这已经算是最好的情况了。

迟雾就在病房陪着徐芳华，谈家的人来了好几次，陈琴也过来了，唯独不见谈屹臣。她没去他跟前晃悠，他也没来找她。

街道上的蝉鸣聒噪，地面温度炙热烤人。迟晴处理事情结束后来了病房，在睡椅上躺了一会儿，看着手机上的信息，之后说起迟雾后面实习的事。怕女儿放心不下，她就叮嘱道："你外婆现在情况很稳定，康复也不错，不用太担心。"

"嗯。"迟雾开口，把手里的苹果皮削完，"我下周再走。"

迟晴点头，不多干涉。

一下午时间慢慢过去，七月末，病房内温度适宜，窗外是酷热的南城盛夏，从病房望下去，是连成片的绿油油的梧桐。

下午四点，迟雾和迟晴说了一声后就从病房出去回了出租屋。李溪藤约她出去打球，事情过去一周后，她也已经调整得差不多了。

"几点？"迟雾问，边通电话边拉开衣柜。

"五点半吧。"李溪藤在那头说，"体育场大门口见。"

"好。"

"对了，喝什么？我路过那家鲜榨果汁店。"

那家店的果汁两人都爱喝，但距离迟雾的住处有点儿远。

"都行。"迟雾笑道。

李溪藤嘬嘴，语气亲昵："那随便带喽。"

"嗯，可以。"

"那待会儿见。"

"待会儿见。"

挂断电话，迟雾把手机扔在床上，回头找出运动服换好，拿出冷饮在屋内吹了会儿空调，看时间差不多后才出门。

下午五点，外头的热意已经逐渐消散，日长夜短的时节，外面光线依旧明亮，迟雾在运动服外面罩了件白色薄衫。

除去迟雾，李溪藤还另外约了个人，是以前一中排球队的一个学姐，和李溪藤一届，三人约好在体育场门口见面。

迟雾到的时候李溪藤已经在那边等着了，因为要打球，李溪藤没化妆也没戴耳环，难得的素面朝天。李溪藤手里拎着三杯果汁坐在路边的石墩上，见迟雾过来，递给她一杯。

李溪藤伸了下懒腰，说道："詹艾还没到，发消息说路上堵车，让咱们先进去，她到了来找我们。"

迟雾点头，接过果汁，说了声"谢谢"。

詹艾在一中和李溪藤一个班，迟雾进排球队后和她也认识了，因为李溪藤，迟雾和她关系不错。詹艾现在在南城大学。

两人一道进门往里走，迟雾穿着白色的运动短袖短裤，嘴角挂着笑，喝着手里的果汁。她的运动服是修身款，显得身材很好，额前几缕碎发垂在脸颊两侧，高马尾发型看上去很有精神。

"你下周三走？"李溪藤问。

"嗯。"她点头。

"那下周再出来玩玩啊？等你实习结束回来，我就回沪市了。"

"好。"迟雾没什么事，时间很自由。

这边的体育场外围是一圈柏油路，柏油路的另一侧有一个篮球场。逐渐变暗的天色下人影憧憧，球鞋在地上摩擦出"刺啦"的声响，各式各样的声音交错在一起，气氛沸腾。

上一次几人到这边还是五一假期聚会的时候。李溪藤带了球，不方便拎着果汁，连着网兜交给迟雾。

路过球场，李溪藤朝里面望。

天没黑，但这个时间球场的已经开了照明。迟雾顺着看过去，而后视线停住，没挪开眼。

璀璨的云霞盘踞在天边，人影错杂的球场中央，谈屹臣穿着黑色篮球服，正侧过身和身旁的人对下拳。他大口喘着气，汗从脖颈往锁骨下淌，边笑着后退边抬手去擦脖颈上的汗。

"好性感。"李溪藤脱口而出，说完，立马反应过来，去看迟雾的反应。

迟雾没说话，只是停在那儿往场子里看。李溪藤差不多能感觉出两人正僵着，但不知道是什么原因。她原本就对他们的关系不清楚，迷惑得很。

天色渐暗，头顶的梧桐被风吹得沙沙作响，前方的球赛在继续，谈屹臣正好拿着球过了个人，接着把球传给队友。

迟雾没想过在这儿能看见他，可惜这人就是惹眼，越在一群人里越是惹眼，她想看不见都难。

李溪藤没动，迟雾也没动，球场周围的观众很躁动，周围往里看的不止她们两个。迟雾右手插着兜，把排球网兜挂在手腕上，一边吸着果汁，一边很自然地往里看。

直到球赛结束，欢呼声再次炸开。

最后一球进篮后，谈屹臣转过身，边往场外走边扯下被汗水沾湿的发带。他揪了两下面前的衣服散热，整个人意气风发地和身边人讲着话，眉眼沾上几分笑意，直到抬起头看见场外的迟雾。

与往常不一样，这次两人视线仅交汇了一瞬间，随后谈屹臣的目光从她脸上自然地掠过去，笑容丝毫没变化，像是没看见她一般，跟身旁好友坐到场外靠边的长椅上聊着天。

李溪藤又往身侧看了一眼，迟雾的情绪也没变，要不是知道里面有个认识的，她会以为迟雾真是心血来潮，单纯地想在这儿看场球赛。

就在李溪藤以为就这么简单结束时，球场里的另一个高潮出现了。

谈屹臣坐在那儿，手肘撑在膝盖上，左手往后捋了两下被汗湿的灰棕色短发，右手拿着已经喝完的空瓶子在手里无聊转了两圈。不知道身旁的人在讲什么，他整个人笑得很开心。

纷杂的人影中，从篮球场的另一侧走过来一个女生，身边还跟着一个加油助阵的朋友。李溪藤离得太远看不清，女生走过去递了瓶水，谈屹臣抬头看了她一眼，大概只是说了句"谢谢"，随后就笑着收下了。

球场传过来起哄声。

这时，迟雾也动了。她眨了下眼，面无表情地把手里正好喝完的果汁杯扔到垃圾箱内，说了两个字："走吧。"

第10章

意外

一

将暗未暗的天光下，球场气氛躁动，起哄声连片，连队里几个男生也在打量这个女生。

　　一片喧哗声中，谈屹臣低着头，看手里冒着丝丝凉气的水，往场外看了一眼，随后抬头看向女生："有码吗？"

　　女生有点儿心慌，红着脸匆忙从口袋里掏出手机，调出来给他："这个。"

　　"收款码。"谈屹臣嗓音冷淡地解释。

　　女生："我不是卖水的。"

　　他挑眉笑笑，理所当然地问了句："那给我干什么？"

　　女生停顿几秒钟，问："没人给你送过水吗？"

　　"没。"谈屹臣把水还给她，"我女朋友管得严。"

　　他说完，周围人悻悻然，也不起哄了。等人走了，身旁的人好笑地看着他："下回能不能别这么欠，瞧人家小姑娘脸黑成什么样了？"

　　"管好你自己吧。"谈屹臣面无表情地撂下一句，重新跑上球场。

　　排球馆内，迟雾坐在台阶上戴护膝，李溪藤见她没什么反应，索性也不管了，别人的事轮不到自己多说什么。

　　穿好装备后，两人一前一后站在球网两侧互相垫了会儿球。詹艾下车后一路风风火火地跑着过来了，除了行色匆忙显得狼狈，人还算精致，化了全妆，拎了包，手掌撑着膝盖气喘吁吁。

"急什么？"李溪藤把最后一杯果汁递给她，"又没催你。"

詹艾这才直起腰，接过果汁杯喝了一口，气还不连贯："得讲时间概念，晚了不太好。"

李溪藤对她竖起大拇指。

两分钟后，看詹艾喘得差不多了，李溪藤才笑着调侃："穿高跟鞋，还记得咱今天约的是什么吗？"

"记得。"詹艾跟她解释，"下午男朋友临时有约，出了趟门，没时间换了。"

"那你这怎么办？"

"你俩打吧，等会儿请你俩吃饭，赔罪。"詹艾往旁边一坐，跷起二郎腿，倒起了苦水，"逛了一下午的街，太累了，这会儿只想躺着。"

"行吧。"李溪藤不勉强，让她在一旁歇着，自己和迟雾两人打了大半个小时。

外面的天已经完全黑下来，树叶隐匿在黑夜里，华灯初上，三人打了辆车，吃完饭后去了 BOOM。

BOOM 是这一片人气最高的酒吧，三人进去后，DJ 正在台上打歌，电音的感觉很足。

三人走到一旁坐下，迟雾点了杯清酒，詹艾问她："听藤子说，你也报了南城大学？"

"嗯。"她点头。

"真好真好。"詹艾眼睛放光，"近水楼台先得月，来我们排球社呗，缺人。"

"缺人？"

"倒也不是没人。"詹艾摇下头，语气一言难尽，"社团也几十个人，但成员基本是大学才开始接触排球的，要不就是省内中考体考时学了一点儿基础。一年过去了有的人垫球还不达标，咱们是想打比赛，可凑不齐一个队啊，打算看你们这届了。"

"嗯。"迟雾点头，没给她准话，只说到时候看情况，有时间就参加。

大学门她还没迈进去，到时候什么情况一无所知。除了高考冲刺阶段，迟雾不是个喜欢把时间排得满满的人。她喜欢给自己留出空闲的时间，劳逸结合，就算没事情做，拉个藤椅躺在阳台上吹风看景也行。

"没事。"詹艾给她个眼神，五指撩过披在肩头的卷发，"你到时候要是参加直接跟我说就行，随时欢迎。"

迟雾点头，说："好。"

在一中除去李溪藤，跟迟雾关系不错的就是排球队的同学。

迟雾刚进排球队那会儿，流言还没停。课间有男生在走廊上吹风，倚在排球活动室外看一群女孩训练，闲不住时说了两句不干不净的话，恰好被路过的队长听见，直接被揪着领子拽进了活动室。

练排球的女生手臂力量要比正常女生强些，队长身高一米七八，比那个男生还高，直接把人摞到排球队中间："来，刚在门口说什么？再说两句给我听听，看我能不能让你站着出这个门？"

这气势一出，那人就怂了。见他不说话，队长拿球朝地上一砸："再有下次试试。"

"你刚进队时，队长觉得你看着文静，所以特别护着你。"詹艾努嘴，捧着脸眨眼睛，粘了睫毛膏的长睫毛忽闪忽闪的，"没想到你比队长还横。"

队长雷声大雨点小，情况不严重通常不会出手。迟雾则不是。她容易烦，烦了就想彻底解决。

迟雾摇头："不记得了。"

詹艾和李溪藤相视一笑，露出一副"你就装吧"的神情。

打完球后，迟雾回到出租屋，洗完澡舒服地坐在大飘窗上，跟沪市那边的实习单位联系。

负责人也曾是一中的学生，迟雾找了好几个人才把这事敲定。

迟晴在那边有房产，有一年她们和谈家还是去沪市跨年的，所以住宿方面不用花精力。只是专业方面迟雾还没怎么接触过，这段时间有空就恶补这方面知识。

就算学姐已经说好她去就是旁观学习，不用她做什么，但她还是想多准备准备，到时个不至于一问三不知，就算是旁观学习也得有点儿基础。

就在迟雾以为就这么在出租屋、病房两点一线度日时，迟晴打电话说周末去谈家吃饭，她也要去，算是为她外婆这件事上门答谢。

这个理由迟雾没法拒绝，点头说"好"。

这天是个阴天，天气预报显示夜间有雨。迟雾前一晚回了迟晴那儿，第二天中午直接和迟晴一起过去。

车上，两人坐在后座，迟雾戴着耳机看着窗外，街景在车窗外掠过。迟晴看着她，想了下问："你和臣臣吵架了？"

"没。"迟雾开口。

"那就行，省得因为你俩吃个饭还不安心。"迟晴显然也就是随口一问，没把这事放在心上，"我跟你周阿姨长那么大也没吵过架，不知道你们俩怎么回事，一会儿如胶似漆，一会儿老死不相往来。"

迟雾这才歪过脑袋看了她一眼："如胶似漆？"

迟晴笑着看向她："你妈大学没读完不会用词，行了吧？"

二十分钟后，两人抵达谈家，司机把车开进院子里，搬下礼物。

原本这顿饭是迟晴揽下的，但周韵说家里新来了个阿姨，做饭好吃，正好让她们过去试一试。两家认识那么多年，也用不着客气，迟晴就答应了。

迟雾抬头望了眼，头顶的天还是阴的，连续几天的酷热后，终于有一天舒服些。

周韵穿一身白色收腰长裙站在门口，手腕上戴一副细腻荧光的玻璃种翡翠镯，见人来了高兴地招手。迟雾到了跟前，礼貌地打招呼："周姨好。"

"你也好，这几天是不是瘦了点儿啊？"周韵帮她撩过肩头的头发，"快进来吧，周姨给你做好吃的。"

"嗯，谢谢。"迟雾垂着头，跟在两人身后进了客厅。周渡、陈琴和谈承还没回来，这会儿就他们几个人。

周韵偶尔自己心血来潮会做一些小点心，客厅旁有个开放式的小厨房是专门给她用的。她今天打算做蛋糕，模具、面粉、奶油被一一摆在料理台上，把人安顿好后她就重新拿起围裙戴上手套进了厨房，迟晴也过去帮忙。

见迟雾一个人坐在沙发上静静地听歌看手机，周韵喊了一声："是不是无聊？臣臣在楼上呢，去找他玩啊。"

迟雾："嗯。"

答应完，怕被两人看出她和谈屹臣有什么不对劲的地方，迟雾装模作样地转身上二楼，紧接着走到走廊尽头，从后面那道楼梯下去，跑到后院一个人待着。

室外刚好有风，风吹过头顶的植物和依附在墙边的花卉时发出窸窣声响，环境安静清幽。

围墙很高，迟雾沿着院子散了会儿步，接着到一旁去逗狗。

狗是谈屹臣养的，是一条德牧公狗，谈屹臣给他起名大名叫"狗爷"，小名叫"宝贝"，谈屹臣起的。他逗狗时喜欢喊"过来，宝贝"，迟雾听得头疼。

后来谈屹臣不常回来，狗又变成周韵养，但它依旧很认谈屹臣。只要谈屹臣在，就只听他的话，其余时候完全是为了讨口饭吃。

谈屹臣说狗爷智商高，就是没什么骨气，迟雾说傻狗才因为骨气饿肚子。

迟雾出神地想了会儿，轻叹口气，踮脚从狗爷的零食柜里拿出根肉肠，剥开拿过去。肠被狗爷一口叼走，迟雾乘机摸了它两下。

逗了好一会儿，迟雾才从折叠椅上起身，回过头，正好看见二楼露台上的谈屹臣。他穿着松垮垮的黑色睡衣，手肘撑在护栏上，手里拿着根烟，灰棕色的短发被阴天的风吹得微扬。

目光和迟雾在半空中碰撞，谈屹臣把烟掐灭。

下一秒钟迟雾收回视线，像没看见般，彻底把对方当成透明人。

晚饭六点开始，陈琴三人刚从外面回来，迟雾一一打了招呼。谈屹臣不紧不慢地从楼上下来，换了身衣服，跟迟晴问了好。

聚餐时迟雾的位置永远都是和谈屹臣挨着，她坐下后全程一言不发。谈屹臣吃好了就坐在一旁撑脸看着她，看半天没忍住，伸出筷子给她夹了一片火腿："多吃，别客气。"

迟雾抬起眼看他，深棕色的眼睛显得人很冷。两人暗暗对峙，这算是吵架后的第一次正式对视。

"不够？"谈屹臣挑眉，又给她夹了一筷子，"想吃多少吃多少。"

"谈屹臣！"不等迟雾开口，周韵恨铁不成钢地瞪了他一眼，对自己儿子的德行了如指掌，"你又在玩什么？"

迟雾懒得理他，这人记仇，指不定要怎么报复她。

一顿饭潦草地吃完，她离开座位，全程没和谈屹臣说一句话。几个长辈坐在一旁聊天，迟雾闲着没事，就一个人逛了会儿，推开厨房门，想倒杯水喝。

厨房内已经被收拾整洁，迟雾拿起水杯，接了半杯水喝了两口，随后身后传来动静。门被人打开又合上，她回过头。

"你干什么？"迟雾见谈屹臣站在那儿好整以暇地看她，皱眉问。

谈屹臣环臂靠在那儿，嗓音冷淡："想干什么就干什么。"

他真是幼稚。

闻言，迟雾拿着水杯要走，谈屹臣拦住她，打量她一圈："这么冷淡？"

"你是不是有病？不是你自己说的，少在你眼前晃悠。"迟雾冷冷地看他一眼，转身要走。

谈屹臣扯住她的胳膊，把人又拉了回来："这么听话？"

迟雾被他倏地一拽，手里的水差点儿洒在身上，她想起他在球场收水的样子，有点儿火大，但不忘压着声音："松手。"

"不松。"谈屹臣挑眉。

二人僵持不下，迟雾抬手想动手，刚抬起的胳膊就被谈屹臣反剪到身后。迟雾一时站不稳，后退着抵在料理台边沿，只能被迫抬头看着他。

两人静静对视了会儿，迟雾莫名其妙地有点儿鼻酸，缓缓呼出一口气，问："你到底想怎么样？"

"不怎么样，我想了下，之前是我太较真，你不谈恋爱就不谈恋爱，我也不是除了你找不着别人。"谈屹臣嘴角勾起点儿笑意，"我打算光明正大地谈一个，但我舍不得你，咱俩搞地下恋情，怎么样？"

迟雾忍无可忍，想扇他："渣男。"

谈屹臣一点儿也不生气，目光在她脸上停留片刻，低声开口："你也没高尚到哪儿去。"

说完，谈屹臣捏住她的脸低头啃上去，迟雾攥着他的衣领把人往外推，可推了半天也没推动。

谈屹臣左手按住她的后颈吻了一会儿，随后动情地顺着往下亲她的脖颈，右手撩起她宽松的衣摆，迟雾的衣服被他扯得肩头半露。

迟雾被迫仰头，皱眉往后退，直到身后传来"哐哐"一串摔碎声，一摞盘子被迟雾蹭掉在地上，摔得四分五裂。

门外有人赶来，听着由远及近的脚步声，迟雾立马心虚地蹲下，用料理台严严实实地挡住自己。

"怎么了？"周韵推开门问。

"哦，没什么。"谈屹臣单手插兜，面无表情地看了一下迟雾，"不小心打翻了。"

周韵对他无可奈何，只交代道："那你慢点儿，等会儿记得叫人收拾了。"

"嗯，知道。"谈屹臣乖乖点头。

人走后，谈屹臣垂眼看着自己跟前的迟雾，轻轻笑了下："蹲什么？"

迟雾整张脸瞬间红透，站起来恼羞成怒地给了他一巴掌。谈屹臣猝不及防，左下颌被刮出道红痕，他也不恼，只是好脾气地打量她。

迟雾咬牙切齿地看了他一眼："去死吧你！"

"好好考虑一下？我是认真的。"谈屹臣稍微把气势收了收，睫毛遮住眼里的一些情绪，人显得很深情，"只要你愿意，我就拒绝不了你。"

迟雾抬眼和他对视了会儿，倏地踮起脚，攥着他的领口把人往后压着，偏过头去吻他。

这一下她吻得很用力，谈屹臣被她压在身后的冰箱上，只觉得心口微胀。他右手轻轻搂住她的腰，不动也不给回应，只是静静看着她，看迟雾闭眼逐渐加深这个吻，看着她的眼眶越来越红。

半晌，迟雾睁开眼，呼吸微重，保持着唇贴着唇的姿势，近距离地看了谈屹臣两秒钟，随后松开他，又速度很快地给了他一巴掌，出声道："滚吧。"

说完，她从后门开门出去，谈屹臣喉结微动，看着她的背影，这次没拦她。

厨房后门不通客厅，不会撞上周韵和迟晴，迟雾推开门到院子中坐下。

夜空不见星星也不见月亮。狗爷从一旁摇着尾巴过来，蹭着她的腿像是在哄人。狗爷长得帅，哄人时看着也酷酷的。迟雾已经把情绪调整得差不多了，勾了下唇，伸手挠它的脑袋，一人一狗安静地待了好半天。直到天空落下来雨滴，迟雾才装作若无其事地重新回到客厅。

蛋糕刚烤好，飘出甜丝丝热腾腾的香味。周韵戴着隔热手套把烤盘端出，喊迟雾过去尝。

迟雾走到厨台边缘，戴上一次性手套拿起一个，吹了两口才试着咬下。

这时，谈屹臣也出来了，两人之间隐隐形成了一种只有他们俩心知肚明的复杂气场。他不紧不慢地走到桌前，也伸手拿了一个蛋糕，周韵瞧见他脸上的伤，问："脸怎么回事？"

谈屹臣端过旁边的水杯："不小心被抓了。"

周韵自然地接过话："你惹狗爷了？"

"嗯。"

周韵懒得理他："那等会儿吃完去打疫苗。"

他低声回了句："好。"

"好吃吗？"周韵回过头，关心着迟雾的反应。

迟雾轻轻点下头。

"你妈妈今晚不回去。"周韵开口，"明早雨停后我们一起去看你外婆，我和你妈打算今晚涂美甲玩儿，要不要一起？"

迟雾稍缓了两秒钟，摇头说："不了，我想休息。"

"嗯，你还是住之前的卧室，已经让人收拾好了。"周韵看她情绪不高，就说，"那你早点儿休息，有什么需要再告诉我。"

"好。"

旁若无人地吃完蛋糕，迟雾到一旁把手洗干净，抽出纸巾擦干，重新回到沙发上坐好。迟晴看向她："不舒服？"

"没有。"迟雾摇头，拿起梨一点点削皮，削好后递给迟晴，"我困了，先睡觉了。"

说完迟雾转身，到三楼找客房。在三楼走廊的窗户边上，她正好看见谈屹臣从车库开车出去，车身漆黑，路灯在黑夜和雨幕中照出一道光亮。

他大概率是被周韵赶去打疫苗了。

进入房间后，迟雾安安静静地泡了个热水澡，躺在浴缸里时依旧觉得心烦意乱，干脆从浴缸里爬起来走到窗户边，从三楼往下看。

细雨被夜风吹进来，落在皮肤上激起一阵凉意，她发了会儿呆，想抽烟，于是拿过包翻了两下，想起没带，于是穿着拖鞋往楼下走。

客厅一楼里的大人还在有说有笑，迟雾绕过露台走到谈屹臣的房间外，推开门。

谈屹臣卧室面积一百平方米左右，旁边有个游戏房，他还没回，屋里黑黑的。迟雾走进去，靠着走廊的灯光，熟门熟路地拉开他放东西的柜子，取出一包烟，顺手从角落里找了个打火机。

拿完东西，迟雾回过头，脚步顿住。谈屹臣不知道什么时候回来了，正抱臂靠在门边看着她。

"借点儿东西。"被当场逮到多少有点儿尴尬，迟雾垂眼不去看他，"以后还你。"

谈屹臣没应声，抬脚把门关上，房间瞬间漆黑一片。过了好一会儿迟雾才勉强适应这个环境，从院子里散过来的微弱灯光成了房间内的唯一光源。

见他关门，迟雾没什么反应，照旧往门口走，手握上门把手时被他拦住："刚洗完澡？"

"嗯。"她点头。

沉默几秒钟，谈屹臣叹了口气，碰了下她微潮的发梢，伸手抱住她。他和不久前在厨房里判若两人，嗓音温柔："别动，让我抱一会儿。"

迟雾皱了下眉。

"知道吗？"黑暗中两人靠在一起，他下巴搭在她的颈窝，嗅着她身上的气息，低声开口，"你每次来我这儿住，我都想这么抱你，然后和你要一个晚安吻。"

房间很静，静到能听见窗外的雨滴声，他声音很低很缓："人就是贪心，进了一步就会想要更进一步，会想你有事了能第一个想到我，想和你光明正大地牵手。不用别人看见就放开，想有一个能叫你告诉所有人的身份，不需要藏着掖着，那样会很委屈……

"迟雾，我也是值得这些的。

"你不要，就算了。

"我不陪你玩了。"

黑暗中连一个交错的呼吸都清晰无比，迟雾快被他这一阵阵不按常理出牌的行为搞疯了。明明她什么都没做错，没对不起他，只是没回应他的感情。偏偏这会儿他的话就像是把她架在火上烤一样，五脏六腑都难受无比。

喉间有些发哽，迟雾克制着说："你到底想怎么样？！"

"没怎么样，要是每天都能这么抱着你就好了。"谈屹臣从她肩上抬起头，眼睛红红的，像挽留又像告别，捏住她的下颌情不自禁地和她深吻。迟雾没反抗，只觉得心脏被揪得难受。

两人在黑暗中吻了很久，谈屹臣才放开她："可惜了，真舍不得你。"

对视间，迟雾不知道要说些什么，完全被动地承受着谈屹臣带来的情绪。

谈屹臣嗓音很温柔，临分别前，偏头吻了她一下："以后，不管我和谁在一起，和谁谈恋爱，都跟你无关了。"

说完他替她打开门，走廊的灯光一瞬间铺进来："晚安。"

迟雾垂眼，攥紧手里的烟盒："晚安。"

一步不停地回到三楼房间，迟雾熄灭灯躺进被子里。

一夜过去，外头依旧是阴天。天刚刚亮迟雾就起床了，一晚上没睡，被焦躁的情绪折腾得睡不着。

其余人也起床后，她也没和迟晴她们一起去病房，而是打了声招呼，自己回到出租屋，一个人躺在床上看着雾蒙蒙的窗外。

这里只有她，怎么过、睡不睡觉、吃不吃饭，都没人管，随便怎么样都可以。又熬了一整天，迟雾虽然头疼，但还是丝毫没有睡意。她被情绪拉扯得睡不着，索性不管了，什么时候能睡过去就什么时候睡。

侧躺在枕被里，迟雾看着被随手放在床上的手机，自然而然地点进去某个联系人，手指往左偏，点开朋友圈，里面空荡荡的。

迟雾记得他最近的一条朋友圈是他们在海岛挨在一起拍的那张合照，现在她看不见了，可能是他删了或屏蔽了。

房间内的冷气开得很低，她把手机扔到更远的地方，翻个身，扯过一旁的被子盖到身上。漫无目的、生活作息混乱地躺了两天后，李溪藤给她打了个电话，约她出来。

李溪藤在那头正忙："你马上就走了，晚上出来啊？"

"好。"迟雾嗓音有些哑，看着窗外飘雨的天，"去哪儿？"

"BOOM吧，离我这儿近，不过我得晚一些，我这边五点结束。"

迟雾点头："好，我先去等你。"

"好。"

挂断电话，迟雾起来洗了个澡，让自己彻底清醒。化好妆后，看时间充裕，她又给自己热了一杯牛奶，靠在阳台的躺椅上悠闲地喝完。

BOOM下午四点才开始营业，迟雾这会儿过去刚好。

还不到夜间，这个时候的酒吧略有些清冷，迟雾进去就见到邹风和上次在栖山刚见过的祁原两人靠在吧台边聊天。这个时间人不多，两人站在那儿特显眼，他们笑意很浓，不知道在聊什么，似乎很开心。

迟雾正打算从一旁绕过去，下意识想避开所有和谈屹臣有关联的人。正巧邹风偏过头朝她这边望了一眼，见到她后挑了下眉："迟雾？"

迟雾停住脚，冷淡地朝他点下头："嗯。"

邹风上上下下打量她一眼："就你一个人？"

"不是。"她开口，"李溪藤晚些到。"

"哦，这样。"邹风了然地点头。

说完，迟雾不管他，自己到一旁坐下。邹风手肘搭着吧台，随后收回视线，没过一会儿，和身边的人从后门走了。

晚高峰路上堵车，李溪藤五点半才到。

"喝几杯了？"李溪藤放下包，看着她面前的空杯子。

"就两杯。"

"那行，还有空间，不至于就剩我一个人在这儿自己喝。"李溪藤把长发松松垮垮地绾在脑后，抬头看了她一眼。迟雾喜欢素颜，今天难得化妆，就是为了压住面上不足的精气神。李溪藤问"昨晚没休息好？"

"嗯。"她点头。

喝完两杯李溪藤就不动了，靠在一旁，拿出镜子补妆。口红涂完后，她瞄了一眼迟雾："你是不是有什么事？"

迟雾撩起眼皮看她一下："没。"

"那你喝这么多？"

"酒量好。"

李溪藤勾唇，无所谓地耸下肩："那你继续。"

没过太久，酒吧里的人渐渐变多，场子也热了起来。单身姑娘在这种场所永远受欢迎，一会儿的工夫已经有三四个人过来，问两人要不要一起喝一杯。

但迟雾很沉默，沉默到李溪藤都有些后悔没多拉两个人出来解闷。这个想法刚在脑子里过了一秒钟，门口过道处就拐进来一群人。

"谈屹臣也来了？"李溪藤看着门口的方向，无意识地轻声说了句。

迟雾握着酒杯的手一顿。

李溪藤这才看向她，发觉她的不对劲："你们俩怎么了？"

"没什么。"迟雾很快调整过来，垂眼看着酒杯里的淡色液体，"就是……"

过了好半天，迟雾才勉强想出一个不叫人觉得那么暧昧的词："闹掰了。"

李溪藤不说话了，无聊地想了下迟雾为什么不干脆说他俩绝交了，这个词她小学毕业后就没怎么听过。

她俩的座位与过道那边的门口正对着，一群人无论如何都要从她们旁边经过。擦肩而过时，谈屹臣偏过头，跟李溪藤点下头，算是打过招呼，随后冷淡地收回视线，继续往前走。

迟雾就坐在她对面，他不可能看不见，但两人全程毫无互动。

不知道是故意还是巧合，一群人恰好就坐在了她俩旁边，男女围坐一圈，杨西语也在。

谈屹臣坐下后，侧对着两人，身边紧跟着坐了两个女生。李溪藤细细观察，这两人她之前没见过。

酒吧这一角气氛热闹，四周的人脸上荡漾着兴奋之色，跟孤零零的两人形成强烈对比。

谈屹臣就坐在那儿，戴着一顶黑色棒球帽，跟着其余人一起玩，看不出任何消沉的情绪。他穿着最衬他的黑衬衫，坐在沙发上，右脚踝上方比上次见面多出一片醒目的黑色文身，从她的视角看过去是某种文字。

李溪藤记得很清楚，这个文身最起码他们在海岛时还没有。

见状，李溪藤在桌子底下轻轻碰了碰迟雾，给她个"别瞒我"的眼神："你俩该不会偷偷谈了又分了吧？"

见她沉默，李溪藤更好奇了："你俩来真的？"

"没谈。"迟雾往后靠着，把杯底的最后一点儿酒喝完，"差不多吧，随你怎么想。"

李溪藤没停："上床了吗？"

"没上床。"迟雾反应很淡，"想多了。"

李溪藤对此有自己的一套分析："那就是除了上床，该干的也干得差不多了。"

迟雾不说话，算是默认。

两边中间只隔了一米宽的过道，在这种距离下迟雾和谈屹臣还是没任何言语或者眼神上的交流，李溪藤终于确定这俩是真闹掰了。

这点儿距离，就算不直接偏头往旁边看，余光也能看见旁边的人在干什么。

突然间，旁边响起倒牌的呼声，谈屹臣左边的女孩手里抓着牌，好像在问他该怎么出。谈屹臣偏过头看了两眼，手指点了一张，那女孩照着打出去，随后打第二张。

这次两人的距离更近，那女孩眼神亮亮地看着谈屹臣，偏过去给他看牌的时候，乘机头稍稍枕上他的肩，两秒钟后又离开，动作里含着一点儿试探的暧昧，分寸把握得刚刚好。

"啧。"李溪藤低声给她出主意，"不如你也干脆从旁边拉一个过来吧，第三个找你要联系方式的就不错。"

她以为这两人现在就是分手后比谁过得更好的阶段。

迟雾没应声。她一个晚上开口说话的次数一只手都数得过来，不管旁边说什么就是不为所动。

可惜正主对这件事太冷淡，李溪藤一个凑热闹的光煽风点不起火。没几分钟，她去上卫生间，旁边传来一阵欢呼声，女孩高兴地凑到谈屹臣身边，嘴角翘起，像是浸在蜜罐里："我们赢了。"

李溪藤还没回来，迟雾收回视线，摸了两下脖颈上细细的锁骨链，从包里拿出会员卡放在桌上，站起身，拿起手机往外走。

凉风夹带着细雨吹散她的微醺，迟雾沿路走了一段，随后坐到酒吧后面的台阶上吹风。

这会儿下了雨，毛毛细雨，在黑夜和灯光交错中细细密密地飘着。

迟雾低头看着脚尖，跟前一刻在酒吧比，整个人气势弱了下来。她情绪很低沉，头顶没遮雨的东西，坐在那儿发呆，发丝、薄衫上浮着细小的水珠。马路来往的车灯划过，照出细雨霏霏中的孤单人影。

过了很久，她终于抬起头，靠在墙壁上，从口袋里掏出烟盒和打火机，抽出一根含进嘴里，点燃，红着眼圈吐出一口烟雾。

谈屹臣停住脚，隔着夜幕静静看着。

两天没见，她这个样子真是可怜死了。

雨势渐大，一根烟因为雨水燃烧得缓慢。抽到最后的时候，迟雾的视线里出现一双鞋，她抬起头向上看。

谈屹臣站在她面前，垂头看着他，抬手把棒球帽扣到她的头上，遮挡住一部分雨："走吧，送你回家。"

"出来了？"迟雾抬起眼看他，轻声问。

谈屹臣不说话。

迟雾看着他，依旧靠在墙壁上，仰起头和他对视："你猜我刚才在想什么？"

沉默半晌，他配合地问："在想什么？"

灯光在雨幕中氤氲，雨丝在四方铺过来的光线里逐渐变得密集。

迟雾缓缓摘掉帽子放到一旁，抬手把额前微湿的长发向后捋齐，重新看向他："我在想，你会不会跟我出来？"

两人互相看着，过了片刻，谈屹臣看着她，轻声开口："迟雾，你真自私。"

她不说话，就这么静静地看着他。

"瘦了。"谈屹臣伸手，挑起她的下巴看了两眼，"这两天过得很难受？"

"嗯。"

"难受什么？"他掐住她的下颌，嘴角缓缓扯起一个弧度，像是看透她一样开口，"因为我们分开，还是因为我和别人在一起？

"迟雾，你从小就是这样，糖果、玩偶，你的东西宁愿毁了也不给别人。"

谈屹臣蹲下来，神色比以往更冷峻，手肘撑在膝盖上，捏住她的脸和她平视："但我不是它们，你也管不了我，除非我心甘情愿待在你身边。"

迟雾冷笑："那你跟出来干什么？"

"下雨了，送你回家。"谈屹臣垂下眼，不带一丝情绪地解释，"跟出来是我们这些年的感情、关系，换一个人，我也依旧会跟出来。你不和我在一起是你的决定，我要和谁在一起也是我的事，闹脾气也没用。"

"就今晚那两个？"迟雾心脏开始发紧，但语气依旧很硬，"左边的还是右边的，还是两个都要？"

谈屹臣挑眉，看着她，不生气也不上套。

沉默中，街道右侧的街道口慢慢走过来一个人。那人穿着黑色的丝绒裙，撑着伞，肩膀被风吹得有些瑟缩，轻声喊他："谈屹臣。"

他回过头，迟雾也顺着他的目光看过去。

女孩看了两人一眼，才问："我……我们还玩儿吗？你出来好久了，我打牌一直输。"

谈屹臣站起来，转过去看她："抱歉，我这边有点儿事要处理，你先回去吧。"

"回酒吧吗？"

"不了。"谈屹臣笑了下，语气自然，"直接去酒店吧。"

女孩又看了迟雾一眼，才有些尴尬地小声问："我……我不知道房间号。"

"到前台报我号码。"

"哦。"女孩点头，前方楼道口刮来一阵风，她把头顶的伞压得更低，声音很甜，"那我先过去。"

"好。"

等人走了，谈屹臣才转过身看向迟雾。她垂着头，唇色泛白，肩膀逐渐向下塌。他说："下大了，回去吧。"

迟雾抬眼看着他，被几句对话击垮最后一丝侥幸心理，眼圈发红地看向他："为什么，明明你跟我在一起除了没'男朋友'这个身份什么都可以有，非得这样吗？"

"迟雾。"谈屹臣叹了口气，心疼地抬手帮她轻轻擦掉脸上的眼泪，"想过吗？就算继续，那样的关系我们能维持多久？"

见她不说话，他补充道："你也觉得听起来像是天方夜谭是不是？那种关系早晚有一天要走到头。既然早晚都要断，那就趁现在纠缠得还不深，桥归桥，路归路。"

雨势渐大，被随手扔在台阶上的棒球帽也已经被雨水打湿。

两人一个坐着，一个单手插兜地站在那儿，迟雾肩膀细微地耸动，抽噎着，锁骨上的细链随着她的动作轻微起伏。

迟雾咬牙看向他："谈屹臣，这就是你的喜欢？"

"嗯。"他点头，"不然呢？你不要我，我还得死心塌地地守着你是吗？"

迟雾发现自己说不出话。

"说过了，我不是什么好人。"谈屹臣伸手帮她把湿发撩到耳后，"我愿意被你钓着是因为我愿意，现在我不想玩了。人都得向前看，我总得尝试一下，没你是不是也能过得好。"

迟雾深吸一口气，终于从台阶上站起来，手在身侧紧握成拳，整个身体都在发抖。她这时的皮肤接近于苍白，声音里是压不住的哽咽："你逼我？"

"选择权在你。"谈屹臣凑过去吻了她一下，转瞬间又松开，"你不要我，我就会和别人在一起，牵手、拥抱、接吻，一件事都不少。"

他就是要逼她："迟雾，你受得了吗？"

迟雾没说话，看着他，嘴唇小幅度地张了下，指关节用力到发白。

"受不了？"他偏过头又吻了她一下，"那就和我在一起。"

半分钟后，想着在酒店可以发生的任何事，迟雾垂眼，身上的那股劲松了，心口不受控制地起伏："好，谈屹臣，你赢了。"

她抬起眼，死死地盯着他，抬手攘住他的领口："但我要把话说清楚，我不知道你打算和我在一起多久，又是多喜欢我。我要你给我一个底，是一个月、半年、一年、三年还是怎么样？我要有个数。"

她说完，谈屹臣眼睫轻颤一下，整个人在迟钝了半天后才逐渐反应过来，回过神后瞬间把人揽到怀里，绷了这么多天终于彻底喘过来一口气。

他低声开口："很喜欢。不管你信不信，我想的都是一辈子，能活到六十岁就是六十岁，能活到八十岁就是八十岁，能活多久，就在一起多久。"

夜渐深，雨还在无声无息地下着。

在外面太久，两人身上全湿透了，迟雾被他紧紧搂着，下巴抵着他的肩。她垂眼说："那你记着，咱俩到这一步，到这条道上，是你现在扯着我逼我的。你最好祈祷我们俩不会出一点儿差错，出一点儿差错，我会弄死你，你别不信。"

她刚说完，谈屹臣就松开搂着她腰的手，护住她的后脖颈，把人往身后的墙壁上压去。在她还没反应过来的时候，他掰过她的脸，低头吻了上去。

迟雾皱眉，抬起头，重重地喘着气，承受着比以往哪一次都要激烈的吻。她攥着他的肩头，一直到脖颈酸麻人才被放开。

"放心。"谈屹臣捧着她的脸看着她,紧贴她的额头,"错不了。"

雨夜寂静,车在路上平稳行驶着。迟雾低头靠在车窗上,一言不发。

雨很大,谈屹臣停下车,偏过头看了一眼迟雾,她似乎还没从刚才的情绪中脱离出来,人很消沉,不知道在想什么。

他抬手握住她冰凉的手,迟雾抬起头看了他一眼,嗓子很哑,眼睛还是红彤彤的:"怎么了?"

谈屹臣问她:"我是谁?"

迟雾:"谈屹臣。"

"不是。"他单手握着方向盘,瞥了一眼前方路况,提醒,"身份。"

"男朋友。"

"嗯。"

车开进别墅区,驶入地下车库,车窗上的雨帘终于停止。一旁的手机传来信息提示音。谈屹臣拿过来,滑开屏幕,点进去。

对面的发来一张在酒店房间比 V 的自拍照:"不来了吗?生日会还有二十分钟就要开始了。"

谈屹臣面无表情地回:"有事,不去了。"

对面:"好,不过你女朋友真的很好看。"

谈屹臣偏头看了一眼旁边的迟雾,视线重新回到屏幕上,点进头像,直接选择删除联系人。

"到了。"谈屹臣收起手机,提醒她下车。

迟雾还有些没缓神,抬头看了眼,皱眉:"这是哪儿?"

"南城大学附近。"谈屹臣开口,"之前的公寓不住了,搬到这边了。"

迟雾点头。

迟雾是第一次来这边，抬头打量一眼，还没仔细看，就被谈屹臣牵着带到二楼主卧。他拿出一套衣服和毛巾放进浴室，让她进去洗澡，热热身子防止感冒了，他去隔壁洗。

"好。"迟雾点头。她进了浴室，放出热水，把身上已经湿透的衣服脱下来扔到一边，整个人缓缓滑进浴缸。

被雨水冰了好久的肌肤终于开始回温，迟雾缓缓吐出一口气，感觉很累，今天的一场对峙搞得她身心俱疲。

泡了大概半个小时，迟雾才起来，洗好头发，细细地理好发丝，穿好衣服走了出去。

谈屹臣正坐在沙发上，灰棕色短发还没干，脚踝后上方的黑色文身非常显眼，从正面也能看见，整个人气质更加放荡不羁。坦白说，就是这人比前几天更帅、更惹眼了。

"洗好了？"他抬头问。

"嗯。"迟雾点头。

他递给她一杯热饮："刚点的姜汤，别感冒了。"

"谢谢。"迟雾接过，坐到他身边，指尖捧着滚烫的杯壁。

房间内安静，主色是浅灰色，隐形灯柔和的灯光照在四周墙壁上。谈屹臣后脑勺枕在沙发靠垫上，倚在一旁看迟雾小口把姜汤喝完。

"暖和一点儿没？"他淡声问。

"嗯。"迟雾抬头，把杯子放下，"怎么了？"

"是不是不怎么适应？"

这是新地方，他们也是新的关系。

迟雾："还行。"

"那就好。"谈屹臣看着她，想着最近的事，"什么时候去沪市？"

"后天。"迟雾答。

"嗯，那既然现在是你男朋友，权利肯定比之前要多一点儿。"

迟雾点头，没意见，既然已经说好了，那该怎么样就怎么样。

"那就约法三章。"谈屹臣勾了下唇，"第一条，还是以前说过的，有我就不能有别人。"

想到刚才的信息，他叹了口气，果断补充："男女都不行。"

"没问题。"迟雾点头。

"第二，你在沪市的这段时间，我会每天给你打电话或者发信息。"谈屹臣抬起右手捧住她的脸，怕她多想，低声解释，"不是查岗，也不用在这方面有压力，你交朋友，正常的社交，不论男女我都不会干预。但我要知道你的情况，不用随时接随时回，但看见了就要记得给我信，不然我会担心。时间太久，我会直接去沪市找你。"

"好。"半晌，迟雾点头，"说完了？"

"嗯，说完了。"谈屹臣看着她，"你有什么要说的吗？"

"没。"

窗外雨下个不停，细密的雨丝拍打在玻璃上，他们无声地对视了一会儿，迟雾轻叹一口气，偏过头看了他两秒钟，然后钩住他的脖颈，跪在沙发上吻他。

这是一个猝不及防的吻。

谈屹臣的睫毛眨了下，随后他熟练地抬起手，在迟雾吻上来的那一秒钟按住她的后脑勺，把两人之间的距离拉到最近，回吻她。

这么些天的紧张因为一个吻逐渐瓦解，谈屹臣抱着她，迟雾面对面坐在他的腿上，两人感觉到彼此腰间越来越用力的双手。

半晌后，迟雾停住，两人间微微拉开些距离。她微微喘着气看他，俯身又吻了下他，接着手往下，握住T恤的下摆往上卷，把衣服脱下扔到一边，就这样继续抱住他，低头又吻了一下，吻得很有暗示性。

谈屹臣看着她，手绅士地搭在她的后腰上，人都主动送上来了，他却还是纹丝不动。

"没感觉吗？"迟雾挑眉，边说手边往后伸，打算去解内衣扣。

"不是。"谈屹臣拦住她的动作，从刚才就隐隐约约产生的一丝不好的感觉终于冒出了头。

她点了下头，自然地接过话："那怎么了？"

谈屹臣保持着搂她的姿势，看着她，叹口气问："你想吗？就现在。"

停了两秒钟，迟雾摇头。

刚经历一场拉锯战，她还是败方，很乏，根本不想考虑这些。

谈屹臣看着她："既然不想，那为什么这样？"

她打量他："你今晚不是原本就有这个活动？"

"没，误会。"谈屹臣否定，"还没跟你说，刚刚那个只是朋友，给她开房间是因为她从外地过来，对这边不熟，得有地方换衣服再一块儿去参加生日会。"

消化了两秒钟，迟雾态度冷了下来："骗我？"

谈屹臣想笑："是你多想。"

过了两秒钟，他补充说："她叫盛薏，下次遇到她，离她远点儿。"

"为什么？"

"也没什么，就是挺渣的。"

话题被岔开，沉默一会儿，迟雾还没把这件事揭过去，挺认真地盯他："既然不要，那你把我带到这儿干什么？"

愣了几秒钟，谈屹臣这才反应过来，挺正经地跟她道了声歉："以前不是经常来我这儿住？今晚真没想那么多。你要是因为这个觉得心里不舒服，我等会儿就送你回去。"

迟雾也没较真："懒得往回跑。"

"嗯。"谈屹臣搂过她，拿过一旁的衣服帮她穿上，"不要多想，之前怎么相处，现在还怎么相处。"

迟雾很自然地回了一嘴："你这个样儿，挺难让人不多想。"

"是吗？"谈屹臣抬手捏住她的脸，摆出一副吊儿郎当又理所当然的样儿，"我要是跟你在一起就图这个，那不至于光吊在你一个人身上。"

两人对视，迟雾看他半天，也没想出来要怎么回他。

这话说得太狂，换别人她还能给个不屑的态度，但从谈屹臣嘴里说出来，她没法反驳。

说完谈屹臣冲她勾了下唇："你男朋友是浑蛋了点儿，但他对你真的没话说。"

平心而论，他讲得很中肯。

迟雾不说话了，从他身上下来，屈膝坐到另一侧的沙发上，惬意地靠进软垫里，拿出手机回李溪藤发来的信息。

李溪藤从卫生间回来的时候，她已经不在了，谈屹臣也不在了，很明显两人是一块消失的。

李溪藤以为自己错过了一场大戏，迟雾只简单地对李溪藤说了个结果，把事情敷衍过去。

李溪藤："你干吗去了？"

WU："先走了。"

李溪藤："那谈屹臣呢？"

WU："也走了。"

李溪藤："看着了，我意思是，你俩？"

迟雾很小气地给她回了个"嗯",就再也不回了。

见迟雾低头玩手机玩得很有兴致,谈屹臣起身到一旁拿起吹风机把头发吹干,又从小冰箱里面拿出两瓶喝的,随后重新回到沙发上坐下,把瓶盖拧开,递到迟雾面前。

谈屹臣也没什么事干,正打算看球赛,这时迟雾突然喊了他一声。

"谈屹臣。"迟雾开口,抱臂看着他。

谈屹臣调频道的动作一滞,从这三个字和这个小动作,他就知道迟雾缓过来了,她要开始了。

"嗯,怎么了?"谈屹臣放下手机,保持着懒懒地靠在沙发上的姿势,按兵不动地等待她的下文。

迟雾看他:"很喜欢我?"

他点头:"嗯。"

"那你知道在我这儿算什么吗?"

"是什么?"

"算把柄。"迟雾气势很稳,一点点找回自己的场子,不急不躁,"我答应你是因为我现在也放不下你,不要以为是威胁我成功了。"

谈屹臣挑眉:"怎么?"

"也没怎么,下次别用这招。"迟雾盯着他,"我们俩一起长大,既然你知道我自私,就该知道我这人不仅自私还报复心强。"

他笑笑:"然后?"

"很简单,你找了一个我会找两个,怎么样都得是你的倍数。"迟雾看着谈屹臣越来越黑的脸,拿起桌上的冷饮喝了一口润嗓子,才继续说,"放一百个心,肯定让你绿过我。"

听完,谈屹臣不得不服地抬手给她鼓了下掌:"厉害。"

伤敌一千自损八百,就算两败俱伤也得压你一头,看来她这是彻底缓过来了。

晚上的雨直到后半夜才停，两人就这么过了一个晚上。第二天迟雾去看了徐芳华，回去后就开始收拾，确定第二天的机票时间。

谈屹臣闲来无事，在她出租房的沙发上坐着，撑着腮看她忙来忙去，面上挂着薄薄的笑意。

迟雾停住手里的动作，回过头看他："看着我干什么？"

"我看我自己女朋友，你管我？"

他们真欠啊。

收拾完，迟雾坐下休息，穿着他的黑衬衫和短裤，屈膝把手机放在膝盖上，找着搬家公司的联系方式。

谈屹臣正喝着冰七喜，在手机上刷今晚带迟雾去哪儿吃饭，瞄一眼她的动作，问了句："你也要搬？"

迟雾"嗯"了一声，没抬头。这里离南城大学距离不近，她不打算大学一直住在宿舍。

见她这个反应，谈屹臣放下饮料罐，看了半分钟她在网页专心翻找号码的样子，想了会儿，抬手抢过她的手机。

迟雾随着他的动作抬头："你干什么？"

"不干什么。"谈屹臣笑，捏住她的手机在手里抛了两下，问，"我那儿是不是挺大的？"

空气沉寂几秒钟，迟雾脖颈微垂，平静地注视他，看着他一副"哥等着夸"的样子。

知道男生都挺在乎这件事，跟尊严挂钩，迟雾换上一副显得很权威的认真表情，点了个头。

看着她的神色，谈屹臣这下才知道两人说岔了，笑得肚子疼，之后才说他问的是他家，他住的房子是不是挺大。

"嗯。"迟雾面色如常，问他干什么。

"密码是你生日，要不要一起住？"谈屹臣问。

迟雾摇头，想都没想就拒绝了这个提议。后面他们要是吵架怎么办，分手又怎么办，她还得连夜搬出来，费那破事。要是没搬完什么东西落在那儿被他下一任用了，以她这脾气能硌硬一辈子。

谈屹臣挺认真地扳过她的脸："你就不能盼咱俩点儿好？"

迟雾抬起下巴躲过他的手，往后避着，说："正好你这会儿没事，自己想想，咱们俩到现在，有联系的时候，有没有一个月是不吵架的。没联系的时候又是在冷战。"

一句话把谈屹臣后面想说的话彻底堵死了。

见他这么积极，迟雾把这儿的钥匙给他了，说后面把新住址发给他，搬家的事让他帮个忙。这样等她实习回来，就省得折腾了。

谈屹臣抬手从半空中接过钥匙，答应了下来。

傍晚暑热渐消，迟雾下午冰激凌吃得有点儿多，还不饿。明天她就走了，一点儿时间谈屹臣都珍惜得不行，于是带着她逛了一圈。

天已经黑下来了。车窗开着，下了几天的雨，又被太阳烤了一天，风里荡漾的味道叫人惬意。

等绿灯的间隙，迟雾吹着风，偏过头看了一眼正在挑歌的谈屹臣，突然发现这人选车都是看颜值。

比如迈凯伦，他单单是看上了那对拉风的蝴蝶门。今天开的路虎卫士，它是喜欢这个车的大车架，觉得够帅，某种意义上称得上是口味专一又长情。

想完，迟雾垂下脖颈看着他切歌的手，食指滑过的时候，喊了声停。谈屹臣看了她一眼，又切了回去瞄了一眼："这首？"

"嗯。"迟雾点头。

歌单停留在达恩·法伯的 *Fresh Off the Grill*（《新鲜出炉》），车继续朝前开,路过灯火璀璨的高架桥。

稍后音乐播放到第49秒左右,"Bows!(砰!)"的一声过去,进到迟雾最喜欢的一段,她整个人都很放松。

在外头兜了一圈风,吃了份蟹黄面,两人就回到了谈屹臣的住处。洗完澡,看了会儿电影,迟雾就上床了,没一会儿谈屹臣也跟着上来。

上床后,灯关了,只剩床尾的一盏小夜灯透出些昏黄的光线,不至于让整间房屋都漆黑一片。

谈屹臣抱着她,侧脸贴在她的脖颈和耳后位置,心血来潮地这儿捏一下,那儿碰一下,占便宜的同时还不忘跟她聊两句。迟雾呼吸间都是他身上的气息,被他有一下没一下撩得脸上发烫。

从前几次就能看出来,两人凑一块挺容易不小心就玩过火的,他们对彼此来说都有很难拒绝的吸引力。

谈屹臣用手压住迟雾,看着她脖子上被他蹭红的一块,手捏在迟雾的腰侧,有点儿可怜地问她明天能不能不走。

迟雾抬起胳膊推他:"别挨着我了,去抽根烟冷静一会儿。"

"行吧。"见没赖成,谈屹臣掀开被子,从床上爬起来。

冷静了会儿,迟雾靠坐在床上,看着他懒懒散散地抽着烟看了半晌,没忍住问:"谈屹臣,你到底喜欢我哪儿啊?"

随便换个人,这人现在和以后都能省心不止一点儿半点儿。

谈屹臣夹烟的手一顿,他靠在飘窗那儿侧过身,眼睛在朦胧夜景下十分明亮,笑了声:"不知道。"

他就是喜欢她,哪儿哪儿都喜欢,喜欢死了,没办法。

KUWEI
酷威文化
图书 影视

肆火

下

树延 Shu Yan 著

江苏凤凰文艺出版社
JIANGSU PHOENIX LITERATURE AND
ART PUBLISHING

我从来到这世上就有你陪着。
谈屿臣，陪我一辈子吧。

那本被他偷看过很多次的日记，
随随便便翻开一页，
都是密密麻麻的"讨厌谈屹臣"。
"谈屹臣，这里写了多少句讨厌，
就是多少句喜欢。"

4:39

CONTENTS

目录

他们之间的喜欢是日积月累、
与日俱增的，从不递减。

SI HUO

16

POLAROID

第
11
章

爱上恋爱

一

迟雾是第二天上午十点半的飞机，迟晴发消息问她怎么去机场，打算让助理过去送她。

迟雾说谈屹臣送她，迟晴说了声好，其余什么都没问，放心得很。

路上有些堵车，车流移动速度缓慢。谈屹臣左手握着方向盘，右手把迟雾的手放在自己手上，十指交扣地紧握在一起。

"很舍不得？"迟雾靠在车窗上，被他这个小动作惹得忍不住看了他一眼。

身旁的人"嗯"了一声，目不斜视，专注地看着前方，认真开车。

低头想了会儿，她安慰道："只是一个月，两个城市不远，想见面也可以见到。"

谈屹臣哼了声，语气挺酷："那当然。"

四十分钟后，两人抵达目的地，谈屹臣靠在车椅后背上，自然地拿过她的手机，输入自己的生日解锁。

密码是他昨晚自己设的，解锁后他直接翻到两人聊天界面，找到发给她的截图。

画面是那张海岛合照，但截掉了其他人，只剩他们俩。

谈屹臣在屏幕上点击，把这张只有两人的截图设成手机背景和屏保，迟雾在一旁看着他行云流水的操作，笑了一声："打算挺久了吧？"

嘴角勾出一丝笑意，他低着头弄得很认真，弄好后，才把设定好的手机还给她，没有丝毫的不好意思，"嗯"了一声。

谈屹臣看了她一会儿，语气自然："到那边，有什么事得记得跟我说。"

迟雾点头："知道。"

"钱够吗？"

"够啊。不然呢，你给？"

"给啊。"谈屹臣笑了，"当然给。"

"什么时候？"

"高中前，我零花钱不都是你花的？"

高中后没花他的钱，那是迟雾不乐意花了。

"有这事？"迟雾垂眼，一张脸显得挺无情，"高中前，那会儿太小，不算数。"

谈屹臣笑："那就今天开始算，你男朋友马上也要去工作了，看看能不能包养你。"

浪完一个月，迟雾有自己的规划安排，谈屹臣也得去谈承那儿跟着做事，两个人都不闲。

临分别前，迟雾把人压在车座上吻了一会儿，吻完就走了，只剩谈屹臣一个人坐在车内，缓了半天才缓过神来。

飞机中午抵达沪市，出机场后迟雾打了辆车到之前迟晴就安排好的住处，一套大平层，离她实习单位很近。迟雾记得谈家在这儿有一套带室内游泳池的独栋别墅，上次来沪市跨年就是在那儿。

简单收拾完，迟雾躺在冷气房里刷了会儿新闻，直到热气消退才出门。

沪市夏季的气温跟南城不相上下，迟雾这会儿要见的是之前联系好的学姐，目前在一家工作室工作。工作室名称叫 JOIN，在网络平台上的视频、采访或文章的热度都很高。

迟雾就是打个杂。

晚上七点，两人在露天酒吧见面。

暖色的灯光铺了一整条街，两人坐在白色遮阳伞下，看西式建筑下的繁华夜景。

"明天入职？"张琪回完工作群消息，抬起头微笑问道。

毕业两年，她身上完全褪去了学生时代的稚气，今天她穿着米白色的长裙，人很精神。

"嗯。"迟雾点头，视线放在一旁快速骑行而过的路人身上。她很喜欢这种夹杂在城市里的烟火气，叫人觉得舒适。

"之前的一些注意事项和工作安排已经发给你了，工作室已经安排好了，你也算是我这组的，明天直接跟着我就行。"

"好。"迟雾没问题。

工作室二十多个人，策划、运营、剪辑、后期，迟雾不仅找人找关系，还投了点儿钱，不然好好的工作室除非是老板疯了才收她一个刚高中毕业的学生。

两人一块在露天酒吧坐了一个多小时，大致把第二天的事情梳理了一下。迟雾和张琪不是第一回见面，之前聚过两次，比较有印象的是谈起新闻人这个话题。

到真正踏进一个行业里时张琪才发现，学生时代的一腔热血无处发挥，一身反骨也被撞得头破血流。

迟雾倒不觉得自己志向多高远，这几年杂志、网络信息接触得多，她对于网媒、时尚方面有些了解，除了这些，她也很难对其他什么东西产生想要尝试的念头，总不能就守着迟晴的钱无所事事地混着，那太无聊了。

她没有给别人打工的打算，打算往自媒体这方面靠，这会儿有机会就试着学习点儿。

第二天，迟雾踩着点上班，JOIN 工作室在大厦的六楼，她第一天的工作安排就是跟着出外景。

中午气温高，人出不去，一组人先待在办公室做准备，等温度降低些再出门。

迟雾待在空调下，手里握着结满水珠的冰镇可乐，慢慢地喝着，握着手机低头刷新闻。

一目三行地扫完信息，迟雾片刻后在社交平台刷到个时尚博主，他在一处热带丛林泳池边拍了几张照片。黑衬衫，黑色碎发，侧脸跟谈屹臣有三分相似，迟雾停了下来，随手把照片发给谈屹臣。

WU："帅不帅？"

对面回得很快，TT："没我帅。"

WU："你黑头发会不会比灰棕色好看？"

TT："建议别瞎想，你男朋友颜值是顶配，头发丝也不例外。"

WU："……"

夏季的沪市，白天室外地表温度足足超过四十摄氏度，一直到下午三点过后，一组人才拿上设备出门。组里的三个男生戴着鸭舌帽，女生这边全副武装，防晒霜、防晒衣、遮阳伞，一样不落。

迟雾怕热，只戴了顶黑色鸭舌帽，撑一把遮阳伞，戴着工作牌跟在后面。

今天的内容是随机街访，沪市有一条以南城命名的路，位置就在旁边，第一组街访结束后，夜幕已经降临。

趁休息的空当，迟雾戴着鸭舌帽不紧不慢地按照地标走过去，抬眼就是交相辉映的灯塔，历史建筑鳞次栉比。

走到地方后，迟雾觉得好玩，站在路牌下拿起手机随手拍了张，发给谈屹臣。

刚发完，她觉得这个行为有点儿幼稚，打算撤回，还没来得及撤，对面就回信了。

TT："才一天，就想我了？"

WU："……"

你说什么就是什么吧。

这条信息她没回，以为这件事就这么过去了。没想到第二天，谈屹臣也给她拍了张图，是南城那条以沪市命名的路牌。

南城的沪市路，沪市的南城路，这还挺浪漫的。

TT："反正我想你了。"

这人还挺会。

"在跟男朋友聊天？"张琪小声地敲了下她面前的玻璃，迟雾抬起头。

"嗯。"

张琪笑笑："感情看着很好嘛。"

迟雾："还行。"

他们不吵架不打架的时候，就挺好。

实习工作不忙，不出外景的时候迟雾就是学习策划，这段时间还学了点儿剪辑。但剪辑费眼睛，她工作一下午再站起来，只觉得一阵头晕目眩，看人都是重影。

迟雾手机上有一个备忘录，记了些实习中觉得重要的实践点，白天做兢兢业业的打工人，下班后的时间归自己安排。她偶尔和谈屹臣打个电话，开个视频，一晃大半个月过去了。

已经到了八月末，沪市昨夜下了一场雨，夜晚终于沾染上些凉意。

迟雾痛经，这天请了假，在家里休息一天。前一晚她吃了止痛药，睡到第二天将近中午才醒。

被谈屹臣的问候电话吵醒后，迟雾下床走到窗边，拉开厚厚的遮光窗帘，微眯起眼看了一眼窗外。

阴天，是迟雾喜欢的天气，柏油马路被浸上一层潮湿的水痕，从落地窗能看见街对面卖鲜花的少女。

简单洗漱完，迟雾打电话叫了份口味清淡的午餐，吃完抱着笔记本电脑坐在懒人沙发上，整理昨天没做完的方案。

内容不多，只留了个尾巴，一个小时就结束了。

之后她把文件发给张琪，将电脑放在一旁，精神不济地伸了个懒腰。她躺在沙发上，发丝柔软地搭在胸前，有那么几缕垂在地板上。

她正出着神，一旁的手机传来轻微振动声，迟雾拿起来，是谈屹臣发来的消息。

TT："在干什么？"

WU："痛经。"

停了两秒钟，迟雾食指点在屏幕上，翻着两人之前的聊天记录，看了两眼，挺上道地接着回："想你。"

TT："在干什么？"

WU："痛经和想你。"

她的嘴可真甜。

对面间隔两分钟后发来信息："那睡一觉，祝你梦见我。"

迟雾："……"

她这辈子都不会再跟这人说这两个字。

光线昏暗的房间内，窗帘紧闭。迟雾坐在床边，气色明显比前两天差了些，她拿过一旁的止痛药和饮用水，又吃了一片，紧接着戴上眼罩上床继续睡。

这一觉迟雾睡得很熟，醒来的时候已经是晚上了。迟雾精神好了些，摸索着打开灯，拿过一旁的水杯喝了两口，靠在床头慢慢缓神。

房间寂静，窗外的灯光已经星星点点地亮起。她没缓多大一会儿，枕头下的手机传来振动声，迟雾吸了下鼻子，才慢吞吞地拿过来。

"怎么了？"她轻声问，刚睡醒，嗓音有些沙哑。

"睡醒了？"谈屹臣声音略低。

"嗯。"迟雾点头，他像是在室外，没戴耳机，手机收音不好，有风声传来。

"肚子还疼不疼？"

"还行。已经差不多没什么感觉了。"

"那就好。"

谈屹臣坐在台阶上，一手把手机贴在耳边，一手搭着膝盖，抬头望了眼亮起灯光的房间，嗓音带了点儿笑意："下来，没门禁卡，你男朋友找你来了。"

停顿几秒钟后，迟雾反应有点儿缓慢："找我来了？"

"是啊。"他漫不经心道，"你男朋友现在就在你楼下。"

大脑终于开始正常运转，思绪前前后后连在了一起。迟雾下床换鞋，出门按电梯，一秒钟都没耽误，直接跑到楼下。见到正坐在台阶上朝她笑的谈屹臣，她蓦地停住了脚步。

谈屹臣穿了件黑灰色连帽衫，右手捧腮，左手漫不经心地转着手机，和她对视，嘴角习惯性地勾着点儿笑。

迟雾的心速开始加快，在刚见到秋意的晚风里撞个没完没了，视线紧紧盯着几米外的人影。

她之所以突然心跳这么快，是因为谈屹臣染头发了。

原本的灰棕色短发变成了黑色，和那天她随手发给他的照片一样。

猝不及防，迟雾感觉自己被撩了。

这浑蛋，怎么头发换了个颜色也这么帅啊。

"愣什么？"谈屹臣从台阶上站起身，朝她笑着，张开手臂，"过来啊。"

他在人走到跟前的第一秒钟弯腰把人搂在怀里。

迟雾把下巴搭在他的肩膀上，嗅着熟悉的薄荷掺着些微烟草的味道。

"很想你。"谈屹臣低头，抱着迟雾用下颌轻蹭两下她的发顶，"想我了吗？"

迟雾轻轻"嗯"了一声。

前方的音乐喷泉随着灯光一阵阵喷发，迟雾靠在他的身上，心脏还是剧烈跳动着。

过了好久，谈屹臣才松开她，掐着她的脸亲了下："开不开心？"

迟雾点头，又"嗯"了一声，脖颈微仰，继续盯着他的黑色的头发。

夜风一阵阵吹过，卷起路边的几片树叶。见她这吃惊又不可思议的眼神，谈屹臣不太自然地把脸转过去，抬手摸了下她的后脖颈，咳嗽一声，单手搭上她的肩，把人搂着往前走："看吧，也就染这一回，以后没有了。"

迟雾唇边微弯，又瞟了他一眼："很帅。"

他勾了下唇，也不客气："那当然。"

这次过来是临时起意，看见迟雾发的"想你"两个字，谈屹臣就什么都不想管了。刚被谈承骂了一顿的烦闷也没了，两分钟的时间里他就订好机票，才给她回消息："那就睡一觉，祝你梦见我。"然后他拎上斜挎包直接推开办公室的玻璃门，按电梯，打车，去机场。

今晚来得急，有些生活物品谈屹臣没有，两人出去逛了一圈商场，采购完才回来。

回去的车上，迟雾不停地拿手机拍他的头发，谈屹臣靠在车窗前，身侧是窗外一闪而过的繁华夜景，很上镜。

几分钟后，谈屹臣有点儿不好意思地把她的手机抢过去，淡声威胁："行了啊，再拍把你这些也都删了。"

迟雾语气悻悻地"哦"了声，抬手又把手机从他手里拿回来，翻来覆去地欣赏自己的摄影技术。

没过一会儿，出租车重新抵达楼下，两人下车，坐电梯上去。

谈屹臣是第一回来这边，看着迟雾输入密码开门。他进门，弯腰换上新拖鞋，把买来的东西放到旁边，随后转身抱住正在关门的迟雾。

"干什么？"她回过头看他。

"不干什么。"谈屹臣睨了她一眼，抬手捏住她的下颌，嗓音很低，"接个吻？"

迟雾挑眉，还没开口说话，谈屹臣便低下头吻住她，动作温柔地一下又一下吻着，边亲边看她的反应。

两人对视了一会儿，迟雾被他压在门后仰起脑袋，踮着脚回应。她忍不住把手放在他的后腰，逐渐加深这个吻，由温柔转向一种抵死缠绵的炙热感。

室内四下安静，落地窗前的窗帘没拉，外面夜景璀璨，室内只有他们两个人，大半个月不见的思念催发着体温逐渐升高，一方空间内只有细密的接吻声和轻微喘息声。半晌后迟雾被吻得喘不过气，微微睁开眼看他。

谈屹臣突然停住："别用这种眼神看我。我知道你想睡我。"

迟雾趴在他怀里笑了半天。

夜很长，两人一块在沙发上腻了一会儿才去洗澡。

片刻后，谈屹臣一身清爽地从浴室里走出来，迟雾坐在地毯上，手肘搭在沙发前的茶案上，宽松的袖口往下垂，露出一截清瘦的手腕，正捧着脸看他湿漉漉的黑发，有点儿舍不得移开眼。

谈屹臣拿下干毛巾，朝她看着，摸着湿发自然地问："这么看着我干什么？"

迟雾眨了下眼："我看我自己男朋友，你管我？"

"哟。"谈屹臣打量着她，揶揄地笑着，"学得挺快啊，迟雾。"

她谦虚："还行。"

贫了两句，谈屹臣折回身把吹风机拿过来，打开最低档慢悠悠地帮迟雾吹头发。

"实习怎么样？"他问。

"还算顺利，学了不少东西。"迟雾点头，"你呢？"

谈屹臣笑："也学了不少东西。"

迟雾自然地转过头问："没被骂吗？"

气氛凝滞，半分钟后，谈屹臣面无表情地开口："骂了。"

迟雾微哂，一副"我就知道"的表情，谈家宠着他，但对他的要求也高。

帮她把头发吹干，收拾好东西后，谈屹臣从冰箱里拿出两罐冰啤酒放在面前，跟迟雾在沙发上，迟雾捧着红糖姜茶。两个人一块看了一部电影，过了零点才上床休息。

事情没做完，谈屹臣第二天就得回去。这会儿侧躺在被窝里，他抱着迟雾，把掌心搓热，小幅度撩起她的 T 恤，把手放到她的小腹上焐着。

迟雾稍微转过身，小声开口："谈恋爱好像也挺好的。"

谈屹臣已经困迷糊了："偷着乐吧你。"

因为天气，迟雾这两天已经不开冷气了，没想到半夜猝不及防地被热醒了，被谈屹臣抱着热出一身汗。

看了一眼旁边睡得正香的人，她睡眼惺忪地下床，把冷气打开，才倒头继续睡着。

第二天，两人被闹钟吵醒，洗漱完叫了两份早餐，吃完后，迟雾请了半天假把他送到机场。

临分别前，谈屹臣赖着她，凑到她耳边有一阵没一阵地说着话，什么都讲，迟雾面无表情地听着，直到最后一分钟他才肯走，差点儿误机。

南城大学开学定在九月初，就在两周后，迟雾向院里递交了申请，晚了半个月报到。

这天沪市下着淅淅沥沥的秋后小雨，道路潮湿，迟雾从身后的大厦走出来，看着十字路口摩肩接踵地过路的人，迎面吹过来一阵风，扬起额前的碎发。

今天气温有些低，迟雾在 T 恤外面穿了件薄薄的外套，正在和人打电话。

"嗯，明天回去。"

"好，下了飞机就去看外婆。"

"已经搬好了，就是你之前买的那一套，离学校很近。"

"都记着了。"

雨还在下，夹在风中扑在人的身上，迟雾挂断和迟晴的电话，把手机揣回兜里，转过身便迎面碰上一个正打量她的高挑女人。女人戴着墨镜，穿着烟灰色的色块分割设计感强烈的长裙，踩着十厘米的高跟鞋，正盯着她。

迟雾和她对视一眼，随后面无情绪地收回目光，继续朝前打量着路况，像是在思考现在冒着风雨就走还是转回身进大厦里等雨停。

"你好？"女人拿下墨镜，朝她笑笑。

迟雾侧过脸朝她看了一眼。

"有事？"她问。

"嗯，我是 CG 公司的，这是名片。"女人说着从羊皮小包里拿出一张递给她，"有签过公司吗？"

迟雾垂头看了两眼，是一家模特经纪公司，大概知道对方的来意，她随手把名片揣进兜里，摇了下头："不感兴趣。"

"你的条件真的很好，不打算试试吗？"女人很有耐心，似乎是不想放过迟雾，染着酒红色美甲的手从包里抽出一本杂志，"这本杂志的封面模特就是我们公司的，你如果愿意，完全可以做到和她一样大红大紫。"

迟雾瞄了一眼，上面的女人叼着根烟，一只脚上挂着高跟鞋，另一只高跟鞋踩在啤酒罐上，撕裂感很重的长裙随意地搭在腿根处，坐在有年代感的窗台上，身后是空荡荡的旧巷，美得叫人很难拒绝。

这个模特她知道，近年在模特圈很火，叫付浓，出道的历程算是黑红，好几次陷入恋情绯闻的风波里，但一直没有官方澄清过。

就在女人以为她要被这张照片打动的时候，迟雾回过神，把杂志还回去，摇头说："不愿意。"

"没关系，名片你留着，什么时候改变想法都可以联系我。"女人没有接那本杂志，"除去封面，里面的几个模特也属于我们公司。你身上的这件外套是当季新款，看起来你平时对时尚方面应该有所了解，送给你看看。"

迟雾把杂志收下："好，谢谢。"

说完，女人没过多纠缠，转身撑着透明雨伞走了，上了一辆停在街角的商务车。

迟雾望着湿漉漉飘雨的街景，纠结了两分钟，回过头又重新走进去。

大厦一楼有休息处，迟雾在饮品区点了杯馥芮白，手指贴在温热的杯壁上，安安静静地看玻璃窗上被溅上的水滴。

不远处陆喻从电梯出来，没走几步，刚好望见她一个人坐在那儿，便朝她走过去。

听见脚步声，迟雾抬眼，看见他也没怎么惊讶："你今天为什么会过来？"

他笑笑："晚上有个家庭聚餐。"

迟雾点头，"哦"了一声。

这会儿才中午，还有大把的时间，陆喻坐到她对面，问道："是不是马上要回去了？"

"嗯。"迟雾回答，"明天的飞机。"

窗外细雨霏霏，整座城市被笼罩在潮湿中，两人闲聊几句，迟雾放置在桌面的手机亮起。她点开，是早上问谈屹臣的信息回复。

TT："在等着见你。"

WU："嗯，我也是。"

TT："真的？"

WU："嗯。"

TT："视频吗？正好闲着没事。"

迟雾想了会儿："晚一点儿，我现在在外面。"

迟雾抬头看了陆喻一眼，补充："在和朋友逛街，不方便，晚点儿找你。"

她可不想视频时被陆喻看，这人表面看着纯良，实则黑透了。

TT："行吧，等你。"

WU："嗯。"

见迟雾回完，陆喻这才开口："屏保很好看。"

她点头，瞄了一眼两人的合照，"嗯"了一声。

"还是有例外的。"陆喻点了句迟雾之前说不谈恋爱的事，端起面前的美式喝了口，"最近休息怎么样？"

迟雾惜字如金："挺好。"

陆喻点头，也不多问了，看出来迟雾聊天兴致不高，寒暄完，二人一直沉默。直到外面雨停了，迟雾打了声招呼，就走了。

回去后，迟雾把行李箱收拾好，一切弄好后已经是晚上九点，她躺在沙发上拿起手机，想到还没和谈屹臣视频，点开列表，拨了视频电话。

第一遍没人应，迟雾也不急，走到厨房拿了罐汽水，回到客厅屈膝坐在沙发上，拉开易拉环扣，边喝边继续拨回去。

这一次接通了，谈屹臣正靠在沙发上把镜头放到脸前，神情有些疲惫，脖颈因为酒精颜色微红，身后红蓝氛围的灯光和朦胧的烟雾融成一片。四周声音很吵，欢声笑语掺着台上打歌的电音，像是在夜场。

"忙完了？"谈屹臣看着她问，嗓音微哑。

"嗯。"迟雾点头，看着他微红的皮肤，"喝酒了？"

"喝了两杯。"

迟雾点头，挑了下眉，没戳穿他。

谈屹臣酒量比她好得多，两杯的量压根不会上脸。

"明天几点的飞机？"过了会儿，谈屹臣问。

"中午十二点半到。"

"嗯。"谈屹臣点头，"我去接你。"

迟雾："好。"

没聊几句，有人在镜头外喊了谈屹臣，跟迟雾说了声，他起身离开，半分钟后又回来了。

谈屹臣后仰在软发沙发上，笑了，没忍住问："这么看我干什么？"

"没看什么。"迟雾仔细盯着他，"想你是黑头发好看还是灰棕色好看。"

头发被染黑后没出半个月就有贴着头皮长出的新发，颜色不一样很显眼。谈屹臣嫌丑，去染了个和自己发色接近的颜色，现在已经恢复了之前的灰棕色，等着新发慢慢长出来。

只是这段时间视频时都是黑发，现在又变灰棕色，迟雾还没习惯。

对面的人端起酒杯喝了一口，挺顺嘴地回她一句："当然是都好看。"

迟雾点头，敷衍地道："是是是。"

由于第二天她还要早起去机场，两人没聊太久，闲聊几句后迟雾就把视频通话挂了，早早上床休息。

天气预报说冷空气来袭，但第二天天气很好，外面的阴雨变成了晴天，是典型的秋阳高照，但气温比前一天大幅度降低。

回南城的飞机在中午准点抵达机场，迟雾推着行李箱看着指示牌在人流中穿梭，低头给谈屹臣发消息。

出来后，迟雾就看见了在外面候着的谈屹臣，人正闲适地靠在隔离栏上。他个头高，穿着件黑色潮牌长袖 T 恤，在人群中很显眼。

见人出来了，谈屹臣抬手朝她挥了两下，走过去自然地接过她手里的行李箱，没忍住一把把人拎到面前亲了口，笑着问："怎么穿这么少，不冷？"

迟雾仰起脖颈看着他："不冷。"

"行。"谈屹臣点头，提醒她，"今天降温，出去就冷了，我车上有外套，等会儿穿上。"

她点头："好。"

一场秋雨一场寒，南城每年到九、十月份，天气就没个准，前一天穿短袖后一天穿羽绒服的现象比比皆是。

由于他昨晚喝得太多，酒劲儿还没消。安全起见，谈屹臣叫了个代驾，上车后两人坐在后座，谈屹臣把自己的外套递给她。

迟雾抬手接过，是一件黑色的棒球服，符合谈屹臣一贯的穿衣审美风格，后背和胸前张牙舞爪地印着品牌标志，设计很帅。

"下午去医院？"谈屹臣问道，看见迟雾的几缕头发被压在棒球服领子内，顺手帮她拿出来。

"嗯。"她点头，要去看徐芳华，昨天已经和迟晴提前说过了。

夏天离开时的碧绿梧桐已经有些泛黄，车平稳地行驶在高架上，远处的高楼在车窗外一晃而过，穿好外套后，迟雾安静地靠在车窗上，谈屹臣问她中午想吃什么。

"小龙虾？"迟雾没主意，停顿一秒钟又改口，"蟹黄面也行。"

谈屹臣笑了声，收起手机，人懒洋洋地往后靠去："没事，还没到，你好好纠结。"

迟雾"哦"了一声。

从机场回市中心大约四十分钟的车程，迟雾沉默地在车上想了一路，到最后也没纠结出个所以然来，最后还是去了蟹黄面馆，半路打包了一份小龙虾。

吃完，没着急走，迟雾趴在桌子上休息了会儿，迷迷糊糊地睡了个短暂的午觉，醒来后精神头都好了很多。

迟晴告诉她徐芳华这两个月恢复得很好，已经可以稍微活动。迟雾打算去一趟购物中心，买些东西再过去，恰好两百米外有家商场，负一楼有卖礼物的，两人一道过去。

迟雾没有买礼物的经验，给迟晴打电话，没承想恰好被徐芳华听见了，让她直接过去就行，别折腾了。

话是这么说，但迟雾还是推着购物车杂七杂八地挑了一大堆。结账前，路过成人用品区域，她停了下，手扶在购物车上看了两秒钟。

"买了吗？"她扯了下他的衣角，轻声问。

谈屹臣转过头，垂眼顺看过去，随后嗓音很淡地回："没。"

迟雾眼神瞬间亮了，询问地看向他："那我们现在买？"

"嗯。"谈屹臣喉结弧度微动，很自然地点了下头，"可以。"

话音刚落下，谈屹臣就见迟雾迫不及待地往旁边挪了一步，走到那一排货架前，旁若无人地认真看着上面的英文说明。

视线扫过上面两排，没选定，接着她蹲下，仰起脖颈，食指随着视线轻轻划过包装盒，看得很仔细。

头顶的白炽灯光线充足，男式外套穿在迟雾身上有些大，谈屹臣靠在购物车上没忍住笑了，看她身上的外套衣摆轻触地面。

迟雾依旧沉浸在自己的思绪中，发梢搭在膝盖上，模样比中午思考吃小龙虾还是吃蟹黄面时还要认真。

他可真是爱死她这个样了。

结完账，谈屹臣推着购物车到地下停车场，迟雾手里握着酸奶，跟在他后面。

买好的东西被谈屹臣一件件放进后备厢，迟雾口袋里揣着仔细挑出来的几个小盒子，拉开后车门先行上车。

等谈屹臣也上车后，迟雾左手捧着酸奶，把口袋里的东西递给他，下巴抬了下，给了他一个"收好了"的眼神。

车开出地下，谈屹臣撩起眼皮看过去，伸手把东西接过，靠在椅背上盯着她。半晌他没忍住笑，嘴角勾起点儿弧度，凑过去靠到她的耳边："迟雾，你是真色啊。"

迟雾手里拿着酸奶，深褐色的眼睛再次看向他，挺较真地问："你清心寡欲？"

"还行。"谈屹臣说完就坐回去了。

"别装。"

谈屹臣笑："好。"

疗养院清静，因为冷空气来袭，一晚上的时间公园石子道上就多出不少青黄的落叶。

两人一道上到六楼，徐芳华坐在轮椅上，身上盖着一块异域针织毛毯，正看向窗外，听见门口的动静，转过身来笑眯眯地看向两人。

"外婆。"两人打了声招呼，谈屹臣把东西放到一旁，迟雾走过去微蹲下来抱住徐芳华，"瘦了。"

"没事。"徐芳华笑得慈蔼，"不怎么活动，就不怎么想吃东西。"

迟雾点头："我妈说过段时间就能出院了。"

"嗯。"徐芳华抬手摸摸她的头，一场大病，头发花白了一大半，手背上还有置留针，"盼着呢。"

迟晴刚又回去了，在公司还没过来。谈屹臣自觉地拽了张椅子，安安静静坐到一旁的矮桌前不去打扰，拿起果盘里的梨，用水果刀不紧不慢地削着。

问了些关心的事，徐芳华又把眼神放到坐在角落里的谈屹臣身上："臣臣。"

"嗯。"谈屹臣抬起眼，把削断的果皮放进垃圾桶内，"怎么了外婆？"

"你穿这么少，就一件长袖，冷不冷啊？"

他弯下唇，笑着摇头："不冷。"

"哦。"徐芳华看了两眼迟雾身上的外套，"不要老是穿臣臣的衣服，人家都没外套穿了。"

迟雾靠在窗台边，乖乖地听徐芳华不带一点儿责备语气的数落，没说话。

谈屹臣对衣服要求挺高的，衣品好，买得也多，光不同品牌的黑衬衫都挂了大半个柜子。

就算她没衣服穿了，这人都不可能没衣服穿。

"臣臣，你和小雾一个大学，要多帮外婆看着些。"徐芳华面色担忧，语重心长地拽过谈屹臣的手，"不要让她和不好的男孩子谈恋爱。"

她不能再走迟晴走过的弯路了。

"嗯。"谈屹臣把刚削好的梨放到果盘边缘，撩起眼皮看向迟雾，刻意加重语气，"放心吧，外婆，她肯定会有'一个很好的男朋友'。"

迟雾抱臂站在徐芳华的身后，伸手拿过他削好的梨，视线直直落在他身上，眼神全是一种"你怎么好意思这么夸自己"的揶揄之意。

徐芳华笑了："好，你要帮外婆监督。"

谈屹臣点头，模样看起来挺靠谱地"嗯"了一声。

二人聊完，谈屹臣小臂搭在膝盖上，另一只手抓了两下头发，给迟雾发消息："监督你。"

迟雾很快地回他一句："监守自盗。"

两人在病房里待了一下午的时间，晚上迟雾跟着迟晴回去，到新家把一些事情安排好，直到第二天上午谈屹臣开车过来接她去学校报到。

这一天是周五，路上偶然碰见个没课的学生在阳光细碎的道上晃荡，迟雾去辅导员那里把资料和一些东西填好，随后又去只在手机上联系过几回的班主任那儿领东西。

大学生入校后默认统一住在宿舍，一人一个床位，要是住在校外，需要家长和本人的签字保证。谈屹臣昨天就跟她讲过这件事了，迟雾资料备得很全，一套流程下来总共不到二十分钟。

看着学校发的一套宿舍用品，迟雾拽着谈屹臣，让他帮自己把东西运到女生宿舍楼下，然后自己再分几趟往里搬。

如果她平时有早课，或是睡午觉和没课了回来休息，还是宿舍更方便。

谈屹臣待会儿有课，替她忙完就走了。等到全部收拾好后，迟雾在这初秋的天出了一身汗，把薄衫脱下，系在腰间，一个人在宿舍休息。

宿舍里的人都是同一个班的，现在一个人都不在，迟雾休息完起身看了眼贴在书架旁的课表，才发现现在是上课时间。

她下周一才开始上课，准备周六、周日把这两周的课简单翻一下，到周日下午再提前来宿舍熟悉熟悉。

南城大学的军训安排在国庆后，算是体恤学生不用顶着高温军训，现在一些装备已经提前发了下来，她的床位上放着军训服，新书也早在刚开学时就发了，被整整齐齐地摆在桌上。

把东西理好后，迟雾自己在学校里逛了一会儿，图书馆、超市、体育馆、操场，基本都逛了一圈，然后在奶茶店买了三杯奶茶，回去给各个舍友的桌上放了一杯，算是谢谢她们帮她领东西。

这两天的冷空气还没过去，空气掺着秋日的干燥和清凉，迟雾翻出手机上的天气预报，显示后天温度回升。

处理好一切，迟雾按照记忆走出校门，拉开车门坐到车上等他下课，边等边给他转了一首周杰伦的《等你下课》。

TT："你男朋友不会做蛋饼。"

WU："……"

因为是周五，四点半过后从大门口进进出出的人便开始增多，全是想趁着周末出去放松的学生。

夕阳落在逐渐发黄的梧桐叶上，迟雾一个人坐在车内有些无聊，就把音响打开，调出歌单靠在椅背上慢慢听，合上眼休息。

五点二十，谈屹臣下课，手里拿着专业书，一路上步子不急不缓地往这边走。

片刻后，迟雾被开门声音惊动，睡眼蒙眬地问："下课了？"

"嗯。"谈屹臣点头，靠过去亲她，嗓音很低，"等睡着了？"

迟雾点头。

"想吃什么？"他发动车子，偏过头问。

迟雾："烤肉？"

"行。"

简单地商量好晚饭，两人开着车去了商场，吃完烤肉，买了堆零食才不紧不慢地回到别墅。

因为是周末，夜晚时间格外充裕，洗完澡后，谈屹臣穿着拖鞋从冰箱里拿出啤酒和汽水，放到迟雾面前，问她要哪个。迟雾左手抓着还有些微潮的发梢，右手往汽水上点了下。

"嗯。"谈屹臣帮她拉开拉环，放到她面前。

客厅前方有一个巨大的投影装置，类似于家庭影院。迟雾盘腿坐在地毯上，惬意地看了一部越南的文艺片，谈屹臣手肘往后靠在沙发上，看着手机回消息。

这部电影是慢热型的，取景摄影都偏清新的风格，迟雾兴致也不高，瞥见谈屹臣放在茶案上的专业书，顺手拿起来看着。

迟雾习惯性地拿住书脊，书被拎起的一瞬间，一封粉色的信封从书页中滑落到地毯上。她捡起来，翻开两眼，信上没署名，刚撕个信封口，紧接着就从里头掉出来一片薄薄塑料膜包裹的物品。

迟雾扔掉信封，手里捏着那片玩意看了两眼："到底是大学生，够直接的。"

"跟我没关系。"谈屹臣这会儿也从手机上抬起头，视线跟着她盯着那枚东西，"我拆都没拆。"

信封被随手丢进垃圾桶内，谈屹臣收回视线，手腕还搭在膝盖上，看着迟雾。

钟表声嘀嘀嗒嗒的，银幕上的电影还在播放。

"谈屹臣。"迟雾喊他。

"嗯。"

移门没关，水池摇摇晃晃泛着光影投到屋顶，现在想做什么，两人都很清楚。这段时间的暗示互相递了一大堆，今晚也没什么别的事拦着，室内只剩下浅浅的呼吸声。

二人心知肚明地对视了足足几分钟，谈屹臣才装模作样地问了句："干什么？"

迟雾手肘顺着桌面往前滑了点儿距离，凑到他面前，很直接地问了句："睡吗？"

谈屹臣笑了，放下手机，也很直接："睡啊。"

话音刚落，迟雾便被一股大力拉了过去，一瞬间心跳如雷。

"就在这儿？"谈屹臣边有一下没一下地吻她，边低声问。

迟雾心口微烫地回吻他一下："去卧室。"

"好。"谈屹臣笑了，安抚性地帮她把碎发拨到耳后，把她放下。

两人模样还算正经地从地毯上起身，上到二楼，进了房间……

亲热的间隙，谈屹臣哑着嗓子问："想这样多久了？"

迟雾额头贴着他的肩，轻声回道："很久。"

巧了，他也是。

秋风吹着房外的乔木沙沙作响，夜色浓郁得让人心里发颤。

"迟雾。"谈屹臣喊她，抬头，"我是谁？"

"男朋友。"

"嗯，喜欢男朋友吗？"

迟雾半晌才开口："有一点儿。"

时间已经进入秋季，加上这两天降温，室内已经到了不需要开冷气的温度，温度很舒适。

迟雾靠着休息，接过谈屹臣端过来的温水喝了两口，抬手往后将额前的碎发，发丝搭在白皙的肩头，有些出神。

一个晚上的时间，谈屹臣说了很多让人心口发烫的话。

迟雾恍惚间觉得这人的文学素养在谈恋爱上发挥得淋漓尽致，准确点儿说是在这个时候才能发挥得出来，一套一套的不带一句重复。

谈屹臣把水杯放下，问她是否想要继续，迟雾过了好一会儿才摇头，现在连手指头都不想动了。

趁这段时间，谈屹臣把床单换下来，换完忍不住在心里夸了自己半天。

满意地看了一会儿，他才拿着干净的衣服到隔壁清洗，等他洗完出来，迟雾已经窝在沙发里玩手机了。

见人回来，迟雾抬头瞄了他一眼，随口问道："过两天你生日，想要什么？"

谈屹臣撩着湿发看她："要什么都行？"

"嗯。"

"要你啊。"

她问："不是刚给过？"

谈屹臣轻笑："就一晚上哪儿够？"

迟雾看一眼他那个流氓样："你女朋友大方，再挑一个。"

"这么好？"谈屹臣眉眼和唇角都带着笑意，边说边往飘窗边靠，闲闲地坐上去，挺认真地想了会儿才开口，"邹风上个月生日，夏思树给他提了辆车，我也想要女朋友送的车。"

迟雾刷着手机上的信息，头都没抬，大方得很："要什么车？"

"大牛？西尔贝？柯尼塞克？轩尼诗？都行，我不挑。"报完几个想要的，谈屹臣继续逗她，给她出主意，"订车的渠道不用愁，我给你，你出钱就行。"

从听他报出"西尔贝"开始，迟雾就停止了玩手机的动作。她盯了会儿地面，脑子里过了遍谈屹臣报的这几辆超跑的价，抬眼朝他看过去："谈屹臣，咱俩现在的感情也不是很深。"

他就倚在飘窗边，挑了下眉："所以？"

"分手吧。"

他还真敢报啊。

二人对视中时间一点点过去，谈屹臣也不急，风轻云淡地坐在那儿，唇边勾着点儿弧度："没事，买不起西尔贝，买柯尼塞克也行，我真不挑。"

迟雾放下手机，面上毫无情绪："我差的是这两辆车的差价？"

谈屹臣被她这个反应逗乐了，手撑在身侧的飘窗台上，足足笑了半天。

迟雾拿过身后的靠枕朝他扔过去，人很冷淡："你别得寸进尺！"

看着他摆好靠枕直起身，迟雾迟疑片刻，问他是不是那种睡一觉就要死要活的人。

"开什么玩笑？"谈屹臣垂眼看她，"当然不是。"

不睡一觉，他也要死要活的。

迟雾顺着他之前说的话问："那你打算买什么？西尔贝、柯尼塞克，还是别的？"

"没看好呢。"他回。

"哦。"迟雾点头，目光一直追随着他，很自然地问，"到手了能不能给我开两天？"

谈屹臣开汽水的手一顿，液体从拉开的缝隙中跑出来，人站在那静止几秒钟，才忍不住看她："你驾照到手了？"

"没。"

沉寂了好半天，谈屹臣靠着桌沿叹了口气，想了个折中的办法："等你驾照考到手，给你开。"

他说出这话，迟雾眼睛一亮："车重要还是我重要？"

谈屹臣不动声色地放下手里的易拉罐，过去一手按住她的两个手腕，一手捂住她的嘴，把人压在沙发上："欠收拾是不是？"

迟雾抗拒地皱眉，"嗯"了一声，含糊不清地说了句"痛"，谈屹臣这才突然反应过来，连忙松开她，有点儿慌地从沙发上爬起来站好。

刚被松开，迟雾就气得要踹他，被这人躲过去了，火一下子就冒上来："你膝盖往哪儿顶呢？"

"不是故意的。"谈屹臣看她一副要炸毛的样，赶紧哄道，"错了。"

"真的，刚才没注意，以后注意。"他捏着她的脸，安抚地摸摸她的头。

过了会儿，房间里灯被熄灭，迟雾侧身躺着，被谈屹臣从身后搂着，睡不着。她想了会儿没忍住开口："我怎么觉得你有点儿熟练，自己偷偷练习过？"

谈屹臣闭上眼，半张脸埋在枕头里，不想跟这人说话，过了好久，才闷声说了个"没"字。

两人闹得太晚，第二天临近中午才起。

冷空气过去，外头气温从今天开始已经回升，迟雾起床跟谈屹臣吃完早饭，被他搂着在沙发上腻了会儿，便回到自己这边。

想着昨晚上的事，迟雾翻出手机，找到之前学车教练的号码，静静地坐在沙发边，花几分钟的时间，敷衍地编辑了一条短信发了过去。

上面的消息是她为上次的叛逆行为道歉，下面是问他什么时候再约个时间。

发完信息后，迟雾放下手机，抱出笔记本电脑在沙发上找了个最舒服的姿势，接着从表格里找出自己的账号，登录学校校内网，翻出这两周的讲课视频。

她落了两周的课，这会儿能补多点儿就多补点儿。

不知不觉一下午过去，迟雾看得脖颈有些酸痛，边抬手自己揉了会儿肩膀，边拿过一旁的手机翻看短信，发现一下午过去了教练还是没回。之前学车时这个教练平均回复的时间是一个小时。

迟雾垂眼思考了会儿，把这个号码拉黑，转过头给李溪藤发信息：“有没有学车的教练推荐？”

大概过去半个小时，对面才回：“你换个城市学吧。”

这两天没有其他事，迟雾窝在家里看了一天半的课程视频，到了周日中午，谈屹臣开始给她发消息：“怎么不约我？”

迟雾目光从讲课视频上挪开，回他：“在看课程。”

TT：“好像自从睡过我，你就有点儿冷淡了。”

WU：“不是昨天上午才从你那儿走的？”

TT：“不管，在去你那儿的路上了。”

TT：“到你家楼下了，给你带了小龙虾和车厘子。”

看着这两条消息，半晌，迟雾忍不住小声“啧”了一声，站起来捋了下额前的发丝，把笔记本电脑放到一旁的桌子上，到楼下去把人给接上来。

电梯里，谈屹臣垂眼看着她的动作："给我张门禁卡？"

迟雾回过头："怎么了？"

"方便啊。"谈屹臣有些懒散地靠在电梯壁上，手里拎着东西，"省得回回来，都得你下来接我。"

迟雾点头，"噢"了一声，说等会儿给他。

进到屋内，谈屹臣把给她带的小龙虾和车厘子打开放到茶案上，迟雾重新打开电脑看课，边吃边看，吃完后继续犯懒地靠在沙发里。

谈屹臣就靠在她的旁边，脑袋正好枕在她的肩膀上，下巴蹭着柔软馨香的发梢，左手搂着她的腰，右手拿手机看东西。除了中途迟雾渴了，他起身到冰箱里给她拿一罐冷饮，一个中午的时间就这么过去了。

下午迟雾要返校，谈屹臣也跟着一起过去，明早第一节有课，在宿舍住能多睡会儿。

周日下午的校园内比往常冷清些，学生们不是出去玩还没回来，就是正在宿舍里躺着。迟雾拎着谈屹臣的斜挎包，穿过光线极暗的走廊，走到宿舍门前，看了一眼门牌号，抬手敲了两下门，然后推开。

宿舍里没开灯，只靠一点儿窗外透进来的光线照明，飘浮着很淡的香水味，里头的两个人正坐在书桌前。听见推门动静后，其中一个戴眼镜的女生问："你找谁？"

迟雾看了两人一眼："我住这儿，之前请假了。"

"哦哦哦。"戴眼镜的女生瞬间松了口气，"迟雾对吧？"

她点头"嗯"了一声，这才进门，顺手又把门给带上。

迟雾放东西的手一顿，她很自然地抬起眼看向女生，站在那儿一时半会儿没说话，没表情的时候显得人很冷，看上去不好打交道。

戴眼镜的女生简单介绍了下，旁边个头娇小的女生叫陈潘潘，她叫宋梓，还有个出门约会的，叫邱粒。

花了二十分钟把东西收拾好后，迟雾把宋梓的笔记借来去校园复印店里复印了一份，省时省力。宋梓是团支书，属于拼绩点冲奖学金的那一类人，每一科笔记都记得认真。

余下的一个舍友直到晚上九点多才回，喝得醉醺醺的，宋梓嫌弃地皱眉："你这是又喝了多少啊？"

"不多。"邱粒低头闷声地踢掉高跟鞋。她留了一头橘色的羊毛卷，长相清丽，换完拖鞋后爬上床就睡，完全没看见宿舍里多了一个人。

直到第二天睡醒洗完澡，临上课之前邱粒才发现宿舍里多出一人，吓了一跳。

宋梓挑眉，跟邱粒对上眼神："怎么样，新舍友够漂亮吧？绝对的校花预备军，咱们班不是有人说她证件照是修的吗？马上就带出去打脸。"

迟雾没报到，但入学资料上有照片，班里大部分人看过。

邱粒也"呵"了一声："被那群人气死了，谁会修证件照啊，修了能符合要求吗？"

"就是，一天到晚损美女都是照骗。"

趁着这会儿，陈潘潘抱着书小声地靠近迟雾："她们俩就这样，雷声大，雨点小，不会真搞什么的，你别担心。"

迟雾情绪很淡地点头，"嗯"了一声，只看着手机上的时间，距离上课只剩下十几分钟。

几人踩着点赶到教室时，位置只剩下最前面一排，迟雾挨着她们三个坐下。

她是第一天上课，理所当然地在前面的几分钟引起了一阵窃窃私语，但教室内很快就安静了。

现在是九月末，这一星期的课上完就是国庆假期。

讨论了几天，邱粒几人才决定下来去苏州逛两天，去吃螃蟹。她们问迟雾要不要一起，她摇了摇头，说有事。

还有两天才到国庆，上午的专业课结束后，四人在食堂打包了午饭回了宿舍。迟雾没胃口，喝了两口粥就不动了，拿出酸奶叼在嘴里，愣愣地出神。

休息不了多久，几人就得紧接着去上下午的课。临出门前，迟雾收到谈屹臣发来的信息，问她下午要不要和他一起出去，他过生日，把BOOM包了。

在办生日这件事上，谈屹臣跟家里很有默契，生日当天，谈屹臣自己在外头跟朋友过，不管去哪儿鬼混家里都不管。但十月一日这天是谈家给他办生日的日子，天塌了他也得回去。

周韵那天会叫一些关系不错的朋友来家里，迟雾以往也是十月一日这天才跟着迟晴过去。

迟雾抱着书，靠在宿舍门口单手打字给他发消息："最后一节有课，马上去上课。"

TT："五点二十结束？我到时候来接你。"

他今天只有上午有课，聚会从下午开始，零点准时庆祝，一直持续到明早，他这两年都这么过的。这也算他那个圈子里的传统，每年都是一个形式，只是场子不一样。迟雾记得谈屹臣去年包了一晚上的游艇。

抱着书打字不方便，迟雾靠在走廊有些回潮的墙壁边，垂着眼连着打错了好几个字，删改半天才给他回过去："不了，明天给你过。"

她不怎么喜欢那种场合，跟谈屹臣的朋友也不怎么认识。

对面过了很久才回："那好，明天我们一起。"

"嗯。"

二人商量完，迟雾收起手机，直到其他三人都收拾好，迟雾才跟着一起出门。

空气清爽，迟雾走在路上，旁边的陈梓和邱粒闹个不停，路上也有三三两两提前过来占座的学生。

几人没走几步，一阵引擎声从身后由远而近传来，接着，一辆敞篷车开到迟雾身边停下，其余三人也自然而然地停下步子，回过头去看。

"哎，你待会儿有课？"驾驶坐上的人拿下墨镜，这人睫毛很翘，打量她，"待会儿是谈屹臣的生日，你不去吗？"

迟雾转过头，被侧面照过来的光线刺激得微眯下眼，缓了几秒钟，才垂眼看向身侧。

开车的是盛薏，车上有杨浩宁和杨西语这对兄妹，副驾驶座上是一个不认识的女孩。

第12章

花边绯闻
一

车上四人和人行道上的四人，就这么对视着。

杨西语抱着胳膊靠在门边，歪头静静地看向迟雾。她倒不像前两次见面那样明里暗里带着敌意，这会儿态度很冷漠，脸上一丝表情都没有。

迟雾看向盛薏，点头说："嗯，有课。"

"哦。"盛薏歪了下脑袋，眼睛亮晶晶的，"那要不要逃课？"

"不了。"迟雾看向她，"你们玩吧。"

"行吧。"盛薏有点儿失望地坐回去，拉下墨镜转过头又看向迟雾，"你知道今晚来多少人吗？这你都放心呀。"

迟雾微微挑了下眉，没什么反应，嘴里还嚼着刚才邱粒给的糖，只是"嗯"了一声。

二人互相望了会儿，盛薏直勾勾地看着迟雾，视线扫过她锁骨上的银链和层次自然的发梢，停留在领口处露出的红痕上。痕迹很淡，哪怕用指腹搓一下也能弄出这种印子来，让人不好确定这个痕迹是用什么方式弄出来的。

盛薏看了半天，哂笑着把墨镜戴好，踩油门离开了。车子带起一阵风，迟雾抬手压住了扬起的裙摆。

等车开远了迟雾才收回视线，邱粒踮起脚望了两眼，才问迟雾："你认识盛薏？"

迟雾"嗯"了一声："不算认识，怎么了？"

"没什么。"邱粒耸了下肩，"付浓的师妹，火过一段时间，就是黑料多，这会儿已经不怎么出镜了。刚才没好意思开口，早知道要个签名了。"

迟雾想了下，在沪市被陌生女人塞的那本杂志里面的确有一张是她。

"谈屹臣又是哪个？"邱粒眨下眼，追问，"计算机系的那个？"

迟雾点头，没问她怎么知道的，也猜到她知道谈屹臣。

邱粒瞪大眼睛问："你认识？"

"嗯，男朋友。"

几人还在朝前走，过了好一会儿邱粒才从震惊中反应过来，竖起大拇指："真厉害。"

谈屹臣可是她从开学时就有耳闻的人物。

宋梓扶了扶眼镜，偏过头惊讶地看向迟雾："你有男朋友啊？"

迟雾"嗯"了一声。

宋梓咂了下嘴："刺激。"

直到在教室里坐下来，迟雾才看见谈屹臣后面发来的信息："六天没见面了。"

WU："记得这么清楚？"

TT："回了学校就没见过，周日到周六。"

WU："假期前调休。"

TT："你没有心。"

WU："……"

因为明天上午没课，迟雾上完课就回了自己那套公寓。

简单洗完澡后，迟雾清闲地坐在阳台翻着实习期做的一些 PPT（演示文稿）。她给自己磨了杯咖啡，打起精神准备给谈屹臣踩点发个祝福。

人不到场，但态度得到，不然最好的解决方法就是手机关机。

她敢保证，只要过了零点零五分她还没发祝福，他那边的电话就得打过来。

前两年就是这样，更别提今年两人完全换了一种关系。

秋天的夜晚微凉，迟雾外面穿了件白色的薄衫，还没看完 PPT，桌面上的手机就传来振动声，是李溪藤给她发了消息。

迟雾以为找到了新的教练，点开手机查看。

李溪藤："谈屹臣过生日？"消息后附带了一张不知道从哪儿看到的照片。

迟雾点开，发现是一张大全景照片，灯红酒绿的背景里，黑色的音箱架在侧面的墙壁上，半空中飘浮着似有若无的烟雾和彩色的纸片。一群人或围桌而坐，或靠在一边，黑色桌面上放着各种瓶子。

在这张照片里，谈屹臣站在中间偏左的位置，穿着一件黑色的翻领 T 恤衫，那是他格外钟爱的一件衣服。他正和身边的人谈笑风生，一旁的邹风同样穿着一身黑，正懒懒地倚在卡座沙发的靠背上。

迟雾看着这张照片，认出了几人：邹风、夏思树、盛蕙、杨西语，看上去参加聚会的都是一些年轻人，尤其是围桌而坐的那一群，以杨西语为首，都是模特，架子很足，十个人有六个把墨镜顶在脑袋上方。

花了五分钟的时间把这张照片打量完，迟雾挑了下眉。

知道这人是搞计算机的，不知道的还以为他是开模特公司的。

迟雾拇指在屏幕上长按，把那张大全景照转发给谈屹臣。

对面回得很快："你老公是不是最帅的？"

WU："捅小模特窝了？"

TT："杨浩宁带的。"

这种聚会来的人谈屹臣未必都认识，迟雾没打算跟他在这种小事上计较。

WU："玩得开心。"

关掉 PPT，迟雾用快进的方法看完了一集纪录片。她看了眼时间，在还差一分钟的时候点开谈屹臣的通讯界面，编辑好信息，在时间跳跃到正好零点的时候发出去。

WU："生日快乐。"

对面直到二十分钟后才回："好敷衍啊，女朋友。"

迟雾发了问号。

TT："想走了，喝酒不方便开车，来接我。"

WU："没驾照。"

TT："打个车，车牌发我。"

迟雾懒得跑："不能找个人送？"

对面打出最后一张牌："喝多了，这会儿只想你来。"

迟雾赶到的时候，整个酒吧气氛高涨，她走进去眯眼在一片有些晃眼的氛围灯光中巡视一圈，没看见人。

肩膀搭上来一只手，被压到发丝的迟雾顺着回过头，还没看清，那人影就被另一个人扯开。邹风踹了喝醉的那人一脚，眼神挺好奇地看着她，随口问："你也来了？"

迟雾点头，问谈屹臣在哪儿。

"他？出去透气了吧。"邹风往前面看了眼，下巴点了下，"刚在后门那边，你去看看？"

"好。"迟雾拨开人群，往后门的方向走去。

空气里处处飘浮着酒和烟草的气息，音乐在耳边不断地响着。

迟雾推开后门，穿过街边停着的一排车，看见了街角正靠在副驾驶座上的谈屹臣。车门开着，他的身体被车门挡住，她只能看见小腿以下的位置，文身十分显眼。

迟雾走到他跟前，谈屹臣抬起头，眼神里露出一种得逞的愉悦感："来了？"

她挑眉，看看他一点儿都没变化的样："喝多了？"

"嗯。"谈屹臣盯着她领口已经消得差不多的印子，回过头把手中的烟头按在车载烟灰缸里，"不像吗？"

迟雾打量着他，把他和刚才李溪藤发给她的那张照片里做比对："你可以装得再像点儿。"

他扯了下嘴角，伸手把人拽到跟前："那你可以装没看出来。"

迟雾上了车，紧接着就被谈屹臣压在座椅上接吻。没吻太久，迟雾觉得氧气稀薄，揪着他的领子喘气。察觉到他身体上的一些变化，迟雾伸出胳膊挡住他，在两人之间隔出些距离，抬起眼警告："谈屹臣，我劝你别太过分。"

谈屹臣笑笑，停了下来，看到她被裙摆盖住的一双腿，牵出些回忆："上次在源江，约我上车不是挺带劲吗？"

迟雾仰着脖颈看他，藏在头发里的耳垂发烫，但表面上仍维持着冷静："上次是上次，这次是这次。"

酒吧里面随时都可能出来个熟人，除非她是疯了才会在这里跟他胡来。

谈屹臣挑下眉，提醒一句系好安全带后，把车开进了酒吧旁的地下停车场。

车子直直地拐进一个隐蔽的停车位，谈屹臣关掉了车灯，低着头，看向迟雾锁骨上的那根银链。这根项链高中时他就在她的脖子上见过。

他伸出手指挑起那根链子："自己买的？"

迟雾"嗯"了一声。

"送我行不行？"

"要它干什么？"

"你猜啊，给不给？"

思考两秒钟，迟雾点了下头，谈屹臣直接拽了下，那根细细的链子就这么从她脖颈滑落，接着被他放到座椅旁的空槽内。

车内逐渐变得燥热，两人的吻一点点加深。迟雾的心脏因为情绪的起伏而剧烈跳动，一只手撑在车窗上，玻璃被指尖的体温蒸出一圈淡淡的雾渍。昏暗中，两个人的呼吸声交错，他们寻找着彼此的节奏。

亲密互动结束后，谈屹臣看了她一眼，视线停留在她被吻得比平时鲜红的唇上，帮她把微乱的碎发拨到耳后，低声问："好一点儿没？"

迟雾缓缓点了下头，抿了下有些发干的嘴唇，侧过脸问他还要干什么。

"不干吗。"谈屹臣笑笑，"咱们回去？"

"去哪儿？"

"酒吧。"

迟雾沉默地看着谈屹臣。

他把她骗过来了，这会儿又要回去，不知道这人搞什么鬼。

五分钟后，两人一块回到了酒吧，盛薏看见她，边喝酒边抬手跟她打招呼。

见人消失这么久终于回来了，邹风扬了下眉，嘴角缓缓扯出一个弧度。

今天是谈屹臣的生日，理所当然，能过来的朋友都来了。

半个小时后，围了一大圈的人举起酒杯，热热闹闹地给这场生日会收场。

所有人碰杯的瞬间，谈屹臣偏过头，吻住迟雾的嘴角。

迟雾没躲。

三秒钟过去，保证长眼睛的都能看明白两人的关系后，谈屹臣便松开她坐回到原位，唇边带着丝得逞的笑意。

手上碰杯的动作不停，两人的眼神还在无声交流。

"故意的？"

"故意的。"

聚会结束，各自散场。

散场后也有不少人留下来继续玩，反正今晚全是谈屹臣买单。

四周的人已经散开，空气中弥漫着酒精的味道，桌面上的烟灰缸里堆了各式各样的烟头，没散完的烟雾淡淡地飘在半空。

两人靠在角落里，谈屹臣略长的发梢戳着眉骨，懒洋洋地靠在迟雾的肩头。他的发丝蹭着她的脖颈、耳垂，两人就这么聊着天，一举一动都暧昧至极。

"你变了。"谈屹臣压低嗓音，仰头看着她。

迟雾偏过头，没弄明白这是好话还是坏话，反问他："哪儿变了？"

这会儿的谈屹臣才是真有些醉了，薄红从脖子一直延伸到领口内。他的一只手里握着高球酒杯，另一只手抓着迟雾的手，十指相扣。

"很多地方。"谈屹臣仰着头微笑了一下，看起来心情不错，语气也渐渐变得不大正经。

他一一举例，比如按照迟雾两个月前的状态，他以为要花很多时间和精力才能和迟雾变成正常情侣，或者刚才突然挑明关系前他做好了迟雾直接翻脸的准备。

他没想到她这么配合。

迟雾咽下口中的酒："你也知道你是一声招呼都没打？"

"嗯，我怕你不愿意。要是你拒绝了我还这么干，显得我很浑蛋。"

闻言，迟雾"喊"了一声："你这种先斩后奏的做法也算不上多好。"

谈屹臣眨着亮亮的眼睛看向她，随后把人揽过来接吻。

酒吧里的音乐还在播放，在头顶响个不停，灯光偶尔扫过这个角落，不久又把一切交还给黑暗。

两人没吻太久，谈屹臣放开迟雾，问她要不要去看他打台球。迟雾摇头，说她不感兴趣，随后就一个人靠在沙发上玩手机打发时间。在酒吧里泡到这个时间，人已经有些犯困，迟雾简单算了下时间，下午有课，等会儿回去大概还可以睡六个小时。

见迟雾一个人坐在那儿，杨西语端着半杯酒靠过去，自来熟地往沙发上一坐，抬手把架在脑袋上的墨镜拿下来，"啪嗒"一声放在桌面上。

迟雾歪过头看了她一眼。

"你和盛薏熟吗？"杨西语突然开口，表面上还是跟昨天下午偶遇时一样，从神情到态度都很冷漠。

迟雾淡淡地打量她一眼："不熟。"

她和杨西语见过几回面，今天这是第一回聊天。

"哦。"杨西语点头，思忖的同时瞟了迟雾一眼，"她跟我打探过你，但我们俩也不熟，也没什么好告诉她的。"

迟雾点头，放下捋头发的手，肩膀稍往后靠去，等着她接下来真正想说的话。

果不其然，对方停顿半分钟后继续开口："你跟谈屹臣现在正谈着，我不会插足你们的感情，追不到就拉倒，我也认了。不过盛蕙这个人你得防着点儿，手段很高，喜欢挑拨关系，但一般爱跟女孩子玩，所以我们不怎么讲这事，毕竟不触及自己的利益。"

说完上面那些，杨西语摆出一副好人姿态："上一次聚会，就是谈屹臣说第二天要去机场接你的那回，不知道因为什么，感觉他心情很差，喝了挺多的，最后是跟盛蕙一起走的。"

迟雾很轻地点下头，保持着用手撑腮听故事的姿势，表示知道这事了。

看迟雾还是一副无动于衷的样子，杨西语又拿出有点儿同情的调子："我和她认识得早，反正都告诉你咯，最好防着点儿那个小白莲，谁知道下一个看上谁了。"

听她把话说完，迟雾脑子里过了遍上次跟谈屹臣打视频电话的事，没什么反应地低下头，继续翻手机。

直到这会儿杨西语才有点儿意外："你一点儿反应都没有？"

迟雾"嗯"了一声，头都没抬。

杨西语皱眉："谈屹臣喝那么多跟她走，你不觉得有可能发生点儿什么？再怎么说那也是孤男寡女。"

这句话抛出后，迟雾这才从屏幕上撩起眼皮。她眼神中有几分探究之意，觉得这人有点儿意思，不急不缓地出声问："那你是打算让我干什么？盯着他俩，发现一点儿不对劲的苗头就把它掐干净？"

杨西语撇了下嘴，露出一副"难道不是吗"的表情："我讨厌盛蕙，在各种令人反感的事情上蹦跶个没完没了，还有人送资源。就当我嫉妒她，反正谁搭上谈屹臣都行，就她不可以。"

敌人的敌人就是朋友，她不能什么便宜都让盛蕙占了。

"你俩关系不是挺好的？"

下午她们还在一辆车上，这会儿她就搞背后诋毁人这一套。

杨西语拿起桌上的墨镜重新架好："我哥喜欢她，他拉着我去的，我才不想跟她搭上关系。"

"噢。"迟雾点头，之后就没接她的话茬，话不投机半句多。

听她把那堆废话说完，迟雾无所事事地坐在位置上把剩下的酒喝完，一直等到谈屹臣回来，两人才一起离开。

外面天还是黑的，迟雾坐在副驾驶座上，谈屹臣靠在驾驶位上叫代驾。在等代驾来的时候，迟雾觉得有点儿冷，拽过他的外套给自己穿上。

等穿好衣服，理好头发，迟雾抬手，无聊地打开储物隔间，随后转过头看向谈屹臣："谈屹臣，能不能问你件事？"

"嗯，你说。"

思考一会儿，迟雾眼神直勾勾地盯着他："我从沪市回来的前一晚，你怎么喝那么多？"

那会儿她就觉得不太正常，今晚杨西语又说起这件事，把她那点儿好奇心又勾起来了。

谈屹臣愣了一下，随即挑眉，摆出一副理所当然的模样："关心我？"

"算是吧。"

"就不告诉你。"谈屹臣搂住她，"一点儿小事，已经不想再想它了。"

迟雾挑眉："就这样？"

"对。"谈屹臣笑着亲她的额头，往她身上凑，"给我靠一会儿，喝多了，有点儿头疼。"

见他不想说，迟雾也不在意，"嗯"了一声，垂眼看他的发顶，也不问了。

五分钟后代驾赶到，把两人送到校门口的时候差不多六点，再有半个小时才到宿舍楼开门的时间，他们还得在外面等一会儿。

迟雾看谈屹臣靠在那儿难受得眉头展不开的样，问他："今天有课吗？"

两人的关系公开后谈屹臣就被灌了不少酒，他还帮迟雾挡了不少。他这个样子，铁定是上不了课了。

"有课，不过再下午。"

"噢，那还行。"迟雾点头，跟他说了一声后推门下车，走到距离校门不远的二十四小时便利店，进去拿了瓶酸奶，挑了两样早点，最后又接了杯温水。

拉开车门上车后，她见谈屹臣端端正正地坐在位置上，好奇地问："不是难受吗？起来干什么？"

"担心你啊，看着才放心。"

迟雾点了下头。

上车坐好后，迟雾低下头，把那瓶酸奶插上吸管递给他。

谈屹臣伸手接过酸奶，把脸靠在方向盘上，侧过脸看她。

"这是什么？"他看着迟雾手中的瓶子，出声问。

"温水。"

便利店没蜂蜜水，她换了一种思路，找店员要了一次性的咖啡杯加吸管，然后自己买了瓶蜂蜜，接了大半杯的温水捧回来。

这一招是她和谈屹臣小时候偷偷尝酒时研究出来的，当时怕被大人发现后挨骂，就在网上找了两条看着操作简单的解酒方法：喝酸奶或者喝蜂蜜水。

他们试了试觉得有点儿效果，但又不确定具体是哪一条有效果，干脆把这两个方法混着用。

迟雾嘴里咬着吸管，开始把蜂蜜拧开往温水里倒。

倒了一点儿蜂蜜进去后，她拿吸管搅了两下，凑上去喝了口，大概觉得不够甜，又开始继续加，这时宽松的男式外套垂下来。

"迟雾。"谈屹臣声音含混地喊了她一声。

"怎么了？"她回过头，"还没调好，你等会儿。"

谈屹臣笑笑："我爱你。"

迟雾愣了下，转回头去继续搅蜂蜜水，嘀咕了一句"傻子"。

南城大学两天的课程很快结束，三十号放假后，迟雾直接回了迟晴那里，第二天两个人一起去谈家。

除了谈屹臣去年满十八岁成人那次盛大的生日会，谈家人其余时候都是请一些要好的亲友过来，在自己家里庆生。

迟晴和迟雾到得晚，别墅外已经停了一排的私家车。迟晴找了个空位，把车停好，拿上给谈屹臣准备的礼物下车，迟雾和以往一样跟在她的身后。

她和谈屹臣的恋爱关系目前只在他的朋友圈里是公开的，他们暂时还没有告诉家长的打算。

没别的原因，两家关系太熟，一想到从此两家只要聚会她和谈屹臣的事就得被拎出来讲一讲，她就觉得窒息。

这会儿是上午十点，天气晴朗，院内草坪上架起了烧烤架，男人们正跃跃欲试地生着火，烧烤架上冒出一缕缕轻烟，飘起一股炭火的味道。年龄比较小的孩子正在草地上拉着玩具疯玩喊闹，一派和睦的景象。

这个时间点的光线略有些刺眼，迟雾没待一会儿就觉得被晒得面上发烫，打完招呼后她就进了室内，晃了一圈没见到谈屹臣，就猜到他这个点还没起，于是自己到后院去溜达。

后院地方比前院小，基本就是给狗爷撒泼打滚的地方。迟雾走过去，看见一个身影在那儿逗狗，正摸着狗爷的头。

听见动静，前方的人转过身，见到是迟雾，喉结动了下，礼貌地喊了声"姐姐"。

林池从小就喊她姐姐，这几家人向来有交情，只是来往得不太不频繁。

迟雾点头，问他在干什么。

"逗狗。"林池抬手抓了下后脑勺，放下手里的试卷，看向她，"以为你今天不来了，平时你和迟阿姨是第一个到的。"

迟雾"嗯"了一声，只说起晚了。

林池点头，表示知道了，接着从口袋里掏出个东西，很自然地递给迟雾："给你。"

那东西不大，迟雾在阳光中微眯下眼，没看清。她接过来看了下才发现是一管口红，是现在流行的送给女性的款式。

迟雾看了一眼，便把口红放在一旁的台子上，想了个不算太明显的措辞："我男朋友送过了。"

林池皮肤很白，在学校里算是招人喜欢的形象。

迟雾把话说出口后，不出意外，林池脸上有一瞬间的失望之色。

他偏过头看了一眼自己认真挑选的礼物，没怎么犹豫，不按常理出牌地打出一记直球："是你的话，早晚会分手，这个年龄段的感情基本都走不到头，我身边有些没你优秀的女生，也已经换了好几个男朋友了，就算……"

话没说完，林池就被人从身后踹了一脚。

"你搁这儿撬谁墙脚呢？"

谈屹臣刚睡醒，顶着有点儿凌乱的鸡窝头站在那儿，脸上很是不爽，从头到脚都带着打算要收拾人的气势。

这一脚很突然，林池被踹得失去平衡，跪在草地上，又立马爬起来，下意识转过头看踹他的人是谁。

林池见身后的人是谈屹臣，一肚子的火气又变成怨气："你踹我干什么？"

"你说呢？"谈屹臣的声音平淡，"自己理理，刚才都说了哪些话？"

林池一脸迟疑之色："我和迟雾说话，跟你有什么关系？"

"是吗？"谈屹臣环臂靠在门边，"来，再给你个机会，把自己刚才说的话，一个字一个字过一遍，看看是哪儿不对劲。"

"哪儿不对劲？"林池怕不清不楚地被揍一顿，听话地想了会儿，随后震惊地看向两个人。

"怎么可能？"林池看了他们一眼，"你们俩前两年见面的时候连话都不说，就差绝交了。"

"哦。"谈屹臣语气又欠又傲娇，"还不给冷战期了？"

三人沉默地互相看了半天。

大概是觉得谈屹臣的话让人难以信服，林池抱着最后一丝希望，把头转向迟雾："真的？"

迟雾点下头："嗯，真的。"

看林池十分钟前还在闷不吭声地挖墙脚，这会儿就碰了一鼻子灰，谈屹臣浑身上下一瞬间就爽了。

林池不太会掩饰情绪，一张脸红了半天。他尴尬地站了会儿，跟谈屹臣说了声"对不起"就要走，还没进门又被谈屹臣抬腿拦住。

"还干什么？"林池有点儿恼羞成怒，转过头看他。

"不干什么。"谈屹臣保持靠墙的站姿，下巴微抬，老神在在地开始威胁，"要是敢把这件事往外乱说，我保证你今年到明年都笑不出来。"

憋了半天，林池才闷声闷气地回："知道了。"

等人走了，迟雾看向谈屹臣："起来了？"

"嗯。"谈屹臣望着她，"来了怎么不来找我？"

"你不是还没起？"

"喊我不就行了。"

后院只剩两人，谈屹臣把人拽到怀里亲了下，挺自恋地问："是不是想我了？"

嗅着这人身上好闻的气息，迟雾微笑："以前半年不见，也没见你这样。"

"是吗？"谈屹臣睫毛微动，嘴角带了点儿笑意，还是那副吊儿郎当的模样，盯着她说，"你就知道咱们是半年都没见了？"

迟雾看他："不然呢？"

谈屹臣挑眉，歪过头又亲了她一下，卖着关子走了。

就在谈屹臣上楼回卧室的五分钟后，周韵突然踩着高跟鞋气势汹汹地杀到后院，见只有迟雾在那里，扭头看一圈，开口问："谈屹臣呢？"

"换衣服去了。"迟雾从狗爷面前站起来问，"怎么了？"

"也没怎么。"见没找到人，周韵转过头看向她，试着问，"小雾，刚才谈屹臣是不是欺负林池了？"

迟雾没直接回答："怎么了？"

"那孩子哭着走了。"

迟雾点头，实话实说、化繁为简，直接把谈屹臣择出去了："林池和我表白，我拒绝了，他大概是因为这个哭的。"

周韵愣了一秒钟："林池和你表白？"

迟雾点头。

"原来是这样。"周韵点头，气势又消下去了，"那没事了，阿姨错怪他了。"

迟雾模样乖巧地点头，"嗯"了一声。

了解完事情原委，周韵便走了。谈屹臣换好衣服从楼上下来，拉上迟雾一块去了前院。

生日宴傍晚五点开始，众人分完蛋糕、请阿姨帮忙拍一张合影后，今天就算是圆满过去了。

客厅内的人正在推杯换盏，气氛高涨。每年一到这个时候，谈屹臣都觉得自己是个工具人，生日只是给周韵办聚会的由头，请的客人也都是他爸妈的朋友。

谈屹臣和迟雾坐在一起，偶尔回答长辈两句，没事就在桌子底下牵个手碰个膝盖，动作很隐晦，一桌的人没一个发现。

大概是觉得不过瘾，他们干脆点开对方的通讯界面，两人坐在那儿，表面上一个比一个正经，实则手机上互发的消息已经非常大胆。

生日宴结束后，谈屹臣到门外把客人全部送走，神色有些疲惫地回到客厅。周韵正好也从外面进来，看人往楼上走，就喊住他："你这就睡了？"

谈屹臣转身，没什么表情地点头："嗯，今天有点儿累了。"

"这就累了？"周韵打量他一眼，摇了下头，有点儿嫌弃又拿他没办法，"那你睡去吧。"

"好。"谈屹臣点头，笑着说了句"晚安"，转过身继续上楼。

早在下午的时候，迟晴和周韵就约了美容师上门，打算晚上一起做美容，迟雾也跟着留了下来，等迟晴做完再一起回去。

热闹了一整天的客厅终于安静下来，迟雾难得清静片刻，到一旁的书立中取出两本杂志，在沙发上坐下来翻阅。

安静的客厅内只有美容仪器发出的微微噪声，杂志刚翻两页，迟雾放在一旁的手机就传来振动声。

消息是谈屹臣发来的，只有言简意赅的两个字："过来。"

看着这两个字，迟雾睫毛动了下，抬头看了一眼正躺着做面部护理的两人，放下杂志换了个方向朝后门走去，绕了一圈才踩着楼梯上二楼，顺着走廊走到谈屹臣的卧室门口。

迟雾刚抬手敲了第一下，门就从里面被打开。

房间内只开了一盏小夜灯，迟雾视线越过谈屹臣的肩头，四处扫了一眼，问他什么事。

"你说呢？"谈屹臣抱臂站在那儿，有点儿暗示性地看着她，扯着嘴角笑了，"刚在手机上，不是说想我。"

"是吗？"迟雾把视线挪到他脸上，看了几秒钟后，在继续装和直接上的两个选项中思考两秒钟，随后搂住他的脖颈，踮起脚亲吻他的喉结。

气温陡然升高，世界仿佛颠倒，两个人在昏暗的房间内碰出声响，谈屹臣抱住她，把人抱上柜台。没过多大一会儿，迟雾就被亲得有些缺氧，倚着墙壁，发丝微乱地垂在肩头，在蒙蒙的光线中，两个人的眼中只剩下彼此。

时间嘀嘀嗒嗒地过去，迟晴和周韵那边做好护肤的最后一个步骤。迟晴回过头，见刚才坐在那儿看杂志的迟雾不见了，抬起头四处看了一眼，问了句"人呢"。

周韵也跟着寻找，试着喊了两声，没人回应。

思索两秒钟后，周韵道："到楼上找找去，出门的话会提前说的。"

"嗯。"迟晴点头，还在按摩脖颈上的精华，"估计不知道趴在哪儿睡着了，找找看吧。"

听着上楼的脚步声由远而近地传来，谈屹臣垂眼，一只手搂过迟雾的腰，调整了下位置，直接把人按在墙角，吻得比刚才还投入。

两层楼之间的楼梯要转过一个半圆的弧度，周韵和迟晴在二楼的走廊逛了一圈还是没找到人，最后停在谈屹臣卧室的门外。

谈话声和离卧室很近，谈屹臣能听见声音隐约地传过来："小雾到底去哪儿了？"

迟晴想了想："不清楚，在臣臣这儿吗？"

话音刚落，距离迟雾仅仅半米的上方就传来了两声敲门声，偏偏谈屹臣这会儿把她的脸扳过来接吻。他眼里带了点儿笑，一下一下吻得温柔，边吻边看迟雾焦急的表情，整个人都浑蛋透了。

就算迟雾再受不了，也不敢在这种时候突然开门，所以谈屹臣就是故意的。

光线暗淡的空间内呼吸微乱，外面的人敲了大概半分钟才停下。迟雾攥着他的肩头，眼圈红红的，肩颈的汗沾在他的手臂上，才几分钟的工夫她就感觉自己离死不远了。

她被这人害死只是早晚的事。

片刻后，被迟雾扔到一旁的手机屏幕亮了，她忍不住微微歪头看过去，知道电话是迟晴打来的。微弱的振动声足足响了好几分钟，直到对面的人挂断，谈屹臣才转身把手机拿过来，左手点开联系人，编辑短信。

外头迟晴和周韵刚好找了第二圈，还是没找到迟雾的人。

这时正好收到迟雾手机发来的信息："和谈屹臣去看电影了，待会儿他直接送我回公寓，不用等我，晚安。"

"走了？"周韵问。

"嗯。"迟晴收起手机。

"我说敲门怎么都不开。"周韵懒得管，"不是说睡觉了吗？也不知道两人什么时候出去的。"

假期到了最后一天，除去中间有两天跟着谈承去酒局谈事情，其余时候谈屹臣都是和迟雾待在一起。

在客厅吃完水果捞，迟雾拖着躺椅躺到露台上，拿出平板电脑翻出上次没看完的系列纪录片接着看。

回去后就是两周军训，现在她能多躺一会儿是一会儿，后面有的是时间运动。

日头渐渐落入山中，橘红色的余晖映照大地，谈屹臣穿着件潮牌运动衫，头发微湿地从卧室里走出来。

他抓着灰棕色的短发，坐到迟雾身边的高脚椅上，笑着问："待会儿有个聚会，要不要一起去？"

迟雾点击屏幕按下暂停，偏过头看他："什么聚会？"

"邹风、杨浩宁他们组织的。"谈屹臣捏住她的下巴，俯身吻了她一下，"去不去？"

闻言迟雾扬了下眉，问："有女孩吗？"

"女孩？"谈屹臣想了会儿，过了遍人员名单，不知道迟雾问他这个是干什么，不确定地问，"盛薏算不算？"

想起前两天杨西语一本正经地和她说的消息，迟雾突然笑了，抬手往上触碰他的腹肌："谈屹臣，记得我说过什么，你要是背叛我，我会怎么着？"

"我找一个你找两个。"谈屹臣捏住她的脸，给了她一个"就你能耐"的眼神，"还想找两个，你看你这辈子有没有这个机会。"

迟雾"啧"了一声，把他从头到脚打量一眼："那就最好别让我有机会。"

"你看你有没有机会。"

拌了两句嘴，谈屹臣突然不怎么放心，临走前停住步子回头，倚在门边看着迟雾，压着嗓子威胁："你要是背叛我，也千万别让我知道，不然玩死你。"

"嗯。"迟雾头都没抬，靠在椅背上岿然不动。

谈屹臣服了，没话说了，问她想吃什么，晚上回来给她带。

"那得让我好好想想。"思考了三分钟，迟雾这才决定吃梅花糕和蟹黄汤包。

谈屹臣点头，"嗯"了一声，拽上外套拿上车钥匙出门了。

傍晚的微风很舒适，带着秋天的一点儿干燥。迟雾坐在露台上，直到把纪录片看完才去洗了个澡上床睡觉，一直睡到谈屹臣拎着她的晚饭回来。

估计他听进去了她下午的话，吃吃东西的过程中谈屹臣八风不动地坐在对面盯着她。他穿着运动衫，敞着腿坐在沙发上，露出清瘦的脚踝。

直到迟雾气定神闲地吃完，谈屹臣这才不紧不慢地站起身，走过去把人往卧室带。

国庆后开始的第一天，就是军训。

这两天跟九月初比算得上是个舒服的天气，只需要多涂防晒乳抵御紫外线，就没太大问题。但她没预料到舒舒服服清爽地训了一周后气温又开始回升。

中午光线强烈，他们开始转移到梧桐道，在树影的阴凉处军训。

秋风吹过，梧桐叶沙沙作响，树叶的空隙中投下细细碎碎的光影。

迟雾把军训帽拿下来，放在手里有一下没一下地扇风，手指将微微汗湿的碎发往后捋着，看着在操场上跑步的一群男生。

男生队伍正围着操场的塑胶跑道向前跑，谈屹臣穿着军训服，额前的灰棕色短发被汗水打得潮湿，正对着日头的方向微眯着眼。

无所事事地看了两分钟，迟雾便收回目光，从包里抽出纸巾，擦掉锁骨和脖颈上的汗。

训练的地方临近道路，时不时会有车辆慢速开过去。迟雾坐下来，拿过一旁的水杯拧开喝了两口，宋梓递给她一片冰凉贴，抱怨了一句："这天简直热到人要昏厥，来，贴上，可别热晕过去。"

迟雾在热气烘人的午后看了眼自己手里的冰凉贴，试着撕开贴到额头，瞬间传来一阵清爽的凉意，向宋梓说了声"谢谢"。

"没事。"邱粒拿着小电风扇吹起来，兜着身上的外套，面颊被热得通红，"最后一天了，明天下雨，我看过天气预报了。"

宋梓点头，把兜里的冰凉贴又分给陈潘潘和邱粒："可别再热了，这破天真受不了了，以为终于到秋天了，结果又回到夏天了。"

休息了会儿，她们三人讨论完晚饭吃什么，紧接着打算去后面的超市里买冷饮。

迟雾没跟着去，起身去了趟卫生间。

离班级军训点最近的卫生间在操场对面，体育馆活动大厅内，迟雾一路踩着阴凉走过去，把水杯里装上温水后，便坐在大厅门口的阶梯上休息。

这边是风口，风大，更凉爽。

脚下的瓷砖泛着光，在迟雾盯着地面出神的空当，额头上的冰凉贴突然被人撕下来。迟雾转过头，见到谈屹臣正拎着军训服，穿着件印着哥特体字母图案的黑色宽松背心，手里拿着她的冰凉贴正往自己额头上贴。

两人经常同进同出，尤其是谈屹臣，早在迟雾还没入学的时候，就靠那张脸在一众南城大学帅哥里杀出重围。迟雾入学后，两人的关系不算秘密，虽然他们没正儿八经跟身边人说过，但周围的人也多多少少能看出来。

他们就算不是情侣，关系也是非常好。

"跑完了？"迟雾歪头看他。

"跑完了。"谈屹臣到她身边坐下来，拿过一旁的纸巾擦汗，想着昨晚的聊天，"军训结束后，你回源江？"

她点头："回去看一下外婆。"徐芳华已经出院了，当下已经回到源江休养。

"嗯，帮我问声好。"谈屹臣手腕搁在膝盖上，拿过她的杯子喝了口水，"那你又得两天见不着我了。"

迟雾斜过头看他半晌，懒得搭理他："除了谈恋爱，你没点儿其他生活目标了？"

"有啊。"谈屹臣笑了出来，就是目标总是跟迟雾扯上点儿关系。

比如他玩心重，小时候不怎么静得下心，不明白为什么非得跟着谈承学这么多东西，但不学又不行，毕竟他以后得吃、得喝、得生活，玩也得有资本。

他爸更不可能不管他什么样都愿意把公司给他。

后头初三的某天，迟雾看上了杂志上的一件衬衫，钱不够，找他借零花钱凑。谈屹臣瞥了一眼迟雾下单的页面，衬衫比他的球鞋还贵，他那会儿还不明确什么叫喜欢，但脑子里冒出了个想法——是得好好努力啊，还有个迟雾要养。

两人坐在一块聊了会儿天，随后在吹集合哨后回到各自班级。迟雾这里的任务是练习正步走，由于抬腿不齐，全班被罚保持踢正步腿抬高的姿势。

等到正步走完，她的腿简直酸得像抽筋，偏偏她们摊上邱粒走路顺拐，教官纠正半天也没纠正过来，连带着迟雾这一排，一下午的时间都练个没完没了。

等到教官宣布完就地解散，邱粒直接一下子坐在地上，抓下帽子往包里一扔，挠了下羊毛卷，累得爬不起来："一个正步而已，怎么就练不好了？"

"那你倒是给我踢对呀，害得我也一下午没停过，腿都累断了。"宋梓把帽子扔到她身上，简直想杀人，"晚上回宿舍给我好好练，别停，明天没人陪你。"

"干吗这么凶？"邱粒瞄她一眼，给自己找台阶下，"你瞧瞧迟雾，人家也练了一下午，就什么都没说。"

这几个人里只有陈潘潘因为个头小被调在前面才没被牵连。

听了这话，迟雾把口中的水咽下，拧紧矿泉水瓶，毫无波澜地开口："其实我挺想骂人的，你要听吗？"

这会儿是下午五点半，太阳还未落山，半个操场都被铺上金灿灿的余晖，天边云霞盘亘。

人散得差不多后，谈屹臣屈膝坐在草地上，把短发往后捋着，拿出手机给迟雾发消息："一起吃饭？"

WU："不想吃，腿酸。"

TT："在哪儿呢？"

WU："怎么了？"

TT："男朋友帮你捏一捏。"

迟雾边捶腿边盯着信息，想了两秒钟，回了个"好"。

两人约好七点后在宿舍楼后面见面，迟雾洗完澡，换了身休闲的长袖长裤。头发微湿的她坐在宿舍休息了一会儿才踩点过去，顺手捎了两袋酸奶。

"被罚了？"见人过来了，谈屹臣抬起眼看她，感觉有点儿好笑。

迟雾点头，到他身边坐下来，把酸奶递给他。

宿舍有门禁时间，谈屹臣把酸奶放在一边，不打算耽误时间。"哪儿酸？"他打量一眼她的腿，试着往下按，"这儿？"

"疼。"迟雾忍不住皱眉，"好像哪里都酸。"

运动过度又没及时拉伸容易引起肌肉酸痛，谈屹臣经常打篮球或者是其他运动，时间久了也会一点儿按摩肌肉的手法。

迟雾靠在长椅上，嘴里叼着酸奶，边享受边拿着谈屹臣的手机玩游戏，打了五局游戏，败了五局。

"要不你休息会儿？"过了半晌，谈屹臣松开她的腿，觉得有点儿为难，还是没忍住开口，"这是邹风的号，输这么多，他会以为技术差的人是我。"

"……"迟雾想掐死他。

谈屹臣断断续续地给她捏了一个小时，两人才慢慢悠悠地回了宿舍。之后的几天，靠着每晚谈屹臣给她按摩，迟雾坚持到了军训的最后一天。

学生汇报表演上午开始，中午结束，之后就是周末。

迟雾回源江待了两天，除去找封馨吃了顿饭，都是陪着徐芳华。就在恢复上课的第一周，一条花边爆料猝不及防地冒了出来，是牵扯到谈屹臣和盛薏的，认识两人的都能看出这个爆料不实，但网络上看热闹的人不在少数。

盛薏不是什么大腕，更不是什么流量名人，在这个圈子里可有可无。这个爆料起初也就在她自己的粉丝和一些看热闹的圈内朋友中有点儿热度。

但这种消息在朋友圈里传播速度最快。很快两张图被曝光，拍摄时间就是迟雾从沪市回来的前一晚：一张是谈屹臣和盛薏共同上一辆车的背影照，第二张是被扒出的盛薏小号，在当晚发的一条微博，配图是谈屹臣穿着黑色 T 恤从套房卧室走出来的侧面照，配文是："唉，喝高了。"

就算在最火的时候盛薏也算不上有多大的名气，但也一直有粉丝愿意捧着她。关于盛蕙要退圈的传言一直没停过，结果就是她保持个把月出一次镜头的频率，回回在大家以为她真退了的时候，又出来打个招呼。

爆料被撤得很快，但还是被不少人看见了。

巧就巧在谈屹臣前不久刚在聚会上跟迟雾公开关系，这条爆料后续又扯出了迟雾，放出了生日会当晚两人在酒吧靠在一起的合照，把这条爆料往"三角恋"上引。

模特、丑闻、劈腿、横刀夺爱……几大劲爆要素全部集齐了，比一开始刺激得多。

不止一个人把截图转给迟雾看，谈屹臣那边也不例外，手机消息响个不停。

所有人都在期盼着看一场大戏。

收到消息的时候，迟雾正在上最后一节课，翻看完列表里所有的消息后熄灭屏幕，不动声色地抬头继续听课。没一会儿，手机就开始持续地传来振动声，迟雾把手伸进桌子里，直接关机。

这一节课结束是在一个小时后，下课后迟雾没跟着另外几人回去，而是一个人坐在教室里，等着。

傍晚的光线从玻璃窗射进教室，铺在桌面上形成四四方方的分割色块，整栋教学楼都安静无比，走廊里一丁点儿的脚步声都格外清晰。

谈屹臣是在半小时后赶过来的。他猜到迟雾已经知道这事了，因为手机打不通，联系不到人，他在女生宿舍没找到人，于是往教学楼这边找来。

此时的教室已经暗下来，迟雾坐在座位上，周身气场都很冷，正垂着头想事情。额前几缕碎发搭在肩头上，她一手转着已经关机的手机，一手摁着签字笔的开关，整间教室只有摁签字笔有规律的"啪嗒"声。

谈屹臣走过去："不管网上说什么都别听、别信，套房是盛薏订的，但里面还有其他人。谭奇喝醉了在那儿休息，我和她一起过去是去找谭奇，车里有代驾。有人故意爆料，已经在查了。"谈屹臣捧着迟雾的脸，把声音放缓，一种隐约的焦灼横在两人中间，"给我点儿时间。"

迟雾放下手机，抬起眼："谈屹臣，我之前说过，我们俩中间如果出了一点儿差错，我会弄死你。"

谈屹臣"嗯"了一声，现在只想先把迟雾安抚下来："等后面解决不好真出差错，你再弄死我也不迟。"

迟雾看他："盛薏对你有没有过其他意思的暗示？"

这关系到这件事的本质。

"没有。"谈屹臣郑重其事地开口，"我认识盛薏快两年了，她男朋友换了不下一只手的数量，能对我有什么意思？但凡有一点儿意思，这两年是干什么，欲擒故纵逗我玩？"

这次的事情明显是熟人干的，对盛薏针对性很强，谈屹臣清不清白待定，但迟雾是被拖下水了。一举两得甚至三得，现在消息只是还没往身边的人这里传，未来预计瞒不过家里。

这可真叫人不得安宁。

"好，我先不管你俩的事，你去问盛薏，问她有没有怀疑对象。"迟雾人稍微往后靠着，"后面该查的我自己会查，有要问的我会问，但现在我要查到是谁爆料的，谁扯上了我。"

谈屹臣没打算直接咽下这口气，迟雾更是。

第13章

坦露心迹

一

迟雾在查，谈屹臣也在查，在各自的关系网里挖人。

众人都被这俩人搅得不安稳。

晚上十一点，正是夜场最热闹的时候，红蓝氛围的灯光在舞池中央激烈地投照摇晃，音响震个不停。谈屹臣穿着黑色棒球服外套把车停在场外，在烟雾缭绕中一边和人通消息一边往里走，找到在一角喝酒的杨浩宁，把人拽出来，挂断电话，冷声问："你妹呢？"

"不知道啊，怎么了？"杨浩宁往场子里扫了一眼，能感觉到谈屹臣的态度很冷，谁惹谁倒霉，于是问，"找她干什么？"

谈屹臣没答，压着火开口："现在打电话给她。"

"怎么了？"杨浩宁不清楚，但也隐约明白过来，杨西语这是惹事了。

谈屹臣低头，看了一眼振动不停的手机，又是谈承那边的电话。

他这会儿没法接，知道百分之九十九是因为爆料的事。他一接电话就要回去，但迟雾那边要交代，只要他不能从谈承那边及时抽开身，没准就能直接被分手。

杨浩宁不免有些紧张："不管干什么，你先冷静一会儿。"

谈屹臣焦头烂额地把电话挂断，随后抬起头，压不住火地看向杨浩宁："你自己去问，她干了什么！"

盛蕙的微博评论区被攻陷，但当事人还和以前一样，不控评不删评，不做出任何回应。

这件事查到最后，就是杨西语和盛蕙两方的一场舆论战，网上互相抹黑对方的事从不罕见。

爆料是杨西语那边发出的，甚至是盛蕙那个压根就没几个朋友知道的小号，也是那边爆出来的。盛蕙扯出谈屹臣，谈屹臣扯出迟雾，两人完全是被拖下水，拿来造势的。

杨西语是零点过后被杨浩宁亲自回家拎来的，但比杨家兄妹先过来的，是气势汹汹的周韵。一辆气派的宾利 SUV 停到会所门口，黑色的车门被拉开，周韵盘着发，穿着一身墨色绸缎裙从车上下来，后面跟着一个拎包的人，两人一前一后，穿过灯红酒绿的场馆中心，随后到了谈屹臣所在的包间。

舞池的噪声隐隐约约地往这边传来，周韵给旁边的人使了个眼色，抬手敲了两下门，随后直接把门推开。

包间内三面都是沙发，一共坐了八九个人。

室内光线充足，谈屹臣正靠在那儿，外套搭在一旁的扶手上，听到门口有动静，抬起眼正好对上周韵的视线。

谈屹臣从沙发上站起来，声音很淡地喊了她一声。

"你还知道我是你妈，你爸给你打了一晚上的电话连个人影也没见着。"周韵抱臂，直直地看向他，"跟我回去。"

"我这会儿还有点儿事。"谈屹臣跟她商量，"给我两个小时，处理完就回去。"

周韵一步都不后退，眼神直白又锋利："来之前你爸说了，半小时内看不到你人，以后就别回去了。"

谈屹臣垂了下眼："我这会儿没法回。"

"没法回？"见他不为所动，周韵继续放招，"你自己想想今天都闹出些什么来，这事还是合伙人那边通知你爸的，丑闻给别人捏着就这么舒坦？就算要给你处理，也得先摸清楚情况，别用错招了还给人反捏住把柄。我和你爸这边的卡已经都给你停了，再不走，今晚你开的这间包间都未必有钱付。"

谈屹臣刚一张嘴，周韵就知道他要说什么，冷嗤一声："你有钱，那就看看那钱是不是够你吃一辈子，这么继续闹下去，你看这个家还有没有你待的地儿。"

其他人保持沉默。

谈屹臣压根不吃这套，态度强硬，两方僵持不下。

"公司那头都在看着你，你到底想不想把事情摆平？"周韵试探他的想法，好捏住他，"还是就打算靠这事大红大紫一把？"

谈屹臣对她直说："这事是假的，现在就是在摆平。"

"那跟我回去，有的是摆平的方法。"周韵跟身边的人开口："不回去也行，现在就给他买热搜，让他跟那个模特在榜上挂个三天三夜，我看他有没有本事撤。"

谈屹臣反应也很快："挂三天三夜公司那头就不介意了？"

"挂三天三夜就挂三天三夜，我跟你爸也年轻，再生一个也来得及。"

周韵看着他，有自己的理："没人等你两个小时，你现在不过去公司那头也介意，既然都介意，你这会儿撒手不管，就别想过得舒服。"

谈屹臣不说话了，明白不把他拽走她誓不罢休，在这儿纠缠也不是办法。

周韵女士在家养尊处优了十几年，但年轻时也是办事狠绝、叱咤风云的女强人。

好在这头要办的事情都已经有条不紊地进行着，只差个结果，谈屹臣俯身靠到邹风耳边，小声让他把迟雾叫过来，得有个当事人在这儿。他便让邹风跟迟雾说一声，要么去他家捞他，要么就等他出来，顺便叫邹风帮他看着点儿，别让迟雾冲动之下被人抓什么把柄。

交代完，谈屹臣就被周韵拎回去了。

迟雾是凌晨一点才到的，邹风不知道使了多少招才把人喊出来。她到的时候，杨西语正眼圈红红地坐在那儿，态度依旧很硬："我为了上镜饿得连觉都睡不好，凭什么她想拿就要拿？！"

杨浩宁没插手这事，坐在隔壁。谈屹臣的担心完全是多余的，全场没人比迟雾更淡定，在起初听完杨西语生硬的几句道歉后，她就穿着那件尺码稍大的黑色卫衣坐在那儿，若有所思地打量杨西语。

趁杨西语停下哭泣的空当，邹风侧过脸瞧她："有没有什么要说的？"

"嗯。"她点头，"先麻烦你们出去。"

"出去？"邹风面上带起点儿笑意，"哟"了一声，转过头往包间的角落看了一眼，"要动手？那我帮你把摄像头转个方向。"

迟雾："不是，不动手。"

她只是不喜欢被别人围观。

"那行。"邹风站起身，"我就在外头走廊，有什么事再喊我。"

"嗯。"

包间内只剩她们两人，迟雾撩起眼皮，脸颊侧面有发梢垂落，下颌微收，懒懒地歪在那儿："要求不高，哪些号泼的脏水，就用哪些号发澄清声明。"

杨西语吸了下鼻子，知道这会儿嘴硬也没用，只说："这是公司那边的事，我保证不了。"

闻言，迟雾眨了下眼："是吗？买通稿的时候挺果断。"

"就算是我这边有问题。"杨西语眼神转向她，"那照片难道是假的吗？不是盛薏拍的？"

"是她拍的，又能说明什么？真有什么那也是我跟谈屹臣的事，现在要算的是我跟你的账。"迟雾笑了，"我挺想不通的，非得带我干什么？人多热闹？"

杨西语坐在她的对面，垂眼盯着自己的膝盖："公司干的，跟我无关。"

"要不我现在录个音，你把刚才的话再说一遍？"

"……"

"没必要跟我装，你不说他们会知道？在我身上安摄像头了？"迟雾瞧着她问，"盛薏这会儿被骂成这样，你挺高兴吧？"

杨西语不说话。

"我查了，你们在抢下一期杂志封面和圣诞的一个限定品牌代言，原本已经敲定盛薏了，现在出了这事，大概率得落你头上。"

杨西语的脖子到这会儿才直起来："品牌方有选择权。"

"嗯。"迟雾站起身，"当然有选择权，但平白无故被你摆一道还能叫你最后得利，我估计到八十岁想起来都硌硬。现在谈屹臣已经被带回去了，家里也都知道了，所以打算直接找人说这事了，他们协商也好，投钱也行，反正都不能让这个资源落到你头上。"

杨西语眼睛红了，咬着牙质问："你凭什么这样！"

"凭什么？"迟雾眼神冷冰冰地瞧杨西语，第一回觉得跟成年人沟通也能有障碍，"盛薏拿到资源是她经纪公司的能耐，你经纪公司有能耐就去抢过来，你有能耐就去签她的经纪公司压住她，你又凭什么扯别人下水？"

杨西语哽咽着："我不是故意的。"

迟雾不吃这套："难道有人逼你？"

"……"

"你现在哭也是在可惜你的资源，你没理由哭，那我也没理由可怜你。"迟雾扬下眉，态度冷漠，"做错事总得自己承担后果，不然别人又凭什么放过你？忘了跟你说，我从一进来就录音了，局子里也不是没地方让你们蹲两天。"

说完，迟雾不再理杨西语，站起身拉开门出去。邹风正靠在走廊上，偏过头见她要走，喊住她："谈屹臣被家里带走了，等你去捞呢。"

迟雾停住脚，转过身看了邹风一眼："明天周末，让他待着吧。"

谈家将这件事摆平了，谈屹臣在家里被关了两天。

谈承把律师团叫到家里，让谈屹臣当面签了很多乱七八糟的东西，有保证书有协议，甚至包括如果他继续有这种乱七八糟的男女关系，这个家他一个子都分不着的条约。

谈家对他的底线就是不走歪道，其中也包括不乱搞男女关系，随便犯一条他连家都别回。谈屹臣看起来也不是特别老实的人，谈家父母生怕老了还得在外头认孙子、孙女。

周韵是真以为谈屹臣跟这个模特有什么，看他签得这么果断，又恨铁不成钢地骂了句渣男。

反正谈屹臣里外不是人。

强打精神应付完谈承和周韵，谈屹臣脱开身后就往迟雾那里赶。他被关两天，手机拿到手却没一条是迟雾发的消息，谈屹臣到门口停了会儿，试着输入密码，输完最后一个数字，密码锁自动解开。

还好她没换密码。

他推开门，室内昏暗，卧室的暖色调灯光散到客厅，空气中弥漫一股烟草燃烧的味道。

听见动静，靠在阳台上的人回头看，神情冷淡，鼻梁侧面的那颗小痣一如既往显得人很高冷，见到是他，迟雾也没怎么惊讶。

谈屹臣关上门，走过去，把她手里的烟拿走，瞟了眼身侧的烟灰缸："这是抽了多少？"

迟雾抬手捋了下被夜风吹得凌乱的额前碎发："没多少。"

"嗯。"谈屹臣把手里的烟在一旁已经被塞得差不多的烟灰缸内摁灭，没耽误时间，边想边开口，把事情解释清楚，"你第一回见我跟盛蕙是在 BOOM 那晚，邹风跟我说你在那儿我才过去的。没跟她专门约出来玩过，也没跟她单独相处过，也从没因为外面传的那些就真不把她当女孩，没这么拎不清。"

谈屹臣倚在栏杆上，垂眼想了一会儿，歪过头看迟雾："之后有两回是正常聚会遇到了她，那回是想约邹风，他正好在酒吧那边我才过去。谭奇酒量不好，一早喝多了被丢在酒店那儿，邹风到家了才想起这事，让我过去找人。"

"所以呢？"迟雾呼出一口气，朝他望过去，眼里有些血丝，"没干什么，我就该不介意这件事了？"

"这事是我的错。"沉默片刻，谈屹臣头疼得皱了下眉，"那你打算怎么解决？怎么样才能消气？除了分手。"

她瞟了他一眼："我要是就想分手呢？"

"想都别想。"这话一出，谈屹臣身上的气场开始沉下来，身上的黑色外套显得人很冷，压着声音开口，"除非我死了，不然你看你能不能分手。"

迟雾没搭理他，转过头，拿过一旁的烟盒磕出一根烟："我妈那里新出了一款产品，你也知道，她那儿资金不宽裕，只找了个十八线的男模特代言。"

　　她顿了下，继续说："知名度不高，所以我打算给他搞个和品牌方女儿深夜约会的料，增加热度。正好，你也试试自己女朋友跟别人飘在花边新闻上是什么感觉。"

　　两人距离不过二十厘米，谈屹臣微微斜着身体靠在那儿，下巴稍抬，眯着眼地看着她："迟雾，你敢去试试。"

　　迟雾直视他一眼，垂在脖颈的发丝被风吹得微扬，又重新落回灰色的薄开衫上。她拿过一旁的打火机，轻描淡写地说："你猜我敢不敢？"

　　二人对峙了几分钟，谈屹臣没辙，从小就是这样，他硬迟雾更硬。

　　谈屹臣拿过她的打火机，没让她点烟："这事是我的错，我认错，不会有下次。"

　　"别，谈屹臣，刚在一起的时候，你说你不干涉我的正常社交，同样我也不会干涉你的。朋友谁都有，就算你愿意，我也不会觉得因为谈恋爱就断掉朋友关系能显得多靠谱。"迟雾冷笑，"但这是不是不包括'半夜跑出去喝酒，喝到上脸还跟我说只喝了两杯'？"

　　见他不说话，她补充重点："然后就被拍了，到现在被挂在网上爆料。"

　　"所以你管我想什么时候，想找谁，想怎么挂在花边新闻上。"她目光冷淡地微嗤一声，"我们俩彼此彼此。"

　　"是我想喝的吗？"谈屹臣伸手把人揽过来，自己低下头逼近，有些咬牙切齿，"我也是被人平白无故地泼了一身脏水。"

　　她挑眉，不甘示弱地回击："那是什么？有人按着你往下灌的？"

　　二人对视中，谈屹臣突然扯了下嘴角，什么都不顾了："那你猜我那晚是从哪儿去的酒吧？"

　　迟雾睫毛动了下："哪儿？"

"机场，从沪市飞回南城的机场。"谈屹臣尽量掩饰眼里的情绪，"我说我等着跟你见面，想跟你开视频。你跟我说什么，你在跟朋友逛街，我那会儿就在你和陆喻逛的那条街的对面。"

烟灰缸里的烟头吊着最后一口气散发出烧焦的味道，秋季的晚风吹到肌肤上微凉。

两人对峙，又陷入了无端的焦灼，心脏连带着情绪都被紧紧拉扯，连空气一瞬间都仿佛变得稀薄。

沉默了一会儿，理了一下那天发生的事，同时也意识到发生了什么事。迟雾心跳微快，胸口起伏，喉咙干涩地开口："你可以提前跟我说。"

"你觉得我为什么不说？"谈屹臣把额头贴上她的额头，感受着相融的体温，低声问，"惊喜这种东西，对你是不是一种压力？"

温热的呼吸交错，两人几乎是鼻尖相抵，迟雾右手攥着他肩头的衣料，嗅着身边好闻的男性气息，不知道怎么接话。

她甚至不敢细想，谈屹臣那一刻是什么样的情绪转变。

"坐在一起喝咖啡这种没风没影的小事，不值得我把它拎到明面上去问你什么，我不想你不开心。但我也会想，想你为什么不能告诉我实话，你和陈檀在一块能说，和工作室的老板单独吃饭能说，为什么和陆喻不能说？还是这次以前，你也没和我说实话。"

谈屹臣垂着眼，边呼吸边和她近距离对视，眼圈逐渐变红："我那天只要一闲下来就是在想这件事。自己花一晚上调整好，第二天高高兴兴地去机场接你，你就算再不满意，我也只能做到这样了。"

迟雾心口堵得慌，眼里也氤氲着一片红色："那为什么不直接问我？"

明明她和陆喻什么事都没有，他偏要把自己搞成这样。

"你给我问你的底气了吗？"谈屹臣把手放到她的下颌处，心里难受得喘不过气，半晌偏过头轻轻贴了下她的唇，"迟雾，你从没说过喜欢我，什么都没说过，是我死乞白赖地要跟你在一起，除了占了跟你从小长大的这点儿便宜，我不比其他人多什么。"

沉默的这几分钟，迟雾突然产生一种她跟谈屹臣这辈子不是他死就是她亡的荒唐想法。

他们断，断不开，在一起又有一堆问题。

他们都是倔脾气，谁都不是过错方。

但谁都不好受。

"我没怀疑你跟他有什么，但你想一想。"谈屹臣凝视着她，手上的力气逐渐加重，"就想我那天站在街对面，看着手机上的信息，是什么感觉？"

情绪爆发之后，两人都处于一种不知道该说些什么、要说些什么的状态，沉默很久。

谈屹臣放在迟雾颈间的手从起初情不自禁到逐渐加重力气后，已经慢慢卸掉了力气。

风将发丝扬起，贴在脸颊上，迟雾抬手拂去，在逐渐变大的夜风中抬眼看向谈屹臣，看他利落的下颌线和薄薄的唇，看他不断起伏的鼻翼和微红的眼睛。

呼吸交错间，迟雾在脑海中过了一遍谈屹臣的话，换到他的角度从头到尾看了一遍事情过程，声音很低地问："那你想分手吗？"

"不想。"因为这个问题，谈屹臣把两人的距离拉到最近，"吵架是吵架，敢提一句分手试试。"

迟雾缓缓开口："不是这个意思，是换到你那边想，跟我在一起是不是挺累的？"

"没有，你别瞎想。"

迟雾又问："那你是觉得我和陆喻有什么？"

"没觉得。"谈屹臣叹了口气，眼睛四周的红意还没完全消退，指腹在迟雾耳根处那一片摩挲，"只是难受，要不是有这件事，我没打算说出来。你第一回问我时我就说了，已经不想了。"

"嗯。"迟雾也在看他，"我也没觉得你和盛蓥有什么，但看到你和别人的名字放在一起，会很不舒服。"

这是一样的道理。

"对不起。"他轻声说。

"没什么对不起的。"迟雾把手插进衣兜里，垂下眼看着两人相抵的鞋尖，语气淡然，"就是确实还不想搭理你。"

好歹她没把自己跟陆喻的名字折腾到花边新闻上。

"嗯。"他点头，心里松了口气，一副什么都依她的模样，"没事，不想理就不理，等你消气。"

"嗯。"

二人就这样安安静静地待了会儿，迟雾突然缓缓出声问："你记得吗？我们俩刚升一年级的时候，我有一支印了机器人的铅笔，当时送给了班里另外一个小男孩。没给你是因为你有，但你还是生了我一星期的气。"

那只是一段两人的儿时记忆，也不是什么伤感的事情，但迟雾就是觉得鼻酸："我不知道那个时候和现在，到底区别在哪儿？"

片刻后，她抬起头，红着眼睛看他："谈屹臣，我这两天在想，你是怎么确定'喜欢'我的，不是因为我们俩从小一起长大产生的错觉？"

如果是错觉，那他早晚都有回过神的时候，就像盛蓥。

"因为那个时候也是喜欢你。"谈屹臣看着她，语气很肯定，"那个时候是那个时候的喜欢，这个时候是这个时候的喜欢。"

"迟雾，你也是占了跟我一块儿长大的便宜了，我从头到尾就只喜欢过你一个人。"谈屹臣抬手轻轻擦掉从她眼角缓缓滑落的泪水，觉得心里有些发紧，低头在她的额前轻吻一下，"除了你没考虑过跟其他人在一起，就算你那天不答应跟我在一起也没事。我不会跟别人在一起，只会想其他方法，想怎么样你才能喜欢我一点点，怎么样才能追到你。"

"嗯，你想谈个正儿八经的恋爱。"

"不是想谈个正儿八经的恋爱，是想跟你谈个正儿八经的恋爱。"谈屹臣抬起手，稍微用劲扳正她的肩，让她抬起头和他对视，好能在这一瞬间看见他的心意和决心，"就算真到最后，你不愿意跟我在一起也没事，我会等。但我也得试试才能甘心，看我们的关系是不是真的不能再进一步了。"

在视线相交的几分钟后，迟雾轻呼出一口气："那你得逞了。"

"嗯。"他笑笑，灰棕色的短发被夜风吹得有些凌乱，身上外套也沾上了秋季的凉意，"是得逞了，女朋友。"

她吸了下鼻子："嗯，但一码归一码，这件事还没过去。"

"嗯。"谈屹臣笑着，驾轻就熟地往身侧栏杆上一靠，"那你打算后面怎么办？"

"就当是以前的冷战期。"过了会儿她说，看了他一眼。

他挑了下眉，嘴角扯出一丝弧度："行。"

他们终于把事情说清了。

长夜漫漫，迟雾那股劲儿还没消，忍不住点了根烟。谈屹臣这回没拦着，前半根烟被她抽了，后半根烟雾从他嘴边缓缓吹散。

两人又聊了几句，迟雾解释了避雨偶遇的原因，又把手机日历掏出来看，说他挺行的，因为他单方面面临有可能被绿的情况，还能忍住不找她的碴儿。两人距离上回吵架的时间已经过去两个月了，破了纪录。

"那你到底有没有喜欢我一点儿啊？"谈屹臣看着她，笑着拖出尾音，"就一点儿也成。"

迟雾挺酷地看了他一眼："自己想。"

迟雾抱臂靠在阳台上，目光从阳台到客厅门前，跟随他一路，足有二十米远。

谈屹臣的手刚搭上门把手，迟雾突然出声问了句，要不要她送他回去。

声音在寂静的夜晚格外清晰。

他停住动作，回过头看着她有点儿想笑，但没拆穿："你送我回去？"

"嗯。"

半个小时后，别墅卧室里。

"怎么非得来我这儿？认床？"谈屹臣打量着她，右手调着冷气的温度，看她站在那儿，从左手腕上取下一根细细的黑色皮筋，抬手捋过发丝，把肩后的长发松松散散地绾起来。

"谈屹臣。"迟雾喊他一声。

"嗯？"

楼下的音箱正放着歌，闹得人心痒难耐，室内昏暗，唯一照进来的光源来自外头的路灯。

迟雾的心跳得很快。她把这个眼里带着笑的浑蛋仔仔细细地看了一会儿，接着抬手攥住他的领口，嘴唇贴了上去。动作一点儿都没有收力，指甲直接把他的锁骨蹭出两道红痕。

谈屹臣看了她半晌，挺认真地说了句："我爱你。"

他说的是爱，不是喜欢。

昏暗的光线中，迟雾看了他一会儿，手指抚过他的下颌线，"嗯"

了一声。

"就'嗯'？"

迟雾笑着又应了一声："嗯。"

谈屹臣挑了下眉，垂眼看了她三秒钟后，紧接着伸手把人往怀里按。

迟雾反应也快，想挣脱。

"躲什么？"谈屹臣面不改色地问了句。

迟雾看着他："感觉你要动手。"她总觉得谈屹臣要治一治她。

"哦。"

她没猜错。

谈屹臣扯住她的小腿，迟雾往后退。两人力量悬殊，拉扯了几个来回，迟雾便发丝微乱地被制住，喘着气看向谈屹臣。她的两只手腕被他攥着，大半张脸埋在被子里，紧接着肩头的衣料被人撕扯下来，暴露在空气中的那块肌肤微凉。

谈屹臣低下头直接冲她的后脖颈咬了一下，留下了一圈牙印。

迟雾痛得"嗞"了一声，皱眉骂他："你属狗的？"

谈屹臣靠回床头，看着她气急败坏的样子，淡定地抬手擦了下嘴角："你嘴里就说不出一句好话是吧？"

他想听她说一句表白比登天还难。

谈屹臣想留她过夜，迟雾没什么表情地看着他，被他咬的后脖颈还在痛。她对谈屹臣说知足吧，没把他甩了就不错了。

天气渐凉，泛黄的梧桐叶落在树根周围，迟雾回到学校，恢复了两点一线的生活。

南城已经完全没了夏日的酷热，在清凉的空气里不知不觉到了秋天。

南大两周后举办运动会，宋梓是团支书，收到消息后拿着只填了两行的报名表在宿舍里积极动员，用赚学分游说几人参加。

迟雾坐在书桌前，穿着白色的薄绒衫，书架前头摆着一盏护眼台灯，散发着橘黄的光线。她手里握着一支笔，正在整理白天上课的笔记，宋梓把报名表放到她面前，问她有没有感兴趣的项目。

闻言迟雾停笔，大致扫了一圈，有篮球、排球、乒乓球等球类运动，还有跳高、跳远这些田径项目，都是些正常的体育项目。

安安静静地看了一分钟，迟雾摇了下头，语气平淡："没。"

"一个都没？"宋梓看着她，"这么好的机会你都不把握一下？"

迟雾点头"嗯"了一声，随后把目光转回课本上，继续画线。

"行吧。"看迟雾不为所动，宋梓也没辙，拿上报名表挪到邱粒那边。过了一会儿她又转过头看向迟雾："要不你做咱们班啦啦队？"

迟雾："不做。"

宋梓破罐子破摔地重重叹了一口气："行吧，那你去看就行，我上场的时候帮我加加油。"

"嗯。"迟雾点头。

南城在这两周里淅淅沥沥下了两场小雨，迟雾依旧和谈屹臣保持着冷战的状态，享受着这种状态下的短暂清静。

爆料风波已经完全过去了，但迟雾没想到会在周五晚上的公寓楼下遇见盛薏。

小雨过后，昏暗的空气里浸着寒意，在南城大学出现过一次的敞篷车停在她的楼下。那辆车的车身是银灰色的，车型很复古，像是电影里的老爷车。

盛薏坐在里面，手肘搭在车窗上，指尖扶着额头合着眼。她身上只穿了件露背黑裙子，看样式像是新一期杂志拍摄时的那款裙子。

迟雾停在那犹豫了两秒钟，过去敲了下她的车门。

"你回来了？"盛薏睁开眼，眼睛红红的，很明显有哭过的痕迹。她身上有很浓重的酒气，人比上次生日聚会时消瘦不少。

迟雾问她找自己什么事。

"上来说吧。"盛薏坐起来朝她笑了下，抬手把另一侧车门打开，让她上来。

迟雾小心地避开车座下面倒着的几个酒瓶子，坐在副驾驶座上看盛薏从身侧拿出几张照片。

"这是那晚后面随手拍的另外几张图，当时觉得好玩就拍了，那个小号也只有几个朋友知道，那天都在，不会因为照片多想。"

里面有谭奇四仰八叉躺在床上的丑照、谈屹臣面无表情地把人从床上拽起来的照片、盛薏看热闹站在卧室门口的自拍照，还有把三人都收进镜头内的合照。

如果口说无凭，那这几张照片就是最好的证据。

盛薏又恢复了之前靠在车门上的姿势，说话没有了平时那些显得她人畜无害的语气词，整个人嗓音平缓，像涓涓细流："这原本就是我和杨西语的事。不是不想帮你们澄清，就算我把这照片发出去，也只是再把谭奇扯进来而已。"

迟雾的视线从照片上挪开，她看了盛薏一眼。

"不用我细说，这种事你应该也懂，我干什么不重要，重要的是别人认为我干了什么。"盛薏笑了笑，眼圈微红，声音很轻，"之前见过你一面后，我就去打听你了，看了一遍你高中的学校论坛里面关于你的事。"

她顿了下才继续说："一张出入高档小区的背影照也能被造谣，这么一比，我这三年混得倒也还行。"

迟雾没接她的话。

"唉，我真挺喜欢你的。"她踢了下脚边的酒瓶子，确认真的被她喝光了后才抬起头，说话时微微有些鼻音，"看我这样你可能想不到，我刚入行的时候，经纪人说我一定能大红大紫。"

她看了迟雾一会儿，接着身体往前，把额头抵在迟雾的肩头，靠在柔软的衣料上。

迟雾没避开她，只是看向她已经有些乱掉的发型和裸露大半的白皙后背。

"我以前也真的觉得自己能成大明星。"她有些语无伦次，声音微微发抖，一边倾诉一边哽咽，"迟雾，我感觉，我们有些地方是一样的，但我好像走错路了。"

迟雾没出声，只静静地坐在原位。

夜风被阻隔在外，盛蕙捧着温热的水杯坐在沙发上，哭过的眼睛依旧肿得像金鱼，脑子里半晌还没缓过来。

迟雾把她带上来了，或许是出于某种人道主义或者纯粹没法让一个女孩在楼下受冻的想法，总之就是把人带上来了。

盛蕙披着迟雾扔过来的薄毛毯，整个人靠在沙发里，在柔和的光线下捧着水杯小口地喝着温水，她身上的那股寒意正渐渐下去，体温开始回升。

公寓内静悄悄的，她能嗅到室内飘浮着淡淡的馨香，和迟雾身上的味道一样。

投影仪下方有一摞杂志，迟雾从卧室里给她拿了身没穿过的衣服，指着旁边的次卧，说没人睡过，她缓过来了就去休息。

安排完，迟雾便不管她了，屈膝坐在她的不远处敲打着键盘做PPT。

盛蕙因为被邹风搞黄了上季度的一个出镜机会，那种威胁感横在前头还没下去，于是试探着问了一句："你今天可以多陪我一会儿吗？"

迟雾没什么表情地回头看了她一眼，给了她一个"关我什么事"的眼神："爱睡就睡，不睡滚。"

两人四目相对，房间里沉寂半晌，盛薏好半天才有点儿尴尬地回了句："睡。"

她不睡就得回楼底下吹风，要不就是因酒驾被交警叔叔拉走。如果再上新闻，估计老板明天就得把她掐死。

做好 PPT 后，迟雾回到自己的卧室休息，盛薏一个人坐在客厅缓了会儿神，随后才去卸妆洗澡。她是十一点睡下的，而谈屹臣是凌晨四点赶来的。

室内突然亮起昏黄的灯光，盛薏被人强硬地拽了起来。因为没睡到自然醒，盛薏的头还残留着宿醉导致的疼痛，她疼得皱眉，抬眼看到面前的人愣了半分钟。

"睡得挺香？"谈屹臣正垂眼看她，他穿着黑色冲锋衣，身上还有从外面带进来的寒气。

盛薏有点儿心虚："还行，你怎么来了呀？"

"你觉得呢？"谈屹臣皮笑肉不笑地看着她，"昨晚有人给你和迟雾拍下来发了个朋友圈，这会儿大半个圈子的人在催我过来看看。"

"是……是吗？"

不等谈屹臣回答，两人身后传来动静，迟雾拉开卧室门，被客厅的光线晃得眯眼。她边抓着额前微微凌乱的碎发，边从里面走出来，看见谈屹臣后微微愣住。

"你怎么在这儿？"迟雾问。

谈屹臣随口想了个理由："想你了。"

迟雾挑眉："想我了你来找盛薏？"

迟雾猜到谈屹臣是担心她，于是抱臂靠在门前，淡淡地打量两人："这会儿才四点，不睡就出去，我要睡觉。"

冷冰冰地撂下一句话，迟雾便转身回了卧室，"嘭"的一声关上了门。

因为这个动静，室内安静下来片刻。见人走了，谈屹臣这才压着声音对盛薏说："要是再出了什么事牵扯上迟雾，明年你就在家歇着吧。"

"真的这么狠？"盛薏舔了下唇，明亮的眼睛直视着他，反问一句。

"不信你试试。"谈屹臣语速不急不缓，但压迫感十足，"别说没提醒你，试之前备好钱、备好关系，不然怕你饿死。"

把话说完，谈屹臣也不管她了，关上门走到迟雾的卧室门前，动作很轻地敲了两下，里面没反应，于是他试着打开门。

室内只亮着一盏小夜灯，迟雾还没睡，正神色困倦地靠在床头拆蒸汽眼罩，见他靠在那儿看她，就问了句来干什么。

"不干什么。"谈屹臣直勾勾地看她，"你睡觉不锁门？"

"嗯。"

"刚才反锁了吗？"

"没。"

听到这话，谈屹臣多少觉得不爽，闷闷不乐地问："你怎么把盛薏带回来了？"

迟雾侧过脸："不然呢，等狗仔过来拍，说她到我这儿深夜买醉？"

因为这个突发情况，两人的"冷战期"直接结束。

只剩下两个多小时的睡眠时间，迟雾不打算浪费，戴上蒸汽眼罩后便躺下休息。谈屹臣自觉地从另一侧上床，从她的身后揽住她的腰，把差不多两周没怎么见面的人搂到怀里。

"下次再有这样的情况要告诉我。"谈屹臣看着她被蒸汽眼罩盖住的大半张脸，不怎么放心，"最好直接离盛蕙远点儿。"

"跟我有什么关系？"

"我担心。"

"哦。"

夜静悄悄的，隐隐约约能听见外面呼啸的风声，就在迟雾快要睡着的时候，谈屹臣喊了她一声。

"嗯？"迟雾声音很轻地回应他，听得谈屹臣一阵心软。

"问你个问题再睡。"

"好。"

"宝宝。"谈屹臣看着她，把脑袋蹭到她的肩头，小声开口，"你到底喜不喜欢我啊，就一点点也行。"

这人到底有完没完？

南城大学运动会周四开始，是个晴天。

迟雾到最后也没报项目，临时被塞进院里的啦啦队，领了一套白色的队服。好在没什么开场表演，她们只需要代表院里站在看台上加油就可以。

任务不重，可有可无，还可以加学分，迟雾欣然接受。

比赛也分为好几个场地，排球、篮球、乒乓球在体育馆，其他项目在操场，两边同时进行。

按照院里要求，迟雾在宿舍提前换上啦啦队队服：白色的露腰运动短T恤搭配短裙，T恤胸前是黑色的线条字体，写着院系名称。临出宿舍前迟雾又在外头套了一件黑色棒球服。

相比前几日小雨后的降温，今天的气温短暂回升，宿舍的其余两人也被宋梓拉来，睡眼蒙眬地在看台上找空位。

最先开始的是排球赛，排球场馆这边的看台已经人满为患。

闲着无聊，迟雾一个人倚在看台第二段的栏杆上，看着手机上的信息。

TT："出来看运动会了？"

WU："嗯。"

TT："体育馆还是操场？"

WU："体育馆。"

TT："在哪儿？"

迟雾回头看了一眼："D区第十二排。"

对面接着回："我去找你。"

WU："好。"

回完消息，迟雾放下手机，看着前方锃亮的排球场地。

排球赛是南大今年新加的比赛项目，队伍也是临时组的，不分院系。报名表交上去后就进行了简单的分队和选拔，最后选出两个队，进行一场友谊赛。

馆内人声喧闹，一眼扫过去大致能看出人群中有好几种颜色的啦啦队服，分别代表不同院系。

迟雾视线正放在两边准备的排球队伍上，肩头突然被拍了一下。

她回过头，发现是詹艾。

"你也来了？"詹艾扎着高马尾，穿着墨绿色排球队服，手里拎着一瓶矿泉水。

迟雾点头，看了她几秒钟才恍过神，淡淡笑着打了声招呼。

如果算上李溪藤，距离上次三个人见面那次已经过去三个月了，两人还是第一回在大学里见面。

"我穿着排球服是不是还挺有以前排球队的感觉的。"詹艾往底下的场地指了下，介绍道，"场上的基本都是我们排球社的，就当是给排球社练手，后面要参加大学生排球赛。"

迟雾点头，视线盯着台下即将发球的一方。

詹艾揽过她的肩膀："别看得这么认真，友谊第一，比赛第二。"

迟雾想问问她什么时候心态这么平和了，以前在一中排球队每天念叨的就是拿冠军，不过詹艾话音刚落，排球场内的人已经发出首球。

队员起跳，球被击出，紧接着另一侧的球员同时做好拦网的准备。

但下一秒钟，想象中的碰撞并没有发生，球没过网。

看台上原本鸦雀无声，见球连网都没过，激起一阵揶揄的嘘声，没一会儿又恢复了之前的嘈杂，集中在场上的视线瞬间减半。

第一球没过网，多少有点儿尴尬。

"球发低了。"迟雾说。

"嗯。"詹艾点头叹气，"所以友谊第一，比赛第二。"

打成这样没必要非得争个你死我活的，不如放平心态。

詹艾从衣袋里掏出盒口香糖，递给迟雾一片，两人继续观赛。

好在第一球过后，场下的人逐渐进入状态。没多久，场外突然传来一阵声音，看台上的脑袋一个连一个地朝左看去。

看台上绝大部分人的视线开始被排球场边的一队黑色人影吸引，那些人个头高挑，球服外面套着外套或是卫衣，正从休息室走进来，十分显眼。

"篮球队的。"旁边穿黄色啦啦队服的女生低声说道。

"篮球队的过来干什么？"詹艾踮脚往下看，"这是哪个院的啊？"

迟雾回应她："计算机。"

她看见谈屹臣那头格外显眼的灰棕色短发了。

篮球赛是下午打，场地就在隔壁，这一队人似乎就是过来闲逛。

他们三三两两地朝看台走，找座位坐下来看排球比赛。

迟雾甚至在队伍后头见到了谈屹臣身侧的邹风，大概他今天没课，也过来凑个热闹。

两人站在场边，谈屹臣抬眼朝看台上扫视一圈后，随即锁定了迟雾的位置。他转过头和邹风说了两句话，随后朝她走来。

"是谈屹臣！"黄色啦啦队的女生扯着身边女生的裙摆，语气满是压抑的兴奋之意。

谈屹臣这个人在南城大学的确出名，算是一帮女生私下评出的校草。

另一个黄色啦啦队队员见状用膝盖抵了下前一个队员的小腿，用视线和嘴型提醒，朝迟雾的方向隐蔽地示意。

前一个人看了一眼迟雾，压低了声音："听说他俩只是青梅竹马，不是男女朋友，没事……"

闻言迟雾嚼着口香糖漫不经心地往后看了一眼，冷淡的视线和两人对上，后者立马尴尬地噤声。

"听说错了。"迟雾淡淡地提醒两人。

从场下上来需要从两侧的楼梯走，谈屹臣边往上来边低头看着手机。他穿着黑色的球服，外面套着一件和迟雾身上款式差不多的棒球服，图案比迟雾身上的扎眼。下半身同样是一件黑色的美式篮球短裤，恰到好处地露着那片醒目的文身。

发完消息，谈屹臣这才抬起头朝迟雾的方向看，用拿着手机的手朝她打了下招呼。

詹艾看着从底下走过来的人，又侧过脑袋看了迟雾两眼："来找你的？"

迟雾："嗯。"

"那他是你的……"

"男朋友。"

"那你男朋友是真帅啊。"詹艾眼神微亮，语气带着点儿琢磨之意，"不过他也是一中的吗？"

"不是，是十七中的，怎么了？"

"是吗？怎么我觉得他眼熟，感觉见过。"

迟雾挑了下眉："南大里偶遇过？"

"不是。"詹艾很确定地摇头，但一时又想不起来，"先这样吧，不想了。"

詹艾不打算在这儿当电灯泡，跟迟雾打了声招呼转身就走，约好下次有空再聊。

场下依旧传来排球"嘭嘭"的击打声，几句话的工夫，谈屹臣已经走到她跟前，用拎着的矿泉水碰了她两下，出声提醒："看什么呢？"

四周陷入短暂的安静，众人视线集中在两人的身上。

迟雾回过神转身，仰头看他："没看什么。"

"没看什么也能这么专注？"谈屹臣笑了下，侧身倚着栏杆。

迟雾点头："嗯。"

"哦，行吧。"谈屹臣挑眉，抬手捋了下短发，随后把迟雾拉到自己跟前，微微俯身，把下巴搭在她的颈窝处靠着。

场下的排球赛还在激烈地进行，目前是 11：17。两人就保持着这个姿势无聊地看了一会儿后，谈屹臣从排球场中收回视线，低头瞥了眼迟雾身上的棒球服，这才发现衣服是自己的，没忍住笑道："这件在你那儿啊？"

迟雾点头："好看吗？"

"好看。"

迟雾偏过头打量了他一眼，暗示着说："但你身上的这件好像更帅。"

"是吗？"谈屹臣语调散漫，把小臂搭在栏杆上，边回着篮球队里的消息边顺着她说，"随便你穿。"

"那等会儿咱俩换？"她想穿他的。

"可以。"

场下蓝队又靠发球拿到了一分，比赛即将迎来赛点，谈屹臣问她中午吃什么，他下午有比赛，时间上只够去食堂。

迟雾说她想想。

篮球赛第一场就是计算机院的比赛，迟雾看了一眼谈屹臣的手机界面，问："你这微信名到底是什么意思？"

迟雾记得以前是一个 T，可以理解为谈字的音序字母，不知道从什么时候起变成两个了。

"想知道？"谈屹臣抬眼问道。

迟雾点头："嗯。"

"那你记不记得邹风微信名是什么？"

"记得。"迟雾回他，"一个 Z。"

他的微信名也是姓氏的音序字母，很好记。

"嗯。"谈屹臣点头，有点儿得意又有点儿不好意思地说，"我是他的双倍。"

Z。

TT。

迟雾："……"

这俩人能玩在一起何止不是偶然，简直是天选。

沉默了几分钟，迟雾才把视线从他脸上收回。

这个解释让人不怎么想接话茬，但的确很符合谈屹臣的风格，是她男朋友能干出来的事。

　　场下几分钟后吹响哨声，排球比赛的第一局结束，迟雾转身到身后的座位上坐下来，谈屹臣也跟着坐到她的身边。

　　中场休息，看台上的人稀稀拉拉地往下走，有的是去卫生间，有的是出去透风，馆内一时人声嘈杂。

　　楼梯上有人来来回回经过，两人座位靠在中间，谈屹臣把人往跟前搂着，防止过去的人蹭到迟雾。他掏出手机打开相册，开口："对了，找你是有件事要跟你商量。"

　　"嗯？"迟雾正坐在那儿玩手机，闻言偏过头看向他，"什么事？"

　　"挑个车。"谈屹臣问她："喜欢什么颜色？"

　　"黑色。"

　　"那咱俩眼光差不多，你看这两辆，大蜥蜴的全黑和柯尼塞克全黑，更喜欢哪辆？"

　　迟雾抬眼看他："我喜欢你就买？"

　　"嗯。"

　　"那你这是给你买还是给我买？"

　　"是让你帮我挑一个。"谈屹臣意味深长地撩起眼皮看她，手机在手里转了一圈，"半个亿的车给你？想得美。"

　　休息的时间过半，第一批出去的人已经开始回来，一旁的通道上有点儿堵塞。

　　迟雾偏过头，手指在屏幕上滑动，表情很认真地把两张图翻来覆去地看了七八遍。

　　前一个是西尔贝大蜥蜴，后一个是柯尼塞克黑武士，迟雾果断地把照片停在了柯尼塞克那张。

　　"你确定？"谈屹臣看她说，"挑得这么快。"

"嗯。"迟雾点头。她是车盲，从照片上她看不出太多区别，但四个字的车名明显比三个字的听着酷一点儿。

尤其是西尔贝这个名字，老让她想起一家卖西北美食的餐饮连锁店。

选好车后，第二局比赛也正好开始。两人收起手机继续看，直到比赛以 2：0 的结果结束，两人才一块到食堂解决午饭。

篮球赛下午两点开始，由于是热门的比赛项目，一点的时候球馆的看台上就已经陆陆续续有人占位。

迟雾跟着谈屹臣吃完午饭后回到体育馆，邹风不知道从哪里逛完，已经坐在台上了，他手里正晃着一瓶冒着冷气的可乐。见人来了，他抬手挥了两下打招呼。

"这东西在哪儿买的？"谈屹臣看了一眼他身旁的三明治，顺手从他的购物袋里掏出两瓶七喜，打开后递给迟雾一瓶。

邹风回他："你们学校超市啊。"

"买这么多？"

"这不是还有迟雾的吗？"邹风笑着看了他一眼，"你在下面打，我带你女朋友在上面看。"

两个人没贫几句，把迟雾安顿好后谈屹臣就去后头的休息室了。篮球队在那儿集合，球队上场前要开会。

迟雾坐在邹风身旁的位置上，正低头回着邱粒的消息。她们还没吃完饭，求迟雾到了的话帮她们占几个座位，迟雾回了个"好"。

比赛时间临近，周围人渐渐变多，迟雾从邹风的购物袋里拿出几包零食，在附近的位子上各放了一包，这就算是占了位置。

邹风把喝完的可乐罐扔进脚边的另一个空购物袋里，无聊地问了一句："你说谈屹臣能拿几分？"

迟雾："不知道。"

"你猜猜呢？"

"不知道。"

两人的共同语言接近于零，很快他们又陷入沉默。

二十分钟后，邱粒三人过来了，在场下远远地跟迟雾挥手，迟雾见状朝自己身边的座位指了指。

看台内还剩些座位，但要么位置不好，要么没有三个连在一起的位置。三人犹豫地看了眼迟雾身旁的邹风，思考了几秒钟，还是朝她这边走过来。

迟雾一共留了四个位置，除了这三人，待会儿还有邱粒的男朋友要过来。

邹风、迟雾、宋梓、陈潘潘、邱粒、邱粒男朋友，几人按照这样的顺序坐成一排，避免了不认识的人感到尴尬。

除了一开始邱粒在宿舍群里轰炸迟雾，问她从哪儿又找到这么一个极品帅哥，迟雾回了句谈屹臣的朋友，其余人全程毫无交流。

时间一晃而过，两点时篮球赛开始。

场上躁动的人群安静下来，观众不由自主地把视线放在正从休息室走出的篮球队员身上。

计算机院队穿的是黑色球服，对手经管院队穿的是红色球服。谈屹臣在他们队第二的位置，他长得帅、身形正，全场一半以上观赛的女生把目光集中在了他身上。

两队各自站好，裁判首先宣布比赛还有五分钟正式开始，让双方球员各自握手，以示友谊第一、比赛第二的体育精神。

这句话一出，看台上的人隔着几十米远的距离，都嗅到了两队人之间的硝烟味。

"哟，有好戏看了。"邹风敏锐地察觉到场上气氛变化，看热闹似的来了这么一句。

握完手，双方站好，裁判进行跳球决定哪方获得进攻的权利。

球被抛出后，经管院首先拿到球，场上所有球员都在顷刻间动了起来，黑红两色的身影撞在一起跟着球运动。

眼看对方直接冲入禁区，计算机院队立即进行事先安排好的二三联防，谈屹臣和队里的一个板寸头队友上去进行包夹，把球成功抢断后谈屹臣快速地把球带过半场，将球传给队里的控球后卫，随即打了个手势组织发起进攻。

邹风弯腰，从袋子里拿出一袋薯片拆开，捏了片放在嘴边"咔"地咬了一口。接着他把剩下的薯片往迟雾那边递："喏，这球抢得不错，有戏。"

场上，控球后卫示意中锋上来挡拆、持球进攻，吸引对方双人防守，借机将球传给三分线外的谈屹臣。

此时对方正无人防守，谈屹臣接过球跳投，几个动作在短短几秒钟内完成，对方防守已经跟不上，只能眼睁睁看着篮球在空中划过一道弧线，随后应声入网。

看台上传来一阵欢呼声，几个穿计算机院啦啦队服的女生站在场边，大声地呐喊加油，气氛与上午的比赛天差地别，像是热油与开水碰撞，激情四溢。

谈屹臣回过头，边喘着气往后退，边朝迟雾看了一眼。

"这分拿得漂亮。"邹风正在给迟雾实时解说。

因为这句话迟雾抬起头，正好看着谈屹臣转身后退，跟刚才打配合的队友对了个眼神，然后继续朝球跑去，预备下一轮的进攻或防守。

这个过程中谈屹臣的灰棕色短发随着跑动被风扬起，头发被汗水打得湿漉漉的，又被他顺手往后一抓，在黑色发带后形成一个松松垮垮的背头。

前半部分靠着谈屹臣和队里控球后卫的配合，两人拿了不少分，但比赛越往后越难打，分越来越难拿。

计算机院队的队内意识远远比不过对面，除了一个控球后卫，几乎没人能跟得上谈屹臣的节奏，一开始的优势已经渐渐没了，比分胶着不下。

比赛紧张刺激，看台上看比赛的两人短短二十分钟内就拆了三包薯片，没吃两片就开始往身边递，不知道递哪儿去了就再开一包新的，把看球赛的派头做足。

迟雾咬着吸管，看着场内来回奔跑打手势的黑色人影，甚至能直接判断出刚刚是因为谈屹臣在喊完"回防！"后，高个子队友反应好几秒钟才导致丢分。她猜谈屹臣面无表情的那一秒钟在想"这哥们长这么高，到底有什么用啊"。

想到这儿迟雾就笑了，拿走插在饮料里的吸管，趁着心情好直接仰起头喝下小半罐。

眼看又失了一球，邹风唏嘘："这球打得够让人火大的。"

随便换个配合好的队友，谈屹臣这场都赢定了。

迟雾点头，舔着唇边残留的饮料，"嗯"了一声。

一场四节，一节十分钟，很快上半场结束，进入中场休息。谈屹臣喘着气，整个人都因为高强度的运动流着汗。他拎着胸前的衣领扇风散热，边扇边往场下倒着走，视线和看台上的迟雾对上后才舍得收回视线。

卡着中场休息的空当，控音室播了首维兹·卡利法和伊基·阿塞莉娅唱的 *Go Hard or Go Home*（《胜者为王》），馆内人声鼎沸，喋喋不休的讨论声混着音乐在耳边响个不停。

迟雾扔掉喝空了的罐子，看了一眼休息区内把手机放在腿上打字，同时正试着单手拧矿泉水瓶盖的人，两秒钟后，手上手机传来振动声。

C："输得真难受。"

原本以为"TT"这个名字对谈屹臣来说有什么意义，得到那个幼稚的解释后，迟雾趁中午吃饭时就给这人加了个备注"C"。

她不怎么走心地给他回："没事，友谊第一比赛第二。"

中场有十五分钟休息时间，谈屹臣在发完第一条消息后没急着发第二条，而是仰起头喝下了大半瓶水补充水分，又拿过包里的纸巾简单擦了汗，随后才拿起手机继续发消息。

C："感觉会输。"

WU："嗯。"

C："所以为了不在后半场划水，我打算跟你打个赌，敢不敢？"

WU："先说赌什么？"

C："赌我能不能赢。"

WU："赌注？"

C："我的随便你提，你的我已经想好了。"

迟雾停了两秒钟才回复："是什么？"

对面直接回："我要那个问题的答案，要你自己说。"

他要的是"你到底喜不喜欢我"的答案。

迟雾指尖放在键盘上打了字又删掉，反复几次后还没想好措辞，对面继续发来消息。

C："一个随便你提的要求换一个答案，是你赚了。"

她似有所感地抬起头，场下的人也在看着她，正气定神闲地倚在身后的墙壁上，隔着遥遥半个球场给了她一个"敢不敢"的眼神。

迟雾低头回他："好。"

对面也没停，继续说："坦白说我感觉你没准都快爱死我了，就是嘴硬，但怎么办呢，我就是想听。"

　　看到这条消息迟雾没忍住笑，举着手机微微往后靠去，回他："半个月前连问一句的底气都没有，这会儿又觉得我快爱死你了？"

　　C："嗯。"

　　C："玩冷战的这两个星期，我把咱俩的事从头到尾都顺了一遍，理了挺多东西。从前年的跨年夜到现在，就算我们到了现在这个地步你也没跟我表过态。"

　　迟雾静静看着，等他的下文。

　　C："其实我一开始是笃定你对我有意思的，很多时候很多行为，用不着我跟你细讲，你自己心里也有数。但到后面你不愿意跟我在一起时，我就动摇了。时间一久我就想，你这人对我可能也就是有几分占有欲，怎么着都得先把我给占了，不能让别人拿去，是这样吧？"

　　迟雾舔了下唇："嗯。"

　　C："就这样一直到咱俩吵架，你不和我在一起，未必是因为不喜欢我，谈恋爱和喜欢我从头到尾其实都是两码事。"

　　因为这几条信息，迟雾的心跳踩着背景乐的节奏逐渐加快，她保持镇定地回他："这么自信？"

　　C："嗯，因为我还忽略了另一件事。"

　　迟雾低着头看着带有卖关子意味的一句话，像是要挑开两人最后一层纱似的，缓慢地打出了三个字："什么事？"

　　消息发出的瞬间裁判吹哨了，场馆内的音乐声戛然而止，一瞬间世界恢复了安静。

　　迟雾抬起头，心跳如擂地看着场边单手握着手机的人影。那人抓着最后一点儿时间，不紧不慢地打下最后一行字，然后以一种胜券在握的姿态发出。

　　迟雾的手机上传来振动声，她低头看着新收到的消息。

　　C："没人会对不喜欢的东西有占有欲。"

她喜欢的东西有糖果，有玩偶，也有谈屹臣。

下半场比赛开始。

迟雾看着手机上的那条信息，五分钟后心跳依旧很快。她在脑子里把他发的这几段话顺了一遍，随后熄灭屏幕，继续抬起头，把视线放回场内。

邹风嚼着薯片，看了迟雾一眼："你俩通什么信呢？"

迟雾没理他。

上半场双方体力消耗很大，很明显，下半场双方较量的节奏已经没之前那么快。

时间已过大半，计算机院的比分一直落后。

球场上，谈屹臣站在中场的位置，汗水顺着后脑勺的湿发流到后脖颈、手臂上，他手里带着球，运至三分线外体前变向把人过掉后利落地拿下两分。

看台上一片欢呼。

"看得我都紧张了。"一旁的宋梓放下从邹风那儿传来的薯片，也不吃了，全神贯注地看着下面，"打得真不错。"

迟雾点头。

比赛接近尾声，看台上几乎没人说话，观众都在观看紧张刺激的赛况，视线紧紧跟着场上跑动的人影。

计算机院要输，但谈屹臣在追，经管院在防，双方体力已经极限，死咬着对方不放。

眼看着经管院又进了一球，比分再次拉开五分，局面几乎定下来了。但整场球赛已经因为双方的追逐而高潮迭起，看台上的人心几乎跳到了嗓子眼。

"哎，迟雾，咱们来看看谈屹臣能不能卡最后一分钟再进一个球。"邹风笑着招呼她。他把手肘搭在腿上，身体微往前，摆出一副拭目以待的模样。

迟雾也把手里的饮料往下放了放，看着球场。

场上光线明亮，深褐色的地板反射出头顶的灯光，谈屹臣又拿到球了。

他盯着对方的球筐大口喘着气，像是隔着几十米远把呼吸声传到了迟雾的耳朵里，身上全是汗，对面的人紧盯他不放。

双方拉锯间，谈屹臣抬头隔着球场遥遥看了一眼迟雾，迟雾知道他想进球，赢不了他也想进。

接着谈屹臣和队友对了个眼神，运着球虚晃一下，紧接着把球传给控球后卫，控球后卫接球后往反方向跑，跑出空位后紧接着被对方盯防。他踩着最后五秒钟把球又传回了谈屹臣手中，谈屹臣转身过防冲入对方篮下，起跳暴扣。

球被大力地扣进篮中，篮筐晃动，同一时刻哨音"嘟——"地响起。

球赛停止。

这是一记压哨扣球。

"帅炸了！"欢呼声和遗憾声同时响起，全场掌声雷动，尖叫声久久回荡在篮球馆上空。

谈屹臣落地后顺手接住下落的篮球，紧接着转过身，笑着和队友挨个对拳。

比赛虽然输了，但迟雾知道他打得酣畅淋漓，非常畅快。

"帅啊。"邹风目光炯炯地看着场下，也打开一瓶饮料，举起来和迟雾碰杯，蛮有意思地来了句："Honor to the end。（光荣奋战到最后一刻。）"

迟雾勾着唇，目光放在场下，谈屹臣跟队友打完招呼后和对方球员也挨个对了下拳，边抬手擦汗边笑，左手晃着篮球背心的下摆扇风。

一直到谈屹臣和对面篮球队长拍了下肩，把场上的事处理完了，他才抬起头朝看台上的迟雾勾起唇角。

迟雾挑了下眉，跷着二郎腿，抿着唇眨眼，给他传递了个"答案没有咯"的眼神。

场下那人倒没多少可惜的意思，懒懒散散地站在场中跟她对视了几秒钟后，边往后退手上边掀衣摆扇风。

谈屹臣漫不经心地倒着走的样子异常撩人，紧接着跟她对了个口型，嘴巴一张一合，就三个字——

"我、爱、你。"

"哟。"邹风笑着往后靠去，故意调侃，"这是跟我说还是跟你说呢？"

迟雾看了他一眼："你有病吧。"她真服了这两个人了。

看台上的人逐渐离开，邹风领着她一起到后头的休息室门口等谈屹臣。

看着这人拿着手机把对方球队的人挨个加了好友，邹风问迟雾："知道这人是打算干什么吗？"

迟雾抬头看了他一眼："干什么？"

"等后面有时间再约一次，赢回来。"

迟雾给他竖了个大拇指。

其他球员已经三三两两拎着包离开，路过迟雾时约好了似的打着招呼。谈屹臣把刚才换下来的球服塞进包里，拎起来单肩背在身上，拿过一旁的外套朝迟雾走来。

待会儿球队有聚会，邹风不打算凑热闹，也没有给这两人当电灯泡的想法，打了声招呼就走了。

　　出了球馆，谈屹臣抬手搂过她，故意把大半个身体的重量往她那边压："怎么样，刚才帅不帅？"

　　"帅。"迟雾配合地夸了夸，提醒他，"但你输了。"

　　"嗯。"他笑了一声，"一个要求，随便你提。"

　　"好。"迟雾点头，"让我想想，想好了告诉你。"

　　"嗯。"

　　球队聚会先前就已经说好，有女朋友的可以带上，迟雾直接被谈屹臣拉了过去。他说这种球队最喜欢在一块儿通消息，迟雾今天跟他去，明天全校都知道他俩是一对。

　　他图的就是这个。

　　因为要喝酒，他就打车去了酒吧。

　　路上，迟雾撑着车窗边缘，用手指顺着微卷的发梢，偏过头望了谈屹臣一眼。她想起邹风刚给她的解释，不信邪地问了一遍："你刚加对面球队微信干什么？"

　　他嚼着口香糖坐在旁边，懒懒地说："留着以后约。"

　　"还真约啊？"

　　"对啊，早晚赢回来。"

　　"好胜心这么强？"

　　他笑了笑，又"嗯"了一声。

　　迟雾瞄着他："你以前打球输过吗？"

　　"当然输过，不过基本后头也都找机会赢回来了。"

　　"真幼稚。"

　　"幼稚死你。"

　　车开到酒吧门口时才下午四点，这里除了他们球队没其他人。

　　这是间清静的酒吧，室内响着布鲁斯调子的歌，黄蓝色的灯光扫在人身上。

谈屹臣放下包，随便挑了个位置，迟雾坐在他身边。人员来齐，不一会儿桌上就被摆上了两排酒。

不仅计算机院球队的人来了，经管院队的球员和没能上场的替补队员都来了，七八个人带了女朋友。二三十个人围在一起还挺热闹。

众人刚打完球，那股子热血气还在，这里的人玩得挺尽兴。迟雾坐在那儿点了两杯酒，谈屹臣跟人喝完后就转过头看她，看了会儿后，拿过一个宽口杯，往杯子里倒了三分之二的啤酒，接着拎过威士忌给她调了杯深水炸弹。

"挺会啊。"迟雾看着他，想起这人上次生日会上摆了几排这样的玩意。

谈屹臣已经被灌了挺多酒，这会儿正笑吟吟地撑脸看着她。

两人今天心情都不错，迟雾看了眼他微红的脖颈，知道这人上脸了，可还是笑了下，没打算放过他。她到吧台调酒师那儿要了点儿杜松子酒、柠檬汁、石榴汁和一瓶冰苏打，有模有样地摇了两下，最后加满苏打水，给他调了一杯非斯杜松子酒。

杜松子酒是烈酒，有松香，调出来的酒口味清爽。

谈屹臣垂眼看了两秒钟，接着拿过一口喝完，还笑着把杯口倒扣一下给迟雾看。

迟雾挑了下眉，把他刚才调的深水炸弹拿过来尝了一口，坐那儿侧着半边身子边看着他边喝，那副模样看得让人心痒。

喝完，迟雾学着他做同样的动作，杯口倒扣，一点儿酒也没赖。

谈屹臣抓起她垂在腿侧的手，跟她十指相扣，低声逗她玩，喊她"宝贝""宝宝""老婆"之类的昵称。

"谈屹臣。"迟雾无奈地看着他，"你这个人真的很会得寸进尺。"

"嗯。"他承认。

前半场谈屹臣被队友灌，后半场被迟雾灌。她调出一杯，谈屹臣喝一杯，等大家喝得都差不多了，谈屹臣白皙的皮肤透着微红，他已经不怎么说话了。

迟雾知道他醉了。这人醉了的时候特安静，也特能唬住人，光看表面像是还能再喝两场一样。

众人散场后，酒吧外下起了蒙蒙小雨，灯光在深秋夜景中迷幻交错，迟雾打了辆车，把谈屹臣带回自己那里。

坐车时，这人全程一言不发地靠着车窗，指关节撑着额头闭眼，光看这样子就知道他醉得不轻。

迟雾什么都给他调，各种酒混在一起喝下去的滋味当然不好受。进了家门，谈屹臣自觉地坐到沙发上，也不给人添乱，只是双手插在棒球服兜里，靠在那里缓神。

迟雾从冰箱里拿出一瓶酸奶递给他，又给他冲了杯蜂蜜水放他跟前，接着就不管了，自己去浴室洗澡。

外面的小雨打着玻璃，淅淅沥沥地留下一道道水痕。房间内很安静，只有雨滴噼里啪啦打在窗户上的细弱噪声。

"不去睡觉吗？"迟雾蹲到他面前，轻声问。

谈屹臣摇了摇头："不睡。"

她弯了一下唇："那我去睡了？我困了。"

"嗯。"

临走前，迟雾又不放心地问了句："要是想睡觉，能找到卧室在哪儿吗？"

他点点头，手往斜后方指去。

还行，他只是醉，不是傻。

夜间小雨还在细细密密地下着，迟雾把肩后的长发松松垮垮地绾起来，躺在床上，刷了半个小时手机，不怎么放心谈屹臣，又从床上坐了起来。

她拉开卧室的门走出去，还没开口，就见光线昏暗的客厅一角，谈屹臣正沉默地坐在那儿。

迟雾想了几秒钟后微微皱眉，抬脚朝他走去。她走到跟前，见他正垂着头，手里握着杯酒，正在看她的日记。

那是一本被她压在书架最底下的日记，写满了"讨厌谈屹臣"五个大字，不知道怎么被这人给翻出来了。

"怎么还在这儿坐着？"迟雾站在他身侧，轻轻问道。

谈屹臣没理她，大半个身体隐没在黑暗里，这会儿的状态像是陷入了某段回忆中，久久出不来。过了好一会儿，他才缓声开口："不是说好了一起去十七中的吗？"

"为什么骗我？"

他说完这两句话，迟雾愣了几秒钟，随后就静静看着他。

月光与路灯光线交错，室内光影流转不息，两个人的呼吸都打在对方心上。

沉默间，谈屹臣抬起头，用手虚揽了一下她的后腰，红着眼圈看她，第二次问："为什么骗我？"

三年她都没听这人提一句，现在他喝多了在这儿翻旧账。

室内落针可闻，迟雾垂眼看着他微红的眼眶，和他静静对视。

"为什么骗我？"他第三次问。

迟雾深吸一口气："因为不想去了。"

按理她不该跟喝醉的人计较，更何况没准这人酒醒后就全忘了，但既然要说，那就全说吧。

迟雾把身上的厚外套放在一旁的沙发上，身上只穿着香槟色的吊带。她坐到他对面，沉默了一会儿才轻声道："还记得吗？中考完在源江的时候，你总是往台球厅跑。"

"嗯。"他点头，"记得。"

"我经常去找你。"

"嗯，我知道。"

"但有一次你不知道。"

谈屹臣睫毛微动："哪一次？"

"你说不可能会喜欢我的那次。"

迟雾把他手边喝剩的半杯酒拿过来，仰起头一口气喝完，接着抬手用手背擦了擦嘴角："我听见了。"

那个时候她还不清楚什么是喜欢，但是她心里很难受。

那天她本来挺高兴的，去之前到离家三百米的小超市买了盒冰激凌，待在店里慢悠悠地吃完，接着从冰箱里拿出两瓶冰七喜，付完钱转身往台球厅走去。

随后她就在台球室外，听见谈屹臣和张雁栖几人聊天。

一个寸头的男生问了句谈屹臣谈恋爱没。

谈屹臣摇了下头："没。"

接着那人又问："有喜欢的人吗？"

没等他说话，张雁栖紧跟着问了句："喜欢迟雾？"

"开什么玩笑？"他笑了一声，靠着台球桌擦着球杆头，擦了几秒钟后开口，"不可能喜欢她。"

迟雾的手僵在门把手上，最终她还是转身走了。她一个人喝完了两罐冰七喜，在路边的石凳上坐了一下午。

后面的半个月，两人之间就剩下三天两头吵架，水火不容。

回去后，她就和迟晴说了不想去十七中的事情，迟晴只问了一遍是不是真的不去了。她点头，迟晴就帮她找了新学校。

她不是不想去十七中，是不想理谈屹臣了，跟他离得越远越好。

他不喜欢自己，就不喜欢吧。

她本来也不是讨喜的人。

那个夏天，两人都在各自的视角里感受到了"背叛"，随后就是几乎没有联系的三年。

雨还在下，像是要把城市浸泡在水底。

迟雾重新拿了个杯子，给自己也倒了一杯，随后抬手送到唇边喝了两口。谈屹臣坐在她对面，目光还是停留在那本日记上。

两人之间沉默了很久，久到迟雾以为这次谈话就这么结束了，谈屹臣才重新开口，低声问："要是没有那句话，你会不会去十七中？"

"嗯。"

"他那个时候，是个胆小鬼。"谈屹臣抬起头，沙哑地纠正自己三年前说的话，"他高中一直都很想你。"

年少的喜欢是日积月累、与日俱增的，从不递减。

没有成熟的自制去遏制它，就只能眼睁睁看它肆意疯长，如火燎原。

因为年少，他们之间注定有一段青涩别扭的路。

"嗯。"迟雾长长地舒了一口气，直接把酒瓶子拿起来晃了下，"所以一开始我没觉得你是想跟我谈恋爱。"

"为什么？"谈屹臣的视线落在她身上，酒精使她的脖颈和锁骨红了一大片。

"其实直到我外婆出事，我才觉得你是认真的。除非你是除了我找不着别人，不然我不知道那几十个电话怎么解释。"

他找了她一整夜，后来又把能想到的事情先她一步安排好，让她闹掰了还得受着他的恩惠。

她写了满满一个笔记本的讨厌谈屹臣，也没有把那份喜欢"扳正"过来一点点。

"我原本不打算和你谈恋爱的，我害怕，但BOOM那晚我更害怕。

我可以赌，但是我不敢，我也是胆小鬼。

"谈屹臣，我不知道你喝酒断不断片，断了就断了，没断就记着。"迟雾站起来走到他跟前，"全世界就你觉得我单纯，以为我似懂非懂，我随便说什么你都信。"

她顿了下，眼圈也开始泛红："但也就你会这样，没其他人了。"

她越说声音越小，到最后带了些鼻音："本来不想让你这个浑蛋这么快得逞的，你那话我记了三年，钓你一年你也不冤。但我不想跟你计较了。你今天在球场冲我说的那三个字，把我说开心了。"

迟雾轻轻俯身，搂着他的脖颈，吻着他的唇角："谈屹臣，这里写了多少句讨厌，就是多少句喜欢。"

风声夹着细雨拍打在阳台的落地窗上，沙发上的人身体有片刻僵硬，目光越过她的肩头，落向茶几上的那本日记。

那本被他偷看过很多次的日记，随随便便翻开一页，上面都是密密麻麻的"讨厌谈屹臣"，也是"喜欢谈屹臣"。

交错的气息贴着耳畔，谈屹臣看着她，和她重复着那三个字。迟雾环着他的腰，心口酸胀，两人视线紧紧锁着彼此，那是所有感情窥见天光后的炽烈。

迟雾一只胳膊搂着他，看着他同样红着的一双眼，声音微哽："我出生的时候，周姨抱着你在产房外等了一整晚，我从来到这世上就有你陪着。"

迟雾抬手轻碰他滚动的喉结，眼角有泪滑过："谈屹臣，陪我一辈子吧。"

她其实很怕只有她一个人。

她趁着酒精上头，这些话她这辈子不会再说第二次了。

"好。"

等第二天她醒来的时候，外面的雨已经停了，她撑着胳膊从床上起来，眯着眼看窗帘缝隙外的白光，回想着昨晚发生的事。

缓了好一会儿，迟雾穿好吊带裙下床往外面走，正巧看见谈屹臣端着一碗面从厨房里出来。

这个厨房从她搬过来后就没开过火，迟雾站在那儿，看他那一脸面无表情的断片样，不动声色地问："这是什么？"

"清汤面。"谈屹臣穿着件黑色 T 恤，那是他早起回自己那边换的。他把碗放在桌子上，递给她一双筷子，"尝尝？"

迟雾用质疑的眼神看了那碗面几秒钟，又抬起头看他。

谈屹臣笑着拉开她身旁的椅子坐下："我尝过了，还行，没下毒，吃不死。"

一口气睡到下午，迟雾早就饿了。她坐下来，将信将疑地拿着汤勺喝了口面汤，把一碗面吃完了大半碗，随后就躺在沙发上嚼着糖，随便挑了个纪录片出来继续缓神。

早在昨晚睡前，迟雾就给辅导员发了消息请假，旷了一天的运动会，打算在家休息两天，周一正常去学校上课。

"哎，迟雾，你这儿是怎么回事啊？"陈潘潘端着水杯路过她时，看了眼她的腿弯，白皙的皮肤上有两块很明显的瘀青。

迟雾左手端着水杯，右手镇定自若地把针织裙摆往下压，对陈潘潘的好奇恍若未闻。

"我的傻闺女。"邱粒笑着一把搂住她，左手指尖绕着发梢，"大人的事你别管。"

陈潘潘小声"哦"了一声，刘海后面的眼睛还是好奇地看着她。

"我打算换个发色，这个橘色我腻了，而且底下长出新头发了，好难看。"邱粒踩着高跟鞋绕了一圈，碰了下迟雾，"你觉得换什么发色好？"

"深色吧。"迟雾瞟了一眼她的发顶。

"我也这么想，马上冬天了，明天周五，上完课去染个茶棕色。"邱粒和她一拍即合，接完水后，几人一起回到阶梯教室。

下一节是传媒心理学，两个班一起上。之前的授课老师由于腰椎问题住院，这段时间，由另一位老师代课。

四人走回教室的倒数第三排坐下来，等着上课。

因为是经期的第二天，迟雾在棉毛衫里贴了个暖贴，疼痛有所缓解。

她的位置靠窗，和煦的阳光从一整扇落地窗外透进来，暖洋洋地透过针织衫的网洞照在她的手腕上。

上课前的两分钟，新老师进入教室，教室里响起一阵此起彼伏的欢呼声。

"哇。"邱粒抬起胳膊碰了两下，提醒迟雾抬起头，"新老师挺帅啊。"

"是吗？"迟雾抬起头愣了下，目光落在讲台穿棕色大衣的男人身上。那是一个看上去很有风度的男人，面上挂着薄薄的笑意。

邱粒噘嘴："是吧？特像我这两天熬夜追的剧的男主。"

"一般。"迟雾淡然地收回视线，"已婚男人，没什么好看的。"

邱粒"啧"了一声："那跟谈屹臣比，是还差了不少。"

迟雾笑着"嗯"了一声。

课上到大半，桌洞里的手机传来一声振动声，迟雾摸着阵阵隐痛的小腹，也没什么心情听课，干脆把手机拿出来看。

C："来事了吗？"

WU："嗯，怎么了？"

对面过了几秒钟才回："我喝酒不断片。"

迟雾看着聊天界面的信息，愣了两秒钟，随后那晚的每句话、每个场面开始反反复复地出现在脑子里，她的耳根开始烧了起来。

C："下午给你送红糖水。"

WU："你也记得你干了什么？"

C："这两天在看国外法定领证年龄，算过时间了。"

日头的光芒移到脸上，迟雾微眯着眼，把手机熄屏放进包里，抬起手拉起一旁的窗帘，把日光挡在外面。

"那位同学，"讲台上的老师手撑着桌面，看着教室西南角的女生，抬手点了下，"能不能回答一下我刚才提的问题？"

邱粒赶紧用手肘碰迟雾，提醒她："喊你呢。"

迟雾这才从透着薄光的窗帘上收回视线，面无表情地站起来，看了眼黑板上新老师自我介绍的名字，把邱粒指给她的一段内容读了出来。

"嗯，答得正确。"宋临源点头，笑着给了个"请坐"的手势，回过头调出一张新的PPT，"下次如果不用同学帮忙就更好了。"

底下一阵嘘声，迟雾看了眼讲台，没什么表情地坐下来。她从包里翻出一盒糖，丢进嘴里一颗，没滋没味地嚼着提神，强打精神听完一节课。

迟雾今天下午只有一节课，上完课就按照说好的等谈屹臣给她送红糖水。

教室里有几个不着急走的同学，也有下一节早早赶来占位置的学生。迟雾趴在课桌上等着人，闲来无事就把手指放在从窗户照射到桌面的光线上，触碰着秋冬仅有的温暖。

正值课间，走廊外隐约传来吵闹聊天的嘈杂声，她没等多大一会儿，谈屹臣便穿着件宽松的黑色外套，拎着保温饭盒出现在教室前门，教室里的几个人开始把视线放到他身上。因为外头有风，这人额前的短发微乱。

谈屹臣往教室里扫了一眼，看见人后，走到迟雾身边坐下，把饭盒放在桌上："肚子疼？"

迟雾"嗯"了一声，坐直，问他："红糖水？"

"加了姜和枣。"谈屹臣打开保温饭盒，把冒着热气的红糖水倒进小碗里，递到她面前，"喝完送你回去休息。"

"好。"迟雾应了一声。

此时已经快到冬天了，干燥的空气中透着深秋的冷意，迟雾喝完，晃了下空空的碗底："回家了？"

这个红糖水和他家阿姨做的味道几乎一样。有一回迟雾去他那里时刚好赶上来月经，周韵就让阿姨给她做了一碗加了姜的红糖水，但喝着不辣，喝完身上很暖。

"没。"谈屹臣又给迟雾倒了一碗，"跟阿姨打了视频电话，她教的。"

"哦。"迟雾拿着勺子拨着浮在最上面的红枣，有点儿昏昏欲睡，"那你挺有天赋。"

"还行。照顾女朋友绰绰有余。"

迟雾不理他。喝完，整个人缓过来不少，面色似乎也红润了些。她抬头看着他问："你下午没课对吧？"

"嗯。"

"去大排档？"

"这个天去大排档？"谈屹臣看着她的眼睛，"肚子不疼了？"

"嗯。"迟雾站起身，问他走不走。

今天外头气温只有十几摄氏度，路旁已遍布橙黄色的梧桐叶，迟雾靠在谈屹臣的车窗上，到地方后直接推门下去，谈屹臣把车停好后过去找她。

天还不算特别冷，店外依旧摆了不少餐桌。迟雾今天只穿了件灰色针织衫，这会儿在外面套了件谈屹臣的黑色男式外套。

看着天色逐渐转暗，迟雾坐在大排档的塑料座椅上，跟老板要了几瓶啤酒。谈屹臣没说什么，见她拿过开瓶器开了第一瓶才出声："就一瓶，多了不能喝。"

迟雾握住瓶口："我点了四瓶。"

"就一瓶。"

"四瓶。"

"不然就走。"

说不过这人，迟雾也不跟他争了，喝下一口，就被冰冷的液体刺激得吸了口凉气。

"你不喝？"她看着他问。

"开车。"

"哦。"那她一个人喝。

暮色在凉意中不知不觉地降临，谈屹臣从口袋里掏出烟盒磕出根烟打发时间，迟雾从盘中拿了根串，细嚼慢咽地吃完一根后往垃圾桶投过去。

"心情不好？"谈屹臣出声问道。

迟雾"嗯"了一声："这你都能看出来？"

见状，他笑了："你觉得呢。"

"就是一点儿小事。"赶在他问之前，迟雾撑着脸把这件事敷衍过去，"吃完这顿就能好。"

谈屹臣静静地看着她。

为了岔开话题，迟雾伸手拿过他放在一旁的烟盒看了眼，随口问："你这抽的什么？"

谈屹臣一只手搭在桌沿上，肩身往后仰着，如她的愿把话题换了："今天怎么不回消息？"

"什么消息？"

"别装。"

停了几秒钟，迟雾把还没喝完的啤酒瓶放在一旁："这不是什么事都没有。"

"嗯。"谈屹臣看她，"但我说的都是真的。"

迟雾挑下眉："想娶我？"

他笑："嗯。"

夜幕下来来往往的车灯光流转，还没等迟雾想好怎么接他这话，前方传来鸣笛声，一辆敞篷车停到两人附近。

盛蕙停稳车，穿着皮衣外套和马丁靴，甩着两个大耳环走到两人面前，抬手用中指把墨镜拉下来些确认："你俩怎么在这儿？"

谈屹臣没什么表情地瞄她一眼，反问："你怎么在这儿？"

盛蕙自来熟地拉过一旁的板凳坐下来："剧组在这边，收工了出来逛逛。"

原本她只是来南城玩一段时间，但上周经纪人临时让她进了个组。原定演员跟制片方闹掰了，她临时替上演女三，目前的取景地是这边的一个传媒学院。

迟雾和盛蕙也算认识，谈屹臣眼神放在她身上两秒钟，随后就没管，靠着椅背刷手机回了几条信息。

这家大排档靠着几所大学，年轻人居多。盛蕙好歹是个模特，不管是骨架子还是那张脸，走到哪儿都是出类拔萃的。这会儿她就这么大咧咧地坐在这儿，旁边相邻一桌的几个人眼神都开始放在她身上。

盛蕙仿佛没有发觉，把墨镜一放，随心所欲地拿过一瓶啤酒起开。

迟雾朝她看了一眼："不怕被拍？"

盛蕙歪过头挑了下眉："无所谓，反正被拍的人里有谈屹臣，不管什么事他肯定都会压下来。"

"吃饱了撑的？"谈屹臣直接从手机上抬起头，伸脚轻轻钩了下盛蕙的板凳腿，吓得她差点儿以为要摔倒。

迟雾拿着酒瓶贴着脸颊，笑了半天。

三人坐了会儿，见之前点的串吃得差不多了，谈屹臣起身到店内加单。盛蕙在剩下的几串里挑了个最低脂的西兰花放到嘴边，像想起什么事似的问迟雾："我老板是不是想签你？"

"CG？"迟雾点下头，"是遇见过一回。"

盛蕙咽下口中的西兰花："上回喝多了，忘了这茬，没跟你说。我老板看了爆料后还跟我提过你。"

"是吗？"

"嗯，我老板还是想签你，问我有没有可能说动你。"

迟雾睨她一眼，这个想法挺新潮。

"当然，我拒绝了，我又不傻。"盛蕙笑着说，"我最近资源好得不行，全是杨西语那头的。"

迟雾捧脸看着她，等她的下文。

"你男朋友搞的咯。"盛蕙舒心地噘下嘴，"非得招你一下，她人现在在家歇着了，我又不傻，知道不能往枪口上撞。"

迟雾皱眉想了一秒钟："那杨浩宁呢？"

"杨浩宁比杨西语上道得多。"盛蕙回头看了眼，才小声靠近她，"早说了，谈屹臣这人跟邹风差不多，看着跟个傻白甜似的，其实手黑得不得了，要是杨浩宁掺和了这事，谈屹臣还是会不留情。"

迟雾脑子里过了一遍"傻白甜"的三个字，没忍住扯了下嘴角，觉得蛮中肯。

他有时看着确实如此。

"拉我进去干什么？和你一起活动，炒作增加热度？"迟雾看了盛薏一眼。她经常看时尚杂志，但从不关注娱乐圈里的事。

"差不多。"盛薏无所谓地说。

迟雾想了两秒钟："那付浓呢？"

这算是 CG 手里头捏的最红的一张牌了。

"付浓？我老板倒是没这方面打算。就算是在同一个公司，我一年也见不着她两回，不过我听我经纪人喝高了说过一嘴，她有个挺厉害的富二代男友，公司那边不敢拿她炒作太过火。"说完，盛薏挺糟心地骂了句，"看人下菜的玩意。"

"你不混这行可惜了。"盛薏打量起她，"光靠谈屹臣你也用不着担心什么了，玩一玩的资本足够，而且听说你们两家是世交？后台挺硬啊。"

多数人听了她跟谈屹臣的关系，都会从门当户对的角度以为迟晴开的公司也很大，但其实迟家只能勉强算有头有脸，规模和谈家比起来还差得多。两家之间的关系完全是因为前两辈人积累下来的情分。

迟雾对谈屹臣这方面也不太了解，除了知道他暑假跟着谈承实习了一个月，没问过其余时候他都在干什么，于是随口问了句："谈屹臣很有钱？"

盛薏也不太肯定："差不多吧，这我也不清楚，有时候聚会听两句，感觉谈屹臣投资了蛮多东西的，赚不赚就不知道了。我以前也认识一个差不多的富二代，家里就这样，父母会带着认识自己那边的人，也会给钱、给资源，看看能翻出多大水花。不过谈屹臣比那个富二代命好，那富二代有个姐姐，还有一对同父异母的弟妹，本来跟一个女孩谈得挺好的，两人一块从学生时代走过来的，但他爸爸不同意，直接把人扔国外去了。"

"哦。"迟雾听完没什么反应地点头，对这种豪门八卦消息不感兴趣。

南城夜间的风要比白日大些，迟雾不自觉地把外套拉链拉到最上面。

两人没等太久，谈屹臣点好单后瞄了盛薏一眼，随后坐回自己的位置，把下午没喝完的红糖水倒给迟雾，紧跟着服务员端着几个盘子放到桌上。

红糖水依旧冒着热气，三人一同吃到九点多才回去。

十一月底的时候，南城迎来了今年的第一次大幅度降温。

迟晴月底去米兰出差，要去半个月，周末周韵打电话让谈屹臣回家吃饭，知道迟晴出差的事，让他顺便把迟雾带过去。

两家这会儿还不知道她和谈屹臣的关系，迟雾暂时也没有跟家里交代的打算。

因为赶了一晚上的课后作业，迟雾昨晚只睡了不到四个小时，这会儿无精打采地靠在副驾驶座上，看着道路上头呼啸而过的地铁，觉得头昏脑涨。

"不舒服？"谈屹臣握着方向盘，偏过头看了眼迟雾的脸色。

"嗯。"迟雾嚼着薄荷糖提神，叹了声气，几缕碎发垂在脸侧，"没睡好。"

一路堵车堵了大半个小时，车开到前院后迟雾先下了车，谈屹臣把车泊进车库。周韵披着件墨绿色坎肩从客厅里出来，披散的卷发显得她格外温柔，迟雾礼貌点头，打了声招呼。

看着迟雾身上的大衣和针织裙，周韵过去摸了下她的手，轻声问："怎么穿裙子，不冷？"

迟雾"嗯"了一声，点头："不冷。"

见两个孩子都到了，周韵牵着迟雾进了客厅，问她今天想吃什么，待会儿让厨房阿姨做。

迟雾想了半天，点了个蟹粉狮子头。

客厅内温度适宜，飘着一种淡淡的安神香的味道，迟雾脱下外面的大衣，穿着米色开衫坐在沙发上，整个人仍旧有些精神不济。

"还是不舒服？"谈屹臣坐到她身边，膝盖贴着她的膝盖，侧过脸看着她。

"嗯。"迟雾点头，叉了块果盘里的梨块，"晕。"

精神状态差的情况下她容易晕车，更何况刚才路况不好还堵车，一路上走走停停的。

话刚说完，东西没嚼几口，刚才在车上难受了一路，这会儿突然一阵恶心，她连忙对准垃圾桶呕了出来。

"喝点儿水。"谈屹臣在一旁看着她，一手端着水杯一手顺着她的后背，"出去透透气？外面空气好点儿。"

迟雾接过水杯摇头："不用。"吐出来的一瞬间她已经舒服多了。

"行。"谈屹臣随便她，在她的额头上轻轻吻了一下，"要是不舒服，及时跟我说。"

"嗯。"迟雾点头，没有说话的欲望。这会儿离吃饭还有段时间，她打算靠在沙发上休息一会儿。

室内温度不低，但这么睡容易着凉。谈屹臣见她倒头就睡，就从沙发上站起身，准备去拿个毯子过来。

他转过身，随后就见着了不知什么时候站在酒柜旁，正目不转睛盯着他的周韵和谈承。

周韵回头跟老公对视一眼，故意开口："都上大学了，这俩孩子还这样子亲，正常吗？"

谈承顺着她说:"上次是什么时候?"

"刚上小学吧。"周韵挺认真地回想,"小雾睡着了,你儿子偷亲她,我还拍了照留着。"

谈屹臣:"……"

第
14
章

独一无二
-

事发得有点儿突然，前一个多月谈屹臣因为花边新闻，被关在家里的两天。他的私生活被盘了个遍，最后周韵拿着他的身份证去查，没查到什么后只好作罢，只是她根据女人的第六感总觉得谈屹臣跟盛蕙有点儿什么。

　　原因也简单，少男少女那点儿事，她也是过来人，能理解。但她不知道儿子什么时候又跟迟雾扯上关系了。这要是在迟雾身上惹出什么麻烦，后头不是花钱就能摆平的事，关乎两辈人的情分跟脸面。

　　迟雾还在客厅睡着，周韵正襟危坐地诈他："什么时候的事？"

　　"暑假。"谈屹臣上钩上得很快。

　　"真行啊你。"周韵把一旁的杂志往他身上扔去，"那个模特呢？你给我脚踩两只船？"

　　谈屹臣头一回见自己亲妈这么上火，笑了下，嘴有点儿欠："您怎么知道就两只？"

　　这话一出，周韵直接从沙发上站了起来，软底家居拖鞋都被她踩出了声响。谈屹臣挑眉，戒备地站起来往后躲。她朝他走去："你是不是想死？你要是敢在小雾这儿乱来，你看我认不认你这个儿子！马上就跟你爸收养一个！你这辈子都别回这个家！死之前也给我先去你迟姨那儿磕头认错！"

　　眼看人真火了，谈屹臣这才不紧不慢地开口解释："就迟雾一个

388

正儿八经的女朋友，没和其他人乱来，不信您等她醒了自己去问。"

周韵喘着气，消化了下谈屹臣给的信息，火稍微下去了点儿："真的？"

"骗你有糖吃？"

周韵又火了："那你给我嘴欠个什么劲儿？嫌你妈活太久了是吧？"

"没。"谈屹臣挑下眉，长腿一迈又在前头的沙发上坐下来，在果盘里挑了个降火的梨子拿起来削皮，闭上嘴等周韵把这阵火降下去。

"那个模特呢？"周韵问。

"就一朋友，营销号鬼扯。"

周韵皱眉："那你谈恋爱这事怎么不早跟我说？"

"料上不是写着？"谈屹臣挺淡定地削着手里的果皮，"您没看见？"

"就放了一张你俩靠在一起的合照，捕风捉影，你说我信不信？"周韵拢着披肩，已经差不多消气了，又恢复了之前的端庄温柔，"我手里你俩更亲密的照片多的是，哪个不比那合照靠谱？"

谈屹臣把削好的梨放在她面前，也不再多说。反正他们知道就知道了，这又不是什么见不得人的事，没必要继续刻意瞒着。

说完，谈屹臣起身回到迟雾的身边，等着她醒来。

晚上六点，迟雾睡了两个小时后精神头明显好了不少，晚饭她光顾着吃狮子头，根本没注意到餐厅里与平时有些不同的微妙氛围。

吃完饭，周韵装作不知道这件事，跟迟雾聊了两句，问问她在学校的学习情况，随后就和谈承一块出门，只留下两人在家里。

谈屹臣知道周韵这是不好意思了。

毕竟是她看着长大的两个孩子，即便自己平时没少开玩笑，但真的发现这层关系了，也肯定得花点儿时间适应。

他保守估计，周韵今晚得跟迟晴那头打两个小时的视频电话，沟通好这个事。

二楼，迟雾穿着谈屹臣的一件T恤，坐在卧室的飘窗上往下看。狗爷蹲在草丛边扫着尾巴，她回过头看了谈屹臣一眼："快十一点了，你爸妈今晚还回来吗？"

"不回了吧，估计公司有事。"谈屹臣擦着头发，淡定地走到飘窗旁的沙发上坐下。

"那我今晚是不是能睡在这里？"迟雾问了这么一句。

"嗯。"谈屹臣笑笑，靠在沙发上，拿过一旁的七喜"啪"的一声打了她一下，"对了，跟你说件事。"

迟雾望他："什么事？"

"我爸妈他俩知道了。"

"知道什么？"

谈屹臣把手上的环扣扔进垃圾桶："知道咱俩在一起的事了。"

迟雾闻言，脑子慢了半拍，回忆了一下什么时候暴露的，迟雾点头"哦"了一声，随后继续在那边晃着腿。

见她没什么反应，谈屹臣放下心，喝完两口汽水后问道："坐那上面不冷？"

"嗯。"迟雾晃着两条纤细白皙的腿，跟他隔着一段距离，"你不也没穿多厚？"

"我肚子又不疼。"谈屹臣笑着看了她两眼，把搭在沙发一侧的外套递给迟雾。

看着站在自己面前的人，迟雾视线扫过他的锁骨，声音挺轻地说了句："感觉你天天在我身上操心的事挺多。"

谈屹臣"嗯"了一声，没否认，把外套替她拢上，说起她上次肚子疼还喝酒的事。

听完，迟雾不怎么在意地往后一坐，收回腿，屈膝靠在飘窗的一角，反问："心情不好喝点儿酒怎么了？"

"身体是自己的，怎么着都是你自己受着。"

"知道。"迟雾点头，抬手把头发丝从衣领子里拉出来，看着晃动的脚尖，"珍惜健康长命百岁，不过我没想过非得活到多少岁，无所谓。"

因为感应到室内有些干燥，卧室角落里的加湿器忽然开始运作。

谈屹臣转身重新坐回沙发，从手边的烟盒里磕了根烟出来："玩我呢？"

迟雾看了他一眼，拿过一旁的打火机，挺上道地帮他点上。

"喝完酒跟我说了那么一大堆，说得好像我觉得这辈子非你不可，除了你找不着第二个想和我厮守一辈子似的。"

他缓缓吐出一口烟，等烟雾逐渐消散后笑道："玩这么一圈，你就图有人后半辈子给你守寡是吧？"

迟雾面无表情地靠在飘窗架子上，端详他好半天，最后骂了句神经病。

"少给我作。"谈屹臣勾着唇看她，弹了下烟灰。

夜很长，偶尔听到两声外头风吹乔木的动静，两人一个坐在飘窗上，一个坐在沙发上，隔着袅袅烟雾直勾勾地互看了一会儿，快要在寂静的夜晚擦出火花。

迟雾："你管我作不作？"

谈屹臣撩起眼皮："你猜我管不管？"

两人都拿对方没辙，但偏偏就喜欢对方的这个样儿。

这局无解。

第二天谈屹臣和迟雾就回去了，他们只在这边待了一晚。原本私底下谈个恋爱挺刺激的，这回一下子捅了个明白，两边的尴尬劲儿都没过去，得缓缓。

回去后，两人也没闲着，各自有各自的事情。

迟雾的视频作业还没完成，趁着周末是个好天气，她直接拿着微型摄影机出去拍了一圈，一个人坐在阳台的软垫上剪辑了一下午，边打着哈欠边伸手接过谈屹臣给她磨的咖啡，最后又检查了一遍，才把视频上传。

"做完了？"谈屹臣问她。

"嗯。"迟雾点头，按了下发酸的脖颈，"做完了。"

她这两天都在熬夜做这个东西，一个有命题但形式不限的课后作业，做完后需要上传到网络评选，等两周后的网络投票结果。最终结果跟期末成绩挂钩，但基本只要票数不太难看，老师那边都不会为难。

外头又起了风，夕阳的余晖投到两人身上。看迟雾终于忙活完，谈屹臣把人捞过来，腻了会儿，才搂着她的腰问她晚饭想吃什么，他打电话订餐。

"让我想想。"迟雾想了好一会儿，报了两个菜名。

天气预报说明天白天有雪，天一冷，迟雾就不怎么想出门，基本都是窝在家里或者待在谈屹臣这儿，最多就是到别墅前头那条没什么人烟的小路上散散步。

可惜今年的雪没按照天气预报说的如期到来，第二天晚上十点多才开始下。南城今年的初雪很独特，在黑夜中有光线的地方一抬眼就能看到白茫茫的一片。

室内暖烘烘的，迟雾光着脚踩在地毯上靠近落地窗，接着呼出一口气，用手指在窗户上画了个简单的图形，借着落地窗投出去的光看着漫天大雪。

谈屹臣倚在门边，目不转睛地静静看着迟雾，他很少见到迟雾有这种孩子气的时候，两人身上都被笼罩上一层柔和的光。

他不知道看了多长时间，手机传来振动声，谈屹臣的思绪被打断。他低头滑开锁屏瞥了一眼，是邹风给他转了个链接，那是一篇关于初雪的文章。

传言一：初雪那天向所爱之人告白，爱情就会到来。

传言二：如果恋人一起看见初雪，会一直幸福的。

传言三：初雪那天许愿的话，心愿就会实现。

"假的。"

"初雪天适合你去挖野菜。"

连着发出去两条信息，谈屹臣心情倍儿爽，顺手又给他的消息设置成免打扰，断了后顾之忧。

设置完，谈屹臣收起手机走到迟雾身后，看着她画得乱七八糟的东西，问了句在画什么。

"我也不知道。"迟雾把最后一笔画完，略微思索，"但是不是挺艺术的？"

谈屹臣看着她的动作，想笑，但忍住了，口是心非地"嗯"了一声。

"画完了？"谈屹臣问她。

迟雾点下头。

"那坐着。"谈屹臣搂住她的腰，大刺刺地敞着腿坐在地毯上，看着漫天纷飞的雪花，"陪我看雪。"

"雪有什么好看的？"

"没听过吗？和恋人一起看雪，会幸福一辈子。"

气氛凝滞几秒钟，迟雾偏过头看他："你信？"

谈屹臣勾着唇角"嗯"了一声，手肘向后撑着说："爱信不信。"

本以为今晚光看雪就行了，但迟雾又被谈屹臣威逼利诱地许了愿，并且暗示她一定要许一个关于他的愿望，说是初雪天会实现。

迟雾听话地点了头，随后在这人挺较真的眼神下闭上眼，对着初雪许了个希望这个傻白甜长点儿心眼的心愿。不然她总觉得几十年后在被诈骗的老年人里有他一个，怪叫人糟心的。

这个傻白甜这么有钱，涉案金额只会多不会少。

她心疼，心疼钱。

因为考驾照一直没过的问题，迟雾这段时间又新认识了个教练，是赵炎推荐的。

最近趁着下午课程结束，迟雾去驾校练了两天，整体感觉还行，就是这回的教练比以往的哪一个都严。迟雾的路怒多少被教练的气势压制住，不怎么敢犯，她感觉不然的话随时都会被教练拎下去扔到街边。

但练了没几天，迟雾就不想去了。

学习效果是不错，但学车过程太过压抑，教练脸色一摆她就慌，离合、刹车、油门一通乱踩，踩完就挨训。后面迟雾直接不干了，礼貌地给教练复制了份感谢信过去，随后就把人拉黑，江湖不见。

"这都第几个了？"谈屹臣笑她，"两只手数得过来吗？"

迟雾嚼着口香糖，扫了他一眼："要你管。"

"嗯。"他点头，"我教你，学不学？"

停了两秒钟，迟雾问了句是不是真的。

"嗯。"谈屹臣左手搭在方向盘上，食指点了两下，"什么时候骗过你。"

趁着离天黑还有段时间，谈屹臣开车带她到了一处山脚下的公路，这条道上车很少，还有几个缓坡，正好可以用来练车。

理论上的知识迟雾早就掌握了，单单是控制不住她那一摸方向盘就上来的脾气，练得心烦时，看到车道上的砖头也觉得不顺眼。

"你这车多少钱？"迟雾摸着方向盘看他。

谈屹臣手肘搭在窗户边，云淡风轻地笑着瞄了她一眼："反正你赔不起。"

他真是又狂又欠。

大概是因为修车的价格压在头上，加上谈屹臣对她的脾气足够了解，一下午迟雾一次脾气都没发，在这条路上开了七八圈。她快要发火的时候总能被谈屹臣轻而易举地把毛顺下去。

"左拐啊。"谈屹臣嚼着糖，声音散漫，"再不拐马上开沟里了。"

"这不是拐着呢吗？"

"这是右。"

两人在这条道上消磨了一下午，最后一圈开完的时候，迟雾迎着夕阳，心情愉悦，像电影里完成一件人生大事的主人公似的，靠在椅背上。

"你下周生日，想好怎么过没有？"谈屹臣给自己点了支烟，问她。

"没。"迟雾老实地回他。

"给你办个聚会？"

"在哪儿？"

"随你。"谈屹臣说，"你那儿，我那儿，都行。"

迟雾偏过头去看他："你怎么问个聚会地点都跟约人似的？"

谈屹臣也不客气，笑着说："成，那再问一句，今晚是你那儿，还是我那儿？"

"你那儿吧。"迟雾更不客气，"觉得你那儿的床垫舒服。"

高大的杉树和梧桐的顶端压着未消融的冰雪，夕阳暖洋洋地照着这片野外。两只鸟雀在松枝上扑腾着，抖下树顶的一点儿积雪。

"就看上我那床垫了？"谈屹臣像是开玩笑般问。

迟雾就着天边最后一点儿余光把人拽过来接吻，坐在他的身上，拽着他的衣领，一直吻到气喘吁吁的时候才松开。她看着对方眼睛里的自己，微微喘着气："先看上的你。"

人比垫子重要。

谈屹臣满意地笑了，收回搭在车窗边沿的手，把烟头摁灭："过两天周末，给你那儿也换一个。"

"嗯。"

雪天过后是一个晴朗的夜晚，回去的路上谈屹臣临时改了主意，从山脚返回，顺着公路一直开到山顶的天文台。

他想带着迟雾去山顶看星星。

车开到天文台旁边的平台上，两人坐在车顶，向下望去，身前是南城的万家灯火；向上望去，头顶是冬夜里的繁星。

"冷不冷？"谈屹臣抬头望着天，伸手把迟雾的手拉过来，揣在自己兜里。

今夜外面的温度已经降至零下，呼气时已经能吐出一团团的雾气。

迟雾摇着头，长发在微风中荡在肩后，她看得很认真。

见她看得挺专注，谈屹臣抬手给她指了几颗星星，跟她讲解着宇宙学基础知识、告诉她每一颗观察到的星星都有自己的坐标。

迟雾听后沉默了一会儿，然后跟他讲起自己高中时的一件小事。

她那个时候因为跟班里一个同学发生了点儿冲突，心情不好，就一个人跑到隔壁那栋教学楼的天台上吹风，那晚的星星和今晚很像。

"突然有点儿遗憾。"迟雾回过头看他，"那个时候你不在身边。"

谈屹臣把小臂搭在膝盖上，短发在夜风中轻扬，坐在那里沉默地看着她。

一句话，就让他难受起来。

"谈屹臣。"迟雾说，"你高中三年真的经常想我？"

他"嗯"了一声。

"那真的好遗憾。"

要是一直在一起就好了。

风刮着半山腰上光秃秃的枝杈，谈屹臣从口袋里掏出烟，夹在指间，垂着放在腿侧。他没点燃，默不作声地在掌心里磕了两下，随后跟迟雾一块儿看头顶的星空。

嗯，这可真是遗憾啊。

在车顶看了会儿星星，两人坐回车内打开暖气，又从车窗内看着外头的夜景。

身上还带着凉意，迟雾坐在他的身边，情不自禁地开始吻他，带着那股久久回荡在心口的略微遗憾，吻得很仔细，沿着嘴角一点点吻到喉结。

空间内回荡着加重的呼吸声，谈屹臣手上搂紧迟雾的腰。

两人互换了位置，迟雾皱着眉，手指抓着他的 T 恤领口。

发梢扫在露出的肩头上，迟雾趴在他耳旁吹着气，得了便宜还卖乖："谈屹臣，你真是一点儿都不经撩。"

生日聚会地点最后定在谈屹臣的别墅，那里宽敞。

派对在晚上开始，两人提前一天请了团队过来布置，打算和朋友玩一整晚。

迟雾担心晚上熬通宵扛不住，下午提前睡了一觉，等醒来的时候底下已经隐约有动静了。电子音乐声混着各式噪声传到二楼，她在黑暗中摸索着拿掉眼罩，摸过手机滑开锁屏。

宿舍里的三人给她发消息，说已经到了，迟雾赶紧起床，稍微收拾了下就下了楼。

卧室门被拉开的一瞬间，各种炸耳的声音灌过来。一楼已经来了不少人，红蓝色的氛围灯交错闪烁，楼梯下方的两个音响设备中传出炸裂的音乐声，酒台子前一个东南亚特征明显的哥们正开着啤酒，他握着酒瓶子晃半天，最后往酒桌旁一磕，酒沫子喷了满身。

迟雾不认识他，看样子是谈屹臣那头的朋友。

她走下去，靠在楼梯口玩乌诺牌的几人见着她，"哇哦"地喊了一声。迟雾笑着打声招呼，看到前面不远处夏思树穿着吊带裙和一件及踝长衫靠在垫子上，邹风站夏思树身后，正和几个人玩飞行棋。谈屹臣坐在沙发上，一个人用积木打发时间。

迟雾踢开脚边的瓶瓶罐罐，穿过热闹的人群，朝他走过去。

一路上祝贺的声音此起彼伏："生日快乐美女！"

"生日快乐，阿雾。"

"生日快乐！"

旁边有人提醒一句："喊什么呢？还没到零点呢。"

"睡醒了？"谈屹臣放下手中的积木块，抬起头看着她。

"嗯。"迟雾点头，送上一个吻，"睡醒了。"

桌面上的积木已经被搭到一半，形成一个四四方方的塔形建筑，她坐在他身边，也拿起两块积木尝试往上搭。

"该搭这一块。"谈屹臣握着她的手把新的积木朝左放，同时跟她讲这个塔形建筑的平衡点。要是按这种搭法，她放不了两层就会塌。

迟雾点头，照着他的思路搭上一块积木。

盛薏是晚上十点到的。她戴着口罩和墨镜，帽子把脸遮得严严实实，进来的一瞬间满屋子的人愣了两秒钟，看她摘了口罩才反应过来这是谁。

"哟，大明星，最近挺火啊。"先前晃啤酒的哥们掂着飞镖，和她打招呼，"上回还是一个墨镜，今晚全齐了。"

"是是是。"盛薏顺手把墨镜推到额头上，眼神寻找着迟雾，"承你的吉言。"

瞄见迟雾坐在沙发下方的坐垫上，正不知道在那儿搭什么东西，盛薏眼睛一亮，走过去喊她。

"嗯？"迟雾仰起头，"怎么了？"

"给你过生日呗。"盛薏拿过旁边的坐垫挨着她坐下，"看见谈屹臣发的动态就过来了。"

迟雾："你没回沪市？"

"没，这边的剧还没杀青呢。"

迟雾点头。

宿舍的三人连带着邱粒男友凑在一桌打扑克牌，詹艾带了排球社里的两个朋友。几个南城大学的学生在这里凑成了一个小团体。中间有许多人抽空过来找盛薏要了签名并拍了合照，一会儿的时间盛薏已经签了十几张，她比前段时间负面新闻缠身的时候精神得多。

人来得差不多了，比较熟的一圈人聚在一起玩真心话大冒险，今夜是迟雾的生日，因此大家的问题都以她为主。

盛薏把带来的礼物放在一旁，第一个拿起桌面冰壶掷出，冰壶沿着光洁的桌面一路往前滑，最后正巧停在谈屹臣面前。

身旁响起一阵起哄声。

他们玩了几轮，门外传来动静，又来了一车人。

来的人是杨浩宁。他没带杨西语，而是带了另外两个男生，其中一个是之前在大排档见过的张乐，因为张乐曾经在背后说过李溪藤，迟雾对张乐没什么好印象。

另外一个男生是第一回见，杨浩宁帮他介绍了下，他是杨浩宁的大学同学，叫方俊宁。因为他跟杨浩宁名字里都带同一个字，所以两人关系挺好。

"怎么又来了？"盛薏有点儿心烦地看了杨浩宁一眼，小声嘀咕，"哪儿都有他。"

杨浩宁循着声音望了她一眼。

杨浩宁跟盛薏搭了几句话，随后他不耐烦地转身离开，有几个人靠在各自的角落里喝酒，其余的大多数人在养精蓄锐，等着零点的踩点活动。

迟雾靠在谈屹臣身旁，脸上因为酒精微红，骨头有些软，看着她有些闷闷不乐，忍不住趴在她的肩头逗她。

"我这儿隔音挺好的。"谈屹臣抓住她的手，贴着她的耳朵缓缓地说，"不要以为今晚来的人多，我就没法干什么。"

迟雾就笑，整个人因为兴奋和酒精而染上一层绯色，招人得很。

二人黏在一起腻了一会儿后，迟雾亲了他一下，说自己去卫生间。

谈屹臣点开手机屏，舍不得放手，提醒她："没几分钟就零点了。"

她是主角，不能缺席。

迟雾弯着唇"嗯"了一声，跟他说两分钟就回。

说完她转身往二楼走去，二楼明显比一楼安静得多，除了主卧，其他地方并不限制活动。自从有一回她在酒吧遇到被吐了一地的马桶隔间，她就对人多处的卫生间有阴影。

在家政过来收拾处理前，迟雾只去主卧的卫生间。

洗完手，迟雾擦着手腕的水，从卧室出门往前走，随后隐约听到身后传来什么声音。

她愣了下，皱眉想了两秒钟刚才是不是错觉，随后折回往里走。

她拐过走廊，一间客房的门口站着个人在抽烟，迟雾认出是刚才在楼下的方俊宁。

她走过去，顺手推开路过的房间门，动作吸引了前头抽烟的人的注意。

迟雾一直走到方俊宁的跟前，跟他淡淡地对视一眼，随后接着伸手握住门把手，准备推开最后一间的房门。

"美女。"方俊宁突然靠近拦住她，"有什么事？"

迟雾反问："你在这儿是有什么事？"

她手上动作没停，门被推开的一瞬间，里头传出来争执声和哭喊声，下一秒钟门又被方俊宁抢着往回拽，"嘭"的一声后门又被合上。

迟雾听出那是盛蕙的声音，酒瞬间醒了一大半，她一秒钟没停继续强行开门，不想身后的人靠近，攥住她的手腕把她往外扯。

迟雾被按在墙壁上，被捂着嘴，手腕被紧紧地攥住。

"里面在商量事情，你别急。"方俊宁贴着她笑了声，"刚在楼下就注意到你了，有男朋友吗？"

迟雾皱眉，趁他说话的空当，侧过肩狠狠撞过去。

"怎么？"方俊宁看着被撞掉在地上的烟，抬起头看她，紧接着把人往自己跟前拉，"跟里头的人认识是吧？想一起？"

额头磕到墙壁的一瞬间迟雾有些眩晕，紧接着她察觉到腰间探过来一双手，要解她的衣服。迟雾借着转身的力气把人往后撞开，出声喊人。

见状方俊宁直接掐住她的脖子，直接把人推进身后的门，把人带了进去。

杨浩宁看着地上的迟雾，反应两秒钟，随后放开床上的人，走过去一把扯过方俊宁："怎么把她带过来了？！"

"怎么了？"方俊宁低头看了眼还没缓过气的人，笑了下，"长得多带劲。"

杨浩宁急忙出声："你知不知道今天是来给谁过生日？"

"谁？"方俊宁无所谓地挑眉，"谈屹臣女朋友？"

杨浩宁拽着他的领子，脸色涨红："她就是！"

说完，杨浩宁放下一堆烂摊子，拿上衣服转身就要出门。

"你刚才想跟盛薏干什么忘了是吧？"方俊宁扯住他，朝床上惊魂未定的盛薏看了一眼，"谈妥了吗就走？不怕报警？"

杨浩宁停住动作，忍住想骂娘的冲动："那你是想怎么谈？"

方俊宁愣了一下，自顾自地想了会儿，定了会儿心神，接着面不改色地说："都到这地步了，这会儿放人也晚了。就算真有什么，她敢说出去吗？不怕谈屹臣不要她？"

杨浩宁给他把情况挑明："她家跟谈屹臣家里认识，就算没这层男女朋友关系难道家里不管？"

哪条路都行不通。

杨浩宁火了："你当这是什么地方？拉个人就乱来！"

房间内沉寂几秒钟后，方俊宁打量了一眼迟雾，也没了刚才的镇定。但他很快又有了主意，抬手拍拍杨浩宁，出声安抚："都这样了那就坐实了，拍点儿照片放在手里，她们不敢怎么样。"

缓过疼得喘不过气的那股劲，迟雾抬头，因为方俊宁的话升起一阵恶寒和恐惧感，见盛薏蹲在床上，上半身只剩下内衣，她赶紧撑着地面缓缓起身。

"现在是零点，我的生日。他三分钟见不到我就知道出了事。"她平静地开口，"这是他家，找到这儿前后不会超过十分钟。"

　　争执不下的两人低头看向她。

　　迟雾弯腰，忍着后背的疼痛从一旁的柜子中随手拿了个瓷瓶磕碎，望了眼坐在床上眼泪还没干的盛薏，说："来看看，这十分钟谁先撑过去。"

　　方俊宁喘着粗气看着她，这一刻才意识到因为迟雾的加入事情变得棘手，他抬步朝她走去，边走边想着应对的法子。他没走几步，门外传来敲门声："迟雾？"

　　来人是邹风。

　　"在里面？"

　　电光石火的一瞬间，方俊宁扑过去捂住迟雾的嘴，故作冷静地回答："找谁？"

　　外面停了一秒钟，接着就是一记用力的砸门声："开门！"

　　两人挨得近，迟雾听见方俊宁的心跳声一下下变快，随后她趁着方俊宁的心神全在应付邹风上，用藏在身后的碎瓷瓶口直接朝方俊宁的小臂重重划了下去。

　　方俊宁惨叫一声，痛得一把撒开迟雾，跪在地上，鲜血从手臂上的伤口中流下，滴落在地板上。

　　呼吸到新鲜空气，迟雾跪在地板上咳个不停。

　　因为这声惨叫，外面的人开始踹门，楼下的人听见动静都开始往二楼拥。

　　十秒钟后整扇门被踹开，邹风站在门口望了眼里头的情况。隔着邹风，迟雾看到了赶过来的谈屹臣。

　　方俊宁还在咬牙抱着手臂，血从手指缝隙间不断流出。谈屹臣扫了房间内的人一眼，神色越发阴沉。他蹲下扶起迟雾，捧过她的脸问她有没有事，迟雾摇头。

　　邹风脱下外套披在盛薏身上，门口的人越来越多，迟雾见到了詹艾几人，还有夏思树。

前面的人看见盛蕙的模样，就意识到了在这间卧室里可能发生了什么，几个脸生的人开始拿出手机拍照。

邹风挡到盛蕙身前，看向卧室门口的一群人，声音很冷："手机放下，把拍的全部删除，不管照片从谁手里传出去，我都有法子查到你，别找死。"

这话一出，门口的窃窃私语声瞬间停止，在几个熟人的组织下，人群逐渐散开。整间卧室很快就只剩下谈屹臣、邹风、迟雾、夏思树，外加三个当事人。

谈屹臣揪着方俊宁的领子，结结实实地砸下去一拳，把人抵在柜子上问："谁让你碰她的？"

迟雾怕谈屹臣下手没分寸，把自己搭进去，只好开口喊他，说她手疼。

侥幸被放了一马的方俊宁和杨浩宁躺在一旁断断续续地干呕着，松了口气。他们因为呕吐而开始生理性流泪。

"哪儿疼？"谈屹臣转过身问了句，随后动作温柔地抬起迟雾的手腕，试着活动。

迟雾疼得皱眉，脖颈和后背都有不同程度的瘀青，她侧过脸轻声问盛蕙："想好了吗？"

事情最终决定权交给盛蕙，公了还是私了，由她做主。

虽然两个女孩吃的亏谈屹臣已经讨了一部分，但按他的脾气，这件事没那么容易过去。如果迟雾不管，他愿意在正当防卫的范畴内好好治治这两个垃圾。

盛蕙思忖间，别墅外突然传来一声声由远及近的警笛声，夏思树站起来，透过窗户看见外面闪着蓝光的警车，皱了下眉："有人报警了。"

几人对视一眼，随后不约而同地同时掏出手机开始给家里打电话。

"别怕。"夏思树拢了下身上的薄衫，靠近盛薏，"我跟我叔叔说了，事情不会传出去。"

盛薏点头，很轻地"嗯"了一声。

楼下的人暂时被控制住不能离开，在陪着盛薏出卧室门的瞬间，迟雾手机上新进来两条信息。

詹："我想起来在哪儿看过谈屹臣了，在一中门口。"

詹："我升高三你升高二，校旁来了警车和救护车的那个傍晚，他在场。"

冬夜寒冷，几人临走时匆匆拿了件羽绒服或是大衣套上。

方俊宁手臂伤口过深，被带去缝合伤口，杨浩宁坐在车厢最外头，盛薏坐在最里头，中间被几人隔开。迟雾靠在车窗上，想着刚才詹艾发来的信息，整个人很安静。她额头上的擦伤已经被处理好，手腕也被谈屹臣握在手里揉着。

"好点儿没？"谈屹臣看着手里的纤细的手腕，语气里的火焰味儿久久未散，心情很沉重。

迟雾点头"嗯"了一声。

警车上的一行人一路沉默。

"盛薏这事是我鬼迷心窍，对不起。"有些寒冷的车厢内，杨浩宁突然开了口，垂着脑袋，脸上的伤痕吓人，眼泪顺着鼻梁缓缓滴落到车厢地面上，"我没动迟雾，也拦了。"

高中一块玩过来的交情，现在搜肠刮肚也就找出这么一句话算是交代。

邹风靠在车窗上，手插在口袋里，瞄着靠在角落不肯抬头的人，嗓音很淡："人还没老，就叫人开始怀念以前的生活了。"

半年前他们还从早到晚凑在一块排练，一转眼变成了现在这样。

路是自己走的，犯什么错也该自己担着。

杨浩宁抱着头抽泣，嘴里只剩下"对不起"这三个字。

几人到了派出所，警察初步给几人做了笔录，考虑到受创后可能存在的心理问题，给盛薏和迟雾做笔录的人换成了女民警。一切结束后，几人坐在派出所的长椅上，等着家里来接人。

凌晨一点的时候，迟晴和周韵最先赶了过来。派出所门口停了几辆黑色的商务车，八九个人浩浩荡荡地走进派出所，走在前头的两个女人一个比一个有气势，环视一圈，才看到了角落里的两人。

"还疼不疼？"迟晴走过去捧起迟雾的脸，心疼地检查她的额头和脖颈上的伤口。

迟雾摇头。

有家里撑着，事情就好解决了，行为人有实施犯罪的行为，迟雾是正当防卫。两家态度一致，要方俊宁坐牢。

方俊宁家里人还没到，但情况已经非常明了，迟雾身上的伤加上在场的诸多人证，惩治他是板上钉钉的事。

会合后几人没耽误时间，到一旁的休息室坐下。因为谈屹臣动手了，律师正在详细了解事情经过，确定后续可能需要的辩护方向。

周韵把他的手抬起来看了眼，语气平常："动手弄的？"

谈屹臣收回手，放进兜里，"嗯"了一声。

"他人呢？"周韵出声问。

"医院。"

第二批到的是杨浩宁家里人，他们家里要保人，所幸迟雾这边的事跟杨浩宁没有直接关系，他得和盛薏那边进行调解。

最后赶到的是盛薏经纪人，她的家里人没来。最终，她还是决定私了。

夏思树和邹风家里的人紧跟着赶到，在这件事上家长们都站到了一起，几个人互相通了气，签完字后就把人领走了。

一晚上的时间，派出所门口来了二十多辆车，一整晚都没消停。

最后是周韵和方俊宁父母之间的协商，迟雾已经被迟晴带着去做伤情鉴定。

休息室内。

谈屹臣抬眼看着打着绷带进来的方俊宁，眼神冷漠，心里那股气还没消。方俊宁抬头，和谈屹臣对上视线后又快速躲开，垂着头跟在父母身后，一言不发，后背上全是冷汗。

方俊宁父母的打算也简单，他们想用赔偿解决。

周韵心平气和地拿过支票扫了眼："用钱就打算摆平我儿子未婚妻受的委屈？"

谈屹臣扫了她一眼。

"我没打算欺负人。"周韵抱着臂，"但你这点儿钱是在逗我们玩吗？"

对面的人脸色逐渐变得难看："你儿子也动手了，也要负责任的！"

"两码事。我儿子动手的事还没定性，就算他有责任，我们该赔偿赔偿，不愿意赔偿走诉讼。你那边准备好，我这边律师随时奉陪。"周韵放下支票，"多少钱也没用，有这钱去请个好点儿的律师，看看有什么办法能让你儿子少蹲几年。"

迟雾回来的时候，盛薏还没走，休息室内的人还在交谈。

迟晴进去收尾，迟雾顺势坐到盛薏的旁边。

"杨浩宁之前追过我，但我的情况你清楚。这次是找我谈杨西语的事，我们吵了起来，最后就发展成那样。"盛蕙跟她解释完，缓缓地呼出一口气，"谢谢，幸好你来了。"

迟雾看了她一眼："没事。"

"其实我不想就这么算了。"盛蕙抱着温热的水杯，垂着头，声音很低，"但是天亮后，我还要回剧组。"

迟雾点了下头，没说什么，陪她静静坐着。

对盛蕙来说，把这件事的伤害降到最低，或许就是最好的结果。

没过多久，谈屹臣被周韵领了出来，看了迟雾一眼，摇了下头，迟雾见状没有过去。

两人都知道，不论事情怎么处理，突然沾上这堆事都没法叫人心里舒坦，他们都需要时间缓一缓。迟晴也要带她回去，这会儿不是腻在一起的时候。

讲了两句后，四人一起出来了。分开的一刹那，想到今天是迟雾的生日，谈屹臣忽地顿住脚，停了两秒钟，周韵见他没有跟上，回过头看他在干吗。

谈屹臣转过身去看迟雾，视线里的人也停了下来，似有感应地回过头，和他对上视线。谈屹臣笑了下，朝她张开手。

迟雾一秒钟都没犹豫，回过头迈上台阶环住他的腰。两人身体紧紧靠着对方，脸颊蹭上他肩头的衣料，心脏一下一下地在胸腔里跳动，直到重新找回那份安全感。

"是不是舍不得我？"谈屹臣问。

"嗯。"她把脸埋在他的怀里，小声说，"生日还没过。"

"记得呢。"谈屹臣松开她，低头吻上去，而后用额头轻碰她的额头，"你先回去睡一觉，晚点儿陪你过生日，来得及。"

迟雾抬眼看他，所有的恐惧、难受和委屈在这即将短暂分别的一瞬间倾泻而出。

也是这一刻她才发觉，她对谈屹臣的依赖远远超过了"习惯"。

天仍旧是雾蒙蒙灰扑扑的一片，谈屹臣顺着她的头发，同时和她鼻尖相抵："回去到我爸那儿交代一下就行，没事的。"

迟雾没说话，人依旧沉默着，眼眶红红的。

片刻后，谈屹臣叹了口气，试探着问："想跟着？"

迟雾摇头："不是。"

她这会儿只是不想就这样分开。

这是谈家家事，谈承肯定要训他，她跟着不合适。况且还有詹艾发来的信息没回复，她想知道这到底是怎么回事。

谈屹臣，为什么会出现在一中门口？

迟雾缓缓呼出一口气，重新看向他："晚一点儿，我去别墅找你？"

他点头："好。"

两人身后站着的人互相看了一眼，无奈地摇了摇头，周韵这才开口："行了，不要弄得我跟你迟姨要你俩分手一样。回去把事情商量好，好好休息一觉，后面你们爱怎么谈怎么谈，没人管。"

迟雾这才后知后觉地把人松开，往后退了一步，谈屹臣忍不住地笑了下。

迟雾回去的路上，道路上车流渐多，视线久久地停在车窗外，迟晴前一晚刚下飞机，刚刚又急着赶来派出所，强打精神扛到现在有些疲惫，但她还是开口问了问："暑假在一起的？"

迟雾点头。

"我竟然一点儿都没发现，就记得你们俩那会儿还在吵架。"迟晴感慨，"今天这么一看，你们感情还挺好，难舍难分的。"

回到家，和律师交接完事情，迟晴盯着她把消炎药吃下才让她上楼休息。

迟雾坐在窗前的躺椅上，轻轻抚摩着额前的伤，翻看着手机上的一长串消息。大部分是没能来派对的人发来的生日祝福，在回复完李溪藤发来的生日祝福后迟雾才继续往下翻。

她一直翻到詹艾给她发的那两条信息。

"我想起来在哪儿见过谈屹臣了，在一中门口。"

"我升高三你升高二，校旁来了警车和救护车的那个傍晚，他在场。"

迟雾长久地靠在那儿出神，一直维持着这个姿势。每当手机屏幕快要自动熄灭后，她就会用食指点亮，就这样直到电量消耗干净，自动关机的提示跳了出来。

迟雾这才终于动了一下，从躺椅上起身，把电源插上，随后拨通电话，打给詹艾。

就当她自作多情，她感觉这件事或许跟她有关系。她现在要去验证这个可能。

"有时间吗？"迟雾轻声问，屈膝坐在电源插头下的地毯上，看着通话电话的秒数往前跳跃。

詹艾那头声音有些吵闹，但她很快就离吵闹声越来越远，像是拿着手机正往外走着："嗯，你那边好点儿了没？"

"已经没事了。"迟雾回她，"我想具体问问，你昨晚给我发的那两条信息的事。"

"这个啊。"詹艾解释，"就是上次跟你提过看他眼熟，昨晚看到警车就想起来了。当时那件事不是闹得挺大的吗？跟我们学校高二高三的好几个人都有关，现场围着很多人，来了警车，我和队长喜欢到校外吃，正好看着了，你那个时候还没进队。"

迟雾小声"嗯"了下，沉默了一会儿才问："确定是他吗？"

"应该是他，之前也在校旁看过他。"大概是碍着两人现在的关系，这也算不上什么好事，詹艾说得吞吞吐吐，"就隔着人群见了眼，我看见十七中的校服了。"

这回迟雾停了很久，思绪变得缓慢，直到抓住话里信息重点，继续试着问："之前，也见过他？"

"嗯。"詹艾回想着，"高二那段时间遇见的次数比较多，差不多吃五回饭能遇着两三次。就在学校下午吃饭的那个点，校外人站咱们学校旁挺显眼的，何况他的长相又不普通，那个头发颜色也比较有记忆点，就记着了。"

"那……"迟雾轻轻呼出一口气，调整了下情绪，细问："他都在那儿干什么？"

"不知道。"詹艾仔细想了会儿，只把自己知道的告诉她，"反正就靠在学校东边的巷口，人挺闲的，也不干什么。一般出校门时就能看到，等我们吃完回去时人就走了。"

听完整件事后，迟雾怔了下，缓慢地在脑中过了那些曾经不在意的细节。

高中时她也会出校门，一星期一两回的频率，但只往西走，路线很单一。西边那条街有卖咖啡的，她还能在晚自习前顺路去便利店吃点儿东西。

她往西走，而谈屹臣在东边，就在她的身后，于是两个人一次都没遇见过。

她也一次都没发现他来过。

她挂断电话后，窗外的天空已经暗了下来，细雨丝丝缕缕地拍打着窗户，留下若隐若现的印迹。

迟雾背靠着墙壁，掌心微微出汗，身体因为连轴转而变得有些虚。她沉沉地吸了一口气，才拨出第二个电话。

"嗯，是我，迟雾。"

"校门口来警车的那次事件，都有谁？"

"我要他的号码。"

"谢谢。"

昏暗的房间内，一切细微的声响都变得格外清晰。迟雾的心脏剧烈地跳动，她等了很久，终于等到对面发过来一串号码。

手指在号码上停顿半晌，随后她还是按下拨通键。

"怎么下来了？"迟晴正坐在客厅的沙发上处理事情，见女儿忽然从楼上下来，站起身轻声问，"休息好了？"

迟雾拿过搭在衣架上的外套往外走，语调有些急："我去找谈屹臣。"

"外面在下雨。"迟晴提醒她，"你拿把伞——"

可她没听也没停，直接出了门，闯进雨幕中。

雨夜昏暗，道上正堵着车，鸣笛声刺耳。

迟雾戴上外套上的帽子，任细雨落在身上，沉默着走过这一段交通拥堵的路段。到达十字路口后，她伸手拦下一辆出租车，报出地址。

"嗯，这个事我确实知道，起因也不是什么大事，之前打球时听隔壁班的人唠叨过。张余不是总想跟你套近乎，你不愿意理他吗？他就在背后说了点儿你的闲话，过嘴瘾。那哥们估计跟你认识，在一旁听着，肯定不能让张余这么说你啊，但张余什么人你也知道，哪儿能这么听话？之后两边就动起手来了。

"挺严重的，一群人没一个好的，但那哥们估计伤得更重点儿，对面八九个人呢，也是那边先动的手，纯属没事找事，那哥们只算正当防卫，所以最后没他什么事，但张余被拘留调查，又受处分劝退的事不是全校都通报过？

"哎哟，那些话我就不重复了，就论坛里的那些烂事呗，张余那脑子里又能装什么好东西？"

车窗上有一层雾气，身上微潮，迟雾双手捧着手机放在腿上，只有睫毛微微眨动，大脑中反反复复地过着通话片段。

很多事忽然间就对上了，谈屹臣高二那年住院，是因为她。

而那年因为憋着一口气，她没去看他，等到迟晴从医院回来，才假装不在意地坐到她身旁，主动和她聊起谈屹臣。

"这孩子，让人怪难受的。

"你周姨眼睛都哭肿了。

"腿伤得很严重，不知道会不会落下残疾。"

迟雾沉默地在阳台站了一整晚，睫毛上沾的泪水被夜风吹着，湿了又干，干了又湿，直到天际逐渐泛白。

天亮后她请了病假，去了南城最灵验的寺庙，一个人跪了很久，反反复复地只许一个愿，那就是她希望他平安。

没有半年不见面，没有三年的生疏，他们之间从来都没有。

出租车到别墅门口的时候，只有一楼客厅孤零零地亮着一盏灯，草坪被雨水打湿，隔着半掩的玻璃门迟雾看到了沙发上的人影。

客厅还没收拾，满地都是瓶瓶罐罐和各种娱乐用品，一室狼藉中，谈屹臣坐在沙发上低着头，身影孤单寂寥，像是在想事情。面前的桌上被摆了一排酒，有几杯已经空了，他垂在腿侧的手里缓慢地燃着一根烟，烟雾里的他有些颓废。

楼梯下的音箱放着《廊桥遗梦》的主题曲，充满了遗憾、感性和理性的纠结。

随着 "You oughta know by now how much I love you"（你现在应该知

道我有多爱你）这句歌词响起，迟雾轻轻呼出一口气，白色的雾漫在零下的冬夜，她的眼眶倏地红了。

她静静看他的几分钟，室内的人似有感应地抬起头来，循着她的方向望过去。

"来了？"他朝她微笑。

"嗯。"迟雾走到他跟前，抽了下鼻子，"醉了没？"

谈屹臣摇了下头，将烟摁进烟灰缸里掐灭，伸手把人往自己跟前拉了一步："淋雨过来的？"

迟雾点头。

他看了她一会儿，轻叹了一声，抬手把她外面有些发潮的外套脱下来，搭在沙发沿上，问她怎么不打伞。

"想来见你。"

他"嗯"了一声，笑着说："我知道你想来见我。"

迟雾睫毛微动，心里想着他不知道自己有多想来见他，问了句："为什么不给我发信息？"

"你一晚上没睡。"他回，"不想打扰你休息。"

"那你在这儿坐了多久？"

"一直在这儿。"谈屹臣把她冰凉的手握在手心里暖着，"怕你来了找不到我。"

迟雾眼眶又红了。

她沉默了一会儿，手渐渐被他焐得回温，这时才听他小声说了句"对不起"。

她摇头。

"生日快乐。"他抬起头看着她，眼睛里微微带了点儿红意，"还没给你过生日呢。"

迟雾回过头安静地听着。

接着，谈屹臣转过来，拉过她的手，把一件东西放到她的手里："生日礼物。"

他开口说："车也会开了，挑个时间去把驾照考到手。"

迟雾垂眼看向手里的车钥匙，是刚订的那辆车。她认出那是柯尼塞克的标志，愣了十几秒钟她才逐渐反应过来："给我了？"

"嗯，想把最好的给你。"谈屹臣视线牢牢地锁住她，坦坦荡荡的，比谁都深情，"这是你男朋友现在有的最好的东西。"

迟雾抬眼看他。

"你这人，说喜欢你、爱你，你未必信，对你得行动大过语言。"谈屹臣的手臂搭在膝盖上，姿态放松，"不信也没事，做着呢。"

这个人，要做到什么程度，才觉得够？

循环着的抒情老歌让空气多了一分缱绻之意，迟雾想哭，攥着车钥匙，随后伸手把人拽过来，不由分说地偏头吻上去，堵住即将忍不住的哽咽。

这个吻很深，两个人呼吸交错，闭着眼把注意力都倾注在这个吻上。

迟雾的腰被他紧搂着，姿势逐渐转为坐在他的腿上，身体互相压向对方。她吻得很急，边吻边喘息，胸口起伏。

谈屹臣喉结微动，也在感受着这个吻，迟雾膝盖跪在他的腿侧，位置比他偏高一些，发丝软软地扫在他的喉结上。两人的呼吸随着这个吻的推进变得急促，她松开他的脖颈，手往下探，边吻边解他的衬衫扣子，解到第三颗的时候，被他拦了下来。

"怎么了？"迟雾停下动作，双眼含着雾气与他对视。

"你有伤。"谈屹臣搂着她的力度稍微轻了些，碰着她的额头，心疼地开口，"那么大一片瘀青，怎么会不疼？"

"等你伤好了，再给你睡。"谈屹臣笑了声，眼神又亮又温柔，"随

415

便你怎么睡。"

他轻吻着她："好了，今晚不做，重新找个事干。"

迟雾只好"嗯"了声，不舍地从他身上慢腾腾地下来，屈膝坐到沙发下的地毯上。

"聊聊天吧。"迟雾看着他，睫毛动着，低声说。

"好。"谈屹臣扣着最后一颗扣子，问她想聊什么。

过了片刻，迟雾下巴轻轻在膝盖上蹭了下，才轻声问："以前没问过你，你在十七中的时候，追你的人多吗？"

谈屹臣愣了下，回头看她："听实话？"

"嗯。"

"多。"

迟雾弯了下唇，忍不住又问了那个问题："那你到底喜欢我什么？"

谈屹臣看着她："那你喜欢我什么？"

迟雾摇头。

"嗯。"他挺认真地说了句，"哪儿那么多理由？"

是啊，哪儿那么多理由？

外面的雨还在下，没关严实的玻璃门间隙有风漏进来，但没人在意。迟雾从谈屹臣面前的一排酒中挑一杯喝了两口，随后视线落向杯底，余光瞥见他脚腕上露出的半截文身。

音乐停了，室内安安静静的，她就这样握着那半杯酒，直直看了好一会儿，直到喉间干涩。迟雾抬手碰上他的脚踝，轻轻摸着文身下面的疤痕，声音喑哑："疼吗？"

他低头顺着她的视线看了眼："没什么感觉，打了麻药。"

迟雾深吸一口气，红着眼圈抬头看他："我问的不是文身。"

"这个伤？"谈屹臣风轻云淡地往后靠去，声音平静，"不疼，都过去好久了。"

骗子，他还在装。

忍了这么久的情绪一股脑地涌出，对视间，迟雾控制不住地抽噎。眼泪从眼眶中一点点漫出来，她浑身细微地颤抖，攥着他身上的衣服，哽咽得说不出话。

看着她的反应，谈屹臣沉默了下，嘴角的弧度渐收，几秒钟后低声问："知道了？"

迟雾哭得直抽气，点了点头。

看着她哭得满脸泪水的样儿，谈屹臣起身蹲到她的面前，平视着她，语气带了点儿得逞之意："迟雾，很心疼我吧？"

她红着眼睛看他。

"忘了吧。"谈屹臣捧过她的脸，语气轻松，"你男朋友就输过这一次，不想让你记着。"

"你是傻吗？"迟雾看着他，哭得上气不接下气，声音近似哭号。

"嗯，是有点儿傻。"谈屹臣眼眶也红了，抬手帮迟雾擦着眼泪，"记得吗？咱们小时候，我总因为这个头发被别人说是小妖怪，幼儿园里有个女孩经常这么说我，我挺难过的，又拿她没辙。直到有一次正好被你撞见了，你一下子就把她推开了，后来她把她好朋友带过来撑腰，你就把另一个也赶跑了。"

"好厉害啊，女朋友。"谈屹臣看着她的泪水顺着下颌流进脖颈，用手背轻轻擦掉，"那个时候的你和高中时的我是一样的，没什么不同。"

他们都在保护对方。

"我没进医院，没受这么重的伤。"迟雾声音哽咽，肩膀耸动着，眼泪不停。

见女朋友没小时候好哄了，谈屹臣只好从身后把她搂在怀里，下巴垫在她的颈窝上，耐心地一点点安抚她的情绪。

他开始跟她讲起高中的一些事，转移她的注意力："记不记得我上学时喜欢背单肩包，平时有试卷会直接拿回去，懒得背就把它挂在座椅上，周末放假了才把包带回去。"

迟雾抽噎着点头。

"其实刚才那首 Nothing's Gonna Change My Love for You（《此情永不移》），我在高中的学校晚会上唱过。但没想到因为唱得太走心，老师就跟我妈说了这事，我妈还以为我在学校里怎么着了，骂了我一顿，挺冤的。"谈屺臣叹气。

"你小时候因为周姨管你管得严，经常觉得自己不是她亲生的。"迟雾偏过脑袋看他，眼睛仍然很红，"周姨每回都得拍你一巴掌，拉着你去镜子前照头发，问你是不是跟爸爸一样。"迟雾抽了下鼻子，才继续说，"让你不想在这个家待就出去，别找这么多理由。"

谈屺臣笑着打断她："别说了，丢人。"

迟雾也弯了下嘴角。

"唱歌给你听好不好？"沉默片刻后，谈屺臣下巴蹭着她说，"还没单独给你唱过。"

"嗯。"迟雾点下头，知道他还在哄她。

两人坐在地毯上，谈屺臣就那么抱着她，给她唱了很多首歌，不仅唱，还悄悄改了别人的词。

他声音偏低，唱什么都是股美式坏男孩的味道，听得人心口微烫："我和你是青梅和竹马，会一日三见，会深夜聊天，或许习惯后便对我不再更浓烈……"

"不是的。"迟雾忽地开口，拿过放在脚踝旁的手机，视线从面前的一排酒杯上收回，偏着头，把两人的聊天界面给他看。

迟雾给谈屺臣的备注只有一个字母"C"。

C——Characteristic（特有的）——独特的。

C——Crush（热恋）——热烈的爱恋。

他是她独特的热烈爱恋。

深冬的第一场雨，久久不停。

迟雾坐在床沿，低头看搭在绒毯上的脚趾。谈屹臣从浴室走出来，擦着头发，看她那样子忍不住笑："不哭了？"

她抬头，眼睛还没消肿，"嗯"了一声。

室内温暖，迟雾的头发已经快被烘干，她无聊地靠在床头刷手机，迟晴发信息来问她是不是不回去了，迟雾回了个"是"。

谈屹臣出去了一趟，回来后拿了一杯热牛奶递给她，让她喝完再睡。

"怎么了？"迟雾端着手里的杯子问。

"对睡眠好。"他回答。

"哦。"迟雾没说什么，低头看着冒热气的牛奶。她已经开始犯困了，毕竟已经一天一夜没合眼。

喝完，迟雾把杯子放在茶几上，看着谈屹臣故意坐在沙发的扶手上，膝盖微屈，轻松地敞着腿。

迟雾把眼神放在他的文身上，想了会儿，问他的文身是什么图案。

谈屹臣上半身微微坐直，嘴角带着弧度地反问："想知道？"

她点头。

"你先猜猜。"他收起手机，卖了个关子。

"信仰之类的？"

"不算，不过也有点儿沾边。"

她盯着文身，好奇心被勾得满满的："那是什么？"

"是你。"他笑着揭开答案。

迟雾视线从他的小腿移到他的脸上，让他继续说明白点儿。

谈屹臣微微叹了一口气，语调有点儿炫耀地说："你的名字。"

她细看之下发现那是"CHIWU"，接近于哥特体的一种文字设计，字母顺序被打乱，五个字母沿着小腿弧线，从脚踝一路蔓延到小腿中间。

迟雾没准备，心跳微快，问了句："这么会？"

谈屹臣笑着捋了下头发，看向她："心动吗？"

迟雾挑眉，环臂坐在那儿看他，和他静静对视了几分钟，随后过去吻住他。

她快心动死了。

月末，一整年快要过去了。

这一年迟谈两家一起跨年，两家长辈们商量了几天，打算去苏州泡温泉散散心，迟雾和谈屹臣就没跟着一起去。

十二月三十一号这天，天气很好，阳光从窗帘缝隙中照入卧室，迟雾抬手挡了下，身旁的人翻了个身，重新抱住她。

迟雾继续翻身，睡了个回笼觉，再次被闹钟吵醒后，起床收拾，换完衣服化个妆。

等她差不多收拾完，谈屹臣才睡醒。他被光线刺激得微皱了下眉，睡眼惺忪地朝她看过去："要出门？"

"嗯，下午和李溪藤有约。"迟雾涂上口红，倚在沙发边回过头看他。

元旦假期，李溪藤从沪市回来了。

听完，谈屹臣反应一会儿，从被窝里坐起来，抬手抓了下头发。被子沿着胸口处往下滑，露出他的腰腹线条，锁骨、胸口上都有吻痕。过了一会儿，他还是没忍住提醒她："今天，跨年。"

他想和她一起跨年。

迟雾稍侧过头，顺了下头发，告诉他："晚上回来，陪你跨年。"

盯了她一会儿，他点了头，说了个"好"字。

两人最后接了个早安吻，迟雾按照约好的地点，打车过去。

女朋友不在家，谈屹臣起床套上长袖衫，到一楼吃了顿饭，随后一个人在露台坐了会儿。他想了会儿东西，随后把电脑打开，登录进一个大学生网络视频评奖网站。

这是迟雾半个月前上传视频参加比赛的网站，目前她是第一名。他打算趁这会儿研究研究，迟雾这段时间忙的都是什么。

视频评选有要求，以"I Wish"（我希望）为主题，拍摄一段时间大概三分钟的短视频。

他能知道这事，全靠昨晚在朋友圈刷到了盛蕙转发的链接，这事直接勾起他的兴趣了。

网页最上面的就是迟雾的那条视频，谈屹臣点开，开头的前十秒钟是处在颠簸状态下的拍摄，摄像头朝向地面，只能看出是某条公园小道。

拍摄的第一个对象是坐在亭子里下象棋的老人，短视频中黄灿灿的阳光在亭子后拉出一道斜斜的影子。

鬓角发白的老人沉思："我希望什么？这个不好想呢，都快七十岁了，还有什么希望的。"

摄像机没动，依旧保持原机位，迟雾也没说话，整段视频就安静了几秒钟，随后老人面上多浮出几道褶皱，笑着说："哎，那就希望，今晚的太阳下山慢一点儿。我爱人怕黑，还没走的时候，就喜欢在公园旁边踢毽子，但眼神不好，太阳下山后就不好踢了，老觉得她还在。"

"人生常有遗憾。"

第二个场景、第三个场景……

每一个采访都不长，但都能从被采访者身上看到一些社会边缘群体背后的故事。

谈屹臣认真观摩作品的时候，迟雾正和李溪藤在一家刺青店里。

迟雾以前来这边约过一份设计稿，但她现在打算换一个。她把事先想好的单词写在纸上，刺青师和她确定好后，把单词拿走，开始按照选定的字体给她画手稿。

李溪藤吸着奶茶，趴在那儿无所事事地刷着手机，下一秒钟在一条动态上停住，随后把手机翻过来递给迟雾："雾儿，你能认出来这是谁吗？"

迟雾瞥了一眼："赵炎。"

她愣了下："这你都看出来了？"

赵炎换了发色，图片还修过，腿和身高都被拉长了，一米八出头的个子被修成了两米，从外形身材上完全看不出是他。

迟雾笑了下，把羽绒服脱下来搭在一边："LV，挺明显的。"

目前她认识的人里头，就赵炎爱这么穿。

"真是一点儿没错。"李溪藤收回手机，继续懒懒地倚在墙边，"除了他，真没见过人一年到头，四季的衣服上都是品牌标志。"

"你俩和好了？"

"嗯。"李溪藤点头，点了根烟抽上，声音散漫，"差不多，反正半年一吵，也习惯了。"

跨年夜是格外有意义的一天，李溪藤和赵炎约了顿饭，从刺青店里出来后，迟雾径直打了个车回去了。

冬夜，寒风凛冽，刚文完的部位还火辣辣地疼着。迟雾回到别墅的时候，谈屹臣正坐在一楼，左手撑着脸，右手漫无目的地转着打火机。

听见动静，他抬起头，看见迟雾从门口走进来，随后直接把她带去二楼。

这会儿距离零点只剩十分钟，谈屹臣靠在飘窗边，松松垮垮地穿着睡衣，看着迟雾拉开门从浴室走出，手里开了罐七喜。

"迟雾。"他喊她一声。

迟雾正擦着头发，面颊被水蒸气熏出些红晕："怎么了？"

"过来。"他招手。

"嗯？"迟雾走过去。

对面写字楼的大屏幕上放着跨年倒数数字，LED 灯光在黑夜中格外醒目。迟雾往外看着，收回视线的一瞬间，人直接被谈屹臣拉过去抱住，下一秒钟他偏过头吻住了她。

反应过来后，迟雾毫不犹豫地抬起胳膊钩住他的脖颈，两人踩着这一年的最后几分钟相拥热吻。

这次接吻两人默契地没有闭眼，认真地看着彼此，谈屹臣口腔内还带着汽水的微甜，呼吸间都是她喜欢的味道。

直到身后的 LED 屏上倒数完最后一秒钟，两人才松开彼此。

呼吸交错间，谈屹臣微笑着说："给你准备了个新年礼物。"

"嗯？"迟雾抬眼看他，声音有些发软。

"手链。"谈屹臣右手插进口袋，接着从里面取出来两条手链。

躺在手中的两条手链一个稍长，一个稍短。这是谈屹臣用从她身上摘下来的那条锁骨链制成的，每条上面都多了个银质的方牌，上面刻着日期：2019.7.28。

那是两人确定关系的时间。

"我也有礼物。"没等他开口把想说的话说出来，迟雾有预谋地踮脚吻了他一下，缓缓后退两步，后腰倚到身后的沙发背面。

谈屹臣看着迟雾双手握住衣摆，把身上的 T 恤脱掉后，他的视线落在她腰侧胯骨往里两厘米的地方，心狠狠地跳了下——

迟雾的右侧小腹上被文了行软花字体的文身，线条周围的皮肤微微红肿，是个英文单词：Surrender（臣服）。

臣服。

这是他的那句自我介绍中说的："谈屹臣，言炎谈，山乞屹，臣服的臣。"

第15章

共坠爱河

一

"今天文的？"半晌后，谈屹臣的视线才从她的小腹上重新回到她的脸上，嗓音还算正常地问了一句，眼神盯着她。

昨晚她换衣服的时候还没有。

这文身他开始看着觉得有些烦躁，是从心灵深处上蔓出来的躁动，仿佛四肢百骸都烧得慌，像是一把火烧了很多年。

对视几眼后，谈屹臣伸手抓过一旁的烟盒和打火机，抽出一根咬在唇边，点着，好在这个时候分散点儿注意力，不然一句话都聊不下去。

"嗯。"迟雾点了下头，浑身上下有种冷淡与性感共存的矛盾感，"下午出去文的，喜欢吗？"

"嗯。"谈屹臣抬手，把烟递到嘴边，烟雾紧接着从口中轻轻被吐出，飘散在身侧，卧室开始沾染上烟草味，"喜欢。"

他抬了下手，迟雾走过去，靠近他。

两人近在咫尺，谈屹臣低头，视线还落在那个文身上。他把烟拿到一边，烟雾慢腾腾地往四周散去，他抬起手握住迟雾右侧的腰。

迟雾有点儿疼，下意识想避开。她心跳不受控制地加快，觉得谈屹臣现在的状态像是暴风雨前的平静，他在压抑着什么。

谈屹臣搭在一旁的烟只剩半截，他抬手把烟摁灭，随后抬手揽在迟雾的后腰，把人往自己跟前轻轻带，两人之间的距离所剩无几。

他静静地看着她，两人气息交错，心跳都很快。

外面高楼大厦依旧霓虹交错，路上川流不息，今夜晚眠的人注定很多。

迟雾抬眼直勾勾地看过去，喊了他一声："哥哥。"

谈屹臣喉结动了下，抬手轻捏住她的下颌，嗓子已经哑得不行："喊我什么？"

"哥哥。"她小声重复了一遍，心跳声反反复复撞在耳朵里。

迟雾小时候一直喊他哥哥，不知道从哪天起才变成叫名字。这个称呼见证了两人之间的羁绊，他们相伴多年，感情变了又变。

话声落下，迟雾整个人被压住，两人唇舌纠缠，呼吸紊乱。他们彼此都不谦让，就这样天雷地火般勾在一起，直到天明。

这一年年过得早，假也放得早。元旦刚过去一周，就进入了期末阶段。

考完试后的第三天，迟雾被班主任叫过去简单谈了话。

院里每年都要评选优秀学生，每学期各科的成绩也是保研的参考标准，国内屈指可数的前几所高校南大都有保研资格，这些名额不在他们班，也要落在别的班。

迟雾每科成绩都很好，宋梓第一，她第二，但只有一门心理学是踩着六十分的及格线过的。

这简直算是优秀成绩单上的污点。

和班主任交流完后，迟雾走出教学楼，迎面从楼道中间灌进来一阵风，吹得她发丝微乱，缠绕在脖颈上的围巾也轻轻扬起。

明天就正式放假了，她回宿舍的路上到处都是拉着行李箱往门口走的学生。

邱粒已经回家了，宿舍里还剩三人。室内拉着窗帘，宋梓正带着陈潘潘观看年前的最后一部电影。迟雾瞄了眼画面，随后把厚厚一沓资料从书架上取下来，摊在书桌上，把假期用得着的整理在一起放进文件夹，准备等会儿直接带走。

下午迟雾要回源江，自从暑假那事过后，只要不算太忙，迟晴都会回去陪徐芳华。迟雾没课的时候也会跟着一起去，迟晴今天上午已经提前打过电话，那边结束后直接过来接她。

离迟晴说好的下午三点还有段时间，迟雾靠在椅背上坐了一会儿，无聊地刷着手机。

直到慢悠悠地喝完一袋酸奶，迟雾才收到迟晴的信息，说她大概五分钟后到。

拿上整理好的文件夹，迟雾低头重新穿好鞋，系上围巾走出宿舍。

南城大学的门口车辆杂乱，这会儿正好是学生放假离校的时间，公交车、出租车、轿车横七竖八地围在一起，路边到处是拖着行李等车的学生。附近的交通已经快要瘫痪了，需要等很久才能往前挪动一段。

迟晴原先预计五分钟能到，现在大概率要延缓到十分钟以上。

大风扬起路边的轻尘，鸣笛声刺耳聒噪。迟雾抬手把耳机戴上，走到校门口靠道路一侧的石墩上坐下来，随后在歌单里挑了首慢歌。

歌声刚响起，被阳光照得发暗的手机屏幕上进来一条新信息，是谈屹臣发的。

C："年前有什么打算？"

迟雾想了两秒钟："还没定。"

对面大概也在想措辞，隔了两分钟后第二条消息才进来："我过两天去沪市，一起？"

WU："怎么了？"

C："不是想玩潜水？趁假期，把游泳学得熟点儿。"

WU："冷，不学。"

C："室内泳池，恒温。"

风刮得有些大，没怎么犹豫，迟雾回了个"好"。

她年前没什么事，迟晴也不限制她的活动，跟谈屹臣谈恋爱这事被她们知道后，家里对她的放养程度达到了巅峰，徐芳华也不管她了，非常放心。

回完消息后迟雾把手机放回兜里，用文件夹挡在额前遮着阳光，微眯起眼认着迟晴的车。

五分钟后，迟雾才看见从右边道路驶过来的库里南，车子走走停停，一段一百多米的路开了三分钟。

迟晴把车停在路的对面后就从车上下来，在杂乱的校门口找着迟雾的身影。

哪怕在大学门口，这一幕也是引人注目的焦点。

迟晴穿着一身深棕色的大衣，搭配着黑色红底的高跟鞋，浑身上下都散发出光鲜靓丽的成熟女人味。

迟雾抻了下有些发酸的后肩，这才从石墩上站起来，拿着文件夹朝她摆手。

迟晴站在路对面，看见人后也挥起手，等着她过来。

迟雾没走两步，身侧传过来一道声音，嗓音很温和。迟雾下意识地循声望过去，身后开过来一辆白色奔驰，宋临源降下车窗，抬头看了她一眼："放假了？"

迟雾微微愣了一下，"嗯"了一声，接着想到迟晴在路对面，她的心脏剧烈跳了下，视线不受控制地回头看过去。

早晚有这么一天。

她清楚迟晴早晚会知道这件事，但没想到这么早。

宋临源微笑着靠在驾驶位上："你是不是故意控分？怎么正好踩着六……"

随后话音戛然而止。

堵塞的道路上，一辆大卡车发出一声尖锐刺耳的鸣笛声。隔着二十米的距离，迟晴和宋临源的目光忽然对上，而后唇边笑意凝固。

巧的是，两人今天穿的都是深棕色大衣，这么多年过去，风格还是这么接近。

在这种三方静默各怀心思的对立中，迟雾收回视线，缓缓呼出一口气，控制住自己，没做什么多余的表情。

过了会儿她开口，敷衍着说："没控分，就那么差。"

宋临源没仔细听她在说什么，视线依旧看着马路对面。他抬眼看着迟雾，心跳很快，右手握在方向盘上，仔仔细细地看着她，消化了半天，他才明知故问地试探："你，姓迟？"

迟雾"嗯"了一声："怎么了？"

"跟妈妈姓？"他小心翼翼地轻声问。

"嗯。"她点头，拧了下眉。

"上大一，姓迟。"宋临源呼出一口气，小声地重复了一遍迟雾的信息，神情复杂。视线再次和道路对面的人对上时，他抬手把眼镜摘掉，眼眶微红。

迟雾看着他，心里涌起一阵莫名其妙的烦意，不想让他继续追问，于是主动说："我爸死了，我跟我妈过。"

这种情况原本就少有，主动解释一句也正常。

宋临源抬眼看她。

迟雾略微颔首："没事我就先走了，宋老师再见。"

撂下这一句，不等他开口说什么，迟雾转过身，面无表情地穿过道路，朝迟晴走过去。

迟晴依旧站在车前的位置，眼圈泛红。她看着迟雾从马路对面走过来，这才终于收回视线，从宋临源的脸上挪开眼，沉沉地呼了一口气。

"刚和那个人聊什么呢？认识？"迟晴抬手帮她理了下被风吹翻的围巾，唇边挂上淡笑，语气十分自然。

"嗯。"迟雾点了下头，态度平常，"老师，聊成绩。"

上车后，迟雾摘下围巾搭在一旁，视线轻飘飘地朝外看过去。

宋临源的车还停在对面，他还是刚才的姿势，正若有所思地瞧着这边。

直到挡在前面的轿车动了，迟雾才和他缓缓错开视线。

"刚才那个人，是你们老师？"迟晴问。

"嗯。"她点头。

迟晴有点儿犹豫："那这个老师，他对你好吗？"

"老师和学生，没什么好不好的。"迟雾垂下眼，看着晃动的帆布鞋头，"我不怎么喜欢上他的课，他教的这门，我考得最低。"

迟晴配合地笑了下："是吗？你们不喜欢这个老师？"

"不是，只是我不喜欢。"迟雾用手撑着脸，手肘搭在腿上，把脸偏向一边，轻轻地吐出了一口气，不让迟晴看见，"挺多人喜欢他的，也有女同学喜欢。不过他结婚了，有个儿子，好像上幼儿园吧。"

车内安静了一会儿。

迟晴接过话，声音依旧平静："这样啊。"

"嗯。"迟雾的手指在车门上无聊地轻刮，等到眼眶的那阵酸涩感下去，她才重新把头转向迟晴，调子挺随意地问了句，"羡慕了？"

"没。"迟晴看着她，弯了下唇，"就问问。"

"嗯。"

迟晴第二天还有工作，没法在源江过夜，两人和徐芳华吃了顿饭，聊了会儿天，便往南城赶。迟雾没跟她一起走回去，自己回了公寓。

这会儿是深冬，温度比白天低，气温只有零下三摄氏度。这么冷的天，迟雾穿得很单薄，身上只有一件连帽卫衣。她正靠在阳台栏杆上抽着烟，肩后的头发丝被夜风吹起，身周被薄薄的烟雾笼罩，抽到第三根的时候，她收到了谈屹臣的视频电话。

想了几秒钟，迟雾把烟头摁进烟灰缸，按下接通键："怎么了？"

通话界面里，谈屹臣面上挂着淡淡的笑，人正懒洋洋地靠在客厅的沙发里，身上穿着件黑色外套，像刚从外头回来。视线透过屏幕落在迟雾的脸上，他问了句："你在外面？"

"嗯。"迟雾点头。

屏幕那边，谈屹臣瞥了眼她身上的薄衫："穿这么少，不冷？"

"还行。"迟雾看着他。

对面停了会儿，没说话。谈屹臣很准确地捕捉到迟雾的情绪，轻声问："不开心？"

"嗯。"她没否认。

没问什么原因，谈屹臣叹了口气，他在这种时候就显得格外正经，挺认真地给她想了个办法："那要不要喝点儿？想喝的话我过去找你。"

迟雾点头，谈屹臣从沙发上站起来，说他十分钟后到。

挂断电话后，迟雾看着屏幕沉默了一会儿，随后走回客厅拿了件羽绒服套在身上，往楼下走。

这会儿已经很晚了，楼下四处无人，只有呼啸的风声。迟雾把羽绒服的拉链拉到最高，半张脸埋在领子里，静静等了一会儿，便看见那辆全黑迈凯伦从小区门口的方向开过来，车打了个弯横到她面前。

　　蝴蝶门抬起，谈屹臣坐在驾驶位看着她，手把着方向盘，唇角扬了下："给你带了酒，上车还是上楼？"

　　迟雾没说话，直接坐了上去。

　　大概今天心情是真不好，谈屹臣偏过头看了她两秒钟，问："想去哪儿？"

　　"天文台吧，想看星星。"

　　心情不好的时候，喝酒有用，看星星也有用，今天两件事她都想做。

　　"好。"谈屹臣点头。

　　路上没什么车辆，半个小时后，两人抵达半山腰的天文台停车场。

　　谈屹臣解开安全带，侧过身将中央扶手箱里的一瓶红酒递给她："喝吧，喝醉了送你回去。"

　　"什么时候买的？"

　　"不是买的。"谈屹臣告诉她，"正好回了趟家，酒窖里拿的。"

　　"哦。"迟雾点头，两人第一次偷喝酒，就是在那个酒窖里头。

　　谈屹臣拿着开瓶器帮她打开，酒打好后，迟雾惬意地靠在车椅背上，握着酒瓶子轻轻摇晃，还没开始喝心情就好了不少。

　　谈屹臣还要开车，滴酒未沾。他转头瞄了迟雾一眼，随后从歌单里找了首歌出来，音箱开始随着音乐缓缓震动。

　　他掏出烟盒和打火机，点了根烟，手腕伸出车窗外弹着烟灰，指节在车窗沿轻磕，车内逐渐弥漫着烟草燃烧的味道。

　　这一晚两人都没怎么开口，几十分钟过后，迟雾手里的酒已经下去大半瓶。她脸颊微红，碎发搭在额前，屈膝靠在车门上。

　　"醉了？"谈屹臣看了她一眼，伸手把酒从她手里拿下来。

　　"没。"

喝醉的人一般不乐意承认自己醉了。

看她这德行，谈屹臣忍不住笑了，想了一会儿，把人拉到自己身侧。迟雾浑身发软，半蒙地跪在车座上看着他，呼吸间都是红酒的醇香。

谈屹臣抬手按住迟雾的后脖颈，偏头吻了她一会儿，嗓音温柔："好点儿没？"

"嗯。"

"那我们现在回去？"

迟雾又小声地"嗯"了下，吸了下鼻子，像是耍无赖一样抱住他，仰着头，微湿的嘴唇靠在他的下颌线上："嗯，回去，陪我睡觉。"

谈屹臣原本是打算做点儿什么的，迟雾一喝多就很听话但她这次直接耍了一晚上的酒疯，谈屹臣照顾她一整晚，把他折腾得够呛。

第二天下午，迟雾酒劲还未消就上了飞机，头还在疼，靠在谈屹臣身上补觉，飞机在沪市落地时她才差不多清醒。

出机场时已是傍晚，沪市下了半个小时的小雪，赶在年前为整座城市覆上薄薄的一层白色。

谈屹臣和朋友在这边一起投资了个 IT 方面的项目，谈承很支持，两人一共在这儿待了五天，除去中间的几次饭局，时间基本都待在谈家的别墅里。

谈家的这套别墅，迟雾之前只来过一回，也是冬天。当时下着雪，白雪皑皑，室内温暖如春。

那时两人还在闹别扭，除去家庭聚餐必要在一起的时间，迟雾几乎都是待在自己的卧室，习惯地看着窗户外面谈屹臣带着狗爷在雪地里跑来跑去踩雪玩。

在沪市的几天两人各忙各的，迟雾空闲时去了之前实习的工作室一趟，找学姐吃了顿饭，请教一些关于视频账号运营的问题。后面几天她被谈屹臣带着去了两次饭局，某一次散场后，一伙人又开着游艇出海了。

一行人握着香槟站在甲板上，三三两两地抽烟聊天。

迟雾的发丝被海风扬起，她里面穿着酒红色的吊带，外头披着抗风的毛呢大衣。

海面风大，谈屹臣手腕搭在游艇的栏杆上。他看着她，忍不住笑意，问她开不开心。

迟雾倚在栏杆上偏过头懒懒地看着他，半分钟后踮起脚吻过去，谈屹臣扔掉烟，按住她的后脑勺回吻。

今天是两人在这里待的最后一天。

夜晚，别墅区寂静无声，处理完事情后，谈屹臣从书房出来，看着泳池里的人。

到酒柜旁倒了杯酒才不急不缓地过去，谈屹臣坐在泳池边的座椅上，看着水里的迟雾，晃着喝剩的半杯酒，问她："怎么样？"

"挺熟的。"迟雾穿着黑色泳衣，人微微后仰往后浮动，抬手把湿发往后捋了捋，望向他，"怎么了？"

谈屹臣笑着缓缓看了她几秒钟，抬手把酒杯放在一旁，朝她招手："过来。"

"什么事？"迟雾游过去，手扶上泳池边沿，仰起头看他。

谈屹臣弯下腰，右手捏住迟雾的下颌："明天就回去了。"

"嗯。"迟雾看着他，"所以？"

"还没在泳池里试过。"

过完年，新学期开学后，一整个上半年，迟雾没事就跟着谈屹臣练车。

她考到驾照时，已经是暑假了。

这一年，李溪藤获得了英国一所大学全额奖学金的留学资格，赵炎知道后赶回来，大家一起吃了顿饭，给李溪藤送行。

吃完饭后，赵炎没走，跟着李溪藤一块回到她家小区。两人一言不发，单元楼下，李溪藤红着眼圈问他上不上去，她奶奶今晚不回来。

赵炎笑着摇头，让她回去早点儿休息，第二天亲自把人送去国际机场。

盛薏的口碑也在这一年发生了天翻地覆的变化，迟雾当初参赛的视频评选结果出来后，在网络上有不小的讨论量，二者的关系直接证明了那次爆料的虚假。

盛薏接受了一个采访，被诋毁了四年，终于熬出了点儿头。骂她的人依旧有，但现在有人爱她、维护她。

被主持人问及恋爱情况，盛薏笑得大方，脖颈在聚光灯下白皙修长，人很坦荡："是单身，不过有个喜欢的人，喜欢得很认真，那个人是我的 hero（英雄）。"

主持人问她追求了没有。

盛薏可惜地叹气，有点儿失望："没，不过在等那个人分手。"

这条采访播出来的时候，迟雾正开着柯尼塞克带着谈屹臣在环山大道上兜风，他们赶在日落时分绕山跑了两周。

望着天边翻卷的火烧云，谈屹臣出了会儿神。他瞥了一眼迟雾戴着墨镜酷酷的样子，心里盘算着什么时候得再订一辆帅过柯尼塞克黑武士的车。

之前迟雾没驾照，还好说，停在车库里眼不见心不馋。这会儿开出来了，看得他也想要。

没有男孩子能拒绝超跑的诱惑，谈屹臣尤甚。

迟雾找了首带劲的音乐，神清气爽地把车往回开着。落日逐渐被山峰吞没，谈屹臣若无其事地扫了她一眼："开累了吗？"

"没。"迟雾左手很稳地握着方向盘，把墨镜滑到额头上方，"怎么了？"

"没怎么。累了的话，我帮你开。"

现在离大二开学大概还有两周的时间，一整个暑假两人差不多都待在一起，偶尔回家吃顿饭，或者出去参加聚会。迟雾赶在假期的尾巴，挑了个不太热的天气出门，带着那架微型摄像机拍了一堆素材。

昨天还是阴天，今天就出了大太阳。剪辑完手里的这个视频，迟雾放下电脑，懒洋洋地倚在客厅的懒人沙发上。

她现在有自己的账号，粉丝不少，盛蕙也明晃晃地关注了。

中央空调吹着冷气，迟雾躺的位置靠在移门旁，日光透过白色纱帘渗透到客厅，恰好照在迟雾身上，把她的皮肤照得发光。

她刚躺下去十分钟，谈屹臣就握着罐汽水从书房走出来，见她结束了，就坐到她身边，把人捞过来占便宜。

"视频做完了？"谈屹臣低声问，手闲不住地去解她吊带上的蝴蝶结。

迟雾有点儿困，"嗯"了声，翻了个身，打掉他的手，迷迷糊糊地把脑袋蹭到他的腿边。

谈屹臣怕她着凉，拿过条薄毯盖在迟雾身上，自己回了书房。

谈屹臣插着兜站在书桌前，扫了眼迟雾的书架，随后把最上头的一摞笔记本取下来，打算撕张纸拿来用。

这一摞笔记本差不多都是迟雾高中时留下来的，最上面一本的封皮落了灰，纸张边缘也有些泛黄，谈屹臣直接把沾灰的这本放在一边。

看到一本黑色软皮笔记本，他忍不住挑了下眉，认出这是写满了"讨厌谈屹臣"的那本日记本。

谈屹臣记得这本日记已经被他拿走了，但不知道什么时候又被迟雾拿回来了。

他漫不经心地随手翻开一页，下一秒钟，整个人像是被按下暂停键。

这不是那本日记，是一本真正的日记。

手底下的这篇，刚好和他有关。

　　9.13

　　我去了寺庙，求他平安。

　　他喜欢打篮球，喜欢骑车，下到倒数第三个阶梯就喜欢往下跳，搬个桌子都要和同桌绕着教室追两圈，运动会拿过很多奖。

　　我不打篮球，也懒得跑步，实在不行，拿我的腿换吧。

这篇日记是她在他住院时期写的，那次他伤得有点儿重，后期恢复吃了不少苦头。

但他没后悔过，到了这会儿看见这篇日记，谈屹臣猝不及防有点儿感动。

他视线下移，紧接着又在这篇日记的最底下看见了行较为端正的笔迹：

　　别真拿，昨晚喝多了，我可以给他推轮椅。

真有她的。

谈屹臣手指轻敲着笔记本边缘，没忍住，笑了。

他继续往后翻，发现了很多篇关于他的日记：

11.6

读到了个词：意气风发。

这个词很适合他。

12.13

在卫生间，听见了别的女生讨论他帅。

挺牛的，人在十七中，在这儿还能听见他的消息。

1.1

昨天见了谈屹臣，今天有点儿想他。

每天都是跨年就好了。

3.18

他睡着了，趴在书桌上睡在我的旁边。

…………

他翻到最后一页的时候，已经过了两个小时。

迟雾还在外头睡着。谈屹臣看着日记本沉默了很久，随后很轻地缓缓叹了一口气。

挺甜的，但看得他有点儿想哭。

她还真写日记。

暗恋这事他知诮，挺苦的，其实他宁愿她是没心没肺地过了三年。

稍微缓了一会儿，谈屹臣把日记本合上，悄悄放回原位，随后靠着窗台抽完了两根烟。

傍晚，昏暗的客厅里，迟雾靠在懒人沙发上睡得很熟。

谈屹臣从冰箱里取出两瓶冰啤酒，拿到客厅，轻轻放在面前的茶几上。

冰过的啤酒清爽冰凉，谈屹臣自顾自地喝了一阵后，开始回想两个人之间的那些事情。

迟雾是在大半个小时后醒的，从沙发上掀开薄毯站起身，随后就看见了坐在沙发上的谈屹臣。面前的茶几上，已经倒了五六个空啤酒罐子。

"你坐这儿干什么？"迟雾轻声问。

听见声音，谈屹臣的思绪这才从回忆中抽离出来，他抬起眼看看了她很久，缓缓叹了声气，勾起唇："迟雾，你快爱死我了对吧？"他说这话的时候，眼角眉梢都是藏不住的得意之色。

迟雾摸着被冷气吹得有些冷的手臂，扬下眉："喝高了？"

谈屹臣笑着说："装吧你。"反正他都知道了。

这事过去几天后，迟雾在他高中用的手机壳里翻到了她的照片。那是高一那年冬天，周韵把她拍得格外丑的那张。

她拿在手里看了会儿，走出卧室，把那张拍立得放在他身旁，环着臂，下巴微抬地看他："是你爱死我了吧？"

她就是喜欢在这种事上争。

谈屹臣手里还拎着螺丝刀，扶着柜子偏头看了眼照片，哼笑了一声："是啊，爱死你了，所以记得对谈屹臣好点儿。"

他不嘴硬，要老婆亲亲。

九月份开学前，谈屹臣带她又去了一趟沪市，还是因为年前项目的事。

迟雾在这儿见着了付浓。

她没接过影视，只专注于时尚方面的资源，顶着足够漂亮的一张脸，四肢纤细、个头高挑，穿着一件黑色鱼尾裙，身上有一种淡泊名利的高级感。

这人火有火的道理，真人比杂志上还要美上几分。

但她没留到最后，饭局进行到一半的时候被一个年轻男人接走，提前离场。

迟雾晃着酒后半场都在想，最后想起这男人竟然是于澄那便宜继哥。她第一回见他的时候，胳膊上还露着惹眼的花臂，和现在西装革履的模样大相径庭。

酒桌上觥筹交错，迟雾撑着腮看谈屹臣和别人喝酒，感慨混到现在，只要和南城沾边，混来混去也没混出初中的校友圈。

她给盛蕙发了条消息，那边回："以后有付浓的局，记得想着点儿我哦，还没混出头呢。"

"你去找谈屹臣。"

"免了，他提防着我呢。晃悠到现在，全靠杨西语衬托。"

从沪市回来后，新的学期迟雾依旧忙碌，账号的粉丝越来越多，没谈屹臣陪的时候会和朋友们约着喝点儿酒。

外面阴了一整天，学生宿舍里，迟雾靠在座椅上，穿了件厚实保暖的黑色情侣卫衣，拿过一罐牛奶，边喝边看着谈屹臣发来的消息。

今晚是平安夜，谈屹臣约她一起过，迟雾手指敲击屏幕，回了个"好"。

两人这段时间聚得不多，谈屹臣在忙谈承那边的事，迟雾完成课业之余，把大部分时间放在运营自己的账号上。

宿舍里这段时间出了一堆新鲜事：邱粒和男朋友分手了，公认会单身到研究生毕业的宋梓脱单了。

"雾子啊。"宋梓聊完回过头看着她,"上午的课,后半截笔记你记着了吗?"

她点头,边喝牛奶边把笔记扔过去。

今天下午只剩一节大课,上完就能休息,四人早早出门去占位置,心不在焉地听了一节课。出乎迟雾预料的是,她今天碰上了宋临源。

自从在校门口偶遇宋临源后,迟晴偶尔会刻意和她聊聊学校的事,她会选择性地挑一些无关痛痒的事情跟迟晴讲。大一上学期结束后,宋临源不再教他们,只要刻意避开,这么大的校园,怎么都能绕过去。

迟晴这会儿事业有成、美貌单身、恋爱自由,犯不着被困在以前的事情里走不出来。

下午四点,教学楼楼梯口有很多往来穿梭的学生,宋临源拿着U盘和教科书,站在楼梯的拐角处喊住她。

迟雾停住脚,愣了一秒钟,自然地点了下头:"宋老师好。"

打完招呼她转身,抬脚的瞬间,宋临源又喊了她一声。

"这是你今天最后一节课了吧?"宋临源微笑着问。

迟雾睫毛动了下,下巴藏在领子里,嗓音冷淡地"嗯"了一声。

"一直想找你聊聊天,但没遇到你。"宋临源看着她,拿成绩当邀请的幌子,"去年在门口走得急,你每门课都上了九十五分,只在我这门刚过六十分,聊聊行吗?"

迟雾抬眼看着他,思考片刻点了头。

宋临源知道什么,想聊什么,迟雾不知道。从上次偶遇后,宋临源和迟晴后来有没有联系,或是联系后的结果,迟雾也不知道。

但他们早晚要聊的。

随后两人一块去了校园后山,那里有草坪、长椅,最重要的是人少。

天气预报说要下雪，天阴沉沉的，一阵阵寒风吹过来，刮得人轻微脸疼。

宋临源把教科书和 U 盘放到长椅上，这才回过头看她。

"要坐下来吗？"他有些拘谨，看了眼一旁的长椅。

迟雾摇了下头。

宋临源在想怎么能让场面不这么干巴巴的："给你们班代了两个月的课，陈老师回来后，偶尔会在办公室提起你们班的上课情况。"

"我在书房看过你的照片。"迟雾看着他，手插兜里，直接把话挑明，"你也知道，对吧？"随后她补充了一句，"只聊成绩，犯不着到这儿聊。"

对面的人看了她半分钟，才开口："原来你知道。"

他呼出一口气："所以你考六十分是故意的，对吗？你从一开始就知道我是你……"

迟雾没让他把那个词说出来，打断他的话，眼圈微红："那又怎么样？是你自己走的，是你自己不要我和我妈。"

宋临源皱眉："小雾。"

"别这么喊我！"迟雾红着眼眶，努力压抑着心中沸腾的情绪。

"你现在也有自己的家庭，有自己的孩子，来找我聊什么呢？"迟雾嗓音微哽，"这些话说给你听也没用。但你得知道，宋临源，你根本想象不到我妈因为你听了多少难听的话，我从小又听了多少难听的话。"

迟雾不想哭，但忍不住："我妈生我的时候，我外婆生她的气，结果大出血，紧急手术的时候连个签字的人都找不到。你要是不想要我，为什么不直接告诉她？为什么一声不吭就走了，我三岁前我妈都觉得你一定会回来！"

"但你没有。"迟雾沉沉地呼出一口气，抬手用力抹掉脸上的眼泪，咬着牙说，"宋临源，你没回来。"

"抱歉。"宋临源想了一会儿，也红了眼睛，"但我没家庭，没孩子，电脑桌面上的照片是我侄子。"

他尝试给出自己的解释："我是不婚主义者，你妈妈怀你的时候，我动摇过。我很爱她，但最后还是觉得承担不了这个责任。"

阴沉沉的天空，雪已经开始落下。

宋临源嗓音沙哑："我不知道她把你生下来了。"

"所以呢，你有原因我就该原谅你了？"迟雾火了，"你有本事当初就管住自己！"

宋临源有些难堪。

迟雾和他对视着："现在想干什么，想家庭圆满，重修旧好？"

风将身上的大衣吹得扬起，沉默了一会儿后，宋临源承认："我忘不了你妈妈，想继续和她在一起，包括你。"

"是吗？"迟雾不信这一套，"要是真忘不了，那你这些年干什么去了？你和我妈，总有些共同的朋友，想找，早就找到了。"

"你不是忘不了谁，你现在最多就是良心受谴责。"迟雾无声地扯了下嘴角，下了最后通牒，"聊到这儿就可以了，我前二十年跟你没关系，以后也跟你没关系。"

说完，她转身迈着步子往回走。

迟雾出了校门，沉默地看着泛白的路面和鞋尖，街道在这个天气里显得寂寥，迎面刮来一阵冷风，猝不及防地灌进领口。

其实她对没爸爸这个事的概念很模糊，但因为没有爸爸，人生中有过很多个难受的瞬间。

迟雾记得，小时候有一次从外面回来，恰巧听见徐芳华和迟晴打电话争吵。

徐芳华问迟晴是不是不打算要迟雾了，那头应该是点了头，随后徐芳华摔了电话，说迟晴不要，那她也不要。

迟雾一直记得这件事，至今也没问出口，那个时候迟晴是不是真的过得很难，徐芳华说的是不是气话。

但有那么片刻，她是个谁都不要的小孩。

她害怕被徐芳华发现，躲到老房子旁的巷子里，坐在石阶后面偷偷哭。

那个时候的迟雾只有五六岁，坐在矮灌木里，就算有人路过也很难发现。

在她哭得什么都看不清的时候，巷口走过来个抱着足球的男孩。谈屹臣犹豫地站到她身前，看她满脸都是眼泪的模样，愣住了："一个人在这儿哭，傻了？"

对望几秒钟后，他抬手轻轻帮她擦掉眼泪："被欺负了？

"跟我说说，帮你欺负回去。"

小时候迟雾很认真地想过，妈妈为什么要生下她，为什么生下她又不要她。

那段时间，她每天都会和谈屹臣在一起玩，希望真有那么一天，谈屹臣可以看在他们是好朋友的面子上收留她。

平安夜，雪已经下得很大了，迟雾戴着帽子，手插在衣兜里，沿着街边慢慢朝前走着，沿街店铺门口摆着圣诞树，碧绿的树体悬挂红色的礼物盒、圣诞老人、麋鹿。

她小时候最想要的就是圣诞树，但迟晴在外面好几年都没回来，她不好意思和徐芳华开口，羡慕了很久。

驻足间，口袋里的手机传来振动声，迟雾把手机拿出来，见是谈屹臣的电话。

她差点儿忘了，说好两个人一起过平安夜的。

雪花从天空落下来，迟雾呼出一团白雾，站在街边接通电话："喂？"

谈屹臣顿了几秒钟，低声问："哭了？"

迟雾抽了下鼻子，因为这句话刚整理好的情绪又涌了上来，她隔着电话，呼着气轻声问："谈屹臣，我们会一直在一起吗？"

"嗯，当然一直在一起。"谈屹臣回得笃定，轻声问，"怎么了？"

迟雾哽咽了一下："总觉得我们会分开。"

她不想分开。

这次谈屹臣停了很久，似乎在想怎么解决这件事情，最后，只轻轻问了句："你在哪儿？我去找你。"

迟雾吸着鼻子，泪眼婆娑地回头，望了一眼身边的建筑，报出地名。

手机电量已经被耗尽，自动关机，迟雾往四周看了眼，迈着步子走到一家已经歇业的便利店遮阳檐下。

雪下得好大，迟雾坐在地上抬头看着，看雪一点点铺满大街，随后低下头，缓缓叹出一口气，把脸埋进膝盖里。

不知道过了多久，一辆车从前方拐过来，车身颜色和黑夜融为一体，车灯照亮路面，划过沿街的店铺。

迟雾似有感应地抬起头，眼睛肿得吓人。

车停到她面前，谈屹臣撑着伞从车上下来，缓缓蹲到她面前。

"怎么了？一个人哭鼻子。"谈屹臣笑着摸她的头，把身上带着体温的围巾解下，给她戴上，"又被欺负了？"

迟雾眼睛红红地看着他，扑到他的怀里，死死抓着他的衣服，突然克制不住放声大哭，哭得一丝形象都没有。

雪夜寂静，只有迟雾放肆的哭声。谈屹臣轻叹："好了，不哭了。"

他抱着她，抬手轻拍她的后背，低头吻了下她的发顶："我们回家。"

上车后，体温渐渐回暖，迟雾依旧哭得鼻尖通红。

雪天路况不好，车开得很慢。谈屹臣偶尔空出右手握住迟雾的手，安慰着她，直到迟雾情绪慢慢平复。

回到别墅，谈屹臣倒了杯温水递给她，迟雾眼睛肿着，人还有点儿蒙，看着热气腾腾的水杯缓神。

"好点儿没？"他搂过她问，下巴搭在她的颈窝上。

迟雾小幅度地点头，带着鼻音"嗯"了一声。

"好点儿了，那要不要拆点儿礼物？给你准备了很多。"谈屹臣声音里带着笑，"拆点儿礼物，没准心情就好了。"

迟雾抬眼，声音还是有些哽咽："不好奇我为什么哭？"

"是好奇，长这么大也没见你哭过几次。"谈屹臣挺认真地说，把她的水杯从手里拿下来，顺手放在一旁的茶几上，"但问你了，你就得再想一回这件事，又得难受一回。"

他抬手帮她理顺着额前微乱的碎发："所以不问你了。"

因为她哭得厉害，眼睛和鼻头都还红着，但她不想他担心乱想，犹豫了一会儿，嗓音平静地告诉他："我遇到那个人了，不要我和我妈的那人。"

她不愿意把那个称呼放在宋临源身上，宁愿这么形容。

"嗯，知道了。"谈屹臣点头，笑着岔开话题，"要不要拆礼物？给你准备了挺多的。"

"不是明早才拆？"迟雾吸着鼻子问。

"给你准备得多，先拆几个没事。"

他说完，迟雾被牵着上楼，二楼卧室里被谈屹臣装了一棵一米多高的圣诞树，就在床侧，不算高，但上面挂着闪烁的圣诞氛围灯和礼物盒，顶端还打了个红色蝴蝶结。

这是迟雾小时候最想要的那种圣诞树。

停住脚看了一会儿，迟雾转过头问他："准备什么礼物了？"

谈屹臣挑下眉，嘴角习惯性地带点儿笑意，卖着关子："自己拆不就知道了。"

迟雾"哦"了一声。

圣诞树不高，迟雾抬手就能摘下礼物盒。她随手从树上取了两个，放在地板上埋头拆着。

这一晚，迟雾心情被这人哄得好了不少，安安稳稳地睡了一觉，第二天迟雾回了趟家。

迟晴知道她今天过来，工作结束后就回来了。迟晴在走廊换上拖鞋，把米咖色大衣挂在衣架上，看到迟雾穿着羊毛开衫，正窝在沙发上看电影，迟晴笑了下，问她吃饭没有。

迟雾闻声回过头看向迟晴，拿着咬了一半的车厘子，摇了下头。

"那订陈记那家？"迟晴试着问。

家政阿姨请了假，迟雾点头，说了声"好"。

吃完饭，母女俩又一起靠在沙发上看了会儿电影。迟雾的卧室和迟晴的卧室隔着走廊，洗完澡后，迟雾抱着枕头站在迟晴卧室门口，说她想和迟晴一起睡。

卧室里，迟晴正在翻着资料。她放下手里的东西，转过身看迟雾，有点儿惊讶："好啊。"

迟晴笑笑："你去把头发吹干，坐旁边等一会儿。"

两人上一次在一起睡还是迟雾两三岁时候的事了，后来迟晴出去打拼，回来后迟雾跟她不亲近，从来不肯和她一起睡。

小时候抱她睡觉这事只有迟晴记得，迟雾几乎没什么印象。

另一边，迟雾边吹着头发，边看着迟晴的背影。

虽然以前见过宋临源的照片，但迟雾从小就觉得自己长得像迟晴，总被徐芳华说母女俩是从一个模子刻出来的。

迟晴铺好床，两人上了床，迟雾躺在迟晴的身边，看她靠在床头，刷着手机上的信息。

灯已经被熄灭，只留了一盏昏昏沉沉的床头灯，卧室内飘浮着一种好闻舒适的安眠香薰。

迟雾又翻了个身，转过去背对迟晴，整个人陷在柔软的被褥里。她想了会儿，小声开口："我和宋临源昨天聊了。"

她今天来，就是想说这件事。

卧室内沉寂了几秒钟。

迟晴把手机放下，没说话，盯着迟雾的后脑勺，随后微不可察地叹了口气。

"我小时候就看过他的照片。"迟雾低声开口，"在你书房的储物箱里翻到过，所以一直都知道。"

迟晴把手机放到一旁的矮柜上，转过身，正对着迟雾的后背，手搭上她露在被子外头的手臂上，轻声问："那你们聊什么了？"

"没聊什么。"迟雾没怎么说，反问她，"你们聊过吗？"

她不知道迟晴的想法，但他们真有什么，她也不想被蒙在鼓里。

"嗯。"迟晴思忖片刻，告诉她，"聊过两次，但没什么好聊的。这么多年过去了，这么多人、这么多事，早没什么感情了，只当是个老相识，你要是想认……"

"我不想认。"迟雾出声打断她的话，"我和他说过了，以后和他没关系。"

迟晴听到她这么说，手微顿，无奈地笑了："嗯，妈妈随便你。"

迟雾点头。

夜很长，迟晴难得也想和她聊聊天。

"你们年轻人现在不是有个词，叫恋爱脑吗？"迟晴靠着迟雾的后颈，"妈妈年轻时就是恋爱脑，现在不了，现在只想好好工作，把你养大。"

迟雾小声回她："已经长大了。"

"没。"迟晴抱着她，嘴角挂着笑，轻轻拍她，"在妈妈这儿，你永远是小孩。"

迟雾有点儿鼻酸。

房间里安静了一会儿，迟晴忽然开始把话题转移到她身上，小声开口问："你和臣臣，每次都做措施了吗？"

迟雾脸不红心不跳地说着瞎话："只接过吻。"

"是吗？"迟晴垂眼看她，有点儿想笑，"你周姨说，有次打扫卫生，在臣臣卧室的地毯下面翻出来一片还没拆的成人用品。"

迟雾："是吗？那可能是谈屹臣移情别恋了吧。"

几天后就是新一年的跨年，谈屹臣和迟雾订了去日本的机票。

去日本的前一天傍晚，两人赶着晴天沿着江边兜了一圈风。

前几天的雪还未消融，皑皑白雪覆在松杉树顶。

迟雾沿着江面往前走，看着天边的云霞和未尽的天光，下巴藏在围巾里，发丝被风吹得往身后荡去。

"迟雾。"谈屹臣喊了她一声。

迟雾歪头看他，问了句怎么了。

谈屹臣手插在棒球服的口袋里，摸着兜里的东西："喜欢江还是海？"

"海吧。"迟雾仰起脸，"怎么了？"

"就是问问。"他笑着把手从兜里拿出来，捧住她的脸吻了一下，"明天下了飞机，就能看海了。"

迟雾点头。

两人右前方的空台上有一处卖鲜花的小摊，摊主是个白发苍苍的老奶奶，一会儿的工夫好几对情侣光顾她的摊子。谈屹臣扫了一眼后，牵着迟雾的手也过去挑了两束。

天还未暗，两人坐在江边的长椅上看落日，一旁是卖旧书的摊子。

这会儿没顾客，摊主瞄了眼迟雾身旁的花，跟谈屹臣聊起了天，讲起了不知真假的故事。

故事挺简单的，讲的就是卖花老奶奶的事，说她年轻时漂亮得不得了，跟丈夫情深意浓。结果婚后没几年丈夫去世，她也一直没找，无儿无女，孤苦伶仃。

这么冷的天她依旧要出来为生计奔波，讲到这里，摊主话里话外满是唏嘘之意。

迟雾一听这件事就是编的，但谈屹臣沉默了会儿，把剩下的花全买了，塞在了车后。

这一晚谈屹臣睡得不安稳，可能是因为心里有事，又或者是受傍晚听的那件事的影响，他做了个梦。

他梦见自己这辈子只活到了四十二岁。他走后，迟雾一个人走在大街上，还是年轻时这副样子，天很冷，没人给她暖手。街边人来人往，她站在橱窗前看着里头的一件裙子，从傍晚看到天黑，还是走了。

梦里迟雾想要那条裙子，但没钱买。

他一下子就难受醒了。

后半夜睡不着，他动作很轻地下床，沉默地靠在落地窗边抽烟，看着床上熟睡的迟雾。

迟雾凌晨被渴醒，嘴唇有点儿干，醒过来后就看见站在窗前抽烟的谈屹臣。

他背对着她，正看着外面的夜景。

迟雾掀开被子下床，光脚踩在地毯上，谈屹臣听见动静后转身，把烟摁灭看向她。

迟雾走过去，问他怎么不睡觉。

室内没开灯，好在借着外面月光，已经足够看清彼此的脸。

"迟雾。"谈屹臣把她拉到自己跟前，捧住她的脸，嗓音暗哑，"咱们今年才二十岁，一辈子这么长，保不准有什么意外。"

迟雾静静看着他，这会儿还没明白他是什么意思。

谈屹臣看着她，继续说："要是真有什么意外，钱都留给你，随便你怎么花，别委屈自己。后半辈子想跟谁过就跟谁过，用不着你守什么。"

他停了会儿，才有那么点儿不甘心地补了一句："但要记得找个比我好的。"

谈屹臣的话太像交代后事，迟雾的眼圈一下子就红了，她小声打断他的话："谈屹臣。"

他静静听着。

"没人比你更好了。"

不会有人比他更好了。

这一年的最后一天，两人在上午抵达南城机场。

周边人来人往，两人穿着同款的黑色情侣刺绣棒球服。谈屹臣正在闭目养神，迟雾戴着一顶黑色棒球帽，靠在谈屹臣的肩头刷着手机。

宿舍里的三人约好跨年去音乐台喂鸽子。李溪藤今年在英国，和肤色各异的同学们在等着新年。她拍了张伦敦桥给迟雾，迟雾把手边的登机牌回给她看。

盛薏在广州，晚上有一场秀，和付浓同台，这会儿已经到了秀场后台准备。她给迟雾发了两张定妆照，抱怨了句饿得一天都没吃饭，说吃完饭会有小肚子。

迟雾夸她混出头了，她让迟雾多点儿真诚少点敷衍。

谈屹臣睁开眼，拎过一旁的矿泉水拧开喝了两口，随后垂眼看向迟雾。

这会儿已经快到登机的时间，迟雾依旧懒懒地靠在他的肩头上。发完消息后，她把手机页面切回社交账号，浏览页面消息。

飞机落地后，迟雾先到东京车站附近的高岛屋逛了一圈，挑了个很配自己这一身的包，挑好后下巴一扬，示意谈屹臣去付钱。

俊男靓女走在一起，一路回头率都特别高。

舒心地购完物，出商场的瞬间，迟雾被迎面吹过来的一阵风灌得吸了口冷气。

"冷不冷？"谈屹臣瞥了她一眼。

迟雾指尖往袖口里缩了点儿，摇了摇头。

穿过路口的人潮，他们拐过一个街角，迟雾的目光落在一家私人服装店的门口。那边有条被拴起来的德牧，看着它，她想起了狗爷。

她已经两个月没逗它了。

谈屹臣顺着她的视线看过去，明白她的想法："我也有点儿想。"

狗爷现在只剩下这一个名，起因是谈屹臣有一回在后院喊了声"宝贝"，迟雾听见后下意识回过头，回头的瞬间，狗爷已经火速蹿过去，吐着舌头，兴奋地扑到谈屹臣怀里。

迟雾见状收回视线，放下东西就往客厅走。

她吃一条狗的醋了。

当天下午谈屹臣就给狗爷准备了一大份好吃的，温柔地俯身摸它的头："你是男孩子，突然觉得宝贝这个名字不适合你。"

不知道是吃得高兴还是听懂了觉得不满，狗爷甩着尾巴抬起爪子扒拉着他。

迟雾环臂在旁边看着，心想：幸亏这狗不会说话，不然怎么都得把这人骂得狗血淋头。

"我也想养狗。"顿了会儿，迟雾目光从服装店门口收回来，"就养在别墅里，那儿有院子。"

谈屹臣随口问："养什么？"

"哈士奇？萨摩耶？"

他听到后笑着问："拆家二傻？"

"狗爷不傻？"迟雾不服气。

"不傻。"因为这件事谈屹臣的眉眼还露出点儿骄傲之色，像看孩子成绩单的家长，"德牧在犬类智商排行榜上排第三，你刚说的那两个，一眼扫过去都找不着在哪儿。"

"那你怎么不养个第一？"

"怕搞不定它。"

"反正我想养。"

"养呗，回去就养，跟狗爷做朋友。"

"会不会打架？"

"不知道。"

两人的下一站是一家在东京很有名的文身馆。

路上两人有一搭没一搭地聊着天，谈屹臣漫不经心地嚼着薄荷糖，路过一家散打拳馆时，他问迟雾记不记得他俩小学时一块学散打的事。

迟雾点下头，抬起眼，目光顺着他朝散打馆看过去："记得。"

这玩意她只学了两年，坚持不下来。谈屹臣一直学到初中毕业，她的那两下还是后来跟他学的。

"你练散打那会儿被我踹过两脚。"谈屹臣欠兮兮地补了一句，特意给这段回忆画出个重点。

迟雾瞄了他一眼："嗯，你回家后跪了两个小时。"

这家文身馆是迟雾知道要来日本跨年后，提前规划好的地点。

馆内装饰以黑色调为主，文身师露着两条花臂，画风别致又很风情。谈屹臣撑着脸坐在工作台边吸着果汁，看迟雾拿着笔，用英文详细地和文身师沟通。

工作台的另一边有个这会儿没活干的文身师，谈屹臣无聊地看了两秒钟，看这个文身师扎了个武士头，络腮胡，正在那儿刷手机。

大概过了十分钟，迟雾便从文身师那边走了过来，谈屹臣把果汁递给她："说好了？"

迟雾点头，接过果汁，"嗯"了一声。

其他人都不知道，他俩之中一直以来更叛逆的那个人是迟雾。

比如抽烟这事是谈屹臣先学会的，但第一包烟是迟雾买的。

文身馆内环境安静，馆内顾客不只他们，另一边还有两个顾客，一个在文腰侧图腾，一个在文花背。

二十分钟后，一张手稿就被画了出来，文身师拿过来给他们过目，谈屹臣瞟了一眼。

新的文身是迟雾自己设计的一个臂环，由一些具有特殊意义的文字和数字组成，例如"TANYICHEN""2019.7.28""十七中"等等。

她加上十七中是因为迟雾觉得没能读一个学校有点儿遗憾。

臂环宽度两厘米，字体细小，刻在手臂上胸前的高度。这些文字和数字排成两行，但只设计了一半，只在手臂外圈有半个环。

谈屹臣问她怎么留了一半，迟雾说，还有下半辈子。

下半辈子总还有些值得记的事。

一个半小时后，黑色的字符依照设想组成半个环，迟雾皮肤白，这种东西放在她身上往往有一种似有若无的妖冶感。

她缓缓放下长袖衫的袖口，伸手把一旁的棒球服拿过来。谈屹臣帮她套上袖子，理好领子，服务周到，两人一道出了文身馆。

外头阳光晃着人眼，两人身上都被镀上一层金色的光线。来日本前谈屹臣查了手机，天气预报显示这边要下大雪，这会儿还不怎么看得出来。

两人今年的跨年夜在东京过。

商圈里的活动很多，聚集在一起盼着新年的人更多，距离两人不远处有一群玩滑板的年轻人，打扮很潮，里面还有几个外国留学生。

谈屹臣从他们那里高价收了两个滑板，和迟雾在东京的夜间街头拿着啤酒，一块走走停停地滑了半宿。

"你的滑板是不是比我的稳？"滑到一处人行路口时，迟雾从板子上跃下来，视线紧紧盯着谈屹臣脚边的板子。

谈屹臣看着她一副自己技术不精还得要赖皮的样，大方地把脚边的滑板踢过去："跟你换。"

迟雾悻悻地回过头，开了罐啤酒："不换。"

万一换了她技术还这么差，就坐实是她水平的问题了。

快到零点时，两人停下，迟雾抬手把发丝往后捋，长发搭在肩后，手里还拎着罐喝了一半的啤酒。她把手里的板子放在地上，挨着谈屹臣往滑板上坐。

身后是东京繁华的夜景，鳞次栉比的高楼亮着灯，路边的店铺播放一首空灵悠远的歌。

卡着零点，两人心有灵犀地互相靠在一起，开始新年的第一吻。他们动情地吻了很久，气息交缠，棒球帽也在热吻中落地。

"新年快乐。"谈屹臣指腹蹭在她的下颌线上，看着她说。

迟雾的眼睛被璀璨灯火映照得亮亮的："新年快乐。"

这又是一年。

街道上的气氛也在这一刻达到了高潮。喝了酒，两人都有点儿微醺，漫无目的又很享受地一直晃悠到后半夜才回酒店。

第二天早上，两人醒来后就依偎在一起亲吻。

清早折腾了这么一回，迟雾悠闲地坐在沙发上喝着牛奶休息，看谈屹臣弯腰收行李箱，两人抵达内浦湾的时候已经是下午了。

内浦湾在北海道的东侧，头顶的日光相比昨天暗了不少，看样子是在酝酿一场大雪。

两个人十指相交，这会儿正走过一个坡，在坡顶已经能看见前头的海面，呼吸间都是一团团的白雾。

"今天是不是有雪？"迟雾偏过头问。

谈屹臣点头，心思并不在这上面。

海边盐地长着稀落的海滩草，不远处驶过去一辆海边列车。

迟雾把脖子上的围巾摘下来，摘下来的瞬间，不禁在寒风中轻微打了个寒战。但她心情很不错，还是把围巾拴在海滩的木桩上。

阴天，云层中透着点儿光，整个海边的景色都是一种冷胶片感的色调，风很大，把发丝吹得扬起。

谈屹臣敞着腿坐在木桩上，嘴角带着笑，他左手插着兜，右手拿手机调出摄像模式对准迟雾。迟雾在海边兜了一圈，手指和鼻尖都被寒风吹得通红，然后使着坏地把冰凉的一双手塞进谈屹臣的领子里，贴住他温热的后颈背取暖。

迟雾踮脚趴在他耳边，缓缓呼出一口气："谈屹臣，你好暖和。"

他保存了视频说："你手怎么能这么冷？"

"不给焐？"

"给。"

"这不就得了。"

贴着人焐了大概五分钟，直到手指渐渐回温，迟雾才把手从他领子里拿出来，插进自己兜里。她转过头，面朝海面，任由发丝被风吹得微乱，飘在肩后。

谈屹臣低头看了眼时间，三点半了。

"喜欢这儿吗？"他问。

迟雾往后仰着头，歪头朝他看过去："喜欢。"

"嗯。"谈屹臣点头，声音平稳地说，"有件事。"

"什么事？"

风很大，迟雾漫不经心地抬手捋过被吹到脸上的发丝，看着谈屹臣的手从兜里拿出来，下一秒钟动作滞住。

谈屹臣的手上有一个四四方方的精致小盒子，外形很明显。

迟雾第一眼就猜到是什么了，也同时猜到这人要干什么了。

她还在僵着，谈屹臣已经把盒子朝着她缓缓打开，是一枚璀璨生辉的钻戒，他说："前几天你在电话里头跟我哭，说怕我们分开。我想了下，决定把求婚这事提前。"

"问你更喜欢江还是更喜欢海，你说更喜欢海。要是更喜欢江，这事前天就办了，没准你文身时手臂上又能多加一个日子。"他抬眼，看迟雾眼圈微红的模样，笑了笑。

内浦湾的上空乌云和灰蓝天空交映，掺杂一点儿天光。

迟雾视线长久地落在那枚戒指上，谈屹臣用空出的一只手揽过她，两人额头短暂地触碰："反正是你，只会是你。"

"这么笃定？"迟雾这才开口说了一句话，嗓子带了点儿沙哑。

"嗯。"他偏过头吻她，"戴左手还是戴右手？"

她又问了一遍："这么笃定？"

他笃定，她就会答应。

谈屹臣笑了声："嗯。"

说完，两人都沉默了一会儿，迟雾心跳很快，眼眶也很红。她被他这个行为杀得猝不及防，没有一丝一毫的准备，但心动难耐，她知道自己拒绝不了。

这人回回都能捏住她的七寸。

看着谈屹臣已经把钻戒从盒中取出来，拿过她的手就要带上，她仰头问："不用跪？"

"哦，对。"谈屹臣把盒子揣进口袋里，手上只留一枚戒指，有点儿想笑，"太紧张，差点儿忘了。"

"紧张什么？"

"怕你不答应。"

"刚才不是还很笃定？"

"我嘴硬。"

迟雾看着戒指缓缓被套进无名指，心里的情绪还在翻涌，抽了下鼻子："尺寸还挺准。"

"嗯。"他听见这话后的模样有点儿得意，"趁你睡着时偷量的，聪明吧？"

迟雾被他逗得想笑："聪明。"

海风吹在两人身上，天空还是灰蓝色的。看戒指缓缓被戴好，谈屹臣心跳也变快了。

他从地上站起来，握着她戴戒指的那只手看了好久。这事就这么办成了，他感觉在做梦。

迟雾把右手稍微举起，微眯下眼，看着钻戒，又回头看了他一眼："开心吗，谈屹臣？"

"开心。"他眼角眉梢都是志得意满的少年样儿，"开心死了。"

新年的第一天，抵达入住酒店后，两人在海景窗前抱在一起接吻。

傍晚7：28，谈屹臣在社交平台发了条动态：一首歌、一张图、一句话，定位在北海道。

歌是乔治·班森的 *Nothing's Gonna Change My Love for You*。

图是一张迟雾侧面的背光照，只能看见一个模糊的剪影：酒店内，落地窗前大雪纷飞，迟雾坐在热气氤氲的温泉旁，穿着贴身的黑色吊带泳衣，腕上戴着一条银链，无名指上戴着一枚戒指，胳膊上隐约可见由字母组成的臂环。

附文：Fall in love with me.（与我共坠爱河。）

他们共坠爱河。

番外
1

就要她愧疚

一

这是李溪藤第一次在异国他乡跨年，一个多月后的春节也要在这里度过。

　　没别的原因，一来一回的机票比这边的住宿费还贵，所以她不打算回去。

　　今天外头又下起了小雨，宿舍里没开灯，黑暗中李溪藤放下手机从床上坐起来，拿过一旁的羊毛衫套上。

　　伦敦的气候不像南城那样四季分明，冬季气温也基本维持在零摄氏度以上，临走前老太太塞的羽绒服都没穿上，这会儿还摞在箱子里。

　　"啊，你这就起来了？"舍友朴娜在另一张床上刚睁眼，迷迷糊糊地问她。

　　她也是一个来自中国的女孩，中韩混血，但一直在京北长大。

　　李溪藤笑笑，"嗯"了一声。

　　"那我也起来。"朴娜挣扎着掀开被子，搓了把睡得乱七八糟的短发，"今天跨年，还去图书馆吗？"

　　李溪藤垂下睫毛，想了两秒钟："不去了。"

　　"也对，跨年该玩一玩。"

　　"嗯。"

　　见朴娜穿着拖鞋去洗浴间洗漱，李溪藤收回目光，抬手把遮光帘拉开，随后手臂撑在窗台上，看着阳台外的几株绿植和有些阴暗的天。

手机上赵炎发她的信息她还没回，他问她想自己了没。

她知道只要说了，这傻子就能直接买张机票飞过来。但她什么话都没说，什么承诺都没给，就这么让人家跑一趟，挺过意不去的。

她也说不出"不想"这两个字，所以暂时不打算回这条消息了。

没花费多长时间，朴娜从洗浴间出来，边往化妆镜前走，边按摩着脸上的护肤精华。

李溪藤放下手机，进去洗漱。

今晚是跨年夜，迎新年，外头从早上就异常热闹，朴娜梳好短发，在短发发梢卷了个外翻的复古卷，穿了件粉色的毛衣裙，挎好粉色针织包等着李溪藤。

"真好看。"朴娜眼神亮晶晶地看着李溪藤。

李溪藤正涂着口红，闻言转过头，把口红朝她伸过去示意："试试吗？"

朴娜摇头："你涂吧，你特别适合这个红色。"说完她还补充，"哟，一种特浓烈的感觉，浓颜大美女。"

李溪藤笑了声，放下口红，往后靠："你一年到底要夸我多少遍？"

"哎呀，女孩子就是要多夸啊。"朴娜哼了声，"越夸越好看。"

"你不是也好看？"她笑着说。

朴娜笑："那肯定的。"

没让她等多久，李溪藤化妆步骤简单，一般只简单打个底，涂点儿提气色的口红。

收拾好，她站起来拿过衣架上的浅灰色大衣和黑色高领内搭，换上一件复古蓝的牛仔裤，脚上穿了一双黑色马丁靴。这身装束配着一头及背的大波浪卷，这副模样即便身处异国他乡也不乏追求者如云。

好在朴娜昨晚睡前临时和几个同学约好了，今天不至于落单。

这几个人里两个是加拿大人，一个来自墨西哥。其中墨西哥的哥们在刚入学那段时间就追过李溪藤一段时间，追不到也就不了了之了，后续找了个英国本土的女朋友，今天跨年他女朋友也一起参加。

雨停了，但路依旧潮湿，一行人沿着泰晤士河边漫步，李溪藤手插在大衣口袋里，感受着发丝被微风轻抚。

这一片的风光都很好，河面被风吹得波澜起伏，四周很多建筑物是知名的影视作品取景地。

几人在前头唱着歌，迎着寒风笑得前仰后合，手里高举摇滚的手势，偶尔掺着几句各自故乡的语音。朴娜喜欢汉语韩语一起飙，唱周董的《本草纲目》。这歌流行了不少年，墨西哥的哥们学过两句中文，能跟上两句，其余人对这个调子也熟，只能跟着哼。

李溪藤不紧不慢地跟在后头，拉出大概十米的距离，脚步并不赶，面上挂着轻淡的笑意，看着前头热热闹闹的一群人。

路过伦敦桥的时候，她拿起手机拍了一张，发给迟雾。没过多大一会儿，迟雾回了她一张登机牌。

李溪藤问她："去日本跨年？"

迟雾回："嗯。"

发完消息切回列表界面，赵炎也给她发了条信息，问她吃午饭没。

她点进去，午饭这条上面的"想我了吗"还在上面孤零零地没人搭理，两人对这种消息的处理方式心照不宣，没解决就直接换下一个话题，横竖两人没法解决的事情多了去了，也不差一句"想我了吗。"

LXT："刚吃。"

发完这条见他没反应，李溪藤收起手机，稍微往前快走两步，追上前面的一行人。

几人的这顿午饭一共吃了三个小时，真正吃饭的时间很少，多数时间在说笑。

"你怎么了，心情不好？"朴娜靠在餐厅柜台前，有点儿担忧地看着她。

"没。"李溪藤摇头，就是有点儿想家，想朋友。

"那就行。"朴娜心情很好，"我刚上卫生间的时候，被一个妹妹夸可爱。"

李溪藤笑了。

刚入学的时候，朴娜因为穿衣打扮几乎都是粉色，被留学圈内的几个人取笑过，李溪藤给她出过一次头。

一行人在出入了两家酒吧，在大街上逛到晚上九点后，李溪藤停下，没跟着他们继续。她选择一个人留在河边倚着栏杆抽烟，看着前方一个金胡子、金发碧眼的流浪歌手深情演唱。

伦敦华灯初上，这是新年，一年中最重要的一天，身边人群熙攘。

歌手唱的是中文歌《光辉岁月》，她挺久没听过这首歌了，歌手的中文发音不准，但歌词经典，依灰能感受到其中的激情澎湃。

以前赵炎爱听这首歌，老太太也爱听这歌。

抽完手上的烟，李溪藤款步走过去，在他的吉他箱里放下硬币，礼貌询问是否能再唱一遍《光辉岁月》。

流浪歌手抬手比个"好"的手势。

说完，她又回到了刚才的地方，相隔一条不算宽阔的马路，倚在那儿静静听着。

风有些冷，李溪藤稍微拢紧了大衣，中途一位男士过来搭讪。她笑笑，分寸把握得很好，游刃有余地婉拒了他的邀约。

流浪歌手见李溪藤没走，在其他歌中间又唱了两遍《光辉岁月》，最后换了一首歌，同样是中文的，李溪藤听出来这歌叫《偏爱》。但歌手唱得不利索，她就半眯着眼轻晃着身体拉长调子哼着。

风静静吹着，大本钟每十五分钟敲响一次，她哼唱到一半的时候，包里的手机响了。

李溪藤放空的思绪被打乱，她从包里拿出手机，来电显示是赵炎，她想了两秒钟后接通，放在耳边，视线依旧停留在道路对面，语气轻快："新年快乐啊。"

这边比京北时间晚了八个小时，那边该是新年第一天了。

赵炎静了一会儿才开口："藤子啊。"

她笑着问："怎么着？"

电话那头的人又沉默半分钟，才笑了声："我在伦敦。"

四个字让李溪藤鼻子陡然一酸，心里酸酸麻麻，胸腔里久久回荡着一种感觉。

她还没说话，赵炎就絮絮叨叨地跟她聊着："都是老乡。一块跨年啊。"

收回了点儿情绪后，李溪藤稍微笑了笑，明知故问地说："你怎么过来了？"

"旅游。"赵炎那头好像正在路上，身旁传来汽车鸣笛声，"你都不知道我这运气，临上飞机前买了个翻译机，没想到不好使。你也知道我这英语四级的水平，一路跟个文盲似的，差点儿把我憋屈死。"

李溪藤被逗笑了："谁让你不好好学习。"

"是是是。"赵炎借坡下驴，"还不赶紧过来，给我当个翻译。"

"嗯。"她笑着垂眼，轻声问，"在哪儿呢？"

没几秒钟，赵炎呼出一口气："跑得累死我了。"

她还没把那句"跑什么"问出口，手机和身后同时传过来一道喊声："藤子！回头！"

顿了一秒钟后，李溪藤转过身，发梢在夜色中甩出一个弧度，赵炎穿着身深灰色冲锋衣，正撑着膝盖喘气，弯腰朝她笑着。

"我还以为认错人了呢。"赵炎挥了下手。

她要怎么形容这种感觉呢？就好比昨晚刚做的梦，今早就实现了。

李溪藤眼眶渐红，心脏跳得很快，伦敦街头浪漫的街道风光此刻成为两人再遇的背景。

她没忍住，最终还是哭了，即便眼泪糊得前头什么都看不清，还是朝他的方向看去。

她抬手抹着眼泪，下一秒钟已经被人抱进怀里，赵炎关心地说："在这边被欺负了？"

李溪藤摇头。

"嗯。"赵炎轻拍她的头，"那就是太想我了。"

李溪藤懒得跟他争。

"还好来了。"赵炎看着她哭，心里头也不是滋味，"来之前还怕你看见我生气。"

李溪藤额头贴在他肩上，手里攥着他腰侧的衣服，身体紧靠着他："没生气。"

"嗯，看出来了。"

道路对面的一首歌演唱完毕，两人静静抱了会儿。等李溪藤心情平复点儿了，赵炎松开她，捧过她的脸，撇着嘴道："妆哭花了没？"

"肯定花了。"她带着鼻音眼睛红红地看着他。

"没。"赵炎逗她，"还是这么好看。"

"拉倒吧。"

情绪平复后，李溪藤从包里掏出化妆镜，靠在满是灯火的河边补

肆火

了个妆，赵炎侧着身体靠在那儿，目不转睛地看着她。

"看什么？"李溪藤偏过头，"这么盯着我干什么？"

赵炎："都半年没见了，我还不能多看两眼了？"

"哪儿有半年，不是打过视频电话？"

"就打过一次。"他终于逮着机会当面砸碜她，"瞧你那个稀罕的劲儿，生怕我忘不了你似的。"

两人见面缓上五分钟，立马变回了以前的对话模式。

说不过他，李溪藤干脆不说了。

不论哪家店，这一夜都异常热闹，李溪藤领着他往最近的商圈那边走去，路过一家华人酒吧。两人站在街边看了眼，对了个眼神，都觉得这地方不错，于是一道进去。

这边间酒吧算是个清吧，头顶打着蓝色的光，烟雾盘旋在店内上空。店内亚洲面孔偏多，赵炎拉着她往里走，迈上铁质的台阶，到二楼的一处清静些的地方坐下。

赵炎坐在沙发一侧，把冲锋衣放在一旁，瞄着她问："你学校离这儿近不近？"

李溪藤正脱下外面的大衣，搭在身侧："还行。"

室内比室外温度高，李溪藤往后倚着，在噪声中朝台下望过去，一楼酒台前几个边抽电子烟边随音乐晃动的年轻人浑身都是汗，有人甚至脱掉上衣，光着膀子汗津津地在那儿举着酒杯摇头晃脑地唱着。

"挺热闹。"赵炎拿起酒杯，目光落在下方。

两人的沙发后有扇窗，与伦敦繁华的夜景只有一窗之隔，这会儿十一点，离新年没多久了，赵炎喝完几杯酒后就不动了，穿着件花衬衫倚在那儿看李溪藤。

他跑这一趟也就是来陪陪她、看看她。他知道她嘴硬、好强，只有看见了才放心。

　　这边卡座离前面有段距离，李溪藤坐在沙发上，手肘撑在桌面儿，身体就只能往前倾。她身上就穿了一件黑色贴身打底，塞在牛仔裤腰内，腰后窝的位置凹下去一个弧。

　　察觉视线，李溪藤目光移向他，脸颊枕在手臂上，问："干什么？"

　　"不干什么。"

　　"你无不无聊？"

　　"无聊啊。"赵炎拿她没辙，"我就在这儿待一天半，光玩手机干什么。"

　　"那玩什么？"李溪藤稍微直起腰，把额头斜上方的烟灰缸推到稍远的地方，里面还落着带有她口红印的烟头，随口回答，"你？"

　　他刚要说话，桌上的手机振动起来，赵炎收回视线，把手机拿过来看，是赵一钱打来的。

　　他们是从初中玩到现在的死党。

　　李溪藤勾着唇，悄悄地递给他一个"这不就来事了"的眼神。

　　不知道赵一钱有没有急事，赵炎把视频电话接通。对面是白天，赵一钱还窝在家里，顶着鸡窝头，拿着手机边走边说："刚发消息给你怎么没回，回南城没？"

　　"没呢。"赵炎切镜头往回翻消息，"刚没看手机。"

　　"那你在哪儿啊？想找你约一顿呢。澄子今年也都没回，无聊死了，你那儿后面是窗户？天怎么还黑着？"

　　"在伦敦。"

　　"哦，文旨出国了。"

　　赵炎笑着威胁："信不信我这就飞回去踹你？"

　　"先别踹，指不定谁踹谁呢。"赵一钱欠得不行，在那头吹口哨："我亲爱的炎儿，今年能亲上嘴吗？"

赵一钱把手机搁一旁，一边磨着咖啡一边说："别我跟许颜孩子都出来了你还没亲上嘴。"

"谁跟你生？"身后砸过来一个粉色桃心抱枕，许颜骂他。

赵一钱回过头，手上动作不停地接下抱枕："你不是说你喜欢小孩？"

"这不是原话。"许颜回过头搁那卷着头发，穿白色的兔子睡袍，"我喜欢颜值高的小孩。"

"你怎么知道咱俩小孩颜值就不高了？"

许颜斜他一眼："你还没赵炎长得帅呢。"

"对对对。"赵炎在这边笑得不行，李溪藤也跟着笑，他拍手鼓掌，"颜妹这话爱听，爱说实话。"

"行啊，许颜，现在人到手了你开始嫌弃了是吧？"赵一钱把咖啡一摆，撂挑子不干了，"咱俩在一起这事，是不是你先表白的？你追的我？"

许颜："给你台阶下呢，你暗恋我这事王炀早跟我说过了。"

赵炎乐得往身后沙发倚，抬手抓了下头发："人家这是帮忙了，你得记得请王炀喝酒知道吗？"

没等他再说第二句，对面就挂了。

"出息。"赵炎撂下手机。

"赵一钱？"李溪藤问，光听声她都听出来了。

"你还记得呢。"

"嗯。"她点头，她跟这帮人就见过一回，上次见实在赵炎高考毕业聚会吃饭的时候。

楼下那帮人比刚才消停点，几个人围着桌台坐下来，手里举着冰切威士忌，李溪藤赶在他打视频的时候，多喝了两杯，这会有点儿上脸。她趴在桌面上，笑着看赵炎拿过她的烟自己抽出一根要点，问了句："这半年干什么了？"

赵炎抬眼看她，边看边点烟，眼睛被烟雾熏得微眯一样："就训练、上课、跟朋友玩玩。"

"哦。"

"嗯。"

李溪藤缓缓从桌面上坐起来，有点儿晕，身体稍往后，和赵炎一起一块在灯红酒绿的场景中往外面的繁华夜景看着。她想着这人一个人买机票一个人往这儿飞，还得担心着她是不是压根不想见他，就有些难受："记得夏天时，咱们分开时在机场说过什么吗？"

"嗯。"赵炎把烟头按灭，嘴角稍微浮出点笑，"别等你，你以后不一定会回国，遇到喜欢的就试试，别傻等。"

她点头。

"然后你亲了我一下，亲脸。"赵炎低声问，"渣不渣啊？本来就天天惦记着你。"

他就是随口一说，说完又开了瓶酒，两人都在各自想事情，但没想到李溪藤想着想着，眼圈渐渐红了。

"我不是故意的。"李溪藤声音很轻，甚至要淹没在背景音乐里，卷发搭在身上走哪都带着股风情，"我那会儿就是害怕，害怕再不亲，以后就亲不着了。"

他停下开酒的动作，想起半年前那一次，也觉得难受："这不是来了吗？"

"嗯，来了。"

"嗯。"

"一直都没想通，我有什么好的。"李溪藤拿过杯子给自己倒了杯酒，"跨八个小时时区来找我。"

因为她漂亮吗，追赵炎的女生也有，长得没比她输多少。

"我就听不得你这么问。"赵炎动作突然伸手把人揽过来,下巴靠在她的肩上,"你不知道你有多好。"

"也就你觉得我好,连你之前的朋友都知道我是没钱不跟的那种。"李溪藤没推开他,喝着酒笑,"消息这么灵通,没听说过?"

"是吗?"赵炎手臂上力量逐渐加大,得寸进尺地往她耳后那块蹭,"那跟我啊,我不比那几个'绯闻男友'有钱?"

李溪藤聊不下去了,放下酒杯,抹着嘴:"你轴,你一根筋,一点都不怕耗这几年没结果。"

"什么叫结果,结婚?可结婚了也能离,进棺材前,这都不叫结果。"赵炎从她身后握住她的手,"我知道你的意思,但这玩意耗谁身上都是耗,耗你身上我乐意。"

李溪藤红着眼,想要骂他。

"别嘴硬,我知道你心里有我。"赵炎笑了,"还是那句话,你走你的路,想飞多高飞多高,有些话说出来太早就不说,做不了承诺就不做。我走我的路,也没因为你影响到一点,别觉得你耽误我,我小学就跟我妈学算账,比你聪明,比你知道顾着自己。"

听完,李溪藤缓缓地点了下头,也不知道是不是真听进去了。

良久,可能身处异国他乡的孤寂,也可能这一夜很多种情绪一起翻涌上来,她忽地说:"会回去的。"

赵炎垂眼看她,心跳有点儿快:"嗯?"

她靠在他怀里,脖颈稍往后仰:"这边没朋友没家人,打个架都没人帮,没意思。"

"是。"赵炎笑,"哪有南城好,老子在这儿语言都不通。"

"你之前还耍横要把你家饭店开到这边华人街来。"

"你要是留在这儿,我就试试。"

话音落下的同时,外面的街道和酒吧内突然响起此起彼伏的

"Happy New Year"！（新年快乐！）

新年到了。

桌上的两杯酒被拿起，赵炎递给李溪藤一杯："新年快乐。"

李溪藤弯起唇，身边是飘洒下来的金粉碎片，和他碰杯："新年快乐。"

喝完桌上最后的两杯酒，两人走出酒吧。

李溪藤有点儿微醺，好在人还很清醒，她拎着包，跟赵炎到隔了一百米的一家舒适型酒店办理入住，偏头问赵炎："会办理吗？"

赵炎："好像不太会。"

李溪藤轻飘飘地笑了下，直接帮他办理，赵炎看她就拿了一张卡，问又没房了？

"不是，就开了一间。"李溪藤进电梯，按下按钮，"你不是就待一天半，一晚上八小时，直接睡过去半天多可惜，住一块还能打打游戏聊聊天。"

赵炎："有点儿理。"

进房间后，李溪藤脱下大衣搭在椅背上，赵炎卷起衬衫袖口，露着一截手腕。

李溪藤正好回头瞄了眼，想起来他以前不是这肤色："你以前好像也挺白的，练体育后就成小麦色了。"

赵炎没在意过这些，低头看了眼自己小臂："不帅吗？"

"帅。"她笑。

外面街道上还热闹着，人群沸腾的声音隐约传来，两人一前一后地洗漱完，李溪藤坐到床边，看赵炎光坐在椅子上看手机："干什么，不好意思？"

李溪藤懒洋洋地往肩后撩了下卷发："又不是第一回睡在一

块儿。"

"没。"赵炎抬起眼,"在找玩什么游戏?"

"不玩了,以前最多玩到十一点,这都凌晨一点了。"李溪藤掀开被子上床,"直接睡吧。"

前后总共也不过两分钟的工夫,见人说完直接陷进被窝里,赵炎也放下手机,从另一侧上去,两人中间隔着半米。

卧室极其安静,谁都没睡,但谁都不说话,世界上再也找不出比此时更尴尬也更暧昧的关系。

李溪藤侧躺在床上,看着手腕,突然想起赵炎刚追她的第二年。

那是她第一次觉得自己和别人不一样,同龄人都在肆无忌惮地想做什么就做什么,只有她想得太多,看着眼前想着后十年,第一次讨厌自己早熟。

只要是她认为没结果的事情,就不会去做,不论是谈恋爱还是别的。

时间就那么多,精力就那么点儿,她宁愿把时间花费在做习题上。

这份感情到今天还没散,几乎全是赵炎撑着。

"矜持点儿,这是你第三次想睡我了。"赵炎躺在床上看着她,喉结微动。

"记这么清呢。"李溪藤靠在他身上,面上浮着笑意,手肘压在他的心口处,缓缓摸着他的肌肉,"都这样了,不想要吗?"

赵炎不为所动:"你管我想不想?"

熄了灯,昏暗的室内两人看着对方,李溪藤没说话,手撑在赵炎枕头的两侧,就这么对视片刻后,她抬起膝盖轻轻蹭了下,赵炎伸手把人推一边,掀开被子坐到床沿冷静。

看他可怜巴巴的样,李溪藤抱臂在一旁笑。她没打算放弃,又挪过去从身后抱住他，想吻他的后脖颈。

　　赵炎服了，抬手把她推一边去了。他是没亲过嘴，但都不知道被占了多少便宜。

　　李溪藤坐在床上，手往后撑着身体，笑着说："你是不是不行啊？"

　　沉默了会儿，赵炎像看透她似的出声："激我也没用。"

　　李溪藤静静看着他，挑了下眉。

　　"想拿这事扯平我的好？"赵炎忽地上前一步，捏住她的脸，"偏不，就是要让你愧疚。"

　　只有她愧疚了才能记得清楚。

番外 2

不存在的祝福

一

秀场后台。

走秀刚结束，休息室被扔得乱糟糟的，盛薏换下走秀服装，穿了件虎头黑色Ｔ恤毫无形象地瘫在那儿，一双腿架在沙发沿上，歪在休息室沙发上，拿过一杯零卡果汁吸着。

这会儿已是凌晨两点，跨年时间早已经过了。见助理把赞助的服装整理好，盛薏咬着吸管，睫毛眨了两下，随后低头去翻手机聊天记录。

她踩零点给迟雾发的新年快乐也没回，不知道迟雾干什么去了，要么喝高了，要么和谈屹臣在一起。

刷了两分钟手机后，盛薏把手机放在一边，把喝完的果汁杯扔到垃圾桶内，起身到化妆镜前准备卸妆。

"几点的飞机？"盛薏弯腰靠近化妆镜，把假睫毛轻轻撕下来，眨眼，看眼球上轻微的红血丝。

"五点半。"助理回答，"可以先休息会儿，芬琳姐说这两天没通告，正好元旦，给我们放假。"

盛薏点头。

"还有什么安排吗？"助理拿过工作牌戴在脖颈上，拢在黑色毛衣外套内，准备待会儿和秀场主办方接洽后续事项。

"哦对。"盛薏回过头，眨了下不太舒服的眼睛，"帮我订张回南城的票。"

"南城？"助理愣了下，"找雾姐？"

"雾姐？谁让你这么喊的？"盛薏拿过发卡把额前碎发往上捋，眼睛亮晶晶的，露出饱满的额头，"她还没你大。"

助理扶了下眼镜，留着短发，表情有点儿严肃，手里抠着胸前的工作牌："不是你让我这么喊的吗？"

"……"

助出去后，盛薏坐下来继续卸妆，卸完妆后躺在一侧的沙发上给小腿消肿，随后睡了两个小时，直到接她的车来了。

盛薏睡得迷迷糊糊的，从沙发上起来，披上长款羽绒服，跟随助理一起出去。

"这边比沪市暖和。"盛薏握着杯黑咖提神，左手往后撩了下微卷的长发。

助理点头，随后沉默地坐在一旁。

这个新助理刚跟她两个月，人有点儿严肃，但又有俏皮的地方，性格挺微妙的。

"哦对了。"助理抬起头，看向盛薏，"芬琳姐让你最近少乱跑。"

"怎么了？"

"你年后二月底那部演女二的剧，虽然是小成本制作，但角色很受欢迎，芬琳姐说了，让你最近少闹事。"

"闹什么事？"

"别找迟雾、谈屹臣那些朋友吃饭了。"

盛薏顿了下，湿润的粉唇松开吸管，偏过头看她，眨了下眼，试探："为什么？"

助理给她传话："芬琳姐说让你老实一段时间，别被拍到什么绯闻。"

"我能有什么绯闻？"她微笑着咬住吸管，人稍微往后仰，把脚后跟搭在座椅上，想了会儿掏出了手机。她斟酌了会儿，拇指在屏幕键盘上敲击："我有假，回南城，出来玩？"

发完，她把手机扔在一旁的空座椅上，眼神望向车窗外出神。

她上次约迟雾吃饭，还是三个月前的事。

临上飞机前，盛薏又拿出手机看了眼，发出去的两条信息，迟雾一条都没回。

也是，这个点了，也就她还没睡。

等到飞机降落沪市，太阳已经出来了。回到住处，盛薏洗完澡，不紧不慢地把湿漉漉的卷发吹干，随后拉上窗帘，戴上眼罩，选择在睡梦中度过新年的第一天。

连轴转了两天，她这一觉直接睡到晚上十点多。

她醒来时，海面上又有人放烟花，一簇连着一簇映照着海面。

室内安安静静，盛薏靠坐在床头，头疼地微皱着眉。她把眼罩顺着额头往上拉起，当成发带把额前碎发拢上去，随后从一旁的床头柜上把手机拿过来，翻看手机信息。

昨天她发的信息迟雾回了。

第一条新年快乐，迟雾也回了一个新年快乐。

第二条盛薏问她出不出来玩，迟雾说她不在南城，盛薏接着问了句什么时候回来。

消息发出去后，盛薏稍微往后躺去，端过一旁的水杯喝了两口，倚在靠枕上慢慢浏览好友动态。

朋友圈都在分享在外头玩的照片，盛薏手指往下滑，刷到一张夏思树定位在澳洲的生活分享，配图是墨尔本城市高楼的夜空。

她随手点了个赞。

夏思树从小在澳洲长大，长大后才跟着母亲回到南城。母亲结识了邹风的父亲后，奔着爱情回了国，母亲那头事还没彻底成，成年后邹风和夏思树两个人又在一起了。

长江后浪推前浪，一浪比一浪精彩。

她继续往下翻着，直到翻到谈屹臣 7：28 发的那条定位在北海道的动态。

Fall in love with me.

状态完全公开，评论区还是跟以往一样，关着。

状态栏的每条动态都干净简洁，头像是他养的那条德牧，脖子上戴着黑色项圈。

思索两秒钟后，盛薏食指按在屏幕上，点开配图的照片。

照片光线朦胧，是谈屹臣从侧面拍的迟雾。她身侧的温泉热气氤氲，身上黑色的泳衣和皮肤对比鲜明，手臂和身体稍微后仰捋着垂在身后的湿发。

细节处是迟雾的两处文身，Surrender 和臂环。

盛薏缓缓呼出一口气，把图片保存下来切到修图软件，将照片导进去，打算把照片右下角谈屹臣账号的水印抹除，随即照片在软件中被放大。

下一秒钟，盛薏手上的动作顿住，目光锁住照片的一角。

被放大的照片中，迟雾的右手无名指处，此时此刻有一枚钻戒。

钻戒。

谈屹臣求婚了。

迟雾答应了。

她不知道是该祝福还是做出什么其他的反应，差不多保持这样状态愣了几分钟，才稍微缓过神来。她笑了笑，拿过一件羽绒服随意地套在身上，出了门。

沪市的晚风也大，从各个写字楼大厦之间的风口处灌过来，吹起碎发。气温很低，呼出的气息在冷空气中凝结成白雾。

盛薏往小区门口不远那家二十四小时营业的便利店走去。

她踏进店内，玻璃门自动感应拉开，关东煮的味道淡淡地飘在空气中，盛薏摸了下被大风吹乱的微卷发，寻找着卖酒的货架。

便利店内只有一名店员在值班，盛薏转了一圈，拿了两瓶啤酒到收银台前付钱。

啤酒罐被"啪"地放在收银金属台上，盛薏靠在那儿，见值班的年轻姑娘愣了一下。

"结账。"盛薏眼神示意了下收银台上的两罐啤酒。

"哦哦。"年轻姑娘手忙脚乱地收好手机，把啤酒罐拿起来扫码，边扫边忍不住偷偷看着盛薏，眼神和面部细微表情透露出藏不住的激动与兴奋之意。

"认识我？"盛薏有点儿无聊地随口问。

姑娘一个劲地点头。

姑娘扫完码，盛薏拿出手机调出付款码，即将付款的时候又停住，视线落到后面的一排香烟上。

她打量一圈，终于在倒数第二排找到了迟雾和谈屹臣抽过的那个牌子。

"那个。"她抬下巴，朝烟示意，"帮我拿一包。"

"哪个？"

"红盒。"

收银员根据她的示意，把烟盒从货架上拿下来，盛薏看着，问："这烟是什么牌子？"

"万宝路。"

"哦。"

顺手又买了个打火机，盛薏拎上这几样东西离开。

这会儿她还是有点儿名气的，在外面抽烟喝酒不太好。

进了家门，盛薏脱了羽绒服，靠在阳台边，开了罐啤酒。

那边的安排估计才结束，迟雾回复她的消息："后天回。"

盛薏喝着啤酒，坐在花坛边，被冰凉的液体弄得身上有些发冷。

她左手握着啤酒罐，右手拿着手机，倚在一旁的移门边，偏着脑袋垂眼看屏幕，毫不犹豫地回："好。"

发完这条，盛薏把啤酒罐放在一旁，将联系人切到卓芬琳，跟卓芬琳说自己犯了肠胃炎，两天假不够，得多两天。她发完就把对方屏蔽，连助理的电话一块拉黑，省得被短信加电话狂轰滥炸。

新年第一天直接睡了过去，盛薏二号回到南城，下飞机后把东西放在酒店，去了趟爷爷那儿，老人家拉着她又念叨了一遍她爸的事，叫她服软。

当模特这事她爸一直不同意，加上后来的事闹得沸沸扬扬，她和家里关系直接僵了，连杨浩宁那事也没通知家里。去年她被她妈劝着回去吃了顿饭，吃到一半又闹得要掀桌子。

这事她也不想弄成这样，但目前没什么调解的方法，只能这样过着，好在这会儿就算不靠家里，生活过得也还算滋润。

在爷爷家吃完饭，盛薏从庭院里走出来，裹紧脖子上的围巾，驱车去了市中心的百货商场。

假期商场人流量高，盛薏把车停进地下车库后，从副驾驶座上拿过棒球帽和口罩戴上才开了车门，往一家首饰柜台走去。

这是她最喜欢的一个品牌，店内有两对情侣，盛薏没怎么和服务员搭话，在柜台前逛了一圈，随后就指了一个款式。

"不试试尺寸吗？"柜姐将首饰连着盒端上来，放在灯光较亮的柜面，"我们也可以定制。"

盛薏拿过首饰盒，刷卡结单，随口说："送别人的。"

自己这辈子估计都没机会戴这东西，尺寸什么的，也没那么重要。

沪市比前两天暖和些，光线充沛，细细柔柔地洒在冬季的屋脊间。

迟雾是三号下午到的，两人约在四号见面。

这会儿早高峰还没完全过去，相隔不远的主干道上传来刺耳的车鸣声，人潮涌动。

盛薏穿着牛仔外套，鼻梁上架着一副大墨镜，挡住半张脸，坐在车内撑着脸嚼薄荷糖提神，五分钟后见迟雾从别墅区内走出来。

"这么扔下他跟我出来，谈屹臣没意见？"盛薏拉下墨镜，看迟雾拉开车门坐上副驾驶座。

"没事。"迟雾扣上安全带，往后顺了下垂在脸颊前的长发，"他还没睡醒。"

盛薏眼睛弯弯，握着方向盘，心情不错地调出歌单，随机切换一首歌，笑着问："先兜个风？"

迟雾点头，犯懒地朝车窗倚着。她微眯着眼，发丝被敞篷车发动时带起的风扬起。

不冷不热的风吹在脸上，两人沿着环山大道转了两个小时。

"咖啡，要吗？"盛薏把扶手盒里的咖啡递给她一杯，"昨晚睡得有点儿晚，提个神。"

她昨晚失眠五点才睡，睡了三个小时就赶过来了。

迟雾视线从环山大道的梧桐藤上收回来，看向她手里的咖啡，点了头，说了声"谢谢"。

盛薏提醒她："美式，有点儿苦。"

"可以。"她熬夜剪片子的时候，也会喝美式咖啡。

车停在半山腰，盛薏解开安全带，伸了个懒腰。她把墨镜摘下放在一旁，听着歌，脚尖跟着轻打节拍。

那是她最喜欢听的一首歌，随性又自由，配着旷野的风，刚刚好。

"待会儿去哪儿？"差不多停了十几分钟，迟雾转回头，看向她，边看边抬手把脸上的发丝往后拨。

两人之前也出来玩过几次，一般有明确目的地盛薏才会拉上她。

盛薏松开咖啡吸管，朝她看去："难得休息，随便玩玩。"

"嗯。"

天晴后，阳光洒在两人身上，迟雾穿着美式的深灰色 V 领卫衣，袖口稍往上，腕子上露出一条细链。盛薏忍不住把视线落在她的右手上，空荡荡的，钻戒没了。盛薏又把视线放她的左手上，也是空荡荡的，于是盛薏试着问："你戒指呢？"

"没戴。"迟雾回道。

"嗯？"

"不太日常。"迟雾说，"他订了对素圈戒指，还没到。"

"哦。"

这是跟自己预想差不多的答案。

问完，盛薏咬着吸管刷手机，抬眼瞄向她问："看电影去吗？"

"电影院？"迟雾反问她，"你能去？"

她最近人气还行，走大街上会被人认出来。

"不去电影院，人太多。"盛薏收起手机，把手机放在一旁的扶手箱内，想到了个好地方，"我们去私人影院。"

迟雾"嗯"了声，把没喝完的咖啡放下。

回到市区后正好是饭点，两人先去餐厅吃了午饭，随后买了点儿喝的，才去了她之前在环山大道订好的私人影院。

进去后，盛蓦把车钥匙放在桌面上，往懒人沙发上一躺，看迟雾坐在沙发上，问："你想看什么电影？最近新上映那些还没来得及看。"

"我都行。"迟雾语气很淡，把自己身侧放在沙发边上的平板电脑递给她，"上面都有，你自己看，挑你喜欢的就行。"

"可以。"盛蓦坐正了，抬手接过，手肘搭在腿上开始挑。

扫一眼后盛蓦就挑了一部，接着又把平板放回去，站起来，走到迟雾那边的沙发上坐好，这是最佳观影位置。

影院内拉着防光窗帘，灯没开，昏暗的光线下，看了一小半的时候，迟雾突然问了句："介意这会儿抽根烟吗？"

盛蓦的视线从银幕上挪向迟雾的脸，她反应两秒钟，摇头失笑："没事，不介意，抽吧。"

迟雾点头，把烟盒和打火机放在桌上，随口说："这电影有点儿无聊。"

盛蓦附和："烂片，还没我自己演的好看。"

迟雾磕出烟，把烟咬在唇边，随后拇指挑开打火机的盖，"啪嗒"一声清脆的声响。红光凑上烟尾，烟丝被点燃，烟雾在稍暗的环境下清晰无比地往上蔓延。

"要吗？"点完，迟雾抬眼看她。

"不用，我不抽。"盛蓦手肘搭在桌面上，撑着脸看她，觉得她刚才点烟时特有美感，"经常抽？"

除去今天，她之前也只见过一次。

"没，谈屹臣会盯着。"迟雾说，"一般自己熬夜剪片子提神的时候会抽。"

"他管你？"

"有点儿，抽多了不让。"

　　点完烟，迟雾又把视线重新放回银幕。她看得很认真，就好似这部影再烂，也能从里头扒出点儿值得观赏或是学习的东西来。

　　"就一直打算做自媒体？"盛薏看着她这个认真学习的样子，问了一嘴。

　　"不一定。"迟雾说，"也可能拍电影，拍点儿小众题材，微电影或者其他形式，都行。"

　　"不走商业？让家里投点儿，谈屹臣家也行。"

　　"用不着他。"迟雾喝了口饮料，语气自然，"我拍的东西热度还行，想拉投资不难，但做得大限制就多，只想拍点儿自己想拍的，但这事估计过几年才会做，这会儿还早。"

　　盛薏看着她："小众？"

　　她点头："想拍什么拍什么，反正只在自己账号上放放。"

　　"挺好。"

　　银幕纷杂错乱的光覆在两人身上，桌上是来影院之前买的冰镇饮料，冰块还没化完，盛薏偏过头，喝着饮料思考了一会儿，问："你们要结婚了？"

　　迟雾没看她，刚才的那根烟也早抽完了，这会儿就安安静静坐在那儿看电影："还没定。"

　　"待会儿还去其他地方吗？"迟雾垂眼，边敲字边问。

　　"怎么了？"

　　"谈屹臣过来接我。"

　　"嗯。"

　　从上午到下午，两人一共在一起待了六个小时，银幕上的电影终于进入尾声，饮料杯里的冰块消融。

　　临走前，盛薏从牛仔外套的口袋里给她扔了个盒子："新婚礼物。"

那是一个丝绒盒，蒂芙尼蓝。

注视着四四方方被放在桌面上的礼物，迟雾迟疑了两秒钟，面不改色地抬手打开："钻戒？"

"怎么了，不好看？"盛蕙喝着剩下的饮料，语气自然，"最近赚得多，别客气，等我以后找到真爱了，你再回礼。"

"挺好看的。"迟雾点下头把戒指盒重新合上，放在一旁。

"那就行。"

两人起身，拿上东西往外走。

这会儿光线没上午充足，天空泛出灰白，出了商场的门，盛蕙就见到了靠在路虎车身上的年轻男人。

男子个子很高，脸也帅，穿着黑色的球鞋球衣，像刚从球场下来。他外面套了一件稍厚的运动衫，灰棕色短发被风吹得稍显凌乱，应该是等了好一会儿，有点儿无聊地盯着地面。

由于旁边有几个玩闹的小孩，他也就憋着一直没抽烟。

直到发现迟雾出现后，他才笑着抬起手朝她打招呼。

"那个。"盛蕙忽地拉住迟雾手臂，心跳微快，突然间产生一种害怕的情绪，"以后还能出来玩吗？"

迟雾顿住脚，回头望着她想了两秒钟："嗯。"

高楼间灌过来的风吹起身后的长发。

盛蕙终于缓缓松开她，把架在额前的大墨镜拉下遮住半张脸："等我下次放假。"

"好。"迟雾点头。

告完别，迟雾走向十几米外的那辆路虎。

"今天穿得这么少？"谈屹臣勾着唇，偏过头吻了她一下，随后接过她手里的东西，握住她的手试了下温度。

"没事，不冷。"

"饿了没？"

"有点儿。"

"我在那家蟹黄拌面订了位置，咱们直接过去。"

"嗯。"

最后一天假，回到入住的酒店后，盛薏坐在沙发上，直到窗外天光消逝，一旁的手机传来"叮"的一声。

她拿过来一看，是一条收到转账的短信，没名没姓，但她知道是谁。

转账金额和那枚钻戒的价格一样，一分不多，一分不少。

迟雾把它收下了，也是把它买下了。

室内没开灯，盛薏捧着的手机是唯一光源，手机页面上方跳进来一条消息："谢谢。"

酒店隔音好，周遭寂静无声，室内光线勉强能看见物体。盛薏轻缓地叹出口气，伸手拿过一旁的包，将前两天买的烟和打火机拿出来，观察了一会儿，仔细回想着迟雾之前的步骤，随后伸手撕开最外头的塑料薄膜，把烟盒打开，拿出一根。

盛薏把烟含在嘴里，舌尖开始尝到一点儿微苦的烟草味。

这个味道压根就不好闻，盛薏抽了第一口就把烟从嘴里拿下，偏头剧烈地咳了几声，咳得眼角微微泛红，眼角带出湿意。

这烟可真难抽，她放弃了。

烟被放在一旁，在昏暗的光线中，架在烟灰缸上，烟丝缓慢燃烧，烟灰过长自然掉落，室内逐渐弥漫着万宝路的味道。

番外
3

想说给她听

一

从内浦湾回来后，谈屹臣没忘记迟雾想养条狗的事。

这边院子也大，狗爷从家里被带过来就一路高兴地蹲在车后座，脖子上的黑色项圈晃悠着，要么扒着谈屹臣的肩膀上，要么把脑袋伸出车窗外，兴奋了一路。

迟雾一直觉得谈屹臣挺像这条狗的，很帅，又有点儿傻白甜。

虽然德牧智商在狗界排行第二，谈屹臣脑子也比她聪明，但并不妨碍她这么想。

"开心成这样？"谈屹臣握着方向盘，停在路口的时候，偏过头瞄了一眼兴奋得叫个不停的狗爷问。

狗爷吐了两下舌头，朝他叫着。

"开心着吧，马上去接个小朋友陪你。"也不管狗爷能不能听懂，他就这么跟它说。

外面天气好，光线暖融融地照在车顶和道路边上。

离宠物店还有段路，迟雾坐在副驾驶座上，腿上放了盒车厘子。她已经悠闲地吃了小半盒，吃不下后就放在一旁，往椅背靠。手肘搭在车窗沿，撑着脸，她偏过头看正开着车的谈屹臣。

外套敞开着，里头是件黑色连帽卫衣，左手单手握着方向盘，右手在屏幕上切歌，切歌的那只手无名指上戴着枚银色戒指。

"发什么呆？"谈屹臣忽地抬眼对上她的视线，面上带点儿笑，嚼着薄荷糖，"盯着我半天了。"

迟雾回过神，自然地挪开视线往车前看："你长得帅。"

语气里带着一股子揶揄的味道。

谈屹臣挑了下眉，自然地接过话，语气不怎么正经："当然帅。"

他们到宠物店一共大半个小时，迟雾喜欢大狗，谈屹臣给她订了只美系萨摩耶，浑身毛色雪白，成年后体格比英系犬要大得多。

谈屹臣想了下，迟雾冷着张脸，白色大狗跟在她身后晃悠，一人一狗那场面还挺酷。

他们接到小萨摩耶的时候，把它放在小推车里。为了防止它有应激反应，上面盖着层布，两人从宠物店出来的时候，像推着孩子的新手爸妈。

一家子颜值都高。

"来，狗爷，你弟弟来了。"后座车门被打开，谈屹臣将小推车一块放上去。

布轻轻被拉下，萨摩耶盯着前头的大狗，狗爷蹲在那儿，耳朵竖着，看着抬上来的还没它腿长的小萨摩耶。

场面还算和谐。

"狗爷会不会欺负它？"迟雾倚在旁边，突然来了这么一句。

"欺负弟弟？"谈屹臣朝狗爷看去，狗爷还在吐舌头。看了几秒钟，他将手探进车内，抬手在狗爷头上摸了摸，哄道："要乖一点。"

"好可爱。"斜后方一个细小的声音传进耳朵里。

迟雾回过身瞥了一眼，身后有两个学生模样的小女孩，手里捧着奶茶，视线朝车内看。

她回过头，又打量了一番谈屹臣的背影。

安抚好狗爷，谈屹臣关上车门，转过身看见被晾在一旁的迟雾。他在脑子里盘算了下刚对狗爷做的事，怕她吃醋，就在这车水马龙喧器的街道边，把人拉到自己跟前低过头接吻，随后抬手，边笑边往迟雾发顶摸："你也乖。"

他们到家后，车门一开两只狗就往下跳去，满院子撒欢。谈屹臣没闲着，拎着工具箱，打算在草坪上给两只狗建个家。

材料是他前天开车去建材店买的，小萨摩耶还不到两个月，还没在源江养的那只狸花猫大，这会儿已经叼着小黄鸭，一蹦一蹦地开始跟在狗爷身后满屋子晃悠。

他莫名喜欢这个场面，像跟迟雾在一块养孩子。

冬日暖洋洋地悬挂在苍穹，微风，廊檐下，迟雾脱了鞋靠在藤椅上，吃着刚才剩下的车厘子。她看着谈屹臣一会儿研究这个螺丝钉该钉在哪儿，一会儿研究螺丝钉帽该盖在哪个上面，有种乐在其中的感觉。

看他折腾个没完没了，迟雾思忖了会儿，没忍住出声问："我的电脑，你到底什么时候修？"

"我看看。"谈屹臣停住动作，拿过手机看了眼物流信息，"零件下午到，到了给你修。"

她点头。

迟雾之前用的笔记本电脑是邱粒推荐的，可没用多久就坏了。

但她懒得管，用了两个月谈屹臣的电脑。新年前她抱着侥幸心理再次打开电脑，开机后里头运作声依旧"嘎吱嘎吱"响个不停，于是她就准备直接换一个，让他帮她选。

谈屹臣知道后，低头看着笔记本电脑琢磨了会儿，随后拿着螺丝刀把她的电脑后盖打开，观察几秒钟，紧接着花了四十多块钱在网上买了零件，说帮她修。

照迟雾的想法，他有修的工夫，新笔记本电脑都到家了，但谈屹臣酷爱这些动手操作的事，单纯想玩，想在迟雾面前显摆。

　　休息的空当，谈屹臣坐在木架子上，优哉游哉的，身上穿着件薄卫衣，手里拧着矿泉水瓶盖，朝迟雾看过去："下午有事吗？"

　　"怎么了？"她问。

　　"打球，去不去？"

　　"约了谁？"

　　"陈檀他们。"他膝盖晃了两下，"他们打不了多久，没事。"

　　这段时间迟雾没事就跟着他学投篮。球类运动里她只会排球，但总找不着人打，詹艾忙着学校排球队的训练，没时间跟她凑一块，于是她就想学学篮球。

　　反正水平再差，他也会让着她。

　　迟雾没犹豫，点头说"好"。

　　一直耗了两个小时，窝终于被搭好。谈屹臣拎着工具箱往回走，到了迟雾身边，下巴抬了下，往车厘子看去，意思他还没洗手，让老婆喂。

　　迟雾配合地拿了颗车厘子喂给他。

　　"狗呢？"谈屹臣问，回头望了一圈也没望见狗影。

　　"后院。"

　　刚才狗爷带着萨摩耶想往楼上蹿，可惜后者腿太短，半天也没蹿上台阶，只能一块去后院了。

　　"起名没？"谈屹臣问。

　　"还没。"

　　"那起一个？"

　　"嗯。"

　　收拾完东西，谈屹臣靠在沙发里，迟雾坐在沙发边的地毯上，和谈屹臣面对面坐着，想着给萨摩耶起什么名。

迟雾想起个帅点儿的，她的狗不能比狗爷差。

思考了会儿，看两条狗晃悠过来，迟雾问："狗哥？"

"这是改一个字的事吗？差辈分了。"谈屹臣喝了口汽水。

狗爷这名字是帅，但直接往上套改成狗哥，听着就有点儿猥琐，像收保护费的地痞流氓，没那个感觉。

她捧着脸看谈屹臣："那起什么名？"

"斯瑞德？"他随口问。

"我的狗，干什么你起名？"

"咱俩还分你我？"

"嗯。"

"那行。"谈屹臣把七喜放在一旁，捏着她下巴看了眼，跟她说，"那说说，你想起什么名字？"

她思考了一会儿："叫迟爷。"

迟的后面跟个爷，显得她自己都牛气哄哄的，辈分也没低。

谈屹臣松手，似笑非笑地看着她。她爱起什么就起什么，自己高兴就成。

离开春还有段日子，室内暖气开得足，迟雾依偎在谈屹臣身旁，在沙发上睡了会儿。

零件是下午四点到的，收到快递打来的电话，谈屹臣出门去取，回来时迟雾刚醒。

她还没缓过神，扒着沙发靠枕坐起来，膝盖上盖着薄毯，头发丝有点儿乱。她见他正拿着螺丝刀和快递盒往这儿走，笔记本电脑已经被翻了个面摆在茶几上，她问："东西到了？"

"嗯。"谈屹臣点了下头，坐下来，把零件放在一旁。

这电脑的毛病是风扇裂了，运作散热的时候，裂开的扇叶运作受阻时就会发出噪声。

这个毛病大概率是摔的，迟雾放东西都是随手一放，磕磕碰碰很正常。

这个毛病不难修，整个过程差不多半个小时就结束了，在这种小事上谈屹臣特有成就感。

"试试？"谈屹臣伸手，把电脑推到迟雾跟前，眼神示意她开机。

迟雾看了他一眼，半信半疑地把电脑拉到面前，开机，调出浏览器运作检测。

它还真不响了。

临近傍晚，光线没中午亮，迟雾把电脑合上，眼睛有点儿亮。她想起小时候的事，瞅着他出声："你记不记得你小时候，被你妈拎去看医生的事？"

"记得。"谈屹臣，"你不是也在？"

他小时候就能折腾，捣鼓个不停，周女士一开始以为他有多动症，拎着去看了医生。结果医生说没事，还说他聪明，行为属于智商高的表现。

这会儿他还能在家里头找到缺胳膊断腿的机器人，这习惯现在还有。

迟雾打量起他："不干维修可惜了。"

"公司那头有维修部，要是哪天不行了，我还能顶顶。"谈屹臣跷着二郎腿，晃悠着脚腕，忍着笑，回了她句，"放宽心，你男朋友干什么都养得起你。"

跟陈檀几人约好的时间是五点，谈屹臣监督迟雾换上情侣款的球服，套了个及脚踝挡风的长款羽绒服，才一块出了门。

车开到体育场的时候，陈檀几人也刚到，场边的球场一年四季都是人，这会儿照明灯已经亮起，四处都是篮球撞向地面的声音和摩擦声。

"下去吗？"停稳车后，谈屹臣解开安全带，偏头看向迟雾。

"不去。"迟雾摇头。

天冷，迟雾现在下去了只能干吹风，这么在车里等着，也挺好。

"成，那你坐着，跟陈檀他们就在前头。"谈屹臣降下车窗，抬了下下巴，给她指，"有事喊我。"

"嗯。"

这会儿刚放寒假，人都回来了，体育场也比之前热闹。

谈屹臣下了车，拿着球朝几人那走去。

谭奇、陈黎几人也在，坐在篮球上瞧见谈屹臣，高兴地挥手："你这什么情况啊？"

谈屹臣发的那条动态谁也没屏蔽，点进他的主页就能看见。

"没，下周两家吃个饭，先订个婚。"谈屹臣挺自然地回。

谭奇盯着他手上的银戒："你们两家不是经常在一块吃饭？"

"不一样。"谈屹臣把球朝他那儿抛，砸出一道弧线，"这顿是我跟迟雾的事。"

他们熟归熟，但一步步、一样样，一个流程也不能少。

陈檀伸手够过半空中的球，给他竖大拇指。

几人打了一个小时，陈檀几人后头有事，难得放假，晚上要和别人凑在一块聚聚。

看差不多快要结束了，迟雾推开车门下去，刚在车上睡了会儿，模样有点儿慵懒，手插在羽绒服衣兜里，抬手往后顺了下碎发，然后往球场走去。

她好歹是个被模特公司看中的骨架子，不管个头还是那张脸，在人群里都是打眼的。

迟雾的长发自然地搭在肩后，眼睛被夜风吹得微眯起来，她就这样走到球场边，挑了个没人的长椅坐下来，等着谈屹臣。

那头也正好刚结束，投完最后一个球后，谈屹臣从球场下来，回身隔着半个球场看她一眼，随后就朝她走来，边走边从运动裤的口袋里掏出银戒，往自己无名指上戴。

打球戴戒指容易伤着别人，上场前得摘，结束了他就立马戴回来。

他手好看，指长，指骨节清晰，人在球场背景的映衬下越发挺拔，此时灰棕色短发被汗水打成深色，左手就这么自然地拿着戒指往右手上套。

迟雾表面冷静，但两个小动作看得她心脏"怦怦"跳个不停，戴戒指的动作被球场边不少姑娘看着了，眼神里都是明晃晃的遗憾之意。

"结束了？"迟雾跷着腿看他。

谈屹臣点头，从另一边的长椅上拿过外套，披在迟雾身边，喝了几口水，看着她："等着急没？"

"没，睡了一觉。"

"那就行。"

南城四季分明，天冷，呼出的每一口气都在空气中凝结成白雾。

几人也都下场朝两人这边走过来，边走边吹着口哨。他们见谈屹臣看过来，反而更来劲了，故意大声引得球场和球场边的人群纷纷侧目。

谈屹臣把身侧的球朝陈黎扔过去，笑骂了一句："你们仨闲着没事干了是吧？"

"哎哟，我的臣哥。"谭奇唉声叹气地打趣，"高考完乐队排练的时候，还说不是恋爱关系呢。怎么，这会儿不能喊了？"

"那肯定的。"陈黎抢在谈屹臣出声前，拍谭奇的肩，表示赞成。

在离迟雾还有两米远的地方，三人突然停住脚步，齐刷刷站定，站姿笔直，接着朝迟雾的方向鞠了个九十度的躬，嗓门贼大，整齐嘹亮又憋着笑地喊了一声："百年好合！"

谈屹臣和迟雾对视一眼，没说话。

读懂她眼里的意思，谈屹臣想笑，又忍住了，随后挺淡定地起身，也不管身后那群人，直接握着迟雾的手腕就朝场外走。

风很大，天色已经完全暗下来。上了车，迟雾摇上车窗，谈屹臣抬手找首歌，无聊地用左手往后抓了下被汗水打湿的短发，看她："换个场？"

"嗯。"反正这地儿她是待不下去了。

"行。"

一直到车开出体育场，迟雾才重新降下车窗，让夜风吹去面颊上的热意。

谈屹臣专心开着车，除去这边的体育场，还算近的地方在附中那边，有一个建了有点儿年头的球场。那地方荒得差不多了，去的人少，他拿来教女朋友投篮正合适，没什么人打扰。

车经过校门口的时候，正是学校的晚饭时间，街道两旁是热腾腾的烟火气。

车内音响缓缓震动，迟雾觉得这歌吵，抬手重新换了首。

本省高考一向竞争激烈，学校假期平均都在补课。迟雾手肘搭在车窗沿上，望向喧嚣的马路对面，正巧过去一对小情侣，出了会儿神："谈屹臣，问你件事。"

"嗯，你说。"

"你什么时候发现自己喜欢我的？"

谈屹臣逗她："从小到大都喜欢。"

"不是这个意思。"迟雾靠在椅背上，手臂环着膝，有点儿拿他这涎皮赖脸的样没辙，难得的好脾气，"你知道我说的是哪种。"

"初中。"过了会儿他回答。

迟雾："嗯？"

那会儿两人还在一个班。

"初三。"谈屹臣继续补充。

他算开窍晚的，跟迟雾从小一块长大，有些东西习惯了，冒出头也挺难察觉。

但第一次发现自己对迟雾的感情不同的事，他记得清楚。那是离中考还剩一个多月的时候，迟雾就在他家，坐在他身侧，两人距离不足二十厘米。

而他也发现，这场不知道什么时候开始的暗恋，已经持续了很长一段时间。

说实在的，他有点儿猝不及防。

猝不及防的点在于，他半个月前刚和别人说过，就在距离学校不远的那家 24 小时营业的便利店门口。他坐在第四个台阶上，说他和迟雾没可能，没准迟雾以后结婚了，他还得被他妈拎去堵门。

同桌、青梅竹马、世交、近水楼台先得月、同一个屋檐下……天时地利人和的事，迟雾要是能跟别人成，那他就是死的。

上位不成，天理难容。

那会儿天刚热，教学楼外的梧桐树生机勃勃，新叶子在热风里泛出光。

迟雾靠在临窗的位置上，手里握着一支笔，用笔头轻轻抵在额前，正思考桌面上数学试卷的最后一道大题。

"要不要我教你？"谈屹臣偏头瞄一眼。

迟雾没理他，桌上还有前几天刚画的三八线，她占三分之二，谈屹臣占三分之一。

见她不理人，谈屹臣无聊地用右手撑着脸，看她在图上画辅助线。琢磨了会儿，他蹭过去："我错了。"

"嗯。"

这会儿窗户正开着通风，外头教学楼楼道间的风吹过来，桌角试卷"哗哗"作响。

两分钟后，看迟雾画了三遍辅助线都是错的，谈屹臣抬手，拿着笔帮她画了上去。

"啪！"迟雾把手里的笔一放，转过头看他，问谁让他碰她试卷的。

谈屹臣扬起眉，想笑："这试卷不是我的？你昨晚刚拿过去。"

静默片刻，迟雾转回头，用橡皮擦掉谈屹臣帮她画的那条，随后自己在痕迹处重新画了条线上去。

谈屹臣服了，抬手把她手里的笔抽走："幼不幼稚？"

迟雾重新抬起头，跟他对上了，往身侧的墙壁靠了靠，抱着臂说："要你管。"

"那你别做我的试卷。"

"别跟着我画辅助线。"

"中午放学别和我回去。"

谈屹臣勾着唇，吊儿郎当地身体稍往后仰着，欠兮兮地放出三连招。

今天周六，补半天课，家里有聚会，补完课迟雾就直接跟着他回家。

没想到就这么对视了半分钟，迟雾真点了头："好。"

随后迟雾把桌面的试卷一团，站起来，投到垃圾篓里。扔完试卷还没完，迟雾站在那儿叫他让开，要出去。

谈屹臣顺着瞄了一眼后头被扔掉的试卷，盘算着迟雾怎么这回反应不一样，条件反射地挪了下腿，给她让了个道出来。

迟雾紧贴着他过去，校服摩擦带出轻微的声响，他随口问："去哪儿？"

"找班主任，调座位。"

见迟雾出了教室后门，谈屹臣站起来，板凳撞上课桌发出"哐当"一声。他不紧不慢地跟着出去，穿过课间嬉笑打闹的人群，在走廊转弯处把人给拦下来。

"你有病？"迟雾脾气上来了，抬着下巴看他。

谈屹臣身高在初三就已经差不多一米八了，这会儿面不改色地把人堵在那儿："我真错了。"

距离两人五十米远的地方是卫生间，此时里面走出两个男生，边走边朝两人这边看，其中一个出声喊他："去不去打球？"

整条走廊都闹哄哄的，谈屹臣声音冷淡："不去。"

"怎么，有事？"

"嗯，道歉。"

后头的两个字说出口，这一片都静了瞬间。

男生挑眉，朝跟谈屹臣挨在一起的迟雾望了眼，露了个心照不宣的笑容，和好友一块笑着走了。

谈屹臣回过头再次看向她："试卷是我拿给你做的，辅助线是我自作主张帮你画的，中午也是我想跟你一块回去。求你了，别换座位了，同桌？"

那天聚餐，迟晴已经到谈家了，迟雾外婆这两天也在南城，难得的人齐。

他们十一点四十准时下课，谈家的黑色的商务 SUV 横在校门口，十分显眼，一出门就能看见。

下课铃响后，教室内很快就空了一大片。迟雾不紧不慢地收拾物品，把作业放进包里，谈屹臣动作快，斜挎包挂在身上，靠在课桌另一侧等她。

"收完了？"谈屹臣问。

迟雾点头，"嗯"了一声，空出的一只手把挡在额前的碎发往后撩，紧接着拿上包走出座位。

日头正高，迟雾校服里头是件衬衫，下半身是短裙和低帮帆布鞋，露一双笔直纤细的长腿，光线照耀下皮肤白得通透，肩头发丝被风吹拂，手插在衣兜里不紧不慢地朝前走。

"别挨我太近。"迟雾突然偏过头看着他，警告道。

两人上周刚被拎去查早恋，老师知道他们的情况，也没说什么，大概意思就是，俩人要是没在一起，就别走得这么近。马上中考，别因为这件事影响成绩。

"怕什么？"谈屹臣漫不经心地笑着，"大不了让我妈再来一趟。"

教学楼离校门口有段距离，走过这段路，迟雾身上微微冒出了汗，刚上车就把肩后的发丝捋起来，抬起另一只手对着脖颈扇风。

车开到谈家后，两人打了声招呼就拿着书包上了楼，和以往一样待在谈屹臣的卧室。

"你先待着，我洗个澡。"他说。

刚才走过来的一路，他也出了汗，后背的T恤被薄汗打得有些潮。

迟雾点头，看谈屹臣拿着毛巾和干净衣服进了浴室，思考几秒钟，随后穿上拖鞋，走到衣柜前拉开，翻了件背心和短裤出来。

她也想洗。

里面的人没洗太久，差不多二十分钟后就拉开了门，见戳在门口，怀里抱着自己衣服和毛巾的迟雾，也没多惊讶："你也洗？"

"嗯。"迟雾点头，从他身旁走过去，进到浴室。

外头气温高，窗帘紧闭。谈屹臣回头看了眼浴室，又收回视线，把用过的毛巾放在一旁，抬手在音响上放了首杰姆斯·杨的 *Feel Something*（《心生荡漾》）。

头顶的中央空调呼呼吹着冷气，谈屹臣打开冰箱，从里面拿出罐七喜打开，气体"噗"的一声从易拉罐中冒出来。

不知道等了多久，他坐在沙发上喝了大半罐饮料，迟雾才把浴室的门拉开。

她的头发湿漉漉地搭在身上，身上穿着他的黑色运动短裤和白色工字背心，手臂和后背的肌肤都露出一大片。

男孩子在初中这个阶段长得很快，这背心他吊牌还没拆就小了，一直放在衣柜里没清理，这会儿穿在迟雾身上正好。

谈屹臣坐在沙发上，喝着冰镇饮料，看着迟雾擦着湿漉漉的发梢，他的心跳声混着歌曲一阵阵的旋律，在这间卧室里不停循环。

后来谈屹臣重温这首歌，在评论区刷到"有一种坠入爱河的感觉"的歌评，才确切形容出当时的感觉。

擦得差不多后，迟雾朝他走过去，站到他面前，问："课本呢？"

"嗯。"他点头，放下饮料罐，跟她一块走到书桌前，从包里掏出带回来的课本。

谈屹臣瞄了眼迟雾后便收回视线，耳根子有些热得慌，迟雾毫无察觉，挺纳闷地瞧他，还把冰凉的手背贴上他的额头："发烧了？"

"没有。"他否认后躲开她的手，想了两秒钟后起身，从迟雾身后绕过，拿起放在窗台上的那杯水，掩饰地喝了口，"有点儿渴。"

迟雾皱眉："你喝我的水干什么？"

"忘了。"谈屹臣看了眼里的大半杯水，还算淡定地把水杯放下来，随口应付。

迟雾没跟他计较，淡淡地"哦"了声，视线从他的脸上挪走，发丝落在白皙的肩颈处，右手把那杯水从桌面拿到自己面前。

窗帘紧闭，隔绝外面的正午光线，呼吸声可闻的静谧室内，谈屹臣就见迟雾坐在那儿，低着头，左手翻动书页，右手把水杯送到唇边，正对着他刚喝过的地方。

"想什么呢？"迟雾瞥他一眼，嗓音很淡，"你今天有点儿奇怪。"

"是吗？"

"嗯。"

"错觉。"

"哦。"

书桌旁的窗帘被冷气吹得飘动，外面漏进来一缕金灿灿的光线，落在书页上。

中途徐芳华上来送了盘水果，迟雾用叉子叉了块西瓜放在嘴里，一边咀嚼着，一边垂眼听谈屹臣给她讲题。

空气中飘浮着淡淡的薄荷味、纸张笔墨味。

谈屹臣是天赋型选手，脑子聪明，文史理科都不差，挺让人嫉妒的。

"听懂了？"他慢悠悠抬起眼，笔在手里无聊地转了圈，见迟雾又拿了块莲雾放进嘴里。

她点头，还在不紧不慢吃东西，手上动作没停，一手把课本拿到自己面前，一手又拿了块莲雾塞进谈屹臣嘴里。

之后她把沾了果汁的手指在白色背心上胡乱一抹，开始做题。

一个讲题一个做题，差不多半个小时后，两人收了课本下楼吃饭，吃完在后院闲坐。

阳光的灼热程度相比正午已经消退不少，夕阳在别墅背面投出一大块阴影。

那会儿狗爷刚来，还是条小德牧，迟雾在秋千上有一下没一下地晃悠着，狗爷喜欢在她腿边来来回回地蹿，精力旺盛得不行。

刚才下楼吃饭前，迟雾拿了件谈屹臣的衬衫套在身上，这会儿衬衫衣襟随着晃荡小弧度地往下落，露出白色背心的宽肩带，发丝轻轻扬在肩后。她忽地偏过头，有点儿得意："你的狗好像喜欢我。"

他坐在圆桌那儿，连个眼风都没给她，勾着唇，"嗯"了声，跷着腿，手里刚把一个十二面魔方的底面还原好，动作不紧不慢。

"魔方？"她问。

谈屹臣又"嗯"了声，边笑边点了下头，脑袋还是没抬，发顶的灰棕色短发随着动作小幅度地抖动。

迟雾坐在秋千上耐心地等着，见狗爷在她脚边打滚，就坐在草坪上，开始逗狗玩。

狗爷当时还没痛失小名，把十二面魔方的最后一面拼色完成后，谈屹臣大功告成一般往旁边一放，朝狗爷招手，吊儿郎当地拖着笑音，喊它"宝贝"。

小德牧"嗖"的一下抛下迟雾，又蹿了过去。

迟雾收回视线，没搭理这一人一狗，又坐上秋千荡了一会儿后跳下来，拍了下手掌，顺了下被吹得微乱的头发丝，低头在口袋里翻皮筋。

翻了一会儿没翻着，她改抬脚往谈屹臣的方向走，这人还在那儿弯腰逗狗，逗得正欢。迟雾走到他面前停住，微弯下腰靠过去。

两人距离挨得过近，谈屹臣的心跳又开始快得没完没了。

谈屹臣抬眼，正好对上迟雾视线。她没什么表情，一点儿也不见外，在他运动短裤的口袋里翻了翻，左边没翻到，于是开始翻右边。

迟雾午休时习惯把头发散下来，把皮筋放在课桌角。谈屹臣喜欢故意把皮筋拿走，但她懒得找他要，隔三岔五就落在他那儿一条，后来发现挺方便，没皮筋的时候就在他口袋里掏。

两秒钟后，迟雾从口袋里头拿出来个皮筋圈，心满意足地收回手，随手扎了个高马尾。

中考前的一个多月，两人的课余时间几乎都待在一起。偶尔住在别墅这头，绝大多数时间是住在谈屹臣单住的公寓里，那里有两间卧室，正好分给迟雾一间。

他们就这样过完了中考冲刺的日子，考完最后一门，在校门口打了辆车直接往回赶，把书包往沙发一扔，各自回房换了身衣服出去玩。

那是个有点儿沉闷的天，没有太阳，天气预报要下雷阵雨。迟雾穿着棉T恤和牛仔裤，手里握着杯冷饮走在前头。

谈屹臣背着她的包，穿了一身黑，右手拎着个滑板，不紧不慢地走在她身后。

他们刚考完，这会儿是心情最爽的时候，也没人管，两人刚从室内滑板公园出来，玩出一身汗，打算再去看个电影。

附近是生活区，从这里走到电影院也就八百多米的距离，没太阳，挺适合慢慢悠悠地散步过去。

"待会儿看什么？"谈屹臣出声问。

迟雾摇头，咬着冰激凌勺，含糊不清地说了句"不知道"。

他点头，说等到影院再挑也行。

这两年这一片城区在重建，这一段的道路窄，没红绿灯，顺着这条道走到前头，转个弯，再过个马路就能到影院。

人行道上，杂七杂八地停着占道的电动车、自行车。迟雾正吃着冷饮，抬头看了眼对面影院的牌子，随后低头，边挖冰激凌边抬脚迈过去。

脚还没落地，她被身后的人往回扯，往后退了下又被扶稳，下一秒钟，两步开外的道上飞速过去辆白色轿车。

谈屹臣左手拉着她的袖口，盯着她，脸色不怎么好，问她是不是不知道怎么过马路。

他要是不在，迟雾刚才就直接过去了。

"忘了。"迟雾也有点儿心里发虚，知道犯了错。

空气中飘浮着淡淡的车尾气，头顶梧桐叶子微微作响。

两人盯了对方一会儿，谈屹臣叹了口气，无可奈何地松开她，牵住她的手。

因为这个举动，迟雾扬下眉，咬着勺子，眼神往牵手的地方瞟，她还没看仔细，那只手又松开了，改成握住她的手腕，两人一块过了马路。

"下回注意。"迟雾主动开口。

谈屹臣嗓音很淡地"嗯"了声。

这会儿还没到暑期，没什么好看的热门电影。

影院里飘着爆米花的甜腻味，两人扫了圈五花八门的宣传海报，随便挑了个电影。

影厅里就他们俩，可以说两个人包了场，不过迟雾坐在旁边没多久就开始犯困。

他那会儿懂得不多，连烂片也看得有滋有味，电影里头摔着东西大声质问对方什么是爱时，他瞄了眼已经睡着的迟雾，觉得是个好问题。

而这个问题的转折点就在一周后。体育场周边的一家书店，十字架黑白艺术照被悬挂在书店中央，迟雾当时在挑资料，他顺手拿了本珍藏书，翻开是塞林格的《破碎故事之心》，里面有一段话：

　　有人认为爱是性，是婚姻，是清晨六点的吻，是一堆孩子。

也许真是这样的，莱斯特小姐，但你知道我是怎么想的吗？我觉得爱是想触碰又收回的手。

他把这本书买了。迟雾睡到这个点还没醒，书在面前摊着，他挺认真地看着这两行字思考了一下午，想着过马路时他想牵迟雾的手，又改成握住她手腕的场景，开始觉得自己可能有点儿爱她。

而这个想法距离发现自己有可能喜欢她，只隔了两个月。

在此之前，他对自己的人生最起码有过不下于一百种设想。

例如毕业后跑到加州的沙漠，在日落时分拉一帮朋友赛车，放首 *Go Hard or Go Home*（胜者为王），连人带着车身浸在金黄的光线中，油门踩到底，跑车声浪把风速拉到狂野。

做什么行业、住什么房子、玩什么车、交什么朋友他都想过，唯一不变的是，每一种设想里都有迟雾。

他之前当这是巧合，这会儿才想明白不是。

他开着车，穿过沙漠、公路或是棕榈树乡道时，迟雾得在副驾驶座上。但她还不知道这件事，于是那个下午，他很想把这段话给她看。

"莱斯特小姐，你知道我是怎么想的吗？"

这是他十六岁时的念头，青涩隐晦。

长大后他和迟雾接过很多次吻，他还是这么想。

暑假他们回源江之前，家里办了场升学宴，散场后，亲朋好友相约去江面游船，他俩没去，别墅内只剩两人。

"拿什么？"谈屹臣站在电梯门口，抬手按下按键。

谈家别墅地上三层，地下一层，地下的一层是酒窖，车库在前院，配了电梯。但他年纪轻轻腿脚灵活，平时从来不用这玩意。

迟雾摇头，说不知道，待会儿再看。

这酒窖她是第二回来，两人一块给待会儿的家庭聚餐挑两瓶酒上去。

几秒钟后电梯抵达，酒窖的照明灯被谈屹臣打开，昏黄的光线落在这方寂静的空间内，棕色的墙壁透出厚重的沉淀感。

各地的名酒依次被陈列在檀色木架上，迟雾抽了下鼻子，觉得有点儿冷，随后气势满满地抬脚往前逛。

谈屹臣随手从最近的酒架上抽了瓶酒，闲得无聊透过酒架缝隙看迟雾在那儿研究到底开哪瓶好。

谈屹臣偏头看着她，想了一会儿，忽地开口："问你件事。"

迟雾像是被地窖里的酒香味熏到了似的，头脑发飘："什么？"

"你在班里，有喜欢的人吗？"

"什么？"

"有喜欢的人吗？"

她沉思几秒钟，看着他："你算吗？"

"咚"。

"咚"。

"咚"。

心跳又开始不受控制了，但没多大一会儿，迟雾边抬手搭上他的右肩膀边皱了下鼻子，补充："但我最喜欢的人，不在班里。"

"……"

他失恋了？

"我最喜欢我妈，还有我外婆。"

"……"

心情跟过山车似的，谈屹臣有点儿想笑。

窗帘没拉，下午的阳光穿过外头的乔木缝隙照进屋内，他给迟雾冲了杯蜂蜜水放在床头，坐在床沿，无聊地打量着迟雾睡觉，觉得自己可能忍不到毕业就得摊牌。

没别的原因，他太喜欢她了。

太喜欢一个人，就会忍不住。

嘴巴被捂住了，喜欢也会从眼睛里跑出来。

他的这个想法一直持续到高中入学，迟雾给他放了个狠招，砸得他措手不及，当时他正坐在新教室里，打算约迟雾一块吃午饭，发消息问迟雾人在哪儿，她没回。

直到他找了个联系人，打算直接过去找，问周韵迟雾分在哪班，周韵说迟雾不在十七中。

这事不算一点儿苗头都没有，这个暑假两人吵架次数出奇的多，此前他只当是青春期叛逆，有点儿摩擦正常。

新教室，新同学，教室里叽叽喳喳。

看完消息后，他一整天一句话都没说。

迟雾新转的高中开学比他晚两天，最后一节下课铃响后，他站起来面无情绪地往外走，身上的气息很冷。

道路上车水马龙，八月底天气闷热潮湿，梧桐叶子纹丝不动，天气预报说有雷阵雨。

而第一滴雨是在他抵达迟雾家时落下的，来之前没想过要说什么，要怎么做，但现在得先找迟雾见一面。

什么话，什么事，什么原因，他们当面说。

他按响门铃，是迟晴给他开的门。

"臣臣？"迟晴睡衣外面罩了件薄披肩，身后有个他没见过的年轻男人，开门见到是他挺惊讶的，问他怎么这个时间过来。

他说找迟雾。

迟晴告诉他迟雾不在这儿，她前两天在新学校附近租了个房子。拿到地址后，谈屹臣打了个车，朝她那儿赶过去。

车一路开到小区门口，正是雷阵雨最猛烈的时候，他下了车，肩身没几秒钟就被淋湿一大片，短发被打湿，T恤贴在脊背上。

他冒雨走到楼下，冰凉的雨水淌过喉结。楼下有门禁，上不去，他开始掏出手机给她发信息，打电话。

毫无例外，他发出去的每一条信息、拨出的每一个电话都像石沉大海，无人应答。

他在雨幕中垂着眼站在那儿，眼睛微红，难得的情绪焦灼。路灯光线暗处，雨水从发梢、后脑勺流入脖颈，他继续一个接一个地给她打电话，打到手机进水，死机，迟雾也没下来。

那晚两人没见面。

而这件事他直到后来才知道，迟雾会放弃去十七中，是因为他的一句话。

两个人就这么闹掰了，几个月也没一点儿重修旧好的苗头，这是场从未有过的冷战。

到了这一年跨年夜，两人坐位依旧挨在一块，气氛微妙地僵在那儿，迟雾一句话没说，他也没主动跟她说话。两个人各自占据一边，都没什么胃口。

"不喜欢这个菜？"迟晴见迟雾没动两下，让侍应生重新把点菜平板递过来，放到迟雾面前，"想吃什么，你自己点。"

迟雾摇头，睫毛小幅度地眨动，声音很淡："不饿。"

迟晴也不勉强，接着把平板递给谈屹臣："臣臣呢？"

他也没怎么吃，随便找了个借口："不饿。"

"早饭也没见你动，喝西北风喝饱的？"周韵冷不丁地出声，白了谈屹臣一眼。

一顿饭没滋没味地过去，迟雾没动几筷子，结束后说了声，往餐厅外走。

谈屹臣留在座位上稍微往后靠，盯着她背影，一会儿，撂下筷子，也跟着走了出去。

餐厅坐落在半山腰，天冷，出了太阳，前几天刚下了一场雪，松树杉木的树梢积留一丝残雪，鸟雀惊起扑簌簌地往下落。

迟雾呼出白雾，低头从口袋里扯出耳机线戴上，调出首歌，沿着山间小道不紧不慢地走着。

此时正值寒冬，道路两旁光秃秃的树杈，细细的光线洒在迟雾的发丝间。

谈屹臣穿着黑色冲锋衣，灰棕色短发被风吹得微扬，他个头比之前又长了些，肩身很正，领子拉到最上面，藏住小半张脸。

这里小路很多，除去两米宽的窄道，两边是斜下去的山体陡坡和依着山腰长成的树林。

要不是迟雾在马路牙子边踩空崴了脚，他没准备让迟雾发现他跟在她身后这件事。

关键这人不领情，只是说让他别碰她。

"给你两个选择。"他蹲下来，气定神闲地看着她，手里转着是从她那儿抢的手机，"你的手机在我这儿。你现在既打不了电话也报不了警，要么自己待在这儿等着餐厅的人出来找你，要么这会儿跟我回去。"

"你敢这样试试？"她这么回。

他挑了下眉，说不信就试试，看他敢不敢。他又顺便仔细地给她分析了下以她目前的处境，拽住他这根救命稻草才是明智选择。

但还是那个情况，他硬，迟雾脾气更硬，一顿摩擦不可避免，最后是谈屹臣压着火把人拎回去的。迟雾一路上折腾个没完，他觉得迟雾这人挺狼心狗肺的，打算就这样了，以后爱怎么着怎么着。

可惜没隔几天，他又把话收回去了，又开始有点儿惦记这个狼心狗肺的人了。

从十七中到一中的距离，打车最快也得十分钟，而十七中的晚饭时间只有四十分钟，二十分钟在路上，二十分钟看她。

偶尔运气好，他就能看到她。

傍晚的放学时间，熙熙攘攘的学生从校内拥出。

迟雾穿着墨绿色的一中制服，个子高，腰细腿长，身材很好，最起码是从街头扫过去，第一眼就能让人注意到。她会一个人穿过校门前有些破旧的街道，夕阳余晖照在她身上，发梢弧度打着卷儿，一张精致漂亮的脸，从眼神到头发丝，都透着股冷漠不好接近的味儿。

她在一中好像没多少朋友，他几次见到她都是独来独往。

两人一块长大，谈屹臣对她方方面面都摸得门清。迟雾从小话就少，会是这种冷淡的性子，是因为幼时长期被孤立。

直到那次在巷子口，从一帮男生嘴里听到些话，他才知道发生在她身上的事。

后来，他打电话给一中的朋友，开始隔三岔五地从这些朋友那儿打听点儿迟雾的消息，比如被哪个男生塞了礼物，结果她转头就把东西塞进了垃圾箱；又比如迟雾意外被选进了校排球队，对方还给他附了张一中排球队拿全市第一的过往历史荣誉图。

一中排球队厉害这事他知道，他不关心这玩意，只问了句朋友在排球队里有没有认识的人。

朋友挺上道的，说自己的哥们和排球队长认识，关系不错。哥们去说一声就行，排球队长人挺好的，肯定把人给谈屹臣照顾得好好的。

谈屹臣回了个"谢了",之后请他吃了顿饭。

就这样,把事情有条不紊地排好,出院后,他找到论坛的管理人员,把论坛里跟流言相关的内容全删了,相关账号全部做封号留证处理。

迟雾不知道,早在她还没和谈屹臣在一起时,流言愈演愈烈的风口浪尖上,她是"谈屹臣女朋友"这件事就在个别男生群体里流传。

跑操时故意推她的那个人和造谣最厉害的几个学生,其父母也先后接到了派出所的电话……

就这样,流言停了。

两周后,谈屹臣收到一中朋友发来的期中成绩单,点开图片放大,从最上面第一行开始扫,第二眼就看见了迟雾的名字——高二(8)班,迟雾,年级第三、文科第一、班级第一。

她用叫人心服口服的成绩把那些人踩在脚底。

就这样,他有空了还是会去看她,分开三年,两人都变了挺多。

迟雾临去沪市前,问他到底喜欢她哪儿。

他靠在飘窗那儿抽着烟,说哪儿都喜欢。他没忽悠她,他确实是哪儿都喜欢。

这种话他跟迟雾说过挺多,但他觉得迟雾没信过,好比一开始在迟雾的脑子里,他对她就是欲望大过所有。

但在他这儿,跟她见一面这事,远比其他重要得多。

等车开过路口,迟雾视线在刚才过去的那对学生身上,车外随着风吹进来的烧烤味还在鼻端没散。

学校放学时间,道路要更拥堵,迟雾朝窗外看着,不知道是不是在想谈屹臣回她的"初三就开始喜欢"的这回事。车水马龙的街景,光影落在她半边侧脸上,她有点儿出神。

"是去附中那边的老球场？"她认出了路，开口问道。

谈屹臣点头，"嗯"了声。

迟雾说："于澄跟她男朋友好像是在那个球场碰上的。"

过了学校那段路后，车只开几分钟就到了地方。

老球场的确没什么人，篮筐有些锈痕，冬夜的风绕到这片都多了点儿寂寥之意，卷着一个垃圾袋转。前头是 KTV，沿街是杂乱无章的店铺，卖什么的都有。

车停在场边，迟雾把外头的长款羽绒服脱下来，扔在车后座，从储物隔间里扒拉出来一根皮筋，三两下就扎了个利落的高马尾。

谈屹臣从驾驶位下车，绕过车身到后面取球，边关后备厢边看了圈，这球场砢碜是砢碜，但拿来教女朋友练投篮正好，没什么人打扰。

"你下下周去沪市？"迟雾突然出声问道。她正好从谈屹臣手里抢过篮球，运动后出了汗，碎发沾在脖颈上。

他点头"嗯"了声，说谈承在那头有个事要谈，让他过去。

"待几天？"迟雾回过身望了他一眼，身后的球应声落网。

"没定，生意上的事。"

"噢。"

"去不去？"谈屹臣看她投完这最后一个球后，走到一旁看台上坐下休息。

"好玩吗？"迟雾喝了口水，不咸不淡地问了一句。

"还行，饭局挺无聊的，用不着跟着，等空闲的时候带你去海上放烟花。"

迟雾靠在座位扶手边，看着这人站在球场上，一场球放水放得连汗都没出，闻着鼻间传过来的掺杂薄荷的烟草味，她点头，说了个"行"。

去沪市是排在半个月后的事，在这之前是两家的订婚宴。

迟雾不怎么提这件事，总觉得太过正式，有点儿尴尬。他们刚在一起时她连谈恋爱都不想让家里头知道，虽然到最后也没瞒多久。

"别紧张。"谈屹臣坐在沙发的那头，手里晃着瓶啤酒，笑着盯着她。

"没紧张。"迟雾就是觉得有点儿尴尬。

订婚宴在商圈临江的一家餐厅举行，跟以往的亲朋好友聚会差不多，来的都是两头熟悉的亲友或合作伙伴。

迟雾尴尬的点在于，几乎每个长辈过来问长问短的时候，眼里都藏着点儿"俩孩子闷声干大事"的意思。

谈屹臣靠在她脖颈旁逗她："本来也不想这么大张旗鼓，但周女士不同意，怕委屈你。"

他刚上大学，就遇见过想通过谈承给他介绍女朋友的。

那会儿他跟迟雾的事还没跟家里说，回去的路上，谈承旁敲侧击，问他觉得那姑娘怎么样。

谈屹臣直言他喜欢迟雾，惦记了一整个青春期，但人还没追到手。

所以订婚、结婚都不算小事，态度、重视度都得摆在明面上。

他们如果太低调，总有人拿迟雾不当回事。

他们敬了几桌酒，散场后，迟雾走到餐厅外头的露台上吹风，浑身连带着腰身都有些发软，懒洋洋趴在露台的栏杆上，望着外头华灯初上。

金色的灯打在建筑物上，前方隔着条道是家会所，刚开场不久，已经停了一排的车。今朝有酒今朝醉，有些人白日朝气蓬勃，夜晚醉生梦死。

身后的旋转门被推开，厅内的暖气往外涌，迟雾姿势不变，侧脸枕在自己的手臂上，偏过头看着谈屹臣走过来。

"穿这么点儿出来，不冷？"谈屹臣嘴角习惯性带点儿笑，把手里的外套披她身上，盖住迟雾露在寒风中的手臂和肩膀，随后从身后搂住她的腰。

她回："不冷，醒醒酒。"

外头的人已经走了，迟晴和周韵去商场扫货，这儿只剩他们俩。

靠了一会儿，迟雾伸手，往他口袋里掏着，没找着想要的东西，皱了下鼻子："你烟呢？"

谈屹臣吻了吻她："车里。"

她把手收回去："哦。"

见迟雾撑着脸，往下面灯红酒绿的夜场看，谈屹臣问她："想去玩？"

"有点儿。"她挺久没去了。

"那现在喊人？"

"好。"

就这样，他发了条朋友圈，临时组了个局。

等人来的时候，迟雾待在车内抽了根烟，烟快在指间烧完的时候，她使坏地朝谈屹臣的跟前吹了口烟。

迟雾趴在他的肩膀上，抓着他的手臂，问他这顿饭什么感觉。她说她自己有点儿压力，忽然间他们的关系就被所有人都知道了，以后很难有干坏事的机会。

谈屹臣把她的脸扳过来，看了两秒钟，使了点儿劲，似笑非笑地问她想十什么。

夜晚九点，会所门口又来了几辆车，邹风、陈黎、祁原、赵炎……也有些她不太熟的，比如跟赵炎一块来的赵一钱、王炀。

这一场他们玩得有点儿疯，电音、烟雾、舞池、酒精，思绪缓缓沉沦其中。

聚会结束后，迟雾问他这车什么时候买的，第一回见他开车是在源江，开迈凯伦，后面就多了这辆路虎。

"回南城就买了。"谈屹臣回答。

从源江回来后，他总共就干了两件事，第一件是去文身，第二件是买了这辆车。

他对此挺有自己想法："你没觉着，跑车接吻挺不方便？"

"咱俩那会儿不是闹掰了？"

"咱俩闹掰的次数还少？"

"不一样。"那次跟以往哪次都不一样，她是真觉得掰了。

"那你看咱俩现在是掰了？"

"没掰。"她有点儿服他了。

这人不是傻白甜，是恋爱脑，八百年都出不了一个。

谈屹臣和迟雾喝得都有点儿多，回去后一觉睡到下午才醒。

等她磨磨蹭蹭地从床上起来，已经是傍晚了，南城冬季的风刮得很大，飘点儿雨就冷得入骨。

迟雾这两天没什么事，光窝在别墅这头，无聊时就给狗顺顺毛，闲得慌又弄了个小围炉回来摆在茶几上，炉面铺着铁丝网，用来煮红酒和烤年糕。

"好吃吗？"谈屹臣从她身边路过时，顺嘴问了一句。

迟雾"嗯"了声，抬手给他分过去一半，看上去有点儿乖。

明天去沪市，他今天刚从外头运回来挺大尺寸的三张照片，打算挂在沙发的正上方，这会儿正拆着画框外层的硬纸壳，边拆边看迟雾坐在那头喝酒。

大概是喝得微醺，迟雾在那儿低着头，手指在酒瓶子上摩挲了会儿，忽然又从地毯上爬起来，回书房拿过来几张纸和笔铺在茶几上，勾勾画画的，趴在那儿，像是灵感上头在写方案。

"你这儿挂的是什么？"迟雾写完趴在那儿，喝醉了，声音有点儿软，眼神迷离，手里还握着笔，撑脸看着他。

"照片。"

照片总共三张，一张是丁达尔光线穿过的梧桐大道，一张是成群盘旋的白鸽，一张是凌晨时分喷薄的日出。

几张照片都是他自己拍的，这会儿框在黑色相框内，定成海报的尺寸，打算去沪市前，把照片挂上。

迟雾盯着沙发上方被挂上去的画框，呼吸着，糨糊一样的脑子里勉强想起来件事，就问他，他当初给她写的那段话是什么意思："南城的梧桐，音乐台的白鸽，紫金山的日出。"

"真想知道？"谈屹臣挑下眉，卖关子，穿着黑色的连帽衫，眼角眉带着一股子少年气，坐在她对面的沙发上，刚开了罐啤酒，喝了一口。

她点头。

外面阴雨连绵，他们互相看了一会儿，谈屹臣放下手里的啤酒，把她手中的笔拿过来，在她面前的纸上又写了段话："梧桐不论晨昏，白鸽不论晴雨，日出不论四季。"

这话有点儿矫情，但他觉得特浪漫。

迟雾愣了会儿，看着纸上的字，脑子反应过来后夸他。

他就等着她问呢，坐在那儿勾着唇、跷着腿、垂着眼看她，得意得不行："也不看你在跟谁谈恋爱？"

她是在跟谈屹臣呀。

她的小司机

一

谈承交给谈屹臣的这件事，从这年年初一直谈到第二年入秋，各种状况辗转几个城市，整整拉锯了一年多。

从六月末到九月初，一整个暑期，谈屹臣隔三岔五就会去沪市，给项目收尾，迟雾也待在这儿。

开学后大四，大学课业基本结束，之后的安排是考研或者实习，两人时间都宽裕。迟雾找了一份在剧组的实习。

沪市昨夜刚下了一场雨，清晨室外还氤氲着一股水汽，水滴停在绿叶上还没被阳光蒸腾。

狗爷和迟爷在阳台上转悠了两圈，随后跑到院子里，用狗爪子刨树根，晃得树梢落下一大片水珠。

"汪！"见迟雾出来，两条刨树的狗停住动作，踱着小碎步摇着尾巴，一块晃悠到迟雾跟前，绕着她转圈。

这会儿迟爷已经长得比迟雾的膝盖还高，毛色漂亮，不负众望长成了一条大狗。

迟雾早抱不动它了，只能蹲下来搂一下意思意思。

"玩够了？"迟雾弯腰抬手碰碰两条狗的头，随口问道。

狗爷抬起肉垫厚厚的狗爪，扒住迟雾的大腿，吐着舌头蹭她。

狗爷原先养在周韵那儿的时候不怎么拆家，后来跟迟爷成了好朋友，就成了有福同享、有肉一起吃、有家一起拆的好搭档。

有难的时候，两条狗藏得比谁都快，脑袋插在沙发缝里，巴不得把另一条甩在身后。

"来这儿。"谈屹臣吹了声口哨，从楼上晃悠下来，迈着步子朝下面走，边走边打量这两条不是吃就是拆家的狗。

两条狗听到召唤，立即又掉转方向，朝着谈屹臣蹿过去。

迟雾直起腰，左手端着咖啡杯转过身，望向身后站在阶梯上的人，人还没下来，就已经被两条狗围住了。

见到这个场面，迟雾舔了下唇边的咖啡液，右手顺着往后捋垂下来的头发丝。

她前两天刚染过头发，挑染了几绺灰棕色，当时谈屹臣就在她身边，就照着他的发色染的，效果不错。

谈屹臣假模假样地哄了会儿就把狗打发了，从楼梯上下来，走到迟雾身边坐下。

他随手抓了下睡得稍乱的发丝，像第三条大狗似的，靠过去把她的咖啡喝完，接着胳膊肘往后，倚在沙发垫上缓神。

"今天有事？"他问。

"嗯，要去剧组一趟。"迟雾简单地说，"明天李溪藤回来，约了饭。"

李溪藤为期两年的交换留学结束，赵炎毕业，跟朋友去了趟川线，之后又在海南待了段时间，这会儿回来正好把人接上。

谈屹臣："送你过去。"

"好。"

看时间差不多，她回房间换了身衣服，收拾完靠在飘窗边懒洋洋地等着。

谈屹臣脱下睡衣随手放在床尾，大方地裸着上半身，浑身上下只剩一条休闲裤，就这样晃悠到隔壁衣帽间，换了身行头出来。

只要他有空，迟雾的接送都是他。

开机进组的第一天，谈屹臣推了个饭局把人送过去。迟雾的紧急联系人早被他设置成自己那串号码，让她遇着事，第一时间打给自己。

剧组拍摄地在郊区，那儿有一片二十世纪遗留下来保存得还不错的老洋房，这两天的取景地都在那儿。

车开到的时候，天下起小雨，剧组正在拍摄一场吻戏，是整部电影中的重要镜头之一。迟雾脚步放轻地走过去，戴上工作牌，看着布景下穿白衬衫、画浓烈眼影的女孩——

盛薏饰演的角色，正淋着雨过来找和她相恋了一整个学生时代的恋人。

电影是部罪案片，导演宋幸余准备拿这部电影来冲击国际电影节奖，亲自挑中了盛薏，迟雾则是编剧助理之一。

"过来了？"宋幸余抬头看了她一眼。

宋幸余是从京北来的，斩获了数不清的奖项，是名导。

迟雾点头，坐下来，盯着前方的监控器。

监控器中的画面里正是镜头高潮的地方，盛薏留着短发，劣质眼线笔画的眼线和眼影因为泪水已经晕开，她喘着气解着身上的衬衫，露出白色内衣，脱下后用力甩在地上。

盛薏的声音在暗色的光影中悲怆又苍凉："但我走不了，警察马上就到。"

…………

镜头结束，导演喊了声卡。

宋幸余满意地竖起大拇指，和场内工作人员站起来拍手鼓掌："这场好！"

盛薏明显还没缓过神来，穿着白色内衣仰面躺在那儿，助理拿上外套过去，迟雾从监控器前离开，端起一旁的牛奶，递给盛荙："好点没？"

"嗯。"因为角色要求，盛荙原本就纤细苗条的身材这会儿更瘦，后背脊骨明显，她抽了下鼻子，眼睛红红的，接过迟雾的温牛奶："这条过了？"

迟雾："嗯。"

"都快被逼出抑郁症了。"她嗓音有点儿哑，随口问，"你说，能拿个奖回来吗？"

迟雾"嗯"了声："宋导上一部电影，主角拿了双料影帝。"

盛荙停住动作："你觉得我能拿影后？"

"大概吧。"迟雾表情不变，像预判盛荙待会儿午饭会吃什么一样平淡。

"承你吉言。"她回。

外头的小雨到午时转为暴雨，出去一趟膝盖以下的地方都要被打湿，迟雾午饭只能在剧组简单应付。

她拿着餐盒坐在休息间吃饭时，手机进来条消息，谈屹臣问她几点结束，过来接她。

迟雾今天没什么胃口，动了两筷子就放下了，从旁边拿过一袋果汁，边喝边用手指在屏幕不紧不慢地敲字，报了个大概时间。

C："直接回去？"

看到这条消息，迟雾手指贴在耳垂边，垂眼思考两秒钟，想起谈屹臣今天晚上还有事，不想自己待着，于是打算回 158 那边。

158 是条酒吧街，一排的各式夜店、电音俱乐部，是年轻人扎堆的热闹地儿。

前段时间迟雾因为视频在账号上发不出去心情不好，那几天常去那边。那里有谈屹臣和他朋友合资的店，她去那里，谈屹臣也比较放心。

"下午怎么回？"这一场没盛薏的戏份，她换好衣服无聊地踱到迟雾身边问。

迟雾放下手机，侧过脸转向她："谈屹臣来接我。"

"噢，也对。"

外头雨势已经转小，沿着老洋房的廊檐淅淅沥沥往下滴着水珠，盛薏坐过来没多久，助理过来提醒，没事找事地把人带走。

望着两人离开的身影，迟雾闲闲地用手指捋了下发梢，神情淡然地收回视线。

午间休息刚过，迟雾就照工作群里上午约好的，找到宋辛余的休息室，加上主演和另外两名编剧，开了个会。

电影拍摄周期为两个月，进度要排。迟雾坐在那儿等到听宋辛余讲完，时间已经过去了大半个小时。

今天下午没她的事，结束后，迟雾边摘工作牌边从休息室往外走。她临到场外，老式留声机旁休息的场记给她指了下，迟雾抬眼顺着看过去，望向拍摄场地外的一辆 SUV。

雨刚停，天还有点儿阴，云层刚破出一丝光亮，谈屹臣站在车前，姿态随意，肩前铺着点儿光，衬衫被吹起，贴在腹部显出一截腰线弧度。他的左手正按在降下车窗的窗沿，右手拿着手机垂头看着。

瞄见前方人影，谈屹臣撩起眼皮，短发被风稍扬，站在副驾驶旁的位置上没动，唇边习惯地挂着点儿笑。

迟雾没搭理他，抬脚转身往监控器方向走，把刚才临时整理的内容交给其中一名执行导演，等到她再次出去的时候，谈屹臣身侧多了个人。

迟雾停下步子，想了几秒钟才想起这人演的是盛薏的舍友。

电影是双女主，另外一些角色要保证还原底层人物的真实感，找的都是演技派演员，年龄最小的也三十岁以上，这就导致谈屹臣第一回到这儿的时候，他戳在片场外围，组里十六岁以上、三十五岁以下的姑娘全躁动了。

躁动原因很多，例如谈屹臣是剧组投资方之一，别管钱是不是从他这儿划的，他都挂个名。

大约过了两分钟，迟雾不知道他们讲了些什么，他身侧的人走了。也是在这会儿，谈屹臣略侧过身，眼神看向她，挑下眉，那意思是——看爽了？

番外 5

曲终不散

一

原本约好的咨询时间，上一个客户临时更改，覃姿难得闲下来，放空休息了会儿，整理下午积攒的资料，放进身后的深柜档案架上归类。

　　明天周末，手机上"叮咚"进来几条约喝酒的信息。

　　覃姿端了杯美式走到桌前的落地窗边，俯瞰雨过天晴后和煦的阳光铺在大厦高楼的楼体上的景致。

　　发信息的是相交有些年头的好友，比她小十岁，目前在一家证券公司做分析师。对面的人报了个地址，让覃姿顺路过去把她接上，覃姿回复"好"。

　　"覃姐。"身后门被轻敲两声，覃姿端着咖啡悠闲转身。

　　助理站在门前说："16：00—17：30预约的客户想改时间。"

　　"是吗？"覃姿思考几秒钟，前几天刚做的浓密睫毛眨动几下，慢条斯理地抬起腕表看了眼。

　　16：10，按正常预约时间对方也迟到了十分钟，竟然在这个点改时间。

　　她今天心情不错，好说话："问问他想改在哪儿，没预约就给他排在那儿。"

　　助理点头，说"好"，随后轻声带上门离开。

　　16：00是最后一个客户，覃姿放下手里咖啡杯，把桌前立着的

"心理咨询"牌翻面朝下一盖，拎起一旁的黑色皮包出了门。

这边隔音效果好，私密度高，走廊尽头的前台有两名招待，这会儿还不是下班的点，她能这个点直接走，是因为她是这家心理咨询室的老板。

整间回廊只有覃姿踩出的高跟鞋声响，她边朝电梯的方向走边在手机上打着字。

覃姿："过去了。"

郁令："好的，会议二十分钟结束。"

郁令比覃姿忙，时间上不如覃姿自由，约酒或是约饭，老规矩都是以她为准。

走进电梯，覃姿按下 B2 键。电梯中间停了两次，又上来几个人。

电梯抵达 B2 层，覃姿走出电梯，将包放进帕拉梅拉车后座，拉开驾驶位的门，开车出发。

郁令距离她这里有十几分钟的路程，车到的时候，那边刚好结束，覃姿坐在车内等了两分钟，随后副驾驶座的门被人拉开，车内涌进一股香水味。

"又被客户放鸽子了？"郁令嗓音懒洋洋地随口问道。

覃姿微点下头，抬眼看后视镜，"嗯"了声。

"走吧，吃份沙拉，然后喝酒去。"郁令迫不及待地系好安全带，掏出化妆包，打算趁路上的几分钟，快速补个妆。

覃姿问："哪家？"

"还是上回那个。"郁令仔细地往脸上拍着粉底，"那家汁酸甜口不错。"

"好。"

两人吃完饭是夜间八点，正是 158 最热闹的时候。

"苍蒂什么时候来？"郁令目光放在不远处的目的地酒吧，随口问道。除了约了覃姿，她还约了苍蒂，转行前，两人在同一家公司就职。

"快了吧。"覃姿扬手拂过耳旁的发丝，轻声回了句。

目的地酒吧门前有片露天桌位，两人在靠近花坛的位置挑了个空桌坐下，各自点了杯鸡尾酒，边喝边悠闲地等着。

场外露天酒吧不如场内热闹，但适合她们这样的姐妹聚一聚，聊聊天。

"待会儿是叫代驾还是怎么回去？"郁令没忘她开着车来的这回事。

覃姿笑了："陆喻在附近和朋友聚会。"

郁令了然地点头。

覃姿是她们三人里唯一一个有家室的，儿子前两年在南城，现在已经回沪市了。

她是不婚主义，上个男友是工作关系认识的，刚大学毕业，年龄太小，黏人。她前两个月正是最忙的时候，索性直接分了。

"说曹操曹操到。"郁令搭在桌面的手玩着发梢，扬起浓密卷翘的睫毛，看向正从西面过来的人。

"来迟了。"苍蒂放下包，拿过桌上的柠檬水递到嘴边，"赶项目，那头不放人。"

"行了。"郁令逗她，"这才九点，没让你留到后半夜都算老板有良心了。"

苍蒂扬下眉："所以打算争点儿气，明年单干。"

郁令鼓掌："年轻人，有斗志。"

三人又叫了几杯酒。

白日里刚下过雨，现在不时吹过来阵微风，掀起遮阳棚的垂檐。温度比前几天稍降，是个适合喝酒泡吧的舒适夜晚。

　　几人里苍蒂酒量最差，喝了两杯后就开始脸颊微烫，抬手撩着脖颈上的头发丝散热。

　　覃姿和郁令在旁边喝酒讲着风投，苍蒂兴趣不大，又拿过一杯鸡尾酒，还没喝，视线就被正从对面俱乐部里头出来的两个人吸引住。

　　她回忆几秒钟，视线没挪开，手不自觉往后招了下："姿姐，她是不是之前游艇上那个人？"

　　覃姿视线挪了下，郁令停住话头，眼睛也悠悠跟着转。

　　前方俱乐部门前站着两个人，一男一女，场内的红光从玻璃门穿透，笼罩在迟雾的半边身体上。

　　她穿着马丁靴，亮片吊带裙外露的肩膀和锁骨扫着一层闪粉，脖颈微红，像是喝多了。

　　她刚踏下第一级阶梯，身后紧跟着出来个人，把她拽住。

　　"就待在这儿。"男孩说话声像刚醒，把人往回扯着，"他马上到。"

　　迟雾皱眉，看向被攥疼的手腕，下意识想甩开。

　　"江清集团老板的儿子？"郁令出声问，前段时间刚在群里的小道新闻上看到过。

　　苍蒂点头，还在关心刚才那个问题："这女孩，是之前游艇上的那个吗？有点儿眼熟。"

　　覃姿认出来迟雾，点下头，指腹轻碰杯沿，"嗯"了声。

　　苍蒂有一回约她到芝桥湾附近看海，碰巧海上有人放烟花，迟雾就在游艇上的一行人里，距离相隔不远，遥遥点了下头，算是打招呼。

　　"怎么出来了？"没间隔几秒钟，俱乐部里又跟出来个人影，她抚着臂，包臀裙外披着一条流苏皮草样式的披肩，眼皮大胆地涂上沾亮片的深棕眼影。

　　她精致的下颌微抬，说话的嗓音不咸不淡："添什么乱？给阿雾的妆我还没化好。"

道路上正巧过去辆SUV，遮了苍蒂的视线。

"这女孩……"她瞄着人影，"是不是传言和江清集团公子哥订婚的那个？"

郁令"嗯"了声："怎么看着不太行。"

苍蒂嗅着八卦的味道，蠢蠢欲动地想换个地方："这家俱乐部是会员制？"

郁令："嗯。"

见俱乐部门口的三人已经重新转身进去，身影被蓝色的氛围灯光一点点吞噬。

"对了。"苍蒂回过头，手撑在桌面上，露了个意味深长的笑容，问覃姿，"姿姐是不是他们家会员？"

覃姿弯了弯唇，调出手机里的会员码，发给她们，轻声道："你们去吧，我不去了，陆喻马上过来。"

苍蒂高兴收下："谢谢姐，今晚的酒钱我来结。"

大约就是苍蒂和郁令起身的同时，俱乐部门口开过来辆车。

三人露天座位靠着方形木质花坛，花坛的另一侧就是街道，这边道窄，宽度大约三米，车从另一个方向开进街区。那是辆通体漆黑、车型帅气的迈凯伦。

车门抬起，里头的人从车上下来。他一只手拎着袋像是酸奶的乳制品，另一只手在手机屏幕上轻敲。他的短发被风吹起，在这种帅哥美女扎堆的地儿也惹眼得不行。

"这人就直接进？"郁令见这个场面，随口问道。

"混得熟吧，和刚才那仨人应该是一起的。"苍蒂对他有点儿印象，跟那女孩一起的，那年冬夜海上游艇也有他。

据说这家俱乐部的所属人就是清江集团老板的儿子，别说他能不能直接进，没准俱乐部安保的工资都是这几个人开的。

走到门口，郁令闻着俱乐部内飘浮的烟酒气息，边出示会员码边看她："你认识？"

苍蒂三言两句把之前在芝桥湾见过的事情说了。

玻璃门在身后合上，郁令撩了下波浪卷，挺好奇地打听："姿姐和那女孩怎么认识的？姿姐的朋友，咱俩不是差不多都见过？"

何况这女孩看着年纪不大，她心态再年轻，也不敢保证跟这女孩沟通起来没代沟，更何况是比她还大了十岁的覃姿。

这事覃姿确实没和苍蒂说过，她也不确定："咨询室的客户？"

郁令恍然大悟，一下子就想通了："那八九不离十。"

咨询室有保密协议，有没有协议，覃姿这行最起码的职业操守就是保护客户隐私，估计也是这个原因，才没听她提起。

走过连接场内的一截激光变幻的走廊，郁令目光放在前方走过的一个西装男人身上，随后脚步微停，朝身侧的反光壁打量了眼自己，把胸口衣服往下拉，简单整理后继续往里走，把刚才的话题直接抛到脑后。

俱乐部外，覃姿放下酒杯，手机屏亮着，是陆喻刚才发来的信息，说他已经到了。

覃姿这才不紧不慢地回过头，目光越过身侧花坛，在人群中找到他的身影。

陆喻正从道路的另一侧走过来，穿着件长薄衫，戴着银丝眼镜，衣摆被灌过来的风吹起，一眼看过去有种形单影只的落寞感，他走到跟前，喊她一声，问："车停哪儿了？"

覃姿坐在原位，把包里的车钥匙递过去："街区入口处左侧。"

"好。"

见陆喻转过身去找车，覃姿收回目光。

等车开过来的这段时间，桌面上的手机"叮咚、叮咚"连续不停地进来几条信息，覃姿垂眼，滑开锁屏浏览。

那是苍蒂在俱乐部内拍的一段视频，覃姿还没点开就知道是谁的，因为视频下面还紧跟着条信息。

苍蒂："姐，来吃狗粮，那女孩的。"

覃姿没忍住，扫完这串信息，点开视频，放大。

视频是在酒水台斜后方的位置拍摄的，灯光和白炽激光交错乱舞，背景是刺啦啦的电音舞曲，灯光照不过来，只偶尔扫过一束红色射光笼在女孩发尾。

画面中的两个人在热吻，覃姿认出来女孩是迟雾，她后腰靠着酒水台，仰着头，胸脯轻微起伏。紧接着，面前的人抬手握住她的手，把她的手紧紧反剪在身后，方便把这个吻加深，两人间的距离拉得更近。

覃姿一直把视频看到最后，面前的人松开她，换成一只手轻抚迟雾的下巴边缘，两人额头相贴，呼吸交缠，互相说了句话。

背景声嘈杂，覃姿听不清两人说了什么，视频下方紧跟着做出解答：

"Girl：'说好九点来接我的。'"

"Boy：'错了，宝宝。'"

苍蒂："迈凯伦弟弟长这么跩的一张脸，居然喊女朋友宝宝！"

苍蒂："上次有人这么喊我还是我妈！"

群里聊天信息不断，郁令："这男孩平时应该就把女朋友宠得不行。"

苍蒂秒回："这都能看出来，你又懂了？"

郁令："姐姐我看男人的经验比你从小到大背的知识点还多，懂不懂什么叫有恃无恐？"

苍蒂还真不懂："什么叫有恃无恐？"

郁令给她解释："这女孩就是有恃无恐。"

郁令："别管怎么闹，都肯定对方会哄自己的有恃无恐，恋爱关系里安全感十足的才这样，这下懂了？"

苍蒂："懂了。"

苍蒂："酸了。"

看完，覃姿收起手机，目光落在俱乐部门口。

除了上次和迟雾在芝桥湾偶遇，她也有两年没见过迟雾了。两人的第一次见面是 2019 年的夏季，咨询室的休憩处。

那时天比现在热，八月初，沪市正处于盛夏，是能因为气温过高上新闻的一个季节，覃姿刚走过前台，便与坐在冷气口的迟雾碰上。

那个时间段只有迟雾一个人坐在那儿，穿着简单的黑色 T 恤和牛仔裤，坐在中央空调一侧的沙发上，碎发被掖在耳后，面前摊着本杂志，旁边放了杯青柠汁。

这里每天都有很多客户，各行各业、不同年龄段的人都有，但覃姿第一次见迟雾，停了足足半分钟，觉得她长得有些像一个故人。

只是这人已经离世好几年了。

"迟雾？"咨询室内的窗帘完全被拉上，环境安静舒适，覃姿看着面前的预约资料，轻声问。

咨询室费用按照一次一个半小时计算，覃姿作为这家心理咨询室的老板，费用是最高的，而迟雾预约的就是最高的。

"嗯。"迟雾撑着脸点头，碎发落在手臂旁。

覃姿看着桌上的饮料杯，问："青柠汁好喝吗？"

"有点儿酸。"

"酸，那要不要吃点儿水果？"覃姿问她，顺手拿过旁边的果盘，温柔地笑了下，"挺甜的，刚切，看看喜欢哪种？"

迟雾坐在对面，姿态放松地倚在椅背上。她看了眼果盘，又抬眼看覃姿："我不紧张。"

不等覃姿开口，迟雾继续说："聊天内容都会保密？"

覃姿停了两秒钟，观察她，随后点头："嗯，这点可以放心。"

这会儿再想，覃姿见迟雾的第一面也是心疼她的，心理咨询室这种地方，日子过得太高兴的不会过来。

迟雾长得特别标致，覃姿年轻时想要女儿，因为政策没要成，只有个儿子，算是遗憾，之后就格外偏爱这样的小姑娘。

她问："是有什么困扰吗？"

"嗯，最近睡眠不好。"

迟雾预约一周来两次，她心理防线很强，除去简单的咨询师和客户关系，不太与人做多余交流。

而抛开觉得迟雾和一个故人有些像，覃姿直觉迟雾对她也有比正常客户更多一层的熟知，这种感觉直到第五次咨询结束，陆喻过来接她去餐厅家庭聚餐，迟雾正巧和他在走廊碰上。

咨询室外，陆喻正靠在走廊的另一端，靠近玻璃门的位置。

覃姿将迟雾送出门外的时候，陆喻正好拿着眼镜，手腕搭在窗沿上夹着支烟，整个人都有些没精神。

听见走廊的脚步声，陆喻偏过头，看见了走在前头的迟雾。

他愣了下，随后抬手戴上眼镜。

"小雾？"他看了一眼迟雾，又微抬起眼看向她身后的覃姿。

看清楚人后，陆喻面无表情地把手边已经烧了一截烟灰的烟头扔到脚底，抬脚踩灭。

他打量她一眼，皱下眉，问得直接："是什么事，怎么来这儿？"

迟雾说："最近睡眠不好。"这是很明显的借口。

陆喻笑了下："结束了？"

"嗯。"

见两人聊得差不多，覃姿轻声问："你们俩以前认识？"

陆喻点头。

傍晚，天边火烧红霞滚成一片。

落日穿过楼宇间隙照在三人身侧，迟雾抬起手，放在眼前虚遮一下，对这个场面丝毫不惊讶，只淡淡地站在那儿，歪过头看了眼窗外的天。

陆喻说待会儿是家庭聚餐，过来接覃姿。

迟雾知道陆喻是覃姿儿子这件事，手插在衣兜里，点了下头，打算直接走。

"等等。"陆喻攥住她的手腕。迟雾停住，回头看他。

"要不要一起吃？"他试着问，举手投足有种骨子里透出来的温柔感。

这是家庭聚餐，不是普通饭局。覃姿在一旁安静观望，不动声色地皱下眉头。

"不了，谢谢。"迟雾嗓音很淡，抽回手腕，说待会儿还有事。

陆喻看了眼自己落空的手，没勉强，点了下头，说以后有机会再聚。

迟雾没说话，一直等到人走了，覃姿才收回视线，淡声问："你爸爸已经到了？"

陆喻："在路上，他下午开会，刚结束。"

覃姿点头，回咨询室拿上包，跟陆喻一道离开。

上了车，车缓缓驶出停车场，车厢内安静，覃姿坐在副驾驶座上，有种力不从心的疲惫感。

想着刚才陆喻拉住迟雾的动作，覃姿开口说："迟雾，和她长得有点儿像。"

"嗯，性格也有点儿像。"陆喻没否认，忍不住勾唇，打着方向盘拐过一个路口，车速稍慢下来后，随意说着，"在南城的时候，追过她一段时间，她……"

"陆喻！"覃姿出声打断他的话。

果然是这样。

"你在做什么？"覃姿头皮有些发麻，搁在包上的手微微攥紧。

几乎没人知道，她开这家心理咨询室的初衷就是陆喻，帮了这么多人，却没帮得了他。

"不用担心。"陆喻声音很淡，情绪平稳，"只是试着追她，但她身边有人。"

因为这件事，覃姿在下一次见面的聊天中，跟迟雾旁敲侧击地提了他。

迟雾承认："嗯，他跟我提过，他母亲开了一家心理咨询室。"

覃姿笑笑，稍安下心："那我们接着上次的话题聊？"

她点了下头。

在前几次的咨询中，因为心理防线强，覃姿尝试着引导了很多次，才逐渐让迟雾按照她的预设和她沟通。

"小时候我妈喝醉过一次，讲过她和那个人的事。"咨询室内落针可闻，迟雾仿佛事不关己地说，"他不是苏省人，但会为了我妈在新年夜从京北赶到南城，就为了当面说声新年快乐，放一场烟花。也会因为我妈发烧在宿舍睡觉，不放心地在宿舍楼下待一宿。"

迟雾也差不多在那个时候，才明白迟晴为什么当时坚持把她生下来。

"是不是挺不可思议的？"迟雾抚着臂，自嘲地笑，"谁信这样的人，会一声不吭地把人抛下。"

迟晴也不信，所以把她生下来了。

"但他确实抛下了。"

停了会儿，迟雾抿唇，慢声说着："所以我害怕。"

父母辈的感情给她呈现了美好的恋爱关系，同样给她呈现了糟糕的结果。这就像是求解一道数学题，已知什么样的数字、什么样的过程，才能解出正确答案，全世界都按照这个规律走。

但她见过一道数字、解题过程明明无误的题，结果依旧出了问题。

过程和答案不再是坚不可摧的关系。就算她反反复复站在理智的角度说服自己，但她潜意识里是怕的，怕到控制不住地焦虑、失眠。

覃姿点头，给她递了杯水。

因为人生经历，而对接纳感情关系产生障碍。不是钻牛角尖，不是矫情，甚至心理疾病这一块，给它划分出了一个专业术语，叫恋爱恐惧症。

资料上有详细的一段介绍："恋爱恐惧的方式因人而异，根据恋爱进行的阶段范畴，大致分成三类，即恋爱前恐惧（拒绝型恋爱恐惧）、恋爱中恐惧（焦虑型恋爱恐惧）及恋爱后恐惧（受伤型恋爱恐惧）。患者本人是明知这些观念和思想是不合理的，也明知与自己的人格不相容，但无论怎么努力与之斗争或加以压制，却还是不能摆脱。患者的痛苦也因此而生。"

覃姿："我记得你说过，你们之前试着在一起过一次？"

"嗯，这是第二次。"迟雾声音冷淡地回道。

"你拒绝了？"覃姿差不多能预料到。

"嗯。"迟雾缓缓呼出一口气，保持着垂眼的姿势，平复了大半分钟，才继续说，"我们吵架了，闹得很厉害。"

覃姿知道是这男孩想要和迟雾在一起，她得分析迟雾恐惧来源的具体原因，试着问："那你对这件事怎么看？"

"没怎么看。"迟雾稍稍往后靠，声音很细微，"喜欢一个人会贪得无厌。

"明明知道自己不愿意跨进恋爱关系，但还是想离他更近一点儿。其实什么都不做最好，像以前那样最稳妥，但我办不到。"

办不到仅仅是这样的关系，她贪得无厌，打着那道心理防线的擦边球，想要更进一步，想要更多一点儿，而他也是。

不过是贪得无厌的两个人。她只是害怕，但没怪过他。

光线透过百叶窗的缝隙落在身侧地板上，这次快结束时，迟雾桌面上的手机响起。

她拿起看了眼，左手肘搭在桌面上捧着脸，垂眼看着通话界面几秒钟，似乎在纠结要不要接，接着抬起眼，和覃姿打了个"嘘"的手势。

迟雾拿着手机，边起身边给手机插上线式耳机，走到咨询室的休息角，在欧式小圆桌前坐下，恢复为刚才在长桌前撑脸的姿势，懒洋洋地看着屏幕，语气轻松。

"嗯，工作室的休息间。"

"没事干了？这个时候打来。"

"被骂了？"

"那好可怜。"

"不过我觉得叔叔说得挺对。"

"知足吧你，你爸在你身上砸的试错成本比别人一辈子挣得都多，骂你两句怎么了？"

"你可真行。"

五分钟后，这通视频通话便结束了。

覃姿安安静静地注视着对面静坐的女孩："聊什么了？"

"约了晚上十点打视频电话。"迟雾跟她说着，重新放下手机，卷翘的睫毛撩起，眼睛很好看，"要打够半个小时。"

"还有指标吗？"覃姿忍俊不禁，看了她一会儿，随后认真地给她提出建议，让她试着和男朋友沟通一下。

常规的治疗方法中，家属、伴侣是很重要的角色，更何况他们感情不错，也许能有一个好的协调方法。

"不了。"迟雾拒绝，抬手把搭在开衫领口的耳机线钩到指间，声音依旧淡，"要是哭了怎么办？"

他会心疼，也会内疚。

她不想他知道。

清凉的风从街对角灌过来，覃姿在灯红酒绿的夜幕中逐渐收回思绪，想着刚才群消息中郁令说的"有恃无恐""十足的安全感"，她不自觉地松了口气。

的确没什么比有一个这样的恋人，更有效的治疗方法了。

又过了大半分钟，身后酒吧的萨克斯曲调飘出，覃姿终于看见那辆帕拉梅拉从人流略微堵塞的街道开过来，起身走到路边，拉开副驾驶座的门坐上去。

陆喻风轻云淡地看着后视镜，打着方向盘，正要掉头的瞬间，俱乐部里的人出来了。

"刺啦——"

急促的刹车声让覃姿猝不及防，她皱眉，手猛地撑在车门边缘，剧烈的惯性使她太阳穴轻微疼痛，整个身都往前倾去。

俱乐部门口，那辆迈凯伦车前，迟雾像是终于被接走的小朋友，正被人牵着，嘴里咬着男孩子来时带的那袋酸奶，看上去是给她解酒用的。

两人走到车前，迟雾坐进副驾驶座的前一刻，又被拽过去接了次吻。

车内气氛忽地变了，叫人堵得慌。

覃姿难过地闭上眼，靠着椅背，摘了腕表扔进扶手箱，右手两指指腹轻轻按捏太阳穴的位置。

灯光很暗，车内寂静无声，陆喻坐在那儿，摘了眼镜，手指钩着镜架搭在方向盘，视线淡淡地落在前方。

迟雾和她只有三分像，但当视线模糊时，有七分。

他想她，很想。

午夜时分，车往别墅区开去，迟雾坐在副驾驶的位置上咬着酸奶。

车窗被降下，秋末的风涌进来，谈屹臣选了条安静的路，顺着柏油道穿过苍柏老树，迟雾偏头往车窗外看着。

她还醉着，今晚喝得真的挺多，红色从耳根往上蔓延。

迟雾一句话没说，回到别墅后，换了鞋直接进浴室洗澡。

谈屹臣闲得无聊，听着浴室淅淅沥沥的水声，一个人开了罐酒，边喝边点开微信浏览信息。最上面的是一个初中朋友的群，里面转发了一条初中部百年校庆的公众号消息。

群里读完大学的人占了一半，没读完的差不多也读到最后一年，群里已经刷了不少信息，谈屹臣大致扫了眼，都是在商量回去看一看的事情。

有人 @ 他，问他来不来。

他看着屏幕，看了两秒钟，没回，从群里退回信息页面。

谈屹臣顺着往下看，第二条信息是俱乐部里的人发的，时间大概是一个小时前，拍了段迟雾趴在那儿看别人吐烟圈的视频。

配文："你老婆喝高了，问人家是不是金鱼。"

"金鱼，咕嘟咕嘟吐泡泡。"

谈屹臣气定神闲地喝了口啤酒，靠在那儿，没忍住把视频来回看了好几遍。

他老婆真可爱。

"咔嗒"浴室门被拉开，迟雾头发湿漉漉地裹着浴巾出来了。

谈屹臣放下手机，抬起眼。

"过来。"他笑了下，站那儿朝她勾勾手。

"怎么了？"迟雾看他。

"没怎么。"

人走到跟前，谈屹臣把抬手拢过她脑袋上搭的干毛巾，把人往跟前拉近几分："头还晕不晕？"

"晕啊。"

这才间隔两个小时，也就一包酸奶，能起多大作用。

因为今天刚下过暴雨，这会儿室内没开冷气也舒适，迟雾站在谈屹臣身前，任他帮自己擦湿发上的水汽。

谈屹臣动作很轻，垂眼看着，随后瞄见迟雾耳垂上的细小印记。

他记得迟雾初中时打过一次耳洞，打完后两边耳朵红红的，有些肿。出饰品店后，她拎着外套捋了捋发，问他自己戴耳钉好不好看。

他那个阶段不太懂女生嘴里好看的标准是什么，但还是点头，"嗯"了声，说好看。

但没想到回学校后，周一检查仪容仪表不过关，耳钉不能戴。

迟雾只能摘了，摘下的当天下午，刚打两天的耳洞就开始愈合，他在旁边看着都觉得挺可惜的。

直到现在，迟雾的耳朵上也没打第二次，只留下了耳洞愈合后的印记。

谈屹臣看着她，想着群里刚才的消息，问："半个月后，初中部建校百年校庆，想不想回去看看？"

迟雾侧过头，有些疑问："百年？这么快。"

"也不快，咱们在那儿待的时候不就九十年了？"

"好像是。"

迟雾记得当时学校还放了半天假，礼堂有个会演，她没去，跟谈屹臣去体育馆玩了。

她问："去的有哪些人？"

万一就他俩回去，那多尴尬。

"挺多的。"谈屹臣不咸不淡地回，迟雾也在那个群，只是这会儿还没翻，除此之外，班级群里消息也挺多，为的都是同一件事，他举例子说，"也有不少携家带口的，比如于澄带她男朋友，陈……"

迟雾愣了下，打断："于澄男朋友？"

"嗯。"

"那去。"迟雾忽地很干脆地说。

"嗯？"谈屹臣瞄了她一眼，手上擦拭头发的动作不停。

迟雾："听说是附中校草，李青枝的儿子，没见过，想见见。"

谈屹臣："……"

头发被擦得半干，迟雾拿起被放在飘窗一侧的啤酒，仰头喝了口。

校庆在月末，两人手里的事都差不多已经要做完，能在校庆前回去。

剧组拍摄周期已经进入收尾，除此之外，迟雾陆续收到几家公司的邀请，但要不要去她还没决定好，事情排得太满应接不暇，只会什么都做不好。除了去赴了李溪藤的约，迟雾之后的几天几乎都待在剧组。

今天是盛蕙的最后一场戏，结束后就是杀青宴，定在距离剧组半个街区的酒店举行。

宴会里几乎都是剧组演员和工作人员，按理作为投资方谈屹臣也会到，但他今晚有个更加重要的饭局。

宴会来了不少投资方，迟雾踩着高跟鞋，一个人站在那儿捧了杯白葡萄酒，凑近鼻端闻酒香，最后得出宋幸余真抠的结论。

国际知名导演，这么丰厚的家底，杀青宴办得这么寒酸。在看见先前找谈屹臣搭过话的一个姑娘托着杯酒，往某个负责人的怀里栽时，迟雾直接对这场杀青宴的无聊感达到了顶点。

迟雾把酒放下了，宴会得零点散场，她打算提前走，于是拿出手机给谈屹臣发信息："九点走。"

这个点对面不一定看得见信息，她打算等半个小时他还没回，就自己打车回去。

没想到只相隔了几分钟，谈屹臣便给她回过来："好，我让司机过去接你。"

迟雾看了眼信息，睫毛微动，她明白谈屹臣那边离结束还早，否则这人会自己过来。

于是她继续问他什么时候结束，一个人有些睡不着。

C："有点儿晚，尽量早点儿，明天带你回家。"看来他那边谈得很顺利，明天他们就能回去。

谈屹臣倚在包间外的走廊上，一手夹着烟，一手敲着屏幕，看着她上面的两条信息想笑，问她吃不吃梅花糕。

回去那个时间挺晚了，他差不多可以给她带个夜宵。

迟雾回了个字，说："好。"

谈屹臣又回了个"嗯"，接着收起手机，抬步往包他走。

今晚坐在这个包间的不是行业大佬就是新贵，他花了一年半的时间才把这群人笼络在一起，酒局结束后已是深夜十一点。

把人送走后谈屹臣重新回到包间，酒喝得多，难免有些头疼。他拿过助理手里刚签的合同，翻看后递回去，让他明早递到合作的分公司。

直到人全部走了，谈屹臣才靠在椅背上坐了会儿，随后拿上搭在椅背上的外套往外走。

外面有点儿降温，下着淅淅沥沥的小雨，司机还没到，谈屹臣走到道路右侧，外套搭在臂弯，倚在滨江国际饭店旁的石柱上，点了根烟，吹着凉风缓着酒劲。

谈屹臣抬头看了眼，天很黑，街道依旧灯火通明。他记得自己第一次跟谈承参加应酬是高考完，一整桌，他年纪最小。

那一场没谈承，他不一定能应付。

席上都是一群在生意场上混了几十年的老狐狸，一个人十个心眼，辈分在这儿，面子上的东西他得做得过去，多少得吃点儿亏。

之后散场，会所包间的隔间，谈承问他好点儿没。

他点头，把漱完口的矿泉水瓶拧上，随手把薄外套搭在一旁的檀木屏风上，他爸拍拍他的肩，问他什么感觉。

谈屹臣沉默半晌，把瓶盖拧到最后一圈，只回了句"要学的东西还有很多"。

学说话、学做事、学人情世故，他什么都要学。

差不多从他记事起，就知道谈承工作忙，但小时候一天到晚想让谈承陪他打游戏，因为这个，他小学时和周韵闹过挺多次。

之后有一次他闹得厉害，周韵带着他去了公司，在谈承开会的时候，带着他在会议室门口坐了一下午。

他坐得屁股疼，又不高兴了。接着周韵告诉他，他坐在这儿一下午看了三集动画片，吃了一块小蛋糕、两个果冻，喝了半瓶牛奶。而爸爸在里面工作开会没有休息时间，只能喝几口水。

周韵蹲下来，在谈屹臣面前帮谈屹臣轻轻擦眼泪："你是他儿子，他工作忙没时间陪你，你当然可以怪他。妈妈带你来只是想让你知道爸爸没陪你的时候在做什么，你知道后，自己抉择下，还要不要说讨厌爸爸这种话。"

谈屹臣摇头。

所以他挺小的时候就知道，他和周女士过得好是因为老谈在前头忙。

他也希望迟雾过得好，这些总得有一个人担着。但这话不能跟她说，她知道了只会回一句"用你担着了？"。

的确，他女朋友很厉害，也很优秀，但她要不要，和他有没有，这是两码事。

他得有给她兜底的本事。

入了秋的沪市，飘着雨的夜晚也掺了丝凉意，道路上灯光变幻迷离，细小的雨滴从夜空往下落。

迟雾单手撑着把透明的伞，站在建筑雕塑旁，另一只手环着臂，站在几米外的位置静静看他。

谈屹臣望了眼停在路边的商务车："你怎么也跟着来了？"

迟雾语气自然："带你回家啊。"

"带我回家？"谈屹臣挑下眉，重复她的话，觉得耳熟，想了两秒钟才想起这话他三个小时前刚跟她说过。

他掐了烟走过去，接过她手里的伞："好，回家。"

细雨还在下，雨刮器不停摆动，两人坐在后座，谈屹臣把外套披在她的肩上，指腹碰到她泛着凉意的肩头，说："怎么不多穿件衣服出来？"

迟雾："不冷。"

谈屹臣收回手，小幅度地点两下头，勾着唇，没拆穿她。

车缓缓驶过高架桥，雨夜有些堵车，谈屹臣从口袋里翻出烟盒，抽了一根出来，接着降下车窗。

光线纷杂，细雨混着烟雾飘在这半边车厢内，谈屹臣的手腕搭在车窗沿，迟雾安静地坐在离他一个空位的另一侧，细软的发丝落进外套领口，正眼睛微红地看着手机页面——她在看酒后怎么养肝护肝的方法。

几秒钟后，谈屹臣把烟掐了，把人拉过来接吻。

这辈子栽她身上，是他赚了。

迟雾回到南城的时候，梧桐叶的边缘已经泛黄。

她两个月没回来，知道今天两人一起回来的消息后，周韵让他们回去吃个饭，迟晴也过去，算给他们接风洗尘。

车往谈家开，迟雾到的时候秋阳的光洒满整个院子，草坪还绿着。周韵和迟晴正在前院晾桂花，百分之八十又是在网上刷到了什么教程，打算试一试。

迟晴这两年长发蓄起来了，卷着棕色的波浪，穿着白金色的套装。谈屹臣把车停下，迟爷和狗爷从车座位上跳下去，熟门熟路地往后院蹿去。

"这是要做什么？"迟雾走过去轻声问，垂下头，看着铺了一个桌面的半干桂花。

"你周姨想试着做桂花蜜。"迟晴笑笑，帮她把搭在额前的头发丝往后捋，"饿了吗？"

迟雾摇头。

迟晴："吃饭还要好一会儿，岛台上有瑞士卷，刚做的，你和臣臣饿了就先吃点儿。"

迟雾点头："好。"

停好车，谈屹臣甩着车钥匙走过来，刚伸手，被周韵一巴掌打在手背上轻拍开，问："手洗了吗？"

他："没有。"

周韵："那伸什么手？"

停了两秒钟，谈屹臣扬眉看向迟雾："你没伸？"

"没有。"

日头有些晒，迟雾没在外头待多久，便陪着迟晴去了前厅。

迟雾喜欢吃蟹，口味偏淡，谈屹臣家的阿姨做的蟹粉豆腐一绝，已经是她这两年每次来时必点菜，这会儿已经闻见厨房有了些蟹的香味。

迟晴问她："后面还回沪市吗？"

迟雾摇头："剧组的事已经结束了。"

"嗯。"迟晴轻笑下，"不回去就算了，原本还想着领你在沪市吃顿饭。"

迟雾闻言点了下头，大概知道迟晴是要领她吃什么饭。

八月份的时候迟晴带着品牌去沪市参展，迟晴约她吃了顿饭，还没结束时，餐厅外就等着一辆迈巴赫。

"那位叔叔是沪市人？"迟雾试着问。

"嗯。"迟晴笑笑，"不过现在的生意在深圳。"

迟雾："有之后来南城发展的打算？"

迟晴没隐瞒："嗯。"

迟雾了然。

上次的迈巴赫车主，算是迟晴正式或不正式交往的人里，迟雾第一个正式见的。他只待了五分钟，对方甚至提前给她准备了见面礼，一套玻璃种的翡翠珠宝。

礼物贵重，迟雾起初没打算收，为了防止他和迟晴感情生变，后续会尴尬。

看出迟雾对这套珠宝很喜欢，迟晴帮她做了主，把见面礼收了，说他家就是做这个生意的，让她放心收着。

迟雾不确定迟晴这些年没安定下来有没有她的原因，但她对这些并没有看法，无论是谈恋爱或走入婚姻，迟晴自己高兴就好。

人在成为任何角色之前，首先是自己。迟雾不喜欢牺牲式奉献，支持迟晴按照自己的想法生活。

迟晴下午有事，只见了迟雾一面便走了。迟雾一个人坐了会儿，觉得肚子有些饿，走到客厅边缘的岛台上取瑞士卷。

谈屹臣这时正好从外面进来，脑门上有些薄汗，他看了眼迟雾，随后弯腰从茶案上拿了个苹果。

他不怎么吃甜食，但迟雾喜欢吃，周韵回回做这些小蛋糕都是给迟雾做的。所以他小时候有那么一段时间，挺认真地觉得自己不是亲生的。

"饿了？"他笑着问。

迟雾点头。

离吃饭还有段时间，谈屹臣在迟雾正吃着的那一半瑞士卷上蹭了口，随后拿着苹果边在手里抛边往后院晃悠。

自从狗爷被他接走后，周韵就喜欢在后院这个地方养些花花草草，每回两条狗一回来，花花草草的都得遭殃一大片。

阳光从屋顶上洒下来，亮堂堂的一大片，狗爷正在栅栏边甩着尾巴刨坑，四肢前后飞溅出泥土，迟爷则是老老实实地蹲在两米远的地方看着。

这个逆子。

谈屹臣咬了口苹果，突然想到这个词，接着轻飘飘喊了声"宝贝"。

狗爷停住动作，仰着头回头朝他看，对这个久违的称呼愣了几秒钟才反应过来，兴奋地扑过去，围在谈屹臣腿边，眼睛冒着光，吐着舌头朝他看。

谈屹臣笑了，垂下眼："没喊你，过来干什么？"

狗爷："汪？"

"汪也没用。"

逗完，谈屹臣心满意足地转过身。

后院距离走廊只隔道门，他就站在刚出门的位置，迟雾站在走廊边上看着他，微侧着头，手插在开衫的口袋里，用眼神传达着"你刚才喊它什么"的含义。

谈屹臣淡定地插着兜往她跟前走，笑着上下打量她："你怎么连狗的醋都吃？"

"过几天是我生日。"谈屹臣提醒她。

迟雾懒得跟这人计较，任他把这话题岔过去："想要什么礼物？"

"哪儿有人直接问的？"谈屹臣，"知不知道惊喜？"

迟雾："那你想要什么惊喜？"

谈屹臣不想理她。

迟雾对这事挺认真："还没说想要什么惊喜。"

他卖关子："你猜。"

"猜不出来。"

"猜了吗你？"谈屹臣捏着迟雾尖尖的下巴，逗猫似的小幅度晃两下，"猜不出来再说。"

迟雾打掉他的手，问哪里有杂志，她这会儿有点儿无聊。

谈屹臣扬眉："在书房？"

迟雾"哦"了声，说她去找找。

说完迟雾转身，踏上二楼的楼梯，穿过走廊和露台，绕到书房的时候门正半掩着，她脚步微停，随后过去轻轻推开。

书房静悄悄的，满室的阳光，飘浮着木质沉香的气息。深棕色的欧式书桌前，周韵正站在那儿端详面前的一本相册。听见动静，她回过头，见是迟雾，笑着招手叫迟雾过去。

迟雾走向周韵，周韵抬手轻搭在她的一侧手臂上，给她指面前的这本相册："一直想给你们送个礼物，想来想去，觉得这本相册最有意义。"

周韵指尖在相册页边轻敲，帮她翻到第一页，给她看："这是第一张，那时候你刚出生。"

迟雾垂眼，看着照片上躺在婴儿床里的两个小孩子，在襁褓中，一左一右，左边的睡着，右边的睁着眼睛，眼睛很漂亮，侧着脸在笑，鼻子贴着左边婴儿的脸颊。

"我进产房看你妈妈，那会儿臣臣也小，才三个月大，就把臣臣和你放在一起。没想到他太调皮，蹭着蹭着贴一起了。"周韵轻轻抚了下照片，唇角弯起弧度，"你妈前几天还在跟我可惜，十月怀胎辛辛苦苦生的孩子，自己还没碰，第一下被臣臣亲了。"

迟雾看着，第一页只有四张照片，相册的空白处被周韵用黑色记号笔写下"2000.12.21，和小雾第一次见"。

迟雾睫毛微颤，心中有股淡淡的暖流。

"小时候，你妈养得仔细，不让别人亲，小孩子皮肤娇嫩，总共就臣臣碰到过这么一次。"周韵跟迟雾说着，"那会儿流行闺密生孩子定娃娃亲，也就是定着玩玩，可惜你妈不跟我玩，说万一她闺女长大看不上我儿子怎么办。"

讲到这里周韵停了停，目光放在照片上，笑道："你妈怎么这么自恋啊？"

迟雾看得认真，也听得认真，这些都是她没见过的。厚厚的一本相册，几乎她和谈屹臣从小到大每个时期的照片都有，甚至有她和谈屹臣在台阶上坐成一排一起哭鼻子的，但谈屹臣哭得比她凶。

光看照片，像是谈屹臣被她欺负惨了。

照片很多，迟雾抬手一页页往后翻，随后顿住，这一页是高中时谈屹臣住院时期的照片。

谈屹臣扶着康复器材，脊背瘦削，病号服后背被汗水浸湿一大片。

迟雾眨了下眼，心口丝丝缕缕堵得难受。

关于这件事，没人和她提起，连她在几年后知道这件事都是巧合。

但迟雾确信周韵是知道的，这么大的事，谈家不可能不查。

自己儿子为什么会在那个点出现在一中，其中来龙去脉，她知道得只会比迟雾多，不会比迟雾少。

迟雾是愧疚的，周韵目光在照片上简单掠过，没说什么，帮她把这页翻了过去。

大约把这本相册翻过三分之二，周韵轻拍她的背，给她指了另一本相册，放在书桌的另一侧。

"那本也是。"周韵轻声道，"你翻开看看。"

迟雾把那本相册拿过来放到面前，随意摊开，整个人便愣住，心口轻微起伏。

这是一本关于她的相册。

里面只有她。

周韵笑笑，指着一张她小时候穿裙子的背影照："这是你小时候在源江的时候，周姨悄悄拍的，每次回去都拍一张。"

迟雾点了下头，对那个时期有印象，迟晴去了南方一直没回来，周韵每周都会抽半天回一次源江，回去看谈屹臣。

那个时候迟雾很羡慕谈屹臣，因为羡慕，所以记得很清楚。但她不知道周韵拍过她，甚至拍了这么多张，足足塞满一整本相册。

周韵缓缓跟迟雾说着："你妈出去的第二年，那个时候生意刚有起色，可年关的时候钱被合伙人卷走，报了警。我劝她回来，但你妈这人看着温温柔柔的，其实骨子里倔，说什么都不肯这么回来。"

迟雾还在消化着，周韵继续开口，"接到你妈电话的第二天，担心她有难处张不开口，就准备了一笔钱，打算给她汇过去。可你妈没要，她找我只是托我办件事。"

说到这儿，周韵垂眼看迟雾，声音很轻："你猜她托我办什么事？"

迟雾抬起眼，像有预感一般，心跳有些加快，但声音很低："什么事？"

周韵怜爱地抚过迟雾额前的碎发，笑了，帮迟雾别到耳后："她让我拍张你的照片寄给她，说太久没见你了，很想你。"

这就是这本相册存在的原因，每周一张，持续了几年。

"你妈妈可能遇人不淑，但没后悔把你生下来。你妈妈很爱你。"

光照在两人身上，迟雾维持着原姿势坐在那儿，但手心出了汗，她捏着相册一角，却迟迟没翻。

周韵没打扰她，最后看了她一眼，踩着高跟鞋放轻步子出去了，只留下细微的关门声响。

细小的尘埃在光柱中飘浮，阳光洒在迟雾米白色开衫上，柔软又干燥。过了许久，她终于动了，嗓子吞咽了下，动作缓慢地把相册翻到下一页。

楼下开始传来吵闹声，有跑车轰鸣声，谈屹臣拿着飞盘吊儿郎当吹的口哨声，狗兴奋地吠个不停的叫声，树枝被踏过踩断的"咔嚓"声……各式纷杂的声响都消弭在耳畔。

迟雾一页页地把相册翻过，眼眶微红，喉咙哽得难受，她好像终于把五岁的自己说服了。

心里某一块遗憾失落不敢揭开的地方在这个午后逐渐被抚平、被填满。

"你不是没人要的小孩。"

从谈家出来后，迟雾无所事事地在家待了好几天。

她像是提前进入冬眠的温顺小动物，虽然没怎么活动，但觉得日子过很幸福。

迟雾一双腿搭在沙发沿上，慵懒地倚在靠枕上浏览着群内消息。

因为百年校庆的事，群里难得热闹起来。

毕竟是百年，规格比九十年隆重，校方出了一张活动图，迟雾大致扫了眼，基本还是那一套流程。

但这套流程也只面向校内学生，他们这群早早就毕业了的不算。她看一眼老师，校内兜两圈，这一趟就算结束。但话也不能说太满，不排除后续有私人组的局，例如陈檀和赵炎，两人已经在群里旁若无人地聊了好几天。

临近午间的阳光开始灼热，南城气候要到十月下旬才能算得上温煦，迟雾抬手挡了下阳光，一双腿和肩头领口裸露出来的白皙皮肤被照得耀眼，泛着光，已经感觉到阳光的滚烫。

迟雾从沙发上坐起来，随手捋了下微乱的发丝，收了手机边往室内走边喊了声迟爷。

"谈屹臣去公司了？"迟雾打开冰箱取出盒牛奶，轻声问。

迟爷垂下头，收起爪子趴在地上，低声"呜"了声，狗爷在身后闻声而动，叫个不停。

今天是这人的生日，迟雾在手机软件上订了私房蛋糕磨具和食材，稍晚点儿送到。

没管这人到底去了哪儿，迟雾拿了牛奶到落地窗前，把窗帘拉严实，继续在原位躺着闭目养神。

对于说好的礼物惊喜这种事，她想不出什么新奇的点子，谈屹臣那点儿趣味，不是跟篮球有关，就是跟车有关。

车她去年买了辆，篮球早在初中还做同桌时就送过一次，是球星签名限量款。

所以迟雾打算今年给他亲手做个蛋糕。

亲手，这个词显得多有诚意，她男朋友肯定吃这一套。

材料被送到后，迟雾把工具摆成一排，两只狗趴在客厅毛毯上，无聊地盯着她。

照着手机上的教程，迟雾一步步来，但她第一回做，也是第一回发现手和脑子是两码事，她看懂了，接着花了两小时也没把蛋糕坏烤出来。

尝试两次都失败后，迟雾坐在厨台边，手肘撑在台面上，单脚踩着身下的高脚椅，轻微摇晃着思考。

几分钟后，迟雾接受了自己做不出来蛋糕的这个事实，把手机拿过来，果断下单。

生日蛋糕被送到的时候是傍晚，客厅内满是金黄的余晖。迟雾在光线中把蛋糕取出来，外包装扔了，蛋糕摆在厨台的模具上，假装是自己做的一样，端进冰箱冷藏。

也是这个时候，无聊了一天的狗开始躁动，从地毯上爬起来摇着尾巴往院里跑。

迟雾关上冰箱直起腰，微眯眼朝外望去。

外面已是黄昏时分，天边盘踞成片红霞，树荫被落日染成一片红，这么绚丽的景色，前方道路传来引擎声，两条狗闻声"嗖"地冲出去。

因为狗的突然出现，不远处的引擎声停下来，迟雾回过身打开冰箱，从里面拎了罐啤酒出来。

车开到院中，距离迟雾两米的位置停下，德牧和萨摩耶在草坪上高兴得像两个傻子。迟雾坐下来，屈膝靠着藤椅，手上正将易拉罐打开。

车门被打开，谈屹臣从车上下来，手插着兜，领口处挂着一副墨镜。

迟雾单手环着膝，看着对面的人朝她走来，将喝了两口的冰啤酒递过去。

谈屹臣把酒接过："在等我？"

迟雾点头。

往年这个时候，谈屹臣习惯拉上一大圈人，场地不定。但今年他改了，一个人也没喊，打算就两个人过。

风里裹挟着一种夏末初秋的草木清爽气息，谈屹臣洗完澡坐到她身边，一块慢悠悠喝一罐啤酒的工夫，天边红霞已经逐渐消逝。

"生日快乐。"天色将暗未暗时，迟雾偏过头看他。

谈屹臣左手撑着下巴，灰棕短发湿漉漉的还未干，被随手抓成个背头，笑看着她。

迟雾起身走到客厅开放式厨台的冰箱旁，从里面取出蛋糕，用打火机将蜡烛点燃。

烛光在暗室内摇晃出重影，谈屹臣坐在原位，从脚旁拎上来一罐啤酒，看着迟雾侧腰抵着桌沿，面无表情地吹灭打火机，动作干净利落，接着把蛋糕端上朝他这儿走。

"礼物？"谈屹臣瞄了眼蛋糕，又抬起眼看她。

迟雾点头："嗯，自己做的。"

谈屹臣差点儿又没忍住笑，这蛋糕他之前在官网给迟雾订过，一模一样。

他配合地许了愿，吹了蜡烛。

入秋的夜晚透着丝丝凉凉的寒意，谈屹臣抱着她，一手抚在她后背，一手把她的脸扳过来接吻。

"宝宝。"谈屹臣吊得她不上不下，哑着声说，"我们结婚好不好？"

这是他想要的礼物。

他笑了下，继续道："我跟我爸摆了摊子，后面两个月只陪你，之前你不是想学潜水一直没学成吗？校庆结束后我们可以去加州，那儿有片海滩，潜水或冲浪都合适。"

两分钟后，迟雾终于反应过来，看向他，嗓子很干："结婚？"

他点头，勾着唇："明天我们先去领证，你觉得怎么样？"

迟雾瞄他一眼："非得挑这种时候聊？"

"嗯。"谈屹臣逗她，"万一有人下了床不认人怎么办？"

过了一夜，南城依旧是个好天。

老城区车道两侧的梧桐泛着黄，光从车窗透过落在迟雾的大腿上，她倚着车窗，把右手食指轻轻抵在耳垂边，稍侧过头看谈屹臣穿白衬衫的样子，帅得不行。

"看一路了还没够？"前方路口红灯，谈屹臣似笑非笑地瞥了眼后视镜。

迟雾没搭理他，维持着坐姿没动，过了半晌，无聊地用手指卷着发梢。又过了半晌，迟雾还是没忍住，临下车前往他大腿上踹了一脚。

两人十指相交进了民政局，风光正茂又耀眼的年纪，在内浦湾的那场求婚延续至今，在印章盖上的一刻迎来终篇。

他们收获了数不清的祝福，电话从发动态起被打爆，约喝酒的信息一条接一条。

而民政局靠着南城的那条沪市路，沿着这条路，相隔两条街是十六岁时的那家书店，是他亲爱的莱斯特小姐。

因为电话和消息太多，谈屹臣当天直接关了机，领完证带着迟雾去十七中转了一圈。

他问她要是当时一块升了十七中，她还跟不跟他做同桌。

迟雾点头，说她只和最帅的坐一起。

一句话把谈屹臣夸爽了。

校庆在十月初，十一假期刚过，群里闹了这么多天，众人终于见了面。

初中部门口放了一长排庆祝的鲜花篮，迟雾从路虎上下来的时候，顺路瞥了眼花篮上的字条，一多半是在各个领域有成就的毕业生赠送的。

"刺啦——"

道路间响起一阵车胎摩擦地面的刺耳噪声，迟雾闻声望过去，迎面开过来一辆越野 SUV，是赵炎和李溪藤两人。

李溪藤坐在副驾驶座的位置，涂着大地色眼影，穿了件棕色露腰吊带，金色卷发被捋在身后，随后从副驾驶座下来朝迟雾走去。赵炎还在驾驶位上，不紧不慢地折着手里的墨镜，两个人凑一块竟然也莫名和谐。

李溪藤回国后，连迟雾也才只见了两面。

"你俩刚到？"李溪藤问

迟雾点头，手虚虚挡在额前遮着阳光，谈屹臣插着兜，拎着迟雾的链条包，从车的后方绕到她跟前。

他们约的人才来一半，还有人没到，几人等待的过程中注意到银杏道旁的校内广场也有人。

校内广场在学校正门后，不知道什么时候起广场上停了辆银灰色大牛。

而大牛旁站了个人，个子挺高，穿着件薄运动衫，正拿着手机侧过脸打电话，整个人往那儿一站就自带一股懒洋洋的感觉。

谈屹臣淡淡地往他身旁的车瞄了眼，男人都无法拒绝超跑的诱惑，谈屹臣也不例外。

电话结束后，贺昇偏过头，冷淡地打量一眼走到面前的人，两秒钟后，以一种又偏又心照不宣的方式问他身份："臣臣，姐姐爱你？"

谈屹臣："……"

噢，谈屹臣这下就想起来了。

这是迟雾想看的那个人。

许颜笑得不行，扭头就问身侧的人，说这人怎么还记着，是不是打算记到八十岁。

"还真没准。"于澄勾着唇，正一手靠着车窗，一手拆口香糖包装纸，碎发别在耳后，露出细发下的一排耳骨钉，似乎已经对这种醋缸子行为习以为常，"大学霸，记忆力好，包容一下。"

除去他们这一个圈子的，百年校庆来了挺多人，还有坐在礼堂宾客席的一批，掌控城市大半的发展命脉。

一行人只签了个到，随后要么开车要么蹭个位置，踩着油门到先前约好的地点，谈屹臣的那套别墅。

这里没其他人，从下午到傍晚，倚着沙发的一群人沐浴在落日余晖中，酒瓶子倒了一地。德牧和萨摩耶在旁边摇尾巴，像一幅巨大的电影海报，连头发丝都在满室的光线中透着光。

迟雾屈膝坐在地毯上看着男生们玩牌，觉得无聊，就和谈屹臣在手机上发着短信，随后喝到一半时抛下这群人上了楼，贺昇和于澄一早就不见了踪影。

赵炎喝多了就喜欢找赵一钱，凑一块玩猜拳。

两人高中毕业时就难舍难分，想去一个大学没去成，到最后都没留在一座城市。大学之后赵炎在赵一钱隔壁买了套房，在沪市当邻居。

赵一钱喝完回头找许颜，许颜嫌弃地甩掉他的手："喝成这样了还约？"

"就喝一点点，想炎子了。"赵一钱撒娇，喝得确实有点儿高，酒精上头地开始搂着人，一个劲儿地不撒手。

迟雾酒醒的时候是第二天上午九点，谈屹臣也刚醒，两人一块洗漱后，简单换了身衣服下楼。

楼梯正对面的长桌上摆着一早订好的早餐，一屋子人陆陆续续地上桌吃饭，坐那儿缓神的工夫，不知道是谁突然嘟囔了句想看海。

赵炎卷着袖口，头还昏着："真来？"

谈屹臣跷着腿，笑吟吟看了迟雾一眼，问她想不想，迟雾点头。

一群人互相看了眼，安静了几秒钟，接着齐刷刷抓起玄关旁的车钥匙往外走。

许颜："我要回去拿我的比基尼！"

赵一钱："小爷我有个贼拉风的墨镜得带着！"

许颜："我要去把澄子找过来！"

他们约好十点集合，谈屹臣好整以暇地看着两条狗："想不想换个地方刨坑？"

狗爷和迟爷甩着尾巴冲过来。

会合后一行人雇车到了码头，随后开上一艘轮渡，抵达海岛的时候已是下午。

"这地儿舒服。"

"你说实话，你是真醒酒了？"

"撞不死你不就行？"

这边度假村是祁原家新合作的开发项目，还没正式落成，游客少。他在海南走不开，上岛前赵炎打了通电话，从祁原手里要了套别墅的门锁密码。

他们总共十多个人，情侣一间，单身一间。

别墅区距离海滩大概半千米，赵一钱和许颜换好衣服最先过去。

迟雾把行李装备放进房间收拾好，涂好防晒后才下楼。客厅有个开放式厨房，备了洗净处理好的水果，谈屹臣抱了两箱椰子汁放在车后座，这才开车往海边走。

这里气温比南城高，紫外线也强烈，海滩上，赵一钱穿着身夏威夷度假风衬衫加裤衩，正从后备厢搬克米特椅。

其余人三三两两地凑一块，干什么的都有。

车就停在沙滩后，这个时间还有些热，谈屹臣在驾驶位还没下来，悠闲地架着副墨镜，迟雾在他身侧副驾驶座上喝着椰汁，喝到一半时谈屹臣放了首歌出来。

　　这音响是他后配的，声效没的说，迟雾喜欢伴奏中类似于卡碟的声效，听着有种独特的爽劲儿。

　　天边逐渐出现橘红的云霞，在海面连成一大片。导堤在海面上蜿蜒往前，远处闪着一个光点。

　　直到这时，迟雾才下了车。

　　海边风大，她沿着木栈道边往前走边撩着发，风吹得她微微眯眼。

　　谈屹臣走在她身侧，灰棕短发也被风吹得微扬，两人顺着沙地往前走，一直走到海边的一块礁石坐下来，看面前拍过来的海浪和地平线上出现的巨大落日。

　　其余人三三两两地坐在大 G、路虎车顶，身后是即将到来的黄昏，天光从云层缝隙落在海面上，一群人喝酒吹着风，聊着天，李溪藤把她的烟推荐给于澄。

　　迟雾从发丝到按在礁石上的手指都被浸在橘色的落日光线中，身体稍往后仰，刚喝第二口的时候，把谈屹臣手边刚开的科罗娜拿下来，问他想不想配点儿烧烤。

　　"过来时看到的那家？"谈屹臣问。

　　迟雾点头，左手撑着膝盖，右手把搜索结果给他看："评分还不错。"

　　说走就走，两人悄悄地从礁石后离开，没走几步，身后的狗爷带着迟爷追上来。

　　迟雾弯腰揉了把狗爷的脑袋："还挺警觉。"

　　谈屹臣哼笑，装模作样地点头，说德牧智商排行前三，把萨摩耶卖了，萨摩耶还得帮它数钱，随后他又讨来迟雾一顿打。

　　烧烤店在度假村下的一个小型集市里，没二维码，谈屹臣只好弯腰到车内扶手箱里拿现金。

迟雾瞄见水果摊旁的小朋友，随口问："你喜欢小孩吗？"

谈屹臣停下动作，手搭在车门上，眼神往下瞄到她的小腹，挑眉："有了？"

"不是。"

她就是随便问问。

谈屹臣付完钱，过了会儿才回答她这个问题："忘了我之前说过的？孩子他妈是你，我觉得这事就挺圆满了。"

别管是十九岁还是二十二岁，只要他身边的人是她就够了。

迟雾"哦"了声。

他又贫："而且是臣臣和雾雾的小宝宝，当然喜欢。"

迟雾："谈屹臣，你好幼稚。"

"你也幼稚，以前偷亲，亲完还写小日记。"

"你清高，天天不吃饭跑过来看我。"

打包好烤串，两人拎着回去。

行驶过一片防风林时，谈屹臣手机上进来一条问答：和那个在你心里拿过一百满分的人怎么样了？

这问题有点儿矫情，但他想答。

视线从屏幕上收回，谈屹臣忍不住侧了下头。迟雾正单手托着下巴，挺认真地纠结是把褪色的挑染补个色还是染回黑色。

之后她把耳机塞给谈屹臣一只，耳机里传来的是 Kingsfoil 乐队的 *Morning Dove*（《晨鸽》）。

车缓缓减速，停到度假别墅区下的露天停车场，上面有道坡，两侧是林荫道，绿意盎然地连成一片。

落日的余晖从斜前方打下来，十月初的天，不冷也不热，迟雾穿着T恤走在前头，被余晖笼罩上一层薄薄的光晕，整个人都在这个坡上发着光，两只狗甩着尾巴踱着步。

谈屹臣停了动作，耳机里的歌放着，细碎的光点从头顶的绿叶缝隙投下来，落在屏幕上。

他缓缓打字，发出："每天清晨睁开眼都能看见她，养了两只狗，有一个家。"

他很爱她。

一百分是卷面的满分，不是他们的满分。

海浪拍打礁石的涛声传过来，迟雾似有所感地回头，细发扬在耳侧，笑："谈屹臣，你怎么走得这么慢？"

"来了。"

番外 6

童年沙漏

一

懂点儿事后，谈屹臣算是一直宠着迟雾。

但在小时候，尤其是小学之前，两人好归好，也是一天三次在一起打架，频繁到其他家的大人们路过他俩打架现场都懒得拉的程度。

三岁之前一直是迟雾赢得多，但三岁之后，迟雾就只有被他赢得份，甚至手腕上还有因为两人打架，而留下了白色月牙形痕迹。

只是他大多数情况是不怎么敢赢的，跟迟雾打架，不管输赢，他外婆和他妈知道后都要训他、要罚跪。这在那个年纪里，是件很丢脸的事情。

尤其是每次被罚的时候，迟雾还要眼巴巴地站在他家大门口看他，穿着徐芳华给她准备的小裙子，生怕错过一次他丢人的时候。

这就导致谈屹臣蛮长一段时间里对这事有阴影，一要被训，他就哭闹，一米二的小萝卜头，全身都是反骨。

周韵担心孩子心性长歪，这事频繁出现后，她就把他带回家待了两天，推了一天的事务，陪他在外头疯跑了一天。随后在只有逢年过节才破例允许他吃的快餐店里吃些垃圾食品，谈屹臣嘴里还咬着薯条，嘴一撇就哭出来了。

"迟雾每次都来看我被罚，看就算了，她还冲我笑呢，妈妈。"谈屹臣哭得抽抽搭搭的，边哭，还得边往嘴里塞根薯条，"李大伯之前说我以后会娶她，呜，谁要娶她啊，好丢人，我被外婆罚跪她都看见了！她每次都跑过来看！"

他哭得声情并茂的时候，周韵就一脸慈爱地给他录着，边录边觉得自己儿子怎么那么可爱呢，打算十八岁成人礼的时候给他放出来。

当然，后来孩子步入了青春期，周韵发现他对迟雾有点儿宠得不正常，就没在十八岁的时候这视频放出来，打算留着，在他结婚时父母致辞的环节放出来。

而她被谈屹臣嫌弃的时候，也是迟雾最嫌弃他的时候。

她不明白这种男孩子长大了谁会和他结婚，看一眼就哭，真烦。

这差不多就是两人五岁之前的事。

后来，因为各种原因，他俩的关系就出乎意料地变得好了起来。

谈屹臣开始在很多地方护着她，把自己所有的玩具和零食拿出来和她分享，甚至要死不活地一定要和她上同一所幼儿园，拉都拉不走。

差不多从谈屹臣记事起，他们两家在源江就是邻居。

他外婆和迟雾外婆退休后就回到老家，把老房子翻新，一起过起了种花养草的悠闲日子。

童年时，他体质挺好，极少生病，反观迟雾，上小学前都是隔三岔五地跑一趟医院，身体好点儿的时候就会和其他小朋友摩擦不断。

那些年城市飞速发展，但源江那个小地方好像定格在了过去。

大夏天的时候，日头毒辣，直到下午三四点太阳开始落山，镇上的人才开始陆续出来纳凉。

镇上中学后面有一片草场，地方宽敞，被一群孩子用来踢足球，傍晚那片草场到处都是飞奔的身影，追着球跑。

踢完球后，谈屹臣就往超市跑，爸爸从国外带回来的球被夹在胳膊底，他在一群灰头土脸的小伙伴里穿一身名牌，打扮很潮。

因为谈屹臣天天跑超市，时间一久老板也认识他，知道是周院长的外孙，看小萝卜头顶着一头标新立异的灰棕色头发进来，边嗑瓜子边调侃他："哟，踢完球啦？"

超市门口的照明灯上被飞虫、蛾子扑一层，谈屹臣的小腿不停，他边傲娇地"嗯"一声边满头大汗地往里走，一直走到冰柜前，小心翼翼地踮脚从上面拿下两瓶 AD 钙奶，自己喝一瓶，给迟雾带回去一瓶。

那个时间段的迟雾很黏人，因为怕哪一天无家可归，于是成天没事就跟在他屁股后面转。

谈屹臣好吃的好玩的都分她一份，两人一块来超市，谈屹臣晃悠在她身后，迟雾闷头在前面挑零食，最后谈屹臣掏钱结账。

谈屹臣从小就有钱，十年前镇子上的商品还不像现在那么多，和迟雾幼儿园毕业那天，谈屹臣阔气地拿上所有零花钱，带迟雾到镇上最大的那家超市，让她随便挑。

迟雾眨下眼睛，因为那段时间经常生病不常出门，皮肤要比其他小孩白很多，长得特别好看，穿着粉色的蓬蓬裙，站在货架前，踌躇很久，最终只挑了一板 AD 钙奶和家庭装的七喜。

他们出来后，走到当时的那座文化公园，坐在石凳上，一个下午的工夫，两个小孩把饮料全喝了。

因为回去后怕被发现，迟雾又吃了些蛋糕，导致半夜就开始发高烧拉肚子，吐了一堆，连夜被送到医院住了几天院。

因为这事，谈屹臣又被揍了一顿。

谈屹臣擦干眼泪，还得跟着外婆去医院找迟雾。

两个大人坐在病房外头的椅子上聊电视剧，谈屹臣脱了鞋，爬上迟雾的病床，大夏天的把自己和迟雾闷在被窝里说悄悄话。

谈屹臣把脑袋凑过去："打针疼吗？"

迟雾点头："疼啊。"

"药苦不苦？"

"苦。"

过了一会儿，迟雾睫毛轻轻颤动，抬手擦下鼻尖的汗，问："谈屹臣，你不热吗？"

"热。"

"那为什么要蒙在被子里？"

"习惯了。"

"你有没有什么想要的？"谈屹臣小声问道，"下午我就要和我外婆先回去了。"

迟雾想想，老实回答："想喝 AD 钙奶。"

"还喝，不是生病了吗？"

"我已经好了，就是护士阿姨不让我出院。"

"真的？"

"真的。"

犹豫一会儿，谈屹臣还是蹦下床去给她买 AD 钙奶，又藏在衣服里带进来。

喝完，因为偷偷做坏事紧张，迟雾觉得自己头有点儿晕，喘不过来气，感觉自己要死了，但不敢说，于是吓得哭起来。

"我要是死了怎么办？我还没念小学。"迟雾泪眼婆娑，害怕地问。

"你别怕。"谈屹臣不知道怎么安慰。

这个事最后也没瞒过大人。

因为这次笨拙的示好，他被无情地嘲笑了好几年。

差不多从出生起，谈屹臣就觉得自己比别人幸运。

"怎么了？"见他一直盯着自己，迟雾问。

她穿着件宽松的 T 恤，坐在一楼的地毯上，大半个身子沐浴着清晨的光线，正无聊地给迟爷梳毛。

"没什么。"谈屹臣勾唇笑了，看着她，随后开口，"有点儿爱你。"

迟雾一愣，收回了目光，低下眼："烦不烦？"

她还不知道他正计划着一场婚礼。

当年互相嫌弃的两个小屁孩，长大后真的在一起了。